CONTOS FANTÁSTICOS DO SÉCULO XIX

Contos fantásticos do século XIX

O fantástico visionário e o fantástico cotidiano

Organização de Italo Calvino

9ª reimpressão

Publicado originalmente na Itália, em dois volumes, sob o título *Racconti fantastici dell' Ottocento — Volume primo: Il fantastico visionario* e *Volume secondo: Il fantastico quotidiano* (Milão, Arnoldo Mondadori Editore, 1983). O conto "Os construtores de pontes", de Rudyard Kipling, foi publicado neste volume mediante autorização de A. P. Watt, em nome de The National Trust for Places of Historical Interest of Natural Beauty. O conto "Em terra de cego", de H. G. Wells, foi publicado neste volume mediante autorização de A. P. Watt, em nome de The Literary Executors of the Estate of H. G. Wells.

Grafia atualizada segundo o Acordo Ortográfico da Língua Portuguesa de 1990, que entrou em vigor no Brasil em 2009.

Título original
Racconti fantastici dell'ottocento

Capa
Jeff Fisher

Coordenação Editorial
Eliana Sá

Preparação
Beatriz de Freitas Moreira

Revisão
Isabel Jorge Cury
Olga Cafalcchio
Maysa Monção

Atualização ortográfica
Verba Editorial

Dados Internacionais de Catalogação na Publicação (CIP)
(Câmara Brasileira do Livro, SP, Brasil)

Contos fantásticos do século XIX : o fantástico visionário e o fantástico cotidiano / organização de Italo Calvino. — São Paulo : Companhia das Letras, 2004.

Título original: Racconti fantastici dell'ottocento.
Vários autores.
Vários tradutores.
Bibliografia
ISBN 978-85-359-0502-1

1. Ficção fantástica 2. Ficção - Século 19. I. Calvino, Italo, 1923-1985.

04-2735   CDD-808.83037

Índice para catálogo sistemático:
1. Contos fantásticos : Século 19 : Literatura   808.83037

[2020]
Todos os direitos desta edição reservados à
EDITORA SCHWARCZ S.A.
Rua Bandeira Paulista, 702, cj. 32
04532-002 — São Paulo — SP
Telefone: (11) 3707-3500
www.companhiadasletras.com.br
www.blogdacompanhia.com.br
facebook.com/companhiadasletras
instagram.com/companhiadasletras
twitter.com/cialetras

Sumário

9 Introdução — *Italo Calvino*

19 O FANTÁSTICO VISIONÁRIO

Jan Potocki
21 História do demoníaco Pacheco

Joseph von Eichendorff
33 Sortilégio de outono

E. T. A. Hoffmann
49 O Homem de Areia

Walter Scott
83 A história de Willie, o vagabundo

Honoré de Balzac
101 O elixir da longa vida

Philarète Chasles
121 O olho sem pálpebra

Gérard de Nerval
139 A mão encantada

Nathaniel Hawthorne
173 O jovem Goodman Brown

Nikolai V. Gogol
187 O nariz

Théophile Gautier
213 A morte amorosa

Prosper Mérimée
241 A Vênus de Ille

Joseph Sheridan Le Fanu
267 O fantasma e o consertador de ossos

277 O FANTÁSTICO COTIDIANO

Edgar Allan Poe
279 O coração denunciador

Hans Christian Andersen
285 A sombra

Charles Dickens
299 O sinaleiro

Ivan S. Turguêniev
313 O sonho

Nikolai S. Leskov
333 O espanta-diabo

Auguste Villiers de l'Isle-Adam
347 É de confundir!

Guy de Maupassant
351 A noite

Vernon Lee
357 Amour Dure

Ambrose Bierce
389 Chickamauga

Jean Lorrain
397 Os buracos da máscara

Robert Louis Stevenson
405 O demônio da garrafa

Henry James
433 Os amigos dos amigos

Rudyard Kipling
461 Os construtores de pontes

Herbert G. Wells
493 Em terra de cego

Introdução

Italo Calvino

O conto fantástico é uma das produções mais características da narrativa do século XIX e também uma das mais significativas para nós, já que nos diz muitas coisas sobre a interioridade do indivíduo e sobre a simbologia coletiva. À nossa sensibilidade de hoje, o elemento sobrenatural que ocupa o centro desses enredos aparece sempre carregado de sentido, como a irrupção do inconsciente, do reprimido, do esquecido, do que se distanciou de nossa atenção racional. Aí estão a modernidade do fantástico e a razão da volta do seu prestígio em nossa época. Sentimos que o fantástico diz coisas que se referem diretamente a nós, embora estejamos menos dispostos do que os leitores do século passado a nos deixarmos surpreender por aparições e fantasmagorias, ou melhor, estamos prontos a apreciá-las de outro modo, como elementos da cor da época.

É no terreno específico da especulação filosófica entre os séculos XVIII e XIX que o conto fantástico nasce: seu tema é a relação entre a realidade do mundo que habitamos e conhecemos por meio da percepção e a realidade do mundo do pensamento que mora em nós e nos comanda. O problema da realidade daquilo que se vê — coisas extraordinárias que talvez sejam alucinações projetadas por nossa mente; coisas habituais que talvez ocultem sob a aparência mais banal uma segunda natureza inquietante, misteriosa, aterradora — é a essência da literatura fantástica, cujos melhores efeitos se encontram na oscilação de níveis de realidades inconciliáveis.

Tzvetan Todorov, em sua *Introduction à la littérature fantastique* (1970), afirma que aquilo que distingue o "fantástico" narrativo é precisamente uma perplexidade diante de um fato inacreditável, uma hesitação entre uma explicação racional e realista e o acatamento do sobrenatural. Entretanto, a personagem do incrédulo positivista que aparece frequentemente nesse tipo de narrativa, vista com piedade e sarcasmo porque deve render-se ao que não sabe explicar, nunca é contestada em profundidade. De acordo com Todorov, o fato extraordinário que o conto narra deve deixar sempre uma possibilidade de explicação racional, ainda que seja a da alucinação ou do sonho (boa tampa para todas as panelas).

Já o "maravilhoso", também conforme Todorov, se distingue do "fantástico" na medida em que pressupõe a aceitação do inverossímil e do inexplicável, tal como ocorre nas fábulas das *Mil e uma noites*. (Distinção que se aplica à terminologia literária francesa, em que o *fantastique* quase sempre se refere a elementos macabros, como aparições de fantasmas do além. Já o uso italiano associa mais livremente "fantástico" a "fantasia"; de fato, falamos de "fantástico ariostiano" quando, segundo a terminologia francesa, deveríamos dizer "o maravilhoso ariostiano".)

É com o romantismo alemão que o conto fantástico nasce, no início do século XIX; mas já na segunda metade do século XVIII o romance "gótico" inglês havia explorado um repertório de temas, ambiente e efeitos (sobretudo macabros, cruéis, apavorantes) do qual os escritores do romantismo beberiam abundantemente. E, posto que um dos primeiros nomes que sobressaem entre estes (pela perfeita fatura do seu *Peter Schlemihl*) pertence a um autor alemão de origem francesa, Chamisso, que acrescenta à sua cristalina prosa alemã a leveza setecentista tipicamente francesa, a componente francesa se apresenta desde os primórdios como essencial. A herança que o século XVIII francês deixa ao conto fantástico do romantismo é de dois tipos: há a pompa espetacular do "conto maravilhoso" (do *féerique* da corte de Luís XIV às fantasmagorias orientais das *Mil e uma noites*, descobertas e traduzidas por Galland) e há o desenho linear, rápido e cortante do "conto filosófico" voltairiano, onde nada é gratuito e tudo mira a um final.

Assim como o "conto filosófico" setecentista foi a expressão paradoxal da razão iluminista, o "conto fantástico" nasceu na Alemanha como o sonho de olhos abertos do idealismo alemão, com a intenção declarada de representar a realidade do mundo interior e subjetivo da mente, da imaginação, conferindo a ela uma dignidade equivalente ou maior do que a do mundo da objetividade e dos sentidos. Portanto, o conto fantástico é também filosófico, e aqui um nome se destaca entre todos: Hoffmann.

Toda antologia deve impor-se limites e regras; a nossa se impôs a regra de apresentar um só texto de cada autor — regra particularmente cruel quando se trata de escolher uma única narrativa para representar todo o Hoffmann. Escolhi o mais típico e conhecido (porque é um texto que podemos chamar de "obrigatório"), "O Homem de Areia" ("Der Sandmann"), em que personagens e imagens da tranquila vida burguesa se transfiguram em aparições grotescas, diabólicas, assustadoras, como nos sonhos ruins. Mas eu também poderia ter me concentrado num Hoffmann em que o grotesco está quase ausente, como em "As minas de Falun", no qual a poesia romântica da natureza toca o sublime com o fascínio do mundo mineral.

As minas em que o jovem Ellis submerge a ponto de preferi-las à luz do sol e ao abraço da esposa são um dos grandes símbolos da interioridade ideal. E aqui está outro ponto essencial que toda análise sobre o fantástico tem de levar em conta: qualquer tentativa de definir o significado de um símbolo (a sombra perdida por Peter Schlemihl em Chamisso, as minas onde se perde o Ellis de Hoffmann, o caminho dos judeus em *Die Majoratsherren*, de Arnim) só faz empobrecer a sua riqueza de sugestões.

Afora Hoffmann, as obras-primas do fantástico romântico alemão são muito longas para entrar numa antologia que queira fornecer um panorama o mais extenso possível. A medida de até cinquenta páginas é outro limite que me impus, o que me forçou a renunciar a alguns dos meus textos prediletos, todos com a dimensão do conto longo ou do romance breve: o Chamisso de que já falei, *Isabela do Egito* e outras belas obras de Arnim, *História de um vagabundo*, de Eichendorff. Apresentar apenas algumas páginas escolhidas desses textos teria infringido a terceira regra que estabeleci: oferecer somente narrativas completas. (Fiz uma única exceção, Potocki; mas o seu romance *Manuscrito encontrado em Zaragoza* contém histórias que gozam de uma certa autonomia, apesar de estarem fortemente entrelaçadas.)

INTRODUÇÃO 11

Se considerarmos a difusão da influência declarada de Hoffmann nas várias literaturas europeias, poderemos dizer que, pelo menos no que diz respeito à primeira metade do século xix, "conto fantástico" é sinônimo de "conto à la Hoffmann". Na literatura russa o influxo de Hoffmann dá frutos milagrosos, como os *Contos de Petersburgo* de Gogol; mas é preciso dizer que, antes mesmo de qualquer inspiração europeia, Gogol havia escrito extraordinárias histórias de bruxaria nos dois livros de contos rurais ucranianos. Desde o início a tradição crítica considerou a narrativa russa oitocentista sob a perspectiva do realismo, mas o avanço paralelo do filão fantástico — de Púshkin a Dostoiévski — é igualmente evidente. E é nessa linha que um autor de primeira grandeza como Leskov adquire a sua plena dimensão.

Na França, Hoffmann exerce forte influência sobre Charles Nodier, sobre Balzac (tanto o Balzac declaradamente fantástico quanto o Balzac realista, com suas sugestões grotescas e noturnas) e sobre Théophile Gautier, de quem podemos puxar uma ramificação do tronco romântico que contará muito no desenvolvimento do conto fantástico: o esteticismo. Quanto ao fundo filosófico, o fantástico na França se colore de esoterismo iniciático, de Nodier a Nerval, ou de teosofia swedenborguiana, em Balzac e Gautier. E Gérard de Nerval cria um novo gênero fantástico: o conto-sonho ("Sylvie", "Aurélia"), mais sustentado pela densidade lírica do que pelo desenho do entrecho. Quanto a Mérimée, com suas histórias mediterrâneas (mas também nórdicas: a sugestiva Lituânia de "Lokis") e a arte de fixar as luzes e a alma de um país numa imagem que logo se torna emblemática, ele abre uma nova dimensão ao fantástico: o exotismo.

A Inglaterra experimenta um especial prazer intelectual em jogar com o macabro e o terrificante: o exemplo mais famoso é o *Frankenstein* de Mary Shelley. O patetismo e o "humour" do romance vitoriano dão margem a uma retomada da imaginação "negra", "gótica", com um novo espírito: nasce a *"ghost story"*, cujos autores às vezes ostentam uma postura irônica, mas põem em jogo algo de si mesmos, uma verdade interior que não faz parte dos maneirismos do gênero. A propensão de Dickens para o grotesco e o macabro não se manifesta apenas nos grandes romances, mas também na produção menor de fábulas natalinas e histórias de fantasmas. Digo produção porque Dickens (assim como Balzac) programava e divulgava o próprio trabalho com a determinação de quem opera em um mundo industrial e comercial (e desse modo nasceram suas obras-primas absolutas), editando periódicos de narrativas escritos na maior parte por ele mesmo

— que também organizava a colaboração dos amigos. Entre os escritores de seu círculo (que inclui o primeiro autor de romances policiais, Wilkie Collins), há um que ocupa lugar relevante na história do fantástico: Le Fanu, irlandês de família protestante, primeiro exemplo de "profissional" da *ghost story*, já que praticamente não escreveu outra coisa senão histórias de fantasmas e de horror. Portanto, nessa época se estabelece uma "especialização" do conto fantástico que se desenvolverá amplamente no nosso século (tanto no nível da literatura popular como no da literatura de qualidade, mas frequentemente no intervalo entre as duas). Isso não implica que Le Fanu deva ser considerado um mero operário (como será mais tarde Bram Stoker, o criador de *Drácula*), ao contrário: o que dá vida a seus contos são o drama das controvérsias religiosas, a imaginação popular irlandesa e uma veia poética grotesca e noturna (veja-se "O juiz Harbottle"), em que reconhecemos mais uma vez a influência de Hoffmann.

O dado comum a todos esses escritores tão diferentes que mencionei até aqui é colocar em primeiro plano uma sugestão visual. E não por acaso. Como disse no início, o verdadeiro tema do conto fantástico oitocentista é a realidade daquilo que se vê: acreditar ou não acreditar nas aparições fantasmagóricas, perceber por trás da aparência cotidiana um outro mundo, encantado ou infernal. É como se o conto fantástico, mais que qualquer outro gênero narrativo, pretendesse "dar a ver", concretizando-se numa sequência de imagens e confiando sua força de comunicação ao poder de suscitar "figuras". O que conta não é tanto a mestria na manipulação da palavra ou na busca pelos lampejos de um pensamento abstrato, mas a evidência de uma cena complexa e insólita. O elemento "espetaculoso" é essencial à narração fantástica, por isso é natural que o cinema se tenha nutrido tanto dela.

Mas não podemos generalizar. Se na maior parte dos casos a imaginação romântica cria em torno de si um espaço povoado de aparições visionárias, há também o conto fantástico em que o sobrenatural permanece invisível, é mais "sentido" do que "visto", participando de uma dimensão interior, como estado de ânimo ou como conjectura. Até Hoffmann, que tanto se compraz em evocar visões angustiadas e demoníacas, tem contos regrados por uma estrita economia do elemento espetacular, tecidos apenas de imagens da vida cotidiana. Por exemplo, na "Casa desabitada" bastam as janelas fechadas de um casebre decadente em meio aos ricos palácios do Unter den Linden, um braço feminino e depois um rosto de menina que surge para criar um suspense cheio de mistério; tanto

INTRODUÇÃO   13

mais que esses movimentos são observados não diretamente, mas refletidos num espelhinho qualquer, que assume a função de espelho mágico.

A exemplificação mais clara dessas duas vertentes pode ser encontrada em Poe. Seus contos mais típicos são aqueles em que uma morta vestida de branco e ensanguentada sai do caixão para uma casa escura, cujos enfeites faustosos transpiram um ar de dissolução; "A queda da casa de Usher" constitui a mais rica elaboração desse tipo. Mas em seu lugar tomemos "O coração denunciador": as sugestões visuais são reduzidas ao mínimo, restringem-se a um olho esbugalhado na escuridão, e toda a tensão se concentra no monólogo do assassino.

Para confrontar os aspectos do fantástico "visionário" com aqueles que eu poderia chamar de fantástico "mental" ou "abstrato" ou "psicológico" ou "cotidiano", pensei num primeiro momento em escolher dois contos representativos das duas vertentes para cada autor. Mas logo percebi que, no início do século xix, o fantástico "visionário" predominava nitidamente, assim como o fantástico "cotidiano" preponderava no final do século, atingindo seu ápice na intangibilidade imaterial de Henry James. Em suma, dei-me conta de que, com um mínimo de renúncias em relação ao projeto original, poderia unificar a sucessão cronológica e a classificação estilística, pondo sob a rubrica de "fantástico visionário" uma primeira parte, que reúne textos das primeiras três décadas do século, e sob a rubrica de "fantástico cotidiano" a segunda parte, que chega ao limiar do século xx. Uma certa arbitrariedade é inevitável numa operação como essa, baseada em definições contrapostas; em todo caso, as etiquetas são intercambiáveis, e algumas narrativas de uma série poderiam igualmente fazer parte da outra. Mas o importante é que a orientação geral, que vai no sentido da interiorização do sobrenatural, fique clara.

Depois de Hoffmann, Poe foi o autor que mais teve influência sobre o fantástico europeu — e a tradução de Baudelaire devia funcionar como o manifesto de uma nova atitude do gosto literário. Entretanto, os efeitos macabros e "malditos" de sua obra foram recebidos mais facilmente por seus descendentes do que sua lucidez racional, que é o traço distintivo mais importante desse autor. Falei antes de sua descendência europeia porque em seu país a figura de Poe não parecia tão emblemática a ponto de ele ser identificado com um gênero literário específico. Ao lado dele — aliás, um pouco antes dele — estava outro grande americano, que havia levado o conto fantástico a uma intensidade extraordinária: Nathaniel Hawthorne.

Entre os autores representados nesta antologia, Hawthorne é certamente aquele que consegue ir mais fundo no campo moral e religioso, tanto no drama da consciência individual quanto na representação sem disfarces de um mundo forjado por uma religiosidade extrema como a da sociedade puritana. Muitos de seus contos são obras-primas (tanto do fantástico visionário, como o sabá de "O jovem Goodman Brown", quanto do fantástico introspectivo, como em "Egoísmo ou a serpente no peito"), mas não todos: quando ele se afasta dos cenários americanos (como na célebre "Filha de Rapaccini"), a sua invenção pode resultar em efeitos previsíveis. Mas nos melhores casos as suas alegorias morais, sempre baseadas na presença indelével do pecado no coração do homem, têm uma força na visualização do drama interior que só será alcançada em nosso século, com Franz Kafka. (Há inclusive uma antecipação do *Castelo* kafkiano num dos melhores e mais angustiados contos de Hawthorne: "My Kinsman Major Molineux").

Mas é preciso dizer que antes mesmo de Hawthorne e Poe o fantástico na literatura dos Estados Unidos já possuía uma tradição própria e um autor clássico: Washington Irving. E não nos esqueçamos de um conto emblemático como "Peter Rugg, the missing man", de William Austin (1824). Uma misteriosa condenação divina compele um homem a correr numa carroça em companhia da filha, sem nunca poder parar, perseguido por um furacão através da imensa geografia do continente; uma narrativa que exprime com elementar evidência os principais pontos do nascente mito americano: potência da natureza, predestinação individual, tensão aventurosa.

Em suma, a tradição do fantástico herdada por Poe e transmitida a seus descendentes — que são na maioria epígonos e maneiristas (ainda que exuberantes nas cores da época, como Ambrose Bierce) — já estava madura. Até que, com Henry James, nos encontraremos diante de uma nova virada.

Na França, o Poe tornado francês por intermédio de Baudelaire não tarda a fazer escola. O mais interessante desses seus continuadores no âmbito específico do conto é Villiers de l'Isle Adam, que em "Véra" nos dá uma eficaz mise--en-scène do tema do amor que continua para além da morte; além disso, "A tortura com a esperança" é um dos exemplos mais perfeitos de fantástico puramente mental. (Em suas antologias do fantástico, Roger Callois escolhe "Véra", Borges, "A tortura com a esperança" — ótimas escolhas, tanto a primeira como,

INTRODUÇÃO   15

sobretudo, a segunda. Se proponho uma terceira narrativa, é somente para não repetir escolhas alheias.)

No final do século, é particularmente na Inglaterra que se abrem as estradas que serão percorridas pelo fantástico do nosso tempo. Na Inglaterra se caracteriza um tipo de escritor refinado que adora travestir-se de escritor popular — operação bem realizada porque ele não o faz com condescendência, mas com diversão e empenho profissional, e isso só é possível quando se sabe que sem a técnica do ofício não há sabedoria artística que preste. R. L. Stevenson é o exemplo mais feliz dessa disposição de ânimo; mas ao lado dele devemos considerar dois casos extraordinários de genialidade inventiva e precisão artesanal: Kipling e Wells.

O fantástico dos contos indianos de Kipling é exótico não no sentido estetizante e decadentista, mas na medida em que nasce do contraste entre o mundo religioso, moral e social da Índia e o mundo inglês. O sobrenatural é muito frequentemente uma presença invisível, ainda que aterrorizante, como na "Marca da besta"; às vezes o cenário do trabalho cotidiano, como o que aparece em "Os construtores de pontes", se rompe, e as antigas divindades da mitologia hindu se revelam numa aparição visionária. Kipling também escreveu muitos contos fantásticos ambientados na Inglaterra, onde o sobrenatural é quase sempre invisível (como em "They") e predomina a angústia da morte.

Com Wells se abre a ficção científica, um novo horizonte da imaginação que assistirá a um desenvolvimento impetuoso na segunda metade do século xx. Mas o gênio de Wells não se limita a elaborar maravilhas e terrores do futuro, escancarando visões apocalípticas; os seus contos extraordinários são sempre baseados em um achado da inteligência, que pode ser extremamente simples. "O caso do falecido sr. Evelsham" conta a história de um jovem que é escolhido como herdeiro universal por um velho desconhecido, com a condição de que ele aceite adotar o nome do ancião; e eis que ele acorda na casa do velho e olha para as próprias mãos: elas se tornaram enrugadas. Observa-se no espelho: ele é o velho. No mesmo momento, a personagem compreende que aquele que era o velho tomou a sua identidade e está vivendo a sua juventude. Exteriormente, tudo é idêntico à normal aparência de antes, mas a realidade é de um assombro imenso.

Quem conjuga com mais leveza a sofisticação do literato de qualidade com o ímpeto do narrador popular (entre os seus autores preferidos ele sempre citava

Dumas) é Robert Louis Stevenson. Em sua breve vida de doente, Stevenson conseguiu fazer várias obras perfeitas, desde os romances de aventura ao *Dr. Jekyll* e a muitas narrativas fantásticas mais curtas: "Olalla", história de vampiras na Espanha napoleônica (o mesmo ambiente de Potocki, que não sei se ele chegou a ler); "Thrown Janet", história de obsessões assombradas escocesas; os "Island's entertainments", nos quais ele colhe com mão ligeira o mágico do exotismo (mas também exporta motivos escoceses, adaptando-os aos ambientes da Polinésia); "Markheim", que segue a trilha do fantástico interiorizado, assim como "O coração denunciador" de Poe, com uma presença mais marcada da consciência puritana.

Entre os mais fervorosos admiradores e amigos de Stevenson está um escritor que de popular não tem nada: Henry James. E é com esse autor, que não saberíamos definir se americano, inglês ou europeu, que o fantástico do século XIX tem a sua última encarnação — ou melhor, desencarnação, já que aí ele se torna mais invisível e impalpável do que nunca, mera emanação ou vibração psicológica. Aqui é necessário caracterizar o ambiente intelectual em que a obra de Henry James nasce, particularmente as teorias de seu irmão — o filósofo William James — sobre a realidade psíquica da experiência. Poderíamos dizer, pois, que no final do século o conto fantástico mais uma vez se torna conto filosófico, tal como no início do século.

Os fantasmas das *ghost stories* de Henry James são bastante elípticos: podem ser encarnações do mal sem rosto e sem forma, como os diabólicos serviçais de "A volta do parafuso", ou aparições bem visíveis que dão forma sensível a um pensamento dominante, como "Sir Edmund Orme", ou mistificações que desencadeiam a real presença do sobrenatural, como no "Aluguel do fantasma". Num dos contos mais sugestivos e emocionantes, "The jolly corner", o fantasma apenas entrevisto pelo protagonista é o si mesmo que ele teria sido se a sua vida tivesse tido outro curso; em "Vida privada" há um homem que só existe quando os outros o olham, do contrário ele se dissolve, e um outro que, ao contrário, existe duas vezes, porque tem um duplo que escreve livros que ele jamais saberia escrever.

Com James, autor que pela cronologia pertence ao século XIX mas que já faz parte do nosso século como gosto literário, se encerra esta apresentação. Deixei de fora os autores italianos porque não me agradava a ideia de incluí-los só por obrigação de presença: o fantástico na literatura italiana do século XIX é decididamente um campo "menor". Coletâneas específicas (*Poesie e racconti* [Oscar Mondadori, Milão, 1981], de Arrigo Boito, e *Racconti neri della scapigliatura* [Oscar Mondadori, Milão, 1980], de G. Finzi), bem como alguns textos de escritores mais conhecidos por outros aspectos de sua obra, de De Marchi a Capuana, podem propiciar descobertas preciosas e uma interessante documentação no que se refere ao gosto. Entre as outras literaturas que não incluí, a espanhola tem um autor de contos fantásticos muito conhecido, G. A. Becquer. Mas esta antologia não pretende ser completa. Meu objetivo foi oferecer um panorama centrado em alguns exemplos e, sobretudo, um livro inteiramente legível.

O presente livro se originou de uma consultoria que me foi solicitada pela RAI-TV para uma série de telecine extraída de narrativas fantásticas do século XIX, série que foi transmitida em 1981 pelo Segundo Canal (*Os jogos do diabo*, a cargo de Roberta Carlotto).

*Tradução de Mauricio Santana Dias**

---

* Os textos de abertura dos contos, de Italo Calvino, foram também traduzidos por Mauricio Santana Dias.

O FANTÁSTICO VISIONÁRIO

JAN POTOCKI

História do demoníaco Pacheco

("Histoire du démoniaque Paschecho", 1805)

O macabro, o espectral, o enfeitiçado, o vampiresco, o erótico, o perverso: todos os ingredientes (manifestos ou ocultos) do romantismo visionário são exibidos nesse livro extraordinário que é o Manuscrit trouvé à Saragosse, *publicado em francês pelo conde polonês Jan Potocki (1761-1815). Tão misterioso em sua origem e sua sorte como em seu conteúdo, o livro esteve sumido por mais de um século (de resto, era muito escandaloso para poder circular impunemente) e só em 1958 foi republicado tal como na edição original, graças a Roger Callois, grande connaisseur do fantástico de todos os tempos e países.*

Prelúdio ideal ao século de Hoffmann e de Poe, Potocki não podia faltar na abertura da nossa antologia; mas, como se trata de um livro cujos contos se inserem uns nos outros, mais ou menos como nas Mil e uma noites, *formando um romance plural em que é difícil desligar uma história da outra, fomos obrigados a abrir logo de início uma exceção à regra que o restante da nossa antologia pretende respeitar. Ou seja, damos aqui um capítulo isolado do livro, ao passo que a nossa regra será fornecer narrativas completas e autônomas.*

O relato se inicia logo após o início do romance (Segunda jornada). Alphonse van Worden, oficial da armada napoleônica, está na Espanha; vê um patíbulo com dois enforcados (os dois irmãos De Zoto), depois encontra duas belíssimas irmãs árabes que lhe narram a sua história, impregnada de um perturbador erotismo. Alphonse faz amor com as duas irmãs, mas à noite tem estranhas visões e, ao alvorecer, encontra-se abraçado aos cadáveres dos dois enforcados.

Esse tema do amplexo com duas irmãs (às vezes até com a mãe das jovens) se repete no livro várias vezes, no relato de muitas personagens, e aquele que se acreditava um amante afortunado sempre se encontra de manhã sob o patíbulo, entre cadáveres e abutres. Um encantamento ligado à constelação de Gêmeos é a chave do romance.

Nos primórdios do novo gênero literário, Potocki sabe exatamente aonde ir: o fantástico é a exploração da zona obscura em que se misturam as pulsões mais desenfreadas do desejo e os terrores da culpa; é a evocação de fantasmas que mudam de forma como nos sonhos; ambiguidade e perversão.

Finalmente, acordei para valer; o sol queimava minhas pálpebras — eu as abria com dificuldade. Vi o céu. Vi que estava ao relento. Mas o sono ainda pesava em meus olhos. Não dormia mais, mas ainda não estava desperto. Imagens de suplícios sucederam-se umas às outras. Fiquei apavorado. Levantei-me sobressaltado e me sentei.

Onde encontrarei as palavras para expressar o horror que então me invadiu? Eu estava deitado ao pé da forca de Los Hermanos. Os cadáveres dos dois irmãos De Zoto não estavam enforcados, e sim deitados ao meu lado. Aparentemente eu tinha passado a noite com eles. Descansava em cima de pedaços de cordas, rodas apodrecidas, restos de carcaças humanas, e nacos horrorosos e fétidos que delas se soltavam.

Ainda pensei que não estivesse bem acordado e que estivesse tendo um sonho ruim.

Fechei os olhos e busquei em minha memória onde eu tinha estado na véspera...

Então senti garras se enfiando em meus flancos. Vi que um abutre havia se empoleirado em mim e devorava um de meus companheiros de quarto. A dor que me causava a impressão de suas garras me acordou de vez. Vi que minhas roupas estavam perto de mim, e me apressei em vesti-las. Quando me aprontei, quis sair do recinto da forca, mas encontrei a porta fechada com pregos e tentei quebrá-la, em vão. Portanto, tive de subir naquelas tristes muralhas. Consegui e, apoiando-me numa das pilastras do patíbulo, comecei a examinar as terras dos arredores. Reconheci facilmente onde estava. De fato, estava na entrada do vale de Los Hermanos, e perto das margens do Guadalquivir.

Como eu continuasse a observar, vi perto do rio dois viajantes, um preparando o almoço e o outro segurando a brida de dois cavalos. Fiquei tão encantado ao ver aqueles homens que meu primeiro gesto foi gritar "Agour, agour!", o que quer dizer, em espanhol, "Bom dia" ou "Salve".

Ao verem as cortesias que lhes eram feitas do alto do patíbulo, os dois viajantes por um instante pareceram indecisos, mas de repente montaram em seus cavalos, saíram a todo o galope e pegaram a estrada de Los Alcornoques. Gritei para que parassem, mas foi inútil; quanto mais gritava, mais esporeavam as cavalgaduras. Quando os perdi de vista, pensei em sair do meu posto. Pulei para o chão e me machuquei um pouco.

Mancando bastante, cheguei às margens do Guadalquivir, e lá encontrei o almoço que os dois viajantes tinham abandonado; nada podia vir mais a calhar, pois me sentia exausto. Havia chocolate, ainda cozinhando, e *sponhao* embebido em vinho de Alicante, pão e ovos. Comecei a recuperar minhas forças, e depois fiquei refletindo sobre o que havia me acontecido durante a noite. As lembranças eram muito confusas, mas o que me lembrava bem era de ter dado minha palavra de honra de guardar tudo aquilo em segredo, e estava firmemente decidido a mantê-la. Acertado esse ponto, só me restava ver o que, por ora, eu devia fazer, ou seja, que caminho pegar, e pareceu-me que as leis da honra me obrigavam mais que nunca a passar pela Sierra Morena.

Talvez alguém fique surpreso de me ver tão ocupado com minha glória e tão pouco com os acontecimentos da véspera; mas esse modo de pensar era outro efeito da educação que eu havia recebido. É o que se verá na continuação deste meu relato.

Por ora, volto à minha viagem.

Estava curiosíssimo em saber o que os diabos haviam feito de meu cavalo, que eu deixara em Venta Quemada; e, aliás, como era o meu caminho, resolvi passar por lá. Tive de percorrer a pé todo o vale de Los Hermanos e o de Venta, o que não deixou de me cansar e de me fazer desejar muito encontrar meu cavalo. De fato, o encontrei; estava na mesma estrebaria onde o deixara, e parecia pimpão, bem-cuidado e escovado havia pouco. Eu não sabia quem podia ter tido esse cuidado, mas, depois de ter visto tantas coisas extraordinárias, essa não me deteve por muito tempo. Teria retomado imediatamente o caminho se não fosse a curiosidade de percorrer, mais uma vez, o interior da hospedaria. Encontrei o quarto onde havia dormido, mas por mais que procurasse foi impossível encontrar aquele onde eu tinha visto as belas africanas. Assim, cansei-me de procurar por mais tempo, montei no cavalo e segui meu caminho.

Quando acordei ao pé da forca de Los Hermanos, o sol já estava no meio de seu curso. Eu tinha levado mais de duas horas para chegar a Venta. Tanto assim que, depois de mais umas duas léguas, tive de pensar num abrigo, mas, não vendo nenhum, continuei a andar. Finalmente, avistei ao longe uma capela gótica, com uma cabana que parecia a morada de um ermitão. Tudo isso ficava afastado da estrada principal, mas eu começava a sentir fome e não hesitei em fazer esse desvio para conseguir comida. Ao chegar, amarrei o cavalo numa árvore. Depois bati na porta da ermida e vi sair um religioso com aspecto venerável.

Beijou-me com uma ternura paternal, e depois me disse:

"Entre, meu filho; ande logo. Não passe a noite ao relento, tema o tentador. O Senhor tirou Sua mão de sobre nós."

Agradeci ao ermitão a bondade que me demonstrava, e disse-lhe que precisava urgentemente comer.

Ele me respondeu:

"Ó, meu filho, pense em sua alma! Passe na capela. Prosterne-se diante da Cruz. Pensarei nas necessidades de seu corpo. Mas você fará uma refeição frugal, tal como se pode esperar de um ermitão."

Passei na capela, rezei de verdade, pois não era um livre-pensador, e, aliás, ignorava que houvesse algum: mais uma vez, tudo isso era efeito de minha educação.

O ermitão foi me buscar depois de quinze minutos e me conduziu à cabana, onde encontrei um lugar posto para mim, bastante limpo. Havia excelentes azeitonas, cardos conservados no vinagre, cebolas doces num molho e bolachas em vez de pão.

Havia também uma garrafinha de vinho. O ermitão me disse que nunca tomava vinho, mas que o guardava em casa para o sacrifício da missa. Por isso, não bebi mais vinho que o ermitão, mas o resto do jantar me deu muito prazer. Enquanto o elogiava, vi entrar na cabana uma figura mais apavorante do que tudo que tinha visto até então. Era um homem que parecia moço, mas de uma magreza horrorosa.

Seus cabelos estavam eriçados, um de seus olhos estava vazado, e dali saía sangue. Sua língua, pendurada para fora da boca, deixava escorrer uma baba espumosa. Tinha sobre o corpo um terno preto bem-cortado, mas eram as únicas peças, pois estava sem meias e sem camisa.

A personagem horrenda não disse nada a ninguém e foi se acocorar num canto, onde ficou tão imóvel como uma estátua, seu único olho fixando um crucifixo que segurava na mão. Quando acabei de jantar, perguntei ao ermitão quem era aquele homem. O ermitão me respondeu:

"Meu filho, esse homem é um possesso que eu exorcizo, e a terrível história dele prova perfeitamente bem o poder fatal que o anjo das trevas usurpa nestas maravilhosas paragens; o relato pode ser útil à sua salvação, e vou ordenar a ele que o faça."

Então, virando-se para o lado do possesso, disse-lhe:

"Pacheco, Pacheco, em nome de seu redentor, ordeno-lhe que conte sua história."

Pacheco soltou um uivo horrível e começou nos seguintes termos.

HISTÓRIA DO DEMONÍACO PACHECO

"Nasci em Córdoba, meu pai vivia ali numa situação mais que confortável. Minha mãe morreu há três anos. No início, meu pai parecia sentir muito sua falta, mas, alguns meses depois, tendo a oportunidade de fazer uma viagem a Sevilha, apaixonou-se por uma jovem viúva, chamada Camille de Tormes. Essa pessoa não gozava de excelente reputação, e vários amigos de meu pai procuraram afastá-lo desse relacionamento; mas, apesar das providências que tomaram, o casamento se realizou, dois anos depois da morte de minha mãe. As bodas foram em Sevilha, e, alguns dias depois, meu pai voltou para Córdoba, com Camille, sua nova esposa, e uma irmã de Camille, que se chamava Inésille.

"Minha nova madrasta correspondeu perfeitamente à má opinião que se tinha dela, e começou, na casa de meu pai, a querer me inspirar amor. Não conseguiu. Todavia, fiquei apaixonado, mas foi por sua irmã Inésille. Em pouco tempo minha paixão era tão forte que fui me jogar aos pés de meu pai e lhe pedir a mão de sua cunhada.

"Meu pai me levantou bondosamente, depois me disse: 'Meu filho, proíbo-o de pensar nesse casamento, e proíbo por três razões. Primeira: seria contra a natureza que você se tornasse, de certa forma, o cunhado de seu pai. Segundo: os santos cânones da Igreja não aprovam casamentos desse gênero. Terceiro: não quero que você despose Inésille'.

"Tendo me dado suas três razões, meu pai virou as costas e foi embora. Retirei-me para meu quarto, onde me entreguei ao desespero. Minha madrasta, a quem meu pai logo informou o que tinha acontecido, foi me procurar e disse que eu estava errado em me afligir; que, se não podia me tornar o marido de Inésille, podia ser seu cortesão, isto é, seu amante, e que ela iria arranjar as coisas; mas ao mesmo tempo declarou-me o amor que tinha por mim e invocou o sacrifício que fazia cedendo-me à sua irmã. Escancarei meus ouvidos diante dessas palavras que afagavam minha paixão, mas Inésille era tão modesta que achei impossível que algum dia correspondesse ao meu amor.

"Naquela época, meu pai resolveu fazer uma viagem a Madri, com a intenção de disputar o posto de corregedor de Córdoba, e levou consigo a mulher e a cunhada. Sua ausência devia ser só de dois meses, mas esse tempo me pareceu muito longo, porque eu estava afastado de Inésille.

"Quando os dois meses praticamente tinham se passado, recebi uma carta de meu pai, em que me ordenava ir ao seu encontro e esperá-lo em Venta Quemada, na entrada de Sierra Morena. Algumas semanas antes não teria sido fácil tomar a decisão de passar pela Sierra Morena, mas, justamente, acabavam de enforcar os dois irmãos De Zoto. O bando deles estava dispersado, e os caminhos, supostamente, eram bastante seguros.

"Portanto, parti de Córdoba por volta das dez horas da manhã, e fui pernoitar em Andujar, com um dos mais tagarelas hospedeiros que existem na Andaluzia. Na estalagem encomendei um jantar abundante, do qual comi uma parte e guardei a outra para a viagem.

"No dia seguinte jantei em Los Alcornoques, com aquilo que tinha reservado na véspera, e cheguei na mesma noite a Venta Quemada. Não encontrei meu pai, mas, como na carta ele mandava aguardá-lo, decidi ficar, com muito prazer, mais ainda porque estava numa hospedaria espaçosa e confortável. O hospedeiro que a mantinha era, na época, um certo González de Múrcia, homem muito bom, embora tagarela, que não deixou de me prometer um jantar digno de um grande de Espanha. Enquanto ele se ocupava em prepará-lo, fui passear à beira do

Guadalquivir, e, quando voltei à hospedaria, encontrei um jantar que, de fato, não era nada mau.

"Depois de comer, pedi a González que fizesse a minha cama. Então vi que ele ficou perturbado, disse-me umas frases que não tinham muito sentido. Finalmente me confessou que a hospedaria estava possuída por assombrações, que ele e sua família passavam todas as noites numa fazendola, à beira do rio, e acrescentou que, se eu quisesse dormir lá também, arrumaria uma cama para mim perto dele.

"Achei essa proposta muito imprópria; disse-lhe que ele tinha mesmo é que ir dormir onde quisesse e que devia enviar meus homens para perto de mim. González me obedeceu e retirou-se balançando a cabeça e levantando os ombros.

"Meus criados chegaram logo em seguida; também tinham ouvido falar de assombrações e quiseram me convencer a passar a noite na fazenda. Recebi seus conselhos um pouco brutalmente e mandei-os fazer minha cama no próprio quarto onde eu tinha jantado. Obedeceram-me, embora relutantes, e, quando a cama estava arrumada, me conjuraram de novo, com lágrimas nos olhos, para que eu fosse pernoitar na fazenda. Seriamente impacientado com suas admoestações, me permiti certas demonstrações que os fizeram correr, e, como eu não tinha o costume de contar com meus criados para me despir, foi fácil dispensá-los ao ir me deitar. No entanto, tinham sido mais atenciosos do que eu merecia por tê-los tratado com maus modos. Deixaram perto de minha cama uma vela acesa, outra de reserva, duas pistolas e alguns livros cuja leitura podia me manter acordado, mas a verdade é que eu tinha perdido o sono.

"Passei umas duas horas, ora lendo, ora me virando na cama. Finalmente ouvi as badaladas de um sino ou de um relógio batendo meia-noite. Espantei-me, porque não tinha ouvido bater as outras horas. Logo a porta se abriu, e vi entrar minha madrasta: estava com um penhoar e levava um castiçal na mão. Aproximou-se de mim, andando nas pontas dos pés e com o dedo na boca, como para me impor silêncio. Depois colocou o castiçal na mesa de cabeceira, sentou-se em minha cama, pegou uma de minhas mãos e me falou nos seguintes termos: 'Meu querido Pacheco, chegou o momento em que posso lhe dar os prazeres que prometi. Há uma hora arribamos a esta taverna. Seu pai foi dormir na fazenda, mas, como soube onde você estava, consegui a permissão de pernoitar aqui com minha irmã Inésille. Ela o aguarda e se dispõe a nada lhe recusar; mas é preciso que você esteja informado das condições que impus para a sua felicidade. Você ama

Inésille, e eu o amo. Não convém que, de nós três, dois sejam felizes à custa do terceiro. Exijo que uma só cama nos sirva esta noite. Venha'.

"Minha madrasta não me deu tempo de responder; pegou-me pela mão e me levou, de corredor em corredor, até chegarmos a uma porta, quando então se pôs a olhar pelo buraco da fechadura.

"Depois de ter olhado bastante, disse-me: 'Corre tudo bem, veja você mesmo'.

"Tomei seu lugar na fechadura e, de fato, vi a encantadora Inésille em sua cama; mas como estava distante da modéstia que sempre enxerguei nela! A expressão de seus olhos, a respiração agitada, sua tez corada, sua atitude, tudo provava que esperava um amante.

"Camille me deixou olhar bem, e disse-me: 'Meu querido Pacheco, fique nesta porta; quando estiver na hora, virei avisá-lo'.

"Quando entrou, pus novamente meu olho no buraco da fechadura e vi mil coisas que é difícil contar. Primeiro Camille se despiu, com certa insinuação, e, depois, pondo-se na cama da irmã, disse-lhe: 'Minha pobre Inésille, é verdade mesmo que você quer ter um amante? Pobre criança, não sabe o mal que ele lhe fará. Primeiro, vai sufocá-la, pisoteá-la, e depois esmagá-la, dilacerá-la'.

"Quando Camille imaginou que sua aluna estava devidamente doutrinada, foi abrir a porta, conduziu-me ao leito de sua irmã e deitou-se conosco.

"Que lhes direi daquela noite fatal? Esgotei suas delícias e seus crimes. Por muito tempo lutei contra o sono e a natureza para prolongar ainda mais meus prazeres infernais. Finalmente adormeci e acordei no dia seguinte ao pé da forca dos irmãos De Zoto e deitado entre os infames cadáveres deles."

O ermitão interrompeu aqui o demoníaco e disse-me:

"E então, meu filho, o que lhe parece? Você não ficaria um tanto espavorido ao se ver deitado entre dois enforcados?"

Respondi:

"Padre, o senhor me ofende. Um fidalgo jamais deve ter medo, e menos ainda quando tem a honra de ser capitão dos Guardas Valões."

"Mas, meu filho", continuou o ermitão, "já ouviu falar que uma aventura dessas tenha acontecido com alguém?"

Hesitei um instante, depois do que respondi:

"Padre, se essa aventura aconteceu com o senhor Pacheco, pode ter acontecido com outros; julgarei melhor ainda se fizer a gentileza de mandá-lo continuar sua história."

O ermitão virou-se para o possuído e disse:

"Pacheco, Pacheco! Em nome de seu redentor, ordeno-lhe que continue sua história."

Pacheco deu um uivo terrível e prosseguiu nos seguintes termos.

"Eu estava semimorto quando saí da forca. Arrastava-me sem saber para onde. Finalmente, encontrei viajantes que tiveram pena de mim e me levaram de volta a Venta Quemada. Ali encontrei o estalajadeiro e meus homens, muito pesarosos comigo. Perguntei se meu pai havia dormido na fazenda. Responderam-me que ninguém tinha ido lá.

"Não aguentei mais ficar muito tempo em Venta, e peguei de novo o caminho de Andujar. Só cheguei depois do pôr do sol. A estalagem estava cheia, arrumaram-me uma cama na cozinha e ali me deitei, mas não consegui dormir, pois era incapaz de afastar de meu espírito os horrores da noite anterior.

"Eu tinha deixado uma vela acesa em cima da fornalha da cozinha. De repente ela se apagou, e senti instantaneamente como que um arrepio mortal, que gelou minhas veias.

"Puxaram minha coberta, depois ouvi uma vozinha dizendo: 'Sou Camille, sua madrasta, estou com frio, meu coraçãozinho, abra um lugar para mim debaixo da sua coberta'.

"Depois outra voz disse: 'E eu sou Inésille. Deixe-me entrar na sua cama. Estou com frio, estou com frio'.

"Depois senti a mão gelada de alguém pegando debaixo do meu queixo. Enchi-me de coragem para dizer bem alto: 'Satanás, retire-se!'.

"Então as vozinhas me disseram: 'Por que nos expulsa? Você não é nosso maridinho? Estamos com frio. Vamos fazer um foguinho'.

"De fato, logo em seguida vi chamas na lareira da cozinha, que ficou mais clara. E avistei, não mais Inésille e Camille, mas os dois irmãos De Zoto, enforcados na chaminé.

"Essa visão me deixou fora de mim. Saí da cama. Pulei pela janela e comecei a correr pelo campo. A certa altura cheguei a me felicitar por ter escapado de tantos horrores, mas me virei e vi que estava sendo seguido pelos dois enforcados. Continuei a correr, e vi que os enforcados tinham ficado para trás. Mas minha alegria não durou muito. As detestáveis criaturas começaram a dar cambalhotas e num instante estavam na minha frente. Corri de novo; finalmente minhas forças me abandonaram. .

"Então senti que um dos enforcados agarrava meu tornozelo esquerdo. Quis me safar, mas o outro enforcado barrou meu caminho. Apresentou-se diante de mim, fazendo uns olhares horrorosos e mostrando uma língua vermelha como ferro que sai do fogo. Pedi clemência. Em vão. Com uma das mãos ele me pegou pela garganta e com a outra arrancou o olho que está me faltando. No lugar do olho, enfiou sua língua escaldante. Lambeu todo o meu cérebro e me fez rugir de dor.

"Então o outro enforcado, que tinha agarrado minha perna esquerda, também quis dar seu espetáculo. Primeiro começou fazendo cócegas na planta do meu pé, que ele segurava. Depois o monstro arrancou a pele desse pé, separou todos os nervos, deixou-os expostos e quis tocar com eles como se tocasse com um instrumento de música; como eu não fazia um som que lhe agradasse, enfiou seu esporão na minha panturrilha, beliscou os tendões e começou a enroscá-los, como se faz para afinar uma harpa. Finalmente começou a tocar com a minha perna, na qual tinha modelado um saltério. Ouvi seu riso diabólico. Enquanto a dor me arrancava mugidos pavorosos, os berros do inferno lhes faziam coro. Mas quando chegaram aos meus ouvidos os rangidos daqueles danados, achei que cada uma de minhas fibras estava sendo triturada entre seus dentes. Afinal, perdi os sentidos.

"No dia seguinte, os pastores me acharam no campo e me trouxeram para esta ermida. Aqui confessei meus pecados, e encontrei ao pé da cruz algum alívio para meus males."

Nesse momento o demoníaco soltou um grito medonho e se calou.

Então o ermitão tomou a palavra e disse:

"Jovem, você está vendo o poder de Satanás, reze e chore. Mas é tarde. Temos de nos separar. Não lhe proponho dormir na minha cela porque durante a noite Pacheco dá uns gritos que poderiam incomodá-lo. Vá dormir na capela. Ali estará sob a proteção da Cruz, que derrota os demônios."

Respondi ao ermitão que me deitaria onde ele quisesse. Levamos para a capela uma pequena cama de armar. Deitei-me, e o ermitão me desejou boa-noite.

Quando fiquei sozinho, o relato de Pacheco voltou à minha mente. Encontrei muitas similaridades com minhas próprias aventuras, e ainda refletia nisso quando ouvi bater meia-noite. Não sabia se era o ermitão que batia, ou se mais uma vez eu teria de lidar com assombrações. Então ouvi alguém arranhando minha porta. Fui até lá e perguntei:

"Quem está aí?"

Uma vozinha me respondeu: 'Estamos com frio, abra, são suas mulherzinhas'.

"Sei, sei, malditos enforcados", respondi, "voltem para o seu patíbulo e me deixem dormir."

Então a vozinha me disse:

"Você está zombando de nós porque está numa capela, mas venha um pouco aqui fora."

"Já estou indo", logo respondi.

Fui pegar minha espada e quis sair, mas achei que a porta estava fechada. Disse isso às assombrações, que nada responderam. Fui me deitar e dormi até amanhecer.

Tradução de Rosa Freire D'Aguiar

JOSEPH VON EICHENDORFF

Sortilégio de outono

("Die Zauberei im Herbst", 1808-9)

Eichendorff (1788-1857), poeta e narrador, é um dos mais felizes e leves autores do romantismo alemão; sua obra-prima é o breve romance História de um vagabundo *(1826). Na novela que aqui apresento — a primeira que ele escreveu, aos vinte anos, mas publicada postumamente —, ele dá uma versão romântica de uma famosa lenda medieval, a história de Tannhäuser, que passa uma temporada no paraíso pagão de Vênus, visto como o mundo da sedução e do pecado. Essa lenda — que mais tarde Wagner transformou em ópera lírica — inspirará um outro conto de Eichendorff, "A estátua de mármore" (1819), ambientado na Itália. Mas aqui o país do pecado é uma espécie de duplo do nosso mundo, um mundo paralelo, sensual e angustiado. Passar de um mundo a outro é fácil, e mesmo o retorno ao nosso mundo não é impossível; mas o homem que, após ter sofrido um feitiço e ter escapado a ele, queria expiar suas culpas tornando-se um eremita opta no último momento pelo mundo encantado e se deixa arrastar por ele.*

Saindo à caça numa serena tarde de outono, o cavaleiro Ubaldo afastara-se bastante dos seus e seguia a cavalo por entre solitárias montanhas cobertas por bosques quando de uma delas viu descer um homem com insólitas roupas coloridas. O estranho não deu pela sua presença até chegar bem perto dele. Ubaldo viu então, para sua surpresa, que o homem vestia um elegante gibão de ornamentos suntuosos que, à força do tempo, perdera contudo o brilho e saíra de moda. Seu rosto era belo, mas pálido e coberto por uma barba revolta.

Ambos se cumprimentaram perplexos, e Ubaldo explicou que tivera a infelicidade de perder-se por aquelas bandas. O sol já mergulhara atrás das montanhas, e aquele lugar era distante de toda habitação humana. Assim, o desconhecido propôs ao cavaleiro que pernoitasse com ele; na manhã seguinte, à primeira luz, indicar-lhe-ia o único caminho de saída daquelas montanhas. Ubaldo aceitou de bom grado e pôs-se na trilha de seu guia por desfiladeiros de mata deserta.

Logo chegaram a um pico elevado, ao pé do qual fora escavada uma caverna espaçosa. No centro dela havia uma grande pedra, sobre a pedra um crucifixo de madeira. Um catre de folhas secas preenchia os fundos da cela. Ubaldo amarrou seu cavalo junto à entrada, enquanto seu anfitrião trazia em silêncio pão e vinho. Tomaram ambos os seus assentos, e o cavaleiro, a quem as roupas do desconhecido pareciam pouco adequadas a um eremita, não pôde conter a pergunta sobre o seu passado.

"Não queiras saber quem eu sou", respondeu secamente o eremita, e seu rosto fez-se sombrio e hostil.

Em contrapartida, Ubaldo notou que ele escutava com toda a atenção e depois ficava absorto em pensamentos quando o cavaleiro começava a contar algumas de suas jornadas e os feitos gloriosos que praticara na juventude. Exausto, Ubaldo por fim deitou-se no leito de folhas que lhe era oferecido e logo pegou no sono, enquanto seu anfitrião sentava-se à entrada da caverna.

No meio da noite, perturbado por sonhos agitados, o cavaleiro despertou e ergueu-se na cama. Fora, a lua muito clara banhava o contorno silencioso das montanhas. Na boca da caverna, viu seu anfitrião andar inquieto de lá para cá sob árvores altas, oscilantes. Entoava com voz surda uma canção da qual Ubaldo só podia ouvir, a intervalos, mais ou menos as seguintes palavras:

O medo me arranca do abismo,
Velhas melodias me estendem a mão —
Doces pecados, deixem-me em paz!

Ou me lancem de vez por terra
Ante o feitiço dessa canção,
Escondendo-me no seio da terra!

Deus! Eu queria orar com fervor,
Mas as imagens do mundo sempre
Sempre se põem entre mim e ti,
E o sibilo dos bosques ao redor
Enche a minha alma de terror,
Ó Deus severo, tenho medo de ti!

Ah, rompe também meus grilhões!
Para salvar toda a humanidade
Sofreste afinal em morte amarga.
Vagando junto aos portões do inferno,
Ah, como me encontro perdido!
Jesus, ajuda-me na minha aflição!

Terminada a canção, sentou-se numa pedra e pareceu murmurar umas preces imperceptíveis que mais soavam como confusas fórmulas mágicas. O rumor dos riachos das montanhas vizinhas e o leve farfalhar dos pinheiros uniram estranhamente as vozes num só canto, e Ubaldo, vencido pelo sono, deixou-se cair outra vez no leito.

Mal luziram os primeiros raios da manhã entre as copas das árvores e o eremita já se achava de pé diante do cavaleiro, para lhe indicar o caminho entre os desfiladeiros. Bem-disposto, Ubaldo montou seu cavalo e a seu lado cavalgava em silêncio seu misterioso guia. Logo alcançaram o cume da última montanha, de lá se abriu subitamente a seus pés a planície fulgurante de rios, cidades e castelos na mais bela claridade da manhã. O próprio eremita parecia surpreso.

"Ah, que beleza é o mundo!", exclamou, comovido, cobriu o rosto com as duas mãos e às pressas tornou aos bosques.

Balançando a cabeça, Ubaldo tomou então o caminho familiar rumo a seu castelo. A curiosidade no entanto logo o fez voltar a essas paragens ermas, e com algum esforço encontrou a caverna onde, dessa vez, o eremita o recebeu de forma menos sombria e taciturna.

SORTILÉGIO DE OUTONO 35

Que ele desejava sinceramente expiar pecados graves, isso Ubaldo já concluíra daquela canção noturna, mas lhe parecia que esse espírito lutava em vão com o inimigo, pois em seu comportamento nada havia da serena confiança de uma alma devotada a Deus, e muitas vezes, sentados juntos para conversar, uma ansiedade terrena fortemente reprimida irrompia com força quase hedionda dos irrequietos olhos flamejantes do homem, parecendo embrutecer estranhamente todas as suas feições e transformá-las por completo.

Isso instigou o pio cavaleiro a amiudar as suas visitas a fim de proteger e resguardar essa alma vacilante com toda a força de um espírito puro, imaculado. Sobre seu nome e vida pregressa, no entanto, o eremita guardou silêncio todo esse tempo; o passado parecia fazê-lo estremecer. Mas a cada visita ele se tornava visivelmente mais calmo e confiante. Por fim, o bom cavaleiro logrou até mesmo convencê-lo a que o seguisse a seu castelo.

Já caíra a noite quando chegaram ao forte. O cavaleiro fez acender uma lareira aconchegante e mandou vir do melhor vinho que possuía. O eremita pareceu sentir-se à vontade pela primeira vez. Observou com toda a atenção uma espada e outras armas que cintilavam à luz do fogo penduradas na parede, e então contemplou o cavaleiro em silêncio, longamente.

"És feliz", disse, "e admiro a tua figura robusta, elegante e viril com verdadeiro temor e reverência, como vives impassível a mágoa e o júbilo e levas a vida sereno, ao mesmo tempo que pareces entregar-te a ela por inteiro, tal qual um marinheiro que sabe muito bem como manejar o leme e não se deixa confundir em seu curso pela maravilhosa canção das sereias. Na tua presença já me senti várias vezes como um tolo covarde ou como um louco. Há pessoas inebriadas de vida — ah, como é terrível ficar sóbrio outra vez de um só golpe!"

O cavaleiro, que não queria perder a oportunidade de tirar proveito desse singular arroubo de seu hóspede, insistiu com bondade que ele afinal lhe confiasse a história de sua vida. O eremita ficou pensativo.

"Se me prometeres", disse por fim, "manter eterno segredo daquilo que te contar, e me permitires omitir todos os nomes, eu o farei."

O cavaleiro estendeu-lhe a mão e prometeu-lhe satisfeito aquilo que ele pedia, e mandou chamar sua esposa, por cujo silêncio se responsabilizava, a fim de que ela também tomasse parte na história pela qual ambos ansiavam havia tempo.

Ela apareceu, com uma criança no colo e levando a outra pela mão. Era uma figura alta, bela em sua juventude em declínio, quieta e doce como o crepúsculo, a própria beleza minguante refletida nas adoráveis crianças. O estranho perturbou-se seriamente ao vê-la. Abriu as janelas de par em par e contemplou por alguns instantes a extensão noturna da floresta, para refazer-se. Mais calmo, tornou a eles; todos se aninharam ao redor da lareira chamejante, e ele pôs-se a falar da seguinte maneira:

"O sol de outono erguia-se ameno e tépido sobre a névoa colorida que cobria os vales em torno do meu castelo. A música dissipara-se, a festa chegara ao fim, e os joviais convivas retiravam-se para todos os lados. Era uma festa de despedida que eu oferecia a meu melhor companheiro, que naquele dia, junto com seu séquito, abraçara a causa da Santa Cruz para ajudar o exército cristão a conquistar a Terra Prometida. Desde a nossa mais tenra juventude essa empreitada era o único objeto de nossos desejos, esperanças e sonhos, e ainda hoje me invade muitas vezes uma indescritível nostalgia daqueles tempos tranquilos, de manhãs tão belas, quando nos sentávamos juntos sob as tílias esguias na encosta rochosa de meu forte e seguíamos em pensamento as nuvens que vogavam para aquele abençoado país de maravilhas onde viviam e lutavam Godofredo e outros heróis no esplendor da glória. Mas como tudo mudou rápido dentro de mim! Uma donzela, a flor de toda a beleza, que eu vira apenas algumas vezes e por quem, sem que ela soubesse, nutri desde o início um amor invencível, mantinha-me cativo no calmo baluarte dessas montanhas. Agora que eu era forte o bastante para combater, era incapaz de me separar e deixava que meu amigo partisse só. Ela também estivera presente à festa, e eu me regalava com desmedida felicidade no reflexo de sua beleza. Quando de manhã ela fez menção de partir e eu a ajudei a montar no cavalo, atrevi-me a revelar-lhe que somente por causa dela eu desistira da expedição. Nenhuma resposta ela deu, mas arregalou-me os olhos como que assustada e partiu a galope."

A essas palavras, o cavaleiro e sua mulher entreolharam-se com visível sobressalto. O estranho, porém, não percebeu e continuou:

"Todos haviam ido embora. O sol brilhava pelas altas janelas ogivais nos aposentos vazios, onde agora só ecoavam meus passos solitários. Debrucei-me longamente na sacada; dos bosques tranquilos embaixo ressoava o golpe de um ou outro lenhador. Um indescritível arroubo de nostalgia apoderou-se de mim nessa minha solidão. Não pude mais suportar, lancei-me sobre meu cavalo e saí à caça, para desafogar meu coração oprimido.

"Vaguei por um bom tempo e encontrei-me afinal, para surpresa minha, numa parte do território que até então me era totalmente desconhecida. Cavalgava pensativo, com meu falcão no braço, por uma campina magnífica, sobre a qual os raios do sol poente incidiam oblíquos; as teias de outono voavam feito véus pelo sereno ar azul; acima das montanhas sopravam as canções de adeus das aves migratórias.

"Súbito ouvi várias trompas de caça que, a certa distância das montanhas, pareciam responder uma à outra. Algumas vozes as acompanhavam com canto. Nunca antes música alguma me preenchera com nostalgia tão maravilhosa como esses timbres, e ainda hoje me recordo de várias estrofes da canção, tal como me soprou o vento entre os acordes:

Em riscas amarelas e vermelhas
Migram os pássaros lá no alto.
Aflitos vagueiam os pensamentos,
Ah!, não encontram refúgio algum,
E as queixas sombrias das trompas
Golpeiam só a ti, coração solitário.

Vês a silhueta das montanhas azuis
Ao longe, erguendo-se da floresta,
Os riachos que no vale tranquilo
Seguem murmurejantes ao longe?
Nuvens, riachos, pássaros alegres,
Tudo se confunde na distância.

Dourados meus cachos ondeiam,
Doce meu corpo jovem floresce —
Logo a beleza também fenece,
Tal como esmorece o brilho do verão;
A juventude tem de vergar suas flores,
Ao redor as trompas todas silenciam.

Braços delgados para abraçar,
Boca vermelha para o doce beijo,
Brancos seios para neles se aquecer,
Ricas, plenas juras de amor

Oferecem-te os timbres das trompas.
Vem, amor, antes que se dissipem!

"Fiquei deslumbrado com esses acordes que me penetraram o coração. Meu falcão, assim que se ergueram as primeiras notas, espantou-se, alçou voo com um guincho estridente, desapareceu nos ares e nunca mais voltou. Mas eu fui incapaz de resistir e continuei a seguir a sedutora canção das trompas, que, confundindo os sentidos, ora soavam como que à distância, ora se avolumavam com o vento.

"Assim foi até que eu finalmente saí da floresta e avistei um castelo rutilante situado sobre uma montanha bem à minha frente. Ao redor do castelo, do cume até a floresta embaixo, um magnífico jardim nas cores mais variadas, circundava o edifício como um anel mágico. Todas as suas árvores e seus arbustos, tingidos pelo outono com muito mais força que noutras partes, eram vermelho-púrpura, amarelo-ouro e vermelho-fogo; sécias elevadas, esses últimos astros do verão minguante ardiam ali em múltiplo esplendor. O sol poente lançava os seus raios no adorável outeiro, nas fontes e nas janelas do castelo, que luziam ofuscantes.

"Percebi então que os acordes de trompa que ouvira antes provinham desse jardim, e em meio ao fulgor de sarmentos selvagens de videira eu vi, com o mais íntimo assombro, a donzela que povoava todos os meus pensamentos, andando de lá para cá, ela própria a cantar entre os acordes. Ao avistar-me, calou-se, mas as trompas seguiram soando. Belos jovens com roupas de seda acorreram solícitos e levaram-me o cavalo.

"Atravessei o portão gradeado finamente revestido de ouro no terraço do jardim onde se achava a minha amada e sucumbi, subjugado por tamanha beleza, a seus pés. Ela usava um vestido vermelho-escuro; véus longos, transparentes como os fios leves do outono, adejavam ao redor dos cachos louro-dourados, apanhados sobre a fronte por um suntuoso diadema de pedras preciosas.

"Ela ergueu-se afetuosa e, numa voz enternecedora, como entrecortada por amor e pesar, disse: 'Jovem belo e infeliz, como eu te amo! Há muito eu te amo, e quando o outono dá início a seu misterioso festival, a cada ano desperta o meu desejo com nova e irresistível força. Infeliz! Como vieste parar no círculo dos meus acordes? Deixa-me e foge!'.

"Estremeci a essas palavras, e implorei-lhe que continuasse a me falar e se explicasse em mais detalhes. Mas ela não respondeu, e andamos lado a lado em silêncio pelo jardim.

"Nesse meio-tempo fez-se noite. Espalhou-se então uma grave majestade sobre toda a sua figura.

"'Pois fica então sabendo', disse ela, 'que teu amigo de infância, que hoje se despediu de ti, é um traidor. Fui forçada a ser sua noiva. Por puro ciúme ele esconanteu de ti o seu amor. Ele não partiu para a Palestina; virá amanhã para me buscar e me esconder para sempre num castelo distante, longe dos olhos humanos. Agora tenho de ir. Se ele não morrer, nunca mais nos veremos.'

"Dizendo essas palavras, pousou-me um beijo nos lábios e desapareceu nas passagens escuras. Uma pedra de seu diadema cintilou com brilho gélido em meus olhos quando ela se foi; seu beijo queimava-me com volúpia quase terrível em todas as minhas veias.

"Ponderei então com pavor as palavras funestas que, ao despedir-se, ela instilara como veneno em meu sangue impoluto, e vaguei longamente, absorto em pensamentos, pelas veredas solitárias. Exausto, por fim estirei-me nos degraus de pedra diante do portão do castelo; as trompas continuavam a soar, e eu adormeci em meio a estranhos pensamentos.

"Quando abri os olhos, já clareara o dia. Todas as portas e janelas estavam firmemente cerradas, o jardim e toda a paisagem estavam calmos. Nessa solidão, despertou a imagem da amada e de todo o sortilégio da tarde anterior com novos matizes de beleza matutina em meu coração, e senti em cheio a felicidade de ser correspondido no amor. Às vezes, é verdade, quando aquelas terríveis palavras me voltavam à lembrança, meu impulso era fugir para longe dali; mas o beijo ainda me ardia nos lábios, e eu era incapaz de sair do lugar.

"Soprava um vento cálido, quase sufocante, como se o verão quisesse voltar atrás. Saí andando ao léu pela floresta vizinha, perdido em devaneios, para distrair-me com a caça. Foi então que vi na copa de uma árvore um pássaro de plumagem tão magnífica como jamais vira antes. Quando retesei o arco para atirar, voou rápido para outra árvore. Segui-o com avidez, mas o belo pássaro continuava a esvoaçar de copa em copa, suas asas rebrilhando à luz do sol.

"Cheguei assim a um vale estreito, cercado de rochas escarpadas. Nem ao menos um bafejo de ar infiltrava-se até ali; tudo ainda estava verde e florido como no verão. Um canto avolumou-se inebriante do centro desse vale. Atônito, verguei os galhos do arbusto cerrado junto ao qual me encontrava — e meus olhos baixaram-se ébrios e ofuscados pelo encanto que lá me era revelado.

"No círculo das rochas escarpadas havia um lago de águas calmas, junto ao qual heras e singulares flores de junco trepavam com opulência. Várias moças banhavam seus belos corpos ao som de cantigas, submergiam-nos e tornavam a emergi-los das águas tépidas. Acima de todas elas estava a donzela suntuosa, sem véus, que, em silêncio, enquanto as outras cantavam, contemplava as ondas brincando voluptuosas ao redor de seus tornozelos, como que fascinada e absorta na imagem de sua própria beleza refletida no extasiado espelho d'água. De pés plantados, com ardentes calafrios lá fiquei por longo tempo, até que o belo grupo deixou a água e eu me afastei às pressas para não ser descoberto.

"Meti-me na floresta mais densa para arrefecer as chamas que devoravam meu íntimo. Mas quanto mais fugia, mais vivas aquelas imagens dançavam diante de meus olhos, mais eu era consumido pelo fulgor daqueles corpos juvenis.

"A noite que caía apanhou-me ainda na floresta. O céu inteiro transformara-se e escurecera nesse meio-tempo; uma tempestade agreste passou sobre as montanhas. 'Se ele não morrer, nunca mais nos veremos!', eu não parava de repetir para mim mesmo, e corria como se acossado por fantasmas.

"Por vezes me parecia ouvir a meu lado o estampido de cascos de cavalos na floresta, mas eu me furtava a todo rosto humano e fugia de todo ruído tão logo parecia aproximar-se. O castelo de minha amada eu avistava várias vezes quando chegava a uma elevação, situado à distância; as trompas tornaram a cantar como na noite anterior; o brilho das velas difundia-se como um tênue luar por todas as janelas e iluminava magicamente à volta o círculo das árvores e flores adjacentes, enquanto lá fora toda a paisagem atracava-se em tempestade e trevas.

"A ponto de perder o controle dos meus sentidos, escalei finalmente uma rocha íngreme sob a qual corria um ribeirão estrondeante. Quando cheguei ao topo, ali avistei uma figura escura sentada sobre uma pedra, quieta e imóvel, como se ela própria fosse de pedra. As nuvens lançavam-se pelos céus, dilaceradas. A lua surgiu vermelho-sangue por um instante — e eu reconheci meu amigo, o noivo de minha amada. Ergueu-se assim que me viu, rápido e a prumo, tanto que estremeci por dentro, e agarrou sua espada. Em fúria, caí sobre ele e o prendi com os dois braços. Lutamos por alguns momentos, até que por fim arremessei-o pedra abaixo no abismo.

"Súbito fez-se silêncio nas profundezas e ao redor, só o ribeirão embaixo rugia com mais força, como se toda a minha vida pretérita estivesse sepultada sob essas águas turbulentas e tudo fosse para sempre passado.

"Corri em disparada para longe daquele lugar terrível. Foi então que me pareceu ouvir uma risada estrepitosa, perversa, como se viesse da copa das árvores às minhas costas; ao mesmo tempo, na confusão dos meus sentidos, supus rever o pássaro que perseguira antes, nos galhos acima de mim. Acuado, transido de medo e meio desfalecido, corri pelas selvas e transpus o muro do jardim rumo ao castelo da donzela. Com todas as forças sacudi os gonzos do portão fechado. 'Abram', gritei fora de mim, 'abram, eu matei meu irmão do peito! Agora és minha na terra e no inferno!'

"As folhas do portão rapidamente se abriram, e a donzela, mais bela do que eu jamais a vira, atirou-se com abandono em meu peito dilacerado, revolto por tempestades, e cobriu-me de beijos ardentes.

"Haveis de permitir que eu cale sobre o luxo dos aposentos, a fragrância de flores e árvores exóticas entre as quais se entreviam belas criadas a cantar, as vagas de luz e música, a volúpia furiosa e inefável que nos braços da donzela eu..."

Nesse ponto o estranho estacou de repente. É que lá fora se podia ouvir uma estranha canção que passava esvoaçante pelas janelas do forte. Eram apenas algumas notas, que ora soavam como a voz humana, ora como os acordes mais agudos do clarinete quando a floresta os faz soprar sobre as montanhas distantes, tomando o coração de assalto e partindo ligeiros.

"Acalma-te", disse o cavaleiro, "estamos habituados a isso. Dizem que nos bosques vizinhos costuma haver bruxaria, e muitas vezes na época de outono tais sons chegam à noite até o nosso castelo. Eles se vão tão rápido quanto chegam, e não nos preocupamos mais com o assunto."

No entanto, uma grande comoção parecia agitar o peito do cavaleiro, e só a custo ele a reprimia. Os acordes lá fora já haviam sumido. O estranho permanecia sentado, como se ausente, perdido em profundos pensamentos. Após longa pausa, recompôs-se e retomou a sua história, embora não tão calmo como antes:

"Eu notava que a donzela, em meio ao esplendor, era acometida às vezes de uma involuntária melancolia quando via que fora do castelo o outono queria dar adeus às campinas. Mas uma noite de sono bem-dormida bastava para que tudo voltasse ao normal, e o seu rosto magnífico, o jardim e a paisagem toda ao redor miravam-me de manhã sempre com viço, frescor e como que recém-criados.

"Só uma vez, eu a seu lado diante da janela, ela ficou mais calada e triste que de hábito. Lá fora no jardim a tempestade de inverno brincava com as folhas caídas. Percebi que várias vezes ela estremecia furtivamente ao contemplar a paisagem empalidecida. Todas as suas criadas nos haviam deixado; as canções das trompas soavam naquele dia só à infinita distância, até que afinal extinguiram-se. Os olhos da minha amada haviam perdido todo o brilho e pareciam extintos. Atrás das montanhas o sol se pôs e encheu o jardim e os vales ao redor com seu brilho pálido. Então a donzela envolveu-me com os braços e começou a cantar uma estranha canção que eu nunca ouvira de seus lábios e que penetrava a casa inteira com seus acordes infinitamente melancólicos. Ouvi encantado, era como se essa melodia me tragasse lentamente para baixo com a noite que caía, meus olhos se fecharam a contragosto, e eu adormeci em meio a sonhos.

"Quando despertei já era noite e tudo estava em silêncio no castelo. A lua brilhava muito clara. Minha amada dormia deitada a meu lado num leito de seda. Contemplei-a perplexo; estava pálida feito cadáver, os seus cachos pendiam em desalinho sobre o rosto e o peito, como se desgrenhados pelo vento. Todo o resto ao meu redor permanecia intocado, tal como antes de adormecer; pareceu-me que muito tempo havia decorrido. Aproximei-me da janela aberta. A paisagem lá fora me pareceu transformada e bem diferente daquela que eu sempre vira. As árvores farfalhavam misteriosamente. Vi então lá embaixo, junto ao muro do castelo, dois homens que murmuravam e conferenciavam às ocultas, curvando--se sempre do mesmo modo e inclinando-se um para o outro num movimento de vaivém, como se quisessem urdir uma teia. Eu era incapaz de entender o que diziam, só os ouvia de vez em quando mencionar meu nome. Tornei a observar a figura da donzela, que agora era iluminada em cheio pela lua. Pareceu-me ver uma imagem de pedra, bela, mas fria como a morte, e imóvel. Uma pedra cintilava como olhos de basilisco em seu peito hirto, sua boca parecia-me estranhamente desfigurada.

"Um horror, desses que eu nunca sentira antes em minha vida, possuiu-me num instante. Deixei tudo para trás e disparei pelos átrios vazios e desertos, onde todo o brilho se extinguira. Quando saí do castelo, vi a certa distância os dois estranhos de repente petrificados em sua tarefa e paralisados como estátuas. Do outro lado, montanha abaixo, avistei junto a um estranho lago várias moças com trajes brancos como neve que, entre cantigas maravilhosas, pareciam ocupadas em estender sobre os campos estranhas teias, empalidecendo ao luar. Essa visão e esse canto aumentaram ainda mais meu horror, e lancei-me com ímpeto tanto maior por sobre o muro do jardim. As nuvens voavam ligeiras no céu, as árvores atrás de mim farfalhavam, eu corria buscando fôlego para longe, para longe.

SORTILÉGIO DE OUTONO   43

"Aos poucos a noite tornou-se calma e mais quente, os rouxinóis cantavam nos arbustos. Além, na profundeza das montanhas, pude ouvir vozes, e antigas recordações havia muito esquecidas tornaram a alvorecer indistintas em meu coração consumido pelo fogo, enquanto à minha frente a mais bela alvorada de primavera erguia-se sobre as montanhas.

"'Que é isso? Mas onde estou?', exclamei, surpreso, e não sabia o que havia acontecido comigo. 'O outono e o inverno se foram, a primavera está de volta à terra. Meu Deus! Onde é que eu estive todo esse tempo?'

"Finalmente alcancei o topo da última montanha. O sol levantava-se esplêndido. Um arrepio de prazer encrespou a terra, riachos e castelos brilhavam, as pessoas, ah!, cuidavam tranquilas e alegres de seus afazeres diários como sempre, incontáveis cotovias alçavam em júbilo um voo alto pelos ares. Caí de joelhos e chorei amargamente pela minha vida perdida.

"Não entendia e não entendo até agora como tudo se passou, mas não queria ainda descer ao mundo sereno e inocente com este peito cheio de pecado e volúpia desabrida. Enterrado no mais profundo ermo, o meu desejo era rogar perdão aos céus e não rever as moradas dos homens antes que tivesse lavado com lágrimas de fervorosa penitência todas as minhas faltas, a única coisa sobre o passado de que eu tinha clara e nítida consciência.

"Vivi assim durante um ano, quando então me encontraste perto da caverna. Preces fervorosas brotavam com frequência do meu peito angustiado, e por vezes eu supunha que tudo estava superado e que eu encontrara a graça de Deus, mas isso era apenas a doce ilusão de momentos raros, e tudo passava rapidamente. E quando o outono torna a estender sua maravilhosa rede de cores sobre vales e montanhas, então alguns acordes bem familiares voltam a desprender-se da floresta até minha solidão, e vozes sombrias dentro de mim lhes fazem eco e lhes dão resposta, e no meu íntimo ainda me deixam estarrecido as pancadas dos sinos da catedral distante, quando me alcançam em claras manhãs de domingo transpondo montanhas, como se buscassem o velho e sereno reino de Deus da infância em meu peito, que nele não se acha mais. Como vês, há um maravilhoso e sombrio reino de ideias no peito humano onde rebrilham com aterrador olhar enamorado cristais e rubis e todas as flores petrificadas das profundezas, e acordes mágicos sopram de permeio, tu não sabes de onde vêm e para onde vão, a beleza da vida terrena faísca de fora para dentro em crepúsculo, as fontes invisíveis, tristemente sedutoras, murmuram continuamente, e te tragam eternamente para baixo, para baixo!"

"Pobre Raimundo", exclamou então o cavaleiro, que observara longamente, com profunda emoção, o estranho perdido nos devaneios de sua história.

"Santo Deus! Quem és, que sabes o meu nome?", exclamou o estranho num pulo, como se atingido por um raio.

"Deus meu!", retrucou o cavaleiro, e com efusão envolveu em seus braços o homem que tremia de alto a baixo, "então não nos reconheces mais? Eu sou seu velho e fiel irmão de armas Ubaldo, e esta é a tua Berta, que amaste em segredo, que ajudaste a montar no cavalo depois daquela festa de despedida em teu forte. O tempo e uma vida movimentada embaçaram desde então nossas feições de fresca juventude, e eu só te reconheci quando começaste a narrar tua história. Eu nunca estive num lugar como aquele que descreveste, e nunca lutei contigo sobre pedra nenhuma. Logo depois daquela festa parti para a Palestina, onde combati por muitos anos, e a bela Berta que vês aqui se tornou minha mulher após meu retorno. Berta também não te viu nunca mais depois da festa de despedida, e tudo o que narraste é pura fantasia. Um feitiço maléfico, que desperta a cada outono e então sempre te põe a perder, meu pobre Raimundo, te manteve seduzido durante muitos anos com ardis de mentira. Sem te dares conta, viveste meses como se fossem dias. Ninguém sabia, quando retornei da Terra Prometida, para onde tinhas ido, e nós te dávamos há muito por perdido."

Feliz que estava, Ubaldo não notou que seu amigo tremia cada vez mais fortemente a cada palavra. Com olhos cavos e arregalados ele fitava alternadamente um e outro e reconheceu então de súbito o amigo e a jovem amada, sobre cuja figura comovente, havia muito esmaecida, as chamas da lareira a brincar lançavam um clarão bruxuleante.

"Perdido, tudo perdido!", exclamou do fundo do peito, desvencilhou-se dos braços de Ubaldo e disparou rápido como uma flecha para fora do castelo na direção da noite e da floresta. "Isso mesmo, perdido, e meu amor e toda a minha vida uma longa ilusão!", não parava de dizer a si mesmo e corria, até todas as luzes no castelo de Ubaldo desaparecerem às suas costas. Quase sem querer, tomou o rumo de seu próprio forte, ao qual chegou quando rompia a aurora.

Fazia novamente uma serena manhã de outono como antes, quando havia muitos anos ele deixara o castelo, e a lembrança daquele tempo e a dor pelo brilho e glória perdidos de sua juventude abateram-se em cheio sobre toda a sua alma. As tílias esguias no pátio de pedras do forte continuavam farfalhando, mas o lugar e o castelo inteiro estavam vazios e desertos, e o vento sibilava pelos vãos das janelas em ruínas.

Entrou no jardim. Ele também estava ermo e destruído, só uma ou outra flor temporã ainda cintilava aqui e ali entre a relva descorada. Pousado numa flor elevada, um pássaro trinava uma canção maravilhosa que enchia o peito de infinda nostalgia. Era a mesma melodia que ele entreouvira na noite anterior ao narrar sua história no forte de Ubaldo. Com assombro reconheceu também o belo pássaro dourado da floresta encantada. Mas atrás dele, do alto de uma janela ogival do castelo, um homem esguio admirava a paisagem enquanto seguia ouvindo o canto, imóvel, pálido e salpicado de sangue. Era a imagem viva de Ubaldo.

Horrorizado, Raimundo desviou o rosto da imagem terrivelmente imóvel e baixou a vista para a manhã clara à sua frente. Súbito, lá embaixo passou a galope num corcel airoso a bela donzela encantada, sorridente, na flor da juventude. Fios prateados de verão tremulavam às suas costas, o diadema em sua fronte lançava raios ouro-esverdeados pela campina afora.

Com todos os sentidos turvados, Raimundo disparou pelo jardim em busca da imagem arrebatadora.

A estranha canção do pássaro sempre o precedia à medida que avançava. Aos poucos, quanto mais progredia, esses acordes transformavam-se magicamente na antiga canção das trompas que então o seduzira.

Dourados meus cachos ondeiam,
Doce meu corpo jovem floresce —

tornou a ouvir de forma indistinta, como um eco na distância.

Os riachos que no vale tranquilo
Seguem murmurejantes ao longe?

Seu castelo, as montanhas e o mundo inteiro abismaram-se em crepúsculo às suas costas.

Ricas, plenas juras de amor
Oferecem-te os timbres das trompas.

Vem, amor, antes que se dissipem!

tornou a ecoar — e, perdido em loucura, o pobre Raimundo seguiu a melodia pela floresta adentro e nunca mais foi visto.

Tradução de José Marcos Macedo

ERNST THEODOR AMADEUS HOFFMANN

O Homem de Areia

("Der Sandmann", 1817)

Este é o conto mais famoso de Hoffmann; foi a principal fonte da obra de Offenbach e inspirou um ensaio de Freud sobre o "estranho". Selecionar uma narrativa na vasta obra de Hoffmann é difícil: se opto por "Der Sandmann" não é para confirmar a escolha mais óbvia, mas porque este realmente me parece o conto mais representativo do maior autor fantástico do século XIX (1766-1822), o mais rico de sugestões e o mais forte em valor narrativo. A descoberta do inconsciente ocorre precisamente aqui, na literatura romântica fantástica, quase cem anos antes que lhe seja dada uma definição teórica.

Os pesadelos infantis de Natanael — que identifica o bicho-papão, evocado pela mãe para fazê-lo dormir, com a sinistra personagem do advogado Coppelius, amigo do pai, persuadindo-se de que ele é o ogro que arranca os olhos das criancinhas — continuam a acompanhá-lo na idade adulta. Enquanto ele segue seus estudos na cidade, acredita reconhecer Coppelius no piemontês Coppola, vendedor de barômetros e lentes. O amor pela filha do professor Spallanzani, Olimpia, que todos consideram uma bela jovem quando na verdade é um boneco (esse tema do autômato, da boneca, também se tornará recorrente na narrativa fantástica), será perturbado por novas aparições de Coppola-Coppelius até a loucura de Natanael.

NATANAEL A LOTARIO

Sei bem que os deixei apreensivos ficando tanto tempo sem escrever. Mamãe deve estar zangada, e Clara decerto acredita que me entreguei a uma vida dissoluta e já esqueci o doce anjo cuja imagem está tão profundamente gravada em meu coração e em meu pensamento. Mas não é assim; penso em todos vocês a cada dia e a cada hora, e o vulto da querida Clarinha me alegra os sonhos, e seus lindos olhos me sorriem com a mesma graça com que me sorriam no tempo em que eu estava aí. — Ah, como escrever no estado de aflição em que me encontro e que tão confuso me deixa? — Algo terrível ocorreu em minha vida! — Negros presságios de um destino horrendo e ameaçador pesam sobre mim qual nuvens sombrias, impenetráveis à benevolência de um raio de sol. Vou te contar o que se passou; tenho de contar o que vejo com tanta nitidez, muito embora me baste pensar nisso para que me aflore um riso demente aos lábios. Ah!, meu querido Lotario!, que hei de dizer para que sintas, ainda que vagamente, quanto é nefasta a influência que esse acontecimento recente passou a ter em minha vida! Queria que estivesses aqui e visses com teus próprios olhos! Mas sei que vais me tomar por um visionário supersticioso. — Em suma, a experiência terrível que tive, e cujo resultado fatal ainda me esforço em vão para apartar de mim, é simplesmente que, há poucos dias, precisamente em 30 de outubro, ao meio-dia, um vendedor de barômetros entrou no meu quarto com a intenção de vender suas mercadorias. Não comprei nada e ameacei jogá-lo escada abaixo, o que bastou para que ele tratasse de ir embora.

Talvez concluas que apenas circunstâncias muito peculiares e estreitamente ligadas à minha vida podem conferir importância a esse fato, sim, e que a mera pessoa do pobre vendedor foi capaz de despertar hostilidade em mim. De fato, é isso. Vou me esforçar ao máximo para falar, com calma e paciência, nos dias longínquos da minha infância, e expressar-me de modo que a tua inteligência aguçada tudo compreenda com clareza, em quadros límpidos e vivos. Agora que tento começar, é como se já estivesse ouvindo Clara rir e dizer, "Ora, que infantilidade!". Pois riam, riam de mim quanto quiserem, podem rir! — Santo Deus! Fico de cabelo eriçado e sinto que lhes peço que riam de mim com o mesmo alucinado desespero com que Franz Moor pede a Daniel* que dele ria com desprezo. — Mas vamos aos fatos.

* Alusão a personagens de *Os salteadores*, de Friedrich Schiller. (N. T.)

A não ser na hora do almoço, nós, ou seja, meus irmãos e eu, quase não víamos papai durante o dia. Ele vivia ocupado com os negócios. Depois do jantar, habitualmente servido às sete horas, todos, inclusive mamãe, íamos para o escritório de meu pai e nos sentávamos em torno da mesa redonda. Ele se punha a fumar e tomava um copo enorme de cerveja. Muitas vezes, contava-nos histórias maravilhosas e se entusiasmava de tal modo com elas que o cachimbo sempre se apagava; eu me encarregava de acendê-lo com a chama de um pedaço de papel, coisa que, para mim, era uma grande diversão. Mas também, com muita frequência, papai nos dava livros ilustrados para folhear e punha-se muito calado e imóvel na poltrona, soltando baforadas tão densas que todos acabávamos envoltos em uma neblina de fumaça. Nessas noites, mamãe ficava muito triste e, assim que o relógio dava as nove horas, dizia: "Vamos, meninos! Para a cama! Para a cama! O Homem de Areia está chegando, eu sei".

Nessas ocasiões, eu sempre ouvia barulho lá fora, passos lentos e pesados subindo a escada: só podia ser o Homem de Areia.

Certa vez, aquelas pisadas abafadas me assustaram muito; quando estávamos indo para o quarto, eu perguntei: "Mamãe! Quem é esse Homem de Areia tão malvado, que não nos deixa ficar com o papai? Como ele é, afinal?". E ela respondeu: "O Homem de Areia não existe, meu filho. Quando digo que ele chegou, significa que vocês estão com tanto sono que mal conseguem manter os olhos abertos, como se neles tivessem jogado areia".

Essa resposta não me satisfez; pelo contrário, minha mente infantil desenvolveu a clara ideia de que mamãe só negava a existência do Homem de Areia para que não ficássemos com medo; afinal, eu sempre o ouvia subir a escada. Procurando saber mais sobre o Homem de Areia e sua relação com as crianças, finalmente perguntei à velha ama-seca de minha irmã caçula quem era o tal Homem de Areia. "Ora, Naelzinho", ela retrucou, "então não sabes? É um homem mau que aparece para as crianças que não querem ir para a cama e joga punhados de areia em seus olhos até que estes saltem das órbitas, cobertos de sangue; então ele os guarda em um saco e os leva para a Lua, onde seus filhos os comem; é lá que eles moram, em um ninho, têm bico adunco de coruja e o usam para arrancar os olhos das crianças travessas."

Desde então, formei uma imagem horrenda do Homem de Areia; e à noite, quando ouvia barulho na escada, tremia de pavor e espanto. Minha mãe não conseguia tirar de mim senão palavras balbuciadas entre lágrimas: "O Homem de Areia! O Homem de Areia!". Eu corria para o quarto e me atormentava a noite inteira com aquela medonha visão.

Já estava suficientemente crescido para entender que a história do Homem de Areia e seus filhos na Lua, tal como a contava a velha ama-seca, não podia ser de todo verdadeira; mesmo assim, ele continuou sendo um fantasma terrível para mim — e eu ficava aterrorizado, em pânico, quando o ouvia não só subir a escada como também abrir bruscamente a porta do escritório de meu pai e entrar. Às vezes se ausentava durante longos períodos; depois passava a vir com muita frequência. Isso durou anos, mas eu não consegui me habituar àquela aparição horrenda, e a imagem pavorosa do Homem de Areia não se apagou em mim. Sua relação com papai começou a me interessar cada vez mais: uma timidez invencível me impedia de fazer-lhe perguntas sobre ele; mas, com o passar dos anos, meu desejo de desvendar sozinho o enigma e até mesmo ver o fabuloso Homem de Areia não fez senão aumentar. Ele tinha aberto para mim o caminho do fantástico, do extraordinário, que tão facilmente domina a imaginação infantil. Nada me agradava mais do que ouvir ou ler histórias horripilantes de duendes, bruxas, anões etc.; mas a elas sempre se sobrepunha o Homem de Areia, cuja imagem repulsiva eu desenhava a giz, a carvão, nas formas mais estranhas e abomináveis, em toda parte: nas mesas, nos armários, nas paredes.

Quando completei dez anos, mamãe me tirou do quarto das crianças e instalou-me em um pequeno aposento no corredor, não muito longe do escritório de meu pai. Seguíamos tendo de nos recolher às pressas toda vez que o soar das nove badaladas anunciava a chegada do misterioso desconhecido. Do quarto, eu o ouvia entrar no escritório e, pouco depois, sentia o cheiro suave e estranho de um vapor que parecia se espalhar pela casa. Com a curiosidade, aumentou também a minha coragem de travar conhecimento com o Homem de Areia, fosse lá como fosse. Muitas vezes, quando mamãe se recolhia, eu me esgueirava rapidamente pelo corredor, mas não conseguia vê-lo, pois sempre chegava quando ele já havia entrado no escritório e fechado a porta. Por fim, movido por um impulso irresistível, decidi esconder-me no próprio escritório e aguardar sua chegada.

Uma noite, pelo silêncio de meu pai e a tristeza de minha mãe, percebi que o Homem de Areia ia chegar e, tal como havia planejado, fingi estar com muito sono, saí do escritório antes das nove horas e me meti em um esconderijo ali perto. A porta da rua se abriu com um rangido, e aqueles passos lentos, pesados, sonoros avançaram pelo corredor, aproximando-se da escada. Mamãe passou apressadamente por mim com meus irmãos. Sem ruído — sem nenhum ruído —, abri a porta do escritório. Como de costume, meu pai estava em silêncio e imóvel na poltrona, de costas para mim, então não notou a minha presença, e eu entrei rapidamente e fui me esconder atrás da cortina de um armário aberto, que ficava perto da porta e onde papai guardava sua roupa. Lá fora, os ruidosos passos foram se aproximando cada vez mais, cada vez mais, e vinham acompanhados de estranhos pigarros, tosses e resmungos. Meu coração disparou de ansiedade e medo. Um passo mais nítido agora, bem próximo, bem próximo da porta, uma batida na maçaneta, e eis que a porta se abre com ruído! Esforçando-me para recobrar a coragem, espio com cautela. O Homem de Areia está postado no centro do escritório, diante de meu pai, o brilho claro das luzes incidindo em cheio em seu rosto! O Homem de Areia, o temível Homem de Areia, não é senão o velho advogado Coppelius, que às vezes vem almoçar conosco.

No entanto, a mais hedionda das figuras não me teria assustado tanto quanto o tal Coppelius. Imagina um homem alto, de ombros largos, com uma cabeça exageradamente grande, cara amarelada, quase ocre, sobrancelhas cerdosas e grisalhas, sob as quais brilham uns olhos penetrantes, verdes como os de um gato, e com um nariz comprido, que lhe cai por cima do lábio superior. Sua boca torta geralmente se contorce em um sorriso maligno, então aparecem duas manchas vermelhas em suas bochechas, e um estranho sibilar lhe sai por entre os dentes cerrados.

Coppelius sempre vinha com um casaco cinzento de corte antiquado, colete e calção iguais, mas com meias pretas e sapatos com fivelinhas cravejadas de pedras. A peruca minúscula mal lhe cobria o alto da calva, os cachos untados de fixador ficavam muito acima das orelhas coradas, e o rabicho não chegava a lhe cobrir a nuca, tanto que se via a fivela prateada do colarinho plissado. Todo ele era feio e repelente; mas para nós, crianças, não havia o que fosse mais repugnante do que suas mãos enormes, nodosas e peludas, tanto que não aceitávamos nada que ele tivesse tocado. Coppelius não tardou a notar isso e passou a ter grande satisfação em mexer, sob qualquer pretexto, no pedacinho de bolo ou na fruta doce que nossa boa mãe punha discretamente em nosso prato, de modo que ficávamos com os olhos cheios de lágrimas, pois o nojo e a repulsa nos impediam de comer aquelas guloseimas destinadas a nos agradar. Isso também acontecia nos dias de festa, quando papai nos servia um pouco de vinho doce. Coppelius se apressava a roçar o dedo no cálice ou até mesmo a levá-lo aos lábios arroxeados e ria diabolicamente, pois não nos restava senão soluçar baixinho para manifestar nossa irritação. Costumava chamar-nos de "bestinhas"; e, estando ele presente, nós não podíamos abrir a boca e amaldiçoávamos aquele sujeito asqueroso e hostil que fazia questão de estragar os nossos mais ínfimos prazeres. Mamãe parecia ter tanta aversão quanto nós pelo feio Coppelius, pois bastava ele chegar para que sua alegria, seu temperamento risonho e doce, se transformasse em uma triste e sombria sisudez. Papai o tratava como se ele fosse um ser superior, cujos péssimos modos tinham de ser tolerados, e não se devia poupar esforço para lhe conservar o bom humor. Bastava um leve sinal dele para que se preparassem os seus pratos preferidos e se servissem os mais finos vinhos.

Assim que vi o tal Coppelius, entrou-me a ideia abominável de que nenhum outro podia ser o Homem de Areia, mas já não se tratava do ogro da história da carochinha da ama-seca, com um ninho de coruja na Lua, a alimentar os filhos com os olhos das crianças — não! —, tratava-se de um monstro fantasmagórico, que semeava tristeza, miséria e ruína — tanto a temporal como a eterna — onde quer que aparecesse.

Fiquei petrificado. Com medo de ser descoberto e talvez severamente castigado, continuei onde estava, espiando através da cortina. Meu pai recebeu Coppelius com muita cerimônia.

"Pois bem! Ao trabalho", exclamou ele, com voz áspera e rouca, e tirou o casaco.

Calado e sorumbático, papai despiu o roupão e ambos vestiram longas batas pretas. De onde as tiraram, não cheguei a ver. Meu pai abriu as portas articuladas do armário, mas vi que aquilo que durante tanto tempo eu tomara por um armário era, na verdade, um nicho escuro, no qual havia um fogareiro. Coppelius se aproximou, e uma chama azulada começou a arder. Ao seu redor havia uma infinidade de utensílios estranhos. Santo Deus! — meu velho pai, quando se debruçou sobre o fogo, estava completamente desfigurado. Uma espécie de dor convulsiva transformara-lhe as doces feições em uma repelente máscara diabólica, tornando-o parecidíssimo com Coppelius. Este, por sua vez, armando-se de uma tenaz incandescente, tirou formas claras e cintilantes da espessa fumaça e se pôs a martelá-las energicamente. Pareceu-me ver rostos humanos à sua volta, rostos sem olhos: no lugar deles havia medonhos buracos negros.

"Que venham os olhos, que venham os olhos!", trovejou Coppelius com voz sepulcral. Não pude senão deixar escapar um grito de pavor e, saindo do esconderijo, caí no chão. Ele logo me agarrou. "Bestinha! Bestinha!", rosnou, rilhando os dentes. E, erguendo-me, aproximou-me tanto do fogareiro que a chama começou a me chamuscar o cabelo: "Agora, sim, nós temos olhos, olhos, um belo par de olhos de menino", sussurrou, e, pondo as mãos no fogo, pegou um punhado de brasas para jogá-lo em meus olhos.

Então meu pai uniu as mãos num gesto de súplica e pediu: "Mestre, mestre, deixai o meu Natanael ficar com seus olhos... Oh! Deixai-o com os olhos".

Coppelius riu um riso estridente e respondeu: "Está bem, que o menino tenha olhos com que chorar a sua sina pelo mundo afora; mas, em todo caso, nós vamos examinar o mecanismo das mãos e dos pés".

E, em seguida, agarrou-me com tanta brutalidade que minhas articulações estalaram, e me torceu as mãos e os pés, puxando-os de um lado para outro. "Não está nada bom assim! Antes tinha ficado muito melhor! O velho sabia o que fazia", foi o que resmungou e sibilou Coppelius, mas tudo escureceu à minha volta; uma espécie de convulsão me percorreu os nervos e os ossos; depois, não senti mais nada. Um sopro cálido e suave me acariciou o rosto, despertei como que retornando do sono da morte: mamãe estava debruçada sobre mim.

"O Homem de Areia ainda está aí?", balbuciei.

"Não, meu querido, já faz tempo que foi embora, ele não vai te fazer mal!", respondeu ela ao mesmo tempo que beijava e apertava ao peito o querido filho convalescente.

Mas não quero te fatigar, meu caro Lotario! Por que hei de me perder em detalhes se ainda há tanto por contar? Basta! Coppelius me surpreendeu espionando-o e me maltratou. O susto e o medo por que passei resultaram em uma febre altíssima, que me deixou semanas de cama.

"O Homem de Areia ainda está aí?" Foram essas as minhas primeiras palavras coerentes, sinal do meu restabelecimento e da minha salvação. Só me falta narrar-te o momento mais terrível da minha infância para que te convenças definitivamente de que não é por um defeito na vista que não enxergo as cores, mas porque uma lúgubre fatalidade cobriu a minha existência com um denso véu de nuvens turvas, o qual talvez só na morte eu consiga romper.

Coppelius nunca mais apareceu, diziam que tinha saído da cidade.

Cerca de um ano depois, estávamos reunidos à mesa redonda, conforme o antigo e inalterável costume. Muito bem-humorado, meu pai contava histórias divertidas das viagens que tinha feito na juventude. Repentinamente, bem quando o relógio começou a dar as nove badaladas, eis que ouvimos o ranger da porta da rua, e aqueles passos lentos e pesados tornaram a ecoar no corredor e na escada.

"É Coppelius", disse mamãe, empalidecendo.

"Sim! É Coppelius", confirmou meu pai com voz fraca e entrecortada.

Mamãe ficou com os olhos cheios de lágrimas.

"Mas, papai, papai!", exclamou. "Precisa ser assim?"

"É a última vez! Prometo que é a última vez que esse homem me visita. Agora sai daqui, leva as crianças! Para a cama, meninos, todos para a cama! Boa noite!"

Quanto a mim, foi como se tivesse me convertido em uma pedra fria e pesada, não conseguia respirar! Vendo-me paralisado, mamãe me agarrou o braço: "Vem, Natanael, depressa!". Eu me deixei arrastar até o quarto. "Silêncio, meu filho, não faças barulho, vai para a cama! Dorme, dorme", pediu; mas, atormentado por um medo e uma aflição indescritíveis, eu não conseguia fechar os olhos. Via o odioso e sinistro Coppelius à minha frente, os olhos fuzilantes, o sorriso maligno; em vão me esforcei para apartar aquela imagem. Por volta da meia-noite, ouviu-se uma explosão terrível, um verdadeiro canhonaço. A casa inteira estremeceu; algo ruidoso, trepidante, passou pelo corredor; a porta da rua bateu com violência.

"É Coppelius!", gritei, aterrorizado, saltando da cama.

Ouvi um gemido lancinante; corri precipitadamente ao escritório de meu pai, achei a porta aberta, uma nuvem sufocante de fumaça veio ao meu encontro. A criada gritava: "Oh, patrão! Oh, patrão!". No chão, diante do fogareiro fumegante, meu pai jazia morto, o rosto carbonizado, negro, desfigurado; meus irmãos choravam ao seu redor; minha mãe caíra desmaiada a um lado.

"Coppelius, maldito Satanás, tu mataste meu pai!", gritei antes de perder os sentidos.

Dois dias depois, quando papai estava no caixão, suas feições voltaram a adquirir a doçura e a suavidade que tinham em vida. Foi um consolo pensar que seu conluio com o diabólico Coppelius não lhe valera a perdição eterna.

A explosão despertou os vizinhos; o caso foi muito comentado e chegou ao conhecimento das autoridades, que decidiram responsabilizar Coppelius pelo acontecido. Mas ele desaparecera sem deixar vestígios.

Portanto, meu bom amigo, se agora afirmo que o vendedor de barômetros de que falei não era senão Coppelius, hás de entender por que suponho que essa hedionda aparição não pode pressagiar senão desgraça, muita desgraça.

Conquanto ele estivesse com roupa diferente, trago a sua imagem e as suas feições profundamente gravadas na memória, de modo que não há possibilidade de erro. Mesmo porque Coppelius nem se deu ao trabalho de mudar de nome. Pelo que ouvi dizer, costuma se apresentar como um mecânico piemontês chamado Giuseppe Coppola.

Estou decidido a enfrentá-lo e a vingar a morte de meu pai, custe o que custar.

Não contes nada a mamãe sobre o retorno desse monstro detestável. Dá muitas lembranças à minha querida Clara; hei de lhe escrever quando estiver mais calmo. Adeus etc. etc.

CLARA A NATANAEL

Embora tenhas ficado muito tempo sem me escrever, acredito que ainda me guardes no coração e na mente. A prova de que me tinhas no pensamento, quando escreveste tua última carta ao mano Lotario, foi a teres endereçado a mim, não a ele. Abri o envelope com alegria e só me dei conta do engano ao ler as palavras "Ah!, meu querido Lotario!".

Sei bem que não devia ter continuado a leitura, devia, isso sim, entregar a missiva ao meu irmão. Porém, como tu às vezes gracejas, acusando-me de ser dona de um temperamento tão femininamente calmo que me pareço com aquela mulher que, antes de fugir às pressas da casa que ameaça desabar, se detém para alisar uma dobra da cortina, não preciso contar quanto o início da tua carta me abalou. Mal conseguia respirar, meus olhos se embaçaram.

Ah, meu querido Natanael! Que coisa tão horrenda teria acontecido em tua vida? Separar-me de ti, nunca mais voltar a ver-te, a ideia feriu meu coração qual um afiado punhal. Continuei lendo. Tua descrição do repulsivo Coppelius é pavorosa. Só agora tomo conhecimento de que o teu bom e velho pai teve uma morte tão violenta, tão brutal. Mano Lotario, a quem entreguei o que lhe pertence, procurou me confortar, mas não foi muito bem-sucedido. O fatal vendedor de barômetros Giuseppe Coppola passou a me perseguir incessantemente, e chego a ter vergonha de confessar que ele conseguiu perturbar meu sono, normalmente tranquilo e reparador, com toda sorte de sonhos esquisitos. Mas, já no dia seguinte, passei a ver tudo de modo diferente. Portanto, meu amor, não te zangues se Lotario te contar que, a despeito do teu pressentimento de que Coppelius pretende te fazer mal, continuo serena e alegre como de costume.

Francamente, parece-me que os horrores de que falas não existiam senão dentro de ti; o mundo exterior, verdadeiro e real, pouco teve a ver com eles. Por antipático que o velho Coppelius fosse para ti e teus irmãos, o que verdadeiramente provocou tanta aversão em vocês foi o fato de ele não gostar de crianças.

É muito natural que a tua mente infantil tenha associado a história do Homem de Areia, contada pela ama-seca, ao velho Coppelius, que, para ti, mesmo que não acreditasses no Homem de Areia, continuava sendo um papão fantasmagórico, perigosíssimo para as crianças. Suas misteriosas atividades noturnas com teu pai certamente não eram senão experiências de alquimia, as quais não deviam agradar à tua mãe, já que davam uma grande e inútil despesa e, além disso, como costuma acontecer aos que se dedicam a tais experimentos, é bem provável que teu pai, obcecado pelo ilusório desejo de adquirir um saber superior, tenha negligenciado a família. Também é provável que, por descuido, ele haja provocado a sua própria morte, e que Coppelius não tenha culpa nenhuma: sabes que eu ontem perguntei ao nosso experiente vizinho boticário se, nas experiências químicas, é possível ocorrer tais explosões repentinas e fatais? Ele respondeu: "Ora, sem dúvida!", e, à sua maneira prolixa e minuciosa, explicou-me como isso acontece e, para tanto, citou uma infinidade de palavras esquisitas que não fui capaz de reter na memória. Sei que agora estás irritado com a tua Clara, tenho certeza de que dirás: "Do Misterioso, que com tanta frequência envolve o homem nos seus braços invisíveis, nem o mais tênue raio de luz lhe penetra o gélido coração. Ela não vê senão a superfície colorida das coisas do mundo e, tal como a ingênua criancinha, deixa-se fascinar pelo brilho dourado da fruta que na polpa esconde o veneno mortal".

Ah, meu amado Natanael!, acaso crês que as mentes risonhas, serenas e despreocupadas são incapazes de intuir um poder sombrio e hostil, empenhado em nos arruinar em nosso próprio ser? Oh, perdoa se eu, na minha ingenuidade, tenho a pretensão de te mostrar, seja lá como for, o que realmente penso de tais conflitos interiores. Afinal, não consigo encontrar as palavras adequadas, e tu zombarás de mim, não porque digo tolices, mas porque me expresso de modo tão torpe. Se há um poder sombrio e hostil, que tece um pérfido fio em nosso coração, com o intuito de capturá-lo e, assim, levar-nos ao perigoso caminho da ruína, o qual normalmente não trilharíamos, se é que ele existe, repito, semelhante poder tem obrigatoriamente de assumir a nossa própria forma dentro de nós, sim, tem de se converter em nós mesmos, pois só assim acreditamos nele e lhe damos o espaço de que necessita para perpetrar sua obra secreta. Mas se tivermos firmeza e serenidade suficientes para reconhecer as influências externas adversas, tal como realmente são, e ao mesmo tempo seguirmos tranquilamente o caminho apontado pela nossa inclinação e vocação, esse misterioso poder está fadado a fracassar em sua lida inútil para chegar à forma que é o reflexo da nossa própria imagem. Também é verdade, acrescenta Lotario, que, se nos entregarmos voluntariamente a esse obscuro poder, ele decerto reproduzirá dentro de nós as estranhas formas que o mundo exterior atravessa em nosso caminho, de modo que somos nós e apenas nós que engendramos, aqui dentro, o espírito que enganosamente parece falar mediante essas formas. Trata-se do fantasma do nosso próprio eu, cuja íntima ligação e cuja influência profunda sobre o nosso espírito nos precipitam no inferno ou nos alçam ao céu.

Hás de notar, querido Natanael, que nós — meu irmão e eu — muito debatemos o tema dos poderes obscuros, que agora, depois de haver escrito — não sem dificuldade — os principais resultados de nossa discussão, me parece repleto de ideias profundas e esclarecedoras. Confesso que não compreendo bem as últimas palavras de Lotario, apenas intuo o que ele quer dizer; mesmo assim, tudo me parece muito verdadeiro. Eu te peço, procura esquecer o ignóbil advogado Coppelius, assim como o vendedor Giuseppe Coppola. Convence-te de que essas estranhas imagens não têm nenhum domínio sobre ti; só a fé em seu poder hostil as torna perigosas. Se cada linha de tua carta não manifestasse tanta aflição, e se o teu estado de espírito não me afetasse no fundo da alma, palavra que eu seria capaz de zombar desse Homem de Areia, advogado ou vendedor de barômetros. Tenha calma, muita calma! Tomei a decisão de aparecer para ti como um anjo da guarda, caso o horrendo Coppola se atreva a perturbar-te os sonhos, e enxotá-lo com o meu riso. Não tenho medo dele nem de suas mãos repugnantes; advogado ou Homem de Areia, ele não há de estragar as minhas gulodices nem de jogar areia em meus olhos.

NATANAEL A LOTARIO

Lamento que, devido à minha distração, Clara tenha aberto e lido por engano a última carta que te enviei. Ela respondeu com uma página muito profunda e filosófica, provando por á mais bê que Coppelius e Coppola não existem senão dentro de mim, que não passam de fantasmas do meu eu e desaparecerão assim que eu os encarar desse modo. Aliás, é inacreditável que um espírito tão doce e alegre, a brilhar como um sonho adorável naqueles olhos infantis, seja capaz de estabelecer distinções tão sutis e escolásticas. Ela menciona o teu nome. Vocês conversaram a meu respeito. Imagino que lhe deste lições de lógica, já que ela tudo filtra, seleciona e aprimora. Deixa estar! Mesmo porque é absolutamente certo que o vendedor de barômetros Giuseppe Coppola nada tem a ver com o advogado Coppelius. Sou aluno de um recém-chegado professor de física, que tem o mesmo nome do famoso naturalista Spallanzani e é igualmente de origem italiana. Ele conhece Coppola há muitos anos, cuja pronúncia, aliás, é tipicamente piemontesa. Já Coppelius era alemão, conquanto, ao que me parece, não dos mais genuínos. Mesmo assim não estou muito tranquilo. Por mais que tu e Clara me tomem por um lúgubre sonhador, não consigo me livrar da impressão que a maldita cara de Coppelius provoca em mim. Ainda bem que ele saiu da cidade, segundo me informou Spallanzani.

Esse professor de física é um esquisitão. Baixo, rotundo, de pômulos salientes, nariz afilado, lábios grossos e olhinhos miúdos e penetrantes. Porém melhor do que em qualquer descrição, ele aparece no Cagliostro de Chodowiecki, que figura em qualquer calendário de Berlim: é o próprio retrato de Spallanzani. Há pouco tempo, ao subir a escada de sua casa, reparei que a cortina, que em geral cobre totalmente uma porta de vidro, estava entreaberta. Não sei explicar o que me despertou a curiosidade, mas espiei pela fresta. Vi uma mulher alta e magra, esplendorosamente vestida, sentada a uma mesinha, na qual pousara os braços e as mãos entrelaçadas. Como se achava bem diante da porta, pude ver-lhe o rosto lindo e angelical. Não deu mostras de notar a minha presença, aliás, tinha o olhar de tal modo parado que parecia não enxergar, era como se estivesse dormindo de olhos abertos. Aquilo me provocou mal-estar, de modo que me afastei em silêncio e fui para o anfiteatro ao lado.

Posteriormente, soube que a moça que eu tinha visto era Olimpia, a filha de Spallanzani, a qual ele, estranha e cruelmente, mantém enclausurada e afastada de todo contato humano. Mas é bem possível que isso se deva a alguma peculiaridade dela: talvez seja idiota ou algo assim. Por que estou te escrevendo tal coisa? Mais vale contar-te tudo pessoalmente. Saibam que, dentro de quinze dias, estarei aí. Preciso rever a minha Clara, o meu anjo terno e querido. Então se esvaecerá o mau humor que (confesso) se apossou de mim depois de sua carta espantosamente sensível. De modo que acho melhor não lhe escrever hoje. Mil lembranças etc. etc.

Não se pode imaginar nada mais singular e extraordinário, querido leitor, do que o que se passou com o meu pobre amigo, o jovem estudante Natanael, e que agora me disponho a narrar! Acaso alguma vez uma coisa se apossou tão completamente do teu coração, do teu espírito e do teu pensamento que chegou a excluir tudo o mais? Algo que tenha fermentado e fervilhado dentro de ti, fazendo com que o sangue, cheio de ardor, corresse desabaladamente em tuas veias, incendiando-te as faces? Que tenha tornado o teu olhar estranho como se estivesse apreendendo, no espaço vazio, formas invisíveis para todos os outros olhos, e que te haja fragmentado as palavras em tristes soluços? E, quando os amigos te perguntavam "Que há contigo, meu caro? Que aconteceu, querido amigo?", desejavas pintar as imagens íntimas com todo o seu vivo colorido, com suas luzes e sombras, mas lutavas em vão para encontrar palavras com que te expressar? E te sentias como se tivesses de condensar a totalidade dos fatos ocorridos, os fantásticos, os esplêndidos, os pavorosos, os jocosos e os terríveis, para que o conjunto pudesse se revelar, por assim dizer, em uma única descarga elétrica. Não obstante, todas as palavras e todas as formas de comunicação mediante sons ininteligíveis pareciam descoradas e frias e inertes. Tu buscas e buscas, e balbucias e gaguejas, enquanto as perguntas mais triviais dos amigos açoitam com gélidas lufadas o ardor do teu coração até extingui-lo. Mas se, como um pintor ousado, começasses por esboçar com uns poucos traços audaciosos o contorno do teu quadro interior, poderias facilmente aplicar, uma após outra, cores cada vez mais intensas, e a multidão de variadas formas arrebataria teus amigos, e eles, como tu, ver-se-iam a si mesmos no quadro proveniente da tua alma! Devo confessar, meu bom leitor, que ninguém me pediu que contasse a história do jovem Natanael; mas sabes perfeitamente que pertenço à notável classe dos autores que, quando têm dentro de si algo como o que acabo de descrever, se sentem como se cada um que se aproximasse, inclusive o mundo inteiro, estivesse perguntando e pedindo: "Que aconteceu? Conta, meu caro!".

Pois é isso que tanto me impele a falar na trágica vida de Natanael. O extraordinário, o estranho dessa existência me cativou totalmente o espírito, mas — por isso mesmo e porque eu, caro leitor, tinha de inclinar-te de pronto para o extraordinário, o que não é tarefa fácil — obrigou-me a um grande esforço para iniciar a história de Natanael de modo significativo, original e comovente: "Era uma vez..." — a melhor maneira de começar uma história — pareceu-me demasiado vulgar. "Na cidadezinha provinciana de S. morava..." — ficaria um pouco melhor, pelo menos ajudaria a levar ao clímax. Ou, para entrar logo *medias in res*: "'Vá para o inferno!', gritou o estudante Natanael, a cólera e a revolta estampadas no olhar, quando o vendedor de barômetros Giuseppe Coppola...". Aliás, não foi outra coisa que escrevi quando pensei ter detectado algo ridículo no olhar furibundo do estudante Natanael; mas a história nada tem de risível. Não havendo encontrado palavras capazes de refletir o brilho colorido da minha imagem interior, decidi simplesmente não começar. Rogo-te que aceites, paciente leitor, as três cartas que meu amigo Lotario teve a gentileza de me mostrar como esboço do quadro, ao qual, durante o relato, me empenharei em acrescentar novas cores. Talvez, como um bom retratista, consiga descrever Natanael de tal modo que tu o identifiques mesmo sem nunca havê-lo conhecido, sim, como se o tivesses visto muitas vezes com os teus próprios olhos. Talvez, caro leitor, te convenças de que nada é mais fantástico e extraordinário do que a vida real e de que o escritor não é capaz de apresentá-la senão como um obscuro reflexo num espelho embaçado.

Para tornar mais claro aquilo que é preciso saber desde o início, convém acrescentar às cartas acima que, pouco depois da morte do pai de Natanael, Clara e Lotario, filhos de um parente distante e também falecido, foram acolhidos na casa da mãe de Natanael. Clara e Natanael desenvolveram um grande e mútuo afeto, no qual ninguém viu inconveniente, de modo que eles já eram noivos quando Natanael foi prosseguir os estudos em G. E lá escreveu sua última carta, lá, onde assistia às aulas de Spallanzani, o famoso professor de física.

Agora eu poderia simplesmente dar prosseguimento à narração; no momento, porém, tenho tão nítida a imagem de Clara diante dos olhos que não consigo desviá-los, assim como não conseguia quando ela me fitava e sorria com doçura. Clara não chegava a ser bela; essa era a opinião unânime de todos os que, por ofício, entendiam de beleza. Mas, se os arquitetos enalteciam as proporções harmônicas de seu corpo e os pintores achavam quase excessivamente casta a forma de sua nuca, de seus ombros e de seu colo, todos se enamoravam de seus lindos cabelos de Madalena e esbanjavam disparates acerca da tonalidade de sua cútis, digna de um Batoni. Um deles, um verdadeiro fantasista, chegou a fazer a estranha comparação entre os olhos de Clara e um lago de Ruisdael, no qual se refletiam o azul puríssimo do céu despejado, a beleza dos bosques e das flores e toda a vivacidade alegre e multifacetada de uma coloridíssima paisagem. Os poetas e os músicos iam mais além e diziam: "Ora, que lago!, que espelho! Acaso podemos olhar para essa moça sem que seus olhos irradiem música e sons celestiais que nos penetram o coração, tornando tudo palpitante de emoção? Se não cantamos nada verdadeiramente aceitável, é porque nada há de aceitável em nós, e isso vemos no meigo sorriso que aflora aos lábios de Clara quando nos atrevemos a gorjear alguma coisa que pretende ser canção, mas não passa de uma confusa combinação de notas isoladas".

E realmente era assim. Clara tinha a vívida fantasia de uma criança alegre, serena e inocente, um coração doce e profundamente feminino e uma inteligência lúcida e sagaz. Os sonhadores e fantasiosos sofriam com ela; pois, sem muitas palavras — a loquacidade não combinava com a sua natureza reservada —, seus olhos claros e seu sorriso delicado e irônico lhes diziam: "Meus amigos queridos! Como esperar que eu tome essas imagens difusas por figuras vivas e reais?". Por isso muitos a consideravam fria, insensível e prosaica; outros, porém, que tinham uma concepção mais lúcida e profunda da vida, adoravam aquela moça alegre, equilibrada e cândida, mas ninguém a adorava tanto quanto Natanael, que cultivava com empenho e entusiasmo a ciência e a arte.

Clara também o amava de todo o coração; as primeiras nuvens sombrias entraram em sua vida quando ele teve de partir.

Com que alegria ela se atirou em seus braços quando Natanael, cumprindo a promessa feita na última carta a Lotario, voltou à cidade natal e entrou na sala de sua mãe. E tal como havia previsto, bastou-lhe rever Clara para que deixasse de pensar no advogado Coppelius ou na carta excessivamente prudente que ela lhe escrevera; seu mau humor desapareceu instantaneamente.

No entanto, Natanael tinha toda a razão quando escreveu ao amigo Lotario que Coppola, o repulsivo vendedor de barômetros, exercera uma influência assaz perturbadora em sua vida. Todos notaram; já nos primeiros dias, ele mostrou que havia mudado completamente. Entregava-se a lôbregos devaneios e apresentava um comportamento estranho, como nunca se tinha visto. Para ele, tudo, a própria vida, se reduzia a sonhos e pressentimentos; insistia em dizer que qualquer um que se imaginasse livre não passava de um joguete nas mãos de cruéis e misteriosos poderes, aos quais era inútil opor resistência; não restava senão sujeitar-

-se humildemente aos desígnios do destino. Chegou a afirmar que, em ciência e arte, era uma grande tolice acreditar na possibilidade de criar alguma coisa por vontade própria, pois o entusiasmo indispensável à criação não procedia do espírito; era, isso sim, o efeito de um Princípio Superior externo a nós.

Embora tivesse grande aversão por aquela mística extravagância, a sensata Clara achou inútil ocupar-se em refutá-la. Só quando Natanael se dispôs a provar que Coppelius era o Princípio do Mal, que dele se havia apoderado no momento em que ele o espreitara por trás da cortina, e que aquele *demônio* odioso tudo faria para lhes arruinar a felicidade no amor, Clara ficou muito séria e disse:

"Sim, Natanael!, tens razão, Coppelius é um princípio maligno e hostil, capaz de coisas terríveis, como qualquer poder satânico que assume forma física, mas só enquanto não o expulsares do espírito e do pensamento. Enquanto acreditares nele, ele *existirá* e agirá: o seu único poder é a tua credulidade."

Zangado porque Clara não admitia a existência do *demônio* senão dentro dele, Natanael se pôs a discorrer extensivamente sobre a doutrina mística do diabo e dos poderes malignos, mas ela o interrompeu bruscamente, fazendo, para sua grande irritação, um comentário sobre uma banalidade qualquer. Esses mistérios profundos são impenetráveis para as naturezas frias e insensíveis, Natanael pensou, sem se dar conta de que estava incluindo Clara nessa categoria inferior; mesmo assim, não deixou de tentar iniciá-la em tais segredos. De manhã cedo, quando ela estava ajudando a preparar a primeira refeição do dia, ficava ao seu lado e se punha a ler em voz alta todo tipo de livro místico, até que ela finalmente pediu:

"Mas, meu querido, e se eu disser que *tu* és o princípio maligno que exerce uma influência hostil sobre o meu café? Pois, se, como queres, eu deixar tudo de lado e te fitar nos olhos enquanto lês, acabarei derramando o café no fogo, e todos ficarão sem desjejum!"

Natanael fechou o livro com violência e, contrariadíssimo, foi para o quarto. Antigamente ele tinha um talento peculiar para escrever contos agradáveis e interessantes, que Clara ouvia com prazer; agora, porém, suas composições eram lúgubres, incompreensíveis, mal escritas, de modo que, embora ela preferisse poupá-lo e nada dissesse, Natanael sentia o seu desinteresse. Não havia nada que Clara detestasse mais do que o tédio; com olhares e palavras, manifestava a insuportável sonolência espiritual que a dominava nessas ocasiões. Os escritos de Natanael eram verdadeiramente enfadonhos. A irritação deste com o temperamento frio e vulgar de Clara aumentou; ela, por sua vez, não conseguia superar o aborrecimento que lhe causava o misticismo lúgubre, obscuro e maçante do noivo, e assim, sem se darem conta, os dois foram se afastando cada vez mais. Como o próprio Natanael era obrigado a admitir, a imagem do horrendo Coppelius tinha se empalidecido em sua fantasia, e lhe custava muito esforço dar-lhe cor e vivacidade em seus textos, nos quais o malvado figurava como o ogro do destino.

Por fim, ocorreu-lhe que o sombrio presságio de que Coppelius destruiria a sua felicidade no amor servia de tema para um poema. Ele se representou ligado a Clara por um amor fiel, mas, de onde em onde, uma negra mão lhes invadia a existência, destroçando toda e qualquer alegria. Quando enfim estavam no altar, o terrível Coppelius aparecia e tocava os adoráveis olhos de Clara; estes saltavam no peito de Natanael, ardendo e crepitando como chispas sangrentas, o monstro o agarrava e lançava-o em um círculo de fogo que, girando com a velocidade de uma borrasca, vibrava, rugia e o arrebatava. Era o frêmito de um furacão a abater-se sobre as ondas agitadas do mar, erguendo-as qual negros gigantes de cabeça branca em combate feroz. Porém, em meio a esse bramido furioso, ele ouvia a voz de Clara: "Acaso não podes me ver? Coppelius te enganou, não foram os meus olhos que te queimaram o peito, foram as gotas ardentes do sangue do teu próprio coração. Eu ainda conservo os meus olhos, olha para mim!"

Natanael pensava: "Sim, é Clara, e eu sempre serei seu". Eis que esse pensamento entrava com tamanha violência no círculo de fogo que lograva detê-lo, fazendo com que seu vigoroso rumor se precipitasse e sumisse nas trevas do abismo. Ele olhava para a sua amada; mas era a morte que, sorrindo, o fitava com os olhos de Clara.

Durante a redação do poema, Natanael esteve muito calmo e ponderado, empenhado em burilar e aprimorar cada verso e, como se sujeitara às limitações da métrica, não teve descanso enquanto tudo não ficou perfeito e bem-sonante. Todavia, quando finalmente terminou e leu o poema em voz alta, ficou furiosamente indignado e gritou: "Que voz medonha é esta?".

Mas logo tornou a considerá-lo um trabalho benfeito, capaz de afoguear o frio espírito de Clara, embora não soubesse de que servia afogueá-la ou assustá-la com imagens horrendas, que não vaticinavam senão a destruição do amor que ela lhe tinha.

Natanael e Clara estavam no pequeno jardim da mãe dele; Clara, muito serena e contente, já que fazia três dias que ele, ocupado em escrever o poema, não ia atormentá-la com sonhos e presságios.

Também alegre e animado, o próprio Natanael se pôs a falar de coisas divertidas, tanto que ela disse:

"Ah, até que enfim eu te tenho de volta. Vês como nós conseguimos esconjurar o medonho Coppelius?"

Foi quando ele se lembrou de que trazia consigo o poema que pretendia mostrar. Tirando do bolso as folhas de papel, começou a ler. Prevendo algo fastidioso como de costume, mas resignando-se, Clara se pôs a tricotar calmamente. Todavia, quando as nuvens sombrias se tornaram ainda mais escuras, pousou no regaço a meia que estava fazendo e olhou fixamente para Natanael. *Ele* já se deixara arrebatar por sua própria obra, estava com as faces coradas de entusiasmo, com os olhos cheios de lágrimas. Quando finalmente terminou, deixou escapar um gemido de desânimo, segurou as mãos de Clara e suspirou como se estivesse à mercê de uma dor inconsolável:

"Ah, Clara, Clara!"

Ela o estreitou com carinho e disse em voz baixa, pausada, mas muito séria:

"Natanael, meu querido Natanael, joga no fogo essa louca e absurda tolice!"

Indignado, ele se levantou de um salto, apartando-a de si.

"Um amaldiçoado autômato sem vida, isso é que tu és!"

Retirou-se, deixando-a magoada, com o rosto banhado em lágrimas amargas.

"Oh, ele nunca me amou, pois não consegue me compreender", soluçou Clara em voz alta.

Lotario entrou no caramanchão e obrigou-a a lhe contar o que acabava de suceder; tinha adoração pela irmã, cada queixa que ouviu caiu-lhe como uma brasa no coração, de modo que o aborrecimento que, fazia muito tempo, o sonhador Natanael lhe vinha causando afogueou-se em uma fúria brutal. Lotario se apressou a procurá-lo e não poupou palavras ásperas para censurar o comportamento irracional que ele tivera com sua querida irmã; o irritado Natanael retrucou no mesmo tom. O "almofadinha alucinado e delirante" teve como resposta um "sujeitinho miserável e medíocre". O duelo fez-se inevitável. Conforme o costume acadêmico local, os dois decidiram bater-se com espadins bem afiados na manhã seguinte, atrás do muro do jardim. Clara ouviu a discussão violenta e, ao amanhecer, vendo o mestre de armas chegar com os espadins, pressentiu o pior.

Envoltos no mesmo e sombrio silêncio, Lotario e Natanael compareceram ao lugar da luta e despiram os casacos; com os olhos a fuzilarem cruenta disposição para o combate, estavam a ponto de iniciar o duelo quando Clara saiu precipitadamente pela porta do jardim. Soluçando, gritou:

"Homens selvagens e terríveis! Matem-me antes de se atacarem, pois como eu hei de viver se o amado matar o irmão ou o irmão matar o amado?"

Lotario baixou o espadim e, calado, olhou para o chão, mas o coração de Natanael se encheu de dor e nele renasceu todo o amor que sentia por Clara nos dias mais felizes da juventude. Deixando cair a arma assassina, jogou-se aos seus pés.

"Será que um dia poderás me perdoar, minha única e amada Clara? E tu, querido irmão Lotario, és capaz de me perdoar?"

Lotario ficou comovido com o sofrimento profundo do amigo; em meio a copiosas lágrimas, os três jovens se abraçaram e, reconciliados, juraram nunca mais romper os laços de amor e fidelidade que os uniam.

Natanael sentiu-se livre de um pesado fardo que lhe esmagava os ombros; sim, foi como se, tendo oposto resistência ao poder tenebroso que dele se apoderara, tivesse salvado todo o seu ser da ruína iminente. Passou mais três dias felizes na companhia dos entes queridos e então retornou a G., onde ainda teria de ficar um ano antes de voltar e se fixar definitivamente na cidade natal.

Tinham escondido da mãe de Natanael tudo quanto se referia a Coppelius; sabiam que ela não podia pensar naquele homem senão com horror, pois, tal como Natanael, atribuía a ele a culpa pela morte de seu marido.

Foi grande o assombro de Natanael ao chegar em casa e dar com todo o imóvel queimado; em meio aos escombros, só restavam as paredes externas, nuas e enegrecidas. Conquanto o incêndio houvesse irrompido no laboratório do boticário, que morava no andar de baixo, e tivesse se alastrado de baixo para cima, os corajosos e ousados amigos de Natanael conseguiram arrombar a porta de seu quarto, no andar superior, e salvar livros, manuscritos e instrumentos. Levaram-nos intactos a outra casa e alugaram um cômodo, no qual ele se instalou imediatamente. Não lhe chamou a atenção o fato de agora estar morando em frente à casa do professor Spallanzani, tampouco lhe pareceu importante ver da janela, como ele observou, justamente a sala em que Olimpia geralmente passava o dia a sós; discernia-lhe claramente a figura, muito embora suas feições permanecessem confusas e incertas. Mas não tardou a reparar que a moça ficava horas e horas na mesma posição, tal como na ocasião em que ele a vislumbrara pela porta de vidro, sentada à mesinha, sem nenhuma atividade e evidentemente olhando para fora, na sua direção; foi obrigado a reconhecer que nunca tinha visto um corpo tão lindo. Mesmo assim, sendo Clara a dona do seu coração, conservou-se indiferente à rígida e apática Olimpia e só ocasionalmente tirava o olhar do compêndio para pousá-lo fugazmente naquele vulto escultural — apenas isso.

Estava escrevendo para Clara quando ouviu uma leve batida na porta; ele mandou entrar, a porta se abriu, e o que apareceu foi nada menos que a cara nojenta de Coppola. Natanael estremeceu por dentro; mas, lembrando-se do que Spallanzani dissera acerca de seu conterrâneo e do que ele mesmo havia prometido com tanto ardor à sua amada com relação a Coppelius, o Homem de Areia, teve vergonha de seu ridículo medo de fantasmas e, tratando de se recompor, disse com toda a calma possível:

"Não quero comprar barômetro nenhum, caro amigo! Vai embora, por favor!"

Mesmo assim, Coppola entrou e falou com voz áspera, dilatando a boca em um feio sorriso, enquanto seus olhinhos brilhavam sob as longas pestanas grisalhas:

"Ah, non barrômetro, non barrômetro! Eu vender olhos, lindos olhos!"

Indignado, Natanael gritou:

"Seu idiota, que história é essa de vender olhos... olhos... olhos?"

Mas, deixando de lado os barômetros, Coppola enfiou as mãos nos bolsos enormes do casaco, tirou vários pincenês e óculos e os espalhou na mesa.

"Isso... isso... óculos... óculos para nariz, isso ser meus olhos... lindos olhos!" E continuou tirando mais e mais óculos, tanto que a mesa começou a brilhar e a luzir estranhamente.

Milhares de olhos piscavam convulsivamente, todos fitos em Natanael, que não conseguia tirar a vista da mesa; Coppola continuou espalhando óculos sobre óculos, todos expelindo cada vez mais cintilações e clarões que se entrecruzavam, projetando raios sanguíneos no peito do rapaz.

Tomado de pavor, este gritou:

"Pare! Pare com isso, seu monstro!" E agarrou o braço de Coppola, que tornara a enfiar a mão no bolso para tirar outros óculos e pincenês, embora não houvesse mais lugar na mesa.

Com um riso áspero e desagradável, o homem se livrou calmamente, dizendo:

"Ah! Non querer... mas aqui também ter lentes bonitas!"

Recolhendo todos os óculos e tornando a guardá-los nos bolsos laterais do casaco, tirou de outro uma infinidade de lunetas grandes e pequenas. Assim que os óculos desapareceram, Natanael recobrou a calma e, voltando o pensamento para Clara, compreendeu que aquela assombração horrenda não provinha senão de sua mente e que Coppola, longe de ser um sósia ou o maldito espectro de Coppelius, não passava de um honrado mecânico e oculista. Ademais, as lentes que ele acabava de espalhar na mesa nada tinham de extraordinário, pelo menos não eram fantasmagóricas como os óculos e, para remediar a situação, resolveu comprar alguma coisa daquele homem. Pegou uma luneta de bolso pequena e finamente trabalhada e, para experimentá-la, olhou pela janela. Nunca na vida tinha visto uma lente que aproximasse os objetos de maneira tão clara, nítida e definida. Involuntariamente, apontou-a para o quarto de Spallanzani; como de costume, lá estava Olimpia, sentada à pequena mesa, os braços apoiados no tampo, as mãos unidas.

Era a primeira vez que Natanael via o lindíssimo rosto daquela moça. Somente seus olhos lhe pareceram estranhamente parados e mortos. Mas, olhando mais detida e cautelosamente pela luneta, teve a impressão de que nos olhos de Olimpia brotavam úmidos raios de luar. Era como se só agora estivessem adquirindo a faculdade de enxergar; seu olhar começou a brilhar com cada vez mais vivacidade. Como que por força de um sortilégio, Natanael ficou petrificado à janela, olhando fixamente para aquela mulher divinamente bela. Despertaram-no uns passos arrastados e uma tosse.

Coppola se havia postado atrás dele:

"Três ducados, três ducados."

Natanael, que tinha esquecido totalmente o oculista, apressou-se a pagar o que ele pedia.

"Eu non dizer? Lente bonita, lente bonita!", disse Coppola com sua detestável voz rouca e seu sorriso malicioso.

"Sim, sim, sim!", respondeu Natanael com impaciência. "Até logo, amigo!"

Coppola só se foi depois de lhe endereçar vários olhares de esguelha. Natanael ainda ouviu sua gargalhada na escada. "Ora", pensou, "ele está zombando de mim porque paguei caro demais por esta lunetinha, porque lhe dei muito dinheiro."

No momento em que murmurou essas palavras, teve a impressão de ouvir o horrendo estertor de um moribundo no quarto. Tomado de medo, reteve a respiração. Mas logo se deu conta de que ele mesmo havia suspirado assim. "Clara tem toda a razão", disse consigo, "em me considerar um visionário incorrigível; mas não deixa de ser estranho... ah, mais do que estranho, eu me preocupar tanto com a tola ideia de ter pagado demais pela luneta de Coppola; não há motivo para isso."

Então voltou a sentar-se para terminar a carta a Clara, mas lhe bastou olhar de relance pela janela para se convencer de que Olimpia ainda estava lá e, no mesmo instante, como que impelido por uma força irresistível, tornou a se levantar, pegou a luneta de Coppola e não conseguiu tirar os olhos da imagem fascinante daquela mulher, até que seu amigo e colega Siegmund viesse chamá-lo para a aula do professor Spallanzani.

A cortina da sala fatal estava bem fechada, e ele não tornou a ver Olimpia nem naquele nem nos dois dias seguintes, em seu quarto, muito embora não saísse da janela e não cessasse de espiar com a luneta de Coppola. No terceiro dia, até mesmo a cortina da janela amanheceu fechada. Desesperado e consumido pela saudade e pelo desejo ardente, Natanael saiu e ultrapassou o portal da cidade. A imagem de Olimpia pairava no ar à sua frente e aparecia nos arbustos e nele fitava os olhos brilhantes a partir da clara superfície do regato. A imagem de Clara tinha se apagado completamente em seu coração; Natanael não conseguia pensar senão em Olimpia e se lamentava em voz alta e lastimosa:

"Ah, minha nobre e refulgente estrela do amor, acaso surgiste para logo te eclipsares, deixando-me na desesperada escuridão da noite?"

Ao voltar para seu quarto, notou uma ruidosa movimentação na casa de Spallanzani. Portas escancaradas, carregadores levando todo tipo de aparelho para dentro, as janelas do primeiro andar totalmente erguidas, as criadas indo de um lado para outro, a espanar e varrer com grandes vassouras de pelo, enquanto lá dentro se ouvia o furioso martelar dos carpinteiros e tapeceiros. Admiradíssimo, Nataniel se deteve na rua e assim ficou; foi quando Siegmund se aproximou e disse, rindo:

"E então, que me dizes do nosso velho Spallanzani?"

Natanael respondeu que não tinha o que dizer, já que nada sabia do professor; aliás, estava surpreso com tanta azáfama e tanto barulho naquela casa normalmente silenciosa e sombria. Então Siegmund informou que Spallanzani estava preparando uma grande festa para o dia seguinte, com concerto e baile, e que meia universidade tinha sido convidada. Também diziam que, pela primeira vez, apresentaria a filha Olimpia, que durante tanto tempo ele fizera questão de ocultar dos olhares humanos.

Natanael encontrou um convite no quarto e, na hora marcada, quando as carruagens começavam a chegar e todas as luzes estavam acesas nos salões adornados, atravessou a rua com o coração palpitante de expectativa e foi para a casa do professor.

Os convidados eram numerosos e elegantes. Olimpia apareceu vestida com esmero e bom gosto. Era impossível não lhe admirar o rosto e o corpo tão bem talhados. No entanto, a estranhamente acentuada curva das costas e a finíssima cintura de vespa pareciam resultar de um espartilho excessivamente apertado. Seu andar e sua postura um tanto contidos e rígidos desagradaram a alguns; coisa que se atribuiu ao constrangimento de estar em sociedade.

Iniciou-se o concerto. Ela tocou piano com muita destreza e do mesmo modo cantou uma *aria di bravura*; sua voz límpida, quase pura demais, lembrava um sino de cristal.

Natanael ficou encantado; estando na fila do fundo e ofuscado pela luz das velas, não podia distinguir perfeitamente as lindas feições da moça. Discretamente, tirou do bolso a luneta de Coppola e se pôs a observá-la. Ah!, então percebeu com que volúpia ela olhava para ele, viu que as notas só alcançavam a máxima pureza no olhar enamorado que lhe penetrava e incendiava o coração. Para Natanael, seus trinados artificiais pareciam cânticos celestiais da alma aprimorada pelo amor, e quando enfim, após a cadência, o prolongado trêmulo ecoou fortemente no salão, sentindo-se subitamente cingido por dois braços incandescentes ele não pôde se conter, e a dor e o prazer o obrigaram a gritar bem alto:

"Olimpia!"

Todos se voltaram, alguns acharam graça. O organista da catedral fez uma cara ainda mais fechada e se limitou a resmungar:

"Ora essa!"

Terminado o concerto, começou o baile. "Dançar com ela, com ela!" Nisso se resumiam todos os desejos e todo o empenho de Natanael; mas como criar coragem para tirar nada menos que a rainha da festa? No entanto, sem que ele soubesse dizer como aconteceu, mal iniciada a dança estava postado bem junto de Olimpia, que ainda não tinha parceiro, e, quase incapaz de balbuciar uma palavra, segurou-lhe a mão. A mão de Olimpia estava fria, fria a ponto de lhe provocar um tétrico calafrio; ele a fitou nos olhos, que não irradiavam senão amor e desejo, e, naquele instante, foi como se sua gélida mão começasse a pulsar e o ardente sangue da vida se pusesse a correr em suas veias. Com o coração também ardendo de paixão, Natanael enlaçou a bela Olimpia e com ela se pôs a rodopiar no salão.

Ele sempre se acreditara capaz de acompanhar bem o compasso na dança, mas, diante da perfeita regularidade rítmica de Olimpia, que muitas vezes o fazia descompassar-se, deu-se conta de quanto sua noção de ritmo deixava a desejar. Mesmo assim, não queria dançar com nenhuma outra dama e tinha vontade de matar quem se aproximasse de Olimpia para tirá-la. Mas isso ocorreu apenas duas vezes, e como depois, para a sua surpresa, Olimpia ficasse a maior parte do tempo sem par, ele aproveitou para convidá-la reiteradamente.

Se Natanael conseguisse enxergar qualquer outra coisa que não Olimpia, era inevitável que houvesse discussões e brigas; pois, evidentemente, a bela moça era o objeto dos risos abafados e mal reprimidos que se ouviam entre os jovens pelos cantos; e, sem que se soubesse por quê, eles a seguiam permanentemente com o olhar curioso.

Aquecido pela dança e pela boa quantidade de vinho de que se serviu, Natanael deixou de lado a timidez que geralmente o caracterizava. Sentando-se perto de Olimpia, tomou-lhe a mão e, cheio de paixão e entusiasmo, pôs-se a declarar o seu amor com palavras que ninguém compreendia, nem ele mesmo, nem ela.

Bem, Olimpia talvez o entendesse, pois, com os olhos inalteravelmente fitos nos dele, suspirava repetidamente:

"Ah, ah, ah!"

Ao que Natanael respondia:

"Oh, mulher esplendorosa e divina! Oh, raio de luz do prometido paraíso do amor! Oh, espírito profundo, no qual se espelha todo o meu ser", e muitas outras coisas do gênero.

Mas Olimpia insistia em apenas suspirar:

"Ah, ah!"

Com um estranho sorriso de satisfação nos lábios, o professor Spallanzani passou algumas vezes pelo feliz casal. Por mais que estivesse perdido em outro mundo, Natanael finalmente notou que a casa de Spallanzani estava consideravelmente mais escura; olhando à sua volta, constatou com grande susto que as duas últimas velas ainda acesas no salão deserto se apagariam em breve. Fazia tempo que a música e o baile haviam cessado.

"Separação, separação!", gritou com furor e desespero e, tendo beijado a mão de Olimpia, inclinou-se em busca de sua boca. Lábios gelados roçaram os seus lábios febris. Tal como quando havia tocado na mão fria de Olimpia, Natanael sentiu o coração tomado de terror, a lenda da noiva morta lhe invadiu repentinamente o pensamento; mas ela já o estreitava nos braços e, no beijo, seus lábios se aqueceram, ganharam vida.

O professor Spallanzani percorreu devagar o salão vazio; seus passos ecoaram pesadamente, seu vulto cercado de sombras tremulantes tinha uma aparência horrivelmente espectral.

"Tu me amas... tu me amas, Olimpia? Basta uma palavra! Tu me amas?", sussurrou Natanael.

Mas, levantando-se, ela se limitou a suspirar:

"Ah... ah!"

"Sim, minha adorável e gloriosa estrela do amor", disse Natanael, "surgiste em meu céu e para sempre hás de iluminar meu coração!"

"Ah, ah!", respondeu Olimpia, ao mesmo tempo que se afastava.

Natanael a seguiu, e viram-se diante do professor.

"O senhor teve uma conversa extraordinariamente animada com a minha filha", disse este, sorrindo. "Pois bem, meu caro senhor Natanael, já que tanto lhe agrada conversar com essa tolinha, suas visitas serão bem-vindas."

Com o peito iluminado por um céu radiante, Natanael se despediu e retirou-se.

A festa de Spallanzani foi tema de muitas conversas nos dias que se seguiram. Posto que o professor tivesse feito o possível para receber os convidados com muita pompa, os espíritos mais zombeteiros insistiam em comentar todo tipo de esquisitices e inconvenientes que haviam ocorrido e falavam sobretudo na inércia e na mudez cadavéricas de Olimpia, a quem, apesar da bela aparência exterior, atribuíam uma estupidez incurável e, com isso, pretendiam explicar por que Spallanzani a tinha mantido reclusa durante tanto tempo. Natanael ouviu tudo com um secreto rancor, mas preferiu calar-se; pois, pensou, acaso valia a pena provar a essa gente que era a sua própria estupidez que a impedia de reconhecer o espírito profundo e esplêndido de Olimpia?

"Por favor, amigo", disse Siegmund certo dia, "tem a bondade de me explicar como é possível que um sujeito inteligente como tu tenha perdido a cabeça por aquela cara de cera, por aquela boneca de pau."

Natanael quase explodiu de cólera, mas, contendo-se, respondeu:

"Dize *tu*, Siegmund, como é possível que o encanto celestial de Olimpia tenha escapado ao teu olhar normalmente tão sensível para o belo, assim como à tua percepção sempre tão aguçada? Em todo caso, eu só posso agradecer ao destino, pois, do contrário, teria em ti um rival; e, então, o sangue de um de nós seria derramado."

Compreendendo o estado de ânimo do amigo, Siegmund mudou habilmente de tática e, depois de observar que não convinha discutir o objeto do afeto de um homem apaixonado, acrescentou:

"Mas não deixa de ser estranho que muitos de nós tenhamos formado a mesma opinião acerca de Olimpia. Ela nos parece, não me leves a mal, amigo, estranhamente rígida e sem vida. Seu corpo é bem-proporcionado, seu rosto também, isso é inegável! Poderia ser considerada linda se ao seu olhar não faltasse o brilho da vida, quer dizer, se não lhe faltasse o sentido da visão. Seu andar é estranhamente contido, cada movimento parece depender de um maquinismo de corda. Seu modo de tocar e cantar tem o ritmo sem vida e desagradavelmente correto de um realejo, e o mesmo vale para a maneira como dança. Essa Olimpia nos dá medo, nós não queremos nada com ela, tivemos a impressão de que apenas fingia ser uma criatura viva e de que havia um estranho mistério por trás dela."

Natanael não se deixou levar pela amargura suscitada pelas palavras de Siegmund. Dominando a raiva, limitou-se a dizer muito seriamente:

"Pode ser que para vocês, gente fria e vulgar, Olimpia pareça estranha e funesta. O espírito poeticamente organizado só se desdobra nos seus iguais! Só a *mim* ela endereçou o olhar enamorado, irradiando sentido e pensamentos, só no amor de Olimpia eu sou capaz de me reencontrar. Pode lhes parecer inconveniente que ela não se entregue a conversas triviais, como costumam fazer os espíritos vazios. Sem dúvida, Olimpia é de poucas palavras; mas essas poucas palavras são genuínos hieróglifos do mundo interior do amor e do conhecimento elevado da vida espiritual, revelado na intuição do eterno além-túmulo. Mas que perda de tempo! Vocês são incapazes de entender tais coisas."

"Que Deus te proteja, amigo", disse Siegmund com delicadeza, quase com tristeza, "mas acho que estás no mau caminho. Podes contar comigo quando tudo... Não, é melhor não dizer mais nada!"

Natanael teve a súbita impressão de que o frio e prosaico Siegmund queria sinceramente o seu bem, por isso apertou com carinho a mão que ele lhe oferecia. Tinha esquecido completamente que neste mundo havia uma Clara, a quem ele amara outrora; e sua mãe, e Lotario, todos haviam se apagado de sua mente, ele vivia unicamente para Olimpia; dia a dia, passava horas com ela, divagando sobre o amor, o desabrochar da simpatia, as afinidades eletivas, e ela tudo ouvia com muita reverência. Do fundo da escrivaninha, ele tirou tudo quanto havia escrito na vida. Poesias, fantasias, visões, romances, contos, aos quais não cessava de acrescentar os mais variados sonetos, estrofes e canções, e passava horas lendo-os para Olimpia, incansavelmente. Mesmo porque nunca tinha tido uma ouvinte tão exemplar. Ela não bordava nem tricotava, não olhava pela janela, não dava de comer a nenhum pássaro, não brincava com cachorros ou gatos de estimação, não enrolava pedaços de papel nem ocupava as mãos em outras atividades, não simulava tosse para encobrir um bocejo, em suma, passava horas e horas olhando fixa e inalteravelmente para os olhos do amado, sem mudar de posição, sem se mover, e esse olhar ia se tornando cada vez mais ardente, cada vez mais cheio de vida. Somente quando Natanael enfim se levantava e lhe beijava a mão, e também a boca, dizia:

"Ah, ah!", e, a seguir, "Boa noite, querido!"

"Oh, alma esplendorosa e profunda!", exclamava Natanael em seu quarto. "Só tu, tu e mais ninguém, me compreendes deveras."

E estremecia de íntimo encanto ao pensar na perfeitíssima harmonia que, dia a dia, se manifestava entre o seu espírito e o de Olimpia; pois lhe parecia que, com relação aos seus trabalhos e ao seu gênio poético, ela expressava sentimentos idênticos aos que ele cultivava no fundo do coração, como se falasse com a sua própria voz interior. E só podia ser assim, pois Olimpia nunca dizia nada além do acima mencionado. E, nos momentos mais lúcidos e sóbrios, por exemplo, de manhã, ao despertar, quando se lembrava da passividade e do mutismo total da bela moça, Natanael dizia:

"Ora, palavras, de que servem as palavras? O seu olhar paradisíaco diz mais do que qualquer idioma. Acaso uma criatura do céu há de se nivelar ao estreito círculo traçado pela precária necessidade terrena?"

O professor Spallanzani parecia contentíssimo com a relação de sua filha com Natanael; dava inequívocos sinais de simpatia por ele e, quando o rapaz enfim se atreveu a mencionar vagamente a possibilidade de se casar com Olimpia, abriu um largo sorriso e disse que outorgava à filha plena liberdade de escolha.

Estimulado por tais palavras, com o fogo do desejo a lhe arder no coração, Natanael decidiu, já no dia seguinte, exortar Olimpia a dizer com palavras claras o que, havia muito, seu olhar amoroso lhe dizia, que queria ser dele para sempre. Procurou o anel que sua mãe lhe dera na despedida para ofertá-lo à amada como símbolo de devoção e da vida florescente e exuberante que com ela pretendia ter. Enquanto o procurava, encontrou cartas de Clara e Lotario; jogou-as a um lado com indiferença, achou o anel, guardou-o no bolso e foi correndo ter com a sua amada. Já na escada, no corredor, ouviu uma barulheira infernal que parecia vir do escritório de Spallanzani. Pateadas, vociferações, empurrões, pancadas na porta, tudo em meio a pragas e insultos.

"Larga... larga... seu infame... biltre imundo!"

"Ah, então trabalhaste a vida inteira por isto? Ha, ha, ha! Não foi essa a nossa aposta! Fui eu, eu, que fiz os olhos..."

"E eu fiz o mecanismo."

"Ao diabo com o teu mecanismo... cão imundo, relojoeiro de meia-pataca!"

"Fora daqui, Satanás!"

"Para, charlatão, besta infernal! Para!"

"Fora daqui!"

"Larga!"

Eram as vozes de Spallanzani e do temível Coppola que provocavam aquela balbúrdia.

Impelido por um pavor inominável, Natanael entrou precipitadamente. Deu com o professor segurando um corpo de mulher pelos ombros, enquanto o italiano o agarrava pelos pés, e os dois o puxavam e arrastavam, avançando e recuando de um lado para outro, em uma feroz disputa por sua posse. Natanael retrocedeu horrorizado ao reconhecer a figura de Olimpia; tomado de cólera, dispôs-se a arrebatá-la das mãos daqueles desvairados, mas, nesse instante, Coppola torceu com força de gigante o pobre corpo, arrancando-o das mãos do professor, e a seguir, usando-o como arma, aplicou nele um golpe tão violento que o jogou de costas por cima da mesa coberta de provetas, frascos e tubos de ensaio; os instrumentos oscilaram e caíram, partindo-se em mil pedaços. Então Coppola ergueu a figura nos ombros e, com uma gargalhada horrível e estridente, lançou-se escada abaixo; na descida, os feios pés da moça, que pendiam frouxamente, foram batendo nos degraus com um ruído oco de madeira.

Natanael ficou estupefato. Tinha visto claramente que, em vez de olhos, havia duas negras cavidades no pálido rosto de cera de Olimpia; era uma boneca sem vida. Spallanzani continuava se espojando no chão, os cacos de vidro haviam lhe retalhado a cabeça, o peito e o braço, o sangue jorrava aos borbotões. Mas ele conseguiu reunir forças.

"Atrás dele, atrás dele! Que estás esperando? Coppelius... Coppelius... Ele roubou o meu melhor autômato... Vinte anos de trabalho... Eu me dediquei de corpo e alma... O maquinismo, a fala, o andar... é tudo meu. Os olhos... os olhos, eu os roubei de ti... maldito... desgraçado... Atrás dele! Vai buscar a minha Olimpia. Aqui estão os olhos."

Então Natanael avistou o sangrento par de olhos jogado no chão, olhando fixamente para ele; Spallanzani os pegou com a mão ilesa e jogou-os na sua direção, atingindo-o no peito. Foi nesse momento que a demência arrebatou o pobre Natanael com garras de fogo e, penetrando-lhe o espírito, destroçou-lhe o juízo e a razão.

"Ui... ui... ui... círculo de fogo... círculo de fogo... gira, círculo de fogo... gira alegremente, alegremente! Ui! Bonequinha de pau... gira, linda bonequinha de pau..."

E, com essas palavras, precipitou-se sobre o professor e o agarrou pela garganta.

O certo é que o teria estrangulado se o barulho não houvesse chamado a atenção de muita gente que lá entrou, dominou o enfurecido estudante e salvou o professor, cujas feridas foram pensadas imediatamente. Nem mesmo o forte Siegmund conseguiu dominar Natanael, que, incontrolável, seguia gritando com voz horrenda "Gira, bonequinha de pau!" e distribuindo socos por todos os lados.

Enfim, a força somada de muitos logrou dominá-lo, jogá-lo no chão e amarrá-lo. Suas palavras se transformaram em um horrível bramido animal.

E assim, debatendo-se com a tremenda violência da loucura, ele foi internado no manicômio.

Antes de prosseguir o relato do que se passou com o infeliz Natanael, posso assegurar, caso o indulgente leitor tenha interesse em saber, que Spallanzani, o fabricante de maquinismos e autômatos, se recuperou plenamente das feridas. É verdade que teve de se demitir da universidade, pois a tragédia de Natanael causou muita celeuma, já que todos tomaram por um embuste imperdoável fazer com que uma boneca de madeira passasse por uma pessoa real nos saraus de gente culta e inteligente (Olimpia tinha feito sucesso em muitos deles). Os juristas asseveraram que se tratava de um gravíssimo caso de fraude, digno de rigorosa pena, uma vez que atingira a coletividade e havia sido arquitetado com tanta astúcia que ninguém (com exceção de alguns estudantes particularmente dotados) se deu conta, posto que agora muitos fizessem questão de citar aspectos que lhes tinham parecido suspeitos. Mas estes não chegaram a apresentar nada relevante. Afinal, quem haveria de considerar suspeito, por exemplo, o fato — narrado por um elegante frequentador de saraus — de Olimpia, contrariando as regras de boas maneiras, espirrar mais do que bocejar? Na opinião do elegante, isso se devia à corda automática do maquinismo, que rangia perceptivelmente etc.

O professor de poesia e retórica cheirou uma pitada de rapé, fechou a latinha e, temperando a garganta, declarou solenemente:

"Excelentíssimos senhores e senhoras! Acaso não enxergais o xis da questão? Tudo isso é uma alegoria, uma metáfora contínua. Compreendeis? *Sapienti sat.*"

Porém muitos desses excelentíssimos senhores não se deram por satisfeitos com tal coisa; a história do autômato havia lhes tocado profundamente, e o fato é que surgiu uma abominável desconfiança de figuras humanas. Para se convencer cabalmente de que não estavam apaixonados por uma boneca de madeira, muitos jovens galantes passaram a exigir que a namorada cantasse e dançasse um pouco fora de ritmo e que, ao ouvir uma leitura, bordasse, tricotasse, brincasse com o cãozinho etc. e, sobretudo, que não se limitasse a escutar, mas que por vezes falasse de modo que suas palavras permitissem deveras pressupor raciocínio e sensibilidade. Em muitos casos, os vínculos amorosos ganharam solidez e ternura; em outros, foram se afrouxando gradualmente e acabaram por se desfazer. "Nunca se sabe ao certo", dizia-se aqui e acolá. Nos saraus, para afastar qualquer suspeita, a regra era bocejar muito e nunca espirrar.

Como já se mencionou, Spallanzani foi obrigado a fugir para se subtrair à investigação criminal pela introdução fraudulenta de um autômato na sociedade humana. Coppola também desapareceu.

Como que despertando de um pesadelo horrível, Natanael abriu os olhos e experimentou um bem-estar indescritível, uma deliciosa sensação de calor celestial a lhe perpassar o corpo. Estava na cama de seu quarto, na casa paterna, Clara debruçada sobre ele, sua mãe e Lotario a poucos passos.

"Finalmente, meu querido Natanael, finalmente... Agora estás curado da grave doença. Agora voltaste a ser meu!" Clara disse isso do fundo do coração, tomando-o nos braços.

Presa de um misto de consternação e prazer, com cálidas lágrimas a lhe brotarem nos olhos, ele suspirou:

"Minha... minha Clara!"

Entrou o leal Siegmund, que permanecera ao lado do amigo na hora mais difícil. Natanael lhe apertou a mão:

"Meu irmão fiel, tu não me abandonaste."

Havia desaparecido todo vestígio de demência. Natanael não tardou a convalescer sob os extremosos cuidados da mãe, da amada, dos amigos. Nessa época, a felicidade voltara a habitar a casa; pois um tio velho e rabugento, do qual nada se esperava, tinha morrido e deixado para a mãe, além de uma considerável fortuna, uma pequena propriedade situada em uma agradável região não muito distante da cidade. Para lá decidiram mudar-se a mãe, Natanael e a sua adorável Clara, com quem ele ia se casar, e Lotario. Natanael mostrava-se mais gentil e meigo do que nunca e agora começava a realmente compreender o caráter puro e nobre de Clara. Ninguém voltou a fazer a mais remota menção ao passado.

Somente ao se despedir de Siegmund, Natanael disse:

"Por Deus, irmão! Eu estava no mau caminho, mas um anjo me levou a tempo pela trilha da luz: ah, esse anjo era Clara!"

Receoso de que as dolorosas lembranças do passado viessem atormentar o espírito do amigo, Siegmund preferiu não deixá-lo prosseguir.

Chegou a hora de as quatro felizes criaturas se mudarem para a pequena propriedade rural. Por volta do meio-dia, estavam passeando na rua. Tinham feito algumas compras, a alta torre da prefeitura projetava uma sombra gigantesca na praça do mercado.

"Ei!", exclamou Clara. "Vamos subir uma vez mais e contemplar as montanhas distantes."

Dito e feito. Natanael e Clara subiram ao alto da torre; a mãe, porém, preferiu ir para casa com a criada, e Lotario, sem disposição para enfrentar a infinidade de degraus, ficou aguardando embaixo.

Lá estavam os dois amantes, de braços dados, na galeria mais alta da torre, apreciando os perfumados bosques, atrás dos quais se erguiam as colinas azuladas como uma cidade de gigantes.

"Oh! Veja aquele pequeno arbusto cinzento. Que esquisito, parece estar vindo para cá", disse Clara.

Em um gesto instintivo, Natanael pôs a mão no bolso e, achando a luneta de Coppola, apontou-a na direção indicada — Clara estava na frente das lentes! Ele sentiu um tremor convulsivo agitar-lhe o pulso e as veias; empalidecendo, fixou os olhos em Clara, mas estes não tardaram a se revirar e lampejar e faiscar numa torrente de fogo; qual um bicho acuado, Natanael soltou um berro de pavor; a seguir, pôs-se a saltar no ar e, em meio a horrendas gargalhadas, gritou com voz esganiçada:

"Gira, bonequinha de pau... Bonequinha de pau, gira!"

E, prendendo Clara com uma força brutal, tentou jogá-la do alto da torre. Mas ela, tomada de um medo desesperado de morrer, agarrou-se à grade do parapeito.

Ouvindo a algazarra e os gritos aterrorizados de Clara, Lotario teve um pressentimento terrível e subiu correndo. A porta do segundo lance de escada estava trancada. Os gritos de Clara tornaram-se mais fortes. Enlouquecido de raiva e de medo, ele arremeteu violentamente contra a porta, que enfim cedeu. Os gritos de sua irmã estavam se tornando cada vez mais débeis.

"Socorro! Acudam! Acudam!"

E sua voz sumiu no ar.

"Ela morreu... Foi assassinada pelo demente!", exclamou Lotario.

A porta da galeria superior estava igualmente trancada.

O desespero lhe deu uma força de titã, e ele a arrancou dos gonzos.

Santo Deus! Nas garras do enlouquecido Natanael, Clara pairava no ar, já por cima do parapeito — segurava-se apenas com uma mão na travessa de ferro.

Com a rapidez de um raio, Lotario a agarrou e puxou para a segurança da galeria; em seguida, desferiu com os dois punhos um murro no rosto do desvairado, fazendo-o recuar tropegamente e soltar sua vítima. Tomando nos braços a irmã desfalecida, desceu precipitadamente a escadaria. Ela estava a salvo. Natanael se pôs a correr na galeria, cabriolando sem parar e gritando:

"Gira, círculo de fogo... gira, círculo de fogo."

Atraída pelo tumulto, uma pequena multidão se aglomerou lá embaixo; em meio aos curiosos, achava-se o gigantesco advogado Coppelius, que, acabando de chegar à cidade, dirigira-se imediatamente à praça do mercado.

As pessoas queriam subir e conter o pobre alucinado, mas Coppelius riu, dizendo:

"Ora, esperem, ele vai descer por conta própria." E ficou olhando para cima como os demais.

De súbito, Natanael se deteve, petrificado. Debruçando-se no parapeito, avistou Coppelius e deixou escapar um berro estridente:

"Ê, lindos olhos... lindos olhos!"

E saltou lá do alto.

Quando ele se estatelou no chão, partindo a cabeça, Coppelius já tinha desaparecido em meio à turba agitada.

Muitos anos depois, Clara foi vista em um distrito distante, à porta de uma casa de campo, de mãos dadas com um simpático cavalheiro; dois robustos meninos brincavam junto dela. Isso permite concluir que Clara finalmente encontrou a serena felicidade doméstica que o seu caráter alegre e tranquilo pedia, uma felicidade que Natanael, com seu temperamento tempestuoso e exacerbado, jamais teria sido capaz de lhe dar.

Tradução de Luiz A. de Araújo

WALTER SCOTT

A história de Willie, o vagabundo

("Wandering Willie's tale", 1824)

Nesta narrativa histórica de Walter Scott sobre a Escócia do século XVII, o além se assemelha inteiramente à vida que as almas penadas levavam em vida: é um inferno feudal onde se come, se bebe e se dança. Mas o ser vivente que, por um intercessor autorizado (o diabo em forma de um nobre a cavalo), puder pôr os pés ali deverá precaver-se dos convites que lhe serão feitos. Ai dele se levar aos lábios a gaita escocesa que lhe pedem para tocar: ela ferve do fogo infernal! E caso aceite pôr nos lábios comida ou bebida, não poderá mais voltar atrás. A proibição de ingerir o alimento do país dos mortos é uma velha crença cujas origens encontramos tanto em Homero (Ulisses e os Lotófagos) como nas religiões orientais.

As lendas e tradições locais são uma das fontes inesgotáveis do fantástico literário. Aqui o sobrenatural das legendas religiosas se funde com a arte do romance histórico, do qual Walter Scott (1771-1832) pode ser considerado o iniciador; a isso se acrescenta um frescor de novela contada a viva voz e um prenúncio de história policial. Outro elemento inesperado: nela desempenha um papel importante um macaco, aparição que, desde o Renascimento de Bandello, serve aos efeitos do fantástico.

Vocês já devem ter ouvido falar daquele tal Robert Redgauntlet, um sujeito que viveu por estes lados há bastante tempo. O país ainda vai se lembrar muito dele; nossos pais costumavam prender a respiração com força apenas ao ouvir esse nome. Ele estava fora de Highlanders no tempo de Montrose; e também estava nas montanhas com Glencairn em 1622; e quando o rei Carlos II subiu ao trono; quem gozava mais de seus favores que o lorde Redgauntlet? Ele tinha sido ordenado cavaleiro na corte de Londres, com a espada do próprio rei; e como era um grande defensor da prelazia, veio para cá, comportando-se com a violência de um leão, com a moral da ordenação a tenente (e, pelo que sei, com uma loucura) para afastar os whigs e os covenanters da região. Mas a coisa foi dura; pois os whigs eram tão corajosos quanto a cavalaria era cruel, e o negócio era ver quem se cansaria primeiro. Redgauntlet gostava de usar a força; e seu nome era tão conhecido aqui quanto o de Claverhouse ou de Tam Dalyell. Nem uma escarpa ou um vale, nem uma colina ou uma caverna podiam esconder o pobre povo da montanha quando Redgauntlet saía com a trompa e os bravos cães de caça atrás dele. Como se estivessem caçando uma manada de cervos. E, verdade, quando alcançavam alguém, não faziam mais cerimônia do que os montanheses com uma corça — e bastava: "Quer fazer o juramento?"; — se não, "Pronto — agora fogo!" —, e ali mesmo o covarde ficava estendido.

Sir Robert era odiado e temido em toda a região. Os homens acreditavam que ele tinha um pacto com o próprio demônio, e que ele era à prova de aço, e que as balas se derretiam na sua armadura como pedras de gelo no fogo, e que ele tinha uma égua capaz de virar lebre lá para os lados de Carrifra — e outras coisas do mesmo tipo que contarei mais adiante. A maldição mais suave que já se lançou a ele foi: "O diabo que chicoteie Redgauntlet". Seu povo não o achava um mau senhor, e seus homens inclusive gostavam dele; os intendentes e os cavaleiros que saíam com ele atrás dos whigs naqueles tempos terríveis faziam um brinde, a hora que fosse, à sua saúde.

Agora vocês podem saber que meu avô morava nas terras de Redgauntlet — em um lugar conhecido como Primrose-Knowe. Minha família vivia nas propriedades dos Redgauntlet desde os tempos dos bandoleiros, e bem antes até. Era um lugar agradável, o ar era mais fresco do que em qualquer outra região. Agora está abandonado, estive há três dias sentado no umbral da porta e me sinto feliz por não ver mais a ruína em que se converteu; mas estou me desviando da história. Ali vivia meu avô, Steenie Steenson, um pândego, ator na juventude; tocava bem gaita e fazia sucesso com a "Hoopers e Girders". E em Cumberland ninguém podia competir com ele na "Jockie Latin" — o seu era o mais belo dedo para a "back-lilt" entre Berwick e Carlisle. Os whigs não tinham o mesmo gosto que Steenie. E ele acabou se tornando um tóri, como eles chamavam os que agora conhecemos por jacobitas, simplesmente porque sentia necessidade de fazer parte de um dos bandos. Ele não queria mal aos whigs e não gostava de ver sangue correndo; no entanto, como era obrigado a acompanhar o senhor Robert em caçadas e batalhas, observando e protegendo, viu muita coisa errada, e talvez, por não ter conseguido evitar, tenha feito algumas também.

Steenie acabou sendo uma espécie de favorito de seu amo e acabou conhecendo todo o pessoal ao redor do castelo. Frequentemente era chamado para tocar gaita nas festas. O velho Dougal MacCallum, o mordomo, que acompanhava o senhor Robert na saúde e na doença, na riqueza e na pobreza, na felicidade e na tristeza, gostava especialmente do instrumento, de onde vinha o bom cartaz de meu avô, porque Dougal tinha o que queria de seu amo.

Bom, a revolução estourou por todo canto, e deixou tanto Dougal quanto seu amo arrasados. No entanto, a mudança não foi tão grande quanto eles temiam e outros desejavam. Os whigs falaram muito sobre o que queriam fazer com seus velhos inimigos, e em especial com sir Robert Redgauntlet. Mas eram tantos os nomes importantes metidos na coisa que era impossível passar por cima de tudo e começar o mundo de novo do zero. Então o Parlamento fez vista grossa, e sir Robert, salvo a permissão para caçar raposas e não covenanters, continuou o mesmo de sempre. Suas festas ainda eram muito animadas, e seu salão bem iluminado, como sempre fora, mesmo que talvez ele tivesse começado a sentir falta dos tributos dos insatisfeitos que vinham se encher nas suas despensas e celeiros; pois é certo que ele começou a ser mais atento aos arrendamentos de seus vassalos e eles se esforçavam para pagar no prazo, pois, do contrário, ele se desagradava muito. E ele era mesmo tão bravo que ninguém queria provocar sua ira; lançava maldições e, às vezes, entrava em tal delírio e olhava de tal jeito que os homens pensavam estar na presença do próprio demônio.

Bom, meu avô não cuidava bem dos negócios, mas também não era um perdido — é que ele não tinha o dom da economia e estava com dois pagamentos atrasados. No domingo de Pentecostes, conseguiu se livrar de um tocando gaita e proferindo um belo discurso; mas quando chegou o dia de San Martin, o administrador avisou que o aluguel deveria ser pago no dia combinado, ou então

Steenie teria de ir embora. O dinheiro custou-lhe muito esforço. Mas como tinha muitos amigos, acabou conseguindo reunir a importância — mil moedas de prata. Quase tudo veio de um vizinho conhecido como Laurie Lapraik, uma raposa velha. Laurie sabia como devia andar — pronto para caçar com os cachorros ou correr com as lebres — e ser whig ou tóri, santo ou pecador conforme o vento mudava. Era um esperto nesse mundo que se seguiu à revolução, mas gostava muito de um sopro de ar mundano às vezes e de uma ou outra canção de gaita; e, acima de tudo, achou que seria bom negócio emprestar o dinheiro para meu avô, tendo como garantia todos os bens de Primrose-Knowe.

E lá se foi meu avô ao castelo de Redgauntlet com o fardo pesado e o coração leve, feliz por escapar da ira de seu amo. Bom, a primeira coisa que ele soube no castelo foi que sir Robert estava muito nervoso por causa de um acesso de gota, e de fato só deu sinal de vida ao meio-dia. A questão talvez nem fosse o dinheiro, acreditava Dougal; mas talvez ele não quisesse fazer meu avô esperar. Dougal estava feliz por ver Steenie e o guiou até a sala de estar onde o lorde estava sentado em completa solidão, acompanhado apenas por um enorme e mal-encarado macaco, o seu animal preferido; um bicho maldoso e dado a brincadeiras estranhas — muito difícil de agradar e raivoso. O bicho corria ao redor do castelo, urrando e guinchando, abocanhando e mordendo quem aparecesse, especialmente quando se anunciavam intempéries ou desordens na região. Sir Robert o chamava de Major Weir, um traidor que fora queimado; poucas pessoas gostavam do nome ou do jeito do bicho — pensavam que havia nele alguma coisa de normal. Meu avô não estava exatamente tranquilo quando a porta bateu e ele se viu no salão apenas na companhia do lorde, de Dougal MacAllum, e de Major, uma coisa que nunca lhe acontecera antes.

Sir Robert estava sentado, ou melhor, esticado em uma grande cadeira de braços, com sua melhor toga de veludo, e os pés em um apoio, pois tinha gota e pedra nos rins. Seu rosto parecia tão doído e cadavérico quanto o do demônio. Major Weir estava sentado à sua frente, com uma casaca de renda vermelha, e com a peruca do lorde na cabeça; e sempre que sir Robert gemia de dor, o macaco gemia também — eram uma dupla terrível, aterradora mesmo. A armadura do lorde estava pendurada em um gancho atrás dele, e a espada e a pistola ficavam ao seu alcance, pois ele tinha a velha mania de ter as armas prontas, e um cavalo selado dia e noite, do jeito que costumava fazer quando era capaz de montar e sair atrás de algum montanhês de que tivera informação. Alguns diziam que era por temor da vingança dos whigs, mas eu acho que ele estava acostumado com aquilo — aquele não era homem que temesse alguma coisa. O livro-caixa, com sua capa preta e fivelas de cobre, estava ao lado dele, e um caderno de canções obscenas, colocado entre as folhas, mantendo-o aberto no lugar onde estava a informação de que o bom homem de Primrose-Knowe estava atrasado no pagamento de suas rendas e impostos. O olhar que sir Robert dirigiu ao meu avô parecia ter a intenção de congelar o coração dele no peito. Dizem que ele franzia o cenho de tal maneira que aparecia a marca de uma ferradura na testa, era como se ela tivesse sido gravada ali.

"Veio de mãos abanando, seu filho de uma cadela? Brrrr... se for assim..."

Meu avô, com a máxima bondade e prudência, deu um passo à frente e colocou a bolsa de dinheiro na mesa, com movimentos ligeiros, como alguém que tem muita segurança no que faz. O lorde pegou-a de imediato.

"Está tudo aqui, Steenie?"

"Está tudo na mais perfeita ordem, senhor", disse meu avô.

"Venha, Dougal", disse o lorde, "dê a Steenie uma taça de brandy lá embaixo, enquanto eu conto o dinheiro e faço um recibo."

Eles mal tinham saído da sala quando sir Robert deu um grito que fez até as paredes do castelo tremerem. Dougal voltou correndo, os lacaios vieram voando e o lorde continuou gritando, e de um jeito cada vez mais alucinado. Meu avô não sabia para onde ir e acabou arriscando voltar para o salão, onde a confusão era tão grande que ninguém mais se preocupava com quem entrava ou saía. O lorde urrava terrivelmente, pedindo água fria para os pés e vinho para refrescar a garganta; e, inferno, inferno, inferno, e todas as suas chamas, eram essas as palavras que saíam da sua boca. Trouxeram água, e quando enfiaram aqueles pés inchados na bacia, ele gritou que estava queimando; e muita gente diz que de fato borbulhava e fazia fumaça como um caldeirão fervente. Ele atirou a bacia na cabeça de Dougal e falou que lhe tinham dado sangue em vez de borgonha; e de fato a criadagem teve de lavar o sangue coagulado no carpete no dia seguinte. O macaco que eles chamavam de Major Weir deu um passo para trás e começou a urrar feito seu dono. Meu avô só queria sair daquele lugar e acabou esquecendo tanto o dinheiro como o recibo. Ele bateu a porta e, enquanto corria, percebeu que os urros iam ficando cada vez mais débeis, até que houve um suspiro e correu pelo castelo a notícia de que o lorde estava morto.

Bom, meu avô se foi com a esperança de que Dougal tivesse visto a sacola de dinheiro e ouvido o lorde falar que ia escrever um recibo. O jovem lorde, agora sir John, veio de Edimburgo para acertar as coisas. Sir John e seu pai nunca tinham se dado bem. Sir John tinha estudado para ser advogado e depois ocupou uma cadeira no último Parlamento escocês, tendo votado pela União e recebido, foi o que todo mundo pensou, um punhado de compensações — se seu pai pudesse sair do túmulo, talvez lhe quebrasse a cabeça com as pedras da própria lápide por causa daquilo. Algumas pessoas achavam mais fácil tratar com o velho e rude cavalheiro do que com o jovem de maneiras suaves, mas falaremos disso mais adiante.

Dougal MacCallum, pobre homem, nem chorava nem se lamentava, apenas vagava pela casa feito um morto, mas dirigindo, como era seu dever, o grande funeral. Conforme a noite ia caindo, Dougal ficava de pior aspecto e era sempre o último a ir para a cama, em um pequeno cômodo oposto ao aposento que o lorde ocupava quando ainda estava vivo e onde agora jazia. Dougal, na noite anterior ao funeral, não conseguiu sustentar seu orgulhoso espírito e pediu ao velho Hutcheon que lhe fizesse companhia por uma hora em seus aposentos. Logo que entraram, Dougal serviu-se de uma taça de brandy, deu outra a Hutcheon, e lhe desejou saúde e longa vida, dizendo que já não tinha mais vontade de viver neste mundo, porque todas as noites, desde a morte de sir Robert, ele ouvia o apito de prata chamando-o à câmara mortuária, tal como o lorde fazia enquanto estava vivo, para que Dougal o ajudasse a se virar na cama. Dougal disse que com a morte rondando ele nunca tinha ousado responder ao chamado, mas agora a sua consciência o reprimia por estar negligenciando seu dever, pois, "ainda que a morte interrompa o serviço", disse, "eu nunca falhei no meu dever para com sir Robert; e responderei a seu próximo chamado, e você virá comigo, Hutcheon".

Hutcheon não sentia nenhuma vontade de fazer aquilo, mas tinha sido companheiro de Dougal em batalhas e tumultos, e não falharia nessa emergência; então os amigos se serviram de um jarro de brandy, e Hutcheon, que era meio religioso, poderia ter lido um capítulo da *Bíblia*; mas Dougal não quis ouvir nada além de um fragmento de David Lindsay que falava de preparativos para a guerra.

Quando bateu a meia-noite, e a casa estava quieta como um túmulo, o apito de prata soou tão claro e penetrante que parecia que sir Robert estava realmente assoprando-o. Os dois velhos criados ouviram e cambalearam para o quarto onde o homem morto jazia. Hutcheon na mesma hora viu o que tinha de ver, pois as tochas no quarto mostraram-lhe aquele demônio horrível, no seu aspecto habitual, sentado no túmulo do lorde! Não dá para falar quanto tempo ele ficou em transe na porta, mas, quando voltou a si, chamou seu amigo e não ouviu resposta, e Dougal foi achado morto a dois passos da cama onde o caixão do seu amo estava colocado. O apito desapareceu por completo, ainda que tivesse sido ouvido outras vezes no cimo do castelo, entre a velha chaminé e as pequenas torres, no lugar onde as corujas faziam seus ninhos. Sir John acalmou as coisas, e o funeral transcorreu sem maiores problemas.

Mas quando tudo acabou e o lorde estava começando a acertar os negócios, cada vassalo foi convocado por suas dívidas, e meu bom avô pela soma inteira que estava no livro-caixa. Bom, lá foi ele cavalgando para o castelo, para contar sua história e ser apresentado a sir John, sentado na cadeira de seu pai, em rigoroso luto, com bracelete e gravata negros e uma pequena bengala de passeio junto de si, no lugar do velho sabre, que com a lâmina, a bainha e os acessórios devia pesar uma tonelada. Ouvi a história tantas vezes que parece mesmo que estive lá, mas eu não tinha nascido naquela época. (Na verdade Alan, meu bem-humorado e alegre companheiro de palco, imitava o tom do locatário com a melancólica e hipócrita resposta do lorde. Seu avô, ele disse, olhava fixamente para o livro-caixa, como se fosse um cão mastim que pudesse pular e mordê-lo.)

"Desejo-lhe felicidade, meu senhor, fartura e sorte. Seu pai era um homem gentil com os amigos e admiradores; muito agradável da sua parte, sir John, usar os sapatos dele — as sapatilhas, melhor dizendo, pois ele raramente usava sapatos, seria demais por causa da gota."

"Certo, Steenie", disse o lorde, sorrindo profundamente e colocando um guardanapo nos olhos, "sua morte foi repentina, e ele será lembrado no país inteiro; ainda não tivemos tempo nem sequer de arrumar a casa — o trabalho de Deus foi bem preparado, sem dúvida, é o que interessa — mas vamos deixar os problemas de lado, Steenie, e cuidemos dos negócios, temos muito a fazer e pouco tempo para fazê-lo."

Com isso, ele abriu o fatídico volume. Ouvi falar de algo que se conhece como o Livro do Juízo Final — tenho certeza de que se trata de um livro de vassalos devedores.

"Stephen", disse sir John com o mesmo tom de voz calmo e meloso, "Stephen Stevenson, ou Steenson, você está aqui pelo atraso de um ano de aluguel. Venceu no trimestre passado."

Stephen. "Por favor, senhor, sir John, eu paguei para o seu pai."

Sir John. "Você tem um recibo, sem dúvida, Stephen; você pode me mostrar?"

Stephen. "Não tive tempo, senhor; logo que entreguei o dinheiro e sir Robert, que Deus o guarde, quando ia contá-lo, ele começou a sentir aquelas dores terríveis que o mataram."

"É, foi muito azar", disse sir John, depois de uma pausa. "Mas você talvez tenha pagado na presença de alguém. Só preciso de uma prova, Stephen, não quero me aproveitar de um pobre homem."

Stephen. "Em verdade, sir John, não havia ninguém no quarto além de Dougal MacCallum, o mordomo da adega. Mas, como Vossa Excelência sabe, ele teve o mesmo destino que seu velho senhor."

"É, outro azar, Stephen", disse sir John, sem alterar sua voz nem numa simples nota. "O homem para quem você pagou o dinheiro está morto, e o homem que testemunhou o pagamento está morto também, e o dinheiro, que deveria estar por aqui, não chegou perto dos cofres. Como eu posso acreditar nisso?"

Stephen. "Eu não sei, Excelência, mas tenho anotadas aqui cada uma das moedas; sim, Deus me ajude! Fiz um empréstimo a vinte pessoas, e estou certo de que todos terão a coragem de testemunhar que o dinheiro foi mesmo emprestado."

Sir John. "Eu não tenho dúvida de que você *pegou emprestado* o dinheiro, Steenie. Eu gostaria de ter alguma prova do *pagamento* a meu pai."

Stephen. "O dinheiro deve estar em algum lugar da casa, sir John. E como Vossa Excelência não o pegou, e como Sua Excelência, que descanse em paz, não podia mesmo levá-lo consigo, talvez alguém da família o tenha visto."

Sir John. "Perguntaremos aos criados, Stephen; é o mais razoável."

Mas mordomos e criadas, pajens e cavalariços, todos negaram veementemente que tinham visto uma sacola de dinheiro como a que meu avô descrevia. Para piorar, ele não tinha mencionado a nenhuma alma viva o propósito de pagar seu aluguel. Uma donzela tinha visto algo sob seu braço, mas achou que fosse uma gaita.

Sir John Redgauntlet ordenou que os criados saíssem e então disse ao meu avô:

"Agora, Steenie, você tem que jogar limpo; e, como não tenho dúvidas de que você sabe onde achar o dinheiro, eu peço, em termos justos e para seu próprio bem, que você termine com esse constrangimento; Stephen, ou você paga ou vai embora das minhas terras".

"O lorde que me perdoe", disse Stephen, procurando um final razoável, "sou um homem honesto."

"Eu também, Stephen", disse o senhor; "e também toda a gente da casa, espero. Mas se houver um patife entre nós, é aquele que conta uma história que não pode provar."

Fez uma pausa, e então acrescentou, de maneira mais cortante:

"Se entendi sua estratégia, meu caro, você está querendo tirar vantagem de alguma notícia maliciosa a respeito da minha família e em especial da repentina morte do meu pai, para me privar do dinheiro, e talvez desconfie do meu caráter, insinuando que já recebi o aluguel que estou cobrando. Onde você acha que está esse dinheiro? Insisto em saber."

As coisas estavam ficando pretas para o lado do meu avô, o que por pouco não o deixava desesperado. Contudo, ele se mexeu, olhou para cada canto da sala, e não respondeu.

"Fale, homem", disse o lorde, assumindo o olhar muito particular que seu pai tinha quando estava bravo — as rugas de seu rosto pareciam formar aquela mesma figura terrível de ferradura. "Fale, homem! *Quero saber* o que você está pensando; você acha que estou com esse dinheiro?"

"Longe de mim uma coisa dessas", disse Stephen.

"Você acha que um de meus empregados está com ele?"

"Eu detestaria acusar um inocente", disse meu avô; "e se houver um culpado, não tenho provas."

"Em algum lugar o dinheiro tem de estar, se existe uma palavra de verdade na sua história."

"No inferno, se você *quer mesmo saber* o que estou pensando", disse meu avô, louco de raiva, "no inferno! Com o seu pai, o macaco e aquele apito de prata."

Steenie correu escada abaixo (depois daquilo, a sala de estar não era um lugar adequado para ele) e ouviu o lorde praguejando atrás dele, surpreendentemente veloz, e berrando pelo administrador e pelo guarda.

Meu avô cavalgou até seu principal credor (a quem chamavam Laurie Lapraik), para ver se ele não poderia fazer alguma coisa; mas quando contou sua história, ouviu as piores palavras de sua vida — *ladrão, esmoleiro* e *caloteiro* foram os termos mais leves; e Laurie de novo começou a contar a história de que meu avô tinha as mãos manchadas pelo sangue dos justos, como se um vassalo pudesse se negar a cavalgar com o seu amo, ainda mais um como sir Robert Redgauntlet.

Meu avô já não tinha mais paciência e, quando estavam a ponto de se pegar, teve a desfaçatez de insultá-lo, tanto a ele quanto ao que ele dizia, e falou coisas que empalideceram todos que estavam ouvindo; estava fora de si e ademais tinha convivido com gente que não mordia a língua.

Finalmente eles se separaram, e meu avô voltou para casa cavalgando através da floresta de Pitmurkie, que era tomada de abetos negros, como diziam — e, sabe, eu conheço a floresta, mas não saberia dizer se os abetos são negros ou brancos. Na entrada da floresta há uma clareira, e na extremidade, uma estrebaria pequenina e solitária, que estava a cargo de uma mulher conhecida como Tibbie Faw, e lá o pobre Steenie pediu por meia dose de brandy, pois não molhara a garganta o dia inteiro. Tibbie insistiu para que comesse algo, mas ele nem quis ouvir falar disso, nem se dispôs a descer do cavalo, e tomou todo o brandy em dois tragos, fazendo um brinde com cada um: o primeiro à memória de sir Robert Redgauntlet, que ele jamais descansasse tranquilo no túmulo até que tudo estivesse certo com seu pobre vassalo; e o segundo à saúde do Inimigo do homem, para que lhe devolvesse o dinheiro, ou lhe falasse o que tinha acontecido, pois o mundo inteiro o olhava como um ladrão ou um trapaceiro, e ele achava aquilo ainda pior que a perda de todos os seus bens.

Ele cavalgou sem muita direção. A noite tinha se tornado escura, e as árvores faziam-na ainda mais negra, e ele deixou o animal tomar seu próprio caminho através da floresta; quando, muito surpreendentemente, de cansado e enfastiado que estava, o cavalo começou a pular, correr e empinar, meu avô quase não conseguiu se manter na sela. De repente um cavaleiro se pôs a cavalgar ao lado dele e disse:

"Um animal de valor, o seu; quer vendê-lo?" E dizendo isso tocou o pescoço do cavalo com seu bastão, e ele voltou de pronto ao seu antigo trote cansado e vacilante. "Mas sua vivacidade vai logo se acabar, eu acho", continuou o forasteiro; "é o mesmo que ocorre a muitos homens, que se acreditam muito capazes até que chega o momento de se colocarem à prova."

Meu avô, mal ouviu isso, esporeou seu cavalo com um "Boa noite, amigo".

Mas o forasteiro não era desses que dão logo o braço a torcer; cavalgando como cavalgava Steenie, estava sempre a seu lado. Por fim meu avô, Steenie Steenson, começou a enfadar-se; e, para dizer a verdade, a sentir um pouco de medo.

"O que é que você quer de mim, amigo?", ele disse. "Se você for um ladrão, não tenho dinheiro, se for um homem honesto, querendo companhia, não tenho ânimo para rir ou falar; e se você quer conhecer a estrada, eu mesmo mal a conheço."

"Se alguma coisa o está atormentando", disse o forasteiro, "conte-me. Sou alguém que, mesmo muito caluniado neste mundo, não tem igual se a questão for ajudar os amigos."

Então meu avô, para aliviar o próprio coração mais do que esperando por ajuda, contou-lhe a história do começo ao fim.

"É um caso complicado", disse o forasteiro, "mas acho que posso ajudá-lo."

"Se puder me emprestar o dinheiro, senhor, sem esperar que eu o devolva tão cedo, confesso que não preciso de nenhuma outra ajuda na terra", disse meu avô.

"Pode ser que haja algo debaixo dela", disse o forasteiro. "Escute, vou ser franco com você; posso recuperar o seu dinheiro, mas você talvez não aceite meus termos. Posso garantir que seu velho senhor está perturbado na cova com essas coisas e lastima por sua família, e se você ousar ir vê-lo ele vai lhe dar o recibo."

Os pelos do meu avô se arrepiaram com aquilo; ele pensou que sua companhia pudesse ser algum tipo de trapaceiro bem-humorado que estava tentando assustá-lo, e pudesse terminar pegando-lhe o dinheiro. Além disso, ele estava alto com o brandy e desesperado de preocupação; e disse que tinha coragem de ir ao portão do inferno, e mais ainda, por aquele recibo. O forasteiro se pôs a rir.

Eles cavalgaram floresta adentro, quando, surpreendentemente, o cavalo parou na porta de uma grande casa; e, pelo que ele sabia, se o lugar não estivesse dez milhas adiante, meu avô poderia ter pensado que estava no castelo Redgauntlet. Atravessando os arcos do velho portão, entraram no pátio; viram a frente da casa toda iluminada, e ouviram flautas e violinos, e notaram que havia muita dança e bagunça como era costume na casa de sir Robert no Natal, na Páscoa ou em outras ocasiões especiais. Apearam dos cavalos, e meu avô achou que estava prendendo o seu na mesma argola que usara pela manhã, quando fora atender ao chamado de sir John.

"Deus!", disse meu avô, "e se a morte de sir Robert não for mais que um sonho?"

Ele bateu na porta como costumava fazer, e o velho mordomo, Dougal MacCallum, exatamente como antes também, veio abri-la e disse:

"Steenie, o gaiteiro, é você que está aí, meu caro? Sir Robert tem chamado por você."

A meu avô aquilo parecia ser um delírio. Procurou o forasteiro, mas ele tinha desaparecido. Por fim, tratou simplesmente de dizer:

"Olá, Dougal, você está vivo? Eu pensei que estivesse morto".

"Não faça caso de mim", disse Dougal, "mas cuide de si mesmo; e veja se não toca em nada, nem em carne, bebida ou dinheiro, exceto no seu recibo."

Dito isso, ele guiou meu avô pelas paredes e corredores que lhe eram bem conhecidos, até o velho salão de estar; e havia ainda mais canto de músicas profanas, e vinho tinto, e blasfêmia e obscenidades, como acontecia no castelo de Redgauntlet nos melhores tempos. Mas, que Deus nos ajude!, que grupo de foliões cadavéricos estava ao redor da mesa! Meu avô reconheceu vários, pois tocara para eles no salão de Redgauntlet.

Lá estavam o cruel Middleton, e o dissoluto Rothes, e o astuto Lauderdale; e Dalyell, com a cabeça careca e a barba até a cintura; e Earlshall, com sangue de Cameron nas mãos; e o selvagem Bonshaw, que mutilou o senhor Cargill; e Dumbarton Douglas, o reincidente traidor tanto do país como do rei. Lá estava o sangrento advogado MacKenye, que, por sua propalada inteligência e sabedoria, era um deus para os outros. E também Claverhouse, tão belo como quando vivo, com suas mechas longas, escuras e cacheadas caindo pela capa entrelaçada, e a mão esquerda sempre sobre a bainha do ombro direito, para esconder o ferimento que a bala de prata tinha feito. Ele se sentara longe de todos e olhava para eles com um semblante melancólico e arrogante, enquanto os outros se divertiam, e cantavam, e riam de um jeito que a casa tremia. Mas de vez em quando o sorriso deles se contraía de um modo tão horrível e as risadas eram tão selvagens que as unhas do meu avô tinham ficado azuis e a medula de seus ossos quase congelara.

Quem servia a mesa eram os mesmos criados e soldados que tinham executado suas ordens quando eles ainda eram vivos. Também estava presente o lorde de Nethertown, que ajudou a prender Argyle e intimidou o bispo, eles o chamavam de Enviado do Demônio; e os cruéis soldados em suas armaduras; e os ferozes Amoritas das Terras Altas, que derramavam sangue como se fosse água; e muitos vassalos orgulhosos, de coração arrogante e mão ensanguentada, bajulando os ricos e fazendo-os ainda mais perniciosos do que tinham sido, maltratando os pobres até que desaparecessem feito pó, despedaçados pelos ricos. E muitos, muitos outros entravam e saíam como se estivessem vivos.

Sir Robert Redgauntlet, no meio daquele escândalo terrível, gritou, com uma voz de trovão, que o gaiteiro Steenie fosse à ponta da mesa onde ele estava sentado com as pernas estendidas e enfaixadas com uma flanela; as pistolas estavam ao lado, e a grande espada na cadeira, exatamente como meu avô o vira pela última vez, a grande almofada do macaco estava também em seu lugar, mas a própria criatura não — é provável que ainda não fosse sua hora; pois ele os ouvira dizer quando se aproximava:

"O Major ainda não veio?"

E outro respondeu:

"Chega antes do amanhecer."

E quando meu avô se aproximou, sir Robert, ou o seu fantasma, ou o diabo sob aquela forma, disse:

"Bom, gaiteiro, você esteve com meu filho para tratar do aluguel anual?"

Meu avô respirou fundo para dizer que sir John exigia um recibo do lorde.

"Você o terá em troca de alguma música, Steenie", disse o espectro de sir Robert. "Toque para nós a 'Weel Hoddled, Luckie'."

Era uma melodia que meu avô aprendera com um bruxo, que por sua vez a ouvira enquanto estava adorando o demônio em um de seus trabalhos; e meu avô a tinha tocado algumas vezes nos extravagantes jantares no castelo de Redgauntlet, mas nunca muito animadamente; e agora, só de ouvir o nome, ele sentia um frio na barriga. Steenie desculpou-se e disse que não tinha sua gaita consigo.

"MacCallum, seu molenga do Belzebu", disse o temeroso sir Robert, "traga uma gaita a Steenie, pois eu estou esperando!"

MacCallum trouxe uma gaita que poderia até ser usada por Donald de Isles. Mas, ao entregá-la, deu um cutucão no meu avô; e olhando de soslaio, Steenie viu que o bocal era de ferro e couro e que tinha sido aquecido em brasas. Por isso, ele teve o cuidado de não tocar nele com os dedos. De novo ele se desculpou e disse que de tão cansado e assustado não tinha fôlego suficiente para tocar.

"Então, Steenie, coma e beba", disse o espectro; "nós ficaremos aqui e a conversa de um ébrio com um abstêmio é chata."

Mas aquelas eram as mesmíssimas palavras que o sanguinário conde de Douglas dissera para entreter o mensageiro do rei enquanto cortava a cabeça de McLellan de Bombie no castelo de Threave; o que deixou Steenie ainda mais alerta. Então ele falou como um homem e disse que não fora ali para comer, beber ou farrear, mas simplesmente por seu interesse, para saber o que tinha acontecido com o dinheiro com que pagara e conseguir um recibo; ele se sentiu tão valente naquele momento que chegou a apelar para a consciência de sir Robert (não teve coragem para dizer o nome sagrado) para, se quisesse descansar em paz, que não o deixasse com problemas e lhe desse o que era seu.

O espectro batia os dentes e ria, mas pegou o recibo em um grande livro-arquivo e o passou a Steenie.

"Aqui está o seu recibo, desgraçado; e, sobre o dinheiro, o lazarento do meu filho pode ir procurá-lo na Casa do Gato."

Meu avô agradeceu muito, e estava para sair quando sir Robert gritou:

"Pare aí, seu grandessíssimo filho de uma puta! Eu não estou satisfeito com você. AQUI nada sai de graça; e você deve voltar daqui a dois meses para prestar a homenagem que me deve por conta da minha proteção."

A língua do meu avô soltou-se de repente, e ele disse em voz alta:

"Sirvo a Deus, e não ao senhor."

Mal tinha acabado de dizer isso quando tudo escureceu ao seu redor; e ele caiu na terra em tal estado que perdeu a respiração e os sentidos.

Quanto tempo Steenie ficou ali, não sei dizer; mas quando voltou a si, estava caído no velho cemitério da paróquia de Redgauntlet, bem na porta da capela da família, e sua cabeça estava amparada no escudo de um velho cavaleiro, sir Robert. Havia uma espessa neblina matinal na grama e ao redor das lápides, e seu cavalo estava pastando calmamente ao lado de duas vacas do pároco. Steenie teria pensado que tudo não passara de um sonho, mas o recibo estava nas suas mãos, comprovadamente escrito e assinado pelo velho lorde; somente as últimas letras de seu nome estavam desordenadas, como se tivessem sido escritas por alguém vítima de uma dor repentina.

Profundamente perturbado, meu avô deixou aquele lugar lúgubre, caminhando pela neblina para o castelo de Redgauntlet, e com muita dificuldade conseguiu falar com o lorde.

"Bom, seu caloteiro", foram as primeiras palavras, "você trouxe o meu aluguel?"

"Não", respondeu meu avô, "eu não o trouxe, mas trouxe o recibo de Sua Excelência, sir Robert."

"Como, homem? O recibo de sir Robert! Você me falou que ele não tinha lhe dado."

"Vossa Excelência poderia fazer a gentileza de conferi-lo?"

Sir John observou cada palavra e cada linha com muita atenção, e por último deteve-se na data, que meu avô nem tinha notado — *"Com a minha autoridade"*, ele leu, *"em vinte e cinco de novembro".* "O quê? É a data de ontem! Canalha, você vai para o inferno por causa disso!"

"Peguei-a de seu honrado pai — se ele está no céu ou no inferno, não sei", disse Steenie.

"Vou denunciá-lo por bruxaria ao Conselho!", disse sir John. "Vou enviá-lo para o seu senhor, o diabo, com a ajuda de um tronco e uma tocha!"

"Pretendo falar com o Presbitério", disse Steenie, "e contar a eles tudo o que vi na última noite, que são coisas mais urgentes para serem julgadas do que um homem simplório como eu."

Sir John fez uma pausa, recompondo-se, querendo ouvir toda a história, e meu avô contou-lhe de ponta a ponta, como estou falando para você — palavra por palavra, nem mais, nem menos.

Sir John ficou em silêncio por um longo tempo, e por fim disse, muito compenetrado:

"Steenie, essa sua história diz respeito à honra de várias famílias nobres além da minha; e se você a conta apenas para se ver livre de mim, o mínimo que o espera é um ferro quente atravessado na língua, o que será tão ruim quanto ter os dedos escaldados em um cântaro fervendo. Mas se o dinheiro aparecer, será verdade. Não vou saber o que pensar. Mas onde acharemos a tal Casa do Gato? Há gatos suficientes ao redor da velha casa, mas acho que são filhotes sem o luxo de uma cama ou uma moradia."

"O melhor seria perguntar a Hutcheon", disse meu avô. "Ele conhece qualquer canto das redondezas tão bem como um outro mordomo que agora está morto e que eu não gostaria de nomear."

Hutcheon, quando foi indagado, contou-lhes que uma pequena torre em ruínas, havia muito abandonada, próxima à torre do relógio e somente acessível por uma escada, pois a abertura estava para o lado de fora sobre as muralhas, era chamada de Casa do Gato.

"Vou até lá agora mesmo", disse sir John, pegando (com que propósito, só Deus sabe) uma das pistolas de seu pai no depósito, onde elas tinham ficado desde a noite em que ele morreu, e se precipitando para as muralhas.

O lugar era perigoso, pois a escada estava velha, carcomida e com alguns degraus a menos. Contudo sir John subiu e entrou na porta da torre, onde seu corpo cobriu o débil feixe de luz que escapava dali. Alguma coisa se lançou sobre ele e quase o atirou ao chão; a pistola disparou e Hutcheon, que segurava a esca-

A HISTÓRIA DE WILLIE, O VAGABUNDO 97

da, e meu avô, em pé ao seu lado, ouviram um forte alarido. Um minuto depois, sir John jogou o corpo do macaco na direção deles, e gritou que achara o dinheiro, e que eles deveriam subir e ajudá-lo. Com efeito, lá estava o dinheiro, além de muitas outras coisas estranhas, que tinham sumido havia muito tempo.

Depois de limpar bem a pequenina torre, sir John levou meu avô ao salão, pegou-o pelas mãos, e falou gentilmente com ele, dizendo que lamentava ter duvidado de sua palavra, e que dali em diante seria um bom senhor, para compensar.

"E agora, Steenie", disse sir John, "dê crédito à honra de meu pai, um homem honesto mesmo depois de sua morte, que deseja ver a justiça feita a um pobre homem como você, ainda mais você, que sabe que homens mal-intencionados podem fazer conjecturas ruins sobre isso, a respeito da honestidade da alma dele. Então, acho que devemos pôr a culpa naquela criatura horrenda, Major Weir, e não dizer nada sobre o seu sonho na floresta de Pitmurkie. Você tinha tomado brandy demais para ter certeza de qualquer coisa; e, Steenie, esse recibo (sua mão tremia enquanto o segurava) não é mais do que um documento bizarro, o melhor que temos a fazer é colocá-lo no fogo sem alarde."

"Certo, mas por mais bizarro que seja, é um comprovante de que paguei o meu aluguel", disse meu avô, que estava com medo de perder a prova de que tinha pagado a sir Robert.

"Vou anotar o seu pagamento no livro-caixa, e dar a você um comprovante de meu próprio punho", disse sir John. "E, Steenie, se você for capaz de ficar com a boca fechada, diminuo o valor do seu aluguel."

"Muito obrigado, senhor", disse Steenie, que viu na mesma hora para que lado o vento estava soprando; "sem dúvida vou estar em boas mãos sob a sua proteção; mas gostaria de conversar com alguém da Igreja sobre o assunto, pois não queria que a exigência do senhor seu pai..."

"Não evoque o fantasma de meu pai!", disse Sir John, interrompendo-o.

"Certo, então é o seguinte", disse meu avô. "Ele me pediu que voltasse lá depois de exatamente doze meses, e isso é um peso para a minha consciência."

"Bom, então", disse sir John, "se você está tão perturbado, fale com o pastor da nossa paróquia; é um bom homem, considera a honra da minha família, e ademais acredito que ele deseje a minha proteção."

Com aquilo, meu avô prontamente concordou que o recibo deveria ser queimado, e o lorde jogou-o no fogo com suas próprias mãos. Um lume voou, com uma longa série de faíscas na cauda e o ruído sibilante de um busca-pé.

Meu avô foi à casa do pároco, que, quando ouviu a história, disse a sua verdadeira opinião, que pensava que meu avô tinha ido muito longe com assuntos perigosos, ainda que, como recusara as ofertas do diabo (como a comida e a bebida) e não quisera prestar homenagem tocando a gaita ao receber uma ordem, fosse de esperar que, se ele se mantivesse em um caminho sério dali em diante, seria bom para o demônio que tudo se encerrasse daquele jeito. E meu avô, de livre e espontânea vontade, jurou a si mesmo que não tocaria por muito tempo nem na gaita nem em um copo de brandy; só depois de passado o ano e o dia fatídico, ele ousou pôr de novo as mãos na gaita, ou beber uísque ou cerveja.

Sir John espalhou a história do macaco conforme lhe interessava; e as pessoas acreditaram na inclinação do animal pelo roubo. Inclusive há quem afirme que não foi o Velho Inimigo que Dougal e Hutcheon viram na casa do amo, mas sim esse animal, Major Weir, brincando sobre o esquife; e quanto ao apito do senhor, ouvido depois de sua morte, era o tenebroso animal que o tocava tão bem quanto seu dono, se não melhor ainda.

Mas Deus sabe a verdade, que se revelou primeiro pela boca da esposa do pároco, depois que seu marido e sir John estavam ambos enterrados. E meu avô, a quem faltavam as pernas, mas não a memória e o juízo — ao menos não tanto que se pudesse notar —, foi obrigado a contar a verdade para seus amigos, para crédito de seu bom nome. De outro modo, poderiam acusá-lo de bruxaria.

Tradução de Ricardo Lísias

HONORÉ DE BALZAC

O elixir da longa vida

("L'élixir de longue vie", 1830)

Se a glória de Balzac (1799-1850) se funda na Comédia humana, *ou seja, no grande afresco da sociedade francesa de seu tempo, não é menos verdade que as obras fantásticas têm um lugar de relevo em sua produção, especialmente no primeiro período, quando ele era mais influenciado pelo ocultismo de Swedenborg. O romance fantástico* A pele de onagro *(1831) é uma de suas obras-primas. Mas até nos seus romances mais conhecidos como "realistas" há uma forte dose de transfiguração fantástica, que é um elemento essencial da sua arte.*

Quando Balzac iniciou o projeto da Comédia humana, *a narrativa fantástica da juventude foi relegada à margem de sua obra; assim o conto "O elixir da longa vida", publicado em revista em 1830, foi republicado entre os* Estudos filosóficos, *precedido de uma introdução que o apresentava como um estudo social acerca dos herdeiros impacientes com a morte dos genitores. Acréscimo artificioso, que preferimos ignorar; o texto que aqui apresento é o da primeira versão.*

O cientista satânico é um velho tema medieval e renascentista (Fausto, as lendas dos alquimistas) que o século XIX, primeiro romântico e depois simbolista, saberá explorar (basta lembrar o Frankenstein *de Mary Shelley, que só não está nesta coletânea por ser muito longo) e que depois será adotado pela ficção científica.*

Aqui nos deparamos com uma hipotética Ferrara quinhentista. Um velho riquíssimo busca um unguento oriental que faz ressuscitar os mortos. Balzac tem muitas ideias, tal-

vez ideias demais: a Itália renascentista, pagã e papal, a Espanha beata e penitencial, o desafio alquimista às leis da natureza, a danação de Don Giovanni (com uma curiosa variante: é ele que se torna o convidado de pedra) e um final espetacular, cheio de pompas eclesiásticas e de sarcasmos blasfemos. Mas o conto se impõe pelos efeitos macabros das partes do corpo que vivem por si: um olho, um braço e até uma cabeça que se destaca do corpo morto e morde o crânio de um vivo, como o conde Ugolino no Inferno.

Num suntuoso palácio de Ferrara, numa noite de inverno, don Juan Belvidero obsequiava um príncipe da Casa d'Este. Nessa época, uma festa era um espetáculo maravilhoso que só riquezas fabulosas ou o fausto de um nobre permitiam organizar. Sentadas ao redor de uma mesa iluminada por velas perfumadas, sete alegres mulheres trocavam frases ligeiras, entre obras-primas admiráveis cujos mármores brancos se destacavam nas paredes de estuque vermelho e contrastavam com os ricos tapetes da Turquia. Vestidas de cetim, resplandecentes de ouro e cobertas de pedrarias que brilhavam menos que seus olhos, todas elas contavam paixões violentas, mas diferentes, como o eram suas belezas. Não se diferenciavam nem pelas palavras nem pelas ideias; mas o jeito, um olhar, alguns gestos ou a inflexão da voz serviam às suas palavras de comentários libertinos, lascivos, melancólicos ou satíricos.

Uma parecia dizer: "Minha beleza sabe aquecer o gélido coração dos velhos".

Outra: "Gosto de ficar deitada em cima de almofadas para pensar inebriada naqueles que me adoram".

Uma terceira, noviça nessas festas, estava quase enrubescendo: "No fundo do coração sinto remorso!", dizia. "Sou católica e tenho medo do inferno. Mas te amo tanto, ah!, tanto e tanto, que posso sacrificar-te a minha eternidade."

A quarta, esvaziando uma taça de vinho de Chio, exclamava: "Viva a alegria! Ganho uma existência nova a cada aurora! Esquecida do passado, ainda tonta pelas investidas da véspera, toda noite esgoto uma vida de alegria, transbordante de amor!".

A mulher sentada perto de Belvidero mirava-o com olhos congestionados. Estava calada. "Eu não confiaria nos *bravi* para matar meu amante, se ele me abandonasse!". Depois, riu, mas sua mão convulsa quebrou uma bomboneira de ouro miraculosamente talhada.

"Quando serás grão-duque?", perguntou ao príncipe a sexta mulher, com uma expressão de alegria mortífera nos dentes, e um delírio dionisíaco nos olhos.

"E tu, quando morrerá teu pai?", disse a sétima, rindo, jogando seu rama-lhete para don Juan num gesto inebriante de travessura.

Era uma inocente donzela acostumada a brincar com todas as coisas sagradas.

"Ah!, nem me fales disso!", exclamou o jovem e belo don Juan Belvidero. "Só há um pai eterno no mundo, e a desgraça quer que seja o meu!"

As sete cortesãs de Ferrara, os amigos de don Juan e o próprio príncipe deram um grito de horror. Duzentos anos depois, no tempo de Luís xv, as pes-soas de bom gosto teriam rido dessa tirada. Mas, também, será que no começo de uma orgia as almas ainda teriam bastante lucidez? Apesar do fogo das velas, do grito das paixões, do aspecto dos vasos de ouro e de prata, do vapor dos vi-nhos, apesar da contemplação das mulheres mais encantadoras, será que ainda havia, no fundo dos corações, um pouco dessa vergonha diante das coisas hu-manas e divinas, que se debate até ser afogada pela orgia nas derradeiras vagas de um vinho espumante? No entanto, já as flores tinham sido esmagadas, os olhos se embaçavam, e a embriaguez chegava, de acordo com a expressão de Rabelais, até as sandálias.

Nesse instante de silêncio, abriu-se uma porta; e como no festim de Baltazar, Deus se fez reconhecer; apareceu sob os traços de um velho criado de cabelos brancos, andar trêmulo, cenho franzido; entrou com ar triste, destruiu com um olhar as guirlandas, as taças de vermeil, as pirâmides de frutas, o brilho da festa, a púrpura dos rostos espantados e as cores das almofadas amarfanhadas pelo braço branco das mulheres; por fim, jogou um véu de luto sobre aquela loucura ao dizer em voz cavernosa estas palavras sombrias: "Senhor, vosso pai está à morte".

Don Juan se levantou fazendo para seus convidados um gesto que podia se traduzir por "Desculpai-me, isso não acontece todo dia".

Não é frequente que a morte de um pai surpreenda os jovens nos esplendo-res da vida, em meio às ideias loucas de uma orgia? A morte é tão súbita em seus caprichos como uma cortesã em seus desdéns; mais fiel, todavia, jamais enganou alguém.

Quando don Juan fechou a porta da sala e andou por uma galeria comprida, tão fria quanto escura, esforçou-se em assumir uma atitude teatral; ao pensar em

O ELIXIR DA LONGA VIDA 103

seu papel de filho, deixou de lado sua alegria, assim como deixara de lado seu guardanapo. A noite estava negra. O silencioso servidor que conduzia o rapaz até o quarto fúnebre iluminava muito mal o seu senhor, de modo que a morte, ajudada pelo frio, o silêncio, a escuridão, por uma reação de embriaguez, pôde talvez introduzir certas reflexões na alma desse dissipador; ele examinou sua vida e ficou pensativo como um homem que está sendo processado se encaminha para o tribunal.

Bartolomeo Belvidero, pai de don Juan, era um ancião nonagenário que passara a maior parte da vida nas artimanhas do comércio. Tendo atravessado muitas vezes as talismânicas paragens do Oriente, adquirira imensas riquezas e conhecimentos mais preciosos, dizia, do que o ouro e os diamantes, a que já não dava importância. "Prefiro um dente a um rubi, e o poder ao saber", exclamava às vezes, sorrindo. Esse bom pai gostava de ouvir don Juan lhe contar uma loucura de juventude, e dizia em tom de troça, oferecendo-lhe ouro: "Meu filho querido, faz apenas as tolices que te divertirem". Era o único velho que sentia prazer em ver um moço, o amor paterno dissimulava sua caduquice pela contemplação de uma vida tão brilhante.

Aos sessenta anos, Belvidero se apaixonara por um anjo de paz e beleza. Don Juan fora o único fruto desse amor tardio e passageiro. Fazia quinze anos que o pobre homem pranteava a perda de sua querida Juana. Seus inúmeros criados e seu filho atribuíam a essa dor de ancião os hábitos singulares que ele contraíra. Refugiado na ala mais desconfortável de seu palácio, Bartolomeo de lá só saía muito raramente, e o próprio don Juan não podia entrar nos aposentos do pai sem permissão. Se esse anacoreta voluntário ia e vinha pelo palácio ou pelas ruas de Ferrara, parecia procurar uma coisa que lhe faltava; andava sonhador, indeciso, preocupado como um homem que luta contra uma ideia ou uma lembrança.

Enquanto o rapaz dava festas suntuosas e o palácio ressoava com as explosões de sua alegria, enquanto os cavalos escoiceavam nos pátios, enquanto os pajens brigavam ao jogar dados nos degraus, Bartolomeo comia sete onças de pão por dia e bebia água. Se precisava de um pouco de galinha, era para dar os ossos a um cão de caça preto, seu fiel companheiro. Nunca se queixava do barulho. Enquanto esteve doente, se o som da trompa e os latidos dos cães o surpreendiam em seu sono, contentava-se em dizer: "Ah! é don Juan que está voltando". Nunca, nesta terra, se encontrara um pai tão acomodatício e tão indulgente; por isso, o jovem Belvidero, acostumado a tratá-lo sem cerimônia, tinha todos os defeitos dos filhos mimados; vivia com Bartolomeo como uma cortesã capricho-sa vive com um velho amante, fazendo desculpar uma impertinência com um sorriso, vendendo seu belo humor, e deixando-se amar.

Ao reconstituir no pensamento o quadro de seus verdes anos, don Juan se deu conta de que lhe seria difícil encontrar uma falha na bondade de seu pai. Ao ouvir o remorso que nascia no fundo de seu coração, no momento em que atra-vessava a galeria, esteve prestes a perdoar Belvidero por ter vivido tanto tempo. Voltava aos sentimentos de piedade filial, assim como um ladrão se torna homem honesto quando pensa no possível desfrute de um milhão, bem roubado.

Logo o rapaz atravessou as salas altas e frias que formavam os aposentos de seu pai. Depois de sentir os efeitos de uma atmosfera úmida, respirar o ar carre-gado e o cheiro rançoso que exalavam as velhas tapeçarias e os armários cobertos de poeira, encontrou-se no antiquado quarto do ancião, diante de um leito nau-seabundo, perto de uma lareira quase apagada. A lamparina que estava em cima de uma mesa de forma gótica jogava no leito, a intervalos desiguais, lâminas de luz mais ou menos forte, e mostrava assim a figura do ancião sob aspectos sem-pre diversos. O frio assobiava pelas janelas mal fechadas; e a neve, fustigando as vidraças, produzia um ruído surdo. Esse cenário formava um contraste tão cho-cante com a cena que don Juan acabava de deixar que ele não conseguiu evitar um estremecimento. Depois sentiu frio, quando, ao se aproximar da cama, uma rajada de luz muito violenta, impelida por uma lufada de vento, iluminou a ca-beça de seu pai: as feições estavam descompostas, a pele, como que colada forte-mente nos ossos, tinha manchas esverdeadas que na brancura do travesseiro sobre o qual o ancião repousava ficavam ainda mais horrorosas; contraída pela dor, a boca entreaberta e sem dentes deixava passar uns suspiros cujo vigor lúgu-bre era acompanhado pelos uivos da tempestade.

Apesar desses sinais de destruição, brilhava sobre essa cabeça uma inacredi-tável aparência de força. Ali, um espírito superior combatia a morte. Os olhos, encovados pela doença, mantinham uma fixidez singular. Parecia que Bartolomeo tentava matar, com seu olhar de agonizante, um inimigo sentado ao pé da cama. Esse olhar, fixo e frio, era mais horripilante ainda porque a cabeça permanecia numa imobilidade semelhante à dos crânios que os médicos colocam em cima da mesa. O corpo inteiramente modelado pelos lençóis da cama anunciava que os membros do ancião conservavam a mesma rigidez. Tudo estava morto, menos os olhos. Por fim, os sons que saíam de sua boca tinham qualquer coisa de mecânico. Don Juan sentiu certa vergonha de chegar junto ao leito de seu pai moribundo quando ainda guardava no peito um ramalhete da cortesã, e levando até ali os perfumes da festa e os aromas do vinho.

"Estás te divertindo!", exclamou o ancião ao avistar o filho.

No mesmo instante, a voz pura e ligeira de uma cantora que maravilhava os convivas, reforçada pelos acordes da viola com que ela se acompanhava, dominou o ronco da tormenta, e ressoou naquele quarto fúnebre. Don Juan não quis ouvir essa selvagem afirmação de seu pai.

Bartolomeo disse: "Não te quero mal por isso, meu filho".

A frase cheia de doçura fez mal a don Juan, que não perdoou o pai por essa bondade pungente.

"Que remorsos eu sinto, meu pai!", disse-lhe hipocritamente.

"Pobre Juanito", recomeçou o moribundo com voz surda, "sempre fui tão meigo contigo que não serias capaz de desejar minha morte?"

"Oh!", exclamou don Juan, "se fosse possível restituir-te a vida dando uma parte da minha!"

("Sempre podemos dizer essas coisas", pensava o dissipador, "é como se eu oferecesse o mundo à minha amante!")

Mal concluiu seu pensamento, o velho cão de caça latiu. Aquela voz inteligente fez don Juan estremecer; teve a impressão de ter sido compreendido pelo cachorro.

"Eu bem sabia, meu filho, que podia contar contigo", exclamou o moribundo. "Eu viverei. Vai, serás feliz. Eu viverei, mas sem retirar um único dos dias que te pertencem."

"Está delirando", pensou don Juan.

Depois acrescentou bem alto:

"Sim, meu pai querido, viverás, decerto, tanto quanto eu, pois tua imagem estará permanentemente dentro do meu coração."

"Não se trata dessa vida", disse o velho senhor reunindo suas forças para recostar-se, porque se comoveu ao ter uma dessas suspeitas que só nascem na cabeceira dos agonizantes. "Escuta, meu filho", recomeçou com a voz enfraquecida por esse último esforço, "tenho tão pouca vontade de morrer como tu tens de dispensar tuas amantes, o vinho, os cavalos, os falcões, os cães e o ouro."

"Eu bem acredito", pensou o filho ao se ajoelhar à cabeceira do leito e beijar uma das mãos cadavéricas de Bartolomeo.

"Mas", recomeçou em voz alta, "meu pai, meu querido pai, é preciso se submeter à vontade de Deus."

"Deus sou eu", retomou o ancião, resmungando.

"Não blasfemes", exclamou o rapaz ao ver o ar ameaçador que assumiam as feições de seu pai. "Cuidado com o que dizes, recebeste a extrema-unção, e eu não me conformaria em ver-te morrer em estado de pecado."

"Queres me ouvir?", exclamou o moribundo, cuja boca deu um rangido.

Don Juan se calou. Impôs-se um terrível silêncio. Pelos silvos pesados da neve ainda chegavam, tênues como um dia raiando, os acordes da viola e a voz deliciosa. O moribundo sorriu.

"Agradeço-te por teres convidado cantoras, por teres trazido música! Uma festa, mulheres jovens e belas, alvas, de cabelos negros! Todos os prazeres da vida, deixa-os ficarem, pois vou renascer."

"O delírio está no auge", pensou don Juan.

"Descobri um meio de ressuscitar. Ouve! Procura na gaveta da mesa, vais abri-la apertando uma mola escondida pelo grifo."

"Achei, meu pai."

"Aí, isso, pega um frasquinho de cristal de rocha."

"Aqui está."

"Dediquei vinte anos a..."

Nesse momento, o ancião sentiu o fim se aproximar e juntou toda a sua energia para dizer:

"Logo que eu tiver dado o último suspiro, me esfregarás todo com essa água, e renascerei."

"Há bem pouca água", retrucou o rapaz.

Se Bartolomeo não conseguia mais falar, ainda tinha a faculdade de ouvir e ver; com essas palavras, sua cabeça se virou para don Juan num movimento assustadoramente brusco, seu pescoço ficou torto como o de uma estátua de mármore que o pensamento do escultor condenou a olhar de lado, seus olhos dilatados contraíram uma horripilante imobilidade. Estava morto, morto, perdendo sua única, sua derradeira ilusão. Ao procurar abrigo no coração de seu filho, ali encontrou um túmulo mais profundo que os túmulos que os homens costumam cavar para seus mortos. Assim, seus cabelos ficaram arrepiados de horror, e seu olhar convulso ainda falava. Era um pai irado se levantando de seu sepulcro para pedir vingança a Deus!

"Pronto! O coitado se acabou", exclamou don Juan.

Apressado em observar no clarão da lamparina o misterioso cristal, assim como um bebedor consulta sua garrafa ao final da refeição, ele não tinha visto os olhos do pai embranquecerem. O cachorro, de boca escancarada, contemplava alternadamente seu dono e o elixir, assim como don Juan olhava ora para o pai, ora para o frasco. A lamparina soltava chamas ondulantes. O silêncio era profundo, a viola emudecera. Belvidero estremeceu acreditando ver seu pai se mexer. Intimidado com a expressão rígida de seus olhos acusadores, fechou-os, como fecharia uma persiana batida pelo vento durante uma noite de outono. Manteve-se em pé, imóvel, perdido num mundo de pensamentos.

De repente, um ruído áspero, lembrando o rangido de molas enferrujadas, quebrou o silêncio. Don Juan, surpreendido, quase deixou o frasco cair. Um suor, mais frio que o aço de um punhal, brotou de seus poros. Um galo de madeira pintada surgiu no alto de um relógio e cantou três vezes. Era uma dessas engenhosas máquinas que ajudavam os cientistas daquela época a serem acordados à hora marcada para seus trabalhos. A aurora já avermelhava as vidraças. Don Juan tinha passado dez horas a refletir. O velho relógio era mais fiel em seu serviço do que ele no cumprimento de seus deveres para com Bartolomeo. Aquele mecanismo era composto de madeiras, polias, cordas, engrenagens, ao passo que ele possuía esse mecanismo próprio do homem, chamado coração.

Para não mais se arriscar a perder o misterioso licor, o cético don Juan o recolocou na gaveta da mesinha gótica. Nesse momento solene, ouviu nas galerias um surdo tumulto: eram vozes confusas, risos abafados, passos ligeiros, frufru de sedas, enfim, o barulho de um grupo alegre que tratava de se recolher. Abriu-se a porta, e o príncipe, os amigos de don Juan, as sete cortesãs e as cantoras apareceram na desordem estranha em que se encontram as bailarinas flagradas pelos clarões da manhã, quando o sol luta com as luzes desmaiadas das velas.

Vinham todos oferecer ao jovem herdeiro os consolos de praxe.

"Oh!, oh!, então o pobre don Juan estaria levando a sério essa morte?", disse o príncipe ao ouvido de Brambilla.

"Mas o pai dele era um homem muito bom", ela respondeu.

No entanto, as meditações noturnas de don Juan haviam conferido às suas feições uma expressão tão impressionante que impôs o silêncio ao grupo. Os homens ficaram imóveis. As mulheres, cujos lábios estavam ressecados pelo vinho, cujas faces estavam violáceas pelos beijos, ajoelharam-se e começaram a rezar. Don

Juan não pôde deixar de estremecer quando viu os esplendores, as alegrias, os risos, os cantos, a juventude, a beleza, o poder, toda a vida personificada prosternando-se assim diante da morte. Mas, naqueles tempos, na adorável Itália o deboche e a religião se casavam tão bem que ali a religião era um deboche e o deboche, uma religião! O príncipe apertou afetuosamente a mão de don Juan; depois, ao terem todos os rostos esboçado simultaneamente a mesma careta, entre a tristeza e a indiferença, aquela fantasmagoria desapareceu, deixando vazia a sala. Era bem a imagem da vida! Ao descer as escadas, o príncipe disse a Rivabarella:

"Pois é! Quem diria que a impiedade de don Juan era fanfarronice? Ele ama o pai!"

"Reparaste no cão preto?", perguntou Brambilla.

"Ei-lo imensamente rico", retrucou suspirando Bianca Cavatolino.

"Que me importa!", exclamou a orgulhosa Veronese, aquela que havia quebrado a bomboneira.

"Como, o que te importa?", exclamou o duque. "Com seus escudos ele é tão príncipe quanto eu."

Vacilando entre mil pensamentos, de início don Juan pairou entre diversas decisões. Depois de ter avaliado o tesouro acumulado por seu pai, voltou, à noitinha, ao quarto da morte, com a alma plena de um egoísmo horripilante. No aposento encontrou toda a criadagem de sua casa ocupada em juntar os ornamentos do catafalco onde o finado monsenhor seria exposto no dia seguinte, no meio de uma fantástica câmara-ardente, curioso espetáculo que toda a Ferrara devia ir admirar. Don Juan fez um sinal, e todos os seus domésticos pararam, perplexos, trêmulos.

"Deixai-me sozinho aqui", disse com voz alterada, "só entrareis no momento em que eu sair."

Quando os passos do velho servidor, que era o último a sair, ecoaram tenuamente nos ladrilhos, don Juan fechou precipitadamente a porta e, certo de estar só, exclamou:

"Tentemos!"

O corpo de Bartolomeo estava deitado sobre uma mesa comprida. Para escamotear de todos os olhares o espetáculo horrendo de um cadáver, cuja extrema decrepitude e magreza faziam lembrar um esqueleto, os embalsamadores tinham posto sobre o corpo uma mortalha que o envolvia todo, menos a cabeça. Aquela espécie de múmia jazia no meio do quarto; e a mortalha, naturalmente mole, vagamente modelava as formas, pontiagudas, rígidas e delgadas. O rosto apresentava grandes manchas arroxeadas que indicavam a necessidade de terminar o embalsamamento. Apesar do ceticismo de que se armara, don Juan tremeu ao destampar o mágico frasco de cristal. Quando chegou perto da cabeça, teve até mesmo de esperar um instante, tanto que tremia. Mas desde muito cedo aquele jovem fora sabiamente corrompido pelos costumes de uma corte dissoluta; assim, uma reflexão digna do duque de Urbino veio lhe dar a coragem que uma viva sensação de curiosidade estimulava; parecia até que o demônio tinha lhe soprado essas palavras que ecoaram em seu coração: "Embebe um olho!". Pegou um pano, e, depois de molhá-lo no precioso licor, passou-o levemente sobre a pálpebra direita do cadáver. O olho se abriu.

"Ah!, ah!", disse don Juan apertando o frasco na mão, assim como em sonho apertamos o galho a que estamos suspensos no alto de um precipício.

Ele via um olho cheio de vida, um olho de criança numa caveira; ali dentro a luz tremia no meio de um fluido jovem! E, protegida por belos cílios negros, ela cintilava, semelhante a esses clarões estranhos que o viajante enxerga num campo deserto, em noites de inverno. Aquele olho flamejante parecia querer se atirar sobre don Juan, e pensava, acusava, condenava, ameaçava, julgava, falava, gritava, mordia. Todas as paixões humanas ali se agitavam. Eram as súplicas mais ternas: a cólera dos reis, depois o amor de uma moça pedindo graça a seus carrascos; por fim o olhar profundo que um homem lança sobre os homens ao escalar o último degrau do cadafalso. Explodia tanta vida naquele fragmento de vida que don Juan recuou, apavorado; andou pelo quarto, sem se atrever a olhar para aquele olho, que ele revia no assoalho, nas tapeçarias. O quarto estava salpicado de pontos cheios de fogo, de vida, de inteligência. Por toda parte brilhavam olhos, que uivavam atrás dele.

"Ele bem que teria vivido mais cem anos", exclamou, involuntariamente, no momento em que, levado até diante de seu pai por um ímpeto diabólico, contemplou aquela centelha luminosa.

De repente a pálpebra inteligente se fechou e se abriu bruscamente, como a de uma mulher que consente. Tivesse uma voz gritado "Sim!", don Juan não teria se apavorado mais.

"Que fazer?", pensou.

Teve a coragem de tentar fechar aquela pálpebra branca. Seus esforços foram inúteis.

"Furá-lo? Será talvez um parricídio?", perguntou a si mesmo.

"Sim", disse o olho dando uma piscada de espantosa ironia.

"Ah!, ah!", exclamou don Juan, "aí dentro tem feitiçaria."

E aproximou-se do olho para esmagá-lo. Uma grossa lágrima rolou pelas faces encovadas do cadáver e caiu na mão de Belvidero.

"Está escaldante", exclamou, sentando-se.

Essa luta o cansara como se, a exemplo de Yacob, tivesse combatido contra um anjo.

Por fim, levantou-se dizendo:

"Tomara que não haja sangue!"

Em seguida, reunindo toda a coragem necessária para ser covarde, esmagou o olho, apertando-o com um pano, mas sem olhá-lo. Fez-se ouvir um gemido inesperado, mas terrível. O pobre cão de caça expirava, uivando.

"Será que saberia o segredo?", perguntou-se don Juan olhando para o animal fiel.

Don Juan Belvidero passou por um filho piedoso. Ergueu um monumento de mármore branco sobre o túmulo do pai e entregou a execução das imagens aos mais famosos artistas da época. Só ficou perfeitamente tranquilo no dia em que a estátua paterna, ajoelhada diante da Religião, impôs seu peso enorme sobre aquela cova no fundo da qual enterrou o único remorso que aflorara em seu coração nos momentos de lassidão física. Ao inventariar as imensas riquezas acumuladas pelo velho orientalista, don Juan tornou-se avarento: não tinha ele de prover financeiramente duas vidas humanas? Seu olhar profundamente escrutador penetrou nos princípios da vida social e abarcou o mundo tanto melhor quanto o via através de um túmulo. Analisou os homens e as coisas para liquidar de vez com o Passado, representado pela História, com o Presente, configurado pela Lei, com o Futuro, revelado pelas Religiões. Pegou a alma e a matéria, jogou-as num crisol, e nada encontrou; desde então, tornou-se DON JUAN.

Senhor das ilusões da vida, jovem e belo, lançou-se na existência desprezando o mundo, mas apoderando-se do mundo. Sua felicidade não podia ser aquela felicidade burguesa que se delicia com um cozido periódico, com um aquecedor no leito durante o inverno, com uma lamparina para a noite e chinelos novos a cada trimestre. Não, agarrou a vida como um macaco agarra uma noz, e depois de brincar algum tempo com o fruto, despojou habilmente seus invólucros vulgares e degustou sua polpa saborosa.

O ELIXIR DA LONGA VIDA 111

A poesia e os sublimes arrebatamentos da paixão humana não foram mais alto do que seu calcanhar. Não cometeu mais o erro desses homens poderosos que, imaginando por vezes que as pequenas almas creem nas grandes, atrevem-se a trocar seus altos pensamentos do futuro pela moedinha de nossas ideias transitórias. Bem poderia, como eles, andar com os pés na terra e a cabeça nos céus; mas preferia sentar-se e secar com seus beijos mais de um lábio de mulher meiga, fresca e perfumada; pois, semelhante à morte, por onde passasse devorava tudo sem pudor, desejando um amor possessivo, um amor oriental, de prazeres longos e fáceis. Amando nas mulheres apenas a mulher, fez da ironia um traço natural de sua alma. Quando suas amantes se serviam de um leito para subir aos céus, aonde iam se perder num êxtase inebriante, don Juan as seguia, grave, expansivo, tão sincero quanto sabe ser um estudante alemão. Mas dizia "eu", enquanto sua amante, alucinada, desvairada, dizia "nós". Sabia admiravelmente bem deixar-se arrastar por uma mulher. Era sempre muito inteligente para fazê-la crer que ele tremia como um jovem ginasiano que diz à sua primeira parceira, num baile: "Gostas de dançar?". Mas também sabia rugir quando necessário, puxar sua espada poderosa e dobrar os comendadores. Em sua simplicidade havia troça e em suas lágrimas havia riso, pois sempre soube chorar, tanto quanto uma mulher que diz ao marido: "Dá-me uma carruagem, senão morrerei de doença do peito".

Para os negociantes, o mundo é uma trouxa de mercadorias ou um maço de notas em circulação; para a maior parte dos jovens, é uma mulher; para certas mulheres, é um homem; para certos espíritos, é um salão, uma *coterie*, um bairro, uma cidade; para don Juan, o universo era ele mesmo. Modelo de graça e nobreza, espírito sedutor, ancorou sua barca em todas as praias; mas, ao se deixar conduzir, não ia até aonde queria ser levado. Quanto mais viveu, mais duvidou. Ao examinar os homens, não raro adivinhou que a coragem era temeridade; a prudência, uma poltronice; a generosidade, fineza; a justiça, um crime; a delicadeza, uma tolice; a probidade, uma conformação; e, por uma fatalidade singular, deu-se conta de que as pessoas realmente probas, delicadas, justas, generosas, prudentes e corajosas não mereciam a menor consideração entre os homens.

"Que brincadeira fria!", pensava. "Ela não vem de um deus."

E então, renunciando a um mundo melhor, nunca mais se descobriu ao ouvir pronunciar um nome sagrado e passou a considerar os santos de pedra nas igrejas obras de arte. Assim, compreendendo o mecanismo das sociedades humanas, jamais feria demasiado os preconceitos, porque não era tão poderoso como o carrasco; mas contornava as leis sociais com essa graça e esse espírito tão bem reproduzidos em sua cena com o senhor Domingo. Foi, na verdade, o Don Juan de Molière, o Fausto de Goethe, o Manfred de Byron e o Melmoth de Maturin. Grandes imagens traçadas pelos maiores gênios da Europa, e às quais não faltarão os acordes de Mozart nem talvez a lira de Rossini. Imagens terríveis que o princípio do mal, existente nos homens, eterniza, e das quais encontramos algumas cópias de século em século: quer esse tipo entre em entendimentos com os homens e encarne-se num Mirabeau, quer se contente de agir em silêncio, como Bonaparte, ou de subjugar o universo com ironia, como o divino Rabelais; ou ainda que ria das criaturas, em vez de insultar as coisas, como o marechal de Richelieu; e, talvez melhor, é que ele caçoe a um só tempo dos homens e das coisas, como o nosso mais famoso embaixador. Mas o gênio profundo de don Juan Belvidero resumiu antecipadamente todos esses gênios. Zombou de tudo. Sua vida era um escárnio que abarcava homens, coisas, instituições, ideias. Quanto à eternidade, depois de ter conversado familiarmente durante meia hora com o papa Júlio II, dissera-lhe, rindo:

"Se é imprescindível escolher, prefiro acreditar em Deus a crer no diabo; o poder unido à bondade sempre oferece mais recursos do que tem o Gênio do Mal."

"Sim, mas Deus quer que se faça penitência neste mundo..."

"Então pensais sempre em vossas indulgências?", respondeu Belvidero. "Pois bem! Para me arrepender das faltas de minha primeira vida, tenho toda uma existência em reserva."

"Ah!, se compreendes assim a velhice", exclamou o papa, "te arriscas a ser canonizado."

"Depois de vossa elevação ao papado, pode-se acreditar em tudo."

E foram ver os operários que construíam a imensa basílica consagrada a são Pedro.

"São Pedro é o homem de gênio que instituiu o nosso duplo poder", disse o papa a don Juan, "ele merece esse monumento. Mas às vezes, de noite, penso que um dilúvio passará a esponja em tudo isso, e será preciso recomeçar..."

Don Juan e o papa caíram na risada: tinham se entendido. Um tolo teria ido, no dia seguinte, divertir-se com Júlio II em casa de Rafael ou na deliciosa Villa Madama. Mas Belvidero foi vê-lo oficiar pontificalmente, a fim de se convencer das dúvidas que tinha. Num deboche Della Rovere seria capaz de se desmentir e de comentar o Apocalipse.

***

Todavia, essa lenda não foi criada para fornecer material aos que quiserem escrever biografias de don Juan. Ela está destinada a provar às pessoas honestas que Belvidero não morreu num duelo com uma pedra, como certas litografias querem fazer crer.

Quando don Juan Belvidero atingiu a idade de sessenta anos, foi se fixar na Espanha. Lá, em seus dias de velhice, casou-se com uma jovem e encantadora andaluza. Mas, de propósito, não foi bom pai nem bom esposo. Tinha observado que somos mais ternamente amados pelas mulheres com quem quase não sonhamos. Doña Elvira, criada santamente por uma velha tia no fundo da Andaluzia, num castelo a poucas léguas de San Lucar, era toda devoção e toda graça. Don Juan pressentiu que aquela jovem seria mulher de combater muito tempo uma paixão antes de ceder; portanto, esperou poder conservá-la virtuosa até sua morte. Foi uma brincadeira levada a sério, uma partida de xadrez que ele quis se reservar para jogar durante a velhice. Tendo aprendido com todas as faltas cometidas por seu pai, Bartolomeo, don Juan resolveu submeter as menores ações da velhice ao êxito do drama que devia se encenar em seu leito de morte.

Assim, a maior parte de suas riquezas ficou enfurnada nos porões de seu palácio em Ferrara, aonde raramente ia. Quanto ao resto de sua fortuna, ele a investiu numa renda vitalícia, a fim de que sua mulher e seus filhos tivessem interesse em prolongar sua vida, espécie de artimanha que seu pai deveria ter praticado; mas essa especulação de maquiavelismo não lhe foi muito necessária. Seu filho, o jovem Filipe Belvidero, tornou-se um espanhol tão conscienciosamente religioso quanto seu pai era ímpio, talvez em virtude do provérbio "Pai avarento, filho pródigo". O abade de San Lucar foi escolhido por don Juan para dirigir a consciência da duquesa de Belvidero e de Filipe. Esse eclesiástico era um santo homem, de belo porte, de uma elegância admirável, com belos olhos pretos, uma cabeça como a de Tibério, fatigada pelos jejuns, branca de maceração, e diariamente tentado, como são todos os solitários. Talvez o velho nobre ainda esperasse poder matar um monge antes que seu primeiro contrato de vida expirasse.

Mas, ou porque o padre era tão inteligente como o próprio don Juan, ou porque doña Elvira tinha mais prudência ou virtude do que a Espanha confere às mulheres, don Juan foi obrigado a passar seus últimos dias como um velho pároco de aldeia, sem escândalo em casa. Às vezes, sentia prazer em flagrar seu filho ou sua mulher em erro nos seus deveres religiosos, e queria imperiosamente que cumprissem todas as obrigações impostas aos fiéis pela corte de Roma. Enfim, nunca era tão feliz como ao ouvir o galante abade de San Lucar, doña Elvira e Filipe discutindo um caso de consciência.

Contudo, apesar dos cuidados extraordinários que o senhor don Juan Belvidero dava à própria pessoa, os dias da decrepitude chegaram; com essa idade da dor, vieram os gritos da impotência, gritos ainda mais lancinantes na medida em que mais ricas eram as recordações de sua efervescente juventude e de sua voluptuosa maturidade. Esse homem, em quem o grau último de escárnio consistia em levar os outros a crer nas leis e nos princípios de que ele caçoava, adormecia à noite com um "talvez". Esse modelo de bom-tom, esse duque, vigoroso numa orgia, soberbo nas cortes, gracioso junto às mulheres cujo coração ele dobrara assim como um camponês dobra uma vara de vime, esse homem de gênio com uma coriza teimosa, uma ciática importuna, uma gota brutal. Via seus dentes o abandonarem assim como, no fim de uma noitada, as senhoras mais brancas, as mais bem-vestidas se vão, uma a uma, deixando o salão deserto e despojado. Finalmente, suas mãos ousadas tremeram, suas pernas esbeltas cambalearam, e numa noite a apoplexia apertou seu pescoço com suas mãos ganchudas e gélidas. Desde esse dia fatal, tornou-se vagaroso e duro.

Acusava a dedicação de seu filho e de sua mulher, alegando às vezes que seus cuidados, comoventes e delicados, só lhe eram tão carinhosamente prestados porque ele investira toda a sua fortuna em rendas vitalícias. Então, Elvira e Filipe derramavam lágrimas amargas e redobravam as carícias junto do malicioso ancião, cuja voz alquebrada se tornava afetuosa ao lhes dizer: "Meus amigos, minha querida mulher, vós me perdoais, não é? Atormento-vos um pouco. Ai de mim! Ó Deus! Como te serves de mim para pôr à prova essas duas celestes criaturas? Eu, que deveria ser a alegria deles, sou seu flagelo".

Foi assim que os amarrou à cabeceira de sua cama, fazendo-os esquecer meses inteiros de impaciência e crueldade em troca de uma hora em que exibia para eles os tesouros sempre novos de sua graça e uma falsa ternura. Sistema paterno que deu infinitamente mais certo do que aquele que outrora seu pai empregara com ele. Por fim, a doença chegou a tal estágio que, para pô-lo na cama, era preciso manobrá-lo como se fosse uma faluca entrando num canal perigoso. Depois, chegou o dia da morte. Esse personagem brilhante e cético, em quem só o entendimento sobrevivia à mais atroz de todas as destruições, viu-se entre um médico e um confessor, suas duas antipatias. Mas foi cordial com os dois. Não havia para ele uma luz cintilante atrás do véu do porvir? Sobre essa tela, de chumbo para os outros e diáfana para ele, as leves, as encantadoras delícias da juventude brincavam como sombras.

Foi numa bela noite de verão que don Juan sentiu a aproximação da morte. O céu da Espanha era de uma admirável pureza, as laranjeiras perfumavam o ar, as estrelas destilavam luzes vivas e frescas, a natureza parecia lhe dar garantias seguras da sua ressurreição, um filho piedoso e obediente o contemplava com amor e respeito. Por volta das onze horas, quis ficar a sós com essa cândida criatura.

"Filipe", disse-lhe com voz tão terna e tão afetuosa que o rapaz estremeceu e chorou de felicidade.

Nunca esse pai inflexível tinha pronunciado assim: "Filipe!".

"Escuta, meu filho", retomou o moribundo. "Sou um grande pecador. Por isso pensei, durante toda a minha vida, na morte. Outrora fui amigo do grande papa Júlio II. Esse ilustre pontífice temeu que a excessiva excitação de meus sentidos me levasse a cometer um pecado mortal entre o momento em que eu expirasse e aquele em que tivesse recebido os santos óleos; deu-me de presente um frasco no qual existe a água santa que jorrou outrora dos rochedos no deserto. Guardei o segredo dessa dilapidação do tesouro da Igreja, mas estou autorizado a revelar o mistério a meu filho, *in articulo mortis*. Encontrarás o frasco na gaveta dessa mesa gótica que nunca saiu de perto da cabeceira de meu leito... O precioso cristal poderá servir-te ainda, meu bem-amado Filipe. Juras-me, por tua salvação eterna, que executarás rigorosamente as minhas ordens?"

Filipe olhou para seu pai. Don Juan conhecia bem demais a expressão dos sentimentos humanos para não morrer em paz acreditando naquele olhar, assim como seu próprio pai morreu em desespero acreditando no seu.

"Merecerias um outro pai", recomeçou don Juan. "Ouso confessar-te, meu filho, que no momento em que o respeitável abade de San Lucar me ministrava o viático, eu pensava na incompatibilidade de dois poderes tão amplos como os do diabo e de Deus."

"Ah!, meu pai!"

"E pensava que, quando Satanás fizer a paz, deverá, sob pena de ser um grande miserável, conceder o perdão a seus seguidores. Esse pensamento me persegue. Portanto, eu iria para o inferno, meu filho, se não cumprisses as minhas vontades."

"Ah!, dizei-as prontamente, meu pai!"

"Assim que eu fechar os olhos", retomou don Juan, "daqui a alguns minutos, talvez, pegarás o meu corpo, quente ainda, e o estenderás sobre uma mesa no meio deste quarto. Depois apagarás esta lamparina; a luz das estrelas deve bastar. Tu me despojarás de minhas roupas; e, enquanto recitares os Pater e as Ave elevando a tua alma a Deus, terás o cuidado de umedecer, com esta água santa, meus olhos, meus lábios, toda a cabeça primeiro, depois sucessivamente os membros e o corpo; mas, meu querido filho, o poder de Deus é tão grande que nada deverá te espantar!"

Aqui, don Juan, sentindo a morte chegar, acrescentou numa voz terrível: "Segura bem o frasco."

Depois expirou suavemente nos braços de um filho cujas lágrimas abundantes rolaram por sua face irônica e pálida.

Era perto da meia-noite quando don Filipe Belvidero pôs o cadáver de seu pai em cima da mesa. Após ter beijado a fronte ameaçadora e os cabelos grisalhos, apagou a lamparina. A claridade suave que vinha do luar, cujos reflexos estranhos iluminavam o campo, permitiu ao piedoso Filipe entrever indistintamente o corpo de seu pai, como alguma coisa branca no meio da sombra. O jovem embebeu o pano no licor e, mergulhado na prece, ungiu aquela cabeça sagrada, em meio a um profundo silêncio. Bem que ouvia uns estremecimentos indescritíveis, mas os atribuía aos balanços da brisa nas copas das árvores. Quando molhou o braço direito, sentiu seu pescoço fortemente apertado por um braço jovem e vigoroso, o braço de seu pai. Soltou um grito lancinante e deixou cair o frasco, que se quebrou. O licor evaporou. Os empregados do castelo acorreram, armados de tochas. Aquele grito os tinha apavorado e surpreendido, como se a trombeta do Juízo Final houvesse sacudido o universo. Num instante o quarto encheu-se de gente. A multidão trêmula viu don Filipe desmaiado, mas preso pelo braço poderoso do pai, que apertava o seu pescoço. Depois, coisa sobrenatural, a plateia viu a cabeça de don Juan, tão jovem, tão bela como a de Antinoo; uma cabeça de cabelos pretos, olhos brilhantes, boca vermelha, e que se agitava horrivelmente sem poder mexer o esqueleto ao qual pertencia.

Um velho servidor gritou: "Milagre!". E todos os espanhóis repetiram: "Milagre!".

Piedosa demais para admitir os milagres da magia, doña Elvira mandou buscar o abade de San Lucar. Quando o prior contemplou com os próprios olhos o milagre, resolveu se aproveitar, como homem de espírito e como padre que era, pois tudo o que queria era aumentar suas rendas. Ao declarar de imediato que o senhor don Juan seria infalivelmente canonizado, anunciou a cerimônia da apoteose no seu convento, que de agora em diante se chamaria, disse ele, San Juan de Lucar. Diante dessas palavras, a cabeça fez uma careta um tanto jocosa.

O gosto dos espanhóis por solenidades dessa espécie é tão conhecido que não deve ser difícil acreditar nas fantasias religiosas com as quais a abadia de San Lucar celebrou o traslado do *bem-aventurado don Juan Belvidero* para sua igreja. Alguns dias depois da morte desse ilustre senhor, o milagre de sua ressurreição imperfeita tinha se espalhado tão intensamente de aldeia em aldeia, num raio de mais de cinquenta léguas em torno de San Lucar, que já foi uma comédia ver os curiosos pelos caminhos; vieram de todos os lados, atraídos por um *Te Deum* cantado à luz de tochas.

A antiga mesquita do convento de San Lucar, maravilhoso edifício construído pelos mouros e cujas abóbadas ouviam havia três séculos o nome de Jesus Cristo substituindo o de Alá, não foi suficiente para conter a multidão que acorrera a fim de assistir à cerimônia. Apertados como formigas, fidalgos com mantos de veludo e armados com suas boas espadas mantinham-se em pé em torno das pilastras, sem achar lugar para flexionar os joelhos que só ali se flexionavam. Camponesas encantadoras, cujas vasquinhas delineavam as formas amorosas, davam o braço a velhos de cabelos grisalhos. Jovens de olhos de fogo encontravam-se ao lado de velhas enfeitadas. Depois havia casais fremindo de contentamento, noivas curiosas levadas por seus bem-amados; recém-casados; crianças medrosas segurando-se pelas mãos. Esse mundo de gente que lá estava era rico em cores, brilhante de contrastes, carregado de flores esmaltadas, fazendo um suave tumulto no silêncio da noite. As largas portas da igreja se abriram. Aqueles que, chegando tarde demais, ficaram do lado de fora, viam de longe, pelos três pórticos abertos, uma cena de que os cenários vaporosos de nossas óperas modernas não conseguiriam dar uma vaga ideia. Devotos e pecadores, apressados em ganhar as boas graças de um novo santo, acenderam em sua homenagem milhares de círios nessa vasta igreja, chamas interesseiras que conferiram aspectos mágicos ao monumento. As arcadas negras, as colunas e seus capitéis, as capelas profundas e brilhando de ouro e prata, as galerias, os rendilhados sarracenos, os traços mais delicados dessa escultura delicada desenhavam-se naquela luz superabundante como figuras caprichosas que se formam num braseiro rubro. Era um oceano de fogo, dominado, no fundo da igreja, pelo coro dourado onde se erguia o altar-mor, cuja glória teria rivalizado com a do sol nascente. Com efeito, o esplendor das luminárias de ouro, dos candelabros de prata, dos estandartes, das borlas, dos santos e dos ex-votos ofuscava-se diante do relicário onde estava don Juan. O corpo do ímpio resplandecia de pedrarias, flores, cristais, diamantes, ouro, plumas tão brancas como as asas de um serafim, e substituía no altar um quadro de Cristo. Ao seu redor brilhavam inúmeros círios que lançavam nos ares ondas flamejantes. O bom abade de San Lucar, paramentado com os hábitos pontificais, tendo sua mitra enriquecida de pedras preciosas, a sobrepeliz, o báculo de ouro, sentava-se, como rei do coro, numa poltrona de luxo imperial, no meio de todo o seu clero, composto de anciões impassíveis de cabelos prateados, vestidos de alvas finas, semelhantes aos santos confessores que os pintores agrupam em volta do Eterno. O mestre de capela e os dignitários do capítulo, enfeitados com as brilhantes insígnias de suas vaidades eclesiásticas, iam e vinham entre nuvens formadas pelo incenso, lembrando os astros que rolam no firmamento.

Quando chegou a hora do triunfo, os sinos despertaram os ecos do campo, e a imensa assembleia lançou a Deus o primeiro grito de louvores que inicia o *Te Deum*. Grito sublime! Eram vozes puras e leves, vozes de mulheres em êxtase, misturadas às vozes graves e fortes dos homens, milhares de vozes tão fortes que o órgão não dominou o seu conjunto, apesar do bramido de seus tubos. Só as notas estridentes da voz jovem dos meninos do coro e as longas inflexões de alguns baixos suscitaram ideias graciosas, pintaram a infância e a força, nesse concerto encantador de vozes humanas fundidas num sentimento de amor.

Te Deum laudemus!

Do centro daquela catedral repleta de mulheres e homens ajoelhados o canto partiu semelhante a uma luz que de repente cintila na noite, e o silêncio foi quebrado como por um estrondo de trovão. As vozes subiram com as nuvens de incenso que então projetavam véus diáfanos e azulados sobre as fantásticas maravilhas da arquitetura. Tudo era riqueza, perfume, luz e melodia. No momento em que essa música de amor e gratidão lançou-se em direção ao altar, don Juan, polido demais para não agradecer, espirituoso demais para não entender o sarcasmo, respondeu com um riso pavoroso e fez uma pose indolente dentro de seu relicário. Mas como o diabo o levou a pensar no perigo que corria de ser confundido com um homem comum, com um santo, um Bonifácio, um Pantaleão, ele perturbou aquela melodia de amor dando um berro ao qual se juntaram as mil vozes do inferno. A terra abençoava, o céu amaldiçoava. A igreja tremeu em suas velhas bases.

Te Deum laudemus!, gritava a assembleia.

"Vão todos para o diabo, bestas, brutos que sois! Deus! Deus! *Carajos demonios*, animais, como sois estúpidos com vosso Deus-ancião!"

E uma torrente de imprecações rolou como um riacho de lavas em brasa durante uma erupção do Vesúvio.

Deus Sabaoth! Sabaoth!, gritaram os cristãos.

"Insultais a majestade do inferno!", respondeu don Juan, rangendo os dentes.

Logo o braço vivo conseguiu passar por cima do relicário, e ameaçou a assembleia com gestos marcados pelo desespero e pela ironia.

"O santo nos abençoa", disseram as velhas senhoras, as crianças e os noivos, gente crédula.

Eis como não raro somos enganados nas nossas adorações. O homem superior deboucha dos que o louvam, e às vezes louva aqueles de quem deboucha no fundo do coração.

No momento em que o abade, prosternado diante do altar, cantava *"Sancte Johanes, ora pro nobis"*, ele ouviu muito claramente: *"O coglione!"*.

"Mas o que se passa lá em cima?", exclamou o subprior ao ver o relicário se mexer.

"O santo está fazendo o diabo", respondeu o abade.

Então aquela cabeça viva se separou violentamente do corpo que já não vivia e caiu sobre o crânio amarelo do oficiante.

"Lembra-te de doña Elvira", gritou a cabeça, devorando a do abade.

Este deu um grito horripilante, que perturbou a cerimônia. Todos os padres acorreram e cercaram seu soberano.

"Imbecil, pois sim que existe um Deus!", gritou a voz no momento em que o abade, mordido no crânio, expirava.

Tradução de Rosa Freire D'Aguiar

PHILARÈTE CHASLES

O olho sem pálpebra

("L'oeil sans paupière", 1832)

Os autores pouco célebres de contos fantásticos são certamente mais numerosos que os nomes de fama. É justo que a nossa antologia dê lugar a pelo menos um deles. Philarète Chasles (1799-1873), francês, filho de um membro da Convenção que havia votado pela condenação de Luís XVI à morte, teve de fugir da França bem jovem, quando sobreveio a Restauração. Viveu na Inglaterra e na Alemanha, antes de retornar à França em 1823. Professor de literaturas estrangeiras no Collège de France, conservador da Bibliothèque Mazarin, pertence à família dos escritores bibliotecários, como antes dele Nodier e, depois, Schwob e Borges.

"O olho sem pálpebra", publicado na antologia anônima Contes bruns *(1832), em que também colaborou Balzac, é um conto de ambiente escocês sobre as crenças populares dos duendes e das fadas, representadas com adesão ao espírito pânico e pagão, mas também com uma condescendência ao anátema cristão que as associa aos cultos diabólicos. É a época da descoberta romântica do folclore e da moda escocesa dos romances de Walter Scott. Mas não é apenas pela documentação folclórica que este conto merece ser lembrado hoje. A imagem dominante é um perturbador pesadelo psicológico: um olho escancarado que está sempre às costas de um homem, sem nunca o perder de vista. Posto que esse homem havia causado a morte da mulher por ciúme, o olho sem pálpebra que o persegue constitui uma espécie de* contrapasso.

O final nos transporta para além do oceano, entre os pioneiros do Ohio e os peles-ver-melhas. Mas é claro que as barreiras geográficas não contam para os duendes escoceses.

"Hallowe'en, Hallowe'en!", gritavam todos, "esta é a noite santa, a bela noite dos *skelpies* e dos *fairies*! Carrick! E você, Colean, vem? Todos os camponeses de Carrick-Border estão lá, nossas Megs e nossas Jeannies também irão. Levaremos bom uísque nos cantis de estanho, cerveja espumante, o *parritch* saboroso. O tempo está bonito; a lua deve brilhar; companheiros, as ruínas de Cassilis-Downans jamais terão visto assembleia mais alegre!"*

Assim falava Jock Muirland, fazendeiro, viúvo e ainda moço. Como a maioria dos camponeses da Escócia, era teólogo, meio poeta, grande bebedor, mas muito econômico.

Murdock, Will Lapraik, Tom Duckat estavam ao seu redor. A conversa se passava perto da aldeia de Cassilis.

Talvez vocês não saibam o que é o Hallowe'en: é a noite das fadas; acontece em meados de agosto. Então se vai consultar o feiticeiro da aldeia; então todos os duendes dançam nas samambaias, cruzam os campos a cavalo, em cima dos pálidos raios da lua. É o Carnaval dos gênios e dos gnomos. Então não há gruta nem rochedo que não tenha o seu baile e sua festa, não há flor que não estremeça ao sopro de uma sílfide, não há dona de casa que não feche cuidadosamente sua porta, com medo de que o *spunkie*** roube o almoço do dia seguinte e sacrifique às suas diabruras a refeição das crianças que dormem abraçadas no mesmo berço.

Assim era a noite solene, misto de capricho fantástico e de um secreto terror, que ia se comemorar nas colinas de Cassilis. Imaginem um terreno montanhoso, que ondula como o mar, e cujas inúmeras colinas são atapetadas por um musgo verde e brilhante; ao longe, no alto de um pico escarpado, os muros serrilhados de um castelo destruído, cuja capela, privada de seu telhado, conservou-se quase

---

* *Skelpies*: demônio das águas. *Fairies*: fadas. *Carrick-Border*: nome de um cantão. *Parritch*: pudim da Escócia. (N. A.)

** *Spunkie*: trasgo, duende. (N. A.)

intacta e faz brotar no puro éter suas pilastras finas, esbeltas como galhos no inverno, despojados de sua folhagem. Nesse cantão a terra é estéril. A giesteira dourada serve de refúgio para a lebre; a rocha aparece nua de quando em quando. O homem, que só reconhece um poder supremo na desolação e no terror, olha para esses terrenos estéreis como marcados pela própria chancela da Divindade. A imensa e fecunda benevolência do Altíssimo inspira-nos pouca gratidão: é seu castigo e seu rigor que nós adoramos.

Portanto, os *spunkies* dançavam na relva miúda de Cassilis, e a lua, que se levantara, parecia larga e vermelha através dos vidros quebrados do grande pórtico da capela. Parecia suspensa como uma grande rosácea cor de amaranto, sobre a qual se desenhava um fragmento de trevo de pedra mutilado. Os *spunkies* dançavam.

O *spunkie*! É uma cabeça de mulher, branca como a neve, com longos cabelos cor de fogo. As belas asas, drapeados sustentados por fibras finas e elásticas, se prendem não no ombro, mas no braço branco e fino cujo contorno elas seguem. O *spunkie* é hermafrodita; a um rosto feminino junta essa elegância esbelta e frágil da primeira adolescência viril. A única vestimenta do *spunkie* são suas asas, um tecido fino e macio, folgado e apertado, impenetrável e leve, como a asa do morcego. Um tom amarronzado, fundido num púrpura azulado, reluz sobre esse vestido natural que forma pregas em torno do *spunkie* em repouso, tal como as pregas do estandarte em torno do mastro que o porta. Longos filamentos, que lembram o aço polido, sustentam esses véus compridos com que o *spunkie* se enrola; suas garras de aço armam as extremidades. Ai da dona de casa que se aventurar de noite perto do pântano onde o *spunkie* se aninha, ou na floresta que ele percorre!

A ronda dos *spunkies* se iniciava nas margens do Doon quando o grupo alegre, mulheres, crianças, moças, se aproximou. Os duendes logo desapareceram. Todas aquelas grandes asas, abrindo-se ao mesmo tempo, escureceram o ar. Parecia uma nuvem de pássaros que, de repente, levantasse voo do meio dos juncos farfalhantes. A claridade da lua turvou-se por um instante; Muirland e seus companheiros pararam.

"Estou com medo!", exclamou uma moça.

"Ora!", recomeçou o fazendeiro, "são os patos selvagens levantando voo!"

"Muirland", disse-lhe o jovem Colean com ar de reprimenda, "você vai acabar mal; não acredita em nada."

"Vamos queimar nossas nozes, quebrar nossas avelãs", Muirland retrucou, sem ligar para a reprimenda de seu amigo. "Sentemo-nos aqui e esvaziemos nossas cestas. Este é um belo pequeno abrigo; a rocha nos cobre; a grama nos oferece um leito macio. O grande diabo não me perturbaria nas minhas meditações, que vão sair destas jarras e garrafas."

"Mas os *boggillies* e os *brownillies* podem nos encontrar aqui", disse timidamente uma moça.

"O *cranreuch* leva-os embora!", Muirland interrompeu. "Depressa, Lapraik, acenda aqui, perto da pedra, uma fogueira de folhas mortas e galhos; aquecere-mos o uísque; e se as moças querem saber que marido Deus ou o diabo lhes reserva, temos aqui como satisfazê-las. Bome Lesley trouxe espelhos, avelãs, linha-ça, pratos e manteiga. *Lasses*, não é disso que se precisa para as suas cerimônias?"*

"É, é", responderam as moças.

"Mas primeiro vamos beber", recomeçou o fazendeiro, que, por seu temperamento dominador, sua fortuna, seu celeiro bem abastecido de trigo e seus conhecimentos agrícolas, conquistara certa autoridade no cantão.

Ora, meus amigos, vocês sabem que de todos os países do mundo, aquele onde as classes inferiores têm mais instrução e ao mesmo tempo mais superstições é a Escócia. Perguntem a Walter Scott, esse sublime camponês escocês, que deve sua grandeza apenas a essa faculdade recebida de Deus para representar simbolicamente todo o gênio nacional. Na Escócia acredita-se em todos os gnomos, e se discutem nas cabanas temas de abstrata filosofia.

A noite do Hallowe'en é especialmente dedicada à superstição. Eles então se reúnem para penetrar no futuro. Os ritos necessários para se obter esse resultado são conhecidos e invioláveis. Não há religião mais estrita em suas observâncias. Era sobretudo essa cerimônia cheia de interesse, em que cada um é ao mesmo tempo sacerdote e feiticeiro, que os moradores de Cassilis consideravam o objetivo da excursão e a distração da noite. Essa magia rústica tem um encanto inexprimível. Ela para, por assim dizer, no ponto limítrofe entre a poesia e a realidade; todos se comunicam com as forças infernais, sem renegar totalmente Deus; transformam em objetos sacros e mágicos os objetos mais vulgares; criam com uma espiga de trigo e uma folha de salgueiro esperanças e horrores.

---

* *Boggillies*: espíritos dos bosques. *Brownillies*: espíritos das samambaias. *Cranreuch*: vento do Norte. *Lasses*: as moças. (N. A.)

Reza o costume que só se iniciem as encantações do Hallowe'en à meia-noite em ponto, hora em que toda a atmosfera é invadida pelos seres sobre-humanos, e em que não só os *spunkies*, primeiros atores do drama, mas todos os batalhões da magia escocesa vêm se apossar de seus domínios.

Nossos camponeses, reunidos às nove horas, passaram o tempo a beber, a cantar aquelas velhas e deliciosas baladas em que a linguagem deles, melancólica e ingênua, se conjuga tão bem com o ritmo sincopado, com a melodia que desce de quarta em quarta por estranhos intervalos, com o emprego singular do gênero cromático. As moças, com seus xales coloridos e seus vestidos de sarja, de uma admirável limpeza; as mulheres, com o sorriso nos lábios; as crianças, exibindo essa bela fita vermelha amarrada no joelho, que serve de liga e de enfeite; os jovens cujo coração batia mais depressa ao se aproximar o momento misterioso em que o destino ia ser consultado; um ou dois velhos que a saborosa cerveja devolvia à alegria de seus verdes anos formavam um grupo de grande interesse, que Wilkie gostaria de pintar, e que na Europa teria regalado todas as almas ainda acessíveis, entre tantas emoções febris, às delícias de um sentimento verdadeiro e profundo.

Muirland, em especial, dedicava-se inteiramente à alegria ruidosa que borbulhava junto com a espuma grossa da cerveja e se comunicava a todos os presentes.

Era um desses temperamentos que a vida não domestica, um desses homens de inteligência vigorosa que lutam contra o vento e a tempestade. Uma moça do cantão, que unira seu destino ao de Muirland, tinha morrido de parto depois de dois anos de casamento, e Muirland havia jurado nunca mais se casar. Na vizinhança ninguém ignorava a causa da morte de Tuilzie: era o ciúme de Muirland. Tuilzie, uma menina delicada, tinha apenas dezesseis anos quando se casou com o fazendeiro. Amava-o e não conhecia a violência dessa alma, a fúria capaz de excitá-la, o tormento cotidiano que podia infligir a si mesmo e aos outros. Jock Muirland era ciumento; a ternura ingênua de sua jovem companheira não o deixava sossegado. Um dia, em pleno inverno, mandou-a fazer uma viagem a Edimburgo, para arrancá-la das pretensas seduções de um jovem *laird** que tivera a fantasia de passar o inverno no campo.

Todos os amigos do fazendeiro, e até o pároco, não lhe pouparam as advertências; ele nada respondia, apenas que amava ardorosamente Tuilzie e que era

---

* *Laird*: proprietário de terras. (N. T.)

o melhor juiz sobre o que podia contribuir para a felicidade de seu lar. Sob o teto rústico de Jock, não raro havia gemidos, gritos, soluços que ecoavam lá fora; o irmão de Tuilzie fora comunicar ao cunhado que seu comportamento era indesculpável; uma briga violenta seguiu-se a essa providência; a jovem ia definhando, dia a dia. Finalmente a tristeza que a consumia levou-a.

Muirland caiu num profundo desespero, que durou vários anos; jurara que permaneceria viúvo, mas como neste mundo tudo é passageiro, foi aos poucos apagando a lembrança daquela de quem tinha sido o carrasco involuntário. As mulheres, que durante muitos anos o viram com horror, finalmente o perdoaram; e a noite do Hallowe'en o encontrava tal como era no passado, alegre, cáustico, divertido, bebendo muito e fecundo em excelentes histórias, em brincadeiras rústicas, em estribilhos barulhentos, que animavam a reunião noturna e entretinham seu bom humor.

Já havia se esgotado a maioria das velhas romanças históricas quando soaram as doze badaladas da meia-noite e propagou-se ao longe o eco de suas vibrações. Eles tinham bebido à farta. Eis que chega o momento das superstições de praxe. Todos, menos Muirland, se levantaram.

"Procuremos o *kail*, procuremos o *kail*!", exclamaram...

Rapazes e moças se espalharam pelos campos e voltaram pouco a pouco, cada um trazendo uma raiz arrancada da terra: era o *kail*. É preciso desenraizar a primeira planta que se apresenta sob seus passos; se a raiz é reta, a sua mulher ou o seu marido serão elegantes e afáveis; se a raiz é torta, você se casará com uma pessoa disforme. Se ainda há terra presa nos filamentos, o seu lar será fecundo e feliz; se a sua raiz for lisa e mirrada, você não ficará muito tempo casado.* Imaginem as gargalhadas, o tumulto alegre e as brincadeiras a que, nas aldeias, essa pesquisa conjugal dava lugar; todos se empurravam, se apertavam; comparavam os resultados de sua investigação; até as crianças pequenas tinham o seu *kail*.

"Pobre Will Haverel!", exclamou Muirland dando uma olhada na raiz que um rapazinho segurava, "a sua mulher será torta; o seu *kail* parece o rabo do meu porco."

Depois se sentaram em roda e começaram a experimentar o sabor de cada raiz; raiz amarga é sinal de um marido mau; raiz adocicada, um marido imbecil; raiz perfumada, um esposo de bom humor. A essa grande cerimônia seguiu-se a

---

* Esses costumes ainda são populares na Escócia. (N. A.)

do *tap-pickle*. De olhos vendados, cada moça vai colher três espigas de trigo. Se em alguma estiver faltando o grão que coroa a espiga, ninguém duvida de que o futuro marido da aldeã terá de lhe perdoar uma fraqueza cometida antes da noite nupcial. "Oh, Nelly! Nelly! As suas três espigas estavam todas sem o *tap-pickle*, e você não vai escapar das nossas caçoadas. E a verdade é que ainda ontem o *fause-house*, ou celeiro de reserva, foi testemunha de uma conversa bem longa entre você e Robert Luath."

Muirland os observava sem se envolver ativamente em seus jogos. "As avelãs! As avelãs!", exclamaram.

Tiraram da cesta um saco cheio de avelãs e se aproximaram do fogo, que era permanentemente alimentado. A lua brilhava, pura e quase radiosa. Cada um pegou sua avelã. Esse feitiço é famoso e venerado. Formam-se casais; o homem dá à avelã escolhida o seu próprio nome, e coloca no fogo, ao mesmo tempo, a sua avelã e aquela batizada com o nome de sua namorada. Se as duas avelãs queimarem tranquilamente lado a lado, a união será longa e serena; se as avelãs estourarem e se afastarem ao queimar, discórdia e separação no casamento. Não raro é a moça que se encarrega de arrumar no fogo o duplo símbolo ao qual toda a sua alma está unida; e qual não é a sua tristeza quando esse divórcio acontece e o marido lança-se crepitando para longe dela!

Batia uma hora, e os camponeses não estavam cansados de consultar seus oráculos místicos. O terror e a fé que se mesclavam nesses feitiços conferiam-lhes um novo encanto. Os *spunkies* recomeçavam a se mexer no meio dos juncos agitados. As moças tremiam. A lua, agora alta no céu, estava coberta por uma nuvem. Fizeram a cerimônia do pote de terra, a da vela soprada, a da maçã, grandes conjurações que não revelarei. Willie Maillie, uma das mais lindas moças, mergulhou três vezes o braço na água do Doon, exclamando: "Meu futuro esposo, meu marido que ainda não o é, onde estás? Aqui tens minha mão". Três vezes o feitiço fora repetido quando se ouviu a moça dar um grito.

"Ai! meu Deus! O *spunkie* agarrou minha mão", ela exclamou. Todos se juntaram ao seu redor e estremeceram, exceto Muirland. Maillie mostrou sua mão toda ensanguentada; os juízes dos dois sexos, que graças à longa experiência eram hábeis na interpretação desses oráculos, concordaram sem hesitar que o arranhão não era causado, como pretendia Muirland, pelas pontas de um junco espinhoso, e que o braço da moça apresentava de fato a marca da garra afiada do *spunkie*. Também reconheceram unanimemente que, por causa dessa experiência, Maillie estava ameaçada de ter mais tarde um marido ciumento. O fazendeiro viúvo tinha bebido, creio, um pouco mais que o razoável.

"Ciumento! Ciumento!", ele exclamou.

Parecia ver nessa declaração de seus companheiros uma alusão maldosa à sua própria história.

"Eu", Muirland continuou, esvaziando um cantil de estanho cheio de uísque até a borda, "preferiria cem vezes me casar com o *spunkie* a me casar uma segunda vez. Soube o que é viver acorrentado; mais vale ficar aprisionado dentro de uma garrafa fechada hermeticamente, na companhia de um macaco, um gato ou um carrasco. Tive ciúme de minha pobre Tuilzie. Talvez estivesse errado, mas como, pergunto a vocês, não ser ciumento? Qual é a mulher que não exige uma vigilância contínua? Eu não dormia à noite, não a largava durante o dia inteiro; não pregava o olho nem um instante. Os negócios da minha fazenda iam mal; estava tudo morrendo. A própria Tuilzie definhava diante de meus olhos. Vá para cinco milhões de diabos o casamento!

Uns riram, outros, escandalizados, se calaram. Restava testar a última e mais temível encantação: a cerimônia do espelho. Com uma vela na mão, cada um se coloca na frente de um espelhinho; sopra três vezes no vidro e o enxuga repetindo três vezes: "Apareça, meu marido", ou: "Apareça, minha mulher!". Então, em cima do ombro de quem consulta o destino, mostra-se claramente uma figura que se reflete no espelho; é a da companheira ou a do marido invocados.

Depois do exemplo de Maillie, ninguém se atrevia a desafiar de novo as forças sobrenaturais. O espelho e a vela estavam lá sem que ninguém pensasse em usá-los. O Doon fremia entre os juncos. Seu longo rastro prateado, trêmulo sobre as ondas distantes, era, aos olhos dos aldeões, o rastro faiscante dos *skelpies* ou espíritos das águas; a jumenta de Muirland, sua pequena jumenta das Highlands, de rabo preto e peito branco, zurrava a plenos pulmões, o que é sempre sinal de que um espírito mau está por perto. O vento refrescava, as varas dos juncos balançando formavam um triste e longo murmúrio. Todas as mulheres começavam a falar em volta; tinham excelentes razões, como reprimendas a seus maridos e seus irmãos, conselhos de saúde para seus pais, em suma, a eloquência doméstica à qual, infelizmente!, nós, reis da natureza e do mundo, só raramente resistimos.

"Pois bem! Quem de vocês se apresentará diante do espelho?", exclamou Muirland.

Ninguém respondeu...

"Vocês têm bem pouca coragem", continuou. "O sopro do vento deixa-os tremendo como vara verde. Quanto a mim, que não quero mais saber de esposa, como sabem, porque quero dormir, e que minhas pálpebras se negam a fechar tão logo eu me transformo em marido, para mim é impossível começar o feitiço. Vocês sabem disso tanto quanto eu."

Por fim, como ninguém quisesse segurar o espelho, Jock Muirland o pegou. "Vou dar o exemplo." Então agarrou sem titubear o espelho fatal; acenderam a vela e ele repetiu bravamente a encantação:

"Mas apareça, minha mulher", exclamou Muirland.

Logo uma figura pálida, coberta de cabelos de um louro fulvo, mostrou-se no ombro de Muirland. Ele estremeceu, virou-se para ter certeza de que uma das moças do cantão não estava atrás dele imitando a aparição. Mas ninguém havia parodiado o espectro; e embora o espelho tivesse se quebrado na terra ao escapar da mão do fazendeiro, sobre o seu ombro a mesma cabeça branca e a cabeleira de fogo continuavam presentes: Muirland dá um grito violento e cai de cara no chão.

Se vocês vissem todos os moradores da aldeia fugindo aqui e acolá, como folhas levadas pelo vento! Naquele lugar onde, pouco antes, tinham se entregado às suas diversões rústicas, só sobraram os restos da festa, o fogo quase apagado, os cantis e as bilhas vazias, e Muirland deitado na grama. Uma profusão de *spunkies* e seus acólitos voltavam, e a tempestade que se armava no céu misturava-se ao canto sobrenatural deles, aquele assobio longo que os escoceses chamam tão pitorescamente de *sugh*. Muirland, ao se levantar, olhou de novo acima do ombro: sempre a mesma figura. Ela sorria para o camponês, mas não dizia uma palavra, e Muirland não conseguia adivinhar se aquela cabeça pertencia a um corpo humano, pois só se mostrava quando ele se virava.

Sua língua gelava e permanecia grudada no céu da boca. Tentou puxar conversa com o ser infernal e convocou em vão toda a sua coragem; mal percebia aqueles traços pálidos e os cachos cor de fogo, todo o seu corpo estremecia. Resolveu fugir, na esperança de se livrar de seu acólito. Tinha soltado a sua pequena jumenta branca e ia pôr o pé no estribo quando fez uma última tentativa. Terror! Sempre aquela cabeça, agora sua companheira inseparável. Estava presa no seu ombro, como aquelas cabeças isoladas cujo perfil de vez em quando os escultores góticos jogavam no alto de uma pilastra ou no canto de um entablamento. A pobre Meg, jumenta do fazendeiro, zurrava com uma força incrível; e com seus coices frequentes anunciava o mesmo terror sentido por seu pobre dono. O *spunkie* (devia ser um desses habitantes dos juncos do Doon que perseguia o fazendeiro), toda vez que Muirland se virava, fixava nele dois olhos flamejantes, de um azul profundo, nos quais nenhum cílio desenhava sua sombra, e nenhuma pálpebra turvava a insuportável claridade. Ele esporeou a burrica; a mesma curiosidade o impelia a saber se sua perseguidora estava ali; ela não o deixava; em vão ele lançava sua jumenta a galope, em vão as samambaias e as montanhas desapareciam e fugiam sob os passos do animal, Muirland já não sabia em que caminho estava e nem para onde ia sendo levado pela pobre Meg. Só tinha uma ideia na cabeça, o *spunkie*, seu companheiro de viagem, ou melhor, sua companheira, pois essa figura feminina tinha toda a malícia e toda a delicadeza que convêm a uma jovem de dezoito anos.

A abóbada celeste cobria-se de nuvens densas que o sufocavam pouco a pouco. Nunca o pobre pecador se vira sozinho no meio do campo num breu tão satânico. O vento soprava como se quisesse despertar os mortos; a chuva caía, levada na diagonal pela violência da tempestade. Os clarões rápidos dos raios desapareciam, devorados pelas nuvens tenebrosas que se fechavam sobre eles: mugidos longos, profundos e pesados saíam das nuvens. Pobre Muirland!, seu boné escocês azul, listrado de vermelho, caiu e você não se atreveu a se virar para apanhá-lo. A tempestade redobrava de fúria; o Doon transbordava suas margens; e Muirland, depois de ter galopado por uma hora, reconheceu dolorosamente que voltara ao mesmo lugar de onde partira. A igreja em ruínas de Cassilis estava diante dos seus olhos; parecia que um incêndio iluminava os restos de suas velhas pilastras; chamas jorravam de todas as aberturas quebradas; as esculturas apareciam em toda a sua delicadeza contra um fundo de claridades lúgubres: Meg se negava a avançar, mas o fazendeiro, cuja razão já não guiava seus passos, e que tinha a impressão de sentir aquela cabeça terrível apoiada em seu ombro, cravava tão vigorosamente a espora nos flancos do pobre animal que ele pulou para a frente, cedendo, sem querer, à violência que seu dono lhe impunha.

"Jock", disse uma voz suave, "case comigo, e deixará de ter medo."

Vocês imaginam o horror profundo do pobre Muirland.

"Case comigo", repetiu o *spunkie*.

Enquanto isso, eles fugiam para a catedral em chamas. Muirland, sendo detido em sua corrida pelas pilastras mutiladas e os santos de pedra derrubados, pôs os pés no chão; naquela noite havia bebido tanto vinho, cerveja e aguardente, galopado tão estranhamente, sentido tanta surpresa, que acabou se acostumando com aquela excitação sobrenatural: nosso fazendeiro entrou com passo firme na nave sem abóbada de onde vinham aqueles fogos infernais.

O espetáculo que o impressionou era novo para ele. Uma personagem agachada no meio da nave sustentava, sobre suas costas curvas, um vaso octogonal em que ardia uma chama verde e vermelha. O altar-mor estava arrumado com seus velhos paramentos católicos. Demônios de cabeleira de fogo arrepiada estavam em pé no altar e faziam as vezes de círios. Todas as formas grotescas e infernais que a imaginação do pintor e do poeta sonharam se amontoavam, corriam, contorciam-se de mil estranhas maneiras. As estalas dos cônegos estavam cheias de personagens graves que haviam conservado as roupas apropriadas à sua condição. Mas sobre suas murças havia mãos de esqueletos desenhadas, e de seus olhos cavos não vinha nenhuma claridade.

Não direi, pois a linguagem humana é incapaz de ir tão longe, qual incenso queimava naquela igreja, nem que abominável paródia dos sacros mistérios era representada pelos demônios. Quarenta desses duendes, trepados na velha galeria que outrora sustentara o órgão da catedral, tinham nas mãos gaitas de foles escocesas de diversos tamanhos. Um enorme gato preto, sentado num trono composto de uma dúzia desses senhores, marcava o ritmo por um miado prolongado. A sinfonia infernal fazia tremer o que ainda sobrava das abóbadas semidestruídas, caindo de vez em quando alguns cacos das pedras esfaceladas. Em meio a esse tumulto havia bonitas *skelpies* ajoelhadas; vocês as confundiriam com virgens sedutoras se a cauda demoníaca não levantasse a barra de seus vestidos brancos; e mais de cinquenta *skelpies*, de asas abertas ou fechadas, dançando ou repousando. Nos nichos dos santos simetricamente dispostos em torno da nave havia caixões abertos, nos quais a morte, sobre a mortalha branca, aparecia levando na mão o círio funerário. Quanto às relíquias suspensas, no adro, não me deterei em descrevê-las. Todos os crimes cometidos na Escócia nos últimos vinte anos lá estavam, tendo contribuído para adornar a igreja agora entregue aos demônios.

Vocês veriam a corda do enforcado, a faca do assassino, o remanescente horripilante do aborto e os vestígios do incesto. Veriam corações de celerados enegrecidos pelo vício, e cabelos brancos paternos ainda suspensos na lâmina do punhal parricida. Muirland parou, se virou; a figura companheira de sua viagem não tinha saído do lugar. Um dos monstros encarregados do serviço infernal pegou-o pela mão; ele se deixou levar. Conduziram-no ao altar. Ele seguiu seu guia. Estava domesticado. Sua força o abandonara. Todos se ajoelharam, ele se ajoelhou; cantaram hinos esquisitos, ele não ouviu nada; ali ficou, perplexo, petrificado, à espera de seu destino.

Enquanto isso, os cantos infernais iam ficando mais barulhentos; os *spunkies* encarregados do corpo de baile rodopiavam mais depressa em sua ronda infernal; as gaitas de foles uivavam, mugiam, urravam e assobiavam com uma veemência desconhecida. Muirland virou a cabeça para examinar aquele ombro fatal que um hóspede incômodo elegera como domicílio.

"Ah!", ele gritou, dando um longo suspiro de satisfação.

A cabeça tinha desaparecido.

Mas, quando seus olhos ofuscados e perdidos se fixaram nos objetos que o cercavam, ficou muito espantado ao encontrar perto de si, ajoelhada sobre um caixão, uma jovem cujo rosto era o mesmo do fantasma que o perseguira. Uma camisinha de fino linho cinza mal descia até o meio de suas coxas. Percebia-se um colo encantador, ombros brancos, sobre os quais rolavam cabelos louros, um seio virginal, cuja beleza era revelada pela leveza da vestimenta. Muirland ficou comovido; aquelas formas tão graciosas e delicadas contrastavam com todas as aparições medonhas que o cercavam. O esqueleto que parodiava a missa pegou com seus dedos ganchudos a mão de Muirland e a uniu à da moça. Então, Muirland teve a sensação de que no aperto de mão dessa estranha noiva havia a mordida fria que o povo atribui às garras de aço do *spunkie*. Foi demais para ele: fechou os olhos e sentiu que ia desfalecer. Semivencido por um desmaio que ele combatia, teve a impressão de que mãos infernais o punham de novo montado na jumenta fiel que o esperava na porta da catedral; mas essas percepções eram obscuras, e suas sensações, vagas.

Uma noite assim, como bem se imagina, deixou marcas no nosso fazendeiro; ele acordou como quem acorda depois de uma letargia, e ficou muito surpreso ao saber que uns dias antes tinha se casado, que desde a noite do Hallowe'en fizera uma viagem pelas montanhas, e de lá trouxera uma jovem esposa, a qual, na verdade, estava a seu lado no velho leito de sua fazenda.

Esfregou os olhos e imaginou estar sonhando, depois quis contemplar aquela que escolhera sem nem desconfiar de nada, e que tinha se tornado *mistress* Muirland. Era de manhã. Que linda moça! Que luz suave ondulava naqueles olhares prolongados! Que brilho em seus olhos! Mas Muirland estava impressionado com o estranho clarão que emanava desses mesmos olhares. Aproximou-se. Coisa estranha! Sua mulher, pelo menos foi o que pensou, não tinha pálpebras; grandes órbitas de um azul-escuro se desenhavam sob o arco preto da sobrancelha, cuja curva era admiravelmente leve. Muirland suspirou; de súbito, surgiu na sua frente a vaga lembrança do *spunkie*, de sua corrida noturna e das terríveis núpcias na catedral.

Ao examinar mais de perto sua nova esposa, observou que ela possuía todos as características daquele ser sobrenatural, mal e mal modificadas e como que suavizadas. Os dedos da moça eram compridos e finos, suas unhas, brancas e afiadas; sua cabeleira loura ia até o chão. Ficou absorto num profundo devaneio: no entanto, todos os seus vizinhos lhe disseram que a família de sua mulher morava nas Highlands, que logo depois das núpcias ele fora vítima de uma febre altíssima, que não era de espantar se toda a lembrança da cerimônia tivesse se apagado de seu espírito doente, mas que logo se entenderia melhor com sua mulher, que era bonita, doce e boa dona de casa.

"Mas ela não tem pálpebras!", exclamou Muirland.

Riram na cara dele, alegaram que a febre ainda o perseguia; ninguém, a não ser o fazendeiro, notava essa estranha particularidade.

Veio a noite: para Muirland era a noite de núpcias, pois até aquele momento só era casado nominalmente. A beleza de sua mulher o comovera, embora, para ele, a moça não tivesse pálpebras. Portanto, prometeu enfrentar resoluto o próprio terror, e, quando nada, aproveitar o presente singular que o céu ou o inferno lhe enviava. Aqui pedimos ao leitor que nos conceda todos os privilégios do romance e da história, e que passemos rapidamente sobre os primeiros fatos dessa noite; não diremos quanto a bela Spellie (era o nome dela) estava mais bonita ainda vestida para a noite.

Muirland acordou, sonhando que uma súbita luz do sol iluminava o quarto baixo onde estava o leito nupcial. Ofuscado por aqueles raios escaldantes, levanta-se num pulo e vê os olhos resplandecentes de sua mulher carinhosamente fixados nele.

"Diabo!", exclamou, "meu sono, de fato, é uma injúria à sua beleza!"

Assim, espantou o sono e disse a Spellie mil coisas gentis e meigas às quais a jovem das montanhas respondeu da melhor maneira possível.

Até de manhã Spellie não tinha dormido.

"E, de fato, como dormiria", perguntava-se Muirland, "se não tem pálpebras?"

E seu pobre espírito voltava a cair num abismo de meditações e temores. O sol nasceu. Muirland estava pálido e abatido; a fazendeira tinha os olhos mais brilhantes do que nunca. Passaram a manhã passeando pela beira do Doon. A jovem esposa era tão bonita que seu marido, apesar da surpresa e da febre que o acometia, não pôde contemplá-la sem admiração.

"Jock", ela lhe disse, "gosto tanto de você como você gostava de Tuilzie; todas as moças das redondezas têm inveja de mim: portanto, preste atenção, meu amigo, serei ciumenta, e o vigiarei de perto."

Os beijos de Muirland interromperam essas palavras; mas as noites se sucederam e no meio de cada noite os olhos deslumbrantes de Spellie arrancavam o fazendeiro de seu sono; a força do fazendeiro ia murchando.

"Mas, minha cara amiga", perguntou Jock à mulher, "você não dorme nunca?"

"Dormir, eu?"

"É, dormir! Parece-me que desde que estamos casados você não dormiu nem um momento."

"Na minha família nunca dormimos."

As órbitas azuladas da moça derramavam raios mais brilhantes.

"Ela não dorme!", exclamou o fazendeiro, desesperado. "Ela não dorme!"

Caiu exausto e apavorado em cima do travesseiro.

"Ela não tem pálpebras, ela não dorme!", repetiu.

"Não me canso de olhar para você", Spellie recomeçou, "e o vigiarei de mais perto."

Pobre Muirland! Os lindos olhos de sua mulher não lhe davam sossego; eram, como dizem os poetas, astros eternamente iluminados para ofuscá-lo. No cantão fizeram mais de trinta baladas dedicadas aos belos olhos de Spellie. Quanto a Muirland, um belo dia desapareceu. Três meses se passaram; o suplício que o fazendeiro enfrentara arruinou sua vida, devorou seu sangue; parecia-lhe que aquele olhar de fogo o queimava. Se voltava dos campos, se ficava em casa, se ia à igreja, sempre aquele raio terrível, cuja presença e cujo brilho penetravam até o fundo de seu ser e o faziam estremecer de horror. Acabou detestando o sol, fugindo do dia.

O mesmo suplício que a pobre Tuilzie tinha sofrido agora era o seu; em vez da inquietação moral que os homens chamam de ciúme e que, durante o primeiro casamento, o havia transformado em carrasco da moça, via-se submetido à inquisição física e inelutável de um olho que nunca se fechava: era de novo o ciúme, mas transformado em imagem palpável, uma inquisição que se tornara permanente. Deixou sua fazenda, abandonou suas terras; cruzou o mar e se embrenhou nas florestas da América do Norte, onde muita gente de seu país tinha fundado cidades e construído casas acolhedoras. As savanas do Ohio lhe ofereciam um asilo garantido, era o que ele imaginava: preferia sua pobreza, a vida de colono, a cobra escondida nos arbustos cerrados, uma alimentação selvagem, grosseira e incerta, a seu teto escocês, sob o qual reluzia o olho ciumento e sempre aberto, para seu tormento. Depois de passar um ano nessa solidão, terminou abençoando o destino: pelo menos encontrara o sossego naquela natureza fecunda. Não mantinha nenhuma correspondência com a Grã-Bretanha, temendo ter notícias de sua mulher; às vezes em seus sonhos ainda via aquele olho aberto, aquele olho sem pálpebra, e acordava sobressaltado; verificava que a pupila vigilante e terrível não estava perto dele, não o penetrava, não o devorava com sua claridade insuportável, e voltava a dormir, feliz.

Os Narragansetts, tribo que vivia na região, tinham escolhido como *sachem*, ou chefe, Massasoit, um ancião doentio cujo temperamento era pacífico, e cuja benevolência Jock Muirland conquistou dando-lhe aguardente de trigo que ele sabia destilar. Massasoit caiu doente, e seu amigo Muirland foi visitá-lo na cabana.

Imaginem um *wigwam* indígena, a cabana pontuda, com um buraco para deixar sair a fumaça; no meio desse pobre palácio, um fogo em brasas; sobre peles de búfalo, estendidas na terra, o velho chefe, doente; em torno dele os principais caciques da área, gritando, berrando, e fazendo uma barulheira que, longe de curar o doente, adoeceria um homem em boa saúde. Um *powan*, ou médico indígena, regia o coro e a dança lúgubres; o eco reverberava com o barulho dessa estranha cerimônia: eram as preces públicas oferecidas às divindades da tribo.

Seis moças estavam massageando os membros nus e frios do ancião: uma delas, com apenas dezesseis anos, chorava enquanto executava essa tarefa. O bom-senso do escocês logo o levou a entender que todo aquele aparato médico só levaria à morte de Massasoit; na sua qualidade de europeu e branco ele passava por médico nato. Aproveitou a autoridade conferida pelo título, mandou sair os homens que berravam e se aproximou do *sachem*.

"Quem vem para perto de mim?", perguntou o ancião.

"Jock, o homem branco!"

"Ah!", falou o *sachem* dando-lhe sua mão esquálida, "não nos veremos mais, Jock!"

Embora tivesse poucos conhecimentos de medicina, Jock não custou a perceber que o nosso *sachem* tinha simplesmente uma indigestão: socorreu-o, mandou que se calassem em volta dele, o pôs em dieta, depois fez uma excelente sopa escocesa que o velho engoliu à guisa de remédio. Em suma, em três dias Massasoit tinha voltado à vida; os uivos dos nossos índios e suas danças recomeçaram, mas agora esses hinos selvagens só expressavam a gratidão e a alegria. Massasoit fez Jock se sentar dentro de sua cabana, deu-lhe para fumar o seu cachimbo da paz, apresentou-lhe sua filha, Anauket, a mais moça e mais bonita daquelas que Muirland tinha visto na cabana.

"Você não tem *squaw*", disse-lhe o velho guerreiro. "Pegue minha filha e honre meus cabelos brancos."

Jock estremeceu; lembrou-se de Tuilzie e de Spellie, e de que tinha se dado tão mal no casamento.

A jovem *squaw*, porém, era meiga, ingênua, obediente. Um casamento no deserto é cercado de bem poucas cerimônias: são ínfimas as consequências funestas para um europeu. Jock se conformou, e a bela Anauket não lhe deu nenhum motivo para se arrepender da escolha.

Um dia, era o oitavo desde a união dos dois, ele e ela, numa bela manhã de outono, foram remar no rio Ohio. Jock havia levado seu fuzil de caça. Anauket, acostumada com essas expedições que compõem toda a vida selvagem, ajudava e servia a seu marido. O tempo estava esplêndido; as margens desse belo rio ofereciam aos amantes panoramas maravilhosos. Jock tinha feito uma boa caça. Uma galinha-d'angola de asas deslumbrantes chamou a sua atenção; mirou-a, feriu-a, e a ave, atingida mortalmente, ia caindo, gemendo, nos balcedos. Muirland não queria perder uma presa tão bonita; atracou seu barco e correu à procura do fruto de sua conquista. Tinha batido sem resultado vários bosques, e sua obstinação de escocês o afundava e embrenhava cada vez mais na mata fechada. Logo se viu cercado por árvores seculares e no meio de uma dessas clareiras de vegetação natural que encontramos nas florestas da América, quando uma luz atravessou a folhagem e o alcançou. Jock estremeceu: aquele raio o queimava; aquela luz insuportável o obrigava a baixar os olhos.

O olho sem pálpebra estava lá, vigilante e eterno.

Spellie tinha atravessado o mar; tinha encontrado a pista de seu marido, e seguia seus passos; tinha cumprido a sua palavra, e seu terrível ciúme já esmagava Muirland com justas reprimendas. Ele correu para a praia, perseguido pelo olho sem pálpebra, viu a onda clara e pura do Ohio, e ali se jogou, aterrorizado.

Foi esse o fim de Jock Muirland; está consagrado numa lenda escocesa, que as mulheres contam à sua maneira. Afirmam que é uma alegoria, e que *o olho sem pálpebra* é o olho sempre aberto da mulher ciumenta, o mais terrível dos suplícios.

Tradução de Rosa Freire D'Aguiar

GÉRARD DE NERVAL

A mão encantada

("La main enchantée", 1832)

Gérard de Nerval (1808-54) criou um gênero novo na narrativa fantástica do romantismo francês: a evocação lírico-amorosa suspensa entre sonho e memória. Os textos mais típicos dessa espécie, como "Aurélia" e "Sylvie", são dificilmente "antologiáveis"; mas Nerval também escreveu um clássico do fantástico mais típico: "A mão encantada", conto baseado num tema de grande fortuna e de efeito sempre garantido, isto é, o da mão que vive por conta própria, destacada do corpo.

Além do simbolismo moral que a mão encantada assume com a sugestiva evidência — a violência agressiva que cada um de nós traz consigo —, vemos aqui uma minuciosa reconstrução da Paris popular do século XVII. Tendo de bater-se em um duelo com um militar, um comerciante de tecidos recorre à bruxaria de um alquimista cigano, que lhe faz um encantamento na mão direita. O negociante mata o espadachim no duelo. Perseguido pela justiça, ele busca a proteção de um magistrado; mas a mão encantada, independentemente da sua vontade, agride o homem das leis. Enquanto o lojista está na prisão, condenado à forca, o cigano vai visitá-lo: a mão de um enforcado é um extraordinário talismã para os ladrões, que com ela conseguem abrir qualquer porta. O cigano reclama a mão para si; e quando, no patíbulo, o carrasco corta a mão do enforcado, nós a vemos se mover, escapar, abrir caminho entre a multidão e alcançar o feiticeiro.

I. A PLACE DAUPHINE

Nada é tão belo como essas casas do século XVII majestosamente reunidas na Place Royale. Quando suas fachadas de tijolos, entremeadas e emolduradas por frisos e cantoneiras, e quando suas janelas altas são inflamadas pelos esplêndidos raios do crepúsculo, você sente, ao vê-las, a mesma veneração que diante de uma corte de magistrados com as togas vermelhas forradas de arminho; e se não for uma comparação pueril, poder-se-ia dizer que a comprida mesa verde à qual esses magistrados temíveis estão sentados, formando um quadrado, lembra um pouco aquela fileira de tílias que ladeia os quatro lados da Place Royale e completa sua grave harmonia.

Há outra praça na cidade de Paris que não causa menos satisfação por sua regularidade e seu estilo, e que é, em triângulo, mais ou menos o que a outra é em quadrado. Foi construída durante o reinado de Henrique, o Grande, que a chamou de Place Dauphine, e na época todos se admiraram com o pouco tempo necessário para seus edifícios cobrirem todo o terreno baldio da ilha de La Gourdaine. A invasão desse terreno foi um cruel desprazer para os escreventes, que lá iam para seus ruidosos folguedos amorosos, e para os advogados, que lá iam meditar sobre seus discursos de defesa: passeio tão verde e florido, ao se sair do pátio infecto do Palácio da Justiça.

Mal foram erguidas essas três fileiras de edifícios com seus pórticos pesados, carregados e percorridos de saliências e linhas verticais de pedras, mal foram revestidas com tijolos, abertas suas janelas de balaústres e fixados os seus telhados maciços, a nação dos homens da justiça invadiu a praça inteira, cada um de acordo com seu cargo e seus meios, isto é, em proporção inversa à elevação dos andares. A praça tornou-se uma espécie de pátio dos milagres de alto nível, um submundo de ladrões privilegiados, antro do mundo dos chicaneiros, assim como também do mundo da gíria; aquele, de tijolos e pedra, este, de lama e madeira.

Numa dessas casas que compõem a Place Dauphine morava, por volta dos últimos anos do reinado de Henrique, o Grande, um personagem algo notável, tendo por nome Godinot Chevassut, e, por título, oficial de justiça do preboste de Paris; cargo bem rendoso e difícil ao mesmo tempo, naquele século em que os ladrões eram muito mais numerosos do que hoje, de tal forma desde então a probidade declinou na nossa França!, e em que o número de moças de vida fácil

140   GÉRARD DE NERVAL

era muito mais considerável, de tal forma se depravaram os nossos costumes! Como a humanidade não muda, pode-se dizer, como um velho autor, que quanto menos canalhas houver nas galés, mais haverá do lado de fora.

É bom que se diga também que os ladrões daquele tempo eram menos ignóbeis que os do nosso, e que essa miserável profissão era então uma espécie de arte cujo exercício jovens de boa família não desprezavam. Muitos talentos rechaçados ou esmagados por uma sociedade de barreiras e privilégios desenvolviam-se fortemente nesse sentido; inimigos mais perigosos para os particulares do que para o Estado, cuja máquina talvez tivesse explodido sem essa válvula de escape. Assim, sem a menor dúvida, a justiça da época tratava com consideração os ladrões distintos, e ninguém exercia essa tolerância com tanta boa vontade como o nosso oficial de justiça da Place Dauphine, por motivos que vocês hão de conhecer. Em compensação, ninguém era mais severo com os desastrados: estes pagavam pelos outros e "enchiam os patíbulos que jogavam sua sombra sobre Paris nessa época", segundo a expressão de D'Aubigné, para grande satisfação dos burgueses, que naquele tempo eram mais bem roubados, sem falar do grande aperfeiçoamento da arte da pilantragem.

Godinot Chevassut era um homenzinho gorducho que começava a ficar grisalho, o que lhe dava muita alegria, ao contrário do comum dos velhos, porque, ao embranquecerem, seus cabelos deviam necessariamente perder o tom meio cor de fogo que tinham de nascença, o que lhe valera o nome desagradável de Rousseau, que seus conhecidos substituíam ao seu próprio nome, por ser mais fácil de pronunciar e guardar. Seus olhos eram zarolhos e muito vivos, embora sempre semicerrados sob as espessas sobrancelhas, sua boca era rasgada, como as das pessoas que gostam de rir. E, no entanto, mesmo que suas feições tivessem um ar malicioso quase permanente, nunca o ouviam rir às gargalhadas ou, como dizem nossos pais, rir às bandeiras despregadas; toda vez que lhe escapava alguma coisa engraçada, ele a acentuava apenas com um ah! ou um oh! vindo do fundo dos pulmões, mas único, e de efeito singular; e volta e meia isso acontecia, pois nosso magistrado gostava de apimentar sua conversa com alfinetadas, equívocos e observações picantes, que ele não continha nem mesmo no tribunal. Aliás, naquela época esse era um costume generalizado entre os homens da justiça, e que hoje praticamente só sobreviveu nos da província.

Para acabar de pintá-lo, seria preciso pendurar no lugar de praxe um nariz comprido e quadrado na ponta, e também orelhas bem pequenas, moles, e de uma fineza de audição de ouvir tilintar um quarto de escudo a um quarto de légua, e o som de uma pistola de bem mais longe. Foi a esse respeito que um certo litigante perguntou se o senhor oficial de justiça não teria alguns amigos a quem pudesse solicitar uma interferência em seu caso, e a resposta foi que de fato havia amigos de quem o Rousseau fazia grande alarde, e que eram, entre outros, senhor Dobrão, monsenhor Ducado e até mesmo o senhor Escudo; que era preciso fazer com que vários deles agissem ao mesmo tempo, e que então o litigante poderia ter certeza de que seria fervorosamente atendido.

II. UMA IDEIA FIXA

Há gente que tem mais simpatia por esta ou aquela grande qualidade, esta ou aquela virtude especial. Um tem mais estima pela magnanimidade e pela coragem guerreira, e só se delicia com o relato de belos feitos de heroísmo; outro põe acima de tudo o gênio e as invenções das artes, das letras ou da ciência; outros são mais tocados pela generosidade e pelas ações virtuosas com que socorrem os seus semelhantes, e dedicam-se à salvação deles, cada um seguindo sua inclinação natural. Mas o sentimento particular de Godinot Chevassut era o mesmo que o do sábio Carlos ix, a saber, que não é possível existir nenhuma qualidade superior à do espírito e à da habilidade, e que as pessoas que as possuem são neste mundo as únicas dignas de admiração e honra; e em nenhum lugar ele achava que essas qualidades eram mais brilhantes e desenvolvidas do que na grande nação dos larápios, trapaceiros, batedores de carteira e vagabundos, cuja vida generosa e cujos golpes singulares surgiam todos os dias na sua frente com uma variedade inesgotável.

Seu herói predileto era o mestre François Villon. Parisiense, célebre na arte poética tanto quanto na arte do pé de cabra e do conto do vigário; assim, a *Ilíada* junto com a *Eneida*, e o romance não menos admirável de *Huon de Bordeaux*, ele os teria trocado pelo poema das *Repues franches*, e também até pela *Légende du maître Faifeu*, que são as epopeias em versos da nação dos bandidos! As *Illustrations* de Du Bellay, o *Aristoteles Peripoliticon* e o *Cymbalum mundi* pareciam-lhe bem fracos se comparados com o *Jargão, seguido dos Estados gerais do reino da Gíria e dos Diálogos do velhaco com o malandro, por um caixeiro de botijas, que trambica no dique de Tours, e impresso com autorização do rei de Thunes, Fiacre, o empacotador*, Tours, 1603.

E como naturalmente os que prezam uma certa virtude têm o maior desprezo pelo defeito contrário, não havia gente que ele odiasse tanto quanto as pessoas simples, de inteligência parca e espírito pouco complicado. Isso chegava ao ponto de ter ele desejado mudar totalmente a organização da justiça, para que, ao se descobrir alguma ladroagem grave, enforcar-se não o ladrão, mas o roubado. Era uma ideia; era a sua ideia. Achava que essa era a única maneira de apressar a emancipação intelectual do povo, e fazer com que os homens do século alcançassem o progresso supremo no espírito, na habilidade e na invenção, qualidades que ele afirmava serem a verdadeira coroa da humanidade e a perfeição mais agradável a Deus.

Isso, quanto à moral. Quanto à política, estava convencido de que o roubo organizado em grande escala favorecia mais que tudo a divisão das grandes fortunas e a circulação das menores, do que só podem resultar, para as classes inferiores, o bem-estar e a libertação.

Como vocês bem perceberam, era só a boa e dupla falcatrua que o alegrava, as sutilezas e bajulações dos verdadeiros clérigos de Saint-Nicholas, os velhos truques de mestre Gonin, conservados havia duzentos anos no sal e no espírito; e Villon, o *villonneur*, é que era seu compadre, e não os aventureiros de beira de estrada tais como os Guilleris ou o capitão Carrefour. Decerto, o celerado que, plantado numa grande estrada, despoja brutalmente um viajante desarmado parecia-lhe tão horrível como a todos os bons espíritos, assim como aqueles que, sem outro esforço de imaginação, penetram por arrombamento numa casa isolada, a saqueiam e não raro degolam os donos. Mas se tivesse conhecido um ladrão distinto que, furando uma muralha para se introduzir numa casa, tomasse o cuidado de adornar seu orifício com um trevo gótico, para que no dia seguinte, ao se perceber o roubo, logo se visse que um homem de gosto e de arte o executara, sem dúvida mestre Godinot Chevassut teria esse aí em muito mais alta estima do que Bertrand de Clasquin ou o imperador César, para dizer o mínimo.

III. OS CALÇÕES DO MAGISTRADO

Tendo dito tudo isso, creio que é hora de puxar o véu e, seguindo o costume de nossas antigas comédias, dar um pontapé no traseiro do senhor Prólogo, que está ficando vergonhosamente prolixo, a ponto de ter sido necessário cortar três vezes os pavios das velas desde o seu exórdio. Portanto, que ele trate de terminar, como Bruscambille, conjurando os espectadores a "limparem as imperfeições de suas palavras com os espanadores de sua humanidade e a receberem um clister de desculpas nos intestinos de sua impaciência"; e tenho dito, e a ação vai começar.

Estamos numa sala bastante grande, escura e coberta de lambris de madeira. O velho magistrado, sentado numa poltrona larga e trabalhada, de pés tortos, cujo espaldar está vestido com sua capa de adamascado de franjas, experimenta calções bufantes novos em folha levados por Eustache Bouteroue, aprendiz de mestre Goubard, alfaiate e negociante de meias. Mestre Chevassut, ao amarrar os cadarços, levanta-se e senta-se sucessivamente, dirigindo de vez em quando a palavra ao jovem que, duro como um cabo de vassoura, tomou assento, depois de ser convidado, no canto de uma escadinha, e olha para ele com hesitação e timidez.

"Humm! Esses aí já deram o que tinham que dar!", disse ele empurrando com o pé os velhos calções que acabava de tirar. "Estavam tão surrados como um decreto proibitivo do prebostado; e todos os pedaços estavam se dando adeus... um adeus dilacerante!"

O magistrado brincalhão ainda apanhou, porém, a velha roupa, necessária para ali pegar sua carteira, da qual tirou umas moedas e espalhou-as na mão.

"É verdade", prosseguiu, "que nós, homens da lei, fazemos de nossas roupas um uso muito duradouro, por causa da toga sob a qual as usamos enquanto o tecido resistir e as costuras não se desmancharem; por isso é que, como cada um tem de viver, mesmo os ladrões, e portanto os alfaiates e negociantes de meias, não descontarei nada dos seis escudos que mestre Goubard está me cobrando; e a isso até acrescento generosamente um escudo falso para o caixeiro da loja, com a condição de que ele não o trocará dando desconto, mas o passará como verdadeiro para algum burguês vagabundo, exibindo, para isso, todos os recursos de seu espírito; do contrário, guardo o dito escudo para dar de esmola amanhã, domingo, na Notre-Dame.

Eustache Bouteroue pegou os seis escudos e o escudo falsificado, agradecendo ao magistrado em voz bem baixa.

"Pois é, meu rapaz, você já começa a trapacear nos panos? Já sabe ganhar na metragem, no corte, e empurrar para o freguês coisa velha dizendo que é nova, e cor de burro quando foge dizendo que é preto?... Manter, em suma, a velha reputação dos negociantes do mercado dos Halles?"

Eustache levantou os olhos para o magistrado com um certo terror; depois, imaginando que ele brincava, começou a rir, mas o magistrado não estava brincando.

"Não gosto nada", acrescentou, "da roubalheira dos negociantes; o ladrão rouba e não engana; o negociante rouba e engana. Um bom companheiro, com o dom da lábia e sem papas na língua, compra uns calções; debate muito tempo seu preço e acaba pagando seis escudos. Vem em seguida um honesto cristão, desses que uns chamam de pateta, outros, de bom freguês; se por acaso ele pegar uns calções exatamente iguais aos outros, e, confiando no negociante de meias, que jura pela Virgem e pelos santos que é honesto, pagar oito escudos, não terei pena dele, pois é um bobo. Mas se, enquanto conta as duas quantias que recebeu, pegando na mão e fazendo tilintar satisfeito os dois escudos que são a diferença da segunda para a primeira, passar defronte da loja um pobre coitado que está sendo levado para as galés por ter tirado de um bolso algum lenço sujo e esburacado, e o negociante exclamar, sem largar da mão os dois escudos: 'Esse aí é um grande celerado; se a justiça fosse justa, o canalha seria esquartejado vivo e eu iria vê-lo'? Eustache, o que acha que aconteceria se, de acordo com o desejo do negociante, a justiça fosse justa?"

Eustache Bouteroue não ria mais; o paradoxo era inacreditável para que ele pensasse em responder, e a boca da qual saía tornava-o quase inquietante. Mestre Chevassut, ao ver o jovem atônito como um lobo pego no alçapão, começou a rir com seu riso especial, deu-lhe um leve tapa no rosto e o mandou embora. Eustache desceu muito pensativo a escada de balaústres de pedra, e embora ouvisse de longe, no pátio do Palácio, a trombeta de Galinette la Galine, bufão do famoso curandeiro Gerônimo, chamando os curiosos para ouvirem suas facécias e comprarem as drogas de seu patrão, dessa vez ficou surdo a tudo isso, e fez questão de atravessar a Pont-Neuf para chegar ao bairro dos Halles.

IV. A PONT-NEUF

A Pont-Neuf, concluída no reinado de Henrique IV, é o principal monumento desse reino. Nada se parece com o entusiasmo que sua visão provoca, quando, depois de grandes obras, a ponte cruzou todo o Sena com seus doze arcos e uniu mais estreitamente os três antigos núcleos da cidade.

Assim, logo ela se tornou o ponto de encontro de todos os desocupados parisienses, cujo número é grande, e portanto de todos os saltimbancos, vendedores de unguentos e vigaristas, cujas habilidades se movem graças às estradas, assim como um riacho move um moinho.

Quando Eustache saiu do triângulo da Place Dauphine, o sol dardejava a pino seus raios empoeirados sobre a ponte, onde a afluência era grande, pois os passeios mais frequentados em Paris eram em geral aqueles que só são floridos com vitrines, aterrados com paralelepípedos, sombreados só por muros e casas.

A duras penas Eustache abriu caminho entre esse rio de gente que cruzava o outro rio e se escoava lentamente nos dois extremos da ponte, parando ao menor obstáculo, como pedras de gelo carregadas pela água, fazendo aqui e ali mil voltas e mil redemoinhos em torno de alguns ilusionistas, cantores ou vendedores que anunciavam sua mercadoria. Muitos paravam ao longo dos parapeitos para ver passar os troncos de árvores rebocados, circular os barcos, ou para contemplar o magnífico panorama oferecido pelo Sena a jusante da ponte, o Sena ladeando à direita a longa fila de edifícios do Louvre, à esquerda o grande Pré-aux-Clercs, riscado por suas lindas alamedas de tílias, emoldurado por seus chorões cinzentos espalhados e seus salgueiros verdes chorando na água, e depois, em cada margem, a torre De Nesle e a torre Du Bois, que pareciam sentinelas às portas de Paris como os gigantes dos romances.

De repente, um estrondo de rojões fez os passantes e observadores se virarem para um ponto fixo e anunciou um espetáculo digno de prender a atenção. No centro de uma dessas pequenas plataformas em forma de meia-lua, que em outros tempos estavam cobertas de lojas feitas de pedra e que formavam então espaços vazios no alto de cada pilar da ponte, indo mais além do calçamento, se instalara um ilusionista; arrumara uma mesa e, sobre essa mesa, passeava um macaco muito bonito, de roupa preta e vermelha, igual a um diabo, com seu rabo natural, e que, sem a menor timidez, soltava uma profusão de rojões e rodas de fogo, para grande desgosto de todas as barbas e fuças que não tinham alargado o círculo com a devida rapidez.

Quanto a seu dono, era uma dessas figuras de tipo cigano, comum cem anos antes, já rara na época e hoje afundada e perdida na feiura e na insignificância de nossas cabeças burguesas: um perfil em lâmina de foice, testa alta mas reta, nariz muito comprido e muito adunco, mas não no estilo dos narizes romanos, pelo contrário, muito arrebitado e com sua ponta apenas mais saliente do que os lábios finos bem proeminentes e o queixo para dentro; depois, olhos grandes e rasgados obliquamente debaixo das sobrancelhas, desenhadas como um "v", e cabelos pretos compridos completando o conjunto; por fim, um certo ar ágil e desembaraçado em toda a atitude do corpo demonstrava uma curiosa habilidade de seus membros acostumados desde muito cedo a muitos e vários ofícios.

Seu traje era uma velha fantasia de bufão, que ele usava com dignidade; na cabeça, um grande chapéu de feltro de abas largas, todo amassado e encolhido; mestre Gonin era o nome que lhe davam, fosse por causa de sua habilidade e seus passes de mágica, fosse porque descendesse de fato daquele famoso saltimbanco que fundou, no reino de Carlos VI, o teatro dos Enfants-sans-Soucis e que foi o primeiro a usar o título de Príncipe dos Tolos, o qual, na época dessa história, tinha passado para o senhor Bacurau, que defendeu suas prerrogativas soberanas até mesmo diante dos tribunais.

V. A BOA VENTURA

O prestidigitador, vendo um bom número de gente reunida, começou com alguns truques com os copinhos, que provocaram uma ruidosa admiração. É verdade que o compadre tinha escolhido seu lugar na meia-lua com algum objetivo, e não só pensando em não atrapalhar a circulação, como parecia; pois, assim, só tinha espectadores à sua frente, e não às suas costas.

É que naquela época essa arte não era o que se tornou hoje, quando o ilusionista trabalha cercado por seu público. Ao terminar as mágicas com os copinhos, o macaco fez um giro pela multidão, recolhendo muitas moedas, pelas quais ele agradecia galantemente, acompanhando seu cumprimento de um gritinho parecido com o do grilo. Mas os truques dos copinhos não passavam do prelúdio de outra coisa, e, graças a um prólogo muito bem executado, o novo mestre Gonin anunciou que também tinha o talento de prever o futuro pela cartomancia, a quiromancia e os números pitagóricos; o que era algo que não tinha preço, mas que ele faria só por um vintém, com o único objetivo de agradar. Enquanto dizia isso, batia num baralho grande, e seu macaco, que ele chamava de Pacolet, em seguida distribuiu as cartas com muita inteligência a todos os que esticaram a mão.

Quando todos os pedidos foram atendidos, seu dono chamou os curiosos da meia-lua, um a um, pelo nome de suas cartas, e previu para cada um a boa ou má fortuna, enquanto Pacolet, a quem tinha dado uma cebola para pagar pelo serviço, divertia a turma com as contorções que esse presente lhe provocava, encantado e ao mesmo tempo infeliz, rindo com a boca e chorando com o olho, fazendo a cada dentada um muxoxo de alegria e uma careta horrorosa.

Eustache Bouteroue, que também havia pegado uma carta, foi o último a ser chamado. Mestre Gonin olhou com atenção para seu rosto comprido e ingênuo, e dirigiu-lhe a palavra num tom enfático:

"Eis o passado: você perdeu pai e mãe; há seis anos é aprendiz de alfaiate sob as arcadas dos Halles. Eis o presente: seu patrão lhe prometeu sua filha única; pensa em se aposentar e deixar-lhe o negócio. Quanto ao futuro, mostre-me sua mão."

Muito espantado, Eustache mostrou a mão; o ilusionista examinou as linhas com curiosidade, franziu o cenho como quem está hesitante e chamou seu macaco, como para consultá-lo. Este pegou a mão, olhou, depois foi se aboletar no ombro de seu dono, parecendo falar ao seu ouvido — mas apenas mexia rapidíssimo os lábios, como fazem os bichos quando estão descontentes.

"Coisa esquisita!", exclamou enfim mestre Gonin, "que uma vida tão simples desde o início, tão burguesa, tenda para uma transformação tão incomum, para um objetivo tão elevado!... Ah!, meu jovem pintinho, você quebrará a sua casca; irá longe, muito alto... morrerá maior do que é."

"Bem!", disse Eustache consigo mesmo, "é o que essa gente sempre nos promete. Mas, afinal, como ele sabe as coisas que foi o primeiro a me dizer? É maravilhoso!... A não ser, porém, que me conheça de algum lugar."

Enquanto isso, tirou da bolsa o escudo falso do magistrado e pediu ao ilusionista que lhe desse o troco. Talvez tenha falado baixo demais; mas o homem não ouviu, pois pegou o escudo e o rolou entre os dedos.

"Bem vejo que você sabe viver, por isso acrescentarei alguns detalhes à previsão muito verdadeira, mas um pouco ambígua, que lhe fiz. Sim, meu camarada, bem fez você de não me pagar com um vintém, como os outros, mesmo se o seu escudo perde uma boa quarta parte de seu valor; mas pouco importa, essa moeda branca será para você um espelho brilhante em que se refletirá a pura verdade."

"Mas, observou Eustache, "então o que me disse de minha elevação não é a verdade?"

"Você tinha me perguntado sobre a sua boa ventura, e eu lhe disse, mas estava faltando a glosa... Como você compreende o elevado objetivo que na minha previsão dei à sua existência?"

"Compreendo que posso me tornar síndico dos alfaiates e negociantes de meias, ou fabriqueiro, almotacé..."

"É muita pretensão em água benta!... E por que não o grande sultão dos turcos, o Amorabaquin?... Ah!, não, não, meu amigo, é de outro modo que deve compreender; e já que deseja deste oráculo sibilino uma explicação, eu lhe direi que, no nosso estilo, ir alto é para aqueles que a gente manda guardar os carneiros na Lua, assim como ir longe, para aqueles que a gente manda escrever a história deles no oceano, com plumas de quinze pés..."

"Ah, bom! Mas se me explicasse também a sua explicação, com toda a certeza eu compreenderia."

"São duas frases honestas para substituir duas palavras: forca e galés. Você irá alto e eu irei longe. Isso, no meu caso, está perfeitamente indicado por essa linha mediana, que cruza em ângulos retos outras linhas menos pronunciadas; no seu caso, por uma linha que corta a do meio sem se prolongar mais adiante, e outra que atravessa as duas, obliquamente..."

"A forca!", exclamou Eustache.

"Você faz questão absoluta de morrer na horizontal?", observou mestre Gonin. "Seria pueril; tanto mais que assim tem certeza de que escapa a todo tipo de outros fins a que cada homem mortal está exposto. Além disso, é possível que quando madame Forca o levantar pelo pescoço de braço esticado, você seja apenas um velho desgostoso do mundo e de tudo... Mas eis que está batendo meio-dia, e é a hora em que a ordem do preboste de Paris nos expulsa da Pont-Neuf até de noite. Ora, se um dia precisar de algum conselho, algum sortilégio, feitiço ou filtro para o seu uso, em caso de perigo, de amor ou de vingança, eu moro ali, no final da ponte, no Château-Gaillard. Está vendo daqui aquela torrezinha com as empenas?"

"Mais uma palavrinha, por favor, disse Eustache tremendo, "serei feliz no casamento?"

"Traga-me a sua mulher, e lhe direi... Pacolet, uma reverência para o cavalheiro e um beija-mão."

O ilusionista dobrou sua mesa, colocou-a debaixo do braço, pegou o macaco pelo ombro e se dirigiu para o Château-Gaillard, cantarolando entre dentes uma melodia muito antiga.

VI. CRUZES E MISTÉRIOS

É verdade mesmo que Eustache Bouteroue ia se casar em breve com a filha do alfaiate e negociante de meias. Era um rapaz bem-comportado, bem enfronhado no comércio e que não perdia suas horas de folga no jogo de bocha ou no jogo da pela, como muitos outros, mas fazendo contas, lendo o *Bocage des six corporations*, e aprendendo um pouco de espanhol, que era bom que um comerciante soubesse falar, como hoje o inglês, por causa da profusão de gente dessa nação que morava em Paris. Assim, tendo mestre Goubard se convencido, depois de seis anos, da perfeita honestidade e do excelente caráter de seu vendedor, tendo além disso flagrado entre sua filha e ele uma certa atração muito virtuosa e severamente reprimida por ambas as partes, tinha decidido uni-los em casamento no dia de São João, no verão, e em seguida retirar-se para Laon, na Picardia, onde possuía bens de família.

No entanto, Eustache não possuía nenhuma fortuna; mas naquele tempo não era costume casar um saco de escudos com outro saco de escudos; às vezes os pais consultavam o gosto e a simpatia dos futuros esposos e davam-se ao trabalho de estudar por muito tempo o caráter, o comportamento e a capacidade das pessoas que destinavam às alianças, bem diferentemente dos pais de família de hoje, que exigem mais garantias morais de um doméstico que vão contratar do que de um futuro genro.

Ora, a previsão do ilusionista tinha condensado de tal modo as ideias já pouco fluidas do aprendiz de alfaiate que ele ficara todo atordoado no centro da meia-lua, e não ouvia nada das vozes cristalinas que cacarejavam nos campanários da Samaritaine, e repetiam meio-dia, meio-dia!... Mas em Paris as badaladas do meio-dia duram uma hora, e o relógio do Louvre logo tomou a palavra com mais solenidade, depois o dos Grands-Augustins, depois o do Châtelet; de tal modo que Eustache, apavorado por estar tão atrasado, saiu correndo com todas as suas forças e em poucos minutos tinha deixado para trás as ruas De la Monnaie, Du Borrel e Tirechappe; então, diminuiu o passo, quando virou na rua De la Boucherie-de-Beauvais, e seu rosto se descontraiu ao descobrir os toldos vermelhos da praça dos Halles, os teatros de feira dos Enfants-sans-Soucis, a escada e a cruz, e a linda lanterna do pelourinho coberta com seu teto de chumbo.

Era nessa praça, sob um daqueles toldos, que sua noiva, Javotte Goubard, esperava por sua volta. A maioria dos comerciantes das arcadas tinha uma barraca na praça do mercado dos Halles, guardado por uma pessoa de sua casa e servindo de sucursal da loja escura. Toda manhã Javotte se instalava na barraca do pai e ora trabalhava, sentada no meio das mercadorias, dando nós em cadarços, ora se levantava para chamar os passantes, agarrava-os firmemente pelo braço, e só os largava depois de comprarem alguma coisa; o que, apesar de tudo, não a impedia de ser a moça mais tímida a atingir ainda solteira a idade de um boi velho; cheia de graça, bonitinha, loura, alta e levemente curvada para a frente, como a maioria das moças do comércio cujo porte é esguio e frágil; para completar, ficava vermelha como um morango com qualquer frase que pronunciasse longe do serviço na barraca, mesmo se não ficasse atrás de nenhuma vendedora da praça em matéria de lábia e gogó (o estilo comercial da época).

Geralmente, Eustache ia ao meio-dia substituí-la debaixo do toldo vermelho, enquanto ela ia comer na loja com o pai. Era a esse compromisso que ele estava indo naquele instante, muito receoso de que seu atraso tivesse deixado Javotte impaciente; mas, da distância em que conseguiu avistá-la, Javotte já parecia mais calma, com o cotovelo apoiado num rolo de pano e muito atenta à conversa animada e ruidosa de um belo militar, debruçado no mesmo rolo, e com cara tanto de freguês como de qualquer coisa que se possa imaginar.

"É meu noivo!", disse Javotte sorrindo para o desconhecido, que fez um leve gesto de cabeça sem mudar a pose: só que examinava de alto a baixo o caixeiro, com aquele desdém que os militares demonstram pelas pessoas da burguesia cujo exterior é pouco imponente.

"Ele tem o falso ar de um corneteiro da minha terra", observou gravemente. "Só que o outro tem mais *corpulência* nas pernas; mas, sabe, Javotte, o corneteiro, num batalhão, é pouco menos que um cavalo e pouco mais que um cachorro..."

"Este é meu sobrinho", disse Javotte a Eustache, abrindo para ele seus grandes olhos azuis com um sorriso de perfeita satisfação. "Ele conseguiu uma folga para vir ao nosso casamento. Que bom, não é? Ele é arcabuzeiro na cavalaria... Ah!, que belo corpo! Se você estivesse vestido assim, Eustache... mas você não é tão alto, nem tão forte..."

"E quanto tempo", disse timidamente o jovem, "o cavalheiro nos dará a honra de ficar em Paris?"

"Depende", disse o militar se levantando, depois de esperar um pouco para responder. "Mandaram-nos ao Berri para exterminar os camponeses revoltados, e se eles quiserem ficar calminhos mais algum tempo, darei a vocês um bom mês; mas, de qualquer maneira, no dia de Saint Martin viremos a Paris para substituir o regimento do senhor d'Humières, e então poderei vê-los todo dia e indefinidamente."

Eustache examinava o arcabuzeiro de cavalaria, tanto quanto podia fazê-lo sem cruzar com os olhos dele, e, positivamente, achava-o distante de todas as proporções físicas que convêm a um sobrinho.

"Quando digo 'todo dia'", este recomeçou, "eu me engano; pois, na quinta-feira, tem a grande parada... Mas temos a noite e, na verdade, sempre poderei cear com vocês nesses dias."

"Será que ele está pensando em almoçar nos outros?", pensou Eustache...

"Mas você não tinha me dito, senhorita Goubard, que o senhor seu sobrinho era tão..."

"Tão bonitão? Ah, sim! Como ele ficou forte! Puxa, é que faz sete anos que a gente não via esse pobre Joseph, e desde então muita água rolou debaixo da ponte..."

"E muito vinho debaixo do nariz dele", pensou o caixeiro, maravilhado com a face rubra de seu futuro sobrinho. "Ninguém fica de rosto corado à base de água batizada de vinho, e as garrafas de mestre Goubard vão dançar a dança dos mortos antes do casamento, e talvez depois..."

"Vamos comer, papai deve estar impaciente!", disse Javotte ao sair de seu posto. "Ah!, vou lhe dar o braço, Joseph!... Dizer que antigamente eu era a mais alta, quando tinha doze anos e você dez; me chamavam de mamãe... Mas como fico orgulhosa de estar no braço de um arcabuzeiro! Você vai me levar para passear, não é? Saio tão pouco; não posso sair sozinha, e no domingo tenho de assistir ao ofício da tarde, porque sou filha de Maria, na igreja dos Saints-Innocents: tenho uma fitinha da congregação..."

Essa tagarelagem da moça, ritmada pelo passo militar do cavalheiro, essa forma graciosa e leve que saltitava de braço dado com aquela outra forma, maciça e dura, logo se perderam na sombra surda das arcadas que beiram a rua De la Tonnellerie e só deixaram nos olhos de Eustache uma névoa e em seus ouvidos, um zumbido.

VII. MISÉRIAS E CRUZES

Até agora seguimos de perto essa história burguesa, sem levar mais tempo para contá-la do que foi preciso para que ela acontecesse: e agora, apesar do nosso respeito, ou melhor, de nossa profunda estima por quem respeita as unidades no próprio romance, vemo-nos obrigados a fazer com que uma das três unidades dê um salto de alguns dias. As atribulações de Eustache, quanto a seu futuro sobrinho, talvez fosse bem curioso contá-las, mas foram menos amargas do que se podia imaginar a partir da exposição da história. Eustache logo se tranquilizou em relação à sua noiva. Na verdade, Javotte apenas guardara uma impressão talvez um pouco viva demais de suas recordações de infância, que numa vida tão pouco acidentada como a sua ganhavam importância exagerada. No arcabuzeiro da cavalaria ela enxergara, de início, apenas o menino alegre e ruidoso, o companheiro de suas brincadeiras de antigamente; mas não demorou a perceber que o menino tinha crescido, assumido outros comportamentos, e assim se tornou mais reservada com ele.

Quanto ao militar, excetuando-se certas familiaridades de praxe, não deixara transparecer com sua jovem tia intenções condenáveis; era até uma dessas inúmeras pessoas a quem as mulheres honestas inspiram pouco desejo e, por ora, dizia ele como Tabarin, sua namorada era a garrafa. Nos três primeiros dias depois de sua chegada, não largou Javotte, e até, para grande desgosto de Eustache, levou-a de tarde ao Cours-la-Reine, na companhia apenas da gorda empregada da casa. Mas a coisa não durou; logo se aborreceu na companhia dela e pegou o hábito de sair o dia inteiro, tendo, é verdade, o cuidado de voltar na hora das refeições.

Portanto, a única coisa que inquietava o futuro marido era ver aquele parente tão bem instalado na casa que seria sua depois do casamento, e não parecia fácil mandá-lo embora delicadamente, de tal forma ele dava a impressão de, a cada dia, ir se incrustando mais firmemente. No entanto, só era sobrinho de Javotte por afinidade, sendo apenas o rebento de uma filha que a finada esposa de mestre Goubard tivera de um primeiro casamento.

Mas como fazê-lo compreender que tendia a exagerar a importância dos laços de família e tinha, em matéria de direitos e privilégios de parentesco, ideias tão abrangentes, tão estabelecidas e, de certa forma, tão patriarcais?

Era provável, contudo, que logo ele mesmo sentisse sua indiscrição, e Eustache foi obrigado a armar-se de paciência, tal como as damas de Fontainebleau quando a corte está em Paris, como diz o provérbio.

Mas depois do casamento nada mudou nos hábitos do arcabuzeiro, que imaginou até que poderia conseguir, graças à tranquilidade dos camponeses revoltosos, ficar em Paris até a chegada de seu corpo de cavalaria. Eustache tentou algumas alusões epigramáticas sobre gente que pensa que uma loja é uma hospedaria, e várias outras que não foram captadas, ou pareceram fracas; aliás, ainda não se atrevia a falar abertamente com a mulher e o sogro, não querendo dar desde os primeiros dias de casado, a eles a quem devia tudo, uma impressão de homem interesseiro.

Além disso, o soldado não era uma companhia muito divertida, sua boca não passava do clarim perpétuo de sua glória, baseada metade em seus triunfos nos combates singulares que o tornavam o terror do exército, e metade em suas proezas contra os *croquants*, infelizes camponeses franceses contra quem os soldados do rei Henrique faziam a guerra porque eles não conseguiam pagar o imposto da *taille*, e que não pareciam perto de desfrutar da famosa *poule au pot*...

Esse temperamento de se gabar de tudo, excessivamente, era muito comum naquele tempo, tal como vemos nos personagens dos Taillebras e dos Capitães Matamoros, reproduzidos permanentemente nas peças cômicas da época, e, creio eu, deve ser atribuído à irrupção vitoriosa dos gascões em Paris, depois da chegada maciça dos navarros. Em pouco tempo essa invasão perdeu força e, alguns anos mais tarde, o barão de Foeneste já era um retrato bastante fraco dessa influência, embora fosse um tipo cômico perfeito, e finalmente a comédia *Le menteur* o mostrou, em 1662, reduzido a proporções quase banais.

Mas o que, nos modos do militar, mais chocava o bom Eustache era a eterna tendência a tratá-lo como um garotinho, a enfatizar os lados pouco favoráveis de sua fisionomia, e por fim, em toda ocasião, fazê-lo se sentir ridículo diante de Javotte, o que era muito prejudicial naqueles primeiros dias em que o recém-casado necessitava se firmar numa posição respeitável em relação ao futuro; acrescente-se a isso que não era preciso muita coisa para ofender o amor-próprio ainda bem recente e inflexível de um homem que se estabelecera num negócio, licenciado e juramentado.

Uma última atribulação foi como a gota d'água que entornou o caldo. Como Eustache ia fazer parte da patrulha das corporações e, tal como o honrado mestre Goubard, não queria fazer seu serviço em traje à paisana e com uma alabarda emprestada pelo vigilante do bairro, comprou uma espada com copos formando uma dupla concha — se bem que, justamente, a espada não tivesse mais essa concha que protege as mãos, abaixo do punho —, um capacete de viseira e uma cota de malha metálica em cobre vermelho, que parecia muito mais apropriado para o martelo de um caldeireiro. Tendo passado três dias a limpá-los e poli-los, conseguiu lhes dar um certo brilho que antes não tinham; mas quando os vestiu e andou orgulhoso por sua loja perguntando se estava "gracioso ao portar o arnês", o arcabuzeiro começou a rir como um monte de moscas ao sol e afirmou que ele mais parecia ter vestido a bateria de cozinha.

VIII. O PIPAROTE

Estando tudo organizado desse jeito, aconteceu que uma noite, era dia 12 ou 13, sempre uma quinta-feira, Eustache fechou cedo sua loja, coisa que não teria se permitido sem a ausência de mestre Goubard, que partira na antevéspera para ver seus bens na Picardia, onde planejava ir morar três meses depois, quando seu sucessor estivesse solidamente estabelecido e merecesse a plena confiança dos fregueses e dos outros comerciantes.

Ora, nessa noite, quando voltou, como de costume, para casa, o arcabuzeiro encontrou a porta fechada e as luzes apagadas. Ficou muito espantado, pois a patrulha ainda não tinha passado pelo Châtelet, e como em geral não voltava para casa sem estar meio tocado pelo vinho, sua contrariedade se manifestou por um palavrão pesado que fez Eustache estremecer na sobreloja, onde ainda não estava deitado, e já temeroso pela audácia de sua decisão.

"Ô de casa! Ei!", gritou o outro dando um pontapé na porta. "Por acaso hoje é dia de festa? Por acaso é dia de São Miguel, é a festa dos alfaiates, dos larápios e dos batedores de carteira?..."

E tamborilava com o punho na vitrine, o que produziu tanto efeito como se tivesse triturado água dentro de um pilão.

"Ei! Meu tio e minha tia!... Então querem que eu durma ao relento, em cima da pedra, arriscando-me a ser estraçalhado pelos cães e por outros bichos?... Ô de casa! Ei! Que diabo, esses parentes! Eles bem que são capazes!... E a natureza, hein, seus caipiras! Ô! Ô! Desça depressa, burguês, é dinheiro que eu estou lhe trazendo!... Tomara que uma praga te leve, roceiro de uma figa."

Toda essa arenga do pobre sobrinho não comovia nem um pouco a madeira da porta; ele gastava suas palavras à toa, como o venerável Bede pregando para um monte de pedras.

Mas quando as portas são surdas, as janelas não são cegas, e há um modo muito simples de fazê-las enxergar; de repente o soldado teve esse raciocínio, saiu da galeria escura das arcadas, recuou até o meio da rua De la Tonnellerie e, apanhando um caco a seus pés, jogou-o tão bem que deixou caolha uma das janelinhas da sobreloja. Foi um incidente em que Eustache nem tinha pensado, um formidável ponto de interrogação para aquela pergunta que resumia todo o monólogo do militar: mas, afinal, por que você não abre a porta?...

De súbito, Eustache tomou uma decisão, pois um covarde que ergueu a cabeça parece um vilão que começa a gastar dinheiro e sempre exagera nas coisas; mas, além disso, era questão de honra impor-se, ao menos uma vez, diante de sua nova esposa, que podia ter perdido um pouco de respeito por ele ao vê-lo há vários dias servir de alveiro para o militar, com a diferença de que às vezes o alveiro, por ricochete dos dardos, dá bons golpes em troca dos que leva continuamente. Portanto, botou seu chapéu de feltro, de banda, e se despencou pela escada estreita da sobreloja antes que Javotte pensasse em detê-lo. Nos fundos da loja, tirou da parede sua espada e só quando sentiu na mão escaldante o frio punho de cobre parou um instante para andar em passo arrastado até a porta, cuja chave estava na outra mão. Mas o barulhão de uma segunda vidraça quebrada e os passos de sua mulher, que ele ouviu atrás de si, restituíram-lhe toda a sua energia: abriu de repente a porta maciça e plantou-se na soleira com a espada desembainhada, como o arcanjo às portas do paraíso terrestre.

"O que é que esse bicho da noite quer? Esse bêbado vagabundo que não vale um tostão? Esse sujeito que só quebra pratos rachados?...", gritou, num tom que seria de estremecer se ele tivesse baixado a voz duas notas. "Isso é jeito de se comportar com gente decente?... Ora bolas; dê o pira daqui sem demora e vá dormir com a carniça, junto com gente da sua laia, senão eu chamo os vizinhos e a patrulha para pegar você!"

"Oh! Oh! Olhe como o galinho está cantando agora! Assobiaram para você com uma trombeta?... Ah!, está bem diferente... Gosto de vê-lo falar tragicamente como Tranchemontagne, e tenho um xodó por gente corajosa... Venha cá para um abraço, Picrochole!..."

"Vá embora, seu patife! Está ouvindo os vizinhos, que acordaram com o barulho? E que eles vão levar você até a primeira patrulha para ser preso como um descarado e um ladrão? Vá embora daqui, ande, sem mais escândalo e não volte mais!"

Mas o soldado, ao contrário, avançava entre as pilastras, o que enfraqueceu um pouco o final da réplica de Eustache:

"Muito bem dito!", ele exclamou para Eustache. O aviso é honesto e merece ser pago..."

Num abrir e fechar de olhos, já estava bem pertinho e tascava no nariz do jovem comerciante de roupas um piparote de deixá-lo escarlate.

"Guarde tudo, se não tiver troco!", exclamou. "E sem adeus, meu tio!"

Eustache não podia tolerar pacientemente essa afronta, ainda mais humilhante que uma bofetada, na frente de sua nova esposa, e, apesar dos esforços que ela fazia para detê-lo, lançou-se em cima de seu adversário, que estava indo embora, e deu-lhe um golpe com a espada que teria honrado o braço de Roger, o Cruzado, se a espada tivesse um gume; mas desde as guerras de religião ela não cortava mais nada, e portanto nem penetrou na roupa de couro do soldado. Este logo agarrou as duas mãos nas suas, de tal modo que, primeiro, a espada caiu, e depois o paciente começou a gritar tão forte que ele não aguentava mais, dando furiosos pontapés nas botas moles de seu perseguidor.

Ainda bem que Javotte os desapartou, pois, de suas janelas, os vizinhos olhavam a luta mas não pensavam em descer para acabar com ela, e Eustache, puxando seus dedos azulados do alicate natural que os havia apertado, teve de esfregá-los muito tempo para que perdessem a forma quadrada com que ficaram.

"Não tenho medo de você", exclamou, "e voltaremos a nos ver! Se você tem pelo menos a dignidade de um cachorro, apareça amanhã de manhã no Pré-aux-Clercs!... Às seis horas, seu vagabundo! E vamos lutar até a morte, seu bandido!"

"O lugar é bem escolhido, meu campeãozinho, e vamos nos comportar como fidalgos! Então, até amanhã. Juro por são Jorge que você vai achar a noite curta!"

O militar proferiu essas palavras num tom de consideração que até então não tinha demonstrado. Eustache se virou orgulhoso para sua mulher; com o seu desafio para um duelo, ele crescera seis palmos. Apanhou a espada e empurrou a porta fazendo barulho.

IX. O CHÂTEAU-GAILLARD

Ao acordar, o jovem comerciante de roupas estava num desânimo total, que não se comparava com a coragem da véspera. Não foi difícil confessar a si mesmo que tinha sido extremamente ridículo ao propor um duelo ao arcabuzeiro, ele que não sabia manejar outra arma além da meia vara, com que tinha esgrimado muitas vezes, na época de seu aprendizado, com os companheiros no campo dos Cartuxos. Portanto, não custou a tomar a firme resolução de ficar em casa e deixar seu adversário exibir sua empáfia no Pré-aux-Clercs, balançando-se de um pé para outro como um ganso amarrado.

Quando passou a hora do encontro ele se levantou, abriu a loja e não falou mais com a mulher sobre a cena da véspera, a que ela, de seu lado, evitou fazer a menor alusão. Tomaram café em silêncio; depois Javotte foi, como de costume, se instalar sob o toldo vermelho, deixando o marido a examinar, junto com a empregada, uma peça de tecido para marcar os defeitos. É bom dizer que volta e meia ele virava os olhos para a porta e tremia a todo instante ao pensar que seu parente terrível fosse criticá-lo por sua covardia e por ter faltado com a palavra. Ora, perto das oito e meia viu de longe o uniforme do arcabuzeiro surgir na galeria das arcadas ainda banhada de sombras; parecia um soldado alemão de Rembrandt, reluzindo em três pontos, no capacete, no elmo e no nariz; funesta aparição que logo foi ficando maior e mais nítida, e cujo passo metálico parecia bater cada minuto da última hora do comerciante.

Mas o mesmo uniforme não cobria o mesmo corpo, e, para falar mais simplesmente, foi um militar colega do outro quem parou defronte da loja de Eustache, refeito a duras penas de seu pavor, e dirigiu-lhe a palavra num tom muito calmo e muito civilizado.

Primeiro comunicou-lhe que seu adversário, tendo-o esperado por duas horas no lugar do encontro sem vê-lo chegar, e imaginando que um acidente imprevisto o impedira de ir, retornaria no dia seguinte, na mesma hora, ao mesmo lugar, lá ficaria o mesmo tempo e, se fosse uma espera inútil, em seguida se transferiria para a sua loja, cortaria suas duas orelhas e as guardaria no bolso, como fizera em 1605 o famoso Brusquet com um escudeiro do duque de Chevreuse pelo mesmo motivo, gesto que angariou os aplausos da corte e foi em geral considerado de bom gosto.

A isso Eustache respondeu que seu adversário ofendia sua coragem com uma ameaça dessas, e que agora ele teria um duplo motivo para o duelo; acrescentou que o obstáculo não tinha outra causa senão o fato de ainda não ter conseguido encontrar alguém para lhe servir de segundo.

O outro pareceu satisfeito com a explicação e achou por bem informar ao comerciante que ele encontraria excelentes segundos na Pont-Neuf, defronte da

Samaritaine, onde em geral perambulava toda a gente que não tinha outra profissão e que, por um escudo, se encarregava de abraçar qualquer causa que fosse e até mesmo de levar as espadas. Depois dessas observações, fez uma profunda reverência e se retirou.

Ao ficar só, Eustache começou a pensar e ficou muito tempo nesse estado de perplexidade; seu espírito se atrapalhava diante de três decisões principais: ora queria alertar o magistrado sobre a intempestividade do militar e suas ameaças e pedir-lhe autorização para portar armas de autodefesa; mas isso sempre terminava num combate. Ora se decidia a ir ao local, avisando aos policiais, de modo a que eles chegassem no mesmo instante em que o duelo começasse; mas era possível que só chegassem quando o duelo tivesse acabado. Por fim, também pensava em consultar o cigano da Pont-Neuf, e foi essa a decisão final que tomou.

Ao meio-dia, a empregada substituiu sob o toldo vermelho Javotte, que foi almoçar com o marido; este não lhe falou, durante a refeição, da visita que tinha recebido, mas pediu-lhe em seguida que tomasse conta da loja enquanto ele iria apresentar sua mercadoria na casa de um fidalgo recém-chegado, que queria fazer roupas. De fato, pegou seu saco de amostras e se dirigiu para a Pont-Neuf.

O Château-Gaillard, situado na beira do rio, na extremidade sul da ponte, era um pequeno edifício tendo ao alto uma torre redonda, que nos velhos tempos havia servido de prisão, mas agora começava a cair em ruínas e a rachar e só era habitável para quem não tinha outro abrigo. Eustache, depois de andar algum tempo com passo inseguro entre as pedras que cobriam a terra, deparou com uma portinhola no centro da qual havia um morcego espetado. Bateu devagarinho, e o macaco de mestre Gonin logo abriu levantando um trinco, serviço para o qual estava treinado, como estão às vezes os gatos domésticos.

O ilusionista estava sentado diante de uma mesa e lia. Virou-se com gravidade, fez sinal ao jovem para se sentar numa escadinha. Quando ele lhe contou sua aventura, garantiu-lhe que era a coisa menos preocupante do mundo, e que Eustache tinha feito bem de se dirigir a ele.

"O que você está querendo é um feitiço", acrescentou, "um feitiço mágico para vencer com absoluta certeza o seu adversário; não é disso que precisa?"

"É, se for possível."

"Se bem que todo mundo se meta a fazê-los, você não encontrará em lugar nenhum feitiços tão seguros como os meus; e não são, como os outros, feitos por arte diabólica, mas resultam de um conhecimento aprofundado da magia branca, e não podem de modo algum comprometer a salvação da alma."

"Isso é bom", disse Eustache, "senão eu evitaria usá-lo. Mas quanto custa a sua obra mágica? Pois ainda preciso saber se poderei pagá-la."

"Lembre-se de que é a vida que você está comprando, e a glória, ainda por cima. Isso posto, acha que por essas duas coisas excelentes seja possível cobrar menos de cem escudos?"

"Que cem diabos o carreguem!", resmungou Eustache, cujo rosto se fechou. "É mais do que possuo!... E o que me será a vida sem pão e a glória sem roupas? E ainda é possível que isso seja uma falsa promessa de charlatão para tapear os crédulos."

"Você só pagará depois."

"Já é alguma coisa... Afinal, que garantia você quer?"

"Só a sua mão."

"Bem, quer dizer... Eu sou mesmo um grande bobalhão de ficar aqui escutando a sua conversa fiada! Você não previu que eu acabaria com a corda no pescoço?"

"Sem dúvida, e não me desdigo."

"Ora, então, se é assim, o que tenho a temer nesse duelo?"

"Nada, a não ser algumas estocadas e uns cortes, para abrir na sua alma as portas maiores... Depois disso, porém, você será recolhido e içado no alto da meia cruz, vivo ou morto, como reza a lei; e assim o seu destino será cumprido. Está entendendo?"

O comerciante entendeu tão bem que tratou de oferecer sua mão ao ilusionista, como forma de consentimento, pedindo-lhe dez dias para juntar a quantia, com o que o outro concordou depois de anotar na parede o dia exato em que expirava o prazo. Depois, pegou o livro de Alberto Magno, comentado por Cornélio Agripa e pelo abade Trithêmio, abriu-o no artigo dos "Combates singulares", e, para tranquilizar ainda mais Eustache de que sua operação nada teria de diabólica, disse-lhe que, enquanto isso, poderia recitar suas preces, sem medo de que elas fossem um impedimento. Então levantou a tampa de um baú, tirou um vaso de terra não envernizado, ali dentro fez a mistura de vários ingredientes que lhe pareciam ser indicados por seu livro, proferindo em voz baixa uma espécie de encantamento. Quando terminou, pegou a mão direita de Eustache, que, com a outra, fazia o sinal da cruz, e a ungiu até o pulso com a mistura que acabava de fabricar.

Em seguida tirou também do baú um frasco velhíssimo e todo engordurado, e, despejando-o devagar, espalhou umas gotas nas costas da mão, pronunciando palavras em latim que se aproximavam da fórmula que os padres empregam nos batizados.

Só então Eustache sentiu em todo o braço uma espécie de comoção elétrica que muito o assustou; sua mão pareceu dormente, e, no entanto, coisa muito estranha, ela se retorceu e se esticou várias vezes fazendo as articulações estalarem, como um animal que desperta, e depois ele não sentiu mais nada, a circulação foi se restabelecendo, e mestre Gonin exclamou que estava tudo terminado, e que agora ele podia desafiar com a espada os mais duros soldados da corte e do exército, e neles abrir casas para todos os botões inúteis que, seguindo a moda, sobrecarregavam seus uniformes.

X. O PRÉ-AUX-CLERCS

Na manhã seguinte, quatro homens atravessaram as alamedas verdes do Pré-aux-Clercs procurando um lugar adequado e suficientemente afastado. Chegando ao pé da pequena elevação que bordejava o lado sul, pararam no campo de jogo de bochas, que lhes pareceu um terreno muito apropriado para se duelarem confortavelmente. Então Eustache e o adversário tiraram seus gibões e as testemunhas os examinaram, segundo a praxe, debaixo da camisa e dentro das calças. O comerciante estava emocionado, mas tinha confiança no feitiço do cigano; pois, como se sabe, nunca as operações mágicas, feitiços, filtros e sortilégios mereceram tanto crédito como naquele tempo, quando deram lugar a tantos processos que lotam os registros dos tribunais, e os próprios juízes partilhavam da credulidade geral.

A testemunha de Eustache, que ele pegara na Pont-Neuf e a quem pagara um escudo, cumprimentou o amigo do arcabuzeiro e perguntou se ele pretendia lutar também; como o outro respondeu que não, ele cruzou os braços com indiferença e recuou para ver os campeões em ação.

O alfaiate não conseguiu evitar uma certa náusea quando seu adversário lhe fez a saudação de armas, que ele não retribuiu. Permanecia imóvel, segurando a espada na sua frente como uma vela e com as pernas tão bambas que o militar, que no fundo não era um mau coração, prometeu a si mesmo fazer-lhe apenas um arranhão. Mas assim que as espadas se tocaram, Eustache percebeu que sua mão arrastava seu braço para a frente e se agitava de um modo brusco.

Mais exatamente, só a sentia pelo repuxo forte que a mão exercia nos músculos de seu braço; seus movimentos tinham uma força e uma elasticidade fantásticas, comparáveis às de uma mola de aço; assim, o militar quase deslocou o punho ao se desviar de um golpe de terceira posição; mas o golpe de quarta jogou sua espada a dez passos, enquanto a de Eustache, sem pausa e com o mesmo movimento com que tinha sido lançada, trespassou seu corpo tão violentamente que a concha protetora dos punhos ficou engastada no peito do militar. Eustache, que não havia baixado a guarda e fora arrastado por um safanão imprevisto de sua mão, teria, ao cair, quebrado a cabeça se ela não tivesse ido parar em cima da barriga do adversário.

"Santo Deus, que punho!", exclamou a testemunha do soldado. "Esse sujeito aí daria uma lição no cavaleiro Torce-Carvalho! A seu favor ele não tem a graça nem o físico, mas em matéria de força no braço é pior que um arqueiro do País de Galles!"

Enquanto isso Eustache tinha se levantado com a ajuda de sua testemunha, e por um instante ficou absorto diante do que acabava de acontecer; mas quando conseguiu distinguir claramente o arcabuzeiro estirado a seus pés e preso à terra pela espada, como um sapo preso num círculo mágico, deu no pé com tanta rapidez que esqueceu na relva seu gibão domingueiro, com bordados abertos para se ver o forro e enfeitado com passamanarias de seda.

Ora, como sem a menor dúvida o soldado estava morto, as duas testemunhas não tinham nada a lucrar se ficassem no terreno, e se afastaram depressa. Tinham andado uns cem passos quando a de Eustache exclamou, batendo na testa:

"E minha espada, que eu tinha emprestado e estou esquecendo!"

Deixou o outro seguir seu caminho e, voltando ao local da luta, começou a revistar curioso os bolsos do morto, nos quais só encontrou chaves, um pedaço de corda e um baralho de tarô sujo e maltratado.

"Trapaceiro! Que trapaceiro!", murmurou. "Mais um sacripanta que não tem erva nem relógio! Que o mafarrico o carregue, seu soprador de pavios!"

A educação enciclopédica do século nos dispensa explicar, nessa frase, outra coisa além do último termo, que fazia alusão à profissão de arcabuzeiro do defunto.

Nosso homem, não se atrevendo a levar nada do uniforme, cuja venda poderia comprometê-lo, limitou-se a tirar as botas do militar, enrolou-as em sua capa junto com o gibão de Eustache e se afastou xingando.

XI. OBSESSÃO

O alfaiate ficou vários dias sem sair de casa, com o coração partido por aquela morte trágica que causara devido a ofensas tão leves e com um método condenável e daninho, neste mundo como no outro. Havia momentos em que considerava tudo aquilo um sonho e, não fosse o gibão esquecido na relva, testemunha irrefutável que brilhava por sua ausência, teria desmentido a exatidão de sua memória.

Finalmente, uma noite quis queimar os olhos diante da evidência e foi ao Pré-aux-Clercs como quem vai passear. Sua visão se turvou ao reconhecer o campo do jogo de bochas onde ocorrera o duelo, e ele teve de se sentar. Ali jogavam os procuradores, como é costume deles, antes do jantar; e Eustache, assim que se dissipou a névoa que embaçava seus olhos, teve a impressão de ver no terreno liso, entre os pés afastados de um deles, uma grande mancha de sangue.

Levantou-se convulsivamente e apertou o passo para sair daquele lugar, tendo sempre diante dos olhos a mancha de sangue que, conservando sua forma, pousava sobre todos os objetos em que seu olhar se fixava ao passar, como essas manchas lívidas que vemos voltear muito tempo em torno de nós quando fixamos os olhos no sol.

Ao voltar para casa teve a impressão de que estava sendo seguido; só então pensou que alguém do palacete da rainha Margarida, diante do qual ele tinha passado na outra manhã e naquela própria tarde, talvez o tivesse reconhecido; e embora nessa época as leis sobre o duelo não fossem cumpridas à risca, refletiu que alguém poderia muito bem achar conveniente mandar para a forca um pobre comerciante, para dar o exemplo aos cortesãos, que, nesse tempo, ninguém ousava atacar, como ocorreria mais tarde.

Esses e muitos outros pensamentos resultaram numa noite agitada; ele não conseguia pregar o olho um instante sem ver mil forcas de dedo em riste para ele, e em cada uma delas pendia da corda um morto se torcendo de rir, horrível, ou um esqueleto cujas costelas se desenhavam nitidamente na face redonda da lua.

A MÃO ENCANTADA 163

Mas uma feliz ideia varreu todas essas visões distorcidas: Eustache se lembrou do oficial de justiça, velho freguês de seu sogro e que já o havia recebido com muita simpatia; prometeu a si mesmo ir encontrá-lo no dia seguinte e confiar-se inteiramente a ele, convencido de que o protegeria, quando nada em consideração a Javotte, que ele acariciara desde criança, e a mestre Goubard, que tinha em grande estima. O pobre comerciante dormiu enfim e, com essa boa resolução, descansou no travesseiro até de manhã.

No dia seguinte, por volta das nove horas, batia à porta do magistrado. O mordomo, supondo que ele vinha tirar as medidas para uma roupa, ou para propor alguma compra, logo o introduziu até o seu patrão, que, meio recostado numa grande poltrona de almofadinhas, fazia uma leitura deliciosa. Tinha nas mãos o antigo poema de Merlin Cocai e se deliciava especialmente com o relato das proezas de Baldo, o valente protótipo de Pantagruel, e mais ainda com sutilezas e ladroagens sem igual de Cingar, aquele modelo grotesco que inspirou, de um modo tão feliz, o nosso Panurgo.

Mestre Chevassut estava na história dos carneiros, que Cingar põe para fora da nau jogando no mar o carneiro que ele pagou, e que logo é seguido por todos os outros. Foi quando reparou na visita que estava chegando e, pondo o livro em cima da mesa, virou-se para seu alfaiate com cara de ótimo humor.

Perguntou-lhe sobre a saúde da mulher e do sogro e fez todo tipo de brincadeiras banais quanto à sua nova situação de casado. O jovem aproveitou a oportunidade para falar de sua aventura, e, tendo recitado todo o episódio da briga com o arcabuzeiro, e encorajado pelo ar paterno do magistrado, fez-lhe também a confissão do triste desfecho que ela tivera.

O outro o olhou com o mesmo espanto com que olharia o bom gigante Fracasse, de seu livro, ou o fiel Falquet, que tinha a traseira de um lebréu, e não mestre Eustache Bouteroue, comerciante das arcadas: pois embora já soubesse que o dito Eustache era um dos suspeitos, foi incapaz de dar o menor crédito a esse relatório, a essa proeza de armas de uma espada que imobiliza no chão um soldado do rei, atribuída a um caixeiro de loja, não mais alto do que Gribouille ou Triboulet.

Mas quando não foi mais possível duvidar do fato, garantiu ao pobre alfaiate que faria tudo o que estivesse a seu alcance para abafar o caso e despistar os homens da justiça, prometendo-lhe que brevemente ele poderia viver descansado e com toda a confiança, contanto que as testemunhas não o acusassem.

Mestre Chevassut o acompanhou até a porta reiterando-lhe suas garantias, e foi quando, na hora de se despedir humildemente dele, Eustache resolveu lhe tascar um tabefe de demolir o rosto do homem, um glorioso tabefe que deixou uma face do magistrado igual ao escudo de Paris, metade vermelha e metade azul, e o fez ficar tão espantado como se tivesse visto uma assombração, de boca escancarada, e tão incapaz de falar como um peixe que perdeu a língua.

O pobre Eustache ficou tão apavorado com esse gesto que se jogou aos pés de mestre Chevassut e pediu-lhe perdão por sua irreverência nos termos mais suplicantes e com os mais consternados protestos, jurando que tinha sido um movimento convulsivo imprevisto, independente de sua vontade, e para o qual esperava misericórdia, tanto dele como de nosso bom Deus. O velho se levantou, mais espantado que irado; mas, mal ficou em pé, Eustache lhe deu, com as costas da mão, mais um tabefe, na outra face, na qual seus cinco dedos deixaram uma marca tão funda que seria possível fazer um molde deles.

Dessa vez o negócio ficou insuportável, e mestre Chevassut correu até a sineta para chamar seus criados; mas o alfaiate o perseguiu, continuando a sua dança, o que formava uma cena singular, pois a cada bruto tabefe com que ele gratificava o seu protetor, o pobre coitado se atrapalhava todo em desculpas lacrimejantes e em súplicas abafadas, cujo contraste com o gesto era dos mais divertidos; em vão tentava parar esses impulsos para os quais sua mão o arrastava: parecia uma criança que segura uma grande ave por uma corda presa em sua pata. A ave puxa para todos os cantos do quarto a criança apavorada, que não se atreve a deixá-la voar e não tem mais força para detê-la. Assim, o infeliz Eustache era puxado por sua mão que ia atrás do magistrado, que rodava em volta das mesas e das cadeiras e tocava a sineta e gritava, indignado de raiva e sofrimento. Por fim os mordomos entraram, agarraram Eustache Bouteroue e o jogaram no chão, sem fôlego e desfalecendo. Mestre Chevassut, que não acreditava em magia branca, não devia pensar em outra coisa senão que tinha sido abusado e maltratado pelo jovem por algum motivo que era incapaz de explicar; assim, mandou chamar os policiais, a quem abandonou o homem sob a dupla acusação de homicídio em duelo e ofensas gestuais contra um magistrado dentro de sua própria casa. Eustache só voltou a si com o rangido das trancas abrindo a solitária que lhe era destinada.

"Sou inocente!...", gritou para o carcereiro que o empurrava.

"Ai, meu Jesus Cristo!", replicou-lhe o homem com gravidade, "onde é que você pensa que está? Nós sempre temos aqui gente desse tipo!"

XII. SOBRE ALBERTO MAGNO E A MORTE

Eustache tinha sido trancado numa dessas celas do Châtelet a respeito da qual Cyrano dizia que quem o visse ali dentro o confundiria com uma vela debaixo de uma ventosa.

"Se estão me dando", acrescentou depois de ter visitado todos os recantos só com uma pirueta, "se estão me dando essa vestimenta de pedra como roupa, ela é larga demais; se é para um túmulo, é estreita demais. Os piolhos aqui têm dentes mais compridos que o corpo, e aqui se sofre incessantemente com a pedra, que não é menos dolorosa por ser externa."

Ali nosso herói teve todo o tempo de fazer reflexões sobre sua má sorte e amaldiçoar o auxílio fatal recebido do escamoteador, que assim havia isolado um de seus membros da autoridade natural de sua cabeça; daí deviam resultar necessariamente desordens de todo tipo. Foi portanto grande a sua surpresa ao vê-lo um dia descer até a sua solitária e perguntar em tom calmo como ele ia.

"Que o diabo o enforque com as suas tripas! Seu gabola malvado e mandingueiro", ele lhe disse, "pelos seus feitiços desgraçados!"

"Mas, afinal", respondeu o outro, "de que sou culpado, se no décimo dia você não foi me levar a quantia combinada para eu remover o feitiço?"

"Ei!... E eu sabia que você precisava desse dinheiro tão depressa", disse Eustache um pouco mais baixo, "você, que fabrica ouro à vontade, igual ao escritor Flamel?"

"Qual o quê!", disse o outro. "É justamente o contrário. Sem a menor dúvida chegarei a essa grande obra hermética, já que estou perfeitamente no bom caminho; mas até agora só consegui transformar ouro fino num ferro muito bom e muito puro: segredo que o grande Raymond Lulle também descobriu no final da vida..."

"Que bela ciência!", disse o alfaiate. "É isso! Você vem então me tirar daqui, finalmente! Por Deus pai! Já é hora! E eu não contava mais com isso..."

"Aí é que são elas, meu amigo! De fato, é isso que espero conseguir brevemente, e também abrir as portas sem chaves, para entrar e sair; e você vai ver como é a operação para se conseguir isso."

Ao dizer isso, o cigano tirou do bolso seu livro de Alberto Magno e, na claridade da lanterna que tinha levado, leu o parágrafo que se segue:

MEIO HEROICO DE QUE SE SERVEM OS CELERADOS PARA
SE INTRODUZIREM NAS CASAS

Pega-se a mão cortada de um enforcado, que é preciso ter comprado dele antes da morte, mergulha-se a mão, tendo o cuidado de mantê-la quase fechada, num vaso de cobre contendo zímase e salitre, com gordura de *spondillis*. Expõe-se o vaso a um fogo claro feito de samambaia e verbena, de modo que a mão fique, depois de quinze minutos, perfeitamente seca e própria para ser conservada muito tempo. Depois, tendo fabricado uma vela com gordura de foca e gergelim da Lapônia, usa-se a mão como um abano para manter essa vela acesa; e a todos os lugares aonde formos, segurando-a diante de nós, as barras cairão, as fechaduras se abrirão, e todas as pessoas que encontrarmos ficarão imóveis.

Essa mão assim preparada recebe o nome de *mão de glória*.

"Que bela invenção!", exclamou Eustache Bouteroue.

"Mas, espere; mesmo que você não tenha me vendido a sua mão, ela me pertence, porque você não a liberou no dia combinado, e a prova disso é que, quando o prazo expirou, ela se comportou, pelo espírito de que está possuída, de modo a que eu pudesse desfrutá-la o quanto antes. Amanhã, o tribunal o condenará à forca; depois de amanhã, a sentença se cumprirá, e na mesma noite colherei esse fruto tão cobiçado e o prepararei seguindo a receita."

"Ah, não!", exclamou Eustache. "E quero, já amanhã, contar todo o mistério àqueles senhores."

"Ah, é bom! Faça isso... e será simplesmente queimado vivo por ter recorrido à magia, o que o habituará de antemão ao espeto do senhor Diabo... Mas isso jamais acontecerá, pois o seu horóscopo mostra a forca, e nada pode desviá-lo dela!"

Então o miserável Eustache começou a gritar tão alto e a chorar tão amargamente que dava uma grande pena.

"Puxa vida!, meu caro amigo", disse-lhe suavemente mestre Gonin, "por que se revoltar assim contra o destino?"

"Minha mãe do céu! Falar é fácil", Eustache soluçou, "mas quando a morte está aí bem perto..."

"Ora essa! Afinal, o que é que é a morte, que a gente deve se espantar tanto?... Considero que a morte não vale um tostão furado! 'Ninguém morre antes da hora!', disse Sêneca, o Trágico. Será que você é o único vassalo dessa dama da foice? Eu também sou, e aquele ali, e um terceiro, um quarto, Martin, Philippe! A morte não tem respeito por ninguém. É tão atrevida que condena, mata, e pega indistintamente papas, imperadores e reis, assim como prebostes, policiais e outros canalhas do gênero. Portanto, não se aflija por fazer o que todos os outros farão mais tarde; a situação deles é mais deplorável que a sua; pois, se a morte é um mal, só é mal para aqueles que têm de morrer. Assim, você só sofrerá mais um dia desse mal, e a maioria dos outros sofrerá vinte ou trinta anos, e ainda mais. Um antigo dizia: 'A hora que lhe deu a vida já a diminuiu'. Você está na morte enquanto está na vida, pois quando não está mais em vida você está depois da morte; ou, melhor dizendo, e para melhor terminar: a morte não lhe concerne nem morto nem vivo, vivo porque você existe, morto porque não existe mais! Que esses argumentos lhe bastem, meu amigo, para encorajá-lo a beber esse absinto sem fazer careta, e daqui até lá medite ainda sobre um belo verso de Lucrécio, cujo sentido é o seguinte: 'Viva tanto tempo quanto puder, você nada tirará da eternidade da sua morte!'."

Depois dessas belas máximas, a quintessência dos antigos e dos modernos, todas sutis e sofisticadas segundo o gosto desse século, mestre Gonin levantou sua lanterna, bateu na porta da solitária, que o carcereiro foi abrir, e as trevas tornaram a cair sobre o prisioneiro como uma chapa de chumbo.

XIII. QUANDO O AUTOR TOMA A PALAVRA

As pessoas que desejarem saber todos os detalhes do processo de Eustache Bouteroue encontrarão os autos nos *Arrêts mémorables du Parlement de Paris*, que estão na biblioteca dos manuscritos, cuja pesquisa o senhor Paris facilitará com sua solicitude de praxe. Seguindo a ordem alfabética, esse processo está imediatamente antes do processo do barão de Bouteville, muito curioso também por causa da singularidade de seu duelo com o marquês de Bussi, no qual, para melhor desafiar os éditos, ele foi expressamente da Lorena a Paris e duelou na própria Place Royale, às três horas da tarde, e no próprio dia de Páscoa (1627). Mas não é disso que se trata aqui. No processo de Eustache Bouteroue só se fala do duelo e das ofensas ao oficial de justiça, e não do feitiço mágico que ocasionou toda essa desordem. Entretanto, uma nota anexada aos outros documentos remete ao *Recueil des histoires tragiques de Belleforest* (edição publicada em Haia, pois a de Rouen está incompleta); e é aí que estão os detalhes que nos resta fornecer sobre essa aventura, a que Belleforest intitula de modo muito feliz: *A mão possuída.*

XIV. CONCLUSÃO

Na manhã de sua execução, Eustache, transferido para uma cela mais iluminada que a outra, recebeu a visita de um confessor, que lhe resmungou algumas consolações espirituais de tão bom gosto quanto as do cigano, e que não produziram efeito melhor. Era um clérigo dessas boas famílias em que um dos filhos é sempre um abade que usa o próprio sobrenome familiar; usava uma grande gola bordada, tinha a barba encerada e torta, em forma de ponta de fuso, e um desses bigodes que se chamam ganchos, elegantemente levantado para cima; seus cabelos eram muito crespos e ele afetava uma fala meio melosa, para realçar sua linguagem empolada. Eustache, ao vê-lo tão superficial e engalanado, não teve coragem de confessar toda a sua culpa e confiou em suas próprias orações para conseguir o perdão.

O padre lhe deu a absolvição, e, para passar o tempo, pois tinha de ficar até duas horas ao lado do condenado, apresentou-lhe um livro chamado *As lágrimas da alma penitente, ou o Retorno do pecador ao seu Deus.* Eustache abriu o volume na primeira página, na qual se via o "Privilégio do Rei" que autorizava a publicação, e começou a lê-lo, muito compungido, a partir de "Henrique, rei de França e de Navarra, aos nossos amados e devotados" etc., até a frase "considerando essas causas, desejando tratar favoravelmente o exponente supracitado...". Aqui, não aguentou e se debulhou em lágrimas, e devolveu o livro dizendo que era muito emocionante e que ele tinha muito medo de se enternecer caso prosseguisse a leitura. Então o confessor tirou do bolso um baralho muito bem pintado, e propôs a seu penitente jogarem umas partidas, nas quais ele ganhou um pouco do dinheiro que Javotte tinha passado a Eustache a fim de que pudesse ter algum consolo. O pobre homem não pensava muito no jogo, mas é verdade que também não se sensibilizou com a perda.

Às duas horas saiu do Châtelet, tremendo de medo enquanto dizia os pai-nossos do padre, e foi conduzido à praça Des Augustins, entre as duas arcadas que formam a entrada da rua Dauphine e a cabeça da Pont-Neuf, onde foi honrado com um patíbulo de pedra. Mostrou bastante firmeza ao subir a escada, pois muita gente o olhava, já que aquela praça de execução era uma das mais frequentadas. Só que, como qualquer pessoa que protela ao máximo o momento de dar esse grande salto no vazio, no instante em que o carrasco se preparava para lhe passar a corda no pescoço, com tanta pompa como se fosse o velocino de ouro, pois as pessoas desse tipo, que exercem sua profissão diante do público, em geral fazem as coisas com muita destreza e até com muita graça, Eustache lhe pediu que esperasse um instante, a fim de que ainda rezasse duas orações a santo Inácio e a são Luís Gonzaga, santos que, entre todos os outros, tinha reservado para o fim, pois haviam sido beatificados naquele próprio ano de 1609, mas a resposta daquele homem foi que o público que lá estava tinha seus afazeres e que era de mau gosto fazê-los esperar por um espetáculo tão pequeno como um simples enforcamento; a corda que, nesse meio-tempo, ele ia apertando, ao empurrar Eustache para fora da escada cortou no meio a sua resposta.

Garante-se que, quando tudo parecia terminado e o carrasco estava indo para casa, mestre Gonin apareceu num vão de janela do Château-Gaillard, que dava para o lado da praça. Embora o corpo do alfaiate estivesse perfeitamente pendurado e inanimado, na mesma hora seu braço se levantou e sua mão se agitou alegremente, como o rabo de um cachorro que revê seu dono. Isso fez subir da multidão um longo grito de surpresa, e os que já estavam andando para ir embora voltaram às pressas, como essas pessoas que imaginam que a peça terminou quando ainda resta um ato.

O carrasco recolocou sua escada, apalpou os pés do enforcado atrás dos calcanhares: o pulso não batia mais; cortou uma artéria, o sangue não jorrou, e, no entanto, o braço continuava seus movimentos desordenados...

O homem, embora rubro, não se assustava com pouca coisa; fez questão de subir nos ombros de seu morto, enquanto a plateia dava gritos; mas a mão tratou seu rosto cheio de espinhas com a mesma irreverência que demonstrara com mestre Chevassut, de tal modo que, xingando Deus, o homem puxou um facão que sempre usava debaixo da roupa e com dois golpes ceifou a mão possuída.

Ela deu um pulo extraordinário e caiu, ensanguentada, no meio da multidão, que se afastou apavorada; então, dando vários outros pulos, graças à elasticidade de seus dedos, e como todos lhe abrissem passagem, em pouco tempo foi parar ao pé da torrinha do Château-Gaillard; depois, agarrando-se com seus dedos, como um caranguejo, nas asperezas e rachaduras da muralha, subiu até o vão da janela onde o cigano a aguardava.

Belleforest termina sua conclusão singular nesses termos: "Essa aventura anotada, comentada e ilustrada foi durante muito tempo o assunto de conversas da boa sociedade como também dos populares, sempre ávidos por relatos estranhos e sobrenaturais; mas talvez ainda hoje seja uma dessas boas histórias para divertir as crianças ao pé do fogo e que não devem ser levadas na brincadeira por pessoas graves e ponderadas".

Tradução de Rosa Freire D'Aguiar

NATHANIEL HAWTHORNE

O jovem Goodman Brown

("Young Master Brown", 1835)

O fantástico puritano da Nova Inglaterra nasce da obsessão pela danação universal, que triunfa no terrível sabá deste conto. Todos os habitantes do vilarejo — inclusive os mais carolas — são bruxos! Não por acaso, Nathaniel Hawthorne (1804-64) era descendente de um dos juízes que condenaram as bruxas de Salem. Neste conto, seguramente o mais revelador da religiosidade desesperada do autor, o sabá é representado segundo a imagem que dele faziam os inquisidores (com um interessante sincretismo com os rituais mágicos dos hindus), terminando por envolver toda a sociedade puritana que os inquisidores queriam salvar.

Antes de Poe — e às vezes do melhor Poe —, Hawthorne foi o grande narrador fantástico dos Estados Unidos.

———————•———————

E nquanto saía para a rua, no pôr do sol da aldeia de Salem, o jovem Goodman Brown voltou a cabeça, depois de atravessar a soleira, para trocar um beijo de despedida com sua jovem esposa. E Faith, como era justamente o nome dela, esticou o pescoço em direção ao passeio, deixando o vento brincar com as fitas rosa de seu chapéu enquanto chamava por Goodman Brown.

"Meu amor," sussurrou ela, débil e muito tristemente, quando seus lábios estavam perto do ouvido dele, "termina o que deves fazer antes do nascer do sol e vem dormir na tua própria cama esta noite. Uma mulher solitária se vê tão tomada de sonhos e pensamentos que teme às vezes até a si mesma. Vem rezar comigo esta noite, querido esposo, como em todas as noites do ano."

"Meu amor e minha Faith", respondeu o jovem Goodman Brown, "apenas esta noite, de todas as noites do ano, estaremos separados. Preciso começar e terminar esta minha missão, como a chamas, entre o ocaso e o nascer do sol. O que, minha querida, minha bela esposa, te faria desconfiar de mim, nós que não temos senão três meses de casamento?"

"Então, Deus te abençoe!", disse a Faith das fitas rosa; "e sabe que tudo vai estar em ordem na tua volta."

"Amém!", respondeu Goodman Brown. "Reza, querida Faith, e vai te deitar com o crepúsculo. Nada de mau vai te acontecer."

Então eles se separaram; e o jovem tomou seu caminho. Já quase para virar a esquina, ele olhou para trás e viu que Faith o olhava com certa melancolia, apesar das fitas rosa.

"Pobre Faith!", pensou com o coração combalido. "Sou um desgraçado por deixá-la por tal coisa! E ela ainda me fala de sonhos. Seu rosto, enquanto falava, pareceu-me preocupado, como se um sonho a tivesse advertido do que está para acontecer esta noite. Ora, não, não; tal pensamento a mataria. Ora, ela é um anjo abençoado que veio a este mundo; e depois desta noite vou me agarrar a ela e segui-la até o céu."

Com esse honroso plano para o futuro, Goodman Brown sentiu que tinha justificativas para apressar-se ainda mais no diabólico empreendimento. Assim, tomou uma estrada deserta, cuja escuridão era causada por árvores lúgubres que quase não davam passagem. O caminho era o mais solitário possível e trazia em si a peculiaridade desses lugares: o viajante não percebia que talvez pudesse ser observado entre inúmeros troncos e galhos fundos e altos; assim, havia a chance de suas solitárias pegadas estarem passando por uma multidão invisível.

"Por trás de cada árvore pode estar um selvagem cruel", murmurou Goodman Brown; acrescentando com um sorriso: "Vai que o próprio Diabo esteja atrás de mim!".

Antes de virar uma curva, voltou-se para trás. Depois, adiante, avistou a silhueta de um homem, em trajes sérios e decentes, sentado ao pé de uma velha árvore. O vulto levantou-se ao ver Goodman Brown se aproximar e pôs-se a caminhar a seu lado.

"Você está atrasado, Goodman Brown", disse o outro. "Quando atravessei Boston o relógio de Old South estava soando, e isso foi há uns bons quinze minutos."

"Faith me atrasou um pouco", respondeu o rapaz, com a voz meio trêmula por causa do encontro, aliás não inteiramente inesperado.

A floresta escurecera muito e os dois agora estavam para entrar na região mais afastada. Se pudessem ser vistos de perto, o segundo viajante aparentaria mais ou menos cinquenta anos, provavelmente era da mesma classe social que Goodman Brown, e se parecia muito com ele, ainda que mais nos gestos que na aparência. Mesmo assim eles poderiam ser tomados por pai e filho. E ainda, apesar de o mais velho estar vestido da maneira simples do outro, e ter também os gestos simples, tinha o indescritível ar de quem conhece as coisas do mundo e não se intimida ao sentar à mesa de jantar do governador ou ir à corte do rei William, se fosse possível que seus negócios o chamassem àqueles lugares. Mas, sobre ele, a única coisa que podia ser considerada digna de nota era o cajado, cuja curvatura era a perfeita imagem de uma grande cobra negra, tão engenhosamente forjado que poderia mesmo ser vista enrolar-se e retorcer-se como uma serpente viva. Com certeza, tratava-se de uma ilusão de óptica causada pela escassez de luz do lugar.

"Vamos, Goodman Brown", gritou seu colega de viagem, "estamos no início de uma jornada. Pegue meu cajado, se você for se cansar logo."

"Amigo", disse o outro, parando, "combinamos de nos encontrar aqui e é daqui que eu volto. Tenho escrúpulos que me impedem de seguir adiante com a sua proposta."

"O que você está dizendo?", respondeu o da serpente, sorrindo um pouco à frente. "Vamos continuar andando e eu vou convencê-lo a não voltar. Além do mais, quase não avançamos pela floresta."

"É muito longe! É muito longe!", exclamou Brown, voltando a caminhar sem perceber. "Meu pai nunca andou na floresta feito um vagabundo e nem o pai dele. Somos uma linhagem de homens honestos e bons cristãos desde os dias do martírio; e eu serei o primeiro dos Brown a andar por este lugar."

"Meu caro, não diga uma coisa dessas", observou o homem mais velho, tratando de parar. "Bendito, Goodman Brown! Sou tão íntimo de sua família, a ponto de quase ser eu mesmo um Puritano; para mim é fácil dizer certas coisas. Ajudei o seu avô, o encarregado, quando ele prendeu a mulher quacre tão habilmente através das árvores de Salem; e acompanhei de muito perto seu pai quando ele ateou fogo a uma aldeia de selvagens, na guerra do rei Filipe. Éramos bons amigos, os dois; e tivemos caminhadas agradáveis por aqui, voltávamos felizes depois da meia-noite. Até por respeito a eles eu gostaria de ser seu amigo."

"Se for mesmo como você diz", respondeu Goodman Brown, "admira-me que eles nunca tenham me falado sobre isso; ou melhor, talvez não, já que o menor rumor sobre tal coisa os expulsaria da Nova Inglaterra. Somos um povo de fé e boas ações, não toleramos tais vícios."

"Vícios ou não", disse o andarilho do cajado retorcido, "tenho ótima fama aqui na Nova Inglaterra. Os diáconos de muitas igrejas bebem em minha companhia o vinho da comunhão; os melhores homens de diversas cidades fazem-me seu representante; e a maior parte das duas cortes principais apoia firmemente os meus interesses. O governador e eu, também — mas esses são segredos de Estado."

"Como pode ser isso?", exclamou Goodman Brown, arregalando os olhos, cheio de espanto com sua inabalável companhia. "No entanto, eu não tenho nada a fazer com o governador e o conselho; eles têm suas próprias práticas, e não estão preocupados com um simples homem casado como eu. Mas, se eu continuar contigo, como poderei olhar para o nosso bom e velho pastor da aldeia de Salem? Oh, eu tremeria diante de sua voz tanto no sabá como no dia do sermão."

Mesmo um pouco afastado, o outro ouvia com seriedade, mas no final colocou-se a rir com tal violência que seu cajado em forma de cobra parecia balançar acompanhando-o.

"Ah! Ah! Ah!", riu longamente, para depois se recompor. "Bom, vamos, Goodman Brown, vamos; mas, por Deus, não me mate de rir."

"Bom, e para terminar esse assunto de uma vez", disse Goodman Brown, consideravelmente irritado, "há a minha esposa, Faith. Tudo isso destruiria o coraçãozinho dela, e antes eu arrancaria o meu próprio."

"Não, isso de jeito nenhum", respondeu o outro, "continue. Nem por vinte senhoras, como a que cruza o nosso caminho, eu permitiria que Faith sofresse algum dano."

Enquanto falava, ele apontou o cajado para um vulto feminino no caminho, e Goodman Brown reconheceu uma dama muito pia e exemplar, que lhe tinha ensinado o catecismo na juventude e era ainda sua conselheira moral e espiritual, junto com o pastor e o diácono Gookin.

"É um verdadeiro espanto encontrar Goody Cloyse no meio da floresta a esta hora da noite", disse ele. "Mas, com a sua permissão, amigo, vou pegar um atalho pelas árvores até que possamos ultrapassar essa mulher cristã. Como não o conhece, ela pode perguntar quem era a minha companhia e para onde eu estava indo."

"Faça isso", disse seu companheiro. "Vá pelas árvores e me deixe tomar o meu caminho."

Com isso o jovem foi para o outro lado, mas não deixou de olhar para seu companheiro, que ia calmamente ao longo da estrada até ficar a um cajado de distância da velha dama. Ela, nesse meio-tempo, andava o mais rápido que podia, com singular velocidade para uma mulher daquela idade, e murmurava algumas palavras incompreensíveis — uma prece, sem dúvida. O viajante estendeu seu cajado e tocou-lhe o pescoço nervoso com o que parecia ser o rabo da serpente.

"Que diabo!", gritou a piedosa mulher.

"Então Goody Cloyse conhece meu amigo?", notou o jovem, vendo que ela se apoiava no bastão contorcido.

"Ah, cavalheiro, é o senhor mesmo?", gritou a boa dama. "Claro, é o senhor, e na antiga aparência do velho fofoqueiro, Goodman Brown, o avô do garoto bobo. Mas — o senhor acreditaria nisso? — meu cajado estranhamente desapareceu, roubado, como eu suspeito, por aquela bruxa louca, a Goody Cory, e que, também, quando eu estava toda ungida com suco de aipo, folhas de cinco pontas, e osso de lobo..."

"Misturado com bom trigo e gordura de criança recém-nascida", disse a forma do velho Goodman Brown.

"Ah, o senhor conhece a receita!", gritou a velha, gargalhando alto. "Então, como eu estava dizendo, com tudo pronto para o encontro, e nenhum cavalo à disposição, eu me animei a andar; pois me disseram que há um belo jovem para ser iniciado esta noite. Mas agora o senhor me levará pelo braço, e sairemos daqui em um minuto."

"Não", respondeu o amigo dela. "Eu não posso levá-la pelo braço, Goody Cloyse; mas aqui está meu cajado, se você quiser."

Com isso, o homem jogou-o aos pés dela, onde tomou vida própria, já que se tratava de uma das varas emprestadas por feiticeiros egípcios. Disso, contudo, Goodman Brown não pôde tomar conhecimento. Surpreendido, ele fechara os olhos e, voltando a abri-los, não viu nem Goody Cloyse nem o cajado de serpente, mas seu companheiro de passeio sozinho, que esperava calmamente por ele como se nada tivesse acontecido.

"Aquela velha mulher ensinou-me o catecismo", disse o jovem; e havia um mundo de significados nesse simples comentário.

Eles continuaram a caminhar, enquanto o mais velho exortava seu companheiro a se apressar e tomar a direção certa, falando com tal veemência que os argumentos dele pareciam mesmo jorrar do seu peito em vez de terem sido pensados por ele próprio. Enquanto iam, ele pegou um galho de árvore para servir de apoio, e os dois começaram a retirar os raminhos e pequenos caules, que estavam molhados com o sereno da noite. No momento em que encostaram os dedos, como se fosse o brilho comum do sol, eles se tornaram estranhamente murchos e secos. Dessa forma o par continuou, em boas passadas, até que surpreendentemente, em uma clareira escura da estrada, Goodman Brown sentou-se no toco de uma árvore e se recusou a continuar.

"Amigo", disse ele obstinadamente, "estou decidido. Não dou um passo adiante nessa perversão. Então, porque aquela mulher desgraçada escolheu o rumo do inferno enquanto eu pensava que ela estava indo para o céu, devo eu também abandonar a minha querida Faith para ir atrás dela?"

"Você terá oportunidade para pensar melhor nisso", seu companheiro disse com toda a calma. "Sente-se aqui e descanse um pouco; e quando você sentir que pode continuar novamente, meu cajado o ajudará no caminho."

Sem outras palavras, ele jogou ao seu companheiro o galho da árvore e desapareceu como se tivesse sido tragado pela profunda escuridão. O jovem sentou-se uns poucos momentos à beira da estrada para refletir e pensar que deveria ter a consciência limpa para encontrar o pastor em sua caminhada matinal, e também não precisar recuar dos olhares do velho diácono Gookin. E como ele dormiria pura e docemente nos braços de Faith o resto daquela noite, até ali tão imoral! Enquanto pensava naqueles momentos agradáveis e louváveis, Goodman Brown ouviu a batida dos cavalos ao longo da estrada, e achou prudente se esconder à beira da floresta, consciente do condenável propósito que o havia levado tão longe, ainda que agora estivesse felizmente voltando.

Junto com as ferraduras dos cavalos e os ruídos dos homens, duas vozes graves podiam ser distinguidas, como se estivessem muito perto. A confusão de sons parecia estar a pouca distância de onde o jovem se escondera; mas, por causa sem dúvida da escuridão profunda naquele ponto em particular, nem os viajantes nem seus companheiros eram visíveis. Ainda que suas silhuetas tocassem os galhos mais baixos do caminho, eles não cruzariam nem sequer com o débil brilho de uma listra do céu estrelado. Goodman Brown alternadamente dobrava os joelhos e ficava na ponta dos pés, puxando os galhos e estendendo sua cabeça na escuridão sem discernir mais que uma sombra. Aquilo o incomodava muito, porque ele podia ter jurado, fosse tal coisa possível, que reconhecera as vozes do pastor e do diácono Gookin, movendo-se lenta e pesadamente, como faziam ao se reunir para alguma ordenação ou concílio eclesial. Enquanto ouvia, um dos cavaleiros parou para apanhar um galho.

"Dos dois, senhor reverendo", disse a voz semelhante à do diácono, "eu não trocaria um jantar pelo encontro desta noite. Disseram-me que alguém da nossa comunidade de Falmonth e arredores viria para cá, e outros de Connecticut e Rhode Island, além de muitos curandeiros da selva, que, por causa de sua atividade, sabem mais de coisas diabólicas do que o melhor de nós. Além de tudo, há uma formosa jovem para ser tomada em comunhão."

"Concordo, diácono Gookin!", respondeu em tom solene o pastor. "Corra, ou vamos nos atrasar. Nada pode ser feito, você sabe, até que eu chegue."

As ferraduras fizeram barulho novamente; e as vozes, tão estranhas no ar vazio, passaram pela floresta, onde igreja nenhuma havia até ali sido congregada ou mesmo um cristão solitário, orado. Para onde, então, poderiam esses santos homens estar indo tão longe no vazio pagão? O jovem Goodman Brown se segurava nas árvores para não cair no chão, desfalecido e pressionado pela pesada dor de seu coração. Ele olhou para o alto, duvidando se realmente havia um céu sobre ele. Mas lá estavam o arco azul e as estrelas brilhando.

"Com o céu sobre mim e Faith ao meu lado, vou me manter firme contra o diabo!", gritou Goodman Brown.

Enquanto ele ainda olhava fixamente o profundo arco do firmamento e erguia suas mãos para orar, uma nuvem, embora nenhum vento soprasse, se precipitou no zênite e escondeu as estrelas brilhantes. O céu azul estava ainda visível, exceto diretamente sobre ele, onde essa massa preta de nuvem deslizava rapidamente para o norte. Das profundezas das nuvens, suspenso no ar, veio um confuso e duvidoso som de vozes. Depois, ele achou que estava identificando a voz de algumas pessoas da aldeia, homens e mulheres, os pios e os perversos, muitos dos quais ele encontrara na mesa de comunhão; e outros vira em orgias na taverna. No instante seguinte, tão confusos eram os sons, ele acabou duvidando se tinha mesmo ouvido qualquer coisa além do murmúrio da velha floresta, ainda que não houvesse vento nenhum. Então o barulho das vozes familiares aumentou, as mesmas que ele ouvia diariamente no brilho do sol em Salem, mas nunca até então durante a noite. Ouvia-se a voz de uma jovem mulher se lamentando, com incerto pesar, e pedindo por algum favor, que talvez lhe fosse um desgosto obter; e toda a invisível multidão, os santos e os pecadores, parecia encorajar o avanço dela.

"Faith!", gritou Goodman Brown, em uma voz de agonia e desespero; e os ecos da floresta arremedavam-no, gritando "Faith! Faith!", como se muitos infelizes a estivessem caçando por toda a selva.

O grito de dor, fúria e terror ecoava noite adentro, quando o desgraçado marido prendeu a respiração, esperando por uma resposta. Houve um berro, transformado imediatamente em um alto murmúrio de vozes, e uma risada distante, enquanto a nuvem escura deslizava, abrindo para Goodman Brown um céu claro e silencioso. Mas alguma coisa presa ao ramo de uma árvore se agitava levemente no ar. O jovem estendeu o braço e viu que era uma fita rosa.

"Minha Faith se entregou!", gritou ele, depois de um momento de espanto. "O bem não existe no mundo; e o pecado é só uma palavra. Venha, diabo; o mundo é seu."

E, enfurecido pelo desespero, Goodman Brown riu alta e longamente, pegou seu cajado e se pôs outra vez adiante, agora como se estivesse voando ao longo do caminho da floresta e não andando ou correndo. A estrada se abria mais selvagem e lúgubre e ainda mais tenuemente desenhada, e sumia à frente, deixando-o no coração da selva escura, ainda correndo animado pelo instinto que guia o homem mortal para o mal. A floresta inteira estava povoada de sons pavorosos — o crepitar das árvores, o uivo das feras selvagens e o brado dos índios. Às vezes o vento fazia o som do dobre do sino de uma igreja distante. De vez em quando um ruído se levantava bem ao seu lado, como se toda a natureza estivesse rindo dele. Mas a visão mais horrível da cena era ele próprio. O resto não o acovardava.

"Ah! Ah! Ah!", Goodman Brown riu enquanto o vento zombava dele. "Vamos ver quem vai rir mais alto. Não pensem em me assustar com sua perversidade.

Venham, bruxas; aproximem-se, feiticeiras; curandeiros, adiantem-se; que venha o próprio diabo, eis aqui Goodman Brown. Ele pode tanto temer quanto ser temido."

Na verdade, não havia nada na floresta mal-assombrada mais assustador que a figura de Goodman Brown. Ele se atirava entre os pinheiros negros, brandindo seu cajado com gestos frenéticos, depois gritava uma horrível blasfêmia e gargalhava de um jeito que os ecos da floresta pareciam rir como demônios ao redor dele. O diabo em sua própria forma é menos hediondo do que quando se alastra no peito do homem. Dessa maneira aquela imagem demoníaca fez mais rápido o seu caminho até ver, tremendo entre as árvores, uma luz vermelha, como se os troncos caídos e os galhos de uma clareira estivessem sendo colocados no fogo. A lúgubre chama apontava para o céu, era meia-noite. Ele parou, em uma calmaria da tempestade que o levara adiante, e ouviu o ruído do que parecia ser um hino entoado ao longe com o peso de muitas vozes. Ele conhecia a melodia; o coro da congregação da aldeia sempre a entoava. O som diminuía lentamente e se estendia por um grupo de cantores, não de vozes humanas, mas de todos os sons misturados em uma confusa harmonia. Goodman Brown gritou, mas seu grito se perdeu naquela confusão.

Em um momento de silêncio ele foi atrás de luz para iluminar os olhos. Na extremidade de um lugar aberto, à frente de uma parede escura da floresta, havia uma pedra que guardava certa semelhança rude e natural com um altar ou um púlpito, contornada por quatro pinheiros brilhando, com a copa em chamas e o caule intocado, como as velas em um culto macabro. A massa de musgo que crescera sobre a pedra pegava fogo, queimando fundo na noite e irregularmente iluminando o campo inteiro. Cada raminho e cada tufo de folha queimava. Como a luz vermelha crescia e diminuía, uma numerosa congregação alternadamente brilhava ao longe, e depois desaparecia na sombra, e novamente aparecia, como se quisesse fugir da penumbra e povoar o coração das árvores solitárias.

"Aqui está uma assembleia séria e desgraçadamente infeliz", Goodman Brown falou para si mesmo.

Na verdade era isso mesmo. No meio deles, tremulando para a frente e para trás entre o lusco-fusco e a luz, estavam alguns rostos que seriam vistos no dia seguinte no conselho da província, e outros que, sabá após sabá, pareciam devotadamente celestiais, e muito pios no banco da igreja do mais santo púlpito da região. Alguns afirmam que a senhora do governador estava lá. No mínimo, podiam ser vistas altas damas bem próximas a ela, e esposas de honrados cavalheiros, e uma enormidade de viúvas, e antigas virgens, todos de excelente reputação, e respeitadas senhoritas, que tremiam de receio de que suas mães as vissem. Além disso, o surpreendente bruxuleio da luz brilhando sobre o obscuro campo deixou Goodman Brown muito confuso, ou talvez ele mesmo tenha reconhecido um grupo de membros da igreja de Salem famosos por sua especial santidade. O diácono Gookin chegara, e esperava paramentado, como também o seu venerável santo, pastor e reverendo. Mas, acompanhando muito irreverentemente essas graves, reputadas e pias pessoas, esses anciões da igreja, as damas castas e as virgens orvalhadas, lá estavam homens de vida dissoluta e mulheres de larga fama, infelizes lançados a toda vilania e vícios imundos, e suspeitos inclusive de crimes terríveis. Era estranho ver que as pessoas honradas não fugiam da companhia dos sujos, nem os santos deixavam os pecadores envergonhados. Espalhados também entre os rostos pálidos estavam os sacerdotes selvagens, os curandeiros, que sempre amedrontam a floresta nativa com encantos mais temíveis do que a mais conhecida feitiçaria inglesa.

"Mas onde está Faith?", pensou Goodman Brown; e na mesma hora que seu coração se enchia de esperança, ele tremeu.

Outro verso do hino pôde ser ouvido, uma vaga e pesarosa melodia, como o sagrado amor, mas acompanhado de palavras que expressam tudo o que a nossa natureza pode conceber, e no caso com o maior exagero possível, de pecaminoso. A mitologia dos demônios é inatingível para meros mortais. O coro da imensidão acompanhava os versos como o mais profundo tom de um potente órgão, e, para encerrar, ouviu-se um desagradável barulho, algo semelhante ao uivo do vento, aos rios se precipitando, aos animais ganindo e a todas as outras vozes da selva alucinada; era como se um homem culpado estivesse prestando tributo ao soberano. Os quatro pinheiros queimando levantavam uma chama mais leve, e obscuramente denunciavam formas e semblantes de horror na grinalda de fumaça sobre a ímpia reunião. No mesmo momento o fogo sobre a pedra avermelhou-se mais e formou um arco resplandecente sobre a base, onde agora surgia um vulto. Falando com toda a veneração, o vulto não tinha muita semelhança, tanto na roupa quanto nos gestos, com qualquer uma das altas autoridades da Igreja da Nova Inglaterra.

"Que venham os conversos!", gritou uma voz que ecoou através do campo e perdeu-se na floresta.

Com aquilo, Goodman Brown deu um passo na sombra das árvores e aproximou-se da congregação, da qual sentiu uma relutante proximidade pela simpatia daqueles que para ele eram imorais. Ele podia jurar que a forma de seu próprio pai pedia-lhe que avançasse, olhando para além da grinalda de fumaça, enquanto uma mulher, com as feições embaçadas pelo desespero, ergueu as mãos para aconselhá-lo a voltar. Seria sua mãe? Mas ele não conseguia retroceder um passo sequer, nem para resistir, mesmo em pensamento, quando o pastor e o bom e velho diácono Gookin pegaram-no pelos braços e o guiaram até a pedra em chamas. Goody Cloyse, aquela pia professora de catecismo, e Martha Carrier, que tinha recebido a promessa do diabo de ser a rainha do inferno, guiaram para aquele mesmo lugar uma mulher cujas feições estavam ocultas. Tratava-se de uma megera ensandecida. Os prosélitos estavam todos em pé debaixo do fogo.

"Bem-vindos, meus filhos", disse a figura sombria, "à comunhão com o seu povo. Nós descobrimos a sua jovem natureza e seu destino. Meus filhos, olhem para trás!"

Ele se voltou; e, lampejando adiante, como se estivesse em chamas, um sorriso de boas-vindas brilhava lugubremente no rosto de cada um dos adoradores do demônio.

"Ali estão", adiantou a forma obscura, "todos os que vocês reverenciam desde a infância. Nem eles se consideram tão santos. Vocês se abalavam com seus pecados, comparando-os com a vida deles, cheios de virtudes e aspirações de santidade celestial. Pois aqui estão todos na minha reunião de adoração. Vocês poderão conhecer nesta noite a vida secreta deles: como velhos de barba grisalha da igreja murmuram travessuras para as jovens virgens de sua casa; como uma mulher, ávida pela erva daninha da viuvez, deu ao seu marido uma bebida na hora de se deitar e deixou-o dormir o último sono em seu ombro; como jovens imberbes apressam a herança da fortuna dos pais; e como donzelas honestíssimas — sem chorar, meigas — abrem pequeninas covas no jardim, e me convocam, a única testemunha, para um funeral de criança recém-nascida. Em todos os lugares farejamos a simpatia pelo pecado — na igreja, no quarto, na rua, no campo ou na floresta — onde um crime for cometido, a terra inteira se enche de culpa, essa poderosa nódoa de sangue. Muito mais longe do que isso: é como descobrir, em cada peito, o profundo mistério do pecado, a fonte de todas as artes malignas, e às quais, sem exaustão, fornecem mais impulsos ruins do que o poder humano

— do que o meu mais forte poder — de fato se manifesta. E agora, minhas crianças, olhem um para o outro."

Foi o que fizeram; pelas chamas das tochas parecidas com o inferno, o desgraçado homem avistou a sua Faith, e ela, o seu marido tremendo atrás daquele altar cheio de pecado.

"Aí estão vocês, minhas crianças", disse o vulto, em um tom solene e profundo, um tanto triste com sua desesperada maldade, como se sua antiga natureza angélica já estivesse em pranto por nosso miserável povo. "Confiavam um no coração do outro, ainda tínhamos esperança de que a virtude fosse mais que um sonho. Agora não restam ilusões. O mal é a natureza do homem. O mal deve ser a sua única felicidade. Uma vez mais, crianças, bem-vindos à comunhão com seu povo."

"Bem-vindos", repetiam os adoradores do demônio, em um grito de desespero e triunfo.

E ali estavam eles, o único par, como parecia, que ainda hesitava em dar vazão às perversidades nesse mundo negro. Uma bacia foi escavada na pedra. Aquela luz flamejante era água vermelha? Ou sangue? Ou, por acaso, um líquido queimando? O vulto mergulhou a mão naquele lugar e preparou aos leigos a marca de batismo sobre suas testas, para que eles pudessem participar do mistério do pecado, e ficassem mais conscientes das culpas secretas dos outros, tanto no agir quanto no pensar, para que elas pudessem agora ser as suas também. O marido olhou sua pálida esposa, e Faith fixou-se nele. Quais pecados de um e de outro o próximo olhar lhes revelaria?

"Faith! Faith!", gritou o marido, "olhe para o céu e resista ao mal."

Se Faith obedeceu, Goodman Brown não sabe. Naquele mesmo momento ele achou a si mesmo na solidão da calma noite, ouvindo o bramido do vento que morria floresta adentro. Ele chocou-se contra a pedra, e a sentiu fria e úmida, enquanto um graveto, que tinha estado nas chamas, salpicava seu rosto com o mais frio sereno.

Na manhã seguinte Goodman Brown caminhou com vagar pelas ruas de Salem, olhando fixamente à roda como um homem desconcertado. O bom e velho pastor passeava ao longo do cemitério, para abrir o apetite para o café da manhã e meditar no sermão, e abençoou Goodman Brown. Ele recuou desse santo venerável como se quisesse evitar um anátema. O velho diácono Gookin estava no culto doméstico, e as palavras santas de sua prece podiam ser ouvidas pela janela aberta. "A que deus está rezando o bruxo?", disse Goodman Brown. Goody Cloyse, aquela excelente cristã, estava sob o sol da manhã na sua própria janela, catequizando uma garotinha que lhe havia trazido um pouco de leite recém-ordenhado. Goodman Brown agarrou violentamente a menina, como se a estivesse arrancando das garras do demônio; virando a esquina, ele viu a cabeça de Faith, com as fitas rosa, olhando ao longe com firmeza, e demonstrando tal alegria à vista dele que ela pulou para a rua e por pouco não beijou seu marido diante da aldeia inteira. Mas Goodman Brown olhou de um jeito triste e cortante para o seu rosto, e passou por ela sem um cumprimento sequer.

Teria Goodman Brown apenas caído na floresta e tido um pesadelo?

Acredite se você desejar; mas, ora! O jovem Goodman Brown teve um sonho de mau presságio. A partir daquela noite, ele se tornou um homem triste, desconfiado e estranhamente pensativo, para não dizer desesperado. No dia do sabá, quando a congregação estava cantando um salmo sagrado, uma canção pecaminosa soprava alto em sua orelha e afogava toda a melodia sagrada, impedindo-o de ouvir. Quando o pastor falava do púlpito com poder e férvida eloquência, e com a mão sobre a *Bíblia* aberta, explicando as verdades sagradas da nossa religião, e contando vidas santificadas e mortes triunfantes, pregando felicidades no futuro ou miséria indizível, Goodman Brown empalidecia, cheio de medo de que o telhado desabasse sobre o blasfemo grisalho e sua plateia. Sempre, acordando surpreendentemente no meio da noite, ele abandonava o peito de Faith; pela manhã ou ao crepúsculo, quando a família se ajoelhava para orar, ele franzia a testa, sussurrava consigo mesmo, encarando cortantemente sua esposa, e saía. E depois de viver muito, deixando à cova um corpo encanecido, secundado por Faith, uma mulher de idade, e pelos filhos e netos, uma graciosa procissão, além de muitos vizinhos, não foi esperançoso o epitáfio que gravaram sobre a lápide, pois ele morreu cheio de culpa e cercado de trevas.

Tradução de Ricardo Lísias

NIKOLAI VASSILIEVITCH GOGOL

O nariz

("Nos", 1835)

Até agora a nossa seleção se deteve em temas sinistros, macabros, horripilantes. Para mudar de clima e representar o humor visionário, aqui está um maravilhoso conto de Gogol, que desenvolve um dos temas dominantes na literatura fantástica: uma parte da pessoa se descola e age independentemente do resto do corpo. Mas não é esse achado que faz de "O nariz" uma obra-prima: é o brio, a inventividade e a imprevisibilidade que pululam em cada frase. O riso de Gogol, como se sabe, é sempre sutilmente amargo; vejam-se, por exemplo, as tentativas de regrudar no rosto o nariz reencontrado.

Em um ponto esta obra se destaca do "gênero": comumente o conto fantástico tem uma lógica interna inatacável, mas aqui Gogol felizmente despreza toda lógica, mais ainda que Hoffmann, que no entanto é o inspirador imediato dessa sua veia. Se tentarmos encontrar suas chaves simbólicas, veremos que esse nariz — assim como a sombra em Chamisso — não se deixa conter por nenhuma interpretação exclusiva. O conto é com certeza uma sátira do decoro hierárquico da burocracia russa; mas, dito isso, não se disse absolutamente nada.

A produção fantástica de Gogol (1809-52) caberia inteira numa antologia: das primeiras histórias camponesas de terror (como "Vij", o maravilhoso conto do seminarista seduzido pela bruxa) a um exemplo mais conforme à tipologia do fantástico romântico, como "O retrato", notável por suas duas versões (1835 e 1836) com diferentes intenções morais.

No dia 25 de março aconteceu em Petersburgo um fato extraordinariamente estranho. O barbeiro Ivan Iákovlievitch, residente na avenida Vosnesênski (o seu sobrenome perdera-se,* e até mesmo em sua placa — onde se viam um senhor com a bochecha ensaboada e a seguinte inscrição: "Faz-se também sangria" — não aparecia nada mais), o barbeiro Ivan Iákovlievitch acordou bastante cedo e sentiu o cheiro de pão quente. Soerguendo-se um pouco da cama, viu que sua esposa, uma senhora bastante respeitável e que gostava muito de tomar café, acabava de tirar os pães recém-assados do forno.

"Hoje, Prascóvia Óssipovna, eu não tomarei café", disse Ivan Iákovlievitch. "Em lugar disso, gostaria de comer pão quente com cebola. (Quer dizer, Ivan Iákovlievitch queria um e outro, mas sabia que era absolutamente impossível exigir duas coisas ao mesmo tempo, já que Prascóvia Óssipovna não gostava nada, nada daqueles caprichos.)

"Que coma o pão, o bobão; melhor pra mim", pensou consigo mesma a esposa, "vai sobrar uma porção a mais de café", e jogou um pão sobre a mesa.

Ivan Iákovlievitch, conforme mandava o bom-tom, vestiu fraque sobre o camisolão e, sentando-se à mesa, pôs o sal, preparou duas cabeças de cebola, pegou a faca na mão e, fazendo um gesto expressivo, pôs-se a cortar o pão. Cortando o pão em duas metades, deu uma olhada no meio e, para sua grande surpresa, viu algo esbranquiçado. Ivan Iákovlievitch remexeu cautelosamente com a faca e tocou com o dedo:

"Duro?", disse para si mesmo. "Que será isso?"

Meteu os dedos e tirou... um nariz... Ivan Iákovlievitch deixou cair os braços, começou a esfregar os olhos e a palpar: um nariz, realmente, um nariz! E ainda por cima pareceu-lhe não de todo estranho. O horror se refletiu no rosto de Ivan Iákovlievitch. Mas esse horror não foi nada, comparado com a indignação que se apoderou de sua esposa.

"Animal, de onde você cortou esse nariz?", gritou furiosa. "Vigarista! Bêbado! Eu mesma vou denunciar você à polícia. Que bandido! Eu já ouvi três

---

* Os nomes próprios completos em russo são formados de nome, patronímico e sobrenome (que indica a família a que pertence). No conto, Ivan é nome, Iákovlievitch é o patronímico (filho de Iákov), e o "sobrenome ele perdeu", segundo o narrador. (N. T.)

pessoas dizerem que quando você faz a barba puxa tanto os narizes que eles mal se aguentam."

A essa altura, Ivan Iákovlievitch estava mais morto do que vivo. Reconheceu que aquele nariz só podia ser do assessor de colegiatura Kovalióv,* de quem fazia a barba todas as quartas e domingos.

"Espera, Prascóvia Óssipovna! Vou colocá-lo num cantinho embrulhado num trapo: deixa ele ficar lá um pouquinho; depois eu tiro."

"Não quero nem ouvir! Acha que vou permitir que um nariz cortado fique no meu quarto? Seu torrada queimada! Só sabe é passar a navalha na correia, mas daqui a pouco não estará em condições nem mesmo de cumprir com seu dever, seu canalha, mulherengo! Acha que vou responder por você na polícia?... Ah! Sujo, burro como uma porta. Fora daqui! Leve-o para onde quiser! Não quero sentir nem o cheiro dele!"

Ivan Iákovlievitch ficou completamente abatido. Pensava, pensava, mas não sabia o que pensar.

"Só o diabo sabe como é que isso aconteceu", disse finalmente coçando atrás da orelha. "Teria eu voltado bêbado ontem, ou não? Já não sei ao certo, não. Mas, de qualquer maneira, tudo indica que é um acontecimento fora do comum; pois o pão é uma coisa assada, e o nariz não é nada disso. Não entendo mais nada!" Ivan Iákovlievitch calou-se. A ideia de que a polícia descobriria o nariz em sua casa e o culparia deixou-o completamente atordoado. Parecia que já estava até vendo a gola vermelha com bordados bonitos em prata, a espada... e ele tremia no corpo todo. Por fim, achou sua roupa de baixo e as botas, vestiu todos esses trapos e, acompanhado pelas duras invectivas de Prascóvia Óssipovna, embrulhou o nariz em um trapo e saiu para a rua.

Queria enfiá-lo em qualquer canto: ou num frade de pedra ao lado de algum portão, ou deixá-lo escapar da mão como que acidentalmente e aí virar logo numa esquina. Mas, para sua desgraça, estava sempre topando com algum conhecido que lhe perguntava de chofre:

"Para onde você está indo?" ou "De quem vai fazer a barba tão cedo?"

---

* Os diferentes cargos do funcionalismo russo na época eram designados por denominações bastante pomposas. O cargo de assessor de colegiatura (em russo, *асессор*) equivale no quadro militar ao grau de major. Graças à arbitrariedade da administração no Cáucaso, era o mais fácil de ser obtido. (N. T.)

Dessa maneira, Ivan Iákovlievitch não conseguia achar um minuto sequer de tranquilidade. Numa das vezes ele já tinha até deixado o nariz cair, quando uma sentinela de longe lhe fez sinais com a alabarda, dizendo:

"Ei! Pega lá! Você deixou cair alguma coisa!", e Ivan Iákovlievitch teve de pegar de novo o nariz e escondê-lo no bolso.

O desespero tomou conta dele, principalmente quando viu que o número de pessoas aumentava na rua à medida que começavam a abrir lojas e bazares.

Decidiu ir em direção à ponte Issakievski: será que não daria jeito de atirá-lo no Nievá?... Mas sinto-me um tanto culpado por não ter falado até agora sobre Ivan Iákovlievitch, homem de respeito, sob muitos aspectos.

Ivan Iákovlievitch, como todo artesão russo honrado, era um tremendo beberrão. E embora barbeasse o queixo dos outros todos os dias, o seu próprio estava eternamente sem barbear. O fraque de Ivan Iákovlievitch (Ivan Iákovlievitch nunca usava sobrecasaca) era malhado; quer dizer, era preto, mas estava todo coberto de manchas cinza e de um marrom amarelado; a gola brilhava e no lugar dos três botões só estavam penduradas as linhas. Ivan Iákovlievitch era um grande cínico e quando, na hora de barbear, o assessor de colegiatura Kovalióv lhe dizia: "Suas mãos, Ivan Iákovlievitch, sempre fedem!", então Ivan Iákovlievitch respondia com a seguinte pergunta: "E por que será que elas fedem?". "Não sei, irmãozinho. Só sei que fedem", dizia o assessor. E Ivan Iákovlievitch, em represália, depois de cheirar o tabaco, o ensaboava nas bochechas, debaixo do nariz, atrás da orelha e debaixo da barba, quer dizer, onde lhe dava na telha.

Esse cidadão respeitável já se encontrava na ponte Issakievski. Antes de mais nada, olhou atentamente para todos os lados, depois inclinou-se sobre o parapeito como se quisesse ver se eram muitos os peixes que nadavam sob a ponte, e aí jogou bem devagarinho o trapo com o nariz. Sentiu-se como se lhe tivessem tirado de cima dez *puds* de uma só vez:* Ivan Iákovlievitch até sorriu. E em vez de ir barbear o queixo dos burocratas, dirigiu-se a um estabelecimento que tinha o letreiro "Comida e Chá" para pedir um copo de ponche. Mas, de repente, notou na extremidade da ponte o inspetor do bairro, de aspecto imponente, costeletas compridas, chapéu triangular e espada. Ficou petrificado. Entrementes, o inspetor, fazendo-lhe um sinal com o dedo, lhe disse:

"Venha cá, meu caro!"

---

* *Pud* é uma antiga medida russa de peso: 1 *pud* = 16,3 quilos. (N. T.)

Ivan Iákovlievitch, reconhecendo o uniforme, tirou ainda de longe o boné e, aproximando-se com prontidão, disse:

"Tenha um bom dia, Excelência."

"Não, não, irmãozinho, nada de Excelência; mas, diga-me, o que você estava fazendo de pé ali na ponte?"

"Por Deus, senhor, eu fui fazer barbas e só dei uma olhada para ver se o rio corria bem."

"Está mentindo! Mentindo! Não é assim que vai se livrar, não. Faça o favor de responder."

"Eu posso fazer a barba de Vossa Excelência duas ou até três vezes por semana sem a mínima objeção", respondeu Ivan Iákovlievitch.

"Não, amigo, deixe de bobagem! Três barbeiros já me fazem a barba e consideram isso uma grande honra. Agora faça-me o favor de dizer o que estava fazendo ali."

Ivan Iákovlievitch empalideceu... Mas aqui o acontecimento fica completamente encoberto por uma névoa e não se sabe absolutamente nada do que se passou depois.

II.

O assessor de colegiatura Kovalióv acordou bastante cedo e fez brr... com os lábios, coisa que sempre fazia ao despertar, embora ele mesmo não soubesse explicar por qual motivo. Kovalióv espreguiçou-se e ordenou que lhe trouxessem um pequeno espelho que estava sobre a mesa. Só queria dar uma olhada na espinhazinha que tinha aparecido em seu nariz na noite anterior; mas, para sua imensa surpresa, viu que em vez de nariz havia uma superfície completamente lisa. Assustado, Kovalióv pediu água e esfregou os olhos com uma toalha: de fato, o nariz não estava lá! Começou a apalpar com a mão para se certificar de que não estava dormindo: não, não estava. O assessor de colegiatura Kovalióv pulou da cama e estremeceu: nada de nariz!... Ordenou que o vestissem imediatamente e saiu voando direto para a chefatura de polícia.

Enquanto isso é indispensável dizer alguma coisa sobre Kovalióv, para que o leitor possa saber de que espécie era esse assessor de colegiatura.

Não se pode comparar de nenhuma maneira os assessores de colegiatura que recebem esse título por meio de certificados acadêmicos com aqueles assessores de colegiatura que se fazem no Cáucaso. São duas espécies completamente diferentes. Os assessores de colegiatura acadêmicos... Ah! Mas a Rússia é uma terra tão maravilhosa que, se você falar de um assessor de colegiatura, todos os assessores de colegiatura, de Riga até Kamtchátka, imediatamente se sentirão atingidos. O mesmo se diga de todos os outros cargos e graus.

Kovalióv era um assessor de colegiatura caucasiano. Estava nesse cargo havia apenas dois anos e nem por um minuto podia se esquecer disso, e, para se atribuir ainda mais nobreza e peso, ele nunca se referia a si próprio como assessor de colegiatura, mas como major. "Escute, pombinha", dizia habitualmente ao encontrar uma mulher vendendo peitilhos na rua: "Vá à minha casa; meu apartamento é na Sadóvaia; pergunte apenas se mora ali o major Kovalióv e qualquer um vai lhe mostrar". Caso ele encontrasse alguma jeitosa, dava-lhe um bilhete secreto que dizia: "Você pergunta, benzinho, pelo apartamento do major Kovalióv". E é por isso mesmo que de agora em diante vamos chamar de major a esse assessor de colegiatura.

O major Kovalióv tinha o hábito de perambular todos os dias pela avenida Niévski. O colarinho de seu peitilho estava sempre extremamente limpo e engomado. Suas costeletas eram daquele tipo que ainda se pode ver nos agrimensores da província, nos arquitetos (mas só se forem russos), e também nos diferentes policiais, cumpridores de seu dever e, em geral, em todos aqueles machões* que têm bochechas cheias e coradas e sabem jogar bóston muito bem: essas costeletas passam exatamente pelo centro das bochechas e vão diretamente até o nariz. O major Kovalióv levava uma grande quantidade de sinetes de cornalina com brasões e com inscrições: quarta-feira, quinta-feira, segunda-feira etc. O major Kovalióv chegou a Petersburgo por necessidade, ou melhor, para procurar um posto mais condizente com seu cargo: se tivesse sorte, quem sabe, até de vice-governador, ou, pelo menos, de administrador de algum departamento de renome. O major Kovalióv não teria nada contra o casamento, desde que acontecesse de a noiva ter uma fortuna de 200 mil rublos. E, assim, o leitor pode avaliar agora em que situação se viu esse major quando percebeu que, em vez do seu nariz, certinho e nada feio, havia esse estúpido espaço, plano e liso.

---

* *Muj* literalmente significa marido, esposo e também homem. No conto, o emprego da palavra tem certa conotação pejorativa, e por isso a opção por "machões" em lugar de simplesmente "homens". (N. T.)

Para sua desgraça, não aparecia na rua nenhum cocheiro, e ele teve de ir a pé, envolto em sua capa, cobrindo o rosto com um lenço, fingindo que estava sangrando. "Quem sabe é apenas impressão minha, não pode ser que um nariz desapareça assim, de bobeira." Entrou numa confeitaria com o propósito de olhar-se no espelho. Por sorte, não havia ninguém lá; uns rapazinhos varriam as salas e colocavam as cadeiras; alguns deles, de olhos sonolentos, retiravam nas bandejas os pasteizinhos quentes; nas mesas e cadeiras estavam jogados os jornais da véspera manchados de café. "Bom, graças a Deus que não há ninguém", falou. "Agora posso olhar." Aproximou-se timidamente do espelho e deu uma olhada. "Com os diabos, que droga!", disse cuspindo... "Ainda se tivesse alguma coisa no lugar do nariz, mas nada!..."

Mordendo os lábios de ódio, saiu da confeitaria e decidiu, contrariando seu costume, não olhar nem sorrir para ninguém. De repente, ficou petrificado junto à porta de uma casa; diante de seus próprios olhos, ocorreu um fenômeno inexplicável: em frente à entrada uma carruagem parou; as portinholas se abriram e, inclinando-se um pouco, saltou um senhor de uniforme e subiu correndo a escada. E qual não foi o espanto e ao mesmo tempo a surpresa de Kovalióv quando reconheceu o seu próprio nariz! Diante desse espetáculo extraordinário pareceu-lhe que tudo girava diante de seus olhos; sentiu que mal podia se manter em pé. Mas, de qualquer modo, tremendo como que de febre, resolveu esperar que voltasse a carruagem. E, com efeito, ao cabo de dois minutos o nariz saiu. Usava um uniforme bordado em ouro, com uma gola alta, calças de camurça e uma espada do lado. Pelo chapéu de plumas podia-se concluir que ele se considerava um conselheiro de Estado. Tudo indicava que ia para algum lugar fazer visita. Deu uma olhada para ambos os lados e gritou ao cocheiro "Vamos!". Sentou-se e partiu.

O pobre Kovalióv quase perdeu o juízo. Não sabia o que pensar desse acontecimento tão estranho. Com efeito, como era possível um nariz que no dia anterior estava em seu rosto e que não podia correr nem andar, estar agora metido num uniforme! Pôs-se a correr atrás da carruagem que, por sorte, não tinha ido muito longe e havia parado bem em frente da catedral de Kazan.

Dirigiu-se apressado para a catedral, abriu caminho por entre uma fila de pobres velhinhas que tinham os rostos tão cobertos que só havia duas aberturas para os olhos, e das quais antes costumava rir tanto, e entrou na igreja. Eram poucos os fiéis lá dentro e estavam todos apinhados na entrada, junto à porta.

Kovalióv sentia-se tão desolado que não teve absolutamente forças para rezar e procurou com os olhos aquele senhor por todos os cantos. Por fim, viu-o de pé ao lado. O nariz escondera completamente o rosto numa gola grande e alta, e rezava com uma expressão de profunda devoção.

"Como me aproximar dele?", pensou Kovalióv. "Pelo uniforme, pelo chapéu, por tudo, parece que é um conselheiro de Estado. Com o diabo, como fazer?!"

Começou a tossir perto dele, mas o nariz nem por um minuto abandonou sua atitude devota e as reverências que continuava fazendo.

"Excelentíssimo senhor...", disse Kovalióv, esforçando-se por se mostrar mais animado. "Excelentíssimo senhor..."

"O que deseja?", respondeu o nariz, virando-se.

"É estranho, excelentíssimo senhor... me parece... o senhor deveria saber o seu lugar. E de repente o encontro justamente onde? Na igreja. O senhor há de convir..."

"Queira desculpar, mas não entendo o que o senhor está tentando me dizer. Explique-se."

"Como lhe explicar?!", pensou Kovalióv, e, recobrando o ânimo, recomeçou. "Bem, é claro, eu... aliás, eu sou major. O senhor há de convir que é inconveniente que eu ande sem nariz. Qualquer vendedora de laranjas descascadas na ponte Voskresênski pode ficar ali sentada sem nariz, mas um rosto que aspira ao cargo de governador, sem dúvida alguma... imagine o senhor mesmo... não sei, excelentíssimo senhor... (então o major Kovalióv encolheu os ombros)... me desculpe... mas se considerar isto de acordo com as regras do dever e da honra... o senhor mesmo poderá compreender..."

"Não estou entendendo absolutamente nada", respondeu o nariz. "Explique-se de forma mais conveniente."

"Excelentíssimo senhor...", disse Kovalióv com um sentimento de amor-próprio, "não sei como entender suas palavras... Aqui, tudo me parece muito claro... Ou, se o senhor quiser..., o senhor é o meu próprio nariz!"

O nariz olhou para o major, e suas sobrancelhas franziram-se um pouco.

"O senhor está enganado, cavalheiro. Eu sou eu mesmo. Além do mais, entre nós não pode haver nenhuma relação íntima. A julgar pelos botões de seu uniforme, o senhor deve pertencer ao Senado ou, quando muito, à Justiça; já eu, sou do Departamento de Instrução." Dizendo isso, o nariz deu as costas e continuou rezando.

Kovalióv sentia-se completamente desconcertado, sem saber o que fazer e nem mesmo em que pensar. Nesse momento, ouviu-se um ruído agradável de um vestido de mulher; aproximou-se uma senhora de certa idade toda envolta em rendas, acompanhada de uma jovem muito delicada, num vestido branco que desenhava com muita graça seu talhe esbelto, e com um chapéu cor de palha leve como um biscoito. Atrás delas parou e abriu uma tabaqueira um senhor alto, com grandes costeletas e uma dúzia inteira de golas.

Kovalióv se aproximou mais um pouco, pôs à mostra a gola de cambraia do peitilho, arrumou seus sinetes que pendiam da corrente de ouro e, sorrindo para os lados, concentrou sua atenção na frágil mulher que, como uma flor de primavera, se inclinava suavemente e levava à testa sua mãozinha branca de dedos diáfanos.

O sorriso no rosto de Kovalióv abriu-se ainda mais quando viu sob o chapéu o queixo redondinho de uma brancura radiante e uma parte de sua face coberta pela cor da primeira rosa da primavera. Mas, de repente, deu um salto para trás como se tivesse se queimado. Lembrou-se de que onde deveria haver um nariz não havia absolutamente nada, e as lágrimas brotaram em seus olhos. Virou-se rapidamente com o objetivo de dizer, sem rodeios, àquele senhor de uniforme que estava fingindo ser um conselheiro de Estado, que ele era um patife, um canalha e que era nada mais, nada menos de que seu próprio nariz... Mas o nariz já não estava lá: tinha tido tempo suficiente de escapulir, provavelmente para fazer alguma outra visita.

Isso levou Kovalióv ao desespero. Andou para trás e se deteve por um minuto diante da coluna, olhando minuciosamente para todos os lados para ver se encontrava o nariz em algum lugar. Lembrava-se perfeitamente de que o chapéu dele tinha plumas e o uniforme era bordado em ouro; mas não reparara nem no capote, nem na cor da carruagem, nem nos cavalos, tampouco se havia atrás dela algum lacaio e que libré vestia. De mais a mais, havia tantas carruagens correndo de um lado para outro e com tanta velocidade que se tornava difícil até mesmo distingui-las. E ainda que conseguisse identificar alguma delas, não teria meios para fazê-la parar.

O dia estava maravilhoso e ensolarado. Na avenida Niévski havia uma multidão de gente. Uma verdadeira cascata florida de damas derramava-se por toda a calçada desde a ponte da polícia até Ánitchikov. Lá estava um conselheiro da corte, conhecido seu, a quem chamava de tenente-coronel, especialmente se isso acontecia na presença de estranhos. Lá estava também Iárichkin, chefe de despa-

O NARIZ   195

cho no Senado, grande amigo seu que sempre dobrava o lance quando jogava um oito no bóston. E eis também um outro major que obteve esse grau no Cáucaso e que acenava para que ele fosse lá...

"Mas que diabo!", disse Kovalióv. "Ei, cocheiro, direto ao comissário de polícia!"

Kovalióv sentou-se no *drojki** e gritou ao cocheiro: "Vai a todo o vapor!".

"Está aí o comissário de polícia?", perguntou já no saguão.

"Não, senhor", respondeu o porteiro, "acaba de sair."

"Só faltava essa!"

"Pois é", acrescentou o porteiro, "não faz muito tempo que saiu. Se chegasse um minutinho antes, talvez ainda o encontrasse em casa."

Kovalióv, sem tirar o lenço do rosto, jogou-se para o lado do cocheiro e gritou com uma voz desesperada:

"Vamos."

"Para onde?", perguntou o cocheiro.

"Vamos em frente!"

"Como, em frente? Aqui é uma curva: para a direita ou para a esquerda?"

Essa pergunta fez Kovalióv parar e o obrigou novamente a pensar. Na sua situação, antes de tudo, era preciso recorrer à Delegacia de Ordem Pública, não apenas porque o caso tinha relação direta com a polícia, mas também porque suas disposições poderiam ser muito mais rápidas do que em outros lugares. Procurar então satisfação com o chefe da repartição da qual o nariz se dizia funcionário seria insensato, pois, pelas próprias respostas do nariz, já se podia perceber que para esse homem nada era sagrado. Poderia inclusive mentir nesse caso, como já tinha mentido, assegurando-lhe que nunca o tinha visto antes.

E, assim, Kovalióv já estava prestes a ordenar que o levassem para a Delegacia de Ordem Pública quando de novo lhe ocorreu a ideia de que aquele patife e trapaceiro, que já no primeiro encontro tinha se portado de maneira tão desonesta, poderia tranquilamente ter-se aproveitado desse tempo todo para fugir da cidade. E, então, toda a busca seria vã ou poderia se estender, que Deus o livrasse, por um mês inteiro.

Por fim, pareceu-lhe ter recebido uma iluminação celeste. Decidiu ir direto à sede do jornal e publicar, o quanto antes, uma descrição pormenorizada de

---

* *Drojki*: tipo de carruagem simples, aberta, e a mais utilizada pelo povo em geral. (N. T.)

todas as suas características, para que aquele que o encontrasse pudesse entregá--lo na mesma hora, ou, pelo menos, informar do seu paradeiro. E então, tomada esse decisão, ordenou ao cocheiro que fosse à sede do jornal e durante todo o percurso não deixou de bater com os punhos nas costas do cocheiro, repetindo:

"Mais depressa, idiota! Mais rápido, patife!"

"Ai, senhor!", dizia o cocheiro, sacudindo a cabeça e açoitando o cavalo cujo pelo era comprido como o de um cachorro maltês.

A *drojki* finalmente parou e Kovalióv, ofegante, entrou correndo numa salinha de recepção onde um funcionário de cabelos grisalhos, de óculos e com fraque surrado, estava sentado atrás de uma mesa, segurando a pena com os dentes e contando moedas de cobre.

"Quem é que recebe anúncios aqui?", gritou Kovalióv. "Ah, bom dia!"

"Meus cumprimentos", disse o funcionário grisalho, levantando os olhos por um minuto e baixando-os novamente para as pilhas de dinheiro já separadas.

"Eu gostaria de publicar..."

"Com licença, por favor, queira aguardar um pouco", disse o funcionário escrevendo um número num papel com uma mão e mudando duas contas no ábaco com a outra. Um lacaio com galões e aspecto de quem servia em uma casa aristocrática, de pé junto à mesa, com um bilhete nas mãos, achou conveniente dar mostras de sua sociabilidade: "Creia-me, senhor, esta cachorrinha não vale nem oito *gríveniques**, e eu não daria por ela nem oito *groches*;** mas a condessa gosta tanto dela, santo Deus, como gosta, e dá cem rublos para quem a encontrar. Agora, cá entre nós, posso dizer, com todo o respeito, que os gostos das pessoas são completamente diferentes: se fosse um perdigueiro ou um poodle, não teria pena de dar quinhentos ou até mil rublos, mas aí já se trataria ao menos de um bom cachorro".

O respeitável funcionário escutava com ar bastante expressivo e ao mesmo tempo fazia o cálculo de quantas letras havia no bilhete. Dos lados estavam muitas velhas comerciantes e porteiros, todos eles com bilhetes nas mãos. Num dizia-se que um cocheiro de conduta irrepreensível oferecia seus serviços; um outro anunciava uma caleça de pouco uso, trazida de Paris em 1814; num outro dispensava-se uma jovem criada de dezenove anos treinada para serviço de lavan-

---

* *Grívenik*: moeda russa equivalente a dez copeques. (N. T.)

** *Groch*: antiga moeda russa equivalente a meio copeque, dinheiro bem miúdo. (N. T.)

deria, estando apta também para outros trabalhos. Além disso, uma *drojki* muito resistente, só que sem um amortecedor; um novo e fogoso cavalo malhado de dezessete anos; sementes de nabo e rabanete recém-chegadas de Londres; uma casa de campo com todas as benfeitorias: duas estrebarias para cavalos e um lugar para cultivar maravilhosas bétulas ou um bosque de pinheiros; e ainda havia um aviso para que aqueles que quisessem comprar solas velhas comparecessem todos os dias das 8 às 15 horas no mercadinho de trocas. A sala onde se encontrava toda essa gente era pequena e o ar ali estava excessivamente carregado, mas o assessor de colegiatura Kovalióv não podia sentir o cheiro, pois se cobria com um lenço e o seu nariz se encontrava Deus sabe onde.

"Excelentíssimo senhor, permita-me lhe pedir... Realmente estou precisando", disse finalmente com impaciência.

"Já, já! Dois rublos e quarenta e três copeques! Neste mesmo instante! Um rublo e sessenta e quatro copeques!", disse o funcionário grisalho, atirando os bilhetes na cara das velhas e dos porteiros.

"E o senhor, o que deseja?", disse finalmente dirigindo-se a Kovalióv.

"Eu lhe peço...", disse Kovalióv, "... aconteceu uma fraude ou uma patifaria, até agora não consigo entender direito. Peço-lhe apenas que publique que aquele que me entregar esse canalha receberá uma razoável gratificação."

"Permita-me saber, qual o seu sobrenome?"

"Nada disso, para que sobrenome? Não posso dizer. Tenho muitos conhecidos: a mulher do conselheiro de Estado Tchertarióv, Palaguêia Grigórievna Podtótchina, mulher do oficial do Estado-Maior... Dá de elas ficarem sabendo, Deus me guarde! O senhor pode escrever simplesmente: o assessor de colegiatura ou, ainda melhor, portador do grau de major."

"E o foragido, era seu criado?"

"Que criado o quê! Isso ainda não seria uma patifaria tão grande! Fugiu de mim... o nariz..."

"Hum! Que sobrenome esquisito! E esse senhor Narizis lhe roubou uma quantia muito grande?"

"Nariz, isto é... não é bem isso que o senhor está pensando! O nariz, meu próprio nariz, desapareceu não se sabe para onde. O diabo quis se divertir à minha custa!"

"Está bem, mas de que maneira desapareceu? Eu sinceramente não consigo entender muito bem."

"E não consigo lhe explicar como, mas o fato é que ele agora deve estar circulando pela cidade e se autodenomina conselheiro de Estado. E por isso lhe peço que ponha um anúncio para que aquele que o encontrar o traga de volta o mais rápido possível. O senhor pode imaginar o que é ficar sem uma parte do corpo tão visível? Isso não é o mesmo que qualquer mindinho do pé que dentro do sapato ninguém vai ver se ele existe ou não. Todas as quintas-feiras frequento a casa da esposa do conselheiro de Estado Tchertarióv; a de Podtótchina, Palaguêia Grigórievna, esposa do oficial do Estado-Maior, que tem uma filha muito bonita e são também boas conhecidas minhas, e o senhor pode avaliar por si só como posso então... Não posso aparecer por lá agora."

O funcionário ficou pensativo, o que se notou por seus lábios fortemente comprimidos.

"Não, não posso colocar um anúncio desses no jornal", disse finalmente depois de uma longa pausa.

"Como? Por quê?"

"Bem. O jornal pode perder a sua boa reputação. Se todo mundo começar a publicar que seu nariz fugiu, então... Assim mesmo, já dizem que estão sendo publicados muitos absurdos e falsos rumores."

"E o que há de absurdo nesse assunto? Não acho nada de absurdo nisso."

"Ao senhor pode parecer que não. Pois veja, na semana passada ocorreu um fato semelhante. Veio um funcionário e, do mesmo modo que o senhor, trouxe um bilhete e pelas contas ficou em dois rublos e setenta e três copeques, e o anúncio todo consistia simplesmente em que fugira um poodle de pelo preto. Aparentemente, o que há demais nisso? Mas saiu um pasquim: o tal poodle era o tesoureiro não me lembro de qual estabelecimento."

"Mas eu não estou colocando um anúncio sobre um poodle, e sim sobre o meu próprio nariz: é como se eu falasse de mim mesmo."

"Não, não posso de modo algum colocar um anúncio desses."

"Mas como, se o meu nariz realmente sumiu?"

"Se sumiu, então o caso é com o médico. Dizem que há gente por aí que pode reimplantar qualquer tipo de nariz. Eu, cá para mim, estou notando que o senhor deve ter um temperamento alegre e gosta de brincar com todo mundo."

"Juro por tudo que é sagrado! Já que chegamos a este ponto, vou mostrar ao senhor."

"Para que se incomodar!", prosseguiu o funcionário e cheirou o tabaco. "Bem, mas se não lhe for incômodo", acrescentou com curiosidade, "então gostaria de dar uma olhada."

O assessor de colegiatura tirou o lenço do rosto.

"Realmente, muito estranho!", disse o funcionário. "O lugar está completamente plano como uma panqueca recém-assada. Sim, incrivelmente plano."

"E então? Ainda vai discutir? O senhor mesmo está vendo que é impossível não publicar. Eu lhe serei imensamente grato e fico muito contente de que este incidente tenha me proporcionado o prazer de conhecê-lo..." O major, pelo visto, decidira-se dessa vez a ser um tanto falso.

"Publicar, é claro, não seria grande problema", disse o funcionário, "apenas não vejo nenhuma vantagem para o senhor. Se o senhor preferir, entregue isto a alguém que seja hábil na pena e que saiba descrever o assunto como um fenômeno raro na natureza e publique um artiguinho no *Abelha do Norte** (aí cheirou mais uma vez o tabaco) em benefício da juventude (aí enxugou o nariz), ou simplesmente para curiosidade de todos."

O assessor de colegiatura sentiu-se completamente desesperançado. Fixou os olhos no pé da página do jornal em que se anunciavam espetáculos; seu rosto já estava pronto para sorrir ao encontrar o nome de uma atriz muito engraçadinha, e a mão chegou a segurar o bolso para se certificar de que havia nele uma "boa nota", pois os oficiais superiores, segundo Kovalióv, deveriam sentar nas poltronas, quando a lembrança do nariz estragou tudo.

O próprio funcionário parecia estar comovido com a situação embaraçosa de Kovalióv. Procurando atenuar um pouco sua desgraça, julgou conveniente expressar o seu interesse com algumas palavras:

"Eu realmente lamento muito ter lhe acontecido tal percalço. O senhor não gostaria de cheirar um pouco de rapé? Acaba com dores de cabeça e mau humor; é bom até para hemorroidas." Dizendo isso, o funcionário ofereceu a tabaqueira a Kovalióv, dobrando habilmente a tampa que exibia o retrato de uma mulher de chapéu.

Esta atitude involuntária fez Kovalióv perder a paciência:

"Não posso entender como o senhor ainda tem coragem de brincar", disse, muito sentido. "Por acaso não percebe que me falta justamente o indispensável para poder cheirar? Que o diabo carregue o seu tabaco! Não posso agora nem

---

* Jornal mantido pelo governo, publicado de 1825 a 1864. (N. T.)

olhar para ele, e não apenas para o seu horroroso Beresinski, nem que me oferecessem o mais legítimo rapé." Dito isso, saiu do jornal profundamente magoado e se dirigiu ao comissário de polícia.

Kovalióv entrou no exato momento em que o comissário se espreguiçava e, soltando um grasnido, dizia: "Ah! Vou tirar uma soneca de duas horinhas!". E por aí se pode prever quanto a chegada do assessor de colegiatura fora absolutamente inoportuna. O comissário era um grande admirador de todas as artes e manufaturas, mas preferia um bom dinheirinho a tudo o mais. "Isto aqui, sim", dizia sempre, "não há nada melhor do que isto: não pede comida, ocupa pouco espaço, sempre cabe no bolso, se cair, não quebra."

O comissário recebeu Kovalióv com bastante frieza e lhe disse que depois do almoço não era hora de fazer investigações e que a própria natureza determina que depois de comer bem é necessário descansar um pouco (por aí o assessor de colegiatura podia ver que ao comissário de polícia não eram desconhecidas as máximas dos antigos sábios), e que de um homem honrado não iriam arrancar o nariz, e que o mundo estava cheio de majores que não tinham sequer as roupas de baixo em bom estado e que frequentavam os lugares mais suspeitos.

Isto é, acertou em cheio! É necessário notar que Kovalióv era uma pessoa excessivamente suscetível. Era capaz de perdoar tudo o que dissessem a seu respeito, mas nunca desculparia se isso se referisse ao seu grau ou ao seu cargo. Chegava a achar que nas peças de teatro se podia deixar passar tudo o que se referisse aos oficiais subalternos, mas jamais deveriam atacar os oficiais superiores. A recepção do comissário deixou-o tão confuso que, sacudindo a cabeça e abrindo um pouco as mãos, exclamou, cônscio de sua dignidade: "Confesso que depois de observações tão ofensivas de sua parte, não me resta mais nada a acrescentar...", e saiu.

Voltou para casa, mal sentindo as pernas. Anoitecia. Sua casa pareceu-lhe triste e terrivelmente repugnante depois de todas essas buscas inúteis. Ao entrar no vestíbulo, viu seu criado Ivan deitado de costas no sofá de couro sujo, cuspindo para o teto com tanta precisão que acertava sempre num único e mesmo lugar. Tamanha indiferença enfureceu-o; bateu-lhe com o chapéu na testa, dizendo: "Você, seu porco, sempre ocupado com besteiras!".

Ivan pulou imediatamente do lugar e precipitou-se para tirar a capa de Kovalióv.

O major entrou em seu quarto cansado e deprimido, atirou-se numa poltrona e, depois de alguns suspiros, disse:

O NARIZ 201

"Meu Deus! Meu Deus! Por que toda essa desgraça? Se tivesse ficado sem um braço ou sem uma perna, ainda podia ser; sem as orelhas seria horrível, mas até isso seria suportável; mas sem nariz, um homem... só o diabo sabe o que é: um pássaro que não é pássaro, um cidadão que não é cidadão... simplesmente de se pegar e jogar pela janela! Ainda se tivesse sido cortado numa guerra ou num duelo, ou se fosse eu mesmo o motivo... mas desapareceu assim, sem mais nem menos, desapareceu de graça, a troco de nada! Mas não, não pode ser", acrescentou ele depois de pensar um pouco. "É inacreditável que o nariz tenha desaparecido; é completamente inacreditável. Isto, provavelmente, ou se passa em sonho, ou é simples alucinação; pode ser que, por engano, em vez de beber água, eu tenha bebido a vodca que costumo passar após a barba. O besta do Ivan não pegou e com certeza a peguei."* E para certificar-se de que realmente não estava bêbado, o major se beliscou com tamanha força que chegou a gritar. A dor deixou-o absolutamente convencido de que estava vivendo em plena realidade. Aproximou-se com cautela do espelho e, a princípio, semicerrou os olhos na esperança de que talvez o nariz aparecesse no seu devido lugar; mas na mesma hora deu um salto para trás, dizendo: "Que coisa infame!".

Isso era completamente incompreensível. Se tivesse desaparecido um botão, uma colher de prata, um relógio, ou qualquer coisa do gênero; mas desaparecer, desaparecer-lhe justamente o quê? E, além do mais, na própria casa!... O major Kovalióv, considerando todas as circunstâncias, supôs quase com certeza que a culpada de tudo isso não podia ser outra senão a mulher do oficial do Estado-Maior Podtótchin, que desejava casá-lo com a filha. Ele até que gostava de cortejá-la, mas evitava o desenlace definitivo. E quando a esposa do oficial do Estado-Maior lhe anunciou, sem rodeios, que queria entregar sua filha a ele, muito habilmente esquivou-se com suas amabilidades, dizendo que ainda era jovem e que precisava servir mais uns cinco aninhos para que estivesse exatamente com quarenta e dois. E por isso a dita-cuja, provavelmente por vingança, decidiu arrasá-lo e, para isso, contratou algumas bruxas, pois de nenhuma forma se poderia admitir que o nariz fora cortado: ninguém havia entrado em seu quarto, o barbeiro Ivan Iákovlievitch fizera-lhe a barba ainda quarta-feira, e durante toda a quarta-feira e até mesmo durante toda a quinta-feira o nariz estivera inteiro, disso ele se lembrava e sabia-o

---

* Também no russo existe o trocadilho com o verbo "pegar": *pegar* no sentido de captar, entender, e *pegar* no sentido de agarrar com a mão, segurar. (N. T.)

muito bem; além do mais, deveria ter sentido alguma dor e, sem dúvida, a ferida não poderia ter cicatrizado tão depressa e ter se tornado chata como uma panqueca. Arquitetava planos, em sua cabeça: chamar a mulher do oficial ao Tribunal através de uma intimação formal ou aparecer ele próprio em sua casa para surpreendê-la. Suas reflexões foram interrompidas por uma luz que brilhou através de todas as frestas da porta, o que indicava que a vela no vestíbulo já tinha sido acesa por Ivan. E logo depois apareceu o próprio Ivan trazendo-a diante de si e iluminando vivamente todo o quarto. O primeiro movimento de Kovalióv foi agarrar o lenço e cobrir o lugar onde, na véspera, ainda havia o nariz, para que o estúpido homem não ficasse de boca aberta ao ver aquela coisa estranha no seu senhor.

Mal Ivan tivera tempo de ir para o seu quartinho, quando se ouviu no vestíbulo uma voz desconhecida pronunciando: "É aqui que mora o assessor de colegiatura Kovalióv?".

"Pode entrar, o major Kovalióv está aqui", disse Kovalióv levantando-se apressado e abrindo a porta.

Entrou um funcionário da polícia de boa aparência, com umas suíças nem claras nem escuras, as bochechas bem cheias; é aquele mesmo que no início da história estava parado no fim da ponte Issakievski.

"O senhor por acaso perdeu o seu nariz?"

"Exatamente."

"Ele já foi achado."

"O que é que o senhor está dizendo?", gritou o major Kovalióv. A alegria paralisou sua língua. Olhava estatelado para o oficial que se achava à sua frente e em cujos lábios cheios e em cujas bochechas refletia brilhante a luz trêmula da vela. "De que modo?"

"Por um estranho acaso; foi interceptado, já a caminho. Estava sentado numa diligência e queria ir para Riga. E o passaporte havia tempo fora expedido em nome de um funcionário. E o mais estranho de tudo é que eu mesmo, a princípio, o tomei por um senhor. Mas, por sorte, estava com meus óculos e logo percebi que era um nariz. Sabe, sou míope, e se o senhor ficar na minha frente, só consigo ver que o senhor tem um rosto, mas não vou distinguir nem o nariz, nem a barba, nada. Minha sogra, quer dizer, a mãe de minha mulher, também não enxerga nada."

Kovalióv estava fora de si. "Mas onde está ele? Onde? Vou já, correndo."

"Não se preocupe. Sabendo, quanto lhe era necessário, trouxe-o comigo. E o mais curioso é que o principal culpado nesta questão é o vigarista do barbeiro da rua Vosnessênski que já está preso na delegacia. Há muito tempo eu já o tinha como suspeito de bebedeira e roubo, e faz três dias ele roubou numa lojinha um monte de botões. O seu nariz está exatamente como era."

Nisso, o policial enfiou a mão no bolso e tirou dali o nariz embrulhado num papel.

"É ele!", gritou Kovalióv. "É ele mesmo! Tome hoje comigo uma xícara de chá."

"Consideraria um grande prazer, mas não posso, em absoluto. Daqui preciso passar ainda na cadeia... Subiu muito o custo de todos os mantimentos... E ainda mora comigo minha sogra, quer dizer, a mãe de minha mulher e os meus filhos; o mais velho, especialmente, me dá muitas esperanças: é um garoto muito inteligente, pena que não tenhamos meios para educá-lo."

Kovalióv entendeu, e enfiou na mão do policial um dinheirinho que ele apanhou de cima da mesa. O policial fez uma profunda reverência e saiu. E quase ao mesmo tempo Kovalióv ouviu sua voz na rua xingando um mujique estúpido que lhe deu um esbarrão com sua carroça bem naquela hora.

O assessor de colegiatura, após a saída do policial, ficou por alguns minutos num estado indefinido, e só depois de alguns minutos voltou-lhe a capacidade de ver e de sentir, tamanho desvanecimento diante da alegria inesperada. Segurou com cuidado o nariz encontrado, com ambas as mãos, formando uma concha, e mais uma vez examinou-o com muita atenção.

"É ele, é ele mesmo!", dizia o major Kovalióv. "Olha aqui a espinhazinha do lado esquerdo que tinha aparecido ontem." O major quase se pôs a gargalhar de alegria.

Mas no mundo não há nada eterno; e, por isso, também a alegria no minuto que se seguiu ao primeiro já não era tão viva; no terceiro minuto ela se tornou mais fraca ainda e, por fim, imperceptivelmente se fundiu com o estado de alma habitual, como o círculo que se forma na água com a queda de uma pedra e que acaba se fundindo com a superfície lisa. Kovalióv começou a refletir e chegou à conclusão de que o caso não estava encerrado: o nariz havia sido encontrado, mas ainda era preciso colocá-lo, recolocá-lo no seu devido lugar.

"E se ele não pegar?"

Diante de tal pergunta feita a si mesmo, o major empalideceu. Tomado por um sentimento de terror inexplicável, lançou-se à mesa, aproximou o espelho para não colocar o nariz torto. Suas mãos tremiam. Com muito cuidado e atenção, recolocou-o no antigo lugar. Oh!, que horror! O nariz não aderia!... Levou-o junto à boca, esquentou-o um pouco com sua respiração e tornou a aproximá-lo da superfície situada entre as duas bochechas; mas o nariz não se firmava de jeito nenhum.

"Vai, anda, seu bobo, fica aí!", dizia para ele. Mas o nariz parecia ser de madeira e caía sobre a mesa com um barulho tão estranho como se fosse uma rolha. O rosto do major contraiu-se, convulso. "Será que ele não vai aderir?", dizia, assustado. Mas, por mais que tentasse levá-lo ao seu próprio lugar, os esforços eram sempre em vão.

Chamou Ivan e mandou-o atrás do médico que ocupava, naquela mesma casa, o melhor apartamento do andar superior. Esse médico era um homem de boa aparência, tinha lindas suíças cor de piche e uma mulher viçosa e saudável; logo cedo comia maçãs frescas e mantinha a boca extraordinariamente limpa, enxaguando-a todas as manhãs durante quase três quartos de hora e polindo os dentes com cinco tipos de escovinhas diferentes.

O médico apareceu num minuto. Depois de perguntar havia quanto tempo acontecera a desgraça, ergueu o major pelo queixo e, com o polegar, justamente onde antes estava o nariz, deu-lhe um piparote tão forte que o major teve de jogar a cabeça para trás com tamanha força que bateu a nuca na parede. O médico disse que isso não era nada e, aconselhando-o a desencostar-se um pouco da parede, mandou inclinar a cabeça onde antes estava o nariz, e disse: "Hum!". Em seguida mandou-o inclinar a cabeça para o lado esquerdo e disse: "Hum!". E, para terminar, deu-lhe de novo um piparote com o polegar de tal modo que o major Kovalióv deu um puxão com a cabeça como um cavalo quando lhe examinam os dentes. Feita essa prova, o médico balançou a cabeça e disse:

"Não, não é possível. É melhor o senhor ficar assim mesmo porque senão poderá ser pior ainda. É claro que seria possível recolocá-lo; eu poderia até colocá-lo agora mesmo, mas lhe asseguro que isso seria pior para o senhor."

"Essa é muito boa! E como é que eu vou ficar sem nariz?", disse Kovalióv. "Pior do que está não pode ficar. Mas que diabo! Onde vou poder aparecer com tamanha infâmia? Tenho um bom relacionamento: veja, hoje mesmo precisaria comparecer ao sarau em duas casas. Tenho muitos conhecidos: a esposa do conselheiro de Estado Tchechtarev, a senhora Podtótchin, esposa de um oficial de Estado-Maior... apesar de que, depois de seu recente comportamento, não tenho mais nada com ela, a não ser por meio da polícia. Faça-me uma caridade", falou Kovalióv com voz suplicante, "não haveria algum meio, ou algum modo de colocar?, mesmo que não ficasse muito bom, mas contanto que se firmasse; eu poderia até mesmo ampará-lo de leve com a mão nos casos de perigo. E, além do mais, eu nem danço, de modo que não terei possibilidade de prejudicá-lo com nenhum movimento descuidado. E no que se refere ao agradecimento por sua visita, pode estar certo de que farei tudo o que os meus meios permitirem..."

"Acredite o senhor", disse o médico com uma voz nem muito alta, nem muito baixa, mas extremamente persuasiva e magnética, "nunca atendo por interesse. Isso vai contra meus princípios e minha arte. É bem verdade que cobro as visitas, mas é simplesmente para não causar ofensa com minha recusa. É claro que eu poderia recolocar o seu nariz, mas juro pela minha honra, se é que não acredita na minha palavra, que isso será muito pior. É melhor deixar por obra da própria natureza. Lave com mais frequência com água fria e asseguro-o que sem nariz o senhor será tão saudável quanto se o tivesse. Quanto ao nariz, eu o aconselho a colocá-lo num frasco com álcool, ou, melhor ainda, ponha duas colheres de vodca e vinagre quente... e assim poderá conseguir um bom dinheiro por ele. Até eu poderia comprá-lo, se é que o senhor não vai pedir muito caro."

"Não, não! Não o vendo por nada!", gritou desesperado o major Kovalióv. "Melhor que pereça!"

"Queira desculpar!", disse o médico despedindo-se. "Eu só quis ser-lhe útil... Mas, que fazer! Ao menos, o senhor viu o meu esforço." Dito isso, o médico saiu do quarto com ar magnânimo. Kovalióv nem sequer reparara em seu rosto e, numa profunda impassibilidade, vira apenas os punhos da camisa branca e limpa como a neve que despontava das mangas de seu fraque negro.

Ele decidiu no dia seguinte, antes de apresentar queixa, escrever à esposa do oficial do Estado-Maior, para ver se não concordaria em devolver, sem briga, o que lhe era devido. A carta tinha o seguinte teor:

Prezada senhora
Aleksandra Grigórievna

Não posso compreender a estranha atitude por parte da senhora. Esteja certa de que, procedendo de tal forma, não ganhará absolutamente nada nem me obrigará a casar com sua filha. Acredite que a história a respeito do meu nariz me é totalmente conhecida, bem como sei que as senhoras são as principais cúmplices, e ninguém mais. O súbito despren-

dimento de seu lugar, a fuga, o disfarce ora sob o aspecto de um funcionário, ora, por fim, no seu aspecto próprio, não pode ser outra coisa senão o resultado de bruxarias executadas pelas senhoras ou por aqueles que, a vossa semelhança, praticam ações tão nobres. Eu, de minha parte, considero meu dever preveni-la de que se o citado nariz não estiver hoje mesmo no seu lugar, serei obrigado a recorrer à defesa e à proteção das leis.

Sem mais, com alta estima, tenho a honra de ser seu humilde servidor.

Platon Kovalióv

Prezado senhor
Platon Kuzrnitch

Sua carta deixou-me completamente pasma. Confesso-lhe com toda a franqueza que jamais esperei tal coisa de sua parte, tanto mais acusações tão injustas. Previno-o de que o funcionário a quem se refere nunca foi recebido em minha casa, nem disfarçado nem no seu aspecto normal. É verdade que esteve em minha casa Filipe Ivanovitch Potantchikov. E embora ele realmente pretendesse a mão de minha filha e fosse de conduta digna e sóbria e de grande cultura, nunca lhe dei nenhuma esperança. O senhor ainda se refere a um nariz. Se entender por isso que eu pretendia deixá-lo com um palmo de nariz, isto é, dar-lhe uma recusa formal, então me surpreende que o senhor mesmo esteja falando nisso, uma vez que eu, como é do seu conhecimento, sou de opinião totalmente contrária, e se o senhor ainda quiser pedir a mão de minha filha oficialmente, estou pronta desde já a satisfazê-lo, pois esse sempre foi o meu mais vivo desejo. Nessa esperança, fico sempre à sua inteira disposição.

Aleksandra Podtótchina

"Não", dizia Kovalióv, depois de ler a carta. "Ela, realmente, não é a culpada. Não pode ser! A carta está escrita de tal modo que não pode ser de uma pessoa culpada de crime." O assessor de colegiatura era entendido nessas coisas, pois, muitas vezes, fora enviado à região do Cáucaso para investigações. "De que modo e por que cargas-d'água isso aconteceu? Só o diabo sabe!", disse finalmente, deixando cair os braços.

Enquanto isso, os rumores acerca desse extraordinário acontecimento haviam se espalhado por toda a capital e, como é comum, não sem acréscimos especiais. Naquele tempo, as mentes de todos estavam completamente predispostas para o inusitado: ultimamente experiências ocupavam-se do efeito do magnetismo. Além do mais, a história das cadeiras dançantes na rua Kaníuchenaia* era ainda muito recente e, por isso, não era de estranhar que logo começassem a falar que o nariz do assessor de colegiatura Kovalióv, às três horas em ponto, perambulava pela avenida Niévski. Uma multidão de curiosos afluía todos os dias. Alguém disse que o nariz poderia estar na loja Junker: e formou-se tamanha multidão em volta da Junker e um corre-corre que até a polícia teve de intervir. Um especulador de aparência respeitável, de suíças, e que vendia diversos tipos de pasteizinhos doces à entrada do teatro, fez especialmente uns bancos de madeira, sólidos e bonitos, e convidava os curiosos a subirem neles por oitenta copeques cada um. Um emérito coronel saiu, com este propósito, mais cedo de sua casa e com muita dificuldade conseguiu abrir caminho entre a multidão. Mas, para sua grande indignação, viu na vitrine da loja, em vez de um nariz, uma camiseta de lã comum e uma litografia com a imagem de uma jovem arrumando sua meia e um janota de colete aberto e de barbicha que olhava para ela de trás de uma árvore: um quadro que já estava havia mais de dez anos pendurado sempre no mesmo lugar. Afastando-se, disse com desdém: "Como é possível confundir o povo com rumores tão tolos e inverossímeis?". Depois correu o rumor de que não era na avenida Niévski que o nariz do major Kovalióv perambulava, mas sim no jardim Tavrítcheski e, segundo parecia, estava lá já havia muito tempo e até mesmo quando ali ainda vivia Khosróv-Mirzá,** e este admirava muito aquele estranho capricho da natureza. Alguns estudantes da Academia de Cirurgia dirigiram-se para lá. Uma ilustre e respeitável senhora pediu, por meio de uma carta especial ao supervisor do jardim, que mostrasse aos seus filhos aquele raro fenômeno e, se possível, com uma explicação edificante e instrutiva para os jovens.

Com todos esses acontecimentos, todos aqueles mundanos, frequentadores obrigatórios dos saraus, que gostavam de fazer rir as damas e cujo repertório de piadas, naquela ocasião, estava completamente esgotado, sentiram-se particular-

* Trata-se provavelmente de algo fantástico ocorrido na época, relacionado com magnetismo. (N. T.)

** Khosróv-Mirzá foi um príncipe persa; chefiou a embaixada que se estabeleceu na Rússia em agosto de 1829. (N. T.)

mente contentes. Uma pequena minoria de gente respeitável e bem-intencionada estava extremamente descontente. Um senhor dizia, com indignação, não
entender como no atual século esclarecido se propalavam invenções tão absurdas,
e admirava-se de que o governo não tomasse providências. Esse senhor, pelo visto, pertencia àquela categoria de pessoas que gostariam de envolver o governo
em tudo, até mesmo nas suas brigas diárias com a mulher. Depois disso... mas
aqui novamente todo o acontecimento se encobre por uma névoa e não se sabe
absolutamente o que aconteceu depois.

III.

Cada uma que acontece neste mundo! Às vezes sem nenhuma verossimi-
lhança: de repente, aquele mesmo nariz que circulava como conselheiro de Estado,
e que causara tanto barulho na cidade, viu-se, como se nada tivesse acontecido,
no seu próprio lugar, ou seja, entre as duas bochechas do major Kovalióv. Isso
ocorreu no dia 7 de abril. Tendo acordado e olhado por acaso no espelho, ele viu:
o nariz! Pôs a mão — com efeito, o nariz! "Arre!", diz Kovalióv, e, de alegria, por
pouco não sai em disparada descalço pelo quarto dançando o *tropák*,* mas Ivan,
que entrava naquele instante, atrapalhou-o. Disse-lhe que queria lavar-se imediatamente e, enquanto se lavava, deu mais uma olhada no espelho: o nariz.
Enxugando-se com a toalha, novamente olhou para o espelho: o nariz.

"Dê uma olhada, Ivan, parece que tenho uma espinhazinha no nariz", disse
ele, no entanto pensando: "Que desgraça se Ivan disser: qual nada, meu senhor,
não tem espinha e tampouco nariz!".

Porém Ivan disse: "Não tem nenhuma espinha, não; o nariz está limpinho!".

"Está bem, que diabo!", disse o major a si mesmo e estalou os dedos. Nesse
momento espiou pela porta o barbeiro Ivan Iákovlievitch, mas tão tímido como
uma gata que acabou de apanhar por ter roubado toucinho.

"Diga primeiro: as mãos estão limpas?", gritava-lhe Kovalióv ainda de longe.

"Estão limpas."

"Mente!"

"Juro por Deus, estão limpas, meu senhor."

---

* Provavelmente de *trepák*, dança e música populares russas. (N. T.)

"Bem, veja lá!"

Kovalióv sentou-se, Ivan Iákovlievitch cobriu-o com um guardanapo e, num instante, com o auxílio do pincel, transformou toda a sua barba e parte das bochechas num creme semelhante ao que é servido nas festas de aniversário dos comerciantes. "Ora veja!", disse consigo mesmo Ivan Iákovlievitch ao ver o nariz, e depois virou a cabeça para o outro lado e o olhou de lado: "Ora!, quem diria", continuou, e ficou olhando para o nariz um bom tempo. Por fim, com muita suavidade e com um cuidado que não se pode nem imaginar, ergueu dois dedos com a intenção de apanhá-lo pela ponta. Era esse o sistema de Ivan Iákovlievitch.

"Opa, opa! Olha aí!", gritou Kovalióv. Ivan Iákovlievitch até deixou cair os braços e ficou perplexo e confuso como jamais ficara. Por fim, com cautela, começou a roçar a barba com a navalha, muito embora não lhe fosse nem um pouco cômodo e até difícil barbear sem segurar o órgão do olfato. Todavia, mal apoiando seu áspero polegar na bochecha e na mandíbula, finalmente venceu todos os obstáculos e conseguiu barbear.

Quando tudo estava pronto, Kovalióv na mesma hora correu a vestir-se, pegou um fiacre e foi direto a uma confeitaria. Ao entrar, gritou já de longe: "Rapaz! Uma xícara de chocolate!". E, no mesmo instante, uma espiadela no espelho: o nariz estava. Virou-se para trás alegremente e, com uma expressão satírica, semicerrando um pouco os olhos, olhou para dois militares, um dos quais tinha um nariz não maior do que um botão de colete. Depois disso, dirigiu-se ao escritório do Departamento, onde pleiteava o posto de vice-governador, ou, em caso de insucesso, o de executor. Ao passar pela recepção, deu uma olhada no espelho: o nariz estava lá. Em seguida, foi visitar um outro assessor de colegiatura ou major, grande gozador, a cujas observações provocativas ele frequentemente respondia: "Ah, você, conheço bem, você é espeto!". Pelo caminho pensou: "E se também o major não se arrebentar de rir ao ver-me, então é um sinal evidente de que tudo, tudo está em seu devido lugar". Mas o assessor de colegiatura não disse nada. "Muito bom, muito bom, com os diabos!", pensou consigo mesmo Kovalióv. No caminho encontrou a esposa do oficial do Estado-Maior Podtótchin com a filha; cumprimentou-a e foi acolhido com exclamações de alegria. Então estava tudo bem, não havia nele nenhum defeito. Ficou falando com elas um bom tempo e, de propósito, tirando a tabaqueira, ficou diante delas mais outro tempo enchendo ambos os orifícios do nariz com tabaco e dizendo para si mesmo: "Olhem aqui para vocês, suas bobas, suas galinhas! E com a filha, não casarei mesmo. Agora assim, *par amour* — às ordens!". E desde então o major Kovalióv deu de andar pela avenida Niévski como se nada tivesse acontecido, e também pelos teatros e por toda parte. E também o nariz, como se nada tivesse acontecido, estava firme em seu rosto, sem demonstrar nem sequer ter se ausentado dali. E depois de tudo aquilo, o major Kovalióv era sempre visto de bom humor, sorridente, perseguindo decididamente todas as mulheres bonitas. Foi até visto certa vez em frente a uma lojinha, no Pátio do Comércio,* comprando uma fita qualquer de condecoração, não se sabe bem para que finalidade, pois não era cavaleiro de nenhuma ordem.

Vejam só que história foi acontecer na capital setentrional de nosso vasto império! Só agora, refletindo bem sobre tudo, vemos que há nela muito de inverossímil! Sem falar que é realmente estranho o desprendimento sobrenatural do nariz e o seu aparecimento em diversos lugares, sob a forma de conselheiro de Estado... Como Kovalióv não se deu conta de que era impossível anunciar no jornal a respeito de um nariz? Não quero dizer com isso que o anúncio tenha me parecido muito caro: seria um absurdo e não sou em absoluto uma pessoa avarenta. Mas é indecoroso, incômodo, indecente! Além do mais, como é que o nariz foi parar no pão assado e como é que o próprio Ivan Iákovlievitch...? Não, não entendo isso de jeito nenhum, decididamente não entendo! Mas o que é mais estranho, ainda mais incompreensível do que tudo, é como os autores podem escolher semelhantes assuntos. Confesso que isso é absolutamente inconcebível, parece que... não, não, não entendo em absoluto. Em primeiro lugar, não traz benefício nenhum para a pátria; em segundo... bem, em segundo lugar também não há benefício algum. Eu simplesmente não sei o que é isso...

Mas, apesar de tudo, muito embora se possa, sem dúvida, admitir isso, aquilo, e mais aquilo, pode ser até... bem, e onde é que não existem absurdos? Não obstante, se refletirmos bem sobre tudo isso, na verdade, há algo. Digam o que disserem, tais fatos ocorrem no mundo; é raro, mas ocorrem.

*Tradução de Arlete Cavaliere***

---

* Trata-se de um espaço construído em algumas cidades antigas com bancos para o comércio, geralmente feitos de pedra. (N. T.)

** Tradução publicada originalmente em *O nariz e a vingança — A magia das máscaras*, Coleção Criação & Crítica, Edusp, São Paulo, 1990.

THÉOPHILE GAUTIER

A morte amorosa

("La morte amoureuse", 1836)

Além de ter sido o mestre da plena estação romântica e da primeira florada parnasiana, Théophile Gautier (1811-72) foi o principal seguidor de Hoffmann na França. Entre seus numerosos contos fantásticos, "A morte amorosa" é o mais famoso e o mais perfeito (talvez até perfeito demais, como frequentemente ocorre em Gautier), executado e burilado de acordo com todas as regras. O tema dos mortos-vivos e dos vampiros (no caso em questão, uma vampira) apresenta-se aqui numa espécie de alta qualidade, que mereceu os elogios de Baudelaire.

A tentação de Romuald, sacerdote recém-ordenado que encontra a bela Clarimonde; a visão da cidade vista do alto, com o palácio das cortesãs iluminado pelo sol; a vida de penitência na distante paróquia até que um servo a cavalo vem chamá-lo para dar a extrema-unção a Clarimonde; os amores com a mulher já morta; a incerteza se o sonho são suas jornadas de pobre padre ou as noites de orgias renascentistas; a descoberta de que Clarimonde é uma vampira e bebe o sangue de seu amante — todos esses elementos são de um virtuosismo que fará escola. E fará escola também na literatura de segunda categoria, assim como no cinema, inclusive na exumação do cadáver de Clarimonde: intacta, com o sangue nos lábios, e logo em seguida transformada num esqueleto.

Você me pergunta, irmão, se amei; sim. É uma história singular e terrível, e, embora eu tenha sessenta e seis anos, mal me atrevo a remexer as cinzas dessa lembrança. Não quero lhe recusar nada, mas não faria um relato desses a uma alma menos sofrida. São fatos tão estranhos que não consigo acreditar que tenham me acontecido. Durante mais de três anos fui o joguete de uma ilusão singular e diabólica. Eu, pobre pároco de aldeia, levei em sonho todas as noites (queira Deus que seja um sonho!) uma vida de alma danada, uma vida de mundano e de Sardanapalo. Um só olhar cheio de condescendência lançado para uma mulher por pouco não causou a perda de minha alma; mas, afinal, com a ajuda de Deus e de meu santo padroeiro, consegui expulsar o espírito maligno que se apoderara de mim. Minha existência tinha se enredado nessa existência noturna totalmente diferente. De dia, eu era um padre do Senhor, casto, ocupado com as preces e as coisas santas; de noite, mal fechava os olhos, tornava-me um jovem nobre, fino conhecedor de mulheres, cães e cavalos, jogando dados, bebendo e blasfemando; e quando, no raiar da aurora, eu despertava, parecia-me que, inversamente, eu adormecia e sonhava que era padre.

Dessa vida sonâmbula restaram-me lembranças de objetos e palavras contra as quais não consigo me defender, e, embora nunca tenha ido além dos muros de meu presbitério, quem me ouvisse diria que eu era um homem que provou de tudo e deu as costas para o mundo, entrou para a religião e quer terminar no seio de Deus, enterrando os dias agitados demais, e não um humilde seminarista que envelheceu numa paróquia ignorada, no fundo de um bosque e sem nenhuma relação com as coisas do século.

Sim, amei como ninguém no mundo amou, com um amor insensato e furioso, tão violento que estou espantado por não ter feito meu coração explodir. Ah!, que noites! Que noites!

Desde minha mais tenra infância sentia que minha vocação era para ser padre; assim, todos os meus estudos foram dirigidos nesse sentido, e minha vida, até vinte e quatro anos, não passou de um longo noviciado. Quando terminei minha teologia, passei sucessivamente por todas as ordens menores, e meus superiores me julgaram digno, apesar de minha juventude, de transpor o último e temível degrau. O dia de minha ordenação foi marcado para a semana da Páscoa.

Eu nunca tinha visto o mundo; o mundo para mim era o recinto do colégio e do seminário. Sabia vagamente que havia alguma coisa que se chamava mulher, mas não fixava meu pensamento nisso; era de uma perfeita inocência. Via apenas minha mãe velha e doente, duas vezes por ano. Eram essas todas as minhas relações com o mundo exterior.

Não me queixava de nada, não sentia a menor hesitação diante daquele engajamento irrevogável; estava cheio de alegria e de impaciência. Nunca um jovem noivo havia contado as horas com ardor mais febril; eu não dormia, sonhava que estava dizendo a missa; ser padre, para mim não havia mais nada tão belo no mundo: eu teria recusado ser rei ou poeta. Minha ambição não concebia nada mais além.

O que digo aqui é para lhe mostrar a que ponto o que aconteceu comigo não devia acontecer, e de que fascinação inexplicável fui vítima. Quando chegou o grande dia, andei até a igreja com um passo tão leve que me parecia estar sendo sustentado no ar ou ter asas nos ombros. Eu me julgava um anjo, e espantava-me a fisionomia fechada e preocupada de meus colegas, pois éramos muitos. Eu tinha passado a noite em orações, sentia-me num estado que quase beirava o êxtase. O bispo, venerável ancião, me parecia Deus-Pai debruçado sobre sua eternidade, e eu via o céu através das abóbadas do templo.

Você conhece os detalhes dessa cerimônia: a bênção, a comunhão das duas espécies, a unção da palma das mãos com o óleo dos catecúmenos, e finalmente o santo sacrifício oferecido em conjunto com o bispo. Não vou me demorar nisso. Ah! Como Jó tem razão! E como é imprudente aquele que não faz um pacto com os próprios olhos!

Levantei por acaso a cabeça, que até então mantinha inclinada, e vi na minha frente, tão perto que eu poderia tocá-la, embora na realidade ela estivesse a uma grande distância e do outro lado da balaustrada, uma moça de uma beleza rara e vestida com a magnificência dos reis. Foi como se escamas estivessem caindo de minhas pupilas. Tive a sensação de um cego que subitamente recuperasse a visão. O bispo, tão deslumbrante ainda havia pouco, apagou-se de repente, os círios empalideceram em seus candelabros de ouro como as estrelas de manhã, e em toda a igreja fez-se uma completa escuridão. A criatura encantadora se destacava contra aquele fundo de sombra como uma revelação angélica; parecia iluminada por si mesma, para criar a luz, mais do que para recebê-la.

Baixei as pálpebras, bem decidido a não mais erguê-las e me desviar da influência dos objetos exteriores, pois a distração me invadia cada vez mais, e eu sabia vagamente o que estava fazendo.

Um minuto depois, reabri os olhos, pois através de meus cílios eu a via resplandecente como as cores de um prisma, e numa penumbra púrpura como quando se olha para o sol.

Ah, como era bonita! Os maiores pintores, quando, perseguindo no céu a beleza ideal, trouxeram para a terra o divino retrato da Madona, nem chegaram perto daquela fabulosa realidade. Nem os versos do poeta nem a palheta do pintor conseguem dar uma ideia.

Era bastante alta, com um corpo e um porte de deusa; seus cabelos, de um louro suave, se separavam no alto da cabeça e escorriam sobre as têmporas como dois rios de ouro; parecia uma rainha com seu diadema; sua fronte, de uma brancura azulada e transparente, estendia-se larga e serena sobre as arcadas de dois cenhos quase marrons, singularidade que realçava mais ainda o efeito das pupilas verde-mar de uma vivacidade e um brilho insuportáveis. Que olhos! Como um raio, decidiram o destino de um homem; tinham uma vida, uma limpidez, um ardor, a humanidade brilhante que eu nunca tinha visto num olho humano; dali escapavam raios parecidos com flechas e que eu via nitidamente atingirem meu coração. Não sei se a chama que os iluminava vinha do céu ou do inferno, mas com toda a certeza vinha de um ou outro. Aquela mulher era um anjo ou um demônio, e talvez os dois; certamente não saía do flanco de Eva, a mãe comum. Dentes da mais bela cor de pérola do Oriente cintilavam em seu sorriso vermelho, e pequenas covinhas se abriam a cada inflexão da boca no cetim rosa de suas faces adoráveis. Quanto ao nariz, era de uma fineza e de um orgulho imperiais, e indicava a mais nobre origem. O reflexo brilhante das ágatas brincava sobre a pele lisa e acetinada de seus ombros seminus, e fileiras de grandes pérolas claras, de um tom quase semelhante ao de seu pescoço, desciam sobre o colo. De vez em quando ela mexia a cabeça com um movimento ondulante de cobra ou de pavão que estufa o peito, o que conferia um leve arrepio à gola alta, plissada e bordada que a envolvia como uma treliça de prata.

Usava um vestido de veludo nacarado, e de suas largas mangas forradas de arminho saíam mãos patrícias de uma delicadeza infinita, com dedos compridos e redondos, e de uma transparência tão ideal que deixavam passar o dia como os da aurora.

Todos esses detalhes ainda me são tão presentes como se datassem de ontem, e, embora eu estivesse extremamente perturbado, nada me escapava: a mais leve nuance, a pintinha preta no canto do queixo, a imperceptível penugem nas comissuras dos lábios, o aveludado da testa, a sombra fremente dos cílios sobre as faces, eu captava tudo com espantosa lucidez.

À medida que olhava para ela, sentia se abrirem em mim portas que até então estavam fechadas; desentupiam-se os respiradouros obstruídos de todos os sentidos, deixando entrever perspectivas desconhecidas; a vida me aparecia sob um aspecto totalmente novo; eu acabava de nascer para uma nova ordem de ideias. Uma angústia horrorosa torturava meu coração; cada minuto que passava parecia-me um segundo e um século.

Enquanto isso, a cerimônia prosseguia, e eu tinha sido levado para bem longe do mundo, cuja entrada era assediada furiosamente por meus desejos nascentes. No entanto, disse sim quando queria dizer não, quando tudo em mim se revoltava e protestava contra a violência que minha língua fazia à minha alma: uma força oculta me arrancava as palavras da garganta, contra a minha vontade. Talvez seja isso que faça com que tantas moças caminhem para o altar com a firme resolução de recusar fragorosamente o esposo que lhe impõem, e que nem uma única execute seu projeto. Sem dúvida é isso que faz com que tantas pobres noviças tomem o véu, embora bem decididas a rasgá-lo no momento de pronunciar os votos. Ninguém se atreve a causar tal escândalo diante de todos nem enganar a expectativa de tantas pessoas; todas essas vontades, todos esses olhares parecem pesar sobre você como uma chapa de chumbo; e, além disso, as medidas foram tão bem tomadas, tudo está de antemão tão bem-arrumado, de um modo tão evidentemente irrevogável, que o pensamento cede ao peso dos fatos e se prostra por completo.

O olhar da bela desconhecida mudava de expressão à medida que a cerimônia ia avançando. De início meigo e carinhoso, assumiu um ar de desdém e descontentamento como por não ter sido compreendido.

Fiz um esforço suficiente para arrancar uma montanha, para exclamar que não queria ser padre; mas não consegui dizê-lo; minha língua ficava colada no céu da boca, e para mim foi impossível traduzir minha vontade pelo mais leve movimento negativo. Perfeitamente desperto, sentia-me num estado semelhante ao do pesadelo, quando queremos gritar uma palavra da qual depende nossa vida, e não conseguimos.

Ela pareceu sensível ao martírio que eu estava enfrentando e, como para me encorajar, lançou-me um olhar cheio de divinas promessas. Seus olhos eram um poema cujos cantos correspondiam a cada olhar.

Dizia-me:

"Se queres ser meu, te farei mais feliz que o próprio Deus no seu paraíso; os anjos te invejarão. Rasga essa fúnebre mortalha com que vais te envolver; sou a beleza, sou a juventude, sou a vida; vem a mim, seremos o amor. O que Jeová poderia oferecer-te como compensação? Nossa existência transcorrerá como um sonho e será nada mais do que um beijo eterno.

"Derrama o vinho desse cálice e estarás livre. Eu te levarei para ilhas desconhecidas; dormirás sobre meu colo, num leito de ouro maciço e sob um pavilhão de prata; pois te amo e quero tirar-te de teu Deus, diante de quem tantos nobres corações vertem vagas de amor que não chegam até ele."

Eu tinha a impressão de ouvir essas palavras num ritmo de infinita doçura, pois seu olhar era quase sonoro, e as frases que seus olhos me enviavam ressoavam no fundo de meu coração como se uma boca invisível as tivesse soprado em minha alma. Sentia-me pronto para renunciar a Deus, e no entanto meu coração cumpria mecanicamente as formalidades da cerimônia. A beldade fitou-me pela segunda vez, num olhar tão suplicante, tão desesperado, que lâminas afiadas trespassaram meu coração, e senti mais gládios no peito do que a mãe das dores.

Estava feito; eu era padre.

Jamais uma fisionomia humana retratou uma angústia tão pungente; a moça que vê seu noivo cair morto subitamente a seu lado, a mãe perto do berço de seu filho, vazio, Eva sentada na soleira da porta do paraíso, o avarento que encontra uma pedra no lugar de seu tesouro, o poeta que deixou rolar no fogo o manuscrito único de sua mais bela obra, não têm uma fisionomia tão arrasada e mais inconsolável. O sangue abandonou de todo sua figura encantadora, e ela ficou de uma brancura de mármore; seus lindos braços caíram ao longo do corpo, como se os músculos tivessem se soldado, e ela se encostou numa pilastra, pois as pernas fraquejavam e escapuliam sob seu corpo.

Quanto a mim, lívido, a testa coberta de um suor mais sangrento que o do Calvário, dirigi-me cambaleando para a porta da igreja; eu sufocava; as abóbadas se achatavam sobre meus ombros, tinha a impressão de que minha cabeça sustentava sozinha todo o peso da cúpula.

Quando ia transpor a soleira, abruptamente a mão de alguém pegou a minha; a mão de uma mulher! Eu nunca tinha tocado numa. Era fria como a pele de uma serpente, e deixou-me a marca escaldante como a de um ferro em brasa.

Era ela. "Ai de ti! Ai de ti! Que fizeste?", disse-me em voz baixa; depois desapareceu na multidão.

Passou o velho bispo; olhou-me com ar severo. Eu estava com o mais estranho aspecto do mundo; empalidecia, enrubescia, tinha vertigens. Um de meus colegas teve pena de mim, pegou-me e me levou; eu teria sido incapaz de encontrar sozinho o caminho do seminário. Na esquina de uma rua, enquanto o jovem padre virava a cabeça para o outro lado, um pajem negro, estranhamente vestido, aproximou-se de mim e me entregou, sem parar sua caminhada, uma pequena pasta com cantos de ouro cinzelado, e me fez sinal para escondê-la; enfiei-a na minha manga e a segurei até que ficasse sozinho na minha cela. Arrebentei o fecho, havia apenas duas folhas com estas palavras: "Clarimonde, Palácio Concini". Nessa época eu estava tão pouco a par das coisas da vida que não conhecia Clarimonde, apesar de sua celebridade, e não tinha a menor ideia de onde ficava o Palácio Concini. Fiz mil conjecturas, cada uma mais extravagante que a outra; mas, na verdade, contanto que pudesse revê-la, pouco ligava para o que ela pudesse ser, grande dama ou cortesã.

Esse amor, nascido ainda agorinha, havia se enraizado indestrutivelmente; eu não pensava nem sequer em tentar arrancá-lo, de tal forma sentia que era impossível. Aquela mulher se apoderara completamente de mim, um só olhar bastara para me transformar; ela me soprara a sua vontade; eu não vivia mais em mim mesmo, mas nela e por ela. Fazia mil extravagâncias, beijava em minha mão o ponto que ela havia tocado, repetia seu nome horas a fio. Bastava fechar os olhos para vê-la tão claramente como se estivesse presente na realidade, e repetia a mim mesmo aquelas palavras que ela me dissera no pórtico da igreja: "Ai de ti! Ai de ti! Que fizeste?".

Compreendia o absoluto horror de minha situação, e o aspecto fúnebre e terrível do estado que eu acabava de abraçar revelava-se claramente a mim. Ser padre!, isto é, casto, não amar, não distinguir sexo nem idade, desviar-se de toda beleza, furar os próprios olhos, rastejar sob a sombra glacial de um claustro ou de uma igreja, ver apenas agonizantes, velar junto a cadáveres desconhecidos e usar seu próprio luto sobre sua sotaina preta, de modo que seu hábito possa ser a mortalha do próprio caixão!

E sentia a vida subir em mim como um lago interior que se avoluma e transborda; meu sangue pulsava com força em minhas artérias; minha juventude, tanto tempo recalcada, explodia de súbito como o áloe, que leva cem anos para florescer e eclode com um estrondo de trovão.

Que fazer para rever Clarimonde? Não tinha nenhuma desculpa para sair do seminário, pois não conhecia ninguém na cidade; nem sequer devia permanecer ali, e apenas esperava que me designassem a paróquia que deveria assumir. Tentava despregar as grades da janela, mas ela ficava a uma altura aterrorizante, e, sem escada, era impossível pensar nisso. E, aliás, só podia descer de noite; e como me orientaria no inextricável dédalo das ruas? Todas essas dificuldades, que para outros nada seriam, eram imensas para mim, pobre seminarista, apaixonado recente, sem experiência, sem dinheiro e sem roupas.

Ah! Se eu não fosse padre poderia vê-la, todos os dias; seria seu amante, seu marido, dizia para mim mesmo em meio à minha cegueira; em vez de estar enrolado em meu triste sudário, teria roupas de seda e veludo, correntes de ouro, uma espada e plumas como os belos jovens cavaleiros. Meus cabelos, em vez de estarem estragados pela grande tonsura, balançariam em torno de meu pescoço em cachos ondulantes. Teria um lindo bigode encerado, seria um bravo. Mas uma hora passada na frente de um altar, algumas palavras apenas articuladas, me cortavam para sempre do mundo dos vivos, e eu mesmo havia selado a pedra de meu túmulo, empurrado com a mão o ferrolho de minha prisão!

Fui até a janela. O céu estava admiravelmente azul, as árvores estavam vestidas de primavera; a natureza se exibia com uma alegria irônica. A praça estava coalhada de gente; uns iam, outros voltavam; jovens elegantes e jovens beldades, casal atrás de casal, dirigiam-se para os lados do jardim e das pérgulas. Companheiros de farras passavam cantando estribilhos que incitavam a beber; era movimento, vida, animação, uma alegria que realçava tristemente meu luto e minha solidão. Uma jovem mãe, na soleira da porta, brincava com o filho; beijava sua boquinha cor-de-rosa, ainda perolada de pingos de leite, e fazia para ele, provocando-o, milhares dessas infantilidades divinas que só as mães sabem inventar. O pai, que estava em pé a certa distância, sorria suavemente para aquela dupla encantadora, e seus braços cruzados apertavam a própria alegria sobre seu coração. Não consegui suportar o espetáculo; fechei a janela, joguei-me na cama com um ódio e um ciúme assustadores no coração, mordendo meus dedos e meu cobertor como um tigre em jejum há três dias.

Não sei quanto tempo fiquei assim; mas ao me virar num gesto de furioso espasmo, vi o abade Sérapion em pé no meio do quarto a me observar atentamente. Senti vergonha de mim mesmo, e, deixando minha cabeça cair sobre o peito, tapei os olhos com as mãos.

"Romuald, meu amigo, algo extraordinário está acontecendo com você", diz-me Sérapion depois de alguns minutos em silêncio; "seu comportamento é realmente inexplicável! Você, tão piedoso, tão calmo e suave, agita-se em sua cela como uma fera. Tome cuidado, meu irmão, e não dê ouvidos às sugestões do diabo; o maligno, irritado porque você se consagrou para sempre ao Senhor, ronda ao seu redor como um lindo lobo e faz um derradeiro esforço para atraí-lo. Em vez de deixar-se abater, meu querido Romuald, faça uma couraça de orações, um escudo de mortificações, e combata valentemente o inimigo; você o vencerá. É uma prova necessária à virtude e o ouro cairá mais fino da copela. Não se apavore nem desanime; as almas mais bem guardadas e mais firmes enfrentaram esses momentos. Reze, jejue, medite, e o mau espírito se retirará."

As palavras do abade Sérapion me fizeram retornar a mim mesmo, e fiquei um pouco mais calmo.

"Eu vinha lhe anunciar a sua nomeação para a paróquia de C***; o padre que mantinha o presbitério acaba de morrer, e o senhor bispo encarregou-me de instalá-lo; esteja pronto amanhã."

Respondi com um gesto de cabeça que estaria pronto, e o abade se retirou. Abri meu missal e comecei a ler orações; mas aquelas linhas logo se embaralharam diante de meus olhos; o fio das ideias se enrolou dentro de meu cérebro, e o livro escorregou de minhas mãos sem que eu reparasse.

Partir no dia seguinte sem tê-la revisto! Somar essa impossibilidade a todas que já existiam entre nós! Perder para sempre a esperança de encontrá-la, a menos que houvesse um milagre! Escrever-lhe? Por quem mandaria a carta? Com o caráter sagrado de que eu estava investido, com quem me abrir, em quem confiar? Sentia uma ansiedade terrível. Depois, o que o abade Sérapion tinha me dito sobre os artifícios do diabo me voltava à memória; a estranheza da aventura, a beleza sobrenatural de Clarimonde, o brilho fosfórico de seus olhos, a impressão escaldante de sua mão, a confusão em que me jogara, a súbita mudança que se operara em mim, minha piedade esvanecida num instante, tudo isso provava claramente a presença do diabo, e aquela mão acetinada talvez fosse apenas a luva com que ele cobrira suas garras.

Essas ideias me mergulharam num imenso terror, apanhei o missal que caíra do meu colo para o chão, e recomecei a orar.

No dia seguinte, Sérapion foi me buscar; duas mulas nos esperavam na porta, carregando nossas mirradas malas; ele subiu numa e eu na outra, de qualquer jeito.

Enquanto percorríamos as ruas da cidade, eu olhava para todas as janelas e todas as sacadas para tentar ver Clarimonde; mas era bem de manhãzinha, e a cidade ainda não tinha aberto os olhos. Meu olhar tentava mergulhar atrás das persianas e cortinas de todos os palácios defronte dos quais passávamos. Sérapion talvez atribuísse essa curiosidade à admiração que me causava a beleza da arquitetura, pois ele diminuía a marcha de seu animal para me dar tempo de ver. Finalmente chegamos à porta da cidade e começamos a escalar a colina. Quando cheguei lá no alto, virei-me para olhar mais uma vez as terras onde vivia Clarimonde. A sombra de uma nuvem cobria inteiramente a cidade; seus telhados azuis e vermelhos estavam fundidos num mesmo semitom em que emergiam aqui e acolá, como flocos brancos de espuma, as fumaças matinais. Por uma ilusão de óptica singular, desenhava-se, dourado sob um raio único de luz, um edifício que ultrapassava em altura as construções vizinhas, totalmente imersas na névoa; embora estivesse a mais de uma légua, parecia bem perto. Distinguiam-se os menores detalhes, as torrinhas, as plataformas, as janelas, e até os cata-ventos em forma de rabo de andorinha.

"Qual é aquele palácio que vejo lá longe iluminado por um raio de sol?", perguntei a Sérapion. Ele pôs a mão acima dos olhos e, depois de olhar, me respondeu: "É o antigo palácio que o príncipe Concini deu à cortesã Clarimonde; lá acontecem coisas pavorosas".

Nesse momento, e ainda não sei se é uma realidade ou uma ilusão, tive a impressão de ver passar pelo terraço uma forma esbelta e branca que brilhou um segundo e se apagou. Era Clarimonde!

Oh! Saberia ela que a essa hora, do alto daquele caminho íngreme que me afastava dela, e que eu não desceria, estava eu fitando, ardoroso e inquieto, o palácio onde ela morava, e que um irrisório jogo de luz parecia aproximá-lo de mim, como que me convidando a entrar na qualidade de seu senhor? Provavelmente ela sabia, pois sua alma estava ligada à minha com tanta simpatia que sentia as menores vibrações, e era esse sentimento que a impelira, ainda envolta em seus véus noturnos, a subir ao terraço em meio ao gélido orvalho da manhã.

A sombra alcançou o palácio, e tudo se tornou um oceano imóvel de telhados e cumes em que só se enxergava uma ondulação acidentada. Sérapion bateu em sua mula, cujo passo a minha logo imitou, e uma curva do caminho me afastou para sempre da cidade de S..., pois eu não deveria mais voltar lá. Ao fim de três dias de estrada por campos bastante tristes, vimos surgir entre as árvores o galo do campanário da igreja onde eu devia servir; e depois de seguir por ruas tortuosas bordejadas de choupanas e terrenos cercados, encontramo-nos defronte da fachada que nada tinha de suntuosa. Um pórtico enfeitado com algumas nervuras e duas ou três pilastras de arenito grosseiramente talhadas, um teto de telhas e contrafortes do mesmo arenito das pilastras, e mais nada: à esquerda o cemitério infestado de capim alto, com um grande crucifixo de ferro no meio; à direita e na sombra da igreja, o presbitério. Era uma casa de extrema simplicidade e de árida limpeza.

Entramos; umas galinhas ciscavam na terra raros grãos de aveia; aparentemente acostumadas ao hábito preto dos eclesiásticos, não se incomodavam com a nossa presença e mal se assustavam ao nos deixar passar. Um latido esganiçado e rouco se fez ouvir, e vimos correr um velho cachorro.

Era o cão do meu predecessor. Tinha o olhar meigo, o pelo cinza e todos os sintomas da mais alta velhice a que um cão pode chegar. Afaguei-o suavemente com a mão, e ele logo começou a andar ao meu lado com ar de satisfação inexprimível. Uma senhora bastante idosa, e que tinha sido a governanta do antigo pároco, foi também ao nosso encontro e, depois de ter me feito entrar numa sala baixa, perguntou se minha intenção era mantê-la. Respondi que manteria, a ela e ao cão, e também as galinhas, e toda a mobília que seu patrão tinha lhe deixado ao morrer, o que a fez sentir um ímpeto de alegria, pois o abade Sérapion concordou de imediato com o preço que ela queria.

Terminada minha instalação, o abade Sérapion retornou para o seminário. Portanto, fiquei sozinho e sem outro apoio além de mim mesmo. O pensamento de Clarimonde recomeçou a me obcecar, e, mesmo fazendo alguns esforços para expulsá-lo, nem sempre conseguia. Uma noite, passeando pelas alamedas de meu jardinzinho, ladeadas de buxos, tive a impressão de ver pela cerca viva uma forma de mulher que seguia todos os meus movimentos, e entre as folhas cintilarem as duas pupilas verde-água; mas era apenas uma ilusão, e, tendo passado para o outro lado da alameda, nada encontrei além do rastro de um pé na areia, tão pequeno que parecia um pé de criança. O jardim era cercado de muralhas muito altas; visitei todos os seus cantos e recantos, não havia ninguém. Jamais consegui explicar esse episódio, que, aliás, não era nada se comparado com as coisas estranhas que iriam acontecer comigo.

Fazia um ano que eu vivia assim, cumprindo rigorosamente todos os deveres da minha condição, rezando, jejuando, exortando e socorrendo os doentes, dando esmolas a ponto de me privar dos bens mais indispensáveis. Mas sentia sobre mim uma aridez extrema, e as fontes da graça me estavam fechadas. Não desfrutava dessa felicidade conferida pelo cumprimento de uma santa missão; meu pensamento estava em outro lugar, e as palavras de Clarimonde voltavam a toda hora a meus lábios como uma espécie de refrão involuntário. Ó irmão, medite bastante sobre isso! Por ter erguido uma única vez o olhar para uma mulher, por uma falta aparentemente tão leve, sofri durante vários anos as inquietações mais miseráveis: minha vida desandou para sempre.

Não o reterei mais tempo nessas derrotas e vitórias interiores, sempre seguidas de recaídas mais profundas, e passarei imediatamente a um episódio decisivo. Uma noite bateram violentamente à minha porta. A velha governanta foi abrir, e um homem de tez acobreada e ricamente vestido, mas seguindo uma moda estrangeira, com um longo punhal, delineou-se sob os raios da lanterna de Bárbara. Seu primeiro gesto foi de terror; mas o homem a tranquilizou, e disse-lhe que precisava me ver imediatamente para alguma coisa que dizia respeito ao meu ministério. Bárbara o fez subir. Eu ia me deitar. O homem me disse que sua amante, uma grande dama, estava às vésperas da morte e desejava um padre. Respondi que estava pronto para segui-lo; levei comigo o necessário para a extrema-unção e desci às pressas.

Na porta dois cavalos pretos como a noite batiam os pés de impaciência, e bufavam deixando no pelame dois longos rastros de fumaça. Ele segurou o estribo para mim e ajudou-me a montar num cavalo, depois pulou no outro apoiando apenas a mão no santantônio da sela. Apertou os joelhos e largou as rédeas de seu cavalo, que partiu como uma flecha. O meu, cuja brida ele segurava, também desembestou no galope e manteve-se perfeitamente lado a lado com o outro. Devorávamos o caminho; debaixo de nós, a terra corria, cinzenta e riscada, e as silhuetas negras das árvores fugiam como um exército em derrocada. Atravessamos uma floresta de sombra tão opaca e glacial que senti correr por minha pele um arrepio de supersticioso terror. As faíscas que as ferraduras de nossos cavalos arrancavam das pedras deixavam no caminho como que um rastro de fogo, e se alguém, àquela hora da noite, tivesse nos visto, meu guia e eu, teria nos confundido com duas assombrações a cavalo num pesadelo. De vez em quando, dois fogos-fátuos cruzavam o caminho, e as gralhas piavam miseravelmente no bosque cerrado, onde de longe em longe brilhavam os olhos fosforescentes de gatos selvagens. A crina dos cavalos estava cada vez mais descabelada, o suor corria por seus flancos, e o bafo saía de suas narinas barulhento e apressado. Mas quando o escudeiro os via fraquejar, dava um grito gutural para reanimá-los, que nada tinha de humano, e a corrida desembestava furiosamente.

Finalmente o turbilhão parou; ergueu-se de repente na nossa frente um volume negro espetado por alguns pontos; os passos de nossos cavalos soaram mais barulhentos sobre um piso de ferro, e entramos por uma abóbada que abria sua goela escura entre duas torres imensas. Uma grande agitação reinava no castelo; domésticos de tochas na mão cruzavam os pátios em todas as direções, e luzes subiam e desciam de patamar em patamar. Entrevi confusamente imensas arquiteturas, colunas, arcadas, escadarias e rampas, um luxo de construção feérico e perfeitamente digno de um rei. Um pajem negro, o mesmo que tinha me dado as pastas e que reconheci instantaneamente, veio me ajudar a descer, e um mordomo, vestido de veludo preto com uma corrente de ouro em volta do pescoço e uma bengala de marfim na mão, deu um passo em minha direção. Lágrimas pesadas transbordavam de seus olhos e corriam pelas faces por cima da barba branca.

"Tarde demais!", disse ele balançando a cabeça, "tarde demais!, senhor padre; mas se não pôde salvar a alma, venha velar o pobre corpo."

Pegou meu braço e me levou à sala fúnebre; eu chorava tão alto quanto ele, pois tinha entendido que a falecida era ninguém menos que Clarimonde, tanto e tão alucinadamente amada.

Havia um genuflexório ao lado da cama; uma chama azulada rodopiando sobre um vaso de bronze projetava em todo o quarto uma luz fraca e incerta, e aqui e ali fazia cintilar no escuro alguma protuberância de um móvel ou de uma sanca. Sobre a mesa, dentro de uma urna cinzelada, boiava uma rosa branca murcha cujas folhas, excetuando uma única que ainda vivia, estavam todas caídas ao pé do vaso como lágrimas perfumadas; uma máscara negra quebrada, um leque, disfarces de todo tipo estavam jogados sobre as poltronas e faziam ver que a morte havia chegado subitamente àquela suntuosa residência e sem se fazer anunciar. Ajoelhei-me sem me atrever a dar uma olhada para o leito, e comecei a recitar os salmos com grande fervor, agradecendo a Deus por ter posto um túmulo entre o pensamento dessa mulher e mim, a fim de que eu pudesse acrescentar às minhas preces seu nome doravante santificado.

Mas pouco a pouco o ânimo se arrefeceu e caí em devaneios. Aquele quarto nada tinha de câmara-ardente. Em vez do ar fétido e cadavérico que eu estava habituado a respirar nesses velórios, uma langorosa fumaça de essências orientais, sei lá eu que cheiro adorável de mulher, pairava suavemente no ar tépido. Aquela claridade pálida mais parecia uma meia-luz acesa para a volúpia do que a luzinha de reflexos amarelos que tremelica junto dos cadáveres. Eu pensava no acaso singular que me fez reencontrar Clarimonde na hora em que a perdia para sempre, e um suspiro de arrependimento escapou de meu peito. Pareceu-me que alguém também tinha suspirado atrás de mim, e virei-me sem querer. Era o eco. Nesse movimento, meus olhos caíram sobre o leito fúnebre que até então eles tinham evitado. O cortinado de adamascado vermelho com grandes flores, suspenso por franjas de ouro, deixavam ver a morta deitada e de mãos postas sobre o peito. Cobria-a um véu de linho de uma brancura resplandecente, que a púrpura escura da tapeçaria realçava ainda mais, e tão fino que nada escondia da forma encantadora de seu corpo, permitindo seguir as belas linhas onduladas como o pescoço de um cisne que nem mesmo a morte conseguira endurecer. Dir-se-ia uma estátua de alabastro feita por um escultor hábil para colocar sobre um túmulo de rainha, ou então uma moça adormecida sobre quem tivesse nevado.

Eu não aguentava mais; aquele ar de alcova me deixava tonto, aquele perfume febril de rosa semimurcha subia ao meu cérebro, e eu andava a passos largos pelo quarto, parando a cada volta diante do estrado para observar a graciosa falecida sob a transparência da mortalha. Estranhos pensamentos atravessavam meu espírito; imaginava que ela não estava realmente morta, e que era apenas uma astúcia que usara para me atrair a seu castelo e revelar seu amor. A certa altura, pensei até ter visto seu pé se mexer entre a brancura dos véus, e desfazer as pregas retas do sudário.

E depois dizia comigo mesmo: "Será mesmo Clarimonde? Que provas tenho? Esse pajem negro não pode ter passado para o serviço de outra mulher? De fato, estou mesmo louco por me sentir tão desconsolado e agitado". Mas meu coração respondeu com um batimento acelerado: "É ela mesmo, é ela mesmo". Aproximei-me do leito e olhei com atenção redobrada o objeto de minha incerteza. Confessarei a você? Aquela perfeição de formas, se bem que purificada e santificada pela sombra da morte, me perturbava mais voluptuosamente do que devia, e aquele repouso parecia tanto um sono que qualquer um se enganaria.

Esqueci que tinha ido a um ofício fúnebre, e imaginei que era um recém-casado entrando no quarto de sua noiva que esconde o rosto por pudor e não quer se deixar ver. Consternado de dor, alucinado de alegria, trêmulo de receio e prazer, debrucei-me sobre ela e peguei a ponta da mortalha; levantei-a devagar, retendo minha respiração por temer acordá-la. Minhas artérias latejavam com tal força que eu as sentia assobiar em minhas têmporas, e o suor escorria por minha testa como se eu tivesse remexido numa lápide de mármore.

Era mesmo Clarimonde, tal como eu a conhecera na igreja no dia da minha ordenação; sempre tão sedutora, e a morte parecia uma faceirice a mais. A palidez de suas faces, o rosa menos vivo de seus lábios, os longos cílios abaixados e recortando sua franja castanha contra a palidez davam-lhe uma expressão de castidade melancólica e sofrimento pensativo cuja força de sedução era inexprimível; seus longos cabelos soltos, em que ainda se viam algumas florzinhas azuis, formavam um travesseiro para sua cabeça e protegiam com os cachos a nudez dos ombros; suas belas mãos, mais puras, mais diáfanas do que hóstias, estavam cruzadas em atitude de piedoso repouso e tácita oração, que corrigia o que poderiam ter tido de sedutoras demais, mesmo na morte; e seus braços nus delicadamente roliços e polidos como o marfim, dos quais não haviam tirado suas pulseiras de pérolas.

Fiquei muito tempo absorto em muda contemplação, e quanto mais olhava para ela, menos conseguia acreditar que a vida tinha abandonado para sempre aquele belo corpo. Não sei se era uma ilusão ou um reflexo da lamparina, mas parecia que o sangue recomeçava a circular sob a palidez opaca; no entanto ela continuava na mais perfeita imobilidade. Toquei de leve seu braço; estava frio, mas não mais frio do que sua mão no dia em que roçara na minha sob o pórtico da igreja. Voltei a meu estado normal e debrucei meu rosto sobre o seu, deixando chover sobre suas faces o morno orvalho de minhas lágrimas. Ah!, que sentimento amargo de desespero e impotência! Que agonia aquele velório! Gostaria de poder reunir toda a minha vida para lhe dar e soprar sobre seu gélido despojo a chama que me devorava. A noite avançava, e, sentindo se aproximar o momento da separação eterna, não consegui me recusar à triste e suprema doçura de deixar um beijo nos lábios mortos daquela que teve todo o meu amor.

Ó prodígio! Um leve sopro misturou-se ao meu sopro, e a boca de Clarimonde respondeu à pressão da minha: seus olhos se abriram e recuperaram um pouco de brilho, ela deu um suspiro e, descruzando os braços, passou-os atrás de meu pescoço com ar de júbilo inefável. "Ah!, és tu, Romuald", disse com voz lânguida e doce como as últimas vibrações de uma harpa, "mas o que estás fazendo? Esperei-te tanto tempo que morri; mas agora estamos noivos, poderei te ver e ir à tua casa.

Adeus, Romuald, adeus! Eu te amo; é tudo o que queria te dizer, e devolvo-te a vida que convocaste sobre mim por um minuto com teu beijo; até breve."

Sua cabeça caiu para trás, mas ela continuava a me segurar entre seus braços, como para me reter. Um turbilhão de vento arrebentou a janela e entrou no quarto; a última pétala da rosa branca palpitou por um instante como uma asa na ponta da haste, depois se soltou e voou pela janela aberta, levando a alma de Clarimonde. A lamparina se apagou e caí desfalecido sobre o seio da bela falecida.

Quando voltei a mim, estava deitado em minha cama, no quartinho do presbitério, e o velho cachorro do ex-pároco lambia minha mão que saía para fora do cobertor. Bárbara se movimentava no quarto com um tremor senil, abrindo e fechando gavetas, remexendo pós dentro de copos. Ao me ver abrir os olhos, a velha deu um grito de alegria, o cão soltou um uivo e abanou o rabo; mas eu estava tão fraco que não consegui pronunciar uma só palavra nem fazer um só gesto.

Soube então que tinha ficado assim durante três dias, não dando outro sinal de vida além de uma respiração quase insensível. Esses três dias não contam em minha vida, e não sei onde meu espírito esteve durante todo esse tempo; não tenho a menor lembrança. Bárbara me contou que o mesmo homem de tez acobreada, que tinha ido me buscar durante a noite, havia me levado de volta de manhã numa liteira fechada e partira logo em seguida. Mal consegui concatenar minhas ideias, repassei em meu interior todas as circunstâncias daquela noite fatal. Primeiro pensei que tinha sido vítima de uma ilusão mágica; mas circunstâncias reais e palpáveis logo destruíram essa suposição. Não conseguia acreditar que tivesse sonhado, já que Bárbara tinha visto tanto quanto eu o homem com os dois cavalos pretos cujos arreios e aparência ela descrevia com exatidão. No entanto, ninguém conhecia nas redondezas um castelo que combinasse com a descrição daquele onde encontrei Clarimonde.

Uma bela manhã vi o abade Sérapion entrar. Bárbara lhe comunicara que eu estava doente, e ele acorrera às pressas. Embora essa solicitude demonstrasse afeto e interesse por minha pessoa, sua visita não me deu o prazer que deveria ter dado. O abade Sérapion tinha no olhar algo penetrante e de inquisidor que me perturbava. Diante dele sentia-me constrangido e culpado. Foi o primeiro a descobrir meu drama interior, e eu estava zangado com ele por essa clarividência.

Enquanto me pedia notícias de minha saúde num tom hipocritamente melífluo, fixava em mim suas duas pupilas de leão, amarelas, e seu olhar afundava em minha alma como uma sonda. Depois me fez algumas perguntas sobre a administração de minha paróquia, se eu estava satisfeito, em que passava o tempo de folga deixado por meu ministério, se eu tinha feito alguns conhecimentos entre os moradores do lugar, quais eram minhas leituras favoritas, e mil outros detalhes do gênero. Respondi a tudo isso o mais brevemente possível, e, sem esperar que eu tivesse terminado, ele passava a outra coisa. Evidentemente, essa conversa não tinha nada a ver com o que ele queria dizer. Depois, sem nenhuma preparação, e como uma notícia de que se lembrasse agorinha mesmo e temesse esquecer depois, disse em voz clara e vibrante que ressoou em meu ouvido como as trombetas do Juízo Final:

"A grande cortesã Clarimonde morreu recentemente, após uma orgia que durou oito dias e oito noites. Foi uma coisa infernalmente esplêndida. Lá reviveram as abominações dos festins de Baltasar e de Cleópatra. Em que século estamos vivendo, meu Deus! Os convivas eram servidos por escravos morenos que falavam uma língua desconhecida e cujo aspecto me pareceu tal e qual o de verdadeiros demônios; a libré do mais modesto poderia servir de traje de gala para um imperador. Desde sempre corriam sobre essa Clarimonde histórias muito esquisitas, e todos os seus amantes terminaram de modo miserável ou violento. Disseram que era uma *ghoul*, uma vampira; mas acho que era Belzebu em pessoa."

Calou-se e me observou mais atentamente que nunca, para ver o efeito de suas palavras. Não consegui evitar um gesto ao ouvi-lo dizer "Clarimonde", e essa notícia de sua morte, além da dor que me causava pela estranha coincidência com a cena noturna que eu testemunhara, jogou-me numa agitação e num pavor que se estamparam em meu rosto, por mais que eu fizesse para controlá-los. Sérapion me deu uma olhadela inquieta e severa; depois disse:

"Meu filho, devo adverti-lo, você está com o pé levantado sobre um abismo, tome cuidado para não cair. Satã tem as garras compridas, e os túmulos nem sempre são fiéis. A pedra que cobre Clarimonde deveria ser selada com um triplo selo, pois, pelo que dizem, não é a primeira vez que ela morre. Que Deus o proteja, Romuald!"

Depois de dizer essas palavras, Sérapion voltou para a porta a passos lentos, e nunca mais o revi; partiu para S*** praticamente na mesma hora.

Eu estava perfeitamente restabelecido e tinha retomado minhas funções habituais. A lembrança de Clarimonde e as palavras do velho padre estavam sempre presentes no meu espírito, porém nenhum acontecimento extraordinário foi confirmar as previsões fúnebres de Sérapion. Eu começava a crer que seus temores e meus terrores eram exagerados, mas uma noite tive um sonho. Mal havia sorvido os primeiros goles do sono, ouvi alguém abrir o cortinado de minha cama e puxar as argolas do trilho com um ruído forte; abruptamente recostei-me sobre os cotovelos e vi uma sombra de mulher em pé na minha frente.

Na mesma hora reconheci Clarimonde.

Ela trazia na mão uma pequena lamparina com a forma dessas que se põem nos túmulos, cuja luz dava a seus dedos finos uma transparência rosa que se prolongava numa gradação insensível até a brancura opaca e leitosa de seu braço nu. Sua única vestimenta era o sudário de linho que a cobria em seu leito de morte, e cujas pregas ela prendia no peito, como se envergonhada de estar tão pouco vestida, mas sua mãozinha não era suficiente; estava tão branca que a cor do pano se confundia com a de suas carnes sob o pálido raio da lamparina. Enrolada nesse fino tecido que revelava todos os contornos de seu corpo, mais parecia uma estátua de mármore de banhista antiga do que uma mulher dotada de vida. Morta ou viva, estátua ou mulher, sombra ou corpo, sua beleza era inalterável; só o brilho verde de suas íris estava meio embaçado, e sua boca, outrora tão vermelha, agora tinha apenas o tom rosa pálido e suave quase parecido com o de suas faces. As florzinhas azuis que eu tinha notado em seus cabelos estavam completamente secas e haviam perdido praticamente todas as folhas; nem por isso ela era menos sedutora, tão sedutora que, apesar da singularidade da aventura e da forma inexplicável como tinha entrado em meu quarto, nem por um instante fiquei apavorado.

Colocou a lamparina na mesa e sentou-se ao pé de minha cama, depois disse debruçando-se sobre mim, com aquela voz a um só tempo argentina e aveludada que só nela conheci:

"Deixei-te esperando bastante, meu querido Romuald, e deves ter pensado que eu havia te esquecido. Mas venho de bem longe, e de um lugar de onde ninguém ainda retornou: não há lua nem sol no país de onde venho; é só espaço e sombra; nem caminho, nem vereda; nenhuma terra para o pé, nenhum ar para a asa; e no entanto eis-me aqui, pois o amor é mais forte que a morte, e acabará por vencê-la. Ah!, quantas faces prostradas e coisas terríveis vi em minha viagem! Quanta dificuldade teve minha alma, que voltou a este mundo pela força da vontade, para reencontrar seu corpo e nele se reinstalar! Quantos esforços precisei fazer antes de levantar a lápide com que me cobriram! Olha!, as palmas de minhas pobres mãos estão todas machucadas. Beija-as para curá-las, meu amor querido!"

Ela comprimiu uma após outra as palmas frias de suas mãos em minha boca; beijei-as, de fato, diversas vezes, e ela me olhava com um sorriso de inefável condescendência.

Confesso, para minha vergonha, que tinha esquecido totalmente as advertências do abade Sérapion e o compromisso que eu tinha assumido. Tombei sem resistência, e na primeira investida. Nem mesmo tentei rechaçar o tentador; a frescura da pele de Clarimonde penetrava na minha, e eu sentia correr por meu corpo voluptuosos arrepios. Pobre criança! Apesar de tudo o que vi, ainda custo a crer que fosse um demônio; pelo menos não tinha o menor jeito, e nunca Satã escondeu melhor suas garras e seus chifres. Tinha encolhido os calcanhares debaixo de si e continuava acocorada na beira do meu colchão numa pose cheia de um displicente coquetismo. De vez em quando passava sua mãozinha por meus cabelos e os enrolava em cachos como para testar em meu rosto um novo penteado. Eu me entregava com a mais culpada condescendência, e ela tudo acompanhava com o balbucio mais encantador. Notável é que eu não sentisse o menor espanto com uma aventura tão extraordinária, e com essa facilidade de nossa visão para admitir como muito simples os acontecimentos mais estranhos, eu nada via ali que não fosse perfeitamente natural.

"Eu te amava muito antes de te ver, meu querido Romuald, e te procurava por toda parte. Eras meu sonho, e te avistei na igreja no momento fatal, e disse imediatamente: 'É ele!'. Dei-te um olhar em que pus todo o amor que eu tivera, que tinha e que teria por ti; um olhar capaz de danar um cardeal, de fazer um rei ajoelhar a meus pés diante de toda a corte. Ficaste impassível e preferiste teu Deus a mim.

"Ah!, como tenho ciúme de Deus, que amaste e amas ainda mais que a mim!

"Ai de mim! Como sou infeliz! Nunca terei teu coração só para mim, eu, que tu ressuscitaste com um beijo, Clarimonde, a morta, que por tua causa força as portas do túmulo e vem te dedicar uma vida que ela só reviveu para fazer-te feliz!"

Todas essas palavras eram entrecortadas de carícias delirantes que atordoaram meus sentidos e minha razão a ponto de eu já não temer, para consolá-la, proferir uma terrível blasfêmia, e dizer que a amava tanto quanto a Deus.

Suas pupilas se reavivaram e brilharam como crisoprásios.

"Verdade!, bem verdade! Tanto quanto a Deus!", ela disse me tomando em seus belos braços. "Já que é assim, virás comigo, me seguirás para onde eu quiser.

A MORTE AMOROSA 231

Deixarás tuas feias batinas pretas. Serás o mais orgulhoso e o mais invejado dos cavaleiros, serás meu amante. Ser o amante declarado de Clarimonde, que recusou um papa, como isso é belo! Ah!, a boa vida muito feliz, a bela existência dourada que levaremos! Quando partimos, meu lorde?"

"Amanhã! Amanhã!", gritei em meu delírio.

"Amanhã. Está bem!", ela recomeçou. "Terei tempo de mudar de roupa, pois esta é um pouco sumária e não vale nada para a viagem. Preciso também avisar meus criados que acreditam que estou seriamente morta e estão no auge do desconsolo. O dinheiro, as roupas, as carruagens, tudo estará pronto; virei pegar-te a esta hora. Adeus, meu coração querido."

E roçou a ponta dos lábios na minha testa. A lamparina se apagou, as cortinas se fecharam, e não vi mais nada; um sono de chumbo, um sono sem sonho abateu-se sobre mim e deixou-me entorpecido até a manhã seguinte. Acordei mais tarde que de costume, e a lembrança daquela visão singular agitou toda a minha manhã; acabei me convencendo de que era apenas fruto de minha imaginação excitada. No entanto, as sensações tinham sido tão vivas que era difícil acreditar que não haviam sido reais e, não sem certa apreensão pelo que ia acontecer, fui para a cama depois de ter rezado a Deus para que afastasse de mim os maus pensamentos e protegesse a castidade de meu sono.

Logo ferrei no sono, e meu sonho prosseguiu. As cortinas se afastaram, e vi Clarimonde, não como da primeira vez, pálida no seu pálido sudário e com as faces violeta como a morte, mas alegre, lépida e viçosa, com um fantástico traje de viagem de veludo verde enfeitado de galões de ouro e levantado de um lado para deixar ver uma saia de cetim. Seus cabelos louros caíam em cachos grandes de um largo chapéu de feltro preto cheio de plumas brancas caprichosamente reviradas; ela segurava um pequeno chicote terminado por um apito de ouro. Tocou em mim de leve e disse:

"Bem!, lindo dorminhoco, é assim que fazes teus preparativos? Contava encontrar-te de pé. Levanta-te bem depressa, não temos tempo a perder."

Pulei para fora da cama.

"Anda, tu te vestes e partimos", disse apontando com o dedo uma pequena trouxa que tinha trazido; "os cavalos se aborrecem e estão impacientes na porta. Já deveríamos estar a dez léguas daqui."

Vesti-me às pressas, e ela mesma ia me passando as peças de roupa, rindo às gargalhadas de minha falta de jeito, e me indicando o uso de cada uma quando eu me enganava. Arrumou meu cabelo e, quando acabou, estendeu-me um espelhinho de bolso, de cristal de Veneza, rodeado por uma filigrana de prata, e disse:

"O que achas de tua aparência? Queres me contratar para teu serviço como valet de chambre?"

Eu não era mais o mesmo, não me reconheci. Não parecia mais comigo, tanto quanto uma estátua terminada não parece um bloco de pedra. Meu antigo rosto lembrava apenas o esboço grosseiro do que o espelho refletia. Eu estava bonito, e minha vaidade foi sensivelmente afagada com essa metamorfose. Aquelas roupas elegantes, aquela rica veste bordada faziam de mim um personagem totalmente diferente, e eu admirava a força de umas poucas varas de tecido cortadas de certo modo. O espírito de meu traje penetrava em minha pele, e dez minutos depois eu estava razoavelmente enfatuado.

Dei voltas pelo quarto para me sentir à vontade. Clarimonde olhava para mim com cara de condescendência materna e parecia muito contente com sua obra.

"Pronto, agora chega de criancices; para a estrada, meu querido Romuald! Iremos longe e não chegaremos a tempo."

Pegou-me pela mão e me arrastou. Todas as portas se abriam diante dela, mal as tocava, e passamos pelo cachorro sem acordá-lo.

Na porta, encontramos Margheritone; era o escudeiro que já tinha me conduzido; ele segurava a brida de três cavalos pretos como os primeiros, um para mim, um para ele, um para Clarimonde. Aqueles cavalos só podiam ser ginetes da Espanha, nascidos de jumentas fecundadas pelo zéfiro; pois iam tão depressa quanto o vento, e a lua, que se levantara na nossa partida para nos iluminar, rolava no céu como uma roda que se desprendeu de uma carruagem; a lua estava à nossa direita, pulando de árvore em árvore e perdendo o fôlego para correr atrás de nós. Logo chegamos a uma planície onde, perto de um bosque, nos esperava um carro atrelado com quatro animais vigorosos; subimos, e os cocheiros os puseram num galope alucinante. Um de meus braços passava pela cintura de Clarimonde e uma de suas mãos estava fechada dentro da minha; ela encostava a cabeça em meu ombro, e eu sentia seu colo seminu roçar em meu braço. Nunca tinha sentido uma felicidade tão intensa. Naquele momento estava esquecido de tudo, e me lembrava de ter sido padre tanto quanto me lembrava do que tinha feito no seio de minha mãe, tal era o grande fascínio do espírito maligno sobre mim.

Dessa noite em diante, de certa forma minha natureza se desdobrou, e dentro de mim passou a haver dois homens que não se conheciam. Ora eu me considerava um padre que sonhava toda noite que era um nobre, ora um nobre que sonhava que era padre. Não conseguia separar o sonho da vigília, e não sabia onde começava a realidade e onde terminava a ilusão. O jovem senhor enfatuado e libertino zombava do padre, o padre detestava as libertinagens do jovem senhor. Duas espirais enredadas uma na outra e enroladas sem nunca se tocarem representam muito bem a vida bicéfala que foi a minha. Apesar da estranheza da situação, não creio ter um só instante beirado a loucura. Sempre conservei muito nítidas as percepções de minhas duas existências. Só que havia um fato absurdo que eu não conseguia explicar: é que o sentimento do mesmo "eu" existisse em dois homens tão diferentes. Era uma anomalia da qual não me dava conta, tanto ao pensar que era o pároco do vilarejo de ***, como ao imaginar que era Signor Romualdo, amante titular de Clarimonde.

O fato é que eu estava, ou pelo menos imaginava estar, em Veneza; ainda não conseguira esclarecer o que havia de ilusão e de realidade nessa bizarra aventura. Morávamos num grande palácio de mármore que dava para o Canaleio, repleto de afrescos e estátuas, com dois Ticianos da melhor época no quarto de Clarimonde, um palácio digno de um rei. Cada um de nós tinha a sua gôndola e as suas barcarolas a seu serviço, nossa sala de música e nosso poeta.

Clarimonde concebia a vida em grande estilo, e sua natureza tinha algo de Cleópatra. Quanto a mim, eu levava uma vida de filho de príncipe, e tinha a pose de um membro da família de um dos doze apóstolos ou dos quatro evangelistas da Sereníssima República; não teria me desviado de meu caminho para deixar o doge passar, e não creio que, desde que Satanás caiu do céu, ninguém tivesse sido mais orgulhoso e mais insolente. Ia ao Ridotto, e jogava um jogo diabólico. Via a melhor sociedade do mundo, filhos de família arruinados, divas de teatro, vigaristas, parasitas e espadachins.

No entanto, apesar da dissipação dessa vida, mantive-me fiel a Clarimonde. Amava-a perdidamente. Ela seria capaz de despertar a própria saciedade e fazer da inconstância constância. Ter Clarimonde era ter vinte amantes, era ter todas as mulheres, de tal forma era *mobile*, mutável e tão diferente de si mesma; um verdadeiro camaleão! Levava você a cometer com ela a infidelidade que teria cometido com outras, assumindo por completo o temperamento, o jeito e o tipo de beleza da mulher que parecia agradar a você.

Retribuía o meu amor centuplicado, e foi em vão que os jovens patrícios e até os velhos do Conselho dos Dez fizeram-lhe as mais fantásticas propostas. Um Foscari chegou a ponto de lhe propor casamento; ela tudo recusou. Tinha ouro suficiente, queria apenas amor, um amor jovem, puro, despertado por ela, e que devia ser o primeiro e o último. Não fosse um maldito pesadelo que voltava todas as noites, quando eu pensava ser um pároco de aldeia se macerando e fazendo penitência por causa de meus excessos do dia, eu teria conhecido a felicidade completa. Sereno, depois de ter me acostumado a estar com ela, quase já não pensava no modo estranho como eu tinha conhecido Clarimonde. Entretanto, por vezes o que o abade Sérapion me dissera voltava à minha memória e me deixava inquieto.

De uns tempos para cá a saúde de Clarimonde já não era tão boa; sua tez estava cada dia mais mortiça. Os médicos que foram chamados nada entendiam de sua doença, não sabiam o que fazer. Prescreveram alguns remédios insignificantes e não voltaram mais. No entanto, ela empalidecia a olhos vistos e tornava-se cada vez mais fria. Estava quase tão branca e tão morta como na famosa noite no castelo desconhecido. Eu me sentia desconsolado ao vê-la se consumindo assim, lentamente. Tocada por minha dor, ela me sorria suave e tristemente com o sorriso fatal de quem sabe que vai morrer.

Certa manhã, estava sentado perto de sua cama e almoçava sobre uma mesinha para não deixá-la nem um minuto. Ao cortar uma fruta, fiz sem querer um talho bastante fundo no dedo. Logo o sangue jorrou em filetes púrpura, e algumas gotas respingaram em Clarimonde. Seus olhos se iluminaram, sua fisionomia assumiu uma expressão de alegria feroz e selvagem que eu nunca tinha visto. Pulou para fora da cama com uma agilidade animal, uma agilidade de macaco ou gato, e jogou-se sobre o ferimento e começou a chupá-lo com jeito de indizível volúpia. Sorvia o sangue aos golinhos, como um gourmet que saboreia um vinho de Jerez ou de Siracusa. Piscava os olhos quase fechados, e a pupila de suas íris verdes transformara-se de oblonga em redonda. De vez em quando ela parava para beijar minha mão, depois recomeçava a apertar com os lábios as bordas da ferida para fazer sair mais umas gotas vermelhas. Quando viu que não saía mais sangue, levantou-se com os olhos úmidos e brilhantes, mais rosada que uma aurora de maio, o rosto pleno, a mão morna e úmida, enfim, mais bela que nunca e num estado de perfeita saúde.

"Não morrerei!, não morrerei!", disse, alucinada de alegria e se pendurando em meu pescoço. "Poderei te amar ainda muito tempo. Minha vida está na tua, e tudo o que sou vem de ti. Algumas gotas de teu rico e nobre sangue, mais precioso e eficaz que todos os elixires do mundo, me restituíram a vida."

Essa cena me deixou por muito tempo preocupado e me infundiu estranhas dúvidas quanto a Clarimonde, e, na própria noite, quando o sono me levou de volta ao presbitério, vi o abade Sérapion mais grave e ansioso do que nunca. Olhou-me atentamente e disse: "Não contente de perder sua alma, você quer perder também seu corpo. Desafortunado rapaz, em que cilada você caiu!". O tom em que disse essas poucas palavras me impressionou vivamente; mas, apesar de sua vivacidade, a impressão foi logo dissipada, e mil outros afazeres a apagaram de meu espírito.

Uma noite, porém, vi pelo meu espelho, cuja pérfida posição ela não tinha calculado, Clarimonde despejando um pó na taça de vinho temperado que costumava preparar depois da refeição. Peguei a taça, fingi levá-la aos lábios e deixei-a em cima de algum móvel como para terminá-la mais tarde, tranquilamente, e, aproveitando um instante em que a beldade estava de costas, joguei o conteúdo debaixo da mesa. Depois, retirei-me para meu quarto e me deitei, decidido a não dormir e a ver o desfecho de tudo aquilo. Não esperei muito; Clarimonde entrou de camisola e, tendo se livrado dos véus, deitou-se ao meu lado na cama. Quando teve certeza de que eu estava dormindo, descobriu meu braço e tirou do cabelo um alfinete de ouro; depois começou a murmurar em voz baixa:

"Uma gota, só uma gotinha vermelha, um rubi na ponta de minha agulha!... Já que ainda me amas, não devo morrer... Ah! pobre amor, teu belo sangue de cor púrpura tão brilhante, vou bebê-lo. Dorme, meu único bem; dorme, meu deus, meu menino; não te farei mal, só pegarei de tua vida o necessário para não deixar que a minha se extinga. Se não te amasse tanto poderia ter outros amantes cujas veias eu secaria; mas desde que te conheço tenho horror a todo mundo... Ah!, que lindo braço! Como é roliço! Como é branco! Jamais ousarei espetar essa linda veia azul."

E, enquanto dizia isso, chorava, e eu sentia suas lágrimas choverem sobre meu braço que ela ainda segurava entre as mãos. Finalmente se decidiu, deu-me uma pequena injeção com a agulha e começou a bombear o sangue que escorria. Embora tivesse bebido apenas umas gotas, o medo de me esgotar a invadiu, e, depois de esfregar a ferida com um unguento que a cicatrizou na mesma hora, cuidadosamente enrolou uma bandagem no meu braço.

Eu não podia mais ter dúvidas, o abade Sérapion tinha razão. No entanto, apesar dessa certeza, não conseguia deixar de amar Clarimonde, e de bom grado teria lhe dado todo o sangue necessário para manter sua existência artificial. Aliás, eu não sentia um grande medo; para mim, a mulher poderia ser uma vampira, e o que eu tinha ouvido e visto me tranquilizava de vez; na época minhas veias eram abundantes e não secariam tão cedo, e eu não barganhava minha vida gota a gota. Eu mesmo teria cortado o braço e lhe dito: "Bebe!, e que meu amor se infiltre em teu corpo junto com meu sangue!". Evitava fazer a menor alusão ao narcótico que ela havia despejado no meu copo e à cena da agulha, e vivíamos na mais perfeita harmonia.

No entanto, meus escrúpulos de padre me atormentavam mais que nunca, e não sabia que nova maceração inventar para domesticar e mortificar minha carne. Embora todas essas visões fossem involuntárias e eu não participasse de nada, não me atrevia a tocar no Cristo com mãos tão impuras e um espírito conspurcado por tais deboches reais ou sonhados. Para evitar cair nessas exaustivas alucinações, tentava me impedir de dormir, com os dedos mantinha as pálpebras abertas e ficava em pé encostado nas paredes, lutando contra o sono com todas as minhas forças; mas logo a areia do adormecimento rolava em meus olhos, e ao ver que toda luta era inútil eu baixava os braços desanimado e cansado, e a torrente me arrastava de novo para as praias pérfidas.

Sérapion me fazia as exortações mais veementes, e criticava duramente minha moleza e meu pouco fervor. Um dia em que estive mais agitado que de costume, ele me disse:

"Só há um meio de você se livrar dessa obsessão, e, mesmo sendo extremo, temos de empregá-lo: para os grandes males, grandes remédios. Sei onde Clarimonde foi enterrada; precisamos desenterrá-la para que você veja em que estado lamentável está o objeto do seu amor; você não será mais tentado a perder sua alma por um cadáver imundo devorado pelos vermes e prestes a se desmanchar em pó; isso certamente o fará voltar ao bom caminho."

Quanto a mim, estava tão exausto com essa vida dupla que aceitei: querendo saber, de uma vez por todas, quem, se o padre ou o nobre, era tapeado por uma ilusão, estava decidido a matar em proveito de um ou outro um dos dois homens que havia dentro de mim, ou a matá-los ambos, pois aquela vida não podia durar. O abade Sérapion muniu-se de uma picareta, de uma alavanca e de uma lanterna, e à meia-noite nos dirigimos para o cemitério de ***, cujos jazigos e disposição ele conhecia perfeitamente.

Depois de virar a luz da lanterna para as inscrições de vários túmulos, chegamos enfim a uma lápide meio escondida pelo mato e devorada por musgos e plantas parasitas, onde deciframos esse início de inscrição:

Aqui jaz Clarimonde
Que foi em vida
A mais bela do mundo.

"É aqui mesmo", disse Sérapion, e pondo no chão a lanterna enfiou a alavanca no interstício da lápide e começou a levantá-la. A pedra cedeu, e ele pôs mãos à obra, com a picareta. Eu, mais negro e mais silencioso que a própria noite, o observava; quanto a ele, curvado sobre seu trabalho fúnebre, pingava de suor, ofegava, e sua respiração apressada lembrava um estertor de agonizante.

Era um estranho espetáculo, e quem nos visse de fora mais acharia que éramos profanadores e ladrões de mortalhas do que sacerdotes de Deus. O zelo de Sérapion tinha algo de duro e de selvagem que o fazia parecer um demônio, mais do que um apóstolo ou um anjo, e seu rosto de feições austeras e profundamente acentuadas pelo reflexo da lanterna não tinha nada de pacífico. Senti meus membros porejarem um suor glacial, e meus cabelos se arrepiavam dolorosamente na cabeça; no fundo de mim mesmo considerava a ação do severo Sérapion um sacrilégio abominável, e gostaria que do flanco das nuvens escuras que rolavam pesadas acima de nós saísse um triângulo de fogo que o reduzisse a pó. Os mochos empoleirados nos ciprestes, inquietados pelo brilho da lanterna, vinham fustigar o vidro com suas asas poeirentas, soltando gemidos queixosos; as raposas ganiam ao longe, e mil ruídos sinistros se soltavam do silêncio.

Finalmente a picareta de Sérapion bateu no caixão, cujas pranchas ressoaram com um ruído surdo e sonoro, com aquele barulho terrível que emite o nada quando tocado; ele virou a tampa, e entrevi Clarimonde pálida como o mármore, as mãos postas; seu sudário branco formava uma só prega da cabeça aos pés. Uma gotinha vermelha brilhava como uma rosa no canto de sua boca descorada.

Diante do que viu, Sérapion ficou furioso:

"Ah!, estás aí, demônio, cortesã, impudica, bebedora de sangue e ouro!", e aspergiu de água benta o corpo e o caixão sobre o qual traçou com o próprio aspersório a forma de um crucifixo.

Mal a pobre Clarimonde foi tocada pelo santo orvalho, seu belo corpo ruiu em pó; não foi mais que uma mistura horrivelmente disforme de cinzas e ossos semicarbonizados.

"Aí está a sua amante, senhor Romuald", disse o padre, inexorável ao me mostrar aqueles tristes despojos; "ainda estará tentado a passear no Lido e na Fusine com sua beldade?"

Baixei a cabeça; uma grande ruína acabava de se formar dentro de mim. Retornei ao presbitério, e o senhor Romuald, amante de Clarimonde, separou-se do pobre sacerdote, a quem por tanto tempo fizera uma estranha companhia. Só que na noite seguinte vi Clarimonde; ela me disse, como na primeira vez sob o pórtico da igreja:

"Ai de ti! Ai de ti! Que fizeste? Por que escutaste esse padre imbecil? Não eras feliz? E o que eu tinha te feito para violares meu pobre túmulo e desnudar os horrores do meu nada? Doravante está rompida qualquer comunicação entre nossas almas e nossos corpos. Adeus, terás saudades de mim."

Dissipou-se no ar como fumaça e não tornei a vê-la.

Que pena! Ela falava a verdade: senti saudades dela mais de uma vez e ainda sinto. A paz de minha alma foi bem dispendiosamente comprada; o amor de Deus não era tão grande para substituir o dela.

É essa, irmão, a história de minha juventude. Jamais olhe para uma mulher, e ande sempre com os olhos fitos na terra, pois, por mais casto e calmo que você seja, basta um minuto para fazê-lo perder a eternidade.

Tradução de Rosa Freire D'Aguiar

PROSPER MÉRIMÉE

A Vênus de Ille

("La Vénus d'Ille", 1837)

*Aqui está um outro grande tema do fantástico oitocentista: a sobrevivência da
Antiguidade clássica e a anulação da descontinuidade histórica que nos separa do mundo greco-romano, com tudo o que ele significa em oposição ao nosso mundo.*

*Eu poderia ter escolhido para representar este tema "Arria Marcella", de Théophile
Gautier (1852), que se passa em Pompeia e tem um lance de sensual sutileza: a entrada
no mundo do passado é propiciada pela marca do seio de uma jovem na lava. Ou então
"The Last of Valerii", de Henry James (1874) — o tema teve muitas versões. Mas preferi
este conto porque ele é bem representativo de Mérimée (1803-70) e de sua fiel atenção à
"cor local", aos climas, à atmosfera humana.*

*Os contos fantásticos de Mérimée não são numerosos, mas são essenciais por sua
arte narrativa: lembro de "Lokis" (1868), história de superstições lituanas, com uma
inesquecível descida ao mundo animal das florestas.*

*A Vênus de Ille, estátua de cobre — romana ou grega —, é malvista pelos habitan-
tes do vilarejo basco do Roussillon, onde foi recentemente descoberta. Os moradores a
consideram um "ídolo". O noivo da filha do arqueólogo local, só por brincadeira, tira o
anel e o coloca no dedo da estátua. Não conseguirá mais retirá-lo. Casou-se com a estátua?
A Vênus gigantesca, sonho da serena beleza olímpica, se transforma, na primeira noite
de núpcias, em um pesadelo de terror.*

Ei sia propizia e benigna questa statua tanto possante. *

Luciano, *L'amante di bugie*

Eu estava descendo a última encosta do Canigou e, embora o sol já tivesse se posto, eu distinguia na planície as casas da cidadezinha de Ille, para onde me dirigia.

"Você sabe", disse ao catalão que era meu guia desde a véspera, "você sabe talvez onde mora Monsieur de Peyrehorade?"

"Se sei!", ele gritou, "conheço a casa dele como se fosse a minha, e se não estivesse tão escuro eu lhe mostraria. É a mais bonita de Ille. Monsieur de Peyrehorade tem dinheiro à beça; e vai casar o filho com uma ainda mais rica do que ele."

"E esse casamento será em breve?", perguntei-lhe.

"Em breve! Pode ser que os violinos já tenham sido encomendados para as bodas. Hoje à noite, talvez, amanhã, depois de amanhã, sei lá! Vai ser em Puygarrig, pois é com Mademoiselle de Puygarrig que o senhor seu filho se casa. É, vai ser uma beleza!"

Eu tinha sido recomendado a Monsieur de Peyrehorade por meu amigo Monsieur de P.

Tratava-se, disse-me ele, de um antiquário muito culto, de uma bondade a toda prova. Seria um prazer para ele me mostrar todas as ruínas a dez léguas ao redor. Ora, eu contava com ele para visitar as redondezas de Ille, que, eu sabia, eram ricas em monumentos da Antiguidade e da Idade Média. Aquele casamento, do qual me falavam pela primeira vez, atrapalhava todos os meus planos. Vou ser um desmancha-prazeres, pensei. Mas eu era esperado; Monsieur de P. tinha me anunciado, eu devia me apresentar.

"Aposto, monsieur", disse meu guia quando já estávamos na planície, "aposto um charuto que vou adivinhar o que o senhor vai fazer na casa de Monsieur de Peyrehorade."

---

* Que nos seja propícia e benigna esta estátua tão poderosa. Luciano, *O amante de mentiras*.

"Mas", respondi oferecendo-lhe um charuto, "isso não é muito difícil de adivinhar. A esta hora, quando andamos seis léguas pelo Canigou, o melhor negócio é jantar."

"É, mas e amanhã?... Taí, aposto que o senhor vem a Ille para ver o ídolo. Adivinhei isso quando o vi desenhando retratos dos santos de Serrabona."

"O ídolo? Que ídolo?" Essa palavra tinha excitado minha curiosidade.

"Como? Não lhe contaram, em Perpignan, que Monsieur de Peyrehorade encontrou um ídolo feito de terra?"

"Você quer dizer uma estátua em terracota, em argila?"

"Nada disso. É de cobre mesmo, e tem cobre suficiente para render uma boa bolada. Ela pesa tanto quanto um sino de igreja. Foi bem no fundo da terra, ao pé de uma oliveira, que nós a achamos."

"Então você estava presente na hora da descoberta?"

"Estava, sim, senhor. Monsieur de Peyrehorade nos pediu, há quinze dias, a Jean Coll e a mim, para arrancar uma velha oliveira que tinha gelado no ano passado, pois aquele ano foi muito ruim, como o senhor sabe. E eis que o Jean Coll, trabalhando a todo o vapor, dá um golpe de picareta, e eu ouço bimm... como se ele tivesse batido num sino. 'O que é isso?', perguntei. Continuamos a cavar, cavar, e eis que aparece a mão negra, que parecia a mão de um morto saindo da terra. Fiquei apavorado. Vou ver o Monsieur e digo para ele: 'Tem uns mortos, meu patrão, que estão debaixo do pé de oliveira! Tem que chamar o padre'. 'Que mortos?', ele me diz. Ele foi lá e bastou ver a mão para gritar: 'Uma peça antiga! Uma peça antiga!'. Parecia até que tinha achado um tesouro. E lá vai ele, com a picareta, com as mãos, se esfalfando, trabalhando quase tanto quanto nós dois."

"E, finalmente, o que vocês encontraram?"

"Uma mulher grande, negra, mais de metade nua, com o perdão da má palavra, toda de cobre, Monsieur de Peyrehorade nos disse que era um ídolo do tempo dos pagãos... do tempo de Carlos Magno, sabe?"

"Estou entendendo o que é... Alguma abençoada Virgem de bronze de um convento destruído."

"Uma abençoada Virgem? Ah, pois sim!... Eu teria reconhecido direitinho, se fosse uma abençoada Virgem. É um ídolo, estou lhe dizendo; a gente vê direitinho pelo jeito dela. Ela fixa na gente os grandes olhos brancos... Parece que está encarando a gente. É, ao olhar para ela a gente baixa os olhos."

"Olhos brancos? Na certa são incrustados no bronze. Talvez seja uma estátua romana."

"Romana! Isso mesmo! Monsieur de Peyrehorade diz que é uma romana! Ah! Estou vendo que o senhor é tão culto quanto ele."

"Ela está inteira, bem conservada?"

"Ah, não falta nada, não, senhor. É ainda mais bonita e mais bem-acabada do que o busto de Luís Filipe de gesso pintado, que tem na prefeitura. Mas mesmo com tudo isso, não engulo o rosto dessa estátua. Ele tem um jeito malvado... e ela também é malvada."

"Malvada! Que maldade ela fez com você?"

"Comigo, propriamente, não; mas o senhor vai ver. Nós éramos quatro para colocá-la de pé, e Monsieur de Peyrehorade, que também puxava a corda, embora não tenha mais força do que uma galinha, esse homem digno! A muito custo a botamos reta. Eu estava apanhando um caco de telha para calçá-la quando, tchibum!, lá vai ela caindo para trás com todo o seu peso. Eu disse: 'Cuidado aí embaixo!'. Mas não disse com a rapidez necessária, pois Jean Coll não teve tempo de puxar a perna..."

"E ele ficou ferido?"

"Quebrada na hora, que nem um tanchão, a coitada da perna! Tadinha dela! Quando vi aquilo fiquei furioso. Quis arrebentar o ídolo a picareta, mas Monsieur de Peyrehorade me segurou. Deu dinheiro para Jean Coll, que, quinze dias depois que isso aconteceu, ainda está de cama, e o doutor diz que nunca ele vai andar com essa perna que nem com a outra. É uma pena, ele que era nosso melhor corredor, e depois do filho do patrão era o mais esperto jogador de pela. Como Monsieur Alphonse de Peyrehorade ficou triste! Pois era Coll que jogava com ele. Era bonito à beça ver os dois jogando a bola um para o outro. Paf! Paf! Nunca elas tocavam no chão."

Assim conversando, entramos em Ille, e logo eu estava em presença de Monsieur de Peyrehorade. Era um velhote baixinho, ainda vivo e bem-disposto, cabelo empoado, nariz vermelho, o ar jovial e brincalhão. Antes de abrir a carta de Monsieur de P., instalou-me diante de uma mesa farta e me apresentou à sua mulher e ao seu filho dizendo que eu era um arqueólogo ilustre, que iria tirar o Roussillon do esquecimento em que o deixara a indiferença dos cientistas.

Enquanto estava comendo com bom apetite, pois não há nada que dê mais fome do que o ar puro das montanhas, eu examinava meus anfitriões. Disse umas palavrinhas sobre Monsieur de Peyrehorade, mas devia ter acrescentado que ele era a vivacidade em pessoa. Falava, comia, se levantava, corria para a biblioteca, me trazia livros, me mostrava estampas, me servia bebida; nunca ficava quieto por dois minutos. Sua mulher, um pouco gorda demais, como a maioria das catalãs que passaram dos quarenta anos, me pareceu uma rematada provinciana, cuidando unicamente dos afazeres de seu lar. Embora o jantar fosse suficiente para seis pessoas no mínimo, ela correu para a cozinha, mandou matar pombos, fritar polentas, abriu sei lá quantos vidros de geleia. Num instante sua mesa ficou atulhada de pratos e garrafas, e seguramente eu teria morrido de indigestão se tivesse provado tudo o que me ofereciam. No entanto, a cada prato que eu recusava, eram novas desculpas. Receavam que eu não estivesse me sentido bem em Ille. Na província eles têm tão poucos recursos, e os parisienses são tão difíceis!

Entre as idas e vindas de seus pais, Monsieur Alphonse de Peyrehorade se mexia tanto quanto uma estátua. Era um rapaz alto de vinte e seis anos, com uma fisionomia bela e regular, mas sem expressão. Seu tamanho e suas formas atléticas justificavam de fato a fama de incansável jogador de pela que lhe atribuíam na terra. Naquela noite estava elegantemente vestido, tal e qual a gravura do último número do *Journal des Modes*. Mas me parecia pouco à vontade dentro daquelas roupas; com aquela gola de veludo, estava duro como um cabo de vassoura, e só se virava se fosse com o corpo inteiro. Suas mãos grandes e bronzeadas, suas unhas curtas, contrastavam singularmente com seu traje. Eram mãos de lavrador saindo das mangas de um dândi. Aliás, embora tivesse me observado muito curioso, da cabeça as pés, pela minha condição de parisiense, durante o tempo todo só me dirigiu a palavra uma vez, para me perguntar onde eu tinha comprado a corrente de meu relógio.

"Ah, pois é, meu querido hóspede!", disse-me Monsieur de Peyrehorade, quando a ceia estava chegando ao fim, "você me pertence, está na minha casa. Não vou mais largá-lo, a não ser quando tiver visto tudo o que temos de curioso em nossas montanhas. É preciso aprender a conhecer o nosso Roussillon, e fazer-lhe justiça. Você nem tem ideia de tudo o que vamos lhe mostrar. Monumentos fenícios, celtas, romanos, árabes, bizantinos, você verá tudo, pequeno, médio e grande. Vou levá-lo para toda parte e não o pouparei nem de um tijolo."

Um acesso de tosse o obrigou a parar. Aproveitei para lhe dizer que sentia muito incomodá-lo em ocasião tão importante para sua família. Se fizesse a bon-

A VÊNUS DE ILLE 245

dade de me dar seus excelentes conselhos sobre as excursões que eu teria para fazer, poderia, sem que ele se desse ao trabalho de me acompanhar...

"Ah! Você está falando do casamento desse rapaz", ele gritou, me interrompendo.

"Bobagem! Vai ser depois de amanhã. Você vai celebrar junto conosco, em família, pois a noiva está de luto por uma tia de quem é herdeira. Portanto, nada de baile... É uma pena... você iria ver as nossas catalãs dançarem... São bonitas, e talvez lhe desse vontade de imitar o meu Alphonse. Um casamento, dizem, puxa outros... No sábado, com os jovens casados, ficarei livre, e vamos sair a caminho. Peço desculpas por aborrecê-lo com um casamento na província. Para um parisiense que já está farto de festas... e um casamento sem baile, para completar! Mas vai ver uma noiva... uma noiva... depois você me conta... Mas você é um homem circunspecto e não olha mais para as mulheres. Tenho coisa melhor para lhe mostrar. Você vai ver uma coisa!... Reservo-lhe para amanhã uma baita surpresa."

"Meu Deus!", disse-lhe, "é difícil ter um tesouro dentro de casa sem que o público fique sabendo. Creio adivinhar a surpresa que o senhor me prepara. Mas se é da sua estátua que se trata, a descrição que meu guia fez só serviu para atiçar minha curiosidade e preparar-me para admirá-la."

"Ah! Ele lhe falou do ídolo, pois é assim que chamam minha bela Vênus Tur... mas não quero lhe dizer mais nada. Amanhã, bem cedinho, você vai vê-la, e me dirá se tenho razão de achá-la uma obra-prima! Você não podia ter chegado em melhor momento! Juro por Deus! Há inscrições que eu, pobre ignorante, explico do meu modo... mas um cientista de Paris!... Talvez vá zombar de minha interpretação... pois fiz uma memória... eu, que estou aqui na sua frente... velho antiquário de província, me lancei... Quero botar a imprensa de joelhos... Se fizesse a bondade de me ler e me corrigir, eu poderia esperar... Por exemplo, estou muito curioso em saber como você traduz essa inscrição no pedestal: CAVE... Mas ainda não quero lhe pedir nada! Até amanhã, até amanhã! Hoje, nem uma palavra sobre a Vênus!"

"Você faz bem, Peyrehorade", disse sua mulher, "de deixar seu ídolo para lá. Devia ver que está impedindo o cavalheiro de comer. O cavalheiro viu em Paris estátuas bem mais bonitas do que a sua, ora essa. Nas Tulherias tem dúzias delas, e de bronze também."

"Está aí a ignorância, a santa ignorância da província!", interrompeu-a Monsieur de Peyrehorade. "Comparar uma peça antiga admirável com as figuras medíocres de Coustou! 'Com que irreverência / Fala dos deuses minha dona de casa!' Sabe que minha mulher queria que eu fundisse minha estátua para fazer um sino para nossa igreja? É que ela teria sido a madrinha. Uma obra-prima de Myron, meu senhor!"

"Obra-prima! Obra-prima! Linda obra-prima a que ela fez! Quebrar a perna de um homem!"

"Escute aqui, minha mulher!", disse Monsieur de Peyrehorade em tom decidido, e esticando para ela a perna direita dentro de uma meia de seda mescla. "Se a minha Vênus tivesse quebrado esta perna aqui, eu não me queixaria."

"Meu Deus! Peyrehorade, como pode dizer isso! Felizmente o homem está melhor... E mesmo assim não tolero olhar para essa estátua que fez um estrago como esse. Pobre Jean Coll!"

"Ferido pela Vênus, senhor", disse Monsieur de Peyrehorade dando uma boa risada, "ferido pela Vênus, e o safado se queixa! *Veneris nec praemia nôris*, 'Os atrativos de Vênus não conhecerás'. Quem não foi ferido por Vênus?"

Monsieur Alphonse, que entendia francês melhor do que latim, deu uma piscada com ar inteligente, e olhou para mim como para me perguntar: "E você, parisiense, está entendendo?".

O jantar terminou. Fazia uma hora que eu não comia mais. Estava cansado, e não conseguia disfarçar os frequentes bocejos que me escapavam. Madame de Peyrehorade foi a primeira a perceber, e observou que era hora de ir dormir.

Então começaram as novas desculpas por causa da má acomodação que eu teria. Não me sentiria como em Paris. Na província a gente vive tão mal! Devia ser indulgente com as pessoas do Roussillon. Por mais que eu retrucasse que depois de uma corrida pelas montanhas um monte de feno seria para mim uma cama deliciosa, continuavam a pedir que eu desculpasse aqueles pobres interioranos por não me tratarem tão bem quanto gostariam. Finalmente, subi para o quarto que me era destinado, acompanhado por Monsieur de Peyrehorade. A escada, cujos degraus do alto eram de madeira, acabava no meio de um corredor, para o qual davam vários quartos.

"À direita", disse meu anfitrião, "são os aposentos que destino à futura Madame Alphonse. O seu quarto fica no outro extremo do corredor. Você há de entender", acrescentou com cara de quem queria ser matreiro, "você há de entender que é preciso isolar os recém-casados. Você está numa extremidade da casa, eles na outra."

Entramos num quarto bem mobiliado, onde o primeiro objeto em que pus os olhos foi uma cama com sete pés de comprimento, seis de largura, e tão alta que era preciso uma escadinha para subir. Meu anfitrião indicou a posição da campainha, e verificou pessoalmente se o açucareiro estava cheio, se os frascos de água-de-colônia estavam devidamente no toucador, e, depois de me perguntar várias vezes se estava faltando alguma coisa, desejou-me boa-noite e me deixou sozinho. As janelas estavam fechadas. Antes de me despir, abri uma para respirar o ar fresco da noite, delicioso depois de um longo jantar. Defronte estava o Canigou, de admirável aspecto com qualquer tempo, mas que naquela noite me pareceu a mais linda montanha do mundo, iluminado que estava por uma lua esplendorosa. Fiquei alguns minutos contemplando sua maravilhosa silhueta, e ia fechar a janela quando, baixando os olhos, avistei a estátua sobre um pedestal a umas vinte jardas da casa. Ficava no canto de uma cerca viva que separava um jardinzinho de uma ampla quadra, perfeitamente nivelada, e que mais tarde soube que era o jogo de pela da cidade. Esse terreno, propriedade de Monsieur de Peyrehorade, havia sido cedido à comuna, diante das ingentes solicitações de seu filho.

Da distância em que estava, era difícil perceber a pose da estátua; só podia avaliar a sua altura, que me pareceu de cerca de seis pés. Nesse momento, dois arruaceiros da cidade passavam pelo jogo de pela, bem perto da cerca, assobiando uma linda música do Roussillon: "Montagnes régalades". Pararam para olhar a estátua; um deles até a interpelou em voz alta. Falava catalão, mas eu estava no Roussillon fazia bastante tempo para conseguir entender mais ou menos o que ele dizia.

"Então você está aqui, sua assanhada!" (O termo em catalão é mais forte.)

"Você está aqui!", ele dizia. "Então foi você que quebrou a perna de Jean Coll! Se você fosse minha, eu quebrava o seu pescoço."

"Bah!, com quê?", disse o outro. "Ela é de cobre, e tão dura que o Etienne quebrou sua lima em cima dela, ao tentar cortá-la. É cobre do tempo dos pagãos; é mais duro do que sei lá o quê."

"Se tivesse meu cinzel pontudo (parece que era um aprendiz de serralheiro), já, já ia arrancar seus grandes olhos brancos, como arrancaria uma amêndoa de dentro da casca. Tem aí mais de cinco francos de prata."

Deram alguns passos, se afastando.

"Tenho que ir dar boa-noite ao ídolo", disse o aprendiz mais alto, parando de repente. Abaixou-se, e provavelmente apanhou uma pedra. Eu o vi esticando o braço, e na mesma hora um golpe sonoro ecoou no bronze. Logo depois o aprendiz levou a mão à cabeça dando um grito de dor.

"Ela me rejeitou!", gritou.

E os dois arruaceiros deram no pé, fugindo.

Era evidente que a pedra tinha ricocheteado no metal, e castigado aquele malandro pelo estranho ultraje que fizera à deusa. Fechei a janela dando boas risadas.

"Mais um vândalo castigado por Vênus! Quem dera que todos os destruidores de nossos velhos monumentos ficassem assim de cabeça quebrada!"

Fazendo esses votos caridosos, adormeci. O dia ia alto quando acordei. Perto de minha cama estavam, de um lado, Monsieur de Peyrehorade, de roupão; do outro, um doméstico enviado por sua mulher, segurando uma xícara de chocolate.

"Vamos, de pé, parisiense! Ah, esses preguiçosos da capital!", dizia meu anfitrião, enquanto eu me vestia às pressas. "São oito horas, e ainda na cama! Eu me levantei às seis horas. Já subi aqui três vezes, me aproximei da sua porta na ponta dos pés: ninguém, nenhum sinal de vida. Vai lhe fazer mal dormir demais na sua idade. E minha Vênus, que você ainda não viu! Vamos, tome depressa essa xícara de chocolate de Barcelona... Autêntico contrabando... Chocolate como não existe em Paris. Revigore-se, pois quando estiver na frente da minha estátua ninguém mais poderá arrancá-lo dali."

Fiquei pronto em cinco minutos, quer dizer, semibarbeado, mal abotoado, e queimado pelo chocolate fervendo que engoli. Desci para o jardim e deparei com uma estátua admirável. Era mesmo uma Vênus, de maravilhosa beleza. Tinha o alto do corpo nu, como em geral os antigos representavam as grandes divindades; a mão direita, levantada na altura do seio, estava virada, a palma para dentro, o polegar e os dois primeiros dedos esticados, os dois outros ligeiramente dobrados. A outra mão, perto do quadril, segurava o drapeado que cobria a parte inferior do corpo. A pose dessa estátua lembrava a do Jogador de Morra que é chamado, não sei muito por quê, pelo nome de Germanicus. Talvez tivessem desejado representar a deusa jogando o jogo de morra.

Seja como for, é impossível ver alguma coisa mais perfeita do que o corpo dessa Vênus, algo mais suave, mais voluptuoso do que seus contornos, algo mais elegante e mais nobre do que o seu drapeado. Eu estava esperando uma peça do Baixo Império; e vi uma obra-prima da melhor época da estatuária. O que mais me impressionava era a primorosa verdade das formas, de modo que dava para pensar que eram modeladas pela natureza, se a natureza produzisse modelos tão perfeitos.

A cabeleira, repuxada sobre a fronte, parecia ter sido, antigamente, dourada. A cabeça, pequena como a de quase todas as estátuas gregas, estava ligeiramente inclinada para a frente. Quanto ao rosto, jamais conseguirei expressar sua estranha aparência, e cujo tipo não se aproximava de nenhuma estátua antiga de que me lembrasse. Não era essa beleza calma e austera dos escultores gregos, cuja regra era dar a todas as feições uma imobilidade majestosa. Aqui, ao contrário, eu observava surpreso a intenção manifesta do artista de reproduzir a malícia chegando às raias da maldade. Todas as feições estavam levemente contraídas: os olhos meio oblíquos, a boca alteada nos cantos, as narinas um pouquinho inchadas. Porém, nesse rosto de inacreditável beleza liam-se desdém, ironia, crueldade. No fundo, quanto mais se olhava para essa estátua admirável, mais se tinha a penosa sensação de que uma beleza tão maravilhosa pudesse se aliar à ausência total de sensibilidade.

"Se o modelo existiu um dia", disse a Monsieur de Peyrehorade, "e duvido que o céu tenha jamais produzido uma mulher dessas, como sinto pena de seus amantes! Ela deve ter se deliciado em fazê-los morrer de desespero. Há em sua expressão alguma coisa de feroz, e no entanto jamais vi nada tão bonito."

"É Vênus toda inteira / na sua presa amarrada!", gritou Monsieur de Peyrehorade, satisfeito com meu entusiasmo.

Essa expressão de ironia infernal era acentuada talvez pelo contraste de seus olhos de prata engastados e muito brilhantes e a pátina verde-enegrecida que o tempo havia conferido a toda a estátua. Aqueles olhos brilhantes produziam uma certa ilusão que lembrava a realidade, a vida. Lembrei-me do que meu guia me dissera: quem a olhasse, ela fazia baixar os olhos. Era quase verdade, e não consegui me defender contra um gesto de raiva comigo mesmo ao sentir-me algo constrangido diante dessa figura de bronze.

"Agora que você admirou tudo detalhadamente, meu caro colega de velharias", disse meu anfitrião, "vamos dar início, por favor, a uma conferência científica. O que acha dessa inscrição, à qual ainda não prestou atenção?"

Mostrava-me o pedestal da estátua, e li as palavras CAVE AMANTEM.

"*Quid dicis, doctissime?*", perguntou-me esfregando as mãos. "Vejamos se chegaremos a um acordo sobre o significado desse '*cave amantem*'!"

"Bem", respondi, "há dois significados. Pode-se traduzir: 'Cuidado com aquele que te ama, desconfia dos amantes'. Mas nesse sentido não sei se *cave amantem* seria bom latim. Portanto eu traduziria: 'Cuidado contigo se ela te ama'."

"Humm!", disse Monsieur de Peyrehorade, "sim, é um sentido admirável; mas, com todo o respeito, prefiro a primeira tradução, e vou lhe dizer por quê. Conhece o amante de Vênus?"

"Há vários."

"É, mas o primeiro é Vulcão. Será que não se quis dizer: 'Apesar de toda a tua beleza, teu ar desdenhoso, terás como amante um ferreiro, um feio manco'? Lição profunda, meu senhor, para as coquetes!"

Não consegui deixar de sorrir, de tal forma a explicação me pareceu sem pé nem cabeça.

"O latim é uma língua terrível com sua concisão", observei para evitar contradizer categoricamente o antiquário, e recuei uns passos a fim de melhor contemplar a estátua.

"Um momento, colega!", disse Monsieur de Peyrehorade pegando no meu braço, "você não viu tudo. Há mais uma inscrição. Suba no pedestal e olhe para o braço direito."

Enquanto falava, me ajudava a subir. Agarrei-me sem a menor cerimônia no pescoço da Vênus, com quem começava a me familiarizar. Cheguei até a olhar de relance debaixo de seu nariz, e de perto a achei ainda mais malvada e ainda mais bela.

Depois reconheci que havia, gravados no braço, alguns caracteres de uma escrita cursiva antiga, parecia-me. Com a ajuda dos óculos soletrei o que se segue, enquanto Monsieur de Peyrehorade repetia cada palavra à medida que eu a pronunciava, aprovando o gesto e a voz. Li então:

VENERI TVRBVL...
EVTYCHES MYRO
IMPERIO FECIT.

Depois da palavra TVRBVL da primeira linha, tive a impressão de que havia umas letras apagadas; mas TVRBVL estava perfeitamente legível.

"O quer quer dizer?...", perguntou-me meu anfitrião, radiante e sorrindo malicioso, pois pensava que eu não me sairia facilmente desse TVRBVL.

"Há uma palavra que ainda não sei explicar", disse-lhe; "todo o resto é fácil. Eutyches Myron fez essa oferenda a Vênus por ordem dela."

"Impecável. Mas TVRBVL, o que fazer com isso? O que é TVRBVL?"

"TVRBVL me embaraça bastante. Em vão estou procurando algum epíteto conhecido de Vênus que possa me ajudar. Vejamos, o que acha de TVRBVLENTA? Vênus que perturba, que agita... Note que continuo preocupado com sua expressão malvada. TVRBVLENTA é um epíteto nada mau para Vênus", acrescentei em tom de modéstia, pois eu mesmo não estava muito satisfeito com a minha explicação.

"Vênus turbulenta! Vênus buliçosa! Ah! Então você acha que minha Vênus é uma Vênus de cabaré? Não, senhor, nada disso; é uma Vênus de boa família. Mas vou lhe explicar esse TVRBVL... E você vai me prometer não divulgar minha descoberta antes da impressão do meu artigo. É que, sabe, estou um bocado orgulhoso dessa descoberta aí... Vocês devem nos deixar algumas espigas para debulhar, nós aqui, pobres-diabos provincianos. Vocês, os senhores cientistas de Paris, são tão ricos!"

Do alto do pedestal, onde eu continuava empoleirado, prometi solenemente que jamais cometeria a indignidade de roubar dele a sua descoberta.

"TVRBVL..., meu senhor", disse-me ele aproximando-se e baixando a voz, temendo que alguém além de mim pudesse ouvir, "leia TVRBVLNERAE."

"Continuo sem entender."

"Escute bem. A uma légua daqui, no pé da montanha, há um vilarejo que se chama Boultemère. É uma corruptela da palavra latina TVRBVLNERA. Nada mais comum do que essas inversões. Boultemère, meu senhor, foi uma cidade romana. Eu sempre tinha desconfiado, mas nunca tinha tido a prova. A prova, aí está ela. Essa Vênus era a divindade tópica da cidade de Boultemère; e essa palavra, Boultemère, que como acabo de demonstrar é de origem antiga, prova uma coisa bem mais curiosa, é que Boultemère, antes de ser uma cidade romana, foi uma vila fenícia!"

Parou um momento para respirar e desfrutar de minha surpresa. Consegui reprimir uma imensa vontade de rir.

"Na verdade", prosseguiu, "TVRBVLNERA é puro fenício. TVR, pronuncie TUR... TUR e SUR, mesma palavra, não é? SUR é o nome fenício de Tiro, não preciso lhe lembrar o sentido. BVL, é Baal, Bal, Bel, Bul, leves diferenças de pronúncia. Quanto a NERA, isso tem me dado um pouco de trabalho. Sou tentado a acreditar, na falta de encontrar uma palavra fenícia, que vem do grego $\nu\eta\rho\rho\varsigma$ — úmido, pantanoso. Portanto, seria uma palavra híbrida. Para justificar $\nu\eta\rho\rho\varsigma$, vou lhe mostrar em Boultemère como os riachos da montanha formam pântanos infectos. Por outro lado, a terminação NERA poderia ter sido acrescentada muito mais tarde em homenagem a Nera Pivesuvia, mulher de Tétricus, a qual teria feito algum bem à cidade de Turbul. Mas, por causa dos pântanos, prefiro a etimologia de $\nu\eta\rho\rho\varsigma$."

Cheirou uma pitada de rapé com ar satisfeito.

"Mas deixemos os fenícios e voltemos à inscrição. Traduzo então: 'À Vênus de Boultemère, Myron dedica por ordem sua esta estátua, sua obra'."

Evitei criticar sua etimologia, mas quis, por minha vez, demonstrar perspicácia, e disse: "Alto lá, cavalheiro. Myron consagrou alguma coisa, mas não vejo de jeito nenhum por que teria sido essa estátua".

"Como!", ele gritou, "Myron não era um famoso escultor grego? O talento teria de ser perpetuado na família: um de seus descendentes é que terá feito essa estátua. Não há nada mais certo."

"Mas", retruquei, "vejo no braço um buraquinho. Acho que serviu para fixar alguma coisa, um bracelete, por exemplo, que esse Myron deu a Vênus como oferenda expiatória. Myron era um amante infeliz. Vênus estava irritada com ele: ele a acalmou consagrando-lhe um bracelete de ouro. Observe que *fecit* é muito usado para *consecravit*. São termos sinônimos. Eu lhe daria mais de um exemplo se tivesse aqui Gruter ou Orelli. É natural que um apaixonado veja Vênus em sonho, que imagine que ela lhe ordena um bracelete de ouro para ser oferecido à sua estátua. Myron lhe consagra um bracelete... Depois os bárbaros ou algum ladrão sacrílego..."

"Ah! Vê-se muito bem que você escreveu romances!", gritou meu anfitrião ao me dar a mão para descer. "Não, senhor, é uma obra da escola de Myron. Olhe só que trabalho, e você se convencerá."

Tendo me imposto como questão de princípio jamais contradizer muito os antiquários teimosos, baixei a cabeça com ar convencido e disse: "É uma peça admirável".

"Ah, meu Deus!", gritou Monsieur de Peyrehorade, "mais um sinal de vandalismo! Alguém jogou uma pedra na minha estátua!"

Ele acabava de perceber a marca branca um pouco acima do seio da Vênus. Observei um traço semelhante nos dedos da mão direita, que, ainda supunha, teriam sido tocados no trajeto da pedra, ou então um fragmento teria se soltado com a pancada e ricocheteado na mão. Contei a meu anfitrião o insulto que havia testemunhado e a pronta punição que se seguira. Ele riu muito, e, comparando o aprendiz a Diomedes, fez votos de que, como o herói grego, todos os companheiros dele fossem transformados em pássaros brancos.

A sineta para o café da manhã interrompeu essa conversa clássica e, assim como na véspera, fui obrigado a comer por quatro. Depois vieram os arrendatários de Monsieur de Peyrehorade; e, enquanto ele despachava, seu filho me levou para ver uma caleça que tinha comprado em Toulouse para sua noiva, e que, desnecessário dizer, muito admirei. Em seguida entrei com ele no estábulo, onde me reteve uma meia hora a elogiar seus cavalos, a falar do pedigree de cada um, a contar os prêmios que tinham ganhado nas corridas de cavalos da região. Finalmente me falou de sua noiva, tendo servido de transição para a conversa uma égua cinza que ele lhe destinava.

"Vamos vê-la hoje", disse. "Não sei se vai achá-la bonita. Vocês, de Paris, são difíceis; mas todo mundo, aqui e em Perpignan, acha que ela é um encanto. O bom é que é riquíssima. A tia de Prades deixou-lhe seus bens. Ah, vou ser muito feliz!"

Fiquei profundamente chocado ao ver um rapaz que parecia mais tocado pelo dote do que pelos belos olhos de sua futura esposa.

"O senhor, que é um especialista em joias,", prosseguiu Monsieur Alphonse, "o que acha deste aqui? É esse o anel que darei a ela amanhã."

Enquanto falava, tirou da falange de seu mindinho um anel grande enriquecido de diamantes, e formado por duas mãos entrelaçadas; alusão que me pareceu infinitamente poética. O trabalho era antigo, mas achei que teria sido reformado para incrustar os diamantes. Por dentro do anel liam-se em letras góticas as seguinte palavras: "*Semp' ab ti*", isto é, sempre contigo.

"É um lindo anel", disse-lhe; "mas esses brilhantes o fizeram perder um pouco de seu caráter original."

"Ah, é bem mais bonito assim", respondeu sorrindo. "Aqui tem algo como mil e duzentos francos de diamantes. Foi minha mãe que me deu. Era um anel de família, muito antigo... da época da cavalaria. Foi usado por minha avó, que herdara da própria avó. Só Deus sabe quando isso foi feito."

"O costume em Paris", disse-lhe, "é dar uma aliança bem simples, geralmente feita de dois metais diferentes, como ouro e platina. Veja, esse outro anel que você usa no dedo seria muito apropriado. Este, com seus brilhantes e mãos em relevo, é tão grande que ela não poderá calçar uma luva."

"Ah, que Madame Alphonse se arranje como quiser. Acho que ela ficará muito contente de tê-lo. Mil e duzentos francos no dedo é agradável. Este anelzinho aqui", acrescentou olhando com ar satisfeito para o anel liso que usava na mão, "este aqui foi uma mulher em Paris que me deu numa terça-feira de Carnaval. Ah, como me esbaldei quando estive em Paris há dois anos! É lá que a gente se diverte!..."

E suspirou de saudade.

Devíamos jantar naquele dia em Puygarrig, na casa dos pais da noiva; subimos na caleça e fomos para o castelo, distante cerca de uma milha e meia de Ille. Fui apresentado e recebido como um amigo da família. Não falarei do jantar nem da conversa que se seguiu, e da qual pouco participei. Monsieur Alphonse, ao lado da noiva, cochichava-lhe no ouvido a cada quinze minutos. Quanto a ela, praticamente não levantava os olhos, e toda vez que o noivo falava ela enrubescia, modesta, mas lhe respondia sem acanhamento.

Mademoiselle de Puygarrig tinha dezoito anos; seu corpo ágil e delicado contrastava com as formas ossudas de seu noivo robusto. Era não só bela mas sedutora. Admirei a perfeita naturalidade de todas as suas respostas; e seu jeito bondoso, que no entanto não era isento de um leve toque de malícia, lembrou-me sem querer a Vênus de meu anfitrião. Nessa comparação que fiz dentro de mim fiquei a pensar se a superioridade em matéria de beleza que, na verdade, devia-se conferir à estátua, não resultava, em grande parte, de sua expressão de tigresa; pois o vigor, mesmo nas paixões perversas, sempre atiça o nosso espanto e uma espécie de admiração involuntária.

Que pena, pensei ao sair de Puygarrig, que uma pessoa tão afável seja tão rica, e que seu dote a leve a ser cortejada por um homem indigno dela! Na volta para Ille, e não sabendo o que dizer a Madame de Peyrehorade, a quem eu achava conveniente dirigir ocasionalmente a palavra, comentei:

"Vocês aqui no Roussillon são muito corajosos!", disse. "Como é que vão fazer, Madame, um casamento numa sexta-feira! Em Paris seríamos mais supersticiosos; ninguém ousaria se casar num dia desses."

"Meu Deus, nem me fale", ela respondeu, "se só tivesse dependido de mim, sem dúvida teríamos escolhido um outro dia. Mas Peyrehorade quis assim, e tive de ceder. Mas isso me aflige. E se acontecer alguma desgraça? Deve haver uma razão, pois, afinal, por que todo mundo tem medo da sexta-feira?"

"Sexta-feira", disse o marido, "é o dia de Vênus! Um bom dia para um casamento! Está vendo, meu caro colega, só penso na minha Vênus. Palavra! Foi por causa dela que escolhi a sexta-feira. Amanhã, se quiser, faremos a ela um pequeno sacrifício; sacrificaremos duas pombas, e se eu soubesse onde encontrar incenso..."

"Cruz-credo, Peyrehorade!", a mulher o interrompeu, escandalizada. "Incensar uma estátua! Seria uma abominação! O que iriam dizer de nós aqui na terra?"

"Pelo menos", disse Monsieur de Peyrehorade, "você me permitirá pôr na cabeça dela uma coroa de rosas e lírios: 'Prodigai lírios às mãos-cheias'. Está vendo, a Carta é uma coisa vã. Não temos a liberdade de culto!"

As providências para o dia seguinte foram acertadas da seguinte forma. Todos deviam estar prontos e vestidos para o casamento às dez horas em ponto. Tendo tomado o chocolate, iríamos de carro a Puygarrig. O casamento civil devia ser realizado na prefeitura do vilarejo, e a cerimônia religiosa na capela do castelo. Em seguida viria um almoço. Depois do almoço passaríamos o tempo como quiséssemos, até as sete horas. Às sete horas, voltaríamos a Ille, para a casa de Monsieur de Peyrehorade, onde as duas famílias deviam cear. O resto se seguiria naturalmente. Já que não haveria dança, quiseram comer o mais possível.

Desde oito horas eu estava sentado diante da Vênus, de lápis na mão, recomeçando pela vigésima vez a cabeça da estátua, sem conseguir captar sua expressão.

Monsieur de Peyrehorade ia e vinha ao meu redor, me dava conselhos, me repetia suas etimologias fenícias; depois arrumava rosas-de-bengala no pedestal da estátua, e num tom tragicômico dirigia-lhe votos em nome do casal que ia viver sob seu teto. Lá pelas nove horas foi para casa, pensando em se vestir, e ao mesmo tempo apareceu Monsieur Alphonse, bem apertado dentro de um terno novo, com luvas brancas, sapatos de verniz, botões trabalhados, uma rosa na lapela.

"O senhor fará o retrato de minha mulher?", perguntou-me ao se inclinar sobre o meu desenho. "Ela também é bonita."

Nesse momento começava, no jogo de pela de que falei, uma partida que logo chamou a atenção de Monsieur Alphonse. E eu, cansado e perdendo a esperança de reproduzir aquele diabólico rosto, larguei meu desenho para ver os jogadores.

Eram aragoneses e navarros, quase todos maravilhosamente hábeis. Os jogadores de Ille, se bem que encorajados pela presença e conselhos de Monsieur

Alphonse, foram prontamente derrotados por esses novos campeões. Os espectadores patrióticos estavam consternados. Monsieur Alphonse olhou o relógio. Eram apenas nove e meia. Sua mãe ainda não estava penteada. Não hesitou: tirou a casaca, pediu um jaleco, e desafiou os espanhóis. Eu olhava para ele, sorrindo e meio surpreso.

"É preciso defender a honra do país", disse.

Então o achei realmente bonito. Ele estava apaixonado.

Seu traje de gala, que havia pouco o preocupava tanto, não era mais nada para ele.

Alguns minutos antes temeria virar a cabeça para não desarrumar a gravata. Agora não pensava mais em seus cabelos frisados nem no jabô tão bem plissado. E a noiva?... Se fosse preciso, creio que ele teria adiado o casamento, juro! Eu o vi calçar às pressas umas sandálias, arregaçar as mangas e, com ar confiante, se pôr à frente do lado derrotado, como César ao juntar seus soldados em Dyrrachium. Pulei a cerca e me instalei comodamente à sombra de um alizeiro, a fim de ver bem os dois campos.

Contra a expectativa geral, Monsieur Alphonse perdeu a primeira bola; é verdade que ela veio rasante ao chão e foi lançada com uma força surpreendente por um aragonês que parecia o chefe dos espanhóis.

Era um homem de uns quarenta anos, seco e nervoso, medindo seis pés, e sua pele azeitonada tinha um tom quase tão escuro como o bronze da Vênus.

Monsieur Alphonse jogou a raquete no chão, furioso.

"É esse maldito anel", gritou, "que aperta o meu dedo e me faz perder uma bola garantida!"

Com alguma dificuldade tirou seu anel de brilhantes; aproximei-me para recebê-lo, mas ele me viu, correu até a Vênus, passou o anel em seu dedo anular e voltou para seu posto, à frente dos jogadores de Ille.

Estava pálido, mas calmo e decidido. Desde então não cometeu mais nenhum erro, e os espanhóis foram derrotados de vez. O entusiasmo dos espectadores foi um belo espetáculo; uns davam mil gritos de alegria, jogando os bonés para cima; outros apertavam as mãos dele, chamando-o de "honra do país". Se ele tivesse rechaçado uma invasão duvido que fosse receber felicitações mais vivas e mais sinceras. A tristeza dos perdedores aumentava ainda mais o brilho de sua vitória.

"Faremos outras partidas, rapaz", disse ele ao aragonês em tom de superioridade. "Mas vou lhe dar uns pontos de vantagem."

Gostaria que Monsieur Alphonse fosse mais modesto, e quase tive pena de seu rival por essa humilhação.

O gigante espanhol se ressentiu profundamente com o insulto. Vi que sua pele morena empalidecia. Olhava com ar lúgubre para a própria raquete, trincando os dentes; depois, com voz abafada, disse baixinho: "Você vai me pagar".

A voz de Monsieur de Peyrehorade atrapalhou o triunfo de seu filho; meu anfitrião, surpreso por não encontrá-lo supervisionando os preparativos para a caleça nova, ficou ainda mais surpreso ao vê-lo todo suado, com a raquete na mão. Monsieur Alphonse correu para casa, lavou o rosto e as mãos, vestiu a roupa nova e os sapatos de verniz, e cinco minutos depois estávamos trotando pela estrada de Puygarrig. Todos os jogadores de pela da cidade e grande número de espectadores nos seguiram aos gritos de alegria. Os cavalos vigorosos que nos arrastavam mal podiam se manter à frente desses intrépidos catalães.

Estávamos em Puygarrig, e o cortejo ia sair em marcha até a prefeitura quando Monsieur Alphonse, batendo na testa, me disse baixinho:

"Que furo! Esqueci o anel! Ele está no dedo da Vênus, que o diabo o carregue! Mas não diga à minha mãe. Talvez ela não perceba nada."

"Você poderia enviar alguém", disse-lhe.

"Bah! Meu criado ficou em Ille. Nos daqui, não confio. Mil e duzentos francos de diamantes! Qualquer um poderia ficar tentado. Aliás, o que pensariam aqui da minha distração? Iriam caçoar muito, me chamar de marido da estátua... Tomara que ninguém roube o anel! Ainda bem que a estátua mete medo nos arruaceiros. Eles não se atrevem a chegar muito perto dela. Bah! Não faz mal; tenho um outro anel."

As duas cerimônias, civil e religiosa, se realizaram com a pompa que convinha; e Mademoiselle de Puygarrig recebeu o anel de uma modista de Paris, sem desconfiar que seu noivo lhe sacrificava um sinal de amor. Depois fomos para a mesa, onde bebemos, comemos, até cantamos, tudo isso por muito tempo. Eu tinha pena da noiva pela grande alegria que explodia ao seu redor; mas ela encarou a coisa melhor do que eu esperava, e seu embaraço não era timidez ou afetação... Talvez a coragem se manifeste com as situações difíceis.

Quando Deus quis que terminasse o almoço, eram quatro horas; os homens iam passear no parque, que era magnífico, ou olhavam as camponesas de Puygarrig, com suas roupas típicas, dançarem no gramado do castelo. Passamos algumas horas nisso. Entrementes, as mulheres tinham se amontoado em volta da noiva, para admirar seus presentes de casamento. Depois ela mudou de roupa, e notei que cobrira seus lindos cabelos com um boné e um chapéu de plumas, pois as mulheres vivem apressadas para usar, assim que possível, os enfeites que o costume corrente as proíbe de usar quando ainda são senhoritas.

Eram quase oito horas quando resolvemos partir para Ille. Mas primeiro houve uma cena patética. A tia de Mademoiselle de Puygarrig, que a criava como se fosse mãe, mulher muito idosa e muito devota, não devia ir conosco para a cidade. Na hora da partida, fez para a sobrinha um sermão comovente sobre seus deveres de esposa, e desse sermão resultou uma torrente de lágrimas e abraços sem fim.

Monsieur de Peyrehorade comparou essa separação ao rapto das sabinas. Mas acabamos partindo, e na estrada cada um se empenhou em distrair a noiva e fazê-la rir; mas foi em vão.

Em Ille, aguardava-nos o jantar, e que jantar! Se a grande alegria da manhã tinha me chocado, fiquei mais chocado ainda com as chacotas e brincadeiras com que o noivo, e sobretudo a noiva, foram brindados. O noivo, que antes de passar à mesa tinha desaparecido um instante, estava pálido e com uma seriedade glacial. Bebia a toda hora o velho vinho de Collioure, quase tão forte como aguardente. Eu estava ao lado dele, e me achei na obrigação de avisá-lo:

"Tome cuidado! Dizem que o vinho..."

Não sei que bobagem lhe contei para me pôr em uníssono com os convidados.

Ele empurrou meu joelho e disse bem baixinho:

"Quando nos levantarmos da mesa... quero lhe dar uma palavrinha".

Seu tom solene me surpreendeu. Olhei-o mais atentamente, e notei uma estranha alteração em suas feições.

"Está se sentindo indisposto?", perguntei.

"Não."

E recomeçou a beber.

Enquanto isso, em meio aos gritos e palmas, um menino de onze anos, que se enfiara debaixo da mesa, mostrava aos presentes uma bela fita branca e rosa que ele acabava de soltar do tornozelo da noiva. O nome disso é jarreteira. Logo a fita foi cortada em pedaços e distribuída aos jovens, que enfeitaram suas lapelas, seguindo um antigo costume que ainda se conserva em certas famílias patriarcais. Para a noiva, foi uma ocasião de enrubescer até o branco dos olhos. Mas sua per-

A VÊNUS DE ILLE   259

turbação chegou ao auge quando Monsieur de Peyrehorade, tendo pedido silêncio, cantou-lhe alguns versos catalães, *impromptu*, como dizia. Se entendi bem, o sentido é o seguinte:

"O que é que há, meus amigos? O vinho que bebi me faz ver duplo? Há duas Vênus aqui..."

A noiva virou bruscamente a cabeça, num gesto de horror, de que todos acharam graça.

"Sim", prosseguiu Monsieur de Peyrehorade, "há duas Vênus sob meu teto. Uma, encontrei-a na terra como uma trufa; a outra, descida dos céus, acaba de dividir conosco o seu cinto."

Ele queria dizer "sua jarreteira".

"Meu filho, entre a Vênus romana ou a catalã, escolha a que prefere. O esperto pega a catalã, e sua parte é a melhor. A romana é negra, a catalã é branca. A romana é fria, a catalã inflama tudo o que dela se aproxima."

Essa conclusão provocou um tamanho "hurra!", palmas tão barulhentas e risos tão sonoros que imaginei que o teto ia cair sobre nossas cabeças. Em volta da mesa só havia três rostos sérios, os dos noivos e o meu. Estava morrendo de dor de cabeça; e, além disso, não sei por quê, um casamento sempre me entristece; aquele, para completar, me dava uma certa repugnância. As últimas quadrinhas iam ser cantadas pelo vice-prefeito, e eram muito picantes, devo dizer; depois passamos ao salão para assistir à partida da noiva, que em breve devia ser levada a seu quarto, pois era quase meia-noite.

Monsieur Alphonse me puxou para um canto da janela e me disse desviando os olhos:

"O senhor vai rir de mim... Mas não sei o que tenho... Estou enfeitiçado! Que o diabo me carregue!"

O primeiro pensamento que me veio à cabeça é que ele se julgava ameaçado por uma desgraça do gênero daquelas de que falam Montaigne e Madame de Sévigné: "Todo o reino do amor é cheio de histórias trágicas" etc. Eu imaginava que esse gênero de percalços só acontecia com homens de espírito.

"O senhor bebeu muito vinho de Collioure, meu caro Monsieur Alphonse", disse. "Eu o avisei."

"É, talvez. Mas é alguma coisa bem mais terrível."

Falava com voz engasgada. Achei que estava completamente bêbado.

"Sabe, o meu anel?", prosseguiu depois de um silêncio.

"Sei. Alguém o pegou?"

"Não."

"Nesse caso, está com o senhor?"

"Não... eu... não consigo tirá-lo do dedo desse diabo de Vênus."

"Bem! É porque não puxou com força suficiente."

"Puxei, sim... mas a Vênus... apertou o dedo."

Ele me olhava fixo, parecendo um alucinado, apoiando-se no trinco da janela para não cair.

"Que história!", disse-lhe. "O senhor enfiou demais o anel. Amanhã vai conseguir, com umas pinças. Mas tome cuidado para não estragar a estátua."

"Não, estou lhe dizendo. O dedo da Vênus está contraído e dobrado; ela aperta a mão, está me entendendo?... Aparentemente, ela é minha mulher, já que lhe dei meu anel... Ela não quer mais devolvê-lo."

Senti um repentino calafrio, e por instantes fiquei de pele arrepiada. Depois, ao dar um grande suspiro, ele me lançou um bafo de vinho, e qualquer emoção desapareceu. Que miserável, pensei, está completamente bêbado.

"O senhor é antiquário", acrescentou o noivo em tom lamentável. "Conhece essas estátuas... Talvez exista uma mola, um truque diabólico, que não conheço... E se fosse ver?"

"Com todo o prazer", disse. "Venha comigo."

"Não, prefiro que vá sozinho."

Saí do salão. O tempo tinha mudado durante o jantar, e a chuva começava a cair forte. Ia pedir um guarda-chuva, quando uma reflexão me fez desistir. Eu seria um bobo completo de ir verificar o que me disse um homem embriagado! Aliás, talvez ele tenha querido fazer comigo alguma brincadeira de mau gosto, para divertir aqueles honestos provincianos; e o mínimo que poderia acontecer era que eu ficasse encharcado até os ossos ou pegasse um bom resfriado.

Da porta dei uma olhada para a estátua pingando de água, e subi para o meu quarto sem entrar no salão. Fui me deitar; mas o sono custou a chegar. Todas as cenas do dia se apresentavam em meu espírito. Pensei naquela moça tão bonita e tão pura abandonada a um bêbado bestial. Que coisa odiosa, disse comigo mesmo, um casamento de conveniência! Um prefeito veste sua faixa tricolor, um padre põe sua estola, e eis a moça mais honesta do mundo entregue ao Minotauro. Dois seres que não se amam, o que podem dizer um ao outro num momento desses, que dois amantes comprariam pelo preço da própria vida? É possível que a mulher ame algum dia o homem que ela terá visto sendo grosseiro da primeira vez? As primeiras impressões não se apagam, e tenho certeza de que esse Monsieur Alphonse bem merecia ser odiado...

Durante meu monólogo, que resumo muito, eu tinha ouvido muitas idas e vindas pela casa, portas se abrirem e fecharem, carros partirem; depois tive a impressão de ouvir na escada os passos leves de várias mulheres se dirigindo para o final do corredor oposto ao meu quarto. Provavelmente era o cortejo da noiva que era levada para a cama. Depois tornaram a descer a escada. A porta de Madame de Peyrehorade se fechou. Como aquela pobre moça, pensei, deve estar perturbada e constrangida! Fiquei me virando na cama, de mau humor. Um rapaz faz um tolo papel numa casa em que se realiza um casamento.

Havia algum tempo reinava o silêncio, até ser quebrado por passos pesados subindo a escada. Os degraus de madeira estalavam fortemente.

"Que brutamontes!", exclamei. "Aposto que ele vai cair na escada."

Tudo voltou à paz. Peguei um livro para mudar de ideia. Era um relatório estatístico do Departamento, embelezado por um artigo de Monsieur de Peyrehorade sobre os monumentos druidas do cantão de Prades. Peguei no sono na terceira página.

Dormi mal e acordei várias vezes. Deviam ser cinco da manhã, e eu estava acordado havia mais de vinte minutos quando o galo cantou. O dia ia raiar. Então ouvi nitidamente os mesmos passos pesados, o mesmo estalo dos degraus que tinha ouvido antes de dormir. Achei estranho. Tentei, bocejando, adivinhar por que Monsieur Alphonse se levantava tão cedo. Nenhuma hipótese verossímil me vinha à cabeça. Ia fechar os olhos quando minha atenção foi de novo atraída por uns tropeços estranhos aos quais logo se misturaram o tilintar de sinetas e o barulho de portas que se abriam batendo, e depois ouvi gritos confusos.

"O bêbado deve ter incendiado alguma coisa!", pensei ao pular fora da cama. Vesti-me depressa e saí para o corredor. Do extremo oposto vinham gritos e lamentos, e uma voz dilacerante dominava todas as outras:

"Meu filho! Meu filho!"

Era evidente que tinha acontecido uma desgraça com Monsieur Alphonse. Corri até o quarto nupcial: estava cheio de gente. O primeiro espetáculo que se gravou em minha retina foi o jovem seminu, estirado transversalmente no leito, cuja madeira havia se quebrado. Estava lívido, sem movimento. Sua mãe chorava e gritava ao lado dele. Monsieur de Peyrehorade se agitava, esfregava suas têmporas com água-de-colônia, ou punha sais sob seu nariz. Infelizmente, seu filho estava morto fazia muito tempo! Sobre um canapé, no outro lado do quarto, estava a noiva, sofrendo de terríveis convulsões. Dava gritos desarticulados, e duas robustas criadas tinham a maior dificuldade para segurá-la.

"Meu Deus!", exclamei, "o que aconteceu?"

Aproximei-me da cama e levantei o corpo do pobre rapaz; já estava duro e frio.

Seus dentes trincados e o rosto enegrecido expressavam as mais horrorosas angústias. Sua morte tinha todo o jeito de ter sido violenta, e sua agonia, terrível. Porém, nenhum rastro de sangue em suas roupas. Abri sua camisa e vi em seu peito uma lívida marca que se prolongava pelas costelas e costas. Parecia que ele havia sido abraçado por um círculo de ferro. Meu pé bateu em alguma coisa dura no tapete; baixei e vi o anel de brilhantes.

Levei Monsieur de Peyrehorade e a mulher para o quarto deles; depois mandei que levassem a noiva.

"Os senhores ainda têm uma filha", disse-lhes, "devem cuidar dela." E deixei-os sozinhos.

Não me parecia haver dúvida de que Monsieur Alphonse havia sido vítima de um assassinato cujos autores deram um jeito de se introduzir à noite no quarto nupcial. Mas aqueles ferimentos no peito, a forma circular que tinham, me intrigavam muito, pois não poderiam ter sido produzidos por um bastão ou uma barra de ferro. De repente me lembrei de ter ouvido dizer que em Valence os capangas usavam sacos de couro compridos cheios de areia para matar as pessoas cuja morte lhes tinha sido paga. Logo me lembrei do arrieiro aragonês e de sua ameaça; mas mal me atrevia a pensar que ele tivesse transformado uma brincadeira inofensiva numa vingança tão terrível.

Eu ia pela casa, procurando por toda parte vestígios de arrombamento, e nada encontrei, em lugar nenhum. Desci para o jardim a fim de ver se os assassinos poderiam ter se introduzido por aquele lado; mas não achei nenhum indício seguro.

Aliás, a chuva da véspera tinha encharcado tanto a terra que seria impossível que marcas bem nítidas tivessem se preservado. Mas observei uns passos profundamente calcados na terra; havia passos em duas direções contrárias, mas numa mesma linha, partindo do ângulo da cerca contígua ao jogo de pela e chegando à porta da casa.

Podiam ser os passos de Monsieur Alphonse quando ele foi buscar o anel no dedo da estátua. Por outro lado, a cerca, naquele lugar, era menos cerrada do que em outros pontos, portanto ali é que os assassinos deviam tê-la pulado. Passando e repassando diante da estátua, parei um instante para observá-la. Dessa vez, vou confessar, não consegui contemplar sem pavor sua expressão de maldade irônica; e, com a cabeça repleta das cenas horrorosas que acabava de testemunhar, tive a impressão de ver uma divindade infernal aplaudindo a desgraça que se abatia sobre aquela casa.

Voltei para o quarto e lá fiquei até o meio-dia. Então saí e pedi notícias de meus anfitriões. Estavam um pouco mais calmos. Mademoiselle de Puygarrig, eu deveria dizer a viúva de Monsieur Alphonse, tinha voltado a si. Tinha até mesmo falado com o procurador do rei em Perpignan, que então fazia uma visita a Ille, e esse magistrado tinha colhido o seu depoimento. Ele pediu o meu. Disse-lhe o que sabia, e não escondi minhas suspeitas quanto ao arrieiro aragonês. Ele ordenou que o rapaz fosse preso imediatamente.

"Soube alguma coisa de Madame Alphonse?", perguntei ao procurador do rei, quando meu depoimento já estava escrito e assinado.

"Essa pobre jovem enlouqueceu", disse-me sorrindo tristemente. "Louca! Completamente louca! Eis o que ela conta: estava deitada", disse ele, "havia alguns minutos, com as cortinas fechadas, quando a porta do quarto se abriu, e alguém entrou. Nesse momento Madame Alphonse estava naquele espaçozinho entre a cama e a parede, com o rosto virado para a parede. Não fez nenhum movimento, convencida de que era seu marido. Um instante depois, a cama gritou como se estivesse carregando um peso imenso. Ela sentiu muito medo, mas não ousou virar a cabeça. Cinco minutos, dez minutos talvez... ela não consegue calcular o tempo, se passaram assim. Depois fez um movimento involuntário, ou então a pessoa que estava na cama se moveu, e ela sentiu o contato de alguma coisa fria como o gelo, são suas expressões. Enfiou-se no espaço entre a cama e a parede, todos os seus membros tremendo. Pouco depois, a porta se abriu uma segunda vez, e alguém entrou, dizendo: 'Boa noite, minha mulherzinha'. Logo depois puxaram as cortinas. Ela ouviu um grito abafado. A pessoa que estava na cama, ao lado dela, levantou-se e pareceu estender os braços para a frente. Então ela virou a cabeça... e viu, diz, seu marido ajoelhado junto à cama, a cabeça na altura do travesseiro, entre os braços de uma espécie de gigante esverdeado que o abraçava com força. Ela disse, e me repetiu vinte vezes, pobre mulher!... disse que a reconheceu... adivinhe! A Vênus de bronze, a estátua de Monsieur de Peyrehorade... Desde que essa Vênus foi achada aqui, todo mundo sonha com ela.

"Mas retomo o relato da pobre louca. Diante desse espetáculo, ela perdeu a consciência e provavelmente um pouco antes tinha perdido a razão. Não consegue de jeito nenhum dizer quanto tempo ficou desmaiada. Voltando a si, reviu o fantasma, ou a estátua, como sempre diz, imóvel, as pernas e a parte inferior do corpo em cima da cama, o busto e os braços estendidos para a frente, e entre seus braços o marido dela, sem movimento. Um galo cantou. Então a estátua saiu da cama, deixou o cadáver cair e saiu. Madame Alphonse se pendurou na campainha, e o resto o senhor sabe."

Trouxeram o espanhol; estava calmo e se defendeu com muito sangue-frio e presença de espírito. Aliás, não negou a frase que eu tinha ouvido; mas a explicou, alegando que somente quisera dizer que no dia seguinte estaria descansado e ganharia de seu vencedor uma partida de pela. Lembro-me que acrescentou:

"Um aragonês, quando é ultrajado, não espera o dia seguinte para se vingar. Se tivesse pensado que Monsieur Alphonse queria me insultar, na mesma hora teria enfiado minha faca na barriga dele".

Compararam seus sapatos com as marcas no jardim; seus sapatos eram muito maiores.

Finalmente o dono da estalagem, com quem esse homem estava hospedado, garantiu que ele tinha passado a noite toda esfregando e medicando uma de suas mulas que estava doente. Aliás, esse aragonês era um homem muito famoso, muito conhecido na região, aonde ia todos os anos para seu comércio. Portanto, o soltaram, pedindo desculpas.

Eu ia me esquecendo do depoimento de um criado que tinha sido o último a ver Monsieur Alphonse vivo. Foi no momento em que ele ia subir para o quarto e, ao chamar esse homem, perguntou-lhe com um ar inquieto se ele sabia onde eu estava.

O criado respondeu que não tinha me visto. Então Monsieur Alphonse deu um suspiro e ficou mais de um minuto sem falar, e disse depois:

"Bem!, o Diabo também deve tê-lo carregado!"

Perguntei se Monsieur Alphonse estava com o anel de brilhantes, quando falou com ele. O doméstico hesitou antes de responder; finalmente, disse que achava que não, que, aliás, não tinha prestado a menor atenção.

"Se estivesse com o anel no dedo", acrescentou, refazendo-se, "eu sem dúvida teria notado, pois achava que ele o tinha dado a Madame Alphonse."

Ao questionar esse homem senti um pouco do terror supersticioso que o depoimento de Madame Alphonse espalhara em toda a casa. O procurador do rei me olhou sorrindo, e preferi não insistir. Algumas horas depois do enterro de Monsieur Alphonse, preparei-me para deixar Ille. O carro de Monsieur Peyrehorade deveria me levar a Perpignan. Apesar de seu estado de fraqueza, o pobre velho quis me acompanhar até a porta do jardim. Nós o atravessamos em silêncio, ele se arrastando e apoiado em meu braço. Na hora de nos separarmos, dei uma última olhada na Vênus. Eu previa que meu anfitrião, embora não compartilhasse dos terrores e ódios que ela inspirava a uma parte de sua família, gostaria de se desfazer de um objeto que lhe lembraria para sempre uma terrível desgraça.

Minha intenção era convencê-lo a colocá-la num museu. Ainda hesitava em entrar no assunto, quando Monsieur de Peyrehorade virou automaticamente a cabeça na direção em que me via olhar fixamente. Viu a estátua e logo debulhou-se em lágrimas. Abracei-o e, sem me atrever a dizer uma só palavra, entrei no carro.

Desde a partida não soube de nenhuma nova luz que tivesse aclarado essa misteriosa catástrofe.

Monsieur de Peyrehorade morreu alguns meses depois do filho. Por testamento, legou-me seus manuscritos, que publicarei talvez um dia. Não encontrei o artigo sobre as inscrições da Vênus.

P. S. — Meu amigo, Monsieur de P., acaba de me escrever de Perpignan dizendo que a estátua não existe mais. Depois da morte de seu marido, a primeira providência de Madame de Peyrehorade foi mandar fundi-la para fazer um sino, e nessa nova forma ela serve à igreja de Ille. Mas, acrescenta Monsieur de P., parece que a má sorte persegue aqueles que possuem esse bronze. Desde que o sino bate em Ille, os vinhedos gelaram duas vezes.

Tradução de Rosa Freire D'Aguiar

JOSEPH SHERIDAN LE FANU

O fantasma e o consertador de ossos

("The ghost and the bonesetter", 1838)

Do mais famoso autor de histórias de fantasmas da literatura inglesa vitoriana, Joseph Sheridan Le Fanu (Dublin, 1814-73; era irlandês protestante, descendente de huguenotes franceses), apresentamos um conto da juventude, provavelmente o primeiro publicado por ele. "The ghost and the bonesetter" é um caso intermediário entre a narrativa fantástica de escola "gótica" e a transcrição de uma lenda do folclore local. O homem "sem medo", que passa a noite em um castelo infestado por fantasmas, é um velho tema das fábulas populares de todos os países. No conto de Le Fanu esse tema se associa a uma tradição irlandesa segundo a qual o último enterrado em um cemitério deve buscar água para os mortos mais velhos, sedentos por causa das chamas do purgatório. Como efeito dessa crença, no caso de dois funerais ocorrerem simultaneamente, assiste-se a uma corrida entre eles a fim de deixar ao morto retardatário a penosa tarefa. (Comentando esse episódio, Guido Almansi lembra o funeral desenfreado em Entr'acte, de René Clair.)

O original foi escrito de acordo com a pronúncia anglo-irlandesa, e seu espírito está sobretudo no tom de narrativa oral. Trata-se de um dos raros contos de Le Fanu em que a ironia é predominante.

Passando os olhos pelos papéis de meu valioso e respeitado amigo, o falecido Francis Purcell, que por quase cinquenta anos exerceu as árduas funções de reverendo no sul da Irlanda, dei com o documento que se segue. É um entre muitos, já que ele era um colecionador curioso e diligente das velhas tradições locais — um bem que muito abundava na área em que residia. A coleção e a organização de tais lendas eram, se bem me recordo, seu hobby; mas eu nunca soubera que o amor pelo maravilhoso e estranho o havia levado a registrar os resultados de suas investigações por escrito, até que, no papel de *depositário residual*, seu testamento me deu posse de todos os seus manuscritos. Para aqueles que possam pensar que a composição de tais produções seria inconsistente com a personalidade e os hábitos de um reverendo da roça, é preciso observar que havia uma raça de padres — os da velha escola, uma raça hoje praticamente em extinção — cujos hábitos eram, por vários motivos, mais refinados, e cujos gostos mais literários do que se encontra entre ex-alunos de Maynooth.

Talvez seja preciso acrescentar que a superstição ilustrada pela história abaixo, ou seja, que o cadáver enterrado por último seja obrigado, durante os primeiros tempos de seu enterro, a fornecer aos irmãos inquilinos do campo-santo onde ele jaz, água fresca para aliviar a sede ardente do purgatório, é recorrente em todo o sul da Irlanda. O escritor garante um caso em que um fazendeiro poderoso e respeitável, nas fronteiras de Tipperary, enternecido pelos calos de sua finada ajudante, colocou no caixão dela dois pares de tamancos, um pesado e um leve, um para os dias secos, outro para o tempo úmido; procurava, dessa maneira, mitigar o cansaço de suas inevitáveis perambulações em busca de água, administrando-a às almas sedentas do purgatório.

Conflitos ferozes e desesperados se seguiram ao caso de dois enterros chegando juntos ao mesmo campo-santo, cada qual buscando garantir para seu morto a prioridade de sepultamento, e a imunidade do imposto cobrado aos poderes pedestres do último a chegar. Um caso ocorreu não faz muito tempo, em que os acompanhantes de um féretro em situação semelhante, temendo que seu falecido amigo perdesse essa inestimável vantagem para o outro, chegaram à igreja usando um *atalho*, e violando um de seus preconceitos mais fortes, jogaram o próprio caixão por cima do muro, para não perder tempo entrando pelo portão. Numerosos exemplos do mesmo tipo podem ser citados, todos tendendo a mostrar a força arraigada dessa superstição entre os camponeses do sul. Porém não devo deter mais o leitor com comentários prefaciais, mas sim continuar a apresentação do seguinte:

SÚMULA DOS PAPÉIS MANUSCRITOS DO FALECIDO REVERENDO FRANCIS PURCELL, DE DRUMCOOLAGH

Conto os detalhes que se seguem, do modo como deles me lembro, nas palavras do narrador. Talvez seja necessário observar que ele era o que se chama um homem *de boas falas*, que durante um bom tempo foi instrutor da juventude talentosa de sua paróquia nativa nas artes e ciências liberais que ele achava conveniente professar — uma circunstância que talvez justifique a ocorrência de grandes palavras, no curso desta narrativa, mais notáveis por seu efeito eufônico do que pela correção do emprego. Inicio, então, sem maiores delongas, a apresentação das aventuras maravilhosas de Terry Neil.

"Ih, gente, ó aqui uma história mesmo, de verdade como é verdade que vocês estão sentados aí; e eu falo mesmo que não tem um rapaz nas sete paróquias que possa contar melhor nem mais direito que eu mesmo, que foi com meu pai mesmo que aconteceu, e já perdi a conta de tanta vez que escutei da própria boca dele; e digo mesmo, com orgulho mesmo, a palavra de meu pai era inacreditável como qualquer jura de coronel do interior; e se por um acaso um coitado lá dava azar e entrava em confusão, era ele que levavam para o tribunal para testemunhar; mas isso não quer dizer — ele era um homem honesto e sóbrio, mesmo sendo um pouquinho chegado a um copo, como qualquer um podia ver andando com ele um dia inteiro; e não tinha ninguém como ele no derredor pra trabalho noturno e pra cavar buraco; e ele era muito jeitoso com carpintaria, e pra consertar ferramentas velhas, essas coisas. E assim ele começou a consertar osso, o que era muito natural, porque ninguém deles lá ia chegar pra ele pra pedir pra consertar pé de cadeira ou pé de mesa; e com certeza, nunca houve um consertador de osso com tanta clientela — homem e criança, jovem e velho —, não era costume, não tinha essa coisa de quebrar e consertar osso, que alguém se lembre. Bom, Terry Neil, esse era o nome do meu pai, começou a sentir o coração leve e o bolso pesado; e arrumou uma terrinha para cuidar que pertencia ao senhor do Phalim, logo embaixo do castelo velho, e era um pedacinho danadinho de bom; e todo dia, toda manhã, os coitados que não conseguiam botar o pé no chão, com braços quebrados e pernas quebradas, vinham se arrastando de todo lado para ele consertar os ossos. Bom, moço, tudo ia bem, na medida do possível; mas era costume quando sir Phalim viajava para fora da fazenda, alguns dos inquilinos ficavam vigiando o castelo, uma espécie de cortesia com a antiga família — e era uma coisa muito desagradável para os inquilinos, porque todo mundo ali sabia que tinha uma coisa esquisita no castelo. Os vizinhos diziam que o velho avô de sir Phalim, uma boa pessoa, Deus o tenha, que já bateu as botas, ele ficava andando perdido no meio da noite, desde que estourou uma veia desarrolhando uma garrafa, como a gente faz, e vai continuar fazendo, se Deus quiser; mas isso não tem nada a ver. Então, como eu estava dizendo, o senhorio das terras saía da moldura, onde ficava seu retrato pendurado na parede, para quebrar as garrafas e os copos, Deus tenha piedade de nós, e beber tudo o que encontrasse pela frente — e não se pode culpar o homem por isso; e aí se alguém da família chegasse, ele voltava pro lugar, com cara de inocente como se não soubesse de nada, aquele velho mandrião.

"Bom, meu patrão, como eu ia dizendo, um dia a família lá do castelo foi para Dublin passar uns dias; e como sempre, alguns inquilinos tinham que ficar vigiando o castelo, e na terceira noite chegou o turno do meu pai.

"'Ah, vem cá', ele fala para si mesmo, 'vou ter que sentar e vigiar a noite inteira, com o espírito daquele velho malandro, louvado seja Deus,' diz ele, 'fazendo serenata pela casa, e aprontando todo tipo de arte.' Porém, não tinha mesmo jeito de escapar, e então ele fez das tripas coração e subiu para lá ao cair da noite com uma garrafa de *poitín** e outra de água benta.

"Estava chovendo um bocado, e a noite era escura e triste, quando meu pai entrou, e a água benta ele aspergiu nele mesmo, e não passou muito tempo já precisou dar um gole na aguardente, para espantar a friagem do coração. Foi o velho capataz, Lawrence Connor, quem abriu a porta — e ele e meu pai sempre se deram muito bem. Então quando ele viu quem era, e meu pai falou que era a vez dele ficar de guarda no castelo, ele se ofereceu para ficar ali na vigília com ele; e pode ter certeza de que meu pai não recusou nem ficou com pena. E então diz Larry:

"'Vamos fazer um foguinho no salão', diz ele.

---

* *Poitín*, ou *pottleen/pottlien*: aguardente geralmente feita de batata. (N. T.)

"'E por que não na sala da entrada?', diz meu pai, que sabia que o retrato do fazendeiro ficava dependurado na entrada.

"'Não pode acender fogo na sala', diz Lawrence, 'porque tem um ninho velho de gralha na chaminé.'

"'Que coisa', diz meu pai, 'vamos ficar na cozinha, porque é muito esquisito para minha pessoa ficar sentado na sala', diz ele.

"'Ah, Terry, isso não pode', diz Lawrence. 'Se a gente vai seguir o velho costume de verdade, então tem que seguir direito', diz ele.

"'O diabo que carregue o velho costume', diz meu pai — com seus botões, desculpe a linguagem, mas ele não queria que Larry visse que estava com mais medo ainda.

"'Ah, muito bem', diz ele. 'Estou de acordo, Lawrence', diz ele; e então vão os dois para a cozinha, até o fogo esquentar na sala — e isso não demorou muito.

"Bem, meu senhor, logo, logo eles subiram de novo, e se sentaram bem confortáveis na sala da lareira, e começaram a conversar, e a fumar, e a dar uns tragos na garrafa; e, o melhor de tudo, fizeram um belo fogo de madeira podre e turfa, para esquentar bem suas canelas.

"Bem, meu senhor, como eu estava dizendo, eles ficaram conversando e fumando juntos em paz, até que Lawrence começou a querer pegar no sono, como era natural para ele, que era um empregado velho e acostumado a dormir muito bem.

"'Não pode ser', diz meu pai, 'será que você tá pegando no sono, é?'

"'Ah, que inferno', diz Larry, 'tô só fechando meus olhos', diz ele, 'pra não entrar o cheiro da fumaça da lenha, que tá fazendo eles aguar', diz ele. 'Não se mete na vida dos outros', diz ele, todo duro (porque ele tinha um barrigão enorme, Deus o tenha), 'e anda aí', diz ele, 'com tua história, que tô escutando', diz ele, fechando os olhos.

"Bom, quando meu pai viu que falar não adiantava nada, continuou com a história. Por falar nisso, era a história de Jim Soolivan e seu velho bode que ele estava contando — e olha que é uma história muito da boa — e tinha tanta coisa nela que dava até para acordar vigia, quanto mais segurar um cristão na hora do sono. Mas, juro, o jeito que meu pai contava, acho que nunca ninguém nunca tinha escutado antes ou até então, porque ele berrava cada palavra, como se fosse morrer, só para ver se fazia o velho Larry ficar acordado; mas, juro, não adian-

O FANTASMA E O CONSERTADOR DE OSSOS 271

tou, porque o sono chegou para ele e, antes do final da história, Larry O'Connor começou a roncar como uma gaita de foles.

"'Ah, comida para quem tem fome', diz meu pai, 'mas não é que esse aí tá difícil', diz ele, 'esse velhaco velho, que diz que é meu amigo, caindo no sono desse jeito, e nós dois no mesmo cômodo com uma alma', diz ele. 'A cruz de Cristo nos proteja', ele diz; e bem nessa hora que ele estava indo sacudir Lawrence para acordar, ele lembrou que se o outro acordasse com certeza ia para a cama, e então meu pai ia ficar completamente sozinho, e a coisa ia ficar pior ainda.

"'Ah, droga', diz meu pai, 'não vou perturbar o coitado do homem. Amigo e gente de bom coração não faria uma coisa dessas', diz ele, 'atormentar o outro que tá dormindo', diz ele; 'quem me dera ser desse mesmo jeito também', diz ele.

"'E com isso ele começou a andar para cima e para baixo, rezando suas preces, se cansando até suar, desculpe a expressão. Mas não adiantou nada; então ele bebeu um meio litro de aguardente, para clarear as ideias.

"'Ah', diz ele, 'queria que o Senhor me desse uma mente tranquila como a de Larry. Quem sabe', diz ele, 'se eu tentar consigo dormir'; e assim ele puxou uma poltrona grande para perto de Lawrence, e se arrumou nela do jeito que deu.

"Mas tinha uma coisa esquisita que esqueci de lhe contar. Ele não conseguia evitar, sem querer, de dar uma olhada de vez em quando para o retrato, e imediatamente percebeu que os olhos no quadro seguiam ele por todo canto, encarando ele, e piscando para ele, para onde ele ia. 'Ah', diz ele, quando viu aquilo, 'tenho pouca chance', diz ele; 'a má sorte me acompanhou quando vim para este lugar azarento', diz ele; 'mas agora não adianta me desmanchar de medo', diz ele; 'porque se é para morrer, vou suado mas vou valente', diz ele.

"Bom, meu patrão, ele tentou ficar bem à vontade, e pensou duas ou três vezes que podia cair no sono, mas acontece que a tempestade gemia e arrastava os galhos pesados lá fora, assobiando pelas chaminés do castelo. Bom, depois de ouvir o urro de uma rajada de vento, qualquer um ia pensar que as paredes do castelo estavam para cair, tijolo por tijolo, do jeito que o prédio sacudia. Mas de repente o temporal passou, tudo ficou quieto de uma só vez como se fosse noite de verão. Bom, seu moço, não tinha dado ainda três minutos que o vento parou, quando ele achou que tinha ouvido um barulho em cima da lareira; e aí meu pai abriu os olhos só um pouquinho, e com toda a certeza ele viu o velho senhor saindo do quadro e podia jurar que parecia que estava tirando o casaco de montaria, e ficou de pé, direitinho, sobre o aparador, e de lá pulou para o chão. Bom, o velho danado — e meu pai achou essa a pior parte de todas —, antes de fazer qualquer coisa estranha, parou um pouco, para ouvir se os dois estavam dormindo; e assim que achou que estavam, esticou a mão, pegou a garrafa de aguardente, e bebeu até a última gota. Bom, senhoria, quando acabou de virar tudo na boca, ele devolveu direitinho pro mesmo lugar onde a garrafa estava antes. Aí começou a andar para lá e para cá pela sala, com cara de quem nunca bebeu na vida. E cada vez que passava perto de meu pai, meu pai sentia um cheiro forte de enxofre, e era aquilo que assustou ele demais da conta; porque ele sabia que era enxofre que queimava no inferno, desculpe a expressão. De todo jeito, ele sabia disso por causa do padre Murphy, que sabia o que estava dizendo — ele já morreu, Deus o tenha. Bem, meu patrão, meu pai estava até bem calmo até que o espírito passou perto dele; tão pertinho, Deus tenha piedade de nós, que o cheiro de enxofre tirou a respiração dele; e aí ele teve um ataque de tosse que quase caiu da poltrona onde estava sentado.

"'Ei, ei!', diz o senhorio, parando de repente dois passos adiante, e virando para encarar meu pai, 'é você que tá aí dentro? E como tem passado, Terry Neil?'

"'Ao seu dispor', diz meu pai (do jeito que o medo permitia, porque estava mais morto do que vivo), 'e fico feliz de ver o senhor meu patrão esta noite', diz ele.

"'Terence', diz o fazendeiro, 'você é um homem sério (e era verdade mesmo), um homem trabalhador e sóbrio, e um exemplo de embriaguez para a paróquia inteira', diz ele.

"'Obrigado, senhor', diz meu pai, criando coragem, 'o senhor sempre foi um cavalheiro muito atencioso, Deus o tenha.'

"'Deus me tenha', diz o espírito (ficando com a cara vermelha de raiva), 'Deus me tenha?', diz ele. 'Olha, seu cretino ignorante', diz ele, 'seu imbecil cretino ignorante', diz ele, 'onde deixou sua educação?', diz ele. 'Se eu *estou* morto, não é minha culpa', diz ele; 'e isso não é para ficar jogando na minha cara a toda hora, me faz o favor', diz ele, batendo o pé no chão, e parecia que as tábuas iam se espatifar embaixo dele.

"'Ah', diz meu pai, 'eu sou apenas um pobre homem bobo e ignorante', diz ele.

"'E é isso e só isso mesmo', diz o senhor; 'mas seja como for', diz ele, 'não foi para ficar ouvindo suas baboseiras, nem conversando com um tipo como você, que eu vim aqui para *cima* — para baixo, digo eu', ele diz — (e embora o erro fosse pequeno, meu pai logo percebeu). 'Ouça bem, Terence Neil', diz ele, 'eu sempre fui um bom amo para Patrick Neil, seu avô', diz ele.

"'É verdade', diz meu pai.

"'E, além disso, penso que sempre fui um cavalheiro sóbrio e correto', diz o outro.

"'É a fama que o senhor tem, com certeza', diz meu pai (embora fosse uma grande mentira, mas ele nada podia fazer).

"'Bem', diz o espírito, 'embora eu fosse sóbrio como a maioria dos homens — pelo menos como alguns cavalheiros' —, diz ele, 'e embora eu fosse de vez em quando um cristão exemplar, caritativo e humano para com os pobres', diz ele, 'por tudo isso é que não estou contente onde estou agora', diz ele, 'como seria de esperar', diz ele.

"'Mas que grande lástima', diz meu pai. 'Talvez sua senhoria queira que eu dê uma palavrinha com padre Murphy?'

"'Segure essa língua, seu linguarudo miserável', diz o proprietário; 'não é na minha alma que estou pensando' — e não sei como você pode ter a petulância de falar com um cavalheiro sobre sua alma — 'e quando eu quiser consertar *isso*', diz ele, batendo no quadril, 'eu vou lá onde eles sabem o que fazer', diz ele. 'Não é minha alma', diz ele, sentando defronte a meu pai. 'Não é minha alma que me preocupa mais — estou com problema na perna direita', diz ele, 'que quebrei no campo em Glenvarloch no dia em que matei o preto Barney.' (Meu pai descobriu depois que Barney era um cavalo favorito que caiu embaixo dele, depois de saltar a cerca alta que dividia o vale.)

"'Eu espero', diz meu pai, 'que meu patrão não esteja preocupado por ter matado ele?'

"'Segure essa língua, estúpido', diz o fazendeiro, 'e vou lhe contar o porquê do problema com minha perna', diz ele. 'No lugar onde passo a maior parte do tempo', diz ele, 'exceto essa distraçãozinha que eu me permito vindo por aqui', diz ele, 'preciso caminhar muito mais do que estava acostumado', diz ele, 'e muito mais do que me faz bem também', diz ele; 'pois vou lhe contar uma coisa', diz ele, 'o pessoal onde estou gosta demais de água fresca, já que não há nada melhor para beber; e, além disso, o clima é quente demais para se apreciar', diz ele; 'e eu fui indicado', diz ele, 'para ajudar a carregar a água, e sobra só um pouquinho para mim', diz ele, 'e dá um trabalho danado, uma tarefa cansativa, posso garantir', diz ele; 'porque eles todos vivem secos, e bebem muito depressa, minhas pernas não dão conta de carregar tanta água', diz ele; 'mas o que me mata mesmo', diz ele, 'é a fraqueza da perna', diz ele, 'e eu quero que você me dê uns dois puxões para botar no lugar', diz ele.

"'Ah, por favor, senhorio', diz meu pai (porque ele não queria botar a mão no espírito de jeito nenhum), 'eu não teria a petulância de fazer isso com o senhor', diz ele; 'é só com os pobres coitados que nem eu que faço isso', diz ele.

"'Pode parar com essa conversa fiada', diz o senhorio, 'aqui está minha perna', diz ele, levantando-a na direção dele, 'pode puxar com vontade', diz ele; 'e se você não puxar, pelos poderes imortais não vou deixar um ossinho em tua carcaça que não vire poeira', diz ele.

"Quando meu pai escutou aquilo, viu que não adiantava fingir, e então segurou a perna, e puxou e puxou, até que o suor, Deus nos abençoe, começou a escorrer por seu rosto.

"'Puxe, seu danado', diz o homem.

"'Às suas ordens, meu senhorio', diz meu pai.

"'Puxe com mais força', diz o senhorio.

"Meu pai puxava como o diabo.

"'Vou tomar um golinho', diz o senhorio, alcançando com a mão uma garrafa, 'para criar coragem', diz ele, deixando cair todo o peso do corpo. Mas, esperto como ele só, estando aqui fora, pegou a garrafa errada. 'À sua saúde, Terence', diz ele, 'e agora pode puxar como o próprio diabo', e com isso ele levantou a garrafa de água benta, e mal a encostou na boca, deu um berro que parecia que ia rachar a sala, e deu uma cusparada com tal força que a perna soltou do corpo e ficou nas mãos de meu pai; lá se foi o senhorio para debaixo da mesa, e meu pai foi recuando para o outro lado da sala, caindo de costas no chão. Quando ele voltou a si, o alegre sol da manhã brilhava através das venezianas, e ele estava caído de costas, com o pé de uma das poltronas arrancada do buraco e bem segura em sua mão, apontando para o teto, e o velho Larry dormindo a sono solto, e roncando mais alto do que nunca. Meu pai foi naquela manhã falar com o padre Murphy, e daquele dia em diante, até o dia de sua morte, nunca deixou de se confessar e de ir à missa, e o que ele dizia era mais acreditado porque ele raramente tocava no assunto. E para o senhorio, ou seja, o espírito, se foi por não gostar da bebida, ou pela perda da perna, nunca mais se ouviu falar de suas caminhadas."

Tradução de Cyana Leahy

O FANTÁSTICO COTIDIANO

EDGAR ALLAN POE

O coração denunciador

("The Tale-Tell Heart", 1843)

Como representar em nossa antologia um autor como Poe (1809-49), que é a figura central, a mais famosa e mais representativa do conto fantástico do século XIX? A escolha mais óbvia seria "A queda da casa de Usher" (1839), que condensa todos os temas mais típicos do nosso autor: a casa em ruínas com a sua aura de dissolução, a mulher exangue, o homem absorto em estudos esotéricos, o sepultamento prematuro, a morta que sai da tumba. Depois dele, toda a literatura do decadentismo nutriu-se fartamente desses motivos; e o cinema, das origens até hoje, os divulgou à exaustão.

No entanto, preferi que um outro Poe estivesse neste volume, o escritor que inaugura um outro tipo de fantástico, que será dominante na segunda metade do século: o fantástico obtido com os mínimos meios, todo mental, psicológico.

Considero "O coração denunciador", monólogo interior de um assassino, a obra-prima absoluta de Poe. O assassino está escondido no escuro do quarto de sua vítima, um velho em pânico e com o olho esbugalhado. A existência do velho só se manifesta por meio desse olho ("um olho de abutre") e pelo som do coração que bate — ou pelo que o assassino supõe que seja o coração do velho, que continuará a obcecá-lo depois do crime.

É verdade! — nervoso —, eu estava assustadoramente nervoso e ainda estou; mas por que você *diria* que estou louco? A doença tinha aguçado os meus sentidos — não destruído —, não amortecido. Acima de tudo, aguçado estava o sentido da audição. Eu escutava todas as coisas no céu e na terra. Eu escutava muitas coisas do inferno. Como posso estar louco? Ouça com atenção! E veja com que sanidade, com que calma sou capaz de contar a história inteira.

É impossível dizer como a ideia entrou primeiro no meu cérebro; mas, uma vez concebida, perseguia-me dia e noite. Objeto, não havia nenhum. Paixão, não havia nenhuma. Eu amava o velho. Ele nunca me fizera mal. Ele nunca me insultara. Pelo ouro dele eu não nutria desejo. Penso que foi o olho dele! Sim, foi isso! Tinha o olho de um abutre — um olho azul-pálido recoberto por uma película. Sempre que pousava sobre mim, meu sangue congelava; e assim, por etapas — muito gradualmente —, decidi tirar a vida do velho e, dessa forma, livrar-me do olho para sempre.

Bem, esse é o ponto. Você me imagina louco. Loucos não sabem de nada. Mas você devia ter *me* visto. Você devia ter visto a sabedoria com que agi, com que cautela, com que antecipação, como me entreguei ao trabalho, dissimulado! Eu nunca fora mais gentil com o velho do que durante a semana que antecedeu à minha perpetração do assassinato. E toda noite, por volta da meia-noite, eu girava a fechadura da porta dele e a abria — oh, com tanta delicadeza! E então, quando havia aberto o suficiente para a passagem da minha cabeça, eu introduzia uma lanterna escura, coberta, toda coberta para que nenhuma luz passasse, e fazia entrar a minha cabeça. Oh, você riria de ver a astúcia com que a fazia entrar! Eu a movia devagar — muito, muito devagar, para não perturbar o sono do velho. Levava uma hora para passar a cabeça inteira pela abertura até que eu pudesse vê-lo deitado na cama. Ah! — um doido seria esperto assim? E depois, quando a minha cabeça estava bem dentro do quarto, eu descobria a lanterna cauteloso — oh, com tanta cautela —, cauteloso (porque as dobradiças gemiam) —, eu a descobria o suficiente para que um fino raio de luz caísse sobre o olho de abutre. E isso eu fiz por sete longas noites — toda noite, exatamente à meia-noite —, mas encontrava o olho sempre fechado; e, portanto, era impossível executar o trabalho; pois não era o velho que me atormentava, mas seu olhar. E toda manhã, quando o dia raiava, eu ia determinado ao quarto e lhe falava com audácia, chamando-o pelo nome num tom caloroso, e perguntava como havia passado a noite. Veja que ele teria de ser um velho muito astucioso, de verdade, para suspeitar que toda noite eu o espreitava enquanto dormia.

Na oitava noite fui mais cauteloso que de hábito para abrir a porta. O meu movimento era mais lento que o do ponteiro menor de um relógio. Antes daquela noite eu nunca *sentira* o alcance dos meus poderes — da minha sagacidade. Eu mal podia conter meu sentimento de vitória. Pensar que estava ali, abrindo a porta, um pouco de cada vez, e ele nem sonhava as minhas intenções ou pensamentos secretos. Eu cheguei a rir da ideia; e talvez ele tivesse me ouvido: pois se mexeu na cama de repente como se estivesse assustado. Nisso você poderia pensar que eu recuaria — mas não. Na escuridão densa, o quarto estava negro como piche (porque as persianas estavam bem fechadas pelo medo de ladrões), e dessa forma eu sabia que ele não teria como ver a abertura da porta que eu continuava a empurrar continuamente, continuamente.

Eu já tinha introduzido a minha cabeça e ia descobrir a lanterna quando meu polegar escorregou no ferrolho de estanho e o velho pulou da cama gritando: "Quem está aí?".

Fiquei imóvel e não disse nada. Por uma hora inteira não movi um músculo e, nesse meio-tempo, não o ouvi se deitar. Continuou sentado na cama, à escuta — como eu fizera, noite após noite, espreitando os relógios da morte na parede.

Nessa hora, escutei um leve gemido e sabia que era o gemido do terror mortal. Não era um gemido de dor ou um lamento — oh, não! —, era o som baixo, abafado, que emerge do fundo da alma tomada de espanto. Eu conhecia bem o som. Em muitas noites, exatamente à meia-noite, quando o mundo inteiro dormia, ele brotava do meu próprio peito, intensificando, com seu eco aterrorizante, os terrores que me perturbavam. Eu sabia o que o velho sentia e tinha pena dele, embora no fundo eu risse. Eu sabia que ele permanecia deitado, acordado, desde o primeiro ruído, quando tinha virado na cama. Desde então, os medos dele vinham crescendo. Ele tentava imaginá-los sem razão, mas não conseguia. Ele se dizia: "Não é nada a não ser o vento na chaminé", "apenas um rato cruzando o quarto", ou "é só um grilo que cantou uma única nota". Sim, ele procurava se confortar com essas hipóteses: mas achava todas inúteis. *Todas inúteis* — porque a Morte, ao se acercar dele, tinha se aproximado com sua sombra negra e envolvido a vítima. E foi a influência pesarosa da sombra imperceptível que o fez sentir — embora ele não visse nem ouvisse —, *sentir* a presença da minha cabeça no quarto.

Quando já havia esperado por um tempo longo, muito paciente, sem ouvi-lo deitar-se, decidi abrir uma fenda — uma fenda muito, muito pequena — na lanterna. E assim eu a abri — você não pode imaginar quão furtivo, furtivo — até que um raio único, sombrio, como o filamento de uma teia de aranha, disparou da fenda e caiu no olho de abutre.

Ele estava aberto — bem, bem aberto —, e fiquei furioso ao fixá-lo. Eu o vi com perfeita clareza — todo ele um azul-pálido coberto por um véu horrendo que enregelou a própria medula em meus ossos; porém eu não via nada mais do rosto ou da pessoa do velho: pois eu tinha apontado o raio, como que por instinto, precisamente sobre o ponto maldito.

E eu não lhe disse que você confunde a loucura com um simples aguçamento dos sentidos? Bem, sim, chegou aos meus ouvidos um som baixo, abafado, ligeiro, como o de um relógio envolvido em algodão. Também *aquele* som eu conhecia bem. Eram as batidas do coração do velho. Elas aumentaram a minha fúria, como a batida de um tambor que estimula um soldado a ter coragem.

Mas, ainda assim, me contive e permaneci inerte. Eu mal respirava. Segurei a lanterna imóvel. Experimentei o quanto era capaz de manter o raio sobre o olho. Enquanto isso, o tamborilar infernal do coração aumentou. Tornou-se mais e mais rápido, e mais e mais alto a cada momento. O terror do velho *deve* ter sido extremo! Tornou-se mais, sim, mais alto a cada momento! Você está me ouvindo bem? Eu lhe disse que estou nervoso: portanto, estou. E agora, na hora morta da noite, em meio ao silêncio aterrorizante daquela casa velha, esse som estranho me levou a um terror incontrolável. Porém, por mais alguns minutos eu me contive e fiquei imóvel. Mas as batidas se tornaram mais altas, mais altas! Pensei que o coração fosse explodir. E nessa hora fui tomado de angústia — o som seria ouvido por um vizinho! A hora do velho tinha chegado! Com um grito estridente escancarei a lanterna e entrei no quarto. Ele guinchou uma vez — uma só vez. Num instante eu o arrastei para o chão e puxei a cama pesada sobre ele. Depois sorri feliz de ver o ato realizado. Mas por muitos minutos o coração continuou batendo com um som abafado. Isso, entretanto, não me incomodou; não seria ouvido através da parede. Aos poucos, parou. O velho estava morto. Retirei a cama e examinei o cadáver. Sim, ele estava como pedra, morto como pedra. Pus a mão sobre o coração e a deixei ali por alguns minutos. Não havia pulsação. Ele estava morto como pedra. O olho dele não ia me perturbar mais.

Se você ainda pensa que sou louco, vai mudar de ideia depois de eu descrever as sábias precauções que tomei para ocultar o corpo. A noite definhava e trabalhei apressado, mas em silêncio. Primeiro, desmembrei o cadáver. Cortei a cabeça e os braços e as pernas.

A seguir, levantei três tábuas do piso do quarto e escondi tudo entre os caibros. Depois recoloquei as tábuas com tanta engenhosidade, com tal destreza, que nenhum olho humano — nem mesmo o *dele* — notaria alguma coisa errada. Não havia nada para lavar — nenhum tipo de mancha —, nenhuma mancha de sangue. Eu tinha sido por demais cuidadoso. Um ralo havia sorvido tudo — ah! ah!

Quando terminei todo o trabalho eram quatro horas — ainda estava escuro como à meia-noite. Quando o sino deu as horas, houve uma batida na porta da rua. Desci para abri-la com o coração leve — pois o que eu tinha a temer *agora*? Entraram três homens que se apresentaram com delicadeza irrepreensível como agentes da polícia. Um vizinho tinha ouvido um grito agudo durante a noite; levantou-se a suspeita de um crime; registrara-se uma queixa na polícia e eles (os agentes) foram designados para dar busca no local.

Sorri — pois *o que* tinha a temer? Dei boas-vindas aos cavalheiros. O grito, eu disse, tinha sido meu num sonho. O velho, mencionei, estava fora, no campo. Conduzi os visitantes por toda a casa. Convidei-os a explorar — explorar *bem*. Levei-os, sem pressa, ao quarto *dele*. Mostrei-lhes os tesouros do velho, seguro, imperturbável. No entusiasmo da minha confiança, trouxe cadeiras ao quarto e expressei o desejo de que descansassem do trabalho *ali*, ao passo que eu, na audácia selvagem da minha completa vitória, acomodei-me no ponto exato sob o qual jazia o cadáver da vítima.

Os agentes se mostraram satisfeitos. Meus *modos* os haviam convencido. Eu estava particularmente à vontade. Eles continuaram sentados e, enquanto eu dava respostas, animado, tagarelaram sobre coisas íntimas. Mas, pouco tempo depois, me senti empalidecendo e desejando que fossem embora. Minha cabeça doía, e imaginei ouvir um tinido nos ouvidos: mas eles seguiam sentados, tagarelando. O tinido tornou-se mais claro: passei a falar mais exaltado, para me livrar da sensação: mas ele insistiu e ganhou definição — até que, aos poucos, descobri que o som *não* estava em meus ouvidos.

Nessa hora, eu sem dúvida fiquei *muito* pálido — mas falava com mais fluência e em voz mais alta. Entretanto, o som se intensificou — e o que eu podia fazer? Era um *som baixo, abafado, ligeiro — muito parecido com o som de um relógio envolvido em algodão*. Fiquei quase sem fôlego — mas os agentes não o ouviram. Falei mais depressa — com mais veemência; mas o ruído aumentava continuamente. Levantei e discuti banalidades, num tom agudo e com gestos exagerados; mas o ruído aumentava continuamente. Por que eles não *iam* embora? Andei pelo piso para cima e para baixo com passadas pesadas, como se estivesse enfurecido com as falas deles — mas o ruído aumentava continuamente. Oh, Deus! O que eu *podia* fazer? Espumejei — fiquei furioso —, praguejei! Girei a cadeira em que estivera sentado e arrastei-a sobre as tábuas, mas o ruído se sobrepôs a tudo e aumentava sem parar. Tornou-se mais alto — mais alto —, *mais alto!* E os homens seguiam tagarelando com prazer, e sorriam. Seria possível que eles não estivessem ouvindo? Deus Todo-Poderoso! — não, não! Eles ouviram! — eles suspeitaram! — eles *sabiam!* — eles zombavam do meu terror! — isso eu pensei, e ainda penso. Mas qualquer coisa era melhor que essa agonia! Qualquer coisa era mais tolerável que esse escárnio! Eu não podia mais suportar aqueles sorrisos hipócritas! Sentia que tinha de gritar ou morrer! — e então — de novo! — Ouça! Mais alto! Mais alto! Mais alto! *Mais alto!*

"Miseráveis!", guinchei, "parem de disfarçar! Eu confesso o crime! Arranquem as tábuas! Aqui, aqui! — são as batidas do seu coração horrendo!"

Tradução de Paulo Schiller

HANS CHRISTIAN ANDERSEN

A sombra

("Skyggen", 1847)

Além de sua fama no campo da literatura infantil, H. C. Andersen (1805-75) é um dos grandes autores do conto maravilhoso do século XIX, como o comprova esta história construída com sutileza e criatividade extraordinárias. A ideia lhe ocorreu em Nápoles, num dia de sol intenso; a sombra que se destaca do corpo é um dos grandes temas da imaginação fantástica, que aqui se articula a um dos aspectos essenciais da psicologia de Andersen: o amargo pessimismo dedicado a si mesmo.

Foi Adelbert von Chamisso quem deu, com o Peter Schlemihl (1813), a primeira e insuperável história de perda da sombra. Corriam os anos do Fausto goethiano, e a perda da sombra foi interpretada como a perda da alma. Mas o símbolo é mais indefinível e complexo: essência fugidia da pessoa, "duplo" que cada um de nós carrega consigo. E. T. A. Hoffmann, que sempre foi obcecado pela ideia do "duplo", gostou tanto da novela de Chamisso que introduziu Peter Schlemihl em seu "Aventuras de uma noite de São Silvestre" (1817), fazendo-o encontrar-se com um homem que havia perdido o reflexo no espelho.

O reflexo no espelho havia sido deixado pela personagem de Hoffmann ao lado de uma mulher, feiticeira diabólica, para que ele pudesse continuar o seu amor com ela. A sombra de Andersen também se destaca da pessoa como emanação do desejo de estar perto da jovem amada; mas ela continua sua vida independente, acumulando fortunas, frequentando a alta sociedade e, quando reencontra o homem de quem se separou, o obriga a servi-la e a servir-lhe de sombra.

Portanto, a situação se inverte: a sombra se torna um patrão implacável e inimigo; o reencontro da sombra é uma condenação.

O símbolo da sombra perdida continua presente na literatura do nosso século (Hugo von Hofmannsthal, A mulher sem sombra).

É nas terras quentes que o sol arde realmente! As pessoas ficam cor de mogno, de tão morenas; inclusive, nas mais quentes delas, ficam negras. Mas foi apenas para as terras quentes — e não para as mais quentes delas — que se dirigiu um sábio vindo das terras frias; ele achava que lá poderia perambular como costumava fazer em seu próprio país, mas em pouco tempo se desiludiu. Ele e todas as pessoas sensatas tinham de ficar dentro de casa, com os batentes das janelas e as portas fechados o dia inteiro; a impressão que se tinha era de que a casa inteira dormia, ou de que não havia ninguém. A rua estreita de casas altas onde ele morava também era construída de forma a ser banhada pela luz solar da manhã até a noite. Impossível sair! O sábio vindo das terras frias — um jovem, um homem inteligente — tinha a sensação de estar sentado sobre um forno repleto de brasas; aquilo o afetou, ele ficou muito magro, até sua sombra murchou, ficou bem menor do que era antes, o sol também a consumira. Só à noite, depois que o sol se punha, os dois recomeçavam a viver.

Era uma verdadeira festa para os olhos; assim que a vela era trazida ao aposento, a sombra se espichava até o alto da parede, chegava ao teto, de tão comprida que ficava, precisava se espreguiçar para recuperar as forças. O sábio saía para o balcão para desenferrujar um pouco, e à medida que as estrelas iam surgindo na deliciosa limpidez do ar, ele tinha a impressão de voltar à vida. Em todos os balcões da rua — e nas terras quentes toda janela tem um balcão — as pessoas saíam, pois não há quem não tenha necessidade de ar, inclusive as pessoas habituadas a ser cor de mogno! Tudo se animava, em cima e embaixo. Sapateiros e alfaiates, todos corriam para a rua, surgiam mesas e cadeiras e velas acesas, sim, milhares de velas acesas, e enquanto um falava, o outro cantava, muita gente passeava, carruagens rodavam, burros andavam — blim-blão! de sineta no pescoço; mortos eram enterrados ao som de salmos, os moleques da rua faziam algazarra e os sinos da igreja bimbalhavam; sim, a rua ficava repleta de vida. Apenas em uma das casas, justamente a que ficava na frente daquela em que morava o sábio estrangeiro, tudo permanecia quieto; e certamente alguém morava naquela casa, pois havia flores no balcão, flores que cresciam tão bem naquele lugar ensolarado, flores que não existiriam se não fossem regadas, e portanto alguém deveria regá-las; alguém morava naquela casa. À noite a porta daquele balcão também se entreabria, mas o interior era escuro, pelo menos o aposento da frente não tinha luz, embora se ouvisse o som de música vindo lá de dentro. O sábio estrangeiro achava que era uma música incomparável, mas talvez fosse imaginação dele, porque para o sábio estrangeiro tudo naquelas terras quentes era incomparável, a única coisa que atrapalhava era o sol. O senhorio do estrangeiro dizia não saber quem havia alugado a casa da frente, nunca se via ninguém por lá, e, quanto à musica, achava-a tremendamente aborrecida. "Até parece que tem alguém ensaiando uma peça que nunca consegue concluir, toca sempre a mesma peça. 'Eu acabo conseguindo', diz a pessoa, mas nunca consegue, por mais que toque."

Uma noite o estrangeiro acordou, dormia com a porta do balcão aberta, a cortina balançava ao vento, e teve a impressão de que havia uma luminosidade estranha no balcão da casa em frente: todas as flores brilhavam como labaredas nas cores mais fantásticas, e no meio das flores estava uma jovem esguia, belíssima, que dava a impressão de também estar impregnada de luz; a luz feriu os olhos do estrangeiro, mas a verdade é que ele os tinha muito arregalados e que acabara de acordar; levantando-se de um salto, ele se aproximou devagar da cortina, mas a jovem se fora, a luminosidade desaparecera; as flores já não brilhavam, embora tivessem o ótimo aspecto de sempre; a porta estava entreaberta e do âmago da casa vinha uma música tão maravilhosa, tão suave, que o ouvinte era invadido por pensamentos delicados. Parecia um encantamento, mas quem viveria ali? E onde ficaria a porta de entrada? Todo o andar térreo era ocupado por lojas, uma ao lado da outra, não era possível que para entrar para a residência, em cima, fosse necessário passar sempre por alguma delas.

Uma tarde o estrangeiro estava sentado em seu balcão enquanto atrás dele, no interior do quarto, queimava uma vela, de modo que era muito natural que sua sombra fosse parar do outro lado da rua, na parede da casa do vizinho da frente; com efeito, lá estava ela, sentada entre as flores do balcão; e sempre que o estrangeiro se movia, sua sombra também se movia, porque era assim que ela sempre se comportava.

"Acho que minha sombra é o único ser vivo que se avista por lá!", disse o sábio. "Veja com que elegância está sentada no meio das flores, com a porta entreaberta! Agora... A sombra bem que poderia ser mais esperta e entrar na casa para dar uma olhada e depois vir me contar o que viu! Vamos, faça alguma coisa útil", disse ele, brincando. "Faça-me o favor de se introduzir na casa! E então?! Vai entrar ou não vai entrar?", insistiu ele com um aceno, e a sombra acenou também. "Entre de uma vez, mas não vá desaparecer", disse o estrangeiro, levantando-se, e sua sombra no balcão da casa do vizinho da frente se levantou também; o estrangeiro se virou, e sua sombra também se virou; e se houvesse alguém prestando atenção na cena, teria visto claramente a sombra entrar pela porta entreaberta do balcão da casa do vizinho da frente no exato instante em que o estrangeiro entrava em seu quarto e deixava a longa cortina voltar para o lugar.

Na manhã seguinte o sábio saiu para tomar café e ler os jornais. "Mas o que é isso?", exclamou, ao sair para o sol. "Estou sem sombra! Quer dizer que ela entrou mesmo na casa ontem à noite e não saiu mais; que problema eu fui arranjar!"

Aquilo o deixou agastado: não tanto por causa do desaparecimento da sombra, e sim porque conhecia uma história sobre um homem sem sombra muito divulgada nas terras frias de onde vinha, e se por acaso chegasse lá contando a sua, todo mundo iria dizer que estava imitando a outra, coisa que ele não queria de jeito nenhum. Diante disso, resolveu que não tocaria no assunto, e foi uma decisão muito acertada.

À noite o sábio saiu novamente para seu balcão, depois de posicionar a vela corretamente atrás de si, pois sabia que as sombras sempre desejam ter seus senhores como telas, mas não conseguiu atraí-la; fez-se pequeno, fez-se grande, mas nenhuma sombra apareceu! Chegou a falar "Ei! Ei!", mas não adiantou nada.

Era desmoralizante, mas nas terras quentes tudo cresce de maneira desordenada; passados oito dias ele observou, para sua grande satisfação, que uma nova sombra havia começado a crescer de suas pernas sempre que ele saía para o sol. A raiz devia ter ficado enterrada. Passadas três semanas, já adquirira uma sombra bastante adequada, a qual, quando ele rumou novamente para as terras do norte, continuou crescendo sem parar durante a viagem, de tal modo que no fim estava tão comprida e tão grande que com metade dela já seria mais do que suficiente.

E assim o sábio voltou para sua terra e escreveu livros sobre o que era verdade no mundo e sobre o que era bom e sobre o que era belo, e passaram-se dias, e passaram-se anos, e passaram-se muitos anos.

Uma noite ele estava em seu quarto e alguém bateu suavemente à porta.

"Entre!", disse, mas ninguém entrou; quando ele foi abrir a porta, viu diante de si uma pessoa tão extraordinariamente magra que o deixou perturbado. No mais, vestia-se com muita elegância, devia ser um homem distinto.

"Com quem tenho a honra de falar?", perguntou o sábio.

"Bem que eu estava imaginando que o senhor não iria me reconhecer!", disse o homem distinto. "Hoje em dia tenho tanto corpo, cheguei mesmo a adquirir carne e vestimentas. Imagino que jamais lhe tenha passado pela cabeça ver-me assim tão próspero. Então o senhor não reconhece sua antiga sombra? Sim, vejo que o senhor não acreditava que eu pudesse voltar para casa algum dia. As coisas correram muito bem para mim desde a última vez que estivemos juntos, fui muito bem-sucedido, de todos os pontos de vista! Se for o caso de eu comprar minha liberdade, tenho os meios para tal!" Dizendo isso, sacudiu um punhado de valiosos selos pendurados à corrente de seu relógio e enfiou a mão na grossa corrente de ouro que lhe pendia do pescoço. Todos os seus dedos cintilaram com anéis de diamantes! E todos eles, pedras sem jaça.

"Não consigo me refazer de minha surpresa!", disse o sábio. "O que está acontecendo aqui?!"

"De fato, coisa simples não é!", disse a sombra. "Mas o senhor mesmo tampouco se conta entre os simples e eu, como o senhor sabe muito bem, desde criança sigo suas pegadas. Nem bem o senhor concluiu que eu estava preparado para sair sozinho mundo afora, segui meu próprio rumo; minha situação atual é das mais estupendas, mas fui tomado por uma espécie de nostalgia, um desejo de voltar a vê-lo pelo menos uma vez antes de sua morte, pois mais dia, menos dia o senhor vai morrer! Além disso, eu também queria rever estas terras, pois é fato que sempre nos sentimos ligados à pátria-mãe! Sei que o senhor obteve uma outra sombra. Devo pagar-lhe, ou pagar-lhes, alguma coisa? Faça-me o favor de dizer!"

"Mas então é mesmo você!", disse o sábio. "Que coisa extraordinária! Eu jamais teria acreditado que nossa antiga sombra pudesse reaparecer sob a forma de ser humano!"

"Diga-me quanto lhe devo!", disse a sombra. "Não quero permanecer em débito."

"Como você pode falar desse modo?", exclamou o sábio. "A que dívida se refere? Sinta-se inteiramente livre! Sua felicidade me dá imensa alegria. Sente-se, velho amigo, e me conte um pouco como as coisas se passaram e o que você viu na casa do nosso vizinho das terras quentes!"

"Sim, já lhe contarei tudo", disse a sombra, sentando-se, "mas o senhor terá de me prometer que jamais revelará a ninguém aqui na cidade, onde quer que possa encontrar-me, que um dia fui sua sombra! Tenho a intenção de ficar noivo; meus meios me permitem manter até mais de uma família!"

"Pode ficar sossegado!", disse o sábio. "Jamais direi a ninguém quem você realmente é! Aperte a minha mão! Dou-lhe minha palavra de honra."

"Palavra de sombra!", disse a sombra, que não podia dizer outra coisa.

Era notável, aliás, até que ponto aquela sombra era um ser humano; toda vestida de negro, envergando as mais elegantes vestimentas negras que se podiam encontrar, botas de verniz e chapéu dobrável, de modo a virar apenas copa e aba; e isso sem falar no que já sabemos que possuía: selos, corrente de ouro e anéis de diamante; sim, a sombra estava extraordinariamente bem vestida, e era somente esse fato que a transformava num verdadeiro ser humano.

"Agora vou lhe contar minhas aventuras!", disse a sombra, apoiando as pernas munidas das botas de verniz com quanta força pôde sobre o braço da nova sombra do sábio, que estava deitada aos pés dele como um cachorrinho poodle. Talvez tivesse feito isso por arrogância, talvez para imobilizar a outra; e a sombra prostrada se manteve perfeitamente quieta e tranquila para poder ouvir a história; ela bem que queria saber o que era preciso fazer para soltar-se e igualar-se a seu próprio senhor.

"O senhor sabe quem morava na casa do outro lado da rua?", perguntou a sombra. "Era a figura mais encantadora deste mundo, a Poesia! Passei três semanas lá, e foi como se tivesse vivido três mil anos e lido toda a poesia e todos os textos jamais escritos. É o que lhe digo e atesto. Tudo vi e tudo sei!"

"A Poesia!", gritou o sábio. "Sim! Sim! Acontece muitas vezes de ela ser uma eremita nas cidades grandes! A Poesia! É verdade, eu a avistei por um curto instante, mas o sono obnubilou meus olhos! Ela estava no balcão e brilhava tanto que parecia a Estrela do Norte! Conte-me, conte-me! Você estava no balcão, depois entrou porta adentro e viu...!"

"Entrei, e me vi na antecâmara!", disse a sombra. "E o senhor permaneceu sentado, olhando na direção da antecâmara. Não havia vela alguma, só uma espécie de penumbra, mas em seguida abria-se uma série de portas escancaradas, uma depois da outra, formando uma longa sucessão de aposentos e salões, estes sim profusamente iluminados. Eu teria sido fulminado por toda aquela luz se tivesse me precipitado até a donzela; mas avancei com prudência, dei-me tempo, que é o que devemos fazer!"

"E o que você viu?", perguntou o sábio.

"Vi todas as coisas, e pretendo contar ao senhor o que vi, mas... não se trata de orgulho da minha parte, mas... em minha qualidade de ser livre e com os meios de que disponho, sem falar em minha excelente posição, em minha situação confortável... eu lhe pediria que me desse o tratamento de 'senhor'!"

"Peço-lhe que me perdoe!", disse o sábio. "São os velhos hábitos que se aferram. O senhor tem toda a razão! Não se preocupe, tratarei de lembrar-me! Mas, por favor, agora me conte tudo o que viu!"

"Sim, tudo!", declarou a sombra. "Pois tudo vi, e tudo sei!"

"Qual era o aspecto dos aposentos mais íntimos?", perguntou o sábio. "Tinham o frescor da floresta? Lembravam a santidade da igreja? Essas salas íntimas eram como um claro céu estrelado quando o contemplamos das mais altas montanhas?"

"Tudo isso ao mesmo tempo!", respondeu a sombra. "Na verdade, não entrei até a parte mais interna, fiquei no aposento da frente, na penumbra, mas estava muito bem posicionado e tudo vi, tudo sei! Estive na corte da Poesia, na antecâmara."

"Mas o que o senhor viu? Todos os deuses da Antiguidade andavam pelos vastos salões? Os velhos heróis travavam combate? Crianças gentis brincavam e contavam seus sonhos?"

"Estou lhe dizendo que estive lá, e o senhor pode imaginar que vi todas as coisas que havia para ver! Se o senhor tivesse estado lá, não teria se transformado em homem, mas foi o que aconteceu comigo! E em pouco tempo aprendi a conhecer minha natureza mais íntima, minhas características inatas, meu parentesco com a Poesia. Na época em que eu vivia com o senhor, não pensava nessas coisas, mas, como o senhor bem sabe, toda vez que o sol nascia ou se punha eu ficava fantasticamente grande; com efeito, à luz do luar eu quase ficava mais nítido do que o senhor; naquele tempo eu não compreendia minha natureza; naquela antecâmara é que tudo se desvendou para mim! Eu me transformei em homem! Saí de lá amadurecido, mas o senhor já não se encontrava nas terras quentes; como homem, eu me envergonhava de andar com aquele aspecto. Precisava de botas, de vestimentas, de todo aquele verniz de homem que caracteriza um homem como tal. Saí dali, sim, digo-lhe que saí dali, mas por favor não divulgue o que lhe conto, saí dali diretamente para debaixo da saia da mulher que vendia bolos, me escondi debaixo da saia dela; ela nem desconfiava de que escondia tudo aquilo; eu só saía de lá à noite; corria pelas ruas à luz do luar; encostava-me nas paredes para sentir aquele delicioso roçar em minhas costas! Corria para cá, corria para lá, espiava para dentro das janelas mais altas, para dentro das salas, por sobre os telhados, observava todos os lugares que ninguém mais conseguia ver e via o que ninguém mais via, o que não era para ser visto por ninguém! Basicamente, nosso mundo é um mundo muito baixo! Eu nunca teria querido ser homem, não fosse a crença tão amplamente difundida de que ser homem é uma coisa excelente! Vi as coisas mais impensáveis acontecerem entre as mulheres, entre os homens, entre os pais e entre as doces e admiráveis crianças. Vi", continuou a sombra, "o que homem algum deveria conhecer, mas que todos, invariavelmente, dariam qualquer coisa para saber, ou seja, os pecados do vizinho. Se eu tivesse escrito um jornal, todos gostariam de lê-lo! Mas eu escrevia diretamente para a pessoa envolvida e todas as cidades por onde eu passava eram tomadas pelo pânico. Todos ficaram com tanto medo de mim! E todos tinham uma estima incomensurável por mim! Os professores fizeram de mim um professor, os alfaiates me deram roupas novas. Fiquei muito bem abastecido. Os moedeiros cunharam moedas para mim e as mulheres disseram que eu era lindo! Foi assim que me transformei no homem que sou! E agora preciso me despedir; aqui está meu cartão, moro na calçada do sol e estou sempre em casa quando chove!" E, dizendo isso, a sombra se retirou.

"Que acontecimento extraordinário!", disse o sábio.

Dias e anos se passaram, e a sombra voltou.

"Como vão as coisas?", perguntou ela.

"Nem me pergunte!", respondeu o sábio. "Escrevo sobre a verdade e sobre o bem e sobre o belo, mas ninguém se interessa por esse tipo de coisa. Estou verdadeiramente desesperado, são coisas tão importantes para mim..."

"Pois para mim não!", disse a sombra. "Estou engordando, e é unicamente com isso que deveríamos nos preocupar! É que o senhor não entende as coisas deste mundo, vai acabar mal. Está precisando viajar! No próximo verão, farei uma viagem. O senhor gostaria de viajar comigo? Bem que eu gostaria de ter um companheiro de viagem! Aceitaria viajar comigo como minha sombra? Para mim, será uma grande satisfação tê-lo ao meu lado. Faço questão de pagar suas despesas!"

"Que proposta extraordinária!", disse o sábio.

"Depende do ponto de vista!", disse a sombra. "Viajar vai lhe fazer bem! Se aceitar ser minha sombra, não precisará pagar por coisa nenhuma durante toda a viagem."

"Mas seria muita loucura!", disse o sábio.

"Contudo, assim é o mundo e assim ele continuará sendo!", disse a sombra, e se retirou.

As coisas estavam verdadeiramente complicadas para o sábio; o sofrimento e o desgosto seguiam-no por todo lado e tudo o que ele dissesse sobre a verdade e sobre o bem e sobre o belo não significava mais para a maioria das pessoas do que uma rosa para uma vaca! No fim, ele acabou ficando gravemente enfermo.

"O senhor está parecendo uma sombra!", diziam-lhe todos, e o sábio estremecia, pois era exatamente o que estava pensando.

"Uma temporada numa estação de águas certamente lhe faria muito bem!", disse a sombra, que fora visitá-lo. "Não há coisa melhor! Vou levá-lo em nome de nossa antiga amizade; pago a viagem e o senhor escreve um relato, e assim me distraio um pouco durante o trajeto! Também eu preciso de um tratamento com as águas termais: minha barba não está crescendo tanto quanto deveria e isso é uma forma de doença, pois ter barba é uma necessidade! Faça-me o favor de ser razoável e aceite meu convite! Viajemos como dois bons amigos!"

E assim foi feito; a sombra era o amo e o amo era a sombra; os dois viajaram juntos de carruagem, a cavalo e a pé, lado a lado ou um na frente e o outro atrás, ao sabor da posição do sol; a sombra estava sempre querendo ocupar o lugar do amo; e o sábio não se incomodava nem um pouco com isso; tinha um ótimo coração, era um homem amável e doce, e por isso um dia disse à sombra:

"Já que agora somos companheiros de viagem, como somos, e já que antes disso crescemos juntos desde a mais tenra infância, não lhe parece que seria o caso de fazermos um brinde à nossa amizade e abandonarmos o tratamento formal de 'senhor'? Acho que seria mais íntimo, não lhe parece?"

"Vamos pensar um pouco em sua proposta!", disse a sombra, que agora era o verdadeiro amo. "Sua ponderação é muito franca e bem-intencionada, por isso serei igualmente franco e bem-intencionado. O senhor, como sábio, certamente não ignora a que ponto é surpreendente a natureza humana. Algumas pessoas não conseguem nem encostar a mão em papel pardo que logo se sentem mal; outras ficam com o corpo inteiro abalado quando alguém fricciona alguma coisa aguda em uma vidraça; sou tomado por sensação semelhante ao ouvi-lo tratar-me de 'você', é como se estivesse sendo empurrado de encontro à terra, tal como acontecia em minha primeira permanência ao seu lado. Como o senhor vê, trata-se de uma sensação, e não de orgulho; não posso permitir que me chame de 'você', mas de minha parte terei muito prazer em chamá-lo de 'você', de modo a realizar seu desejo pelo menos em parte!"

E assim a sombra passou a chamar o antigo amo de "você".

"É insensato, isso de eu chamá-lo de 'senhor' e ele a mim de 'você'", pensava o sábio, sem ter como alterar a situação.

E assim os dois chegaram a uma estação de águas onde havia vários estrangeiros, entre eles a linda filha de um rei, que sofria da enfermidade de ver tudo bem demais, o que era, claro, muito preocupante.

Na mesma hora a moça percebeu que aquele que acabara de chegar era uma pessoa totalmente diferente das outras que estavam ali: "Ele está aqui para fazer sua barba crescer, dizem, mas vejo que a razão verdadeira é o fato de que ele não projeta nenhuma sombra".

"Vossa Alteza Real deve estar melhorando!", disse a sombra. "Sei que seu mal é ver bem demais, mas isso acabou, a senhora está curada! A verdade é que tenho uma sombra muito pouco convencional. A senhora não está vendo aquela pessoa que anda sempre ao meu lado? Outras pessoas têm sombras comuns, mas eu não gosto de coisas comuns. Muitas vezes acontece de gastarmos mais com a libré de nossos empregados do que com nossos próprios trajes, e eu permiti que minha sombra se transformasse em homem! É isso mesmo, a senhora pode observar que cheguei ao ponto de dar-lhe uma sombra. É uma coisa muito onerosa, mas faço questão de ter coisas de qualidade!"

"O quê?", pensou a princesa. "Será possível que eu tenha me curado? Esta estação de águas é verdadeiramente de primeira categoria! Nos tempos que correm, a água tem de fato poderes extraordinários. Mas não vou partir ainda; agora é que as coisas estão ficando divertidas. Aquele estrangeiro me agrada sobremaneira. Espero, pelo menos, que a barba dele não cresça, porque se crescer, ele vai embora!"

À noite, no grande salão de bailes, a filha do rei dançou com a sombra. Ela era leve, mas a sombra era ainda mais leve; a jovem jamais dançara com parceiro como aquele. A princesa contou à sombra de que país tinha vindo e a sombra conhecia seu país, já estivera lá, mas num momento em que ela não estava em casa, e espiara pelas janelas mais altas e pelas janelas mais baixas, vira de tudo um pouco, e desse modo teve condições de responder às perguntas da filha do rei e dar-lhe informações que a deixaram boquiaberta; aquela devia ser a pessoa mais bem informada do mundo! A princesa desenvolveu um respeito imenso pelas coisas que a sombra sabia, e quando os dois dançaram juntos novamente a princesa se apaixonou, e a sombra imediatamente percebeu, pois o olhar da princesa parecia atravessá-la. E assim os dois dançaram juntos mais uma vez e a princesa esteve a ponto de declarar-se, mas era muito ponderada, pensava em seu país e em seu reino e nas muitas pessoas sobre as quais haveria de reinar. "Sábio ele é, e isso é bom!", pensou a moça consigo mesma. "Além disso, é excelente dançarino, o que também é ótimo. Mas será que possui uma base cultural sólida? Isso é igualmente muito importante. Será preciso avaliá-lo com rigor." Com isso, começou a interrogá-lo sobre algumas questões particularmente difíceis, questões para as quais nem ela mesma tinha resposta, e a sombra ficou com uma expressão muito estranha no rosto.

"Para esta questão, o senhor não tem resposta!", disse a filha do rei.

"Mas se são coisas que aprendi quando criança!", disse a sombra. "Acredito que até minha sombra, que lá está, perto da porta, sabe responder!"

"Sua sombra!?", estranhou a princesa. "Isso seria verdadeiramente extraordinário!"

"Bem, não estou cem por cento certo de que ela saiba!", disse a sombra. "Contudo acredito que sim, pois faz muitos anos que me segue e me escuta... Acredito que sim! Mas permita-me Vossa Alteza Real uma advertência: veja que minha sombra tem tanto orgulho de fazer-se passar por homem que para que apresente boa disposição — e será necessário que seja assim, para que tenha condições de responder adequadamente — será preciso que a trate como se fosse de fato um homem."

"Quanto a isso, não há problema!", disse a filha do rei.

E então ela se dirigiu ao sábio, que estava junto à porta, e conversou com ele sobre o sol e sobre a lua e sobre os homens tanto por fora como por dentro, e ele respondeu muito bem e com muita propriedade.

"Que homem deve ser aquele, para ter uma sombra assim!", pensou ela. "Será uma verdadeira bênção para o meu povo e para o meu reino que eu o escolha para consorte; e é exatamente isso o que vou fazer!"

E em pouco tempo os dois chegaram a um entendimento, a filha do rei e a sombra, só que ninguém deveria saber a respeito enquanto ela não estivesse de volta a seu próprio reino.

"Ninguém saberá, nem mesmo minha sombra!", disse a sombra, que tinha boas razões para dizer isso.

E assim eles chegaram às terras sobre as quais reinava a filha do rei quando não estava viajando.

"Ouça, meu caro amigo!", disse a sombra ao sábio, "agora que sou a mais feliz e poderosa das pessoas, quero fazer alguma coisa especial por você! Você viverá para sempre ao meu lado no castelo, viajará comigo em minha carruagem real e terá centenas de milhares de moedas por ano; em troca, deverá aceitar que todos, sem exceção, o chamem de sombra; jamais deverá revelar que um dia foi um homem, e uma vez por ano, quando eu me sentar ao sol no balcão e permitir que todo o povo me veja, deverá prostrar-se a meus pés como se fosse mesmo uma sombra! Saiba que vou me casar com a filha do rei, e que o casamento terá lugar hoje à noite."

"Não, isso é completamente insano!", disse o sábio. "Não quero, não aceito! Isso seria enganar o país inteiro e a filha do rei também! Revelarei tudo! Direi que sou um homem e que você é uma sombra, direi que você é uma sombra que usa roupas, só isso!"

"Ninguém vai acreditar!", disse a sombra. "Comporte-se, do contrário eu chamo a guarda!"

"Vou imediatamente falar com a filha do rei!", disse o sábio.

"Mas eu vou primeiro!", disse a sombra, "e você vai para a prisão!"

E foi exatamente para onde ele foi, pois as sentinelas obedeceram às ordens do homem com quem sabiam que a princesa ia se casar.

"Você está trêmulo!", disse a princesa, quando a sombra se aproximou dela. "Aconteceu alguma coisa? Não vá adoecer logo na noite do nosso casamento!"

"Tive a mais terrível das experiências!", disse a sombra. "Imagine só... Claro, o cérebro de uma pobre sombra não aguenta grande coisa! Imagine que minha sombra enlouqueceu! Pensa que é um homem e que eu... Imagine só... Que eu é que sou a sombra!"

"Que horror!", disse a princesa. "Espero que pelo menos ela esteja bem trancafiada!"

"E está mesmo. Temo que jamais recupere a razão."

"Pobre sombra!", disse a princesa. "Tão infeliz! Seria uma verdadeira boa ação libertá-la dessa minúscula vida que tem. Na verdade, agora que penso nisso, acredito que será necessário acabar discretamente com ela."

"É uma solução muito severa! Serviu-me tão fielmente!", disse a sombra, soltando uma espécie de suspiro.

"Quanta nobreza em seu caráter!", disse a filha do rei.

À noite a cidade inteira se iluminou, os canhões fizeram bum! e os soldados apresentaram armas. Foi um casamento e tanto! A filha do rei e a sombra saíram para o balcão para que os súditos pudessem vê-los e os saudassem com um último "Viva!".

O sábio não ouviu nada disso, pois já perdera a vida.

Tradução de Heloisa Jahn

CHARLES DICKENS

O sinaleiro

("The Signal-Man", 1866)

Os contos fantásticos de Dickens (1812-70) estão dispersos nas pequenas revistas de folhetins e novelas, das quais ele era editor e autor quase exclusivo. E este é certamente a sua obra-prima no gênero: "O sinaleiro", publicado em 1866 em All the Year Round. *Conto muito tenso e compacto, todo feito entre trilhos, cheio de barulhos de trem, ocasos na desolada paisagem ferroviária, figuras vistas à distância das encostas. O cenário do mundo industrial entrou na literatura, e já estamos muito longe das visões da primeira metade do século. O fantástico se torna pesadelo profissional.*

"Ei, você aí embaixo!"

Quando ouviu uma voz chamar assim, ele estava parado na porta da sua cabine, segurando uma bandeirola dobrada sobre o curto cabo. Alguém poderia pensar, considerando a natureza do lugar, que ele não teria nenhuma dúvida sobre a direção de onde vinha a voz; mas, em vez de olhar para cima, onde eu tinha parado no declive sobre sua cabeça, ele se virou e olhou em direção à linha.

Havia alguma coisa marcante no seu jeito de fazer aquilo, ainda que eu não seja capaz de dizer de maneira nenhuma o quê. Mas sei que era algo considerável o suficiente para chamar a minha atenção, mesmo que sua silhueta estivesse reduzida e obscurecida, lá embaixo, em uma vala profunda, e a minha, sobre ele, tão saturada pelo rubor de um pôr do sol bravio que eu tinha de proteger meus olhos com as mãos para enxergá-lo melhor.

"Ei! Aí embaixo!"

Olhando ao longo da via, ele se virou novamente, e, levantando os olhos, viu meu vulto bem em cima dele.

"Há algum atalho por onde eu possa chegar até aí para conversarmos?"

Sem responder, ele ergueu os olhos para me ver e eu olhei para baixo. Achei melhor não incomodá-lo repetindo minha pergunta inútil. Nesse instante houve uma débil vibração na terra e no ar, que rapidamente se tornou um pulsar violento e de imediato uma investida me fez ir para trás, forte o suficiente para lançar-me ao chão. Quando a fumaça do expresso se dissipou, roçando a paisagem, olhei para baixo de novo, e o vi enrolando a bandeirola que ele mostrara enquanto o trem passava.

Repeti a pergunta. Depois de um silêncio, em que ele me olhou com profunda atenção, o sinaleiro apontou sua bandeirola na direção de um ponto à minha altura, dois ou três metros à frente. Respondi para ele, "Certo", e fui até o lugar. Olhando atentamente em volta, achei um atalho irregular e todo trançado e o segui.

O caminho era extremamente profundo e estranhamente precipitado. Ele tinha sido feito de lado a lado em uma pedra úmida que se tornava mais enlodaçada e escorregadia conforme eu descia. Por essas razões, achei o atalho longo o suficiente para relembrar o singular ar de relutância ou obrigação com que ele apontara.

Quando desci o suficiente para vê-lo outra vez, notei que ele estava em pé entre os trilhos onde o trem havia terminado de passar, em uma atitude de franca espera. O sinaleiro estava com a mão esquerda no queixo, e a direita, sobre o peito, cobria o cotovelo esquerdo. Parecia tão atento e com tal expectativa que parei um momento para observar melhor aquilo.

Continuei a descida e atingi o nível da estrada. Mais de perto, distingui um homem moreno e pálido, com uma barba escura e sobrancelhas espessas. Nunca vi um lugar tão solitário e lúgubre como aquele onde haviam colocado a cabine. Uma parede gotejando água recortava os dois lados, escondendo toda a vista além de uma listra de céu: via-se apenas um arco prolongado de uma grande masmorra. Na outra direção, apenas uma luz vermelha, que terminava na triste entrada do túnel negro, era visível. Havia na arquitetura maciça daquele túnel um ar rude, deprimente e ameaçador. A luz do sol quase não chegava àquele ponto, e a terra tinha um cheiro de cemitério. O vento gelado e cortante me dava calafrios, como se eu estivesse deixando o mundo real.

Antes que ele pudesse se mover, eu estava perto o suficiente para tocá-lo. Nem nessa situação ele desviou os olhos de mim, mas deu um passo atrás, e ergueu sua mão.

Aquele era um lugar muito solitário para trabalhar (eu falei), e isso tinha atraído a minha atenção quando olhei lá de cima. Uma visita era uma raridade, eu poderia supor; não uma raridade desagradável, era a minha esperança. Para ele, eu era tão somente um homem que ficara fechado nos seus estreitos limites durante toda a vida, e que, tendo por fim se libertado, se interessara por essas grandes construções. Foi mais ou menos sobre isso que falei, mas sem nenhuma certeza sobre os termos adequados a usar, já que não sou muito bom para começar uma conversa e também havia alguma coisa de ameaçadora naquele homem.

Ele olhou de um jeito muito estranho para a luz vermelha na boca do túnel, e para os arredores, como se alguma coisa fosse sair dali. Depois me encarou.

Aquela luz era parte da responsabilidade dele — não era?

Ele respondeu com uma voz fraca: "Você não sabe do que se trata?".

Pensei em algo assustador enquanto acompanhava o olhar fixo e o rosto saturnino daquele espírito (não era uma pessoa). Comecei a especular se ele tinha algum problema mental.

Dessa vez fui eu quem recuou. Mas, enquanto fazia isso, percebi que ele sentia algum medo de mim, o que me fez deixar de pensar aquelas tolices.

"Você me olha", eu disse, forçando um sorriso, "como se tivesse medo de mim."

"Estou pensando", ele replicou, "se já não te vi antes."

"Onde?"

Ele apontou para a luz vermelha.

"Lá?", perguntei.

Sempre prestando atenção em mim, ele respondeu (sem palavras): "É".

"Meu caro amigo, o que eu faria ali? Bom, de qualquer modo, juro que nunca estive lá."

"Acho que posso acreditar", ele respondeu. "Sim, eu acredito."

Seus gestos ficaram mais soltos, os meus também. O sinaleiro começou a responder às minhas indagações com prontidão e palavras exatas. Ele teria muito que fazer lá? Sim, ou melhor, ele tinha muita responsabilidade; e precisava de muita atenção e perícia; quanto a serviço de verdade — trabalho manual —; ele quase não tinha. Balançar o sinal, organizar as luzes e dar a volta à manivela de ferro às vezes era tudo o que ele tinha que fazer. No que diz respeito àquelas longas e solitárias horas às quais eu parecia fazer tanto caso, ele dizia apenas que a rotina de sua vida se acomodara àquilo. Sozinho ele aprendera ali embaixo uma língua — se apenas entender seus signos, e formar suas próprias ideias cruas sobre a pronúncia, pode ser chamado de aprender. O sinaleiro tinha também estudado frações e decimais, e tentado uma pequena álgebra, mas era desde garoto inábil para o cálculo. Enquanto trabalhava, precisava realmente ficar exposto àquele corredor de vento úmido? Ele não podia tomar sol entre as altas paredes de pedra? Isso dependeria do clima e das circunstâncias. Em algumas condições havia pouco a fazer na via, tanto durante o dia quanto à noite. Com o tempo claro, ele fugia um pouco das sombras; mas, como poderia a qualquer momento ser chamado pela campainha elétrica, nessas ocasiões ficava ainda mais atento e o descanso era menor do que eu poderia supor.

Ele me levou para dentro da cabine, onde havia uma lareira, uma escrivaninha para um livro oficial em que ele fazia certas entradas, um aparelho de telégrafo com seu painel, indicadores e agulhas, e a pequenina sirene de que ele tinha falado. Como achei que ele não se importaria, disse que o via como um homem que recebera boa educação (eu esperava poder dizer sem ofensa), talvez muito superior à que seu ofício exigia. Ele observou que aquele tipo de coisa, às vezes, poderia acontecer nas corporações com muitos trabalhadores; como na indústria, na polícia, mesmo naquele último e desesperado recurso, o exército; e, mais ou menos, no pessoal de qualquer grande ferrovia. Quando moço (sentado naquela choupana, para mim era mais fácil acreditar naquilo do que para ele), fora um estudante de filosofia natural e assistira a palestras; mas tinha deixado as coisas passarem, perdido várias oportunidades e nunca se recuperara. Mas não tinha reclamações sobre aquilo. Fizera sua cama e estava deitado nela. Era tarde para fazer outra.

O que estou resumindo aqui foi dito por ele de um jeito calmo, com seu grave semblante escuro dividido entre mim e o fogo. O sinaleiro repetia a palavra "senhor" de tempo em tempo, e especialmente quando se referia à sua juventude, como se quisesse me pedir para entender que não desejava ser mais do que eu estava vendo. Fomos interrompidos várias vezes pela pequena campainha, e pela sua necessidade de ler mensagens e enviar respostas. Uma vez saiu à porta, empunhou a bandeirola enquanto um trem passava, e falou alguma coisa com o condutor. No que toca aos seus deveres, vi que ele era exato e atento, parando de falar no meio da frase e só voltando a conversar quando terminasse o trabalho.

Em uma palavra, eu classificaria aquele homem como um dos mais adequados para exercer tal serviço, não fosse pelas duas vezes em que ele empalideceu, olhou para a sirene que estava silenciosa, abriu a porta da choupana (que tinha sido fechada por conta do ar úmido muito pouco saudável), e olhou estranhamente para a luz vermelha perto da boca do túnel. Nessas duas ocasiões ele voltou para a lareira com o mesmo semblante perturbado que eu observara quando ainda não tínhamos começado a conversar.

"Você quase me fez pensar que eu tinha encontrado um homem feliz", eu disse quando me levantei para sair.

(Confesso que disse aquilo para provocá-lo.)

"Eu costumava ser", ele acrescentou com a voz baixa do começo da conversa, "mas agora estou com problemas, senhor, estou com problemas."

Ele poderia não ter dito nada daquilo, mas, como começou, não deixei passar.

"Por quê? Qual é o seu problema?"

"É muito difícil explicar, senhor. É muito, muito difícil confessar. Se o senhor me fizer outra visita, vou lhe contar tudo."

"Mas eu realmente quero fazer a você outra visita. Diga, quando pode ser?"

"Saio pela manhã, e devo estar de volta às dez da noite, senhor."

"Venho às onze."

Ele me agradeceu, e saiu comigo até a porta. "Vou acender a minha lanterna, senhor", disse naquela voz baixa tão particular, "até que você tenha encontrado o caminho de volta. Quando o encontrar, não grite! E quando estiver no topo, também não grite!"

Aquilo deixava o lugar ainda mais gelado, mas eu falei apenas: "Combinado".

"E quando você vier amanhã à noite, não grite! Mas me deixe perguntar uma coisa antes que você vá. Por que você gritou 'Ei! Aí embaixo!' hoje?"

"Sei lá", eu disse, "eu gritei alguma coisa assim..."

"Não foi 'alguma coisa assim', senhor. Essas foram as palavras exatas. Eu as conheço muito bem."

"É, foi isso mesmo que eu disse, sem dúvida, porque vi o senhor aqui embaixo."

"Só por isso?"

"E por que mais?"

"Você não sentiu que essas palavras lhe foram transmitidas de um jeito sobrenatural?"

"Não."

Ele me desejou boa-noite, e acendeu a lanterna. Caminhei ao lado dos trilhos da via (com a sensação muito desagradável de que um trem vinha atrás de mim), até que achei o atalho. A subida foi mais fácil que a descida. Voltei à minha estalagem sem qualquer problema.

Pontual, eu estava entrando no atalho quando os relógios bateram as onze horas. Ele estava esperando por mim no lugar, com a lanterna branca acesa. "Não gritei", eu disse quando estávamos juntos de novo. "Podemos conversar agora?" "É lógico, senhor." "Boa-noite, então, e aqui está minha mão." "Boa-noite, senhor, e aqui está a minha." Com aquilo caminhamos lado a lado até o posto, entramos, fechamos a porta e sentamos diante da lareira.

"Decidi que o senhor", ele começou, torcendo-se para a frente logo que sentamos, quase murmurando, "não precisará me perguntar duas vezes o que está me perturbando. Ontem à noite achei que o senhor fosse outra pessoa. É isso que está me perturbando."

"O engano?"

"Não. O outro."

"Quem é?"

"Eu não sei."

"É parecido comigo?"

"Eu não sei. Eu nunca vi o rosto. O braço esquerdo sempre fica sobre o rosto, e o direito balança muito, com violência. Desse jeito —"

Com os olhos, eu tentava acompanhar seus gestos cheios de paixão e veemência, "Pelo amor de Deus, saia da frente!".

"Uma noite enluarada", disse o homem, "eu estava sentado aqui quando ouvi um grito: 'Ei! Aí embaixo!'. Pulei, procurando a porta, e vi essa imagem em pé na luz vermelha perto do túnel, gesticulando como lhe mostrei. A voz parecia rouca e bradava: 'Atenção! Atenção!'. E novamente: 'Ei! Aí embaixo! Atenção!'. Apanhei minha lanterna, acendi o vermelho, e corri na direção do vulto, gritando: 'O que está errado? O que aconteceu? Onde é?'. Ele estava parado bem na saída. Cheguei tão perto que me admirou vê-lo cobrir os olhos com a manga. Corri para onde ele estava e estiquei minhas mãos para puxar a manga; foi quando ele se foi."

"Para o túnel?", perguntei.

"Não. Corri uns quinhentos metros para dentro do túnel. Parei, ergui a lanterna, e distingui os algarismos de medir a distância, e vi o úmido pigmento caindo furtivamente pelas paredes e gotejando através do arco. Corri para fora novamente mais rápido do que tinha entrado (já que tinha uma repugnância mortal por aquele lugar) e olhei ao redor da luz vermelha, com a minha própria iluminação. Subi aos pulos a escada de ferro para a galeria, desci novamente e corri até aqui. Telegrafei para os dois lados, 'Um alarme foi dado. Algo está errado?'. A resposta veio, de ambos os lados: 'Tudo certo'."

Resistindo ao lento calafrio que percorria minha espinha, mostrei-lhe como aquele vulto poderia ser um engano de sua visão. Sabe-se que algumas imagens originam-se de uma falha dos delicados nervos que comandam as funções do olho e frequentemente perturbam o paciente. Alguns, conscientes de suas aflições, comprovaram aquilo mediante exames em si próprios. "Apenas ouça", disse eu, "o vento neste vale sobrenatural e veja em que harpa selvagem os fios do telégrafo se transformam!"

O sinaleiro respondeu que sim, depois que tínhamos nos sentado para ouvir por um instante. Ele, que tão frequentemente passava noites de inverno inteiras lá, cuidando de tudo sozinho, devia mesmo saber alguma coisa de vento e fios. Mas a história ainda não tinha acabado.

Pedi desculpas e, tocando meu braço, ele lentamente acrescentou:

"Seis horas depois da Aparição, aconteceu o famoso acidente na via. Depois de dez horas os mortos e feridos foram trazidos através do túnel até o lugar onde o vulto tinha estado."

Um desagradável estremecimento me balançou, mas fiz de tudo para resistir. Não se podia negar, eu disse, que se tratava de uma notável coincidência, que impressionara profundamente sua mente. Mas era inquestionável que coincidências notáveis acontecem o tempo todo, e elas devem ser levadas em conta em se tratando de tais assuntos. No entanto, devo admitir, acrescentei (pois vi que ele iria discordar de mim) que homens sensatos não levam em consideração as coincidências para planejar as coisas ordinárias da vida.

Ele repetiu que ainda não tinha terminado.

Pedi perdão outra vez por tê-lo interrompido.

"Isso", ele disse, colocando sua mão no meu braço, e sorrindo sobre o ombro com olhos fundos, "foi há um ano. Seis ou sete meses depois, quando eu já me recuperara da surpresa e do choque, certa manhã, enquanto o dia estava nascendo, parado na porta, olhei para a luz vermelha, e vi o fantasma novamente." Ele fixou os olhos em mim.

"O fantasma gritou?"

"Não, ficou em silêncio."

"Ele balançava o braço?"

"Não. Estava encostado no poste de luz, com ambas as mãos sobre o rosto. Desse jeito —"

De novo segui com os olhos os gestos dele. Eram movimentos condoídos; como o das estátuas de pedra de alguns túmulos.

"Você foi até lá?"

"Vim para dentro e me sentei para ordenar os pensamentos, e para evitar que eu desmaiasse. Quando saí novamente, a luz do dia me cobriu e o fantasma tinha desaparecido."

"Depois disso não aconteceu nada?"

Ele tocou-me no braço com seu dedo indicador duas ou três vezes, balançando a cabeça, sinistramente, a cada uma delas.

"Naquele mesmo dia, quando o trem saía do túnel, percebi, por uma janela lateral, o que parecia uma confusão de mãos e cabeças. Alguém gesticulava. Imediatamente sinalizei ao maquinista, 'Pare!'. Ele apagou a máquina e brecou, mas o trem andou ainda uns cento e cinquenta metros a partir daqui, ou até mais. Fui atrás dele, e, enquanto isso, ouvi gemidos e gritos terríveis. Uma linda senhorita havia morrido de maneira fulminante em um dos compartimentos. Ela foi trazida para cá e ficou estendida aqui mesmo, neste chão."

Sem pensar, empurrei minha cadeira para trás, enquanto olhava para o lugar que ele apontava.

"Verdade, senhor. Verdade. Estou contando precisamente como aconteceu."

Eu não conseguia pensar em nada para dizer, e minha boca estava muito seca. O vento e os fios completavam a história com um longo grito de lamentação.

Ele concluiu: "Agora, senhor, considere isso, e julgue se minha cabeça está mesmo perturbada. O fantasma voltou uma semana atrás. Desde então, reaparece de vez em quando".

"Na luz?"

"É, na luz de perigo."

"O que ele faz?"

Ele repetiu, se possível com mais paixão e veemência, aquele último gesto em que dizia: "Pelo amor de Deus, saia da frente!".

Então, continuou: "Não tenho descanso ou paz por conta disso. Ele me chama, por muito tempo, de uma forma sinistra, 'Aí embaixo! Cuidado! Cuidado!'. Gesticula na minha direção e toca a minha sirene..."

Detive-me nisso. "A sirene tocou ontem à noite quando eu estava aqui, e você saiu à porta?"

"Duas vezes."

"Porque, veja", disse eu, "como a sua imaginação o trai. Olhei para a sirene e fiquei com os ouvidos atentos, e, se estou vivo, ela *não* tocou naquelas ocasiões. Não, nem em qualquer outra, exceto nas vezes normais em que você se comunicou com as estações."

Ele balançou a cabeça. "Eu nunca cometi um erro como esse antes. Nunca confundi o toque do fantasma com o de um homem. O toque do fantasma é uma vibração estranha na sirene que vem do nada, e eu não acho que a vista capte a vibração da sirene. Não me espanto de que você não a tenha ouvido. Mas *eu* a ouvi."

"E o fantasma apareceu quando você olhou?"

"Ele *estava* lá."

"Nas duas vezes?"

Ele repetiu com firmeza: "Nas duas vezes".

"Venha comigo até a porta, vamos procurá-lo."

Ele mordeu o lábio inferior como se algo indesejado se aproximasse. Abri a porta, fiquei no degrau e ele, no batente. Lá estava a luz de perigo e a lúgubre boca do túnel. No mesmo lugar, as pedras enormes e, lá em cima, as estrelas.

"Você o vê?", perguntei-lhe, prestando particular atenção no seu rosto. Seus olhos estavam arregalados e tensos, mas não mais do que, talvez, os meus quando olhei atentamente para o mesmo lugar.

"Não", ele respondeu. "Ele não está lá."

"Também acho", eu disse.

Entramos novamente, fechamos a porta, e retomamos nossos lugares. Eu estava pensando no que podia fazer para aproveitar a boa situação (se aquela realmente fosse uma). No entanto, quando voltamos para dentro, ele afirmou que talvez não tivéssemos mais nada de muito sério para conversar, e percebi que de novo tinha perdido o argumento.

"Nesse pé o senhor já terá compreendido", ele disse, "que minha perturbação vem justamente da dúvida sobre o significado daquele fantasma."

Mesmo sem ter certeza, falei que tinha compreendido.

"O que ele está querendo me avisar?", o sinaleiro ruminava, com os olhos no fogo, e somente às vezes olhando para mim. "Qual é o perigo? Onde está o perigo? Há perigo em algum lugar na via. Alguma tragédia vai acontecer. Não tenho mais nenhuma dúvida agora, depois do que ocorreu antes. Mas isso me assombra muito. O que *eu* posso fazer?"

Ele pegou um lenço e enxugou o suor da testa.

"Não tenho motivo para telegrafar 'Perigo' para algum dos lados, ou para os dois", ele continuou, secando a palma das mãos. Seria péssimo se pensassem que sou louco. A mensagem ficaria assim: 'Perigo! Cuidado!'. Resposta: 'Que perigo? Onde?'. Mensagem: 'Não sei, mas pelo amor de Deus, cuidado!'. Eu seria despedido. Que outra escolha teriam?"

Era triste ver a dor daquele espírito. A cabeça de um homem consciente estava sendo torturada e oprimida por uma responsabilidade incompreensível que envolvia vidas humanas.

"Quando pela primeira vez o fantasma ficou na luz de perigo", prosseguiu, colocando seu cabelo preto atrás da cabeça, e movendo as mãos de um lado a outro das têmporas, febrilmente tenso, "por que não me contou onde aconteceria o acidente, se fosse mesmo acontecer? Talvez isso pudesse ter evitado a catástrofe. Por que, depois, em vez de esconder o rosto, ele não me falou: 'Ela vai morrer. Deixem-na em casa'? Se, naquelas duas ocasiões, ele apareceu só para me mostrar que seus conselhos são verdadeiros, e para me preparar para o terceiro, por que não me avisa agora com mais clareza? E eu, Deus, me ajude! Um pobre sinaleiro neste posto solitário! Por que não fazer isso com alguém que conta com crédito suficiente para fazer alguma coisa?"

Quando o vi daquele jeito, percebi que devia fazer algo para acalmá-lo, não só por piedade, mas também pela segurança pública. Dessa forma, ignorando qualquer senso de realidade ou irrealidade entre nós, mostrei-lhe que seu desempenho, até porque ele tinha entendido o seu dever, não estava prejudicado por causa dos recados obscuros do fantasma. Nisso me saí melhor do que na tentativa de trazer razão às suas convicções. Ele tornou-se calmo e as exigências ocasionais de seu trabalho, conforme entrava a noite, começaram a demandar mais atenção. Fui embora às duas da manhã. Ofereci-me para lhe fazer companhia a noite toda, mas ele nem quis saber.

Não tenho motivo para esconder que voltei a olhar mais de uma vez para a luz vermelha enquanto subia pelo atalho, e que não gostava daquela luz vermelha e que teria dormido mal se minha cama estivesse perto dela. Também não tenho motivo para esconder que me desagradavam as coincidências do acidente e da morte da jovem.

Mas o que dominava realmente meus pensamentos era a hipótese de como eu devia agir, tendo ouvido aquelas revelações. Eu já sabia que aquele homem era inteligente, atento, e exato; mas até que ponto ele permaneceria assim, nesse estado de espírito? Ainda que em posição subordinada, ele ocupava um posto importante, e eu (por exemplo) arriscaria minha própria vida para que ele continuasse a executar seu trabalho com exatidão?

Sem conseguir deixar de pensar que seria traiçoeiro comunicar tudo aquilo aos seus superiores na Companhia sem primeiro ter certeza de tudo e propor uma solução a ele, resolvi me oferecer para acompanhá-lo (de todo jeito mantendo o segredo) em uma visita ao melhor médico das redondezas. Seu horário de trabalho mudaria na noite seguinte, ele sairia uma ou duas horas depois do raiar do dia e só voltaria à noite. Marquei de voltar naquele horário.

A noite caíra bastante amena, e eu saí mais cedo para desfrutar dela. O sol não estava ainda muito baixo quando atravessei o atalho perto do topo do alto barranco. Eu caminharia por mais uma hora, pensei, para depois ir à cabine do meu sinaleiro.

Antes de continuar o passeio, parei na beirada, e mecanicamente olhei para baixo, em direção ao ponto onde eu o vira pela primeira vez. Não posso descrever a emoção que tomou conta de mim, quando, perto da boca do túnel, vi o espectro de um homem, com a manga esquerda sobre os olhos, apaixonadamente mexendo o braço direito.

O inominável horror que me oprimia passou em um momento, pois logo notei que o espectro era um homem de verdade. Ele parecia estar repetindo o gesto para um pequenino grupo parado a certa distância. A luz de perigo ainda não estava acesa. No poste, vi um abrigo pequeno e baixo, inteiramente novo para mim, feito com alguns suportes de madeira e lona. Não era maior que uma cama.

Com o incontornável pressentimento de que alguma coisa tinha acontecido — com a culpa de que um acidente tivesse ocorrido depois que deixei o homem naquele lugar e ninguém veio conferir ou corrigir seus atos — desci o atalho o mais rápido que pude.

"O que está acontecendo?", perguntei.

"O sinaleiro foi morto esta manhã, senhor."

"Não é o homem daquela cabine?"

"Sim, senhor."

"Não é o homem que eu conheço?"

"Se for, o senhor poderá fazer o reconhecimento", disse o homem que falava para os outros, solenemente descobrindo sua própria cabeça e erguendo uma ponta da lona, "pois seu rosto ficou inteiro."

"Oh, como isso aconteceu, como isso foi acontecer?", perguntei, olhando para o grupo enquanto fechava o abrigo.

"Ele foi atingido por um trem, senhor. Nenhum homem na Inglaterra conhecia melhor o seu próprio ofício, mas por algum motivo ele não saiu dos trilhos. O dia raiava. Ele acendera a luz da lanterna. Quando o trem saiu do túnel, estava de costas e assim foi atingido. O homem que dirigia a composição estava mostrando como aconteceu. Mostre ao cavalheiro, Tom."

O homem, que vestia um traje rústico escuro, voltou para a boca do túnel, onde estava antes:

"Saindo da curva no túnel, senhor", ele disse, "consegui vê-lo de longe, como se eu o avistasse por uma lente. Não havia tempo de checar a velocidade, e eu conhecia o seu cuidado. Como ele parecia não ter ouvido o apito, desliguei-o quando estávamos chegando perto dele, e gritei o mais alto que pude."

"O que você disse?"

"Ei! Aí embaixo! Cuidado! Cuidado! Pelo amor de Deus, saia da frente!" Congelei.

"Ah! Foi horrível, senhor. Não parei de gritar. Coloquei este braço sobre os olhos para não ver, e fiquei agitando o outro; mas foi inútil."

Sem prolongar a narrativa para sublinhar uma de suas curiosas circunstâncias mais do que outras, posso, concluindo-a, destacar a coincidência de que o aviso do maquinista incluía não somente as palavras que o desafortunado sinaleiro tinha me dito que o perseguiam, mas também as que eu mesmo — e não ele — havia acrescentado — e apenas na minha cabeça — aos movimentos que imitara.

Tradução de Ricardo Lísias

IVAN SERGUEIEVITCH TURGUÊNIEV

O sonho

("Son", 1876)

Turguêniev (1818-83) não pode ser chamado de escritor fantástico; suas narrativas no gênero podem ser contadas nos dedos da mão. "O sonho" é um conto de uma ambiguidade perfeita, suspenso na dúvida se a personagem misteriosa está morta ou viva — incerteza que se mantém na belíssima cena final do corpo na praia coberta de algas.

Além de constituir um exemplo de modernidade psicológica bastante inusitado naquela época (prenúncio de temas que a psicanálise tornará canônicos), este conto nos apresenta um dos raros casos de sonho narrado por um escritor que de fato se assemelha a um sonho real.

Naquela época vivia com minha mãe numa pequena cidade à beira-mar. Só tinha dezessete anos e mamãe ainda não tinha trinta e cinco; casara-se bem jovem. Quando morreu papai eu mal tinha seis, mas lembro-me dele muito bem. Minha mãe não era alta de estatura, era loura e tinha um rosto encantador, apesar de sempre triste, e uma voz baixa e cansada e os gestos tímidos. Na sua juventude era considerada uma beldade, e até o fim ela se conservou atraente e encantadora. Nunca vira olhos mais profundos, meigos e tristes, cabelos mais finos e suaves, mãos mais refinadas. Eu a adorava e ela me amava... Mas a nossa vida não era alegre: uma dor misteriosa, incurável e imerecida parecia roer continuamente a própria raiz de sua existência. Essa dor não podia ser explicada apenas pela pena por meu pai, por mais que ela fosse grande e por mais apaixonadamente que ela tivesse amado o marido e dele guardasse uma lembrança sagrada... Não! Devia haver algo mais, oculto, que eu não compreendia, mas que intuía, intuía de modo intenso e confuso toda vez que olhava para aqueles olhos doces e imóveis, para aqueles lábios lindíssimos, imóveis também, não cerrados com amargura, mas como para sempre selados.

Disse que mamãe me amava; havia momentos, porém, em que ela me repelia, em que minha presença era para ela um peso insuportável. Nesses momentos ela parecia sentir por mim uma aversão involuntária — e tinha horror disso, depois, culpava-se chorando e me apertava ao coração. Eu atribuía aqueles surtos momentâneos de inimizade à sua saúde precária, à sua tristeza... É verdade que esses sentimentos hostis poderiam ter sido suscitados, até certo ponto, não sei por quais estranhos repentes, inexplicáveis para mim, inclusive, de sentimentos maldosos e até mesmo delituosos que de vez em quando tomavam conta de mim... Mas esses repentes não coincidiam com seus momentos de aversão. Mamãe vestia-se sempre de preto, como se de luto. Nossa vida era confortável, embora quase não frequentássemos ninguém.

II.

Mamãe concentrava em mim todos os seus pensamentos e os seus cuidados. A vida dela se fundia com a minha. Esse tipo de relação entre pais e filhos nem sempre é bom para estes últimos... acaba sendo antes prejudicial. Além disso, eu era o único filho de mamãe... e filhos únicos quase sempre não crescem como deviam. Ao criá-los, os pais se preocupam com os filhos tanto quanto consigo mesmos... E não deveria ser assim. Não é que eu tenha crescido mimado ou cruel (coisas que ocorrem com os filhos únicos), mas meus nervos naquele período se estragaram; ainda por cima minha saúde era fraca, como a de mamãe, com quem eu parecia muito, também pelos traços do rosto. Costumava fugir da companhia de meus coetâneos e evitava, em geral, as pessoas; mesmo com mamãe costumava falar pouco. Mais do que tudo, gostava de ler, passear sozinho e sonhar... sonhar! Difícil dizer quais eram meus sonhos: às vezes parecia que eu me encontrava diante de uma porta semiaberta atrás da qual se escondiam segredos misteriosos. E ficava lá esperando, fascinado, sem passar da soleira, sempre imaginando aquilo que estaria diante de mim, e esperava sempre, sentindo-me desfalecer... ou adormecer. Se tivesse algum veio poético, provavelmente teria começado a escrever versos; se tivesse sentido alguma vocação religiosa, poderia ter-me tornado monge; mas em mim não havia nada disso, e eu continuava a sonhar e a esperar.

III.

Lembrei, há pouco, que às vezes adormecia sob a impressão de fantasias e de sonhos obscuros. Costumava dormir muito e os sonhos desempenhavam em minha vida um papel importante. Sonhava quase todas as noites. Lembrava deles e lhes atribuía um significado; considerava-os presságios e esforçava-me por decifrar seu segredo recôndito. Alguns deles se repetiam de tempo em tempo, o que nunca deixou de parecer-me estranho e surpreendente. Havia um, entre eles, que me perturbava. Parecia-me estar andando por uma rua estreita e mal pavimentada de uma velha cidade, no meio de casas de pedra de muitos andares e de telhados em ponta. Estou à procura de meu pai, que não morreu, mas que, por algum motivo desconhecido, se esconde de nós e vive justamente em uma dessas casas. Eis-me então a entrar por um portão baixo e escuro, atravessar o pátio comprido, atravancado de tábuas e de madeiramentos e penetrar, finalmente, num pequeno quarto com duas janelas redondas. No meio do quarto está meu pai, de roupão e fumando cachimbo. Ele não se parece com meu pai verdadeiro: é alto, magro, de cabelos escuros, de nariz aquilino e olhos sombrios e penetrantes; aparenta uns quarenta anos. Não está contente por eu tê-lo encontrado; eu também não me alegro com nosso encontro e fico perplexo. Ele se vira um pouco de lado e começa a murmurar alguma coisa, enquanto anda de um lado para o outro com passos curtos... Depois se afasta aos poucos, sem parar de murmurar e de olhar atrás de si, por cima dos ombros; o quarto alarga-se e desaparece na neblina... Assusta-me de repente o pensamento de que eu vá perder meu pai

O SONHO 315

de novo e me atiro no seu encalço, mas já não o vejo e só ouço seu resmungar sentido, como que de urso... O coração me desfalece — acordo e, durante muito tempo, não consigo pegar no sono de novo... O dia seguinte inteirinho fico me lembrando do sonho e, naturalmente, não consigo explicá-lo.

IV.

Chegou o mês de junho. A cidade onde vivia com minha mãe se animava extraordinariamente nessa época: um grande número de navios atracava no porto e um grande número de novos rostos aparecia nas ruas. Agradava-me então vaguear pela costa, pelos cafés, pelos hotéis, observando as figuras insólitas dos marinheiros e das outras pessoas que ficavam sentadas sob toldos de lona na frente das mesinhas brancas com jarras de estanho cheias de cerveja.

Eis que uma vez, passando diante de um café, ocorreu-me ver um sujeito que atraiu imediatamente toda a minha atenção. Vestia um casacão preto comprido, com um chapéu de palha enterrado até os olhos, e estava sentado, imóvel, com os braços cruzados no colo. Umas madeixas pretas ralas chegavam-lhe quase ao nariz e os lábios finos apertavam o bocal de um cachimbo curto. Aquele homem me pareceu tão conhecido, cada traço de seu rosto moreno meio amarelado, toda a figura dele estava sem dúvida tão impressa na minha memória que não pude deixar de parar na frente dele e me perguntar: quem é esse homem? Onde eu o vi antes? Percebendo provavelmente meu olhar penetrante, ele voltou para mim seus olhos pretos pungentes, e eu... não consegui reprimir uma exclamação de surpresa...

O homem era o pai a cuja procura tinha estado, o homem que vira em meu sonho!

Não havia como errar, a semelhança era por demais evidente. Até mesmo o casacão de abas longas que cobria seu corpo magro, pela cor e pelo corte, lembrava aquele roupão com que meu pai me apareceu.

"Estarei sonhando, por acaso?", cheguei a pensar. "Não... agora é dia, há uma porção de gente fazendo barulho aqui em volta, o sol brilha no céu azul e diante de mim não há nenhum fantasma, mas uma pessoa real."

Fui até uma mesinha desocupada, pedi uma caneca de cerveja, um jornal e sentei não muito longe daquele ser enigmático.

V.

Coloquei a página do jornal à altura de meu rosto e continuei a devorar o desconhecido com os olhos. Ele quase não se mexia, e só de vez em quando erguia a cabeça que mantinha abaixada. Era óbvio que estava à espera de alguém. E eu olhava, olhava... chegava a achar que estava imaginando isso tudo, que não havia semelhança nenhuma e que eu era presa de um engano semi-involuntário de minha fantasia... No entanto, quando "ele" de repente se virava um pouco na cadeira ou levantava os braços de leve, tinha que me segurar para não manifestar de novo minha surpresa, pois era meu pai "noturno" quem estava diante de mim. Finalmente, ele se deu conta de minha atenção importuna e, olhando-me primeiro com surpresa, depois com irritação, quando já estava se levantando deixou cair a pequena bengala que havia encostado à mesa. De um salto pus-me de pé, recolhi a bengala e a dei a ele. Meu coração batia forte.

Ele sorriu meio forçado, agradeceu e, aproximando seu rosto do meu, levantou as sobrancelhas e semicerrou os lábios, como se algo estivesse chamando sua atenção.

"O senhor é muito gentil, meu jovem ", disse ele de súbito com uma voz nasalada, brusca e seca. "Hoje em dia, isso é uma raridade. Permita que o cumprimente: o senhor recebeu uma boa educação."

Não lembro exatamente o que respondi, mas logo começamos a conversar. Fiquei sabendo que era meu compatriota, que havia pouco tinha voltado da América, onde passara muitos anos e para onde retornaria em breve. Disse que era o barão ..., mas não consegui entender o nome direito.

Tal como meu pai "noturno", ele terminava cada frase com um confuso murmúrio interior. Quis saber meu sobrenome... Quando o soube, pareceu surpreso de novo; depois me perguntou havia quanto tempo morava nesta cidade e com quem. Disse-lhe que morava com minha mãe.

"E seu pai?"

"Faz tempo que ele morreu."

Quis saber o nome de batismo de minha mãe e logo caiu numa gargalhada sem graça da qual se desculpou dizendo que era devida ao seu jeito de americano e que, enfim, ele era um tipo excêntrico. Depois quis saber onde ficava nossa casa. Eu disse.

O SONHO 317

VI.

A perturbação que eu sentia quando começamos a conversar foi se dissipando aos poucos; continuei achando estranho o jeito como nos conhecemos, só isso. Não me agradava o sorrisinho com que o senhor barão me interrogava, nem a expressão de seus olhos quando como que os enfiava dentro de mim... Neles havia algo de ferino e protetor ao mesmo tempo... algo que metia medo. Esses olhos, não os havia visto em sonho. Que rosto esquisito tinha o barão! Cansado, murcho, mas ao mesmo tempo jovem, desagradavelmente jovem. O meu pai "noturno" também não tinha aquela cicatriz profunda que atravessava de viés a testa de meu novo conhecido, e na qual eu só tinha reparado ao chegar mais perto dele.

Tinha acabado de informar ao barão o nome da rua e o número da casa onde morávamos, quando um negro alto, metido numa capa até as sobrancelhas, chegou-se a ele por trás e lhe bateu no ombro de leve. O barão virou-se e falou "Ah, até que enfim!", e, após acenar de leve com a cabeça para mim, foi com o negro para dentro do café. Continuei embaixo do toldo esperando-o sair, não tanto para continuar nossa conversa (realmente, não sei do que teria podido falar) quanto para confirmar de novo minha primeira impressão. Passou-se meia hora, passou-se uma hora... O barão não aparecia. Entrei no café, passei por todas as salas mas não encontrei nem o barão nem o negro... Ambos só podiam ter saído pela porta dos fundos.

Estava com um pouco de dor de cabeça e, para revigorar-me, resolvi andar pela costa até o vasto parque que fica um pouco além da cidade, criado uns dois séculos antes. Depois de ter passado umas duas horas à sombra dos imensos carvalhos e dos plátanos, voltei para casa.

VII.

Nossa criada correu ao meu encontro toda alarmada assim que apareci na soleira. Logo adivinhei, pela expressão de seu rosto, que algo de ruim devia ter ocorrido em nossa casa durante minha ausência. De fato, fiquei sabendo que, havia uma hora, do quarto de minha mãe ouvira-se um grito terrível; a criada, ao acorrer, encontrara-a no chão, desfalecida, num desmaio que durou alguns minutos. Finalmente mamãe voltou a si, mas teve que ficar de cama: seu jeito era estranho e seu aspecto era o de alguém assustado; não dizia nada e não respondia às perguntas, apenas olhava à sua volta e estremecia. A criada mandou o jardineiro chamar o médico. Este veio e receitou um calmante, mas nem a ele mamãe disse alguma coisa. O jardineiro contou que alguns instantes após se ouvir o grito vindo do quarto de mamãe, ele vira um desconhecido atravessar correndo os canteiros do jardim em direção ao portão que dá para a rua. (Morávamos numa casa térrea, com janelas que se abrem para um jardim razoavelmente grande.) O jardineiro não conseguira ver o rosto do desconhecido, que era magro e vestia um casaco comprido, com um chapéu de palha enterrado na cabeça... "A roupa do barão!" passou por minha mente feito um relâmpago. O jardineiro não pudera alcançá-lo e, de resto, fora chamado às pressas para ir procurar o médico. Entrei no quarto de mamãe. Estava deitada na cama, mais branca do que o travesseiro sobre o qual sua cabeça repousava. Reconheceu-me e sorriu de leve, estendendo-me a mão. Sentei ao seu lado e comecei a fazer-lhe algumas perguntas; no começo não queria falar, mas depois me confiou ter visto algo que a assustara terrivelmente. "Alguém entrou aqui?", perguntei. "Não", respondeu-me, afoita.

"Ninguém entrou, mas tive a impressão... me pareceu..." Depois se calou e cobriu os olhos com a mão. Ia contar-lhe o que soubera do jardineiro e relatar-lhe meu encontro com o barão, mas não sei por que as palavras me morreram nos lábios. Resolvi dizer a mamãe, contudo, que os fantasmas não costumam aparecer de dia... "Pare, por favor", sussurrou ela. "Não me atormente, agora. Um dia saberá...", e calou-se de novo. Suas mãos estavam frias e o pulso batia rápido e irregular. Dei-lhe o remédio que tinha para tomar e me afastei um pouco para o lado a fim de não perturbá-la. Ficou na cama o dia inteiro. Estava deitada imóvel e em silêncio; só de vez em quando suspirava profundamente e arregalava os olhos como que de susto. Todos em casa estavam perplexos.

VIII.

À noitinha mamãe sentiu que estava com um pouco de febre e pediu que eu saísse. Eu saí, mas não fui para meu quarto, recostei-me num sofá no quarto ao lado. A cada quinze minutos me levantava e ia até a porta do quarto dela, na ponta dos pés, para escutar. Tudo estava em silêncio, mas duvido que mamãe tenha dormido durante a noite. Quando fui vê-la de manhã cedo, seu rosto estava afogueado e os olhos brilhavam com uma luz estranha. No correr do dia melhorou um pouco, mas de tarde a febre voltou. Até então ela ficara obstinadamente calada, mas, de repente, começou a falar com voz apressada e quebrada. Ela não estava delirando e as suas palavras faziam sentido, só que não estavam ligadas entre si. Pouco antes da meia-noite, de repente, com um movimento convulso, ergueu-se na cama (eu estava sentado ao lado), e com aquela mesma voz apressada, tomando continuamente goles de água do copo e mexendo de leve as mãos, sem olhar para mim nem uma vez, começou a contar... Parava, fazia um esforço sobre si mesma e começava de novo... Era tudo tão estranho que parecia que ela estava fazendo tudo isso em sonho, como se estivesse ausente e pelos lábios dela outra pessoa falasse ou a obrigasse a falar.

IX.

"Ouça o que eu vou lhe contar", ela começou. "Você já não é um menino, agora precisa saber de tudo. Eu tinha uma amiga querida... Ela se casou com um homem que amava de coração e foi muito feliz com o marido. No correr do primeiro ano, ambos foram à capital para passar lá algumas semanas e espairecer. Hospedaram-se num hotel de renome e frequentaram muitos teatros e muitas reuniões. Minha amiga era muito bonita e todos a notavam, os jovens cortejavam-na e, entre eles, um... oficial. Ele deu de segui-la por todo lado, e onde ela estivesse ela via seus maldosos olhos negros. O oficial não se apresentou nem nunca falou com ela, limitava-se a olhar para ela de modo estranho e insolente. Todos os prazeres da vida na capital acabaram envenenados pela presença dele; ela tentou convencer o marido a partirem o quanto antes e iniciou os preparativos. Uma noite seu marido foi convidado para ir jogar baralho no clube dos oficiais do mesmo regimento daquele outro oficial. Pela primeira vez ela ficou sozinha. O tempo passava, o marido demorava a voltar, ela dispensou a camareira e foi deitar-se... Eis que, de repente, se sentiu arrepiada a tal ponto que começou a tremer de frio. Parecera-lhe ouvir leves batidas atrás da parede, como as de um cachorro quando arranha a porta, e ela virou os olhos para lá. Havia uma lamparina acesa; o quarto estava todo revestido de tecido... De súbito, alguma coisa se mexeu naquele lugar, ergueu-se, abriu-se... e como que vindo diretamente da parede, todo preto e alto, saiu de lá aquele homem horrível de olhos maus! Ela queria gritar, mas não conseguia, quase morta que estava de medo. Ele se aproximou dela rapidamente, como um animal selvagem, cobriu sua cabeça com alguma coisa de branco, pesado, sufocante... O que aconteceu depois, não lembro... não lembro! Algo como uma morte, uma matança... Quando finalmente aquela neblina espantosa se desfez, quando eu... quando minha amiga voltou a si, não havia mais ninguém no quarto. Ela ficou de novo, durante muito tempo, sem forças para gritar, por fim conseguiu... depois novamente tudo ficou confuso...

"Mais tarde ela viu ao seu lado o marido que havia sido retido no clube até as duas da madrugada...Tinha o rosto transtornado. Começou a perguntar coisas para ela, mas ela nada disse... Depois ela se sentiu mal... Contudo, lembro que, quando estava sozinha no quarto, ela foi olhar aquele ponto na parede... Embaixo do tecido que a revestia apareceu uma porta secreta. E da mão dela tinha sumido o anel de noivado, um anel de feitio insólito: sete estrelinhas de ouro alternavam-se com sete outras, de prata. Era uma antiga joia da família. O marido perguntara-lhe o que havia sido feito do anel, e ela nada pudera responder. Ele achou que ela o tivesse perdido, procurou-o por todo lado mas não conseguiu encontrá-lo. Sentindo-se angustiado, adiantou a partida ao máximo e, tão logo o médico o consentiu, eles deixaram a capital... Mas, imagine só! No próprio dia da partida, no caminho, de repente viram uma padiola, e, nela, o corpo de uma pessoa que acabara de morrer, com a cabeça rachada... e — acredite! — aquela pessoa era aquele mesmo visitante noturno de olhos maus: haviam-no matado devido a uma partida de cartas!

"Depois minha amiga partiu para o campo... tornou-se mãe pela primeira vez... e viveu alguns anos com o marido. Ele nunca ficou sabendo de nada, mas o que ela poderia dizer? Ela também não sabia nada.

"Porém a felicidade de antes tinha desaparecido. A vida deles ficou escura, e essa escuridão não clareou... Outros filhos não houve, nem antes, nem depois... e aquele filho..."

Mamãe estremeceu e cobriu o rosto com as mãos...

"Mas agora, diga-me", continuou ela com força redobrada, "por acaso minha amiga tem culpa de alguma coisa? Do que ela poderia se culpar? Ela fora punida, mas será que ela não tinha o direito de clamar diante de Deus por aquele castigo injusto? E então por que, depois de tantos anos, como a uma criminosa dilacerada pelos remorsos de sua consciência, por que devia o passado retornar de um modo tão terrível? Macbeth tinha matado Banquo, não é de admirar que tenha tido visões... mas eu..."

A partir daqui o relato de mamãe tornou-se tão emaranhado e confuso que não consegui mais compreendê-lo. Eu já não tinha dúvida de que ela delirava.

X.

É fácil compreender a impressão avassaladora que tive do relato de mamãe. Desde as primeiras palavras adivinhara que era dela mesma que falava e não de uma conhecida: o lapso que cometera só confirmou minha suspeita. Talvez fosse mesmo meu pai aquele que eu procurara em sonho, aquele que eu vira desperto! Ele não morrera, conforme imaginara mamãe, mas fora ferido... E ele viera até ela, mas fugira, assustado com o susto dela. De repente, tudo ficou claro para mim: o sentimento de repulsa involuntária que mamãe sentia para comigo às vezes, sua tristeza constante e nossa vida solitária... Lembro-me de que minha cabeça começou a girar e eu a segurei com as duas mãos, como a mantê-la parada. Mas uma ideia enfiara-se nela como um prego: decidira que, a qualquer custo, haveria de reencontrar aquele homem! Por quê? Com que finalidade? Não tinha resposta para isso, mas encontrá-lo... encontrá-lo tornara-se para mim questão de vida ou de morte! Na manhã seguinte mamãe finalmente se acalmou, a febre desapareceu e ela adormeceu. Após tê-la recomendado aos cuidados dos donos da casa e dos criados, dei início às minhas buscas.

XI.

Antes de tudo, como é lógico, dirigi-me ao café onde havia encontrado o barão; só que lá ninguém o conhecia nem reparara nele; não passava de um freguês ocasional. No negro, entretanto, alguém havia prestado atenção — sua aparência dava muito na vista; mas tampouco sabiam quem seria ele, ou onde morava. Após ter deixado meu endereço no café, comecei, de qualquer maneira, a andar pelas ruas e pela estrada à beira-mar, nas proximidades do porto, pelas avenidas; olhei em todas as repartições públicas, mas não encontrei ninguém parecido nem com o barão nem com seu companheiro... Como eu não havia atinado com o nome do barão, não tinha a possibilidade de procurar a polícia; contudo deixei entender a dois ou três guardiões da ordem pública (a bem da verdade, olharam-me com certa surpresa e não acreditaram completamente no que eu disse) que haveria de recompensar generosamente o zelo deles, caso conseguissem encontrar os rastros dos dois indivíduos cujo aspecto me esforcei por descrever o mais detalhadamente possível. Após continuar minhas buscas até a hora do almoço, voltei para casa extenuado. Mamãe tinha se levantado, mas à sua tristeza de sempre tinha se acrescentado algo novo, como que uma incerteza pensativa que me cortava o coração como uma faca. À noite fiquei sentado ao seu lado. Quase não conversamos: ela ia abrindo as cartas de uma paciência, e eu olhava o jogo em silêncio. Ela não aludiu nem com uma palavra a seu relato ou àquilo que sucedera na véspera; era como se tivéssemos secretamente combinado não tocar naqueles estranhos e assustadores acontecimentos... Parecia sentir certa irritação contra si própria e vergonha pelo que involuntariamente deixara escapar; ou pode ser que ela não lembrasse com clareza o que dissera no semidelírio em que se encontrava e esperava que eu a poupasse... Era exatamente o que eu fazia e ela sabia disso: como na noite anterior, ela evitava meu olhar. A noite inteira não consegui dormir. Lá fora havia se desencadeado inesperadamente um terrível vendaval. O vento urrava e soprava furioso, os vidros das janelas retiniam e tilintavam, no ar arrastavam-se sons e assobios de desespero, como se algo lá em cima se rompesse e com um pranto desenfreado voasse sobre as casas estremecidas. Pouco antes da alvorada adormeci, mas, subitamente, pareceu-me que alguém entrava em meu quarto e me chamava pronunciando com voz baixa, mas firme, meu nome. Levantei a cabeça, e não vi ninguém. Coisa curiosa, entretanto! Não apenas não senti medo, mas fiquei contente, pois abruptamente surgiu-me a certeza de que agora iria atingir meu objetivo sem falta. Vesti-me às pressas e saí de casa.

XII.

A tempestade amainara... mas ainda dava para sentir seus derradeiros estertores. Era cedo ainda, não havia gente na rua e em muitos lugares amontoavam-

-se restos de chaminés, de tijolos, tábuas de cercas espalhadas aqui e acolá, ramos arrancados das árvores... "O que terá acontecido esta noite no mar!", ocorreu-me pensar, ao ver os rastros deixados pela tempestade. Tinha intenção de ir até o porto, mas minhas pernas, como se obedecessem a uma força irresistível, leva-ram-me para outro lugar. Não haviam se passado dez minutos sequer e eu já me encontrava numa zona da cidade onde jamais estivera. Não andava depressa, mas também não parava; um passo atrás do outro, com uma estranha sensação de estar esperando por algo extraordinário, impossível, e, ao mesmo tempo, com a certeza de que esse extraordinário iria se realizar.

XIII.

E eis que o extraordinário, o inesperado, aconteceu! De súbito, vinte passos à minha frente, eu vi aquele mesmo negro que falara com o barão no café, quan-do lá me encontrava. Coberto com a mesma capa que já vira nele, como que surgido de debaixo do chão, andava a passo rápido, dando-me as costas, pela calçada estreita de um beco tortuoso. Atirei-me imediatamente atrás dele, mas ele acelerou o passo, mesmo sem olhar para trás, e de repente dobrou brusca-mente a esquina onde havia uma casa que avançava para a frente. Corri até essa esquina, dobrei-a tão rápido como vi o negro fazer... E, milagre! Diante de mim se abria uma rua comprida, estreita e completamente vazia; a neblina da manhã a envolvia com seu chumbo turvo, mas meu olhar a percorreu toda até o fim; eu pude contar todos os seus edifícios, e não vi se mexer nenhum ser vivente. O negro alto de capa tinha desaparecido tão de repente como tinha surgido! Fiquei assombrado... mas por um único instante. Fui tomado logo em seguida por outra sensação: esta rua que se estendia diante de meus olhos, muda e como morta, eu a conhecia! Era a rua de meu sonho. Estremeço, aperto os ombros — é tão fresca a manhã — e logo, sem vacilação alguma, com o espanto da cer-teza, vou adiante!

Começo a procurar com os olhos... Lá está ela, à direita, na esquina, dando para a calçada; eis a casa de meu sonho, eis o velho portão com os ornatos em espiral de pedra dos dois lados... É verdade, as janelas da casa não são redondas, são retangulares... mas isso não tem importância... Bato no portão, bato duas, três vezes, cada vez com mais força... O portão se abre devagar, com um rangido pesado, como se bocejasse. Diante de mim está uma jovem criada desgrenhada, os olhos cheios de sono. Pelo visto acabou de acordar.

"O barão mora aqui?", pergunto, enquanto passo os olhos rapidamente pelo quintal estreito e longo... Assim, tudo assim... inclusive o madeiramento e as tábuas que vira em meu sonho.

"Não", responde-me a criada, "o barão não mora aqui."

"Como não? Não pode ser!"

"Ele não está, agora. Partiu ontem."

"Para onde?"

"Para a América."

"Para a América!", repeti eu, involuntariamente. "E ele vai voltar?"

A criada lançou-me um olhar cheio de suspeita.

"Isso nós não sabemos. Pode ser que não volte."

"Ele morou aqui por muito tempo?"

"Não muito, uma semana. Agora se foi."

"E qual é o sobrenome do barão, como o chamavam?"

A criada fitou-me.

"O senhor não sabe seu sobrenome? Nós o chamávamos apenas de barão. Ei, Piotr!", gritou a jovem, vendo que eu pretendia ir em frente. "Venha aqui; há um fulano fazendo perguntas."

Da casa saiu a figura desengonçada de um trabalhador robusto.

"O que é? O que há?", perguntou ele com voz rouca e, após ouvir-me com ar de poucos amigos, repetiu o que dissera a criada.

"Mas quem mora aqui?", perguntei.

"Nosso patrão."

"E quem é ele?"

"É um marceneiro. Nesta rua todos são marceneiros."

"Posso vê-lo?"

"Agora não. Está dormindo."

"Pode-se entrar em casa?"

"Não pode. Vá embora."

"E mais tarde, pode-se ver seu patrão?"

"Por que não? Pode-se. Pode-se sempre... Para que ele seria um comerciante? Só que agora vá embora. Não vê que é muito cedo?"

"Mas, e aquele negro?", perguntei, de súbito.

O SONHO 325

O trabalhador olhou para mim desconfiado, e depois para a criada.

"Qual negro?", perguntou finalmente. "Vá embora, senhor. Volte mais tarde. Mais tarde poderá falar com o patrão."

Eu voltei para a rua. O portão bateu às minhas costas com um estalo brusco e pesado, sem rangido dessa vez.

Reparei bem na casa, na rua e segui adiante; não fui para casa, porém. Sentia-me decepcionado. Tudo o que acontecera comigo era tão estranho, tão insólito, e, no entanto, estava terminando de modo tão insignificante! Eu estava certo, mais do que certo, de que veria nessa casa o quarto já meu conhecido, e, no meio dele, meu pai, o barão, com o roupão e o cachimbo... E, no entanto, em lugar disso... um marceneiro, o dono da casa, que podia ser visitado a qualquer hora, e a quem se podia, quem sabe, até encomendar uns móveis...

E meu pai fora para a América! O que fazer, agora?... Contar tudo à mamãe ou sepultar para sempre a lembrança daquele encontro? Decididamente não conseguia me conformar com a ideia de que um começo tão misterioso e sobrenatural pudesse terminar num fim tão comum e sem sentido.

Não quis voltar para casa e fui para fora da cidade, aonde as pernas me levaram.

XIV.

Caminhava de cabeça baixa, sem pensamentos, quase sem sentir nada, completamente mergulhado em mim mesmo. Um ruído rítmico, surdo e raivoso tirou-me de meu torpor. Levantei a cabeça: era o barulho do mar, a cinquenta passos de distância. Dei-me conta de que estava andando sobre a areia das dunas. Agitado pela tempestade da noite, o mar encarneirado branquejava até o horizonte e as cristas das violentas vagas rolavam uma atrás da outra e se quebravam de encontro à margem rasa. Aproximei-me da fimbria e caminhei muito tempo acompanhando o traço deixado pelo fluxo e refluxo das ondas na areia sulcada de amarelo, semeada por restos de gelatinosas ervas marinhas, fragmentos de conchas e de fitas serpentinas de algas. Gaivotas de asas aguçadas, chegando com o vento de longínquos abismos aéreos com gritos ressentidos, levantavam-se, brancas como neve, no céu nublado de cinza, e caíam a pique e como saltando de uma onda à outra, subiam e desciam feito centelhas prateadas nas faixas turbilhonantes de espuma. Reparei que algumas delas, agitando-se obstinadamente sobre uma grande pedra, salientavam-se no meio do tecido uniforme das encostas de areia. Um áspero arbusto marinho crescia em tufos irregulares num dos lados da pedra, e lá onde suas hastes emaranhadas despontavam da salsugem amarelada via-se algo de preto, alongado, arredondado, não muito grande... Observei melhor. O que estava lá era um objeto escuro, imóvel, ao longo da pedra... O objeto ia se tornando mais claro, mais definido à medida que eu me aproximava...

Não mais que trinta passos separavam-me da pedra.

Mas aquilo era um corpo humano! Um cadáver; um afogado atirado na pedra pelo mar! Aproximei-me mais.

Era o cadáver do barão, meu pai! Parei, pregado ao chão. Somente então compreendi que desde cedo estava sendo conduzido por forças obscuras que me tinham em seu poder e por alguns momentos nada mais houve dentro de mim senão o incessante ruído das ondas e o mudo espanto diante do destino que me dominava...

XV.

Ele jazia de costas, um pouco de lado, com a mão esquerda atrás da cabeça... a mão direita coberta por seu corpo inclinado. Um lodo viscoso tocava levemente a ponta de seus pés, que calçavam altas botas de marinheiro; a curta jaqueta azul, toda embebida de sal marinho, não se desabotoara, e uma echarpe vermelha envolvia seu pescoço num nó cerrado. Seu rosto moreno estava virado para o céu e parecia zombar de alguém; por baixo de seu lábio superior contraído viam-se os dentes pequenos e apertados; as pupilas sem luz dos olhos semiabertos mal se destacavam do branco embaçado; cobertos pelos borrifos da espuma, os cabelos empastados roçavam a superfície da pedra e deixavam descoberta a testa lisa com a cicatriz arroxeada; o nariz afilado sobressaía como uma linha amarela cortante por entre as faces encavadas. A tempestade da noite anterior tinha cumprido sua tarefa... Ele não tornaria a ver a América! O homem que ofendera minha mãe, que infelicitara a vida dela, meu pai, sim, meu pai — disso eu não tinha como duvidar — jazia estendido, impotente, a meus pés, no meio do limo. Senti o gozo da vingança e ao mesmo tempo um sentimento de pena, de repulsa, de horror, mais do que tudo... de horror dobrado: por aquilo que eu via e por aquilo que tinha ocorrido. Aquela maldade, aqueles instintos criminosos de que já falei, aqueles impulsos incompreensíveis agitavam-se em mim... e me sufocavam. "Ah!", eu pensava, "eis por que eu sou assim... é a voz do sangue que fala!" Continuava de pé ao lado do cadáver, olhando, esperando: não haveriam de se mover aquelas pupilas mortas, não haveriam de estremecer aqueles lábios enrijecidos? Não! Tudo era imóvel; os próprios arbustos para onde a maré o havia jogado estavam mortos; até as gaivotas haviam levantado voo. Não havia nenhum despojo por perto, nem tábua, nem pedaço de corda. Vazio em todo lugar... apenas ele... e eu e o mar que marulhava ao longe. Olhei para trás: lá também o deserto: uma serra de morros sem vida se entalhando no horizonte... apenas isso. Dava-me arrepios deixar aquele infeliz naquela solidão, no limo do litoral, comida para aves e peixes; uma voz interior me dizia que eu devia procurar, chamar alguém, se não para ajudar — agora já não tinha jeito —, ao menos para trazê-lo a um abrigo... mas um terror indizível tomou conta de mim. Parecia-me sentir que o morto sabia de minha vinda, que ele mesmo havia predisposto esse último encontro... e parecia-me até escutar aquele murmúrio surdo, conhecido... Afastei-me correndo... e virei-me para olhar uma última vez...

Alguma coisa de brilhante me chamou a atenção e fez com que eu parasse: era um pequeno aro de ouro na mão abandonada do cadáver... Reconheci o anel de noivado de mamãe. Lembro de como me forcei a voltar, a aproximar-me, a inclinar-me... lembro-me do contato pegajoso dos dedos frios, de como eu arquejava, fechava os olhos, rangia os dentes, enquanto arrancava o anel que não queria sair...

Finalmente consegui e comecei a correr, a correr até ficar sem fôlego, e me parecia que algo vinha atrás de mim, me alcançava, me agarrava.

XVI.

Tudo por quanto passei e experimentei devia estar pintado em meu rosto quando voltei para casa. Mamãe, tão logo entrei em seu quarto, ergueu-se de chofre e começou a olhar-me de forma tão insistente e interrogativa que eu, após tentar me explicar sem conseguir, acabei lhe entregando o anel em silêncio. Ela empalideceu terrivelmente, seus olhos se arregalaram de modo impressionante e perderam o brilho, como os *dele*; deu um grito fraco, agarrou o anel, vacilou, caiu sobre meu peito e quase desmaiou, atirando a cabeça para trás e fitando-me com aqueles olhos arregalados de louca. Eu a segurei na cintura com as duas mãos e, sem me mexer nem sair do lugar, sem pressa e em voz baixa, contei-lhe tudo, sem omitir o mínimo detalhe: meu sonho, o encontro, e todo o resto... Ela me ouviu até o fim sem proferir uma única palavra, apenas sua respiração tornou-se cada vez mais ofegante e os olhos de repente brilharam quando ela os baixou. Depois enfiou o anel no dedo anular e, afastando-se um pouco, pegou a mantilha e o chapéu. Perguntei-lhe aonde queria ir. Ela me olhou surpresa e quis responder, mas nenhum som saiu de sua boca. Estremeceu várias vezes, esfregou as mãos como se quisesse aquecer-se, e finalmente disse:

"Vamos para lá, agora."

"Para onde, mamãe?"

"Onde ele está... eu quero ver... Eu quero reconhecer... eu vou reconhecer..."

Tentei persuadi-la a não ir, mas quase foi tomada por um ataque nervoso. Compreendi que era impossível opor-se a seu desejo, e fomos para lá.

XVII.

Eis-me aqui de novo andando pela areia da duna, mas não sozinho, desta vez. Mamãe dá-me o braço. O mar retirou-se, foi para mais longe ainda; acalmou-se, mas sua voz enfraquecida mesmo assim continua ameaçadora e sinistra. Até que enfim surge diante de nós a pedra solitária e o arbusto. Olho em volta procurando distinguir o objeto arredondado que estava no chão, mas nada vejo. Chegamos mais perto; involuntariamente, vou mais devagar. Onde está aquela coisa escura, imóvel? Apenas as hastes dos arbustos negrejam sobre a areia, agora seca. Estamos ao lado da pedra... do cadáver não há sombra — apenas no lugar onde ele estava ficou um rebaixamento, e pode-se intuir onde estavam os braços, as pernas... Ao redor, o mato está pisado e notam-se pegadas de um ser humano que atravessam a duna e se perdem na encosta pedregosa.

Mamãe e eu nos olhamos assustados com o que lemos em nossos rostos...

"Será que ele se levantou e foi embora?"

"Tem certeza de que o viu morto?", perguntou-me mamãe, num sussurro.

Só consegui fazer um aceno com a cabeça. Mal haviam se passado três horas desde que eu me inclinara sobre o cadáver do barão... Alguém devia tê-lo descoberto e tirado de lá. Era preciso procurar quem o fizera, saber seu paradeiro.

Antes, porém, tinha que cuidar de mamãe.

XVIII.

Enquanto nos dirigíamos para aquele malfadado lugar, mamãe estava febril, mas se dominava. O desaparecimento do cadáver a chocou como uma desventura final — ela ficou petrificada. Temi por sua sanidade. Com grande dificuldade consegui levá-la até em casa. Novamente a acomodei na cama e novamente mandei chamar o médico; tão logo, porém, ela se recuperou um pouco, exigiu que eu fosse imediatamente procurar "aquele sujeito". Obedeci. Apesar de ter tentado por todos os meios, nada descobri. Procurei a polícia várias vezes, visitei todas as aldeias próximas, coloquei anúncios nos jornais, pedi informações em diversos lugares — tudo inútil! Na verdade, havia me chegado a notícia de que em um dos vilarejos da costa havia sido encontrado um afogado... Precipitara-me para lá, mas para ser informado de que ele já fora enterrado e de que seus dados não correspondiam em nada com aqueles do barão. Fiquei sabendo em que navio ele tinha embarcado para a América; no começo todos achavam que o navio tinha afundado durante uma tempestade, mas alguns meses mais tarde circularam rumores de que fora visto ancorado no porto de Nova York. Não sabendo mais o que fazer, resolvi procurar o negro que havia visto e, através do jornal, ofereci-lhe uma quantia bastante considerável, caso se apresentasse em nossa casa. E um negro alto, envolto numa capa, apareceu de fato em casa, durante minha ausência... Só que, após ter interrogado longamente a criada, foi embora de súbito e não mais voltou.

Assim perdi o rastro de meu... de meu pai; assim ele desapareceu para sempre no silêncio das trevas. Nunca mais falei dele com mamãe. Uma única vez — recordo-me — ela se admirou de eu não haver lhe contado antes meu estranho sonho e disse-me: "Então quer dizer que ele...", mas não completou seu pensamento. Ela ficou adoentada por muito tempo, mas, mesmo depois que se restabeleceu, nosso relacionamento não voltou a ser como antes. Diante de mim sentia-se constrangida — e isso não mudou até ela morrer... Sim, realmente constrangida. É uma pena, mas não tinha remédio. À medida que se atenuam, as lembranças dos acontecimentos familiares mais trágicos vão perdendo sua força e sua pungência, mas, se entre dois parentes próximos se estabelece essa sensação de embaraço, não há como apagá-la.

Já não tinha mais o sonho que tanto me angustiara; não "procurava" mais meu pai, mas, de vez em quando, parecia-me, e ainda me parece, ouvir, em sonho, gritos distantes e lamentos incessantes e dolorosos; ouço-os em algum lugar atrás de uma parede alta através da qual é impossível passar; cortam-me o coração e eu choro com os olhos fechados e não consigo atinar o que seja aquilo: um ser vivo que geme ou o uivo prolongado e selvagem do mar revolto? Mas eis que de novo se transforma no murmúrio ferino, e eu adormeço cheio de angústia e de terror.

Tradução de Aurora Fornoni Bernardini

NIKOLAI SEMIONOVITCH LESKOV

O espanta-diabo

("Čertogon", 1879)

Entre os contos desse grande narrador russo (1813-95) há certamente outros que mereceriam, mais do que este, a definição de "fantástico". Mas o ritmo de sarabanda infernal que anima esta narrativa, a transfiguração que os acontecimentos de uma noite assumem aos olhos de um jovem graças ao extraordinário poder de vitalidade de um rico pecador, a rapidez cativante com que uma história que parecia de danação se transforma em história de arrependimento e de salvação — mesmo como decorrência de um mesmo impulso —, tudo isso me fez optar por ela.

Como sempre ocorre em Leskov, é a "voz" do narrador que faz o conto; e este é um dos casos em que essa "voz" consegue alcançar-nos ainda que por meio de uma tradução.

E sse é um ritual que se pode ver somente em Moscou e, mesmo assim, só com proteção e certa dose de sorte.

Eu presenciei o espanta-diabo de cabo a rabo, graças a uma feliz sequência de circunstâncias, e quero descrever tudo para os verdadeiros conhecedores e para os amadores do sério e do elevado, de acordo com o gosto nacional.

Se de um lado sou nobre, de outro sou chegado ao "povo": minha mãe vinha da classe dos comerciantes. Tinha saído de uma família rica para casar-se, e a deixara por amor a meu pai. O finado tinha jeito com o sexo frágil e conseguia sempre o que queria. Com mamãe também não foi diferente, mas justamente em virtude dessa habilidade os velhos do lado materno nada deram a ela, a não ser, é claro, o armário, a cama e a misericórdia divina, que foram recebidos junto com o perdão e a bênção paterna, que duraria por séculos e séculos. Meus avós viviam em Oriol, em dificuldades mas com orgulho, e aos parentes ricos de minha mãe nada pediam, aliás com eles não tinham relação alguma. Uma vez, quando chegou a hora de eu entrar para a universidade, mamãe falou:

"Faça o favor de ir à casa do tio Ilyá Fedoséievitch e cumprimentá-lo de minha parte. Isso não é nenhuma humilhação, devem-se respeitar os parentes mais velhos; ele é meu irmão e, além disso, é homem temente a Deus e exerce certa influência em Moscou. Em todas as recepções é ele quem sempre oferece o pão e o sal...* está sempre à frente dos outros com um prato ou com uma imagem sagrada... e é recebido pelo governador-geral e pelo metropolita... A você ele só tem o bem a ensinar".

Apesar de eu naquela época ter aprendido o catecismo de Filaret** e não acreditar em Deus, amava minha mãe, de modo que pensei: "Já faz quase um ano que estou aqui em Moscou e até agora não fiz o que mamãe pediu; irei agora mesmo visitar o tio Fedoséievitch, levar-lhe as lembranças de mamãe e ver o que ele pode realmente me ensinar".

Pelo hábito que me foi incutido na infância, sempre tive consideração para com os mais velhos, particularmente para com aqueles que são conhecidos do metropolita e do governador.

Levantei-me, escovei-me e dirigi-me à casa do tio Ilyá Fedoséievitch.

---

* Antigo hábito russo de se darem as boas-vindas aos visitantes. (N. T.)

** Filaret Drósdov (1783-1867), metropolita de Moscou, autor do *Catecismo ortodoxo* (1823), que contém os fundamentos da doutrina da Igreja Ortodoxa Russa. (N. T.)

II.

Deviam ser umas seis horas da tarde. O tempo estava quente, agradável e úmido; numa palavra, muito bom. A casa do titio é conhecida — é uma das primeiras casas de Moscou —, todos sabem onde fica. Apenas eu nunca tinha estado lá e nunca tinha visto meu tio, nem sequer de longe.

Mesmo assim vou sem vacilar, raciocinando com meus botões: se me receber, bem, se não receber, amém.

Chego ao pátio. Na entrada há dois garanhões atrelados à carruagem, negros feito corvos, as jubas soltas, o pelo brilhante como rico cetim.

Subo as escadas e digo bem assim: "Eu sou o sobrinho, o estudante, peço que avisem a Ilyá Fedoséievitch".

Respondem-me:

"Ele mesmo descerá num instante. Está saindo para dar um passeio."

Aparece uma figura muito simples, russa, mas bastante imponente; os olhos têm algo que lembra mamãe, mas a expressão é outra; ele é, como se diz, um homem respeitável.

Apresentei-me a ele, que me ouviu sem abrir a boca, deu-me a mão em silêncio e disse:

"Acomode-se, vamos dar um passeio."

Eu queria recusar, mas a recusa ficou engasgada e acomodei-me.

"Ao parque!", ordenou.

Os garanhões arrancaram de supetão, de modo que só a parte posterior da carruagem rangeu, e desandaram a correr a toda, com mais força ainda, como se estivessem indo para fora da cidade.

Sentamos ambos, sem abrir a boca. Reparo apenas que titio afunda cada vez mais a aba da cartola na testa e em seu rosto surge uma careta de tédio.

Olha para um lado, olha para o outro, e de repente me lança um olhar e inesperadamente diz:

"Isto não é vida."

Sem saber o que responder, fico em silêncio.

E lá vamos nós, vamos indo, e eu fico pensando: para onde será que ele está me levando? E começo a achar que me meti em alguma embrulhada.

Mas titio parece ter tomado uma decisão repentina e põe-se a dar ordens ao cocheiro, uma atrás da outra:

O ESPANTA-DIABO 335

"À direita, à esquerda, no Yar,* pare."

Vejo acorrer para o nosso lado um enxame de garçons vindos do restaurante e todos se desmancham em rapapés perante titio, mas ele não se move da carruagem e ordena que chamem o dono. Todos correm. Aparece um francês, ele também cheio de mesuras, mas o tio não se mexe: encosta aos dentes o castão de osso da bengala e diz:

"Quantas pessoas há aqui?"

"Contando as da galeria e as do saguão, umas trinta", responde o francês, "e três saletas ocupadas."

"Todos para fora!"

"Perfeitamente."

"São sete horas, agora", diz titio olhando para o relógio. "Voltarei às oito. Estará pronto?"

"Não", responde o francês. "Às oito é difícil... muitos já pediram... mas às nove, se o senhor quiser, não haverá mais ninguém estranho em todo o restaurante."

"Certo."

"E o que deve ser preparado?"

"Os ciganos, é claro."

"Mais alguma coisa?"

"A orquestra."

"Uma só?"

"Não, duas é melhor."

"Mando buscar Riábyka?"

"Claro."

"E as damas francesas?"

"Nada disso!"

"A adega?"

"Inteira."

"E para comer?"

"O cardápio!"

Dão-lhe o cardápio do dia.

Titio olha, parece não atinar, ou quem sabe não queira se dar o trabalho de decifrar; bate no papel com a bengala e diz:

---

* Restaurante famoso na Moscou da época do autor. (N. T.)

"Isto tudo para cem."

Com isso enrola o papel e o põe no bolso.

O francês está entre alegre e atrapalhado:

"Não consigo", diz ele, "preparar tudo para cem pessoas. Há coisas muito caras, aqui, que em qualquer restaurante só dão para cinco ou seis porções."

"Como é que vou escolher por meus convidados? Cada um vai ter o que desejar. Entendido?"

"Entendido."

"Senão, meu caro, nem mesmo o Riábyka vai adiantar. Vamos!"

Deixamos o dono do restaurante e seus garçons na entrada e fomos embora.

A essa altura eu já me convencera de que tinha entrado numa fria e tentei me safar, mas titio não me deu ouvidos. Estava muito ocupado. Na volta, ele vai parando ora um, ora outro.

"Às nove, no Yar!", talha, curto, a cada um. E as pessoas a quem ele diz isso são todos velhos respeitáveis, e todos tiram o chapéu e também lhe respondem do mesmo modo:

"Convidado seu, convidado seu, Fedoséievitch."

Não lembro quantos nós paramos desse modo, mas creio terem sido uns vinte; mal deram as nove e ei-nos de novo no Yar. Toda uma legião de empregados vem ao nosso encontro, segura o tio pelo braço e o próprio francês na varanda da entrada limpa-lhe a poeira das calças.

"Tudo limpo?", pergunta titio.

"Apenas um general", diz o francês, "atrasou-se e pediu muito para terminar na saleta..."

"Fora, já!"

"Ele já está terminando."

"Não quero, já lhe dei tempo suficiente: que vá agora e acabe de comer no pasto."

Não sei como a coisa teria acabado, mas nesse minuto o general saiu com duas damas, acomodou-se na carruagem e foi embora; nesse meio-tempo começaram a chegar, um depois do outro, os cavalheiros que titio havia convidado no parque.

III.

O restaurante estava desocupado, limpo e livre de qualquer freguês. Apenas numa das salas estava sentado um grandalhão que veio calado ao encontro do tio e, sem dizer palavra, pegou das mãos dele a bengala e a escondeu num lugar qualquer.

Imediatamente depois de entregar-lhe a bengala sem a menor objeção, meu tio entregou-lhe também a carteira e o porta-moedas.

Esse enorme gigante meio grisalho era o tal Riábyka que ouvi ser mencionado pelo dono do restaurante durante o incompreensível pedido. Era um "professor primário", mas, pelo visto, encontrava-se aqui, ele também, para um encargo especial, tão indispensável como o dos ciganos, a orquestra e o resto dos serviçais que apareceram todos num instante. Só não compreendia qual poderia ser o papel do professor, mas era muito cedo para a minha inexperiência.

O restaurante, muito iluminado, entrava em funcionamento: a música ecoava, os ciganos saltitavam e lambiscavam no balcão, o tio passava em revista as salas, o jardim, a gruta e as galerias. Cuidava para que não houvesse "estranhos" em canto algum, e grudado a ele ia o professor; só que quando voltaram ao salão principal onde estavam todos reunidos, podia-se notar uma diferença marcante: o professor continuava sóbrio como quando tinha saído e titio visivelmente bêbado.

Não sei como isso possa ter acontecido tão depressa, mas ele estava de excelente humor; sentou-se no lugar de honra e a farra começou.

As portas foram trancadas e a todos foi dito que "ninguém de dentro poderia sair nem os de fora entrar".

Um abismo separava-nos do mundo, um abismo de tudo, de vinho, de iguarias, mas, principalmente, um abismo de orgia, já não digo hedionda, mas selvagem, furiosa, tal como jamais serei capaz de descrever. Não dá sequer para tentar, pois ao dar por mim trancafiado ali e separado do resto do mundo, eu mesmo fiquei assustado e não demorei a me embriagar. Por isso não escreverei como se passaram as coisas naquela noite, visto que descrever *aquilo tudo* não me é possível; apenas lembro dois episódios marcantes da peleja e o final, e é justamente neles que está o *impressionante*.

IV.

Foi anunciado um tal de Ivan Stepánovitch, que, como se soube mais tarde, era um fabricante e comerciante muito importante em Moscou.

Isso provocou um impasse.

"Por acaso não foi dito que não é para deixar entrar mais ninguém?", disse o titio.

"Ele está insistindo muito."

"Pois que fique onde esteve até agora."

O empregado saiu, mas voltou, timidamente.

"Ivan Stepánovitch mandou dizer que pede encarecidamente."

"Nada disso, eu não quero."

Os outros dizem: "Ele pode pagar uma multa".

"Não! Mandem-no embora, não precisamos dessa multa."

Mas o funcionário reaparece dizendo ainda mais timidamente:

"Ele concorda com qualquer multa, apenas diz que na idade dele é muito triste ficar fora da companhia."

Titio levantou-se, os olhos soltando faíscas, mas nesse mesmo instante, entre ele e o garçom, Riábyka se interpôs com todo o seu tamanho, tirando o garçom da frente com um só golpe da mão esquerda, como se apanhasse um pintinho, e fazendo, com a direita, titio sentar-se novamente em seu lugar.

No meio dos hóspedes ouviram-se vozes a favor de Ivan Stepánovitch: pediam para deixá-lo entrar — que pagasse cem rublos para os músicos e que entrasse.

"É um dos nossos, o velho, é temente a Deus, para onde é que ele pode ir? É capaz de ficar enfurecido e armar um escândalo diante da patuleia. Tenhamos pena dele."

Titio cedeu e disse:

"Já que não é para ser como eu quero, também não vai ser como vocês querem. Que seja como Deus quer: deixo Ivan Stepánovitch entrar desde que ele toque os timbales."

O garçom tagarela saiu, retornando logo em seguida:

"Diz que preferia pagar a multa."

"Ao diabo com ele! Se não quer tocar o tambor não precisa vir, que vá para onde ele quiser."

Dali a pouco Ivan Stepánovitch não aguentou mais e mandou dizer que *aceitava* tocar os timbales.

"Deixe-o entrar."

Entra um sujeito consideravelmente alto e de aspecto respeitável: a expressão severa, os olhos apagados, as costas encurvadas, mas a barba é desgrenhada e quase verde. Tenta brincar e cumprimentar, mas não o deixam.

"Depois, depois, isso tudo depois", grita o tio, "agora toca o tambor!"

"Toca o tambor!", repetem os demais.

"Música! Os timbales!"

A orquestra ataca uma peça retumbante e o velho respeitável pega as baquetas e começa a bater nos timbales, ora acertando, ora errando o tempo.

Barulho e gritos infernais; todos estão contentes e gritam:

"Mais alto!"

Ivan Stepánovitch esforça-se.

"Mais forte, mais forte, mais forte ainda!"

O velho bate com toda a força, feito o Príncipe Negro de Freiligrath,* e finalmente acontece o que era esperado: o tambor emite um estrondo assustador, o couro racha, todos gargalham, o ruído torna-se indescritível e Ivan Stepánovitch tem de pagar pelo tambor arrombado a quantia de quinhentos rublos, que irá para os músicos.

Ele paga, enxuga o suor, senta-se, e enquanto todos bebem à sua saúde, fica apavorado ao descobrir seu próprio genro entre os convivas.

Mais risadas, mais barulho, e isso até a hora em que perdi a consciência. Nos raros claros de memória vejo os ciganos dançando e titio sentado num canto qualquer a balançar as pernas; depois vejo ele se levantar diante de alguém, Riábyka interpor-se novamente entre ambos, e o sujeito desaparecer; titio senta-se, na mesa à sua frente dois garfos espetados apontam para cima. Agora entendo o papel de Riábyka.

Mas eis que pela janela penetra o frescor da manhã moscovita e eu recobro parte da consciência, mas parece que só mesmo para duvidar da minha própria razão. Houve uma peleja e a derrubada de uma mata: ouvia-se o estalo, o estrondo das árvores a balançar, árvores exóticas, virgens, e atrás delas, num canto, amontoavam-se uns tipos esquisitos de pele escura, ao passo que machados ter-

---

* Herói do poema homônimo do poeta alemão F. Freiligrath (1810-76), a quem os vencedores ordenam que toque o tambor na feira. (N. T.)

ríveis cintilavam junto às raízes, e meu tio derrubava as árvores, o velho Ivan Stepánovitch também... Uma cena simplesmente medieval.

Tratava-se de "tornar cativas" as ciganas que se escondiam na gruta atrás das árvores; os ciganos não as defendiam e deixavam-nas entregues à sua própria sorte. Não se sabia o que era sério e o que era brincadeira; no ar voavam pratos, cadeiras, pedras da gruta, e aqueles continuavam a derrubar cada vez mais a mata, sendo que os mais atirados eram Ivan Stepánovitch e titio.

Finalmente a cidadela foi tomada: as ciganas foram agarradas, abraçadas, beijadas; cada uma enfiou uma nota de cem rublos no "corpete", e a coisa acabou...

Sim; de repente tudo estava calmo... tudo acabado. Ninguém viera perturbar, mas já era o bastante. Sentia-se que sem aquilo "a vida não era vida", só que era hora de acabar.

Todos já haviam tido o suficiente e todos estavam satisfeitos. Pode ser também que tenha tido algum significado aquilo que o professor falou, que era "hora de ir para a escola", mas, de resto, dava na mesma: a noite de Valpúrgis* tinha acabado e a "vida" recomeçava.

O público não se despediu, não foi saindo, simplesmente desapareceu; já não havia nem orquestra nem ciganos. O restaurante ostentava a mais completa destruição: nem uma única cortina, nem um único espelho inteiro, até mesmo o lustre do teto, ele também, aos cacos pelo chão, seus prismas de cristal esmagados pelos pés dos funcionários que se arrastavam cansados de um lugar para o outro. O tio estava sentado sozinho no meio de um sofá, bebendo *kvas*;** de vez em quando parecia lembrar-se de alguma coisa e mexia com as pernas. Plantado ao seu lado, Riábyka apressava-se para ir à escola. Trouxeram-lhes a conta, que dizia sumariamente "tudo incluído".

Riábyka conferiu-a com atenção e exigiu quinhentos rublos de desconto. Discutiram um pouco e fizeram a soma: dezessete mil. Riábyka tornou a conferi-la e disse que estava tudo certo. O tio articulou duas sílabas: "Pague", enfiou o chapéu e acenou-me para que o seguisse.

Eu via com horror que ele não havia esquecido nada e que não adiantaria eu me esconder.

---

* Alusão à lenda alemã sobre o sabá das feiticeiras e dos demônios que se realizava na noite anterior ao 1º de maio, noite de Santa Valburga. (N. T.)

** *Kvas*: bebida típica russa, feita de pão fermentado. (N. T.)

Ele me dava um medo tremendo, e eu não conseguia imaginar como poderia, depois de toda aquela situação, ficar a sós e cara a cara com ele. Tinha me levado consigo por mero acaso, nem sequer chegara a trocar comigo duas palavras sensatas, e agora me arrastava sem que pudesse me desvencilhar. O que seria de mim? A bebedeira tinha passado. Agora só tinha medo desse terrível animal selvagem, com sua fabulosa fantasia e seus impulsos bestiais. Enquanto isso, íamos saindo: um enxame de funcionários nos rodeou na antessala. O tio ordenou: "Cinco a cada um", e Riábyka foi pagando; um pouco menos aos porteiros, aos guardas, aos policiais, aos gendarmes que nos prestaram algum tipo de serviço. Todos ficaram satisfeitos. Mas tudo isso era bastante dinheiro, e lá fora, em toda a extensão visível do parque, ainda havia cocheiros. Era uma multidão interminável e todos eles também estavam à nossa espera — à espera do paizinho Ilyá Fedoséievitch, "caso Sua Excelência tivesse necessidade de mandá-los para algum lugar".

Foram contados e cada um recebeu três rublos, e eu sentei na carruagem com o tio, e Riábyka devolveu-lhe a carteira.

Ilyá Fedoséievitch tirou da carteira cem rublos e entregou-os a Riábyka.

Este girou a nota entre as mãos e disse:

"É pouco."

O tio acrescentou mais duas notas de vinte e cinco.

"Ainda não é o bastante: não houve nenhum escândalo."

O tio acrescentou uma terceira nota de vinte e cinco; depois disso o professor devolveu-lhe a bengala e despediu-se.

v.

Ficamos ambos sozinhos a olhar um para a cara do outro, e voltamos depressa a Moscou, mas às nossas costas, retinindo e gritando, vinham em desabalada carreira todos aqueles cocheiros molambentos. Eu não entendia o que eles queriam, mas o tio sim. Era revoltante: queriam mais dinheiro e, com jeito de querer prestar uma homenagem especial a Ilyá Fedoséievitch, expunham sua alta dignidade ao opróbrio geral.

Moscou estava diante de nós, completamente visível, toda imersa na magnífica luz da manhã, na leve fumaça das chaminés e no pacífico repique dos sinos que convidava à oração.

À esquerda e à direita da barreira estendiam-se os armazéns. O tio mandou parar na frente do primeiro, aproximou-se de uma grande tina de tília que estava na soleira e perguntou:

"É mel?"

"É mel."

"Quanto cada tina?"

"Nós vendemos apenas a varejo, por libras."*

"Pois venda-me por atacado: faça a conta, veja quanto sai."

Não lembro quanto, parece-me que a conta deu uns setenta ou oitenta rublos. O tio atirou-lhe o dinheiro.

O cortejo tinha nos alcançado.

"Vocês me amam, bravos cocheiros da cidade?"

"Sim, estamos sempre às suas ordens..."

"Têm afeição por mim?"

"Sim, muita afeição."

"Tirem as rodas."

Os cocheiros pararam para pensar.

"Depressa, depressa!", comandou o tio.

Os mais lépidos, uns vinte deles, pularam da boleia, acharam as chaves e começaram a desparafusar as porcas.

"Muito bem", disse o tio, "agora untem com mel."

"Paizinho!"

"Untem!"

"Isso é tão bom... fica melhor na boca."

"Untem!"

Sem insistir mais, o tio tornou a se acomodar na carruagem e saímos em disparada. Os cocheiros ficaram com as rodas tiradas junto ao mel, que com toda a certeza eles não passaram nas porcas, mas devem ter dividido entre si ou revendido ao dono do armazém. De qualquer modo pararam de nos seguir e fomos aos banhos. Lá sentado, mais morto que vivo numa banheira de mármore, estava como que à espera do Juízo Final, enquanto o tio se esticava no chão, não como quem se deita, mas numa posição apocalíptica. Toda a imensa massa de seu corpanzil se apoiava sobre a ponta dos dedos e artelhos, e sobre esses di-

---

* A libra russa (*funt*) equivale a 409,5 gramas (N. T.)

minutos pontos de apoio seu corpo estremecia sob as gotas de uma chuva fria, enquanto ele soltava o urro retido de um urso que arranca de si algo que o machuca. Isso durou cerca de meia hora, e ele continuou tremendo feito geleia numa mesa que balança, até que, finalmente, ergueu-se de um salto, pediu *kvas*, tornamos a nos vestir e fomos até "o francês", na ponte Kuzniétski.

Ali nossos cabelos foram aparados, levemente frisados e penteados, e então, voltando a pé para a cidade, dirigimo-nos à venda.

Comigo ele não trocava palavra, nem de mim se desgrudava. Apenas uma vez ele falou:

"Aguarde, não vem tudo de uma vez; aquilo que você não entender agora, há de entender com o passar dos anos."

Na venda ele começou com a reza, encarando um a um com olhos de patrão, e depois foi para a mesa da contabilidade. A carcaça* estava limpa por fora, mas dentro, no fundo, ainda havia sujeira.

Ao deparar-me com aquilo, todo o medo cessou. Meu interesse foi despertado, queria ver como ele ia se virar: contenção ou graça divina?

Por volta das dez horas começou a sentir-se terrivelmente necessitado: estava o tempo todo a ver se o vizinho chegava para irmos os três tomar chá — para três havia um desconto de cinco copeques. O vizinho não veio, morrera de morte súbita.

Titio fez o sinal da cruz e disse:

"Morrer, todos vamos."

Não ficou tocado, embora durante quarenta anos tivessem ido tomar chá juntos na Novotróitski.**

Chamamos o vizinho do outro lado e lá fomos mais de uma vez, lambiscamos qualquer coisa, mas sempre sóbrios. Passei o dia lá, sentado ou andando, e à tardinha titio mandou vir a carruagem para irmos ao convento da Vsepetáia.***

Lá também todos o conheciam e foi recebido com a mesma consideração que no Yar.

"Quero me prostrar diante da Virgem e me arrepender dos meus pecados. Eu lhe recomendo o mesmo, meu sobrinho, filho de minha irmã."

---

* A carcaça aqui alude ao próprio Ilyá Fedoseiévitch, que estava lavado e frisado por fora, mas ainda cheio de pecados por dentro. (N. T.)

** Nome de taberna da Moscou da época. (N. T.)

*** Famoso convento onde há o ícone da Virgem Vsepetáia ("Glorificada por todos"). (N. T.)

"Ora por quem sois", dizem as monjas, "ora por quem sois, de quem a Virgem ia aceitar o ato de contrição se não de vós, sempre o benfeitor-mor de seu convento? Agora é o momento em que ela está mais disposta... o ofício noturno."

"Vamos esperar que acabe, prefiro quando não há ninguém. E agradeço se deixarem tudo na penumbra."

Deixaram: apagaram todas as lamparinas, a não ser uma ou duas, e a lamparina grande do centro, com o suporte de vidro verde, diante do ícone da Virgem.

Titio não se prostrou, mas desabou de joelhos, depois bateu com a testa no chão, soluçou e enrijeceu-se.

Eu e duas monjas permanecemos sentados num canto escuro, atrás da porta. Fez-se uma longa pausa. E titio sempre deitado, sem levantar os olhos ou emitir qualquer som. Pareceu-me que tivesse adormecido, e cheguei a dizer isso às monjas. A irmã mais experiente ficou pensativa um tempo, sacudiu a cabeça e, depois de acender uma pequena vela que segurou na mão, aproximou-se devagarinho do pecador arrependido. Sempre devagar, deu uma volta em torno dele na ponta dos pés, retornou agitada e sussurrou:

"Está funcionando... e dos dois lados."

"Como sabe disso?"

Ela se curvou para a frente, acenou-me para que fizesse o mesmo e disse: "Olhe bem através da chama, onde estão as pernas dele."

"Estou olhando."

"Veja, que luta!"

Olho mais fixamente e de fato reparo que há algum movimento: titio, cheio de devoção, está prostrado na sua posição de reza, mas a seus pés parece que há dois gatos se contorcendo — ora é um que ataca, ora é o outro, e assim uma porção de vezes, e ambos dão pulos.

"Irmã", digo eu, "de onde vieram esses gatos?"

"Eles", diz a monja, "apenas parecem gatos a você, mas não são gatos, são a tentação, pode ver: com o espírito ele sobe ao céu numa chama, mas com as pernas ele ainda se agita no inferno."

Vejo realmente as pernas do titio dançarem o *trepák**** do dia anterior, mas será que seu espírito está subindo ao céu numa chama?

De repente, como se me respondesse, ele suspira e grita:

---

* Dança popular russa que implicava acrobacias com as pernas. (N. T.)

"Não me levanto enquanto não me perdoardes. Somente vós sois santa, e todos nós somos condenados!", e desatou a chorar.

Soluçava de tal modo que os três também começamos a implorar em prantos: Deus, atendei à sua prece.

E nem percebemos que ele já estava ao nosso lado, quando uma voz baixa e devota me disse:

"Vamos indo."

As monjas perguntaram:

"Vós tivestes a graça, paizinho, de ver o reflexo?"

"Não", respondeu ele, "não tive a graça do reflexo, mas eis... eis o que eu tive."

Ele cerrou o punho, erguendo-o lentamente, como se levantasse pelo topete uma criança.

"Erguido?"

"Sim."

As monjas fizeram o sinal da cruz, eu também fiz, e titio explicou:

"Agora", disse, "fui perdoado! Bem do alto, de sob a cúpula, uma mão esticada agarrou-me pelos cabelos de onde eu estava e me pôs de pé..."

E assim ele não é mais miserável, mas está feliz. Presenteou generosamente o convento pela graça recebida, sentiu-se novamente vivo, mandou para minha mãe todo o dote que lhe competia, e, quanto a mim, conduziu-me para a crença boa do povo.

A partir de então entendi o gosto que o povo tem pela queda e pela elevação... A isso chamam *espanta-diabo*, "pois rechaça o diabo dos maus pensamentos". Só que, torno a repetir, isso pode ser visto apenas em Moscou, e, mesmo assim, com certa dose de sorte e muita proteção dos velhos mais respeitáveis.

Tradução de Aurora Fornoni Bernardini

AUGUSTE VILLIERS DE L'ISLE-ADAM

É de confundir!

("A s'y meprendre!", 1883)

Este breve texto, que faz parte dos Contos cruéis *de Villiers de l'Isle-Adam, não é mais que uma dupla descrição de lugares parisienses, em que se estabelece uma simplíssima equação entre o mundo dos negócios (um café próximo da Bolsa) e o mundo dos mortos (um necrotério). Nos dois casos a visão se repete, descrita com as mesmas palavras — procedimento que talvez seja utilizado intencionalmente pela primeira vez neste conto, e que voltará a ser empregado por escritores de hoje, como Alain Robbe-Grillet.*

Villiers de l'Isle-Adam (1838-89) põe a serviço da invenção fantástica o seu gosto irônico pela crueldade intelectual e pelas soluções de efeito obtidas por meios rápidos e cortantes.

N uma cinza manhã de novembro, eu ia descendo pela beira do rio em passo apressado. Uma garoa fria molhava o ar. Passantes negros, abrigados em guarda-chuvas disformes, se entrecruzavam. O Sena amarelado carregava seus barcos de mercadorias parecidos com besouros. Nas pontes, o vento fustigava bruscamente os chapéus, cujos donos lutavam com o espaço para salvá-los, fazendo aqueles gestos e contorções sempre tão penosos para o artista.

Minhas ideias eram pálidas e brumosas; a preocupação de um encontro de negócios, aceito na véspera, atazanava minha imaginação. O tempo era curto: resolvi me abrigar debaixo da marquise de um portão, de onde seria mais cômodo fazer sinal para um fiacre.

Na mesma hora notei, bem ao meu lado, a entrada de um prédio quadrado, de aparência burguesa.

Ele tinha se erguido na bruma como uma aparição de pedra, e, apesar da rigidez de sua arquitetura, apesar do vapor sinistro que o envolvia, percebi de imediato um certo ar de hospitalidade que serenou meu espírito.

"Sem a menor dúvida", pensei, "as pessoas que moram aqui são gente sedentária! Essa soleira é um convite a parar! A porta não está aberta?"

Então, com a maior polidez do mundo, satisfeito, chapéu na mão — até mesmo meditando em um madrigal para a dona da casa —, entrei, sorridente, e logo me deparei, no mesmo nível, com uma espécie de sala de teto envidraçado, de onde caía a luz do dia, lívida.

Nas colunas estavam pendurados roupas, cachecóis, chapéus.

Mesas de mármore estavam instaladas em todos os cantos.

Vários indivíduos, de pernas esticadas, cabeça levantada, olhos fixos, jeito confiante, pareciam meditar.

E os olhares eram sem pensamentos, os rostos eram da cor do tempo.

Havia pastas abertas, papéis desdobrados perto de cada um deles.

E então percebi que a dona da casa, com a cortesia acolhedora com que eu estava contando, era ninguém menos do que a Morte.

Olhei para meus anfitriões.

Decerto, para escapar dos aborrecimentos da vida azucrinante, a maioria dos que ocupavam a sala tinha assassinado seus corpos, esperando, assim, um pouco mais de bem-estar.

Quando estava ouvindo o barulho das torneiras de cobre presas no muro e destinadas a regar diariamente aqueles restos mortais, escutei o ruído surdo de um fiacre. Ele parou defronte do estabelecimento. Fiz a reflexão de que meus homens de negócios estavam esperando. Virei-me para aproveitar a boa fortuna.

De fato, o fiacre acabava de vomitar, na soleira do prédio, colegiais de pileque, que precisavam ver a Morte para acreditar nela.

Olhei para o fiacre vazio e disse ao cocheiro:

"Passage de l'Opéra!"

Um pouco depois, nos bulevares, achei o tempo mais encoberto, sem nenhum horizonte. Os arbustos, vegetações esqueléticas, pareciam indicar vagamente, com a ponta dos galhos negros, alguns pedestres aos policiais ainda sonolentos.

O carro ia apressado.

Pela vidraça, os passantes me davam a impressão de água correndo.

Chegando ao meu destino, pulei para a calçada e peguei a passagem, repleta de rostos preocupados.

No final do corredor, bem na minha frente, reparei na entrada de um café — desde então consumido por um famoso incêndio (pois a vida é um sonho) —, relegado ao fundo de uma espécie de galpão, debaixo de uma arcada quadrada, de sinistra aparência. Os pingos de chuva que caíam no vidro de cima escureciam mais ainda a pálida claridade do sol.

"É aqui", pensei, "que me esperam os meus homens de negócios, de copo na mão, olhos brilhantes e desafiando o Destino!"

Então, virei a maçaneta da porta e me deparei, no mesmo nível, com uma sala onde a claridade do dia caía do alto, lívida, pela vidraça.

Em colunas havia roupas, cachecóis, chapéus pendurados.

Mesas de mármore estavam instaladas em todos os cantos.

Vários indivíduos, de pernas esticadas, cabeça levantada, olhos fixos, jeito confiante, pareciam meditar.

E os rostos eram da cor do tempo, os olhares eram sem pensamentos.

Havia pastas abertas, papéis desdobrados perto de cada um deles.

Olhei para esses homens.

Decerto, para escapar das obsessões da insuportável consciência, a maioria dos que ocupavam a sala tinha, muito tempo antes, assassinado suas "almas", esperando assim um pouco mais de bem-estar.

Quando estava ouvindo o barulho das torneiras de cobre presas no muro e destinadas a regar diariamente aqueles restos mortais, a lembrança do ruído surdo do carro voltou ao meu espírito.

"Com toda a certeza", pensei, "aquele cocheiro deve ter sido atacado, no correr do tempo, por uma espécie de estupor, pois simplesmente me trouxe, depois de tantas circunvoluções, ao nosso ponto de partida! Todavia, confesso (caso haja um equívoco), O SEGUNDO OLHAR É MAIS SINISTRO QUE O PRIMEIRO!..."

Então, em silêncio fechei a porta envidraçada e voltei para casa, firmemente decidido — desconsiderando o exemplo e pouco me importando com o que pudesse me acontecer — a nunca mais fazer negócios.

Tradução de Rosa Freire D'Aguiar

GUY DE MAUPASSANT

A noite

("La nuit", 1887)

Um exemplo de fantástico obtido com mínimos recursos: este conto não é mais que um passeio por Paris, relato fiel das sensações que o notívago Maupassant vivia em cada uma de suas noites. Uma sensação opressiva, de pesadelo, ocupa o quadro desde o início e se torna cada vez mais intensa. A cidade é sempre a mesma, rua por rua e edifício por edifício, mas antes desaparecem as pessoas e, depois, as luzes; o cenário bem conhecido parece conter apenas o medo do absurdo e da morte.

Maupassant (1850-93) também tem um lugar na literatura fantástica devido a uma série de textos escritos nos anos que antecederam a sua crise de loucura, da qual ele não se recuperou: é das imagens cotidianas que se desprende o sentimento de terror.

———————————•◦•———————————

A mo a noite apaixonadamente. Amo-a como quem ama seu país ou sua amante, com um amor instintivo, profundo, invencível. Amo-a com todos os meus sentidos, com meus olhos que a veem, com meu olfato que a respira, meus ouvidos que escutam seu silêncio, com toda a minha carne que as trevas acariciam. As cotovias cantam ao sol, no ar azul, no ar quente, no ar leve das manhãs claras. O mocho voa à noite, mancha negra que passa pelo espaço negro, e, radiante, inebriado pela negra imensidão, solta seu grito vibrante e sinistro.

O dia me cansa e me aborrece. É brutal e barulhento. Levanto-me com dificuldade, e visto-me com lassidão, saio a contragosto, e cada passo, cada movimento, cada gesto, cada palavra, cada pensamento me cansa como se eu levantasse um fardo que me esmagasse.

Mas, quando o sol se põe, invade-me uma alegria confusa, uma alegria de todo o meu corpo. Desperto, me animo. À medida que crescem as sombras, sinto-me outro, mais moço, mais forte, mais alerta, mais feliz. Olho para a grande sombra suave caindo do céu e se adensando: ela afoga a cidade, como uma onda impalpável e impenetrável, ela esconde, apaga, destrói as cores, as formas, abraça as casas, os seres, os monumentos com seu toque imperceptível. Então sinto vontade de gritar de prazer como as corujas, de correr pelos telhados como os gatos; e um desejo de amar, impetuoso, invencível, arde em minhas veias.

Vou, caminho, ora pelos subúrbios ensombreados, ora pelos bosques vizinhos de Paris, onde ouço rondarem minhas irmãs, as bestas, e meus irmãos, os caçadores clandestinos.

O que amamos com violência sempre acaba nos matando. Mas como explicar o que acontece comigo? E, mesmo, como explicar que sou capaz de contá-lo? Não sei, já não sei, sei apenas que isso existe — pronto.

Portanto, ontem — era ontem? —, sim, sem dúvida, a menos que tenha sido antes, um outro dia, um outro mês, um outro ano — não sei. Mas deve ser ontem, já que o dia não mais raiou, já que o sol não reapareceu. Mas desde quando dura a noite? Desde quando?... Quem poderá dizer? Quem algum dia saberá?

Assim, ontem saí, como faço todas as noites, depois do jantar. Fazia um tempo muito bonito, muito suave, muito quente. Ao descer para os bulevares, olhei acima de minha cabeça o negro rio cheio de estrelas, recortado no céu pelos telhados das casas, que giravam e faziam esse riacho rolante de astros ondular como um rio de verdade.

No ar leve, tudo estava claro, desde os planetas até os bicos de gás. Tantas luzes brilhavam lá no alto e na cidade que as trevas pareciam luminosas. As noites luzentes são mais alegres que os grandes dias de sol. No bulevar, os cafés rutilavam; todos riam, passavam, bebiam. Entrei no teatro, por alguns instantes, em que teatro? Não sei mais. Lá dentro estava tão claro que me senti agoniado, e saí com o coração meio obscurecido por aquele choque brutal de luz nos dourados do balcão, pelo cintilar factício do enorme lustre de cristal, pela cortina de luzes da ribalta, pela melancolia daquela claridade falsa e crua. Cheguei aos Champs-Elysées, onde os cafés-concertos pareciam focos de incêndio no meio das folhagens. As castanheiras roçadas pela luz amarela tinham um aspecto de pintadas, um aspecto de árvores fosforescentes. E os globos de luz elétrica, parecendo luas cintilantes e pálidas, ovos de lua caídos do céu, pérolas monstruosas, vivas, faziam empalidecer, sob sua claridade nacarada, misteriosa e imperial, os fios de gás, do feio gás sujo, e as guirlandas de vidros coloridos.

Parei debaixo do Arco do Triunfo para olhar a avenida, a longa e admirável avenida estrelada, indo até Paris entre duas linhas de fogo e os astros! Os astros lá no alto, os astros desconhecidos jogados ao acaso na imensidão, onde desenham essas figuras estranhas que tanto fazem sonhar, que tanto fazem pensar.

Entrei no Bois de Boulogne e lá fiquei muito tempo, muito tempo. Estava tomado por um arrepio singular, uma emoção imprevista e poderosa, uma exaltação de meu pensamento que raiava a loucura. Andei muito tempo, muito tempo. Depois voltei. Que horas eram quando tornei a passar sob o Arco do Triunfo? Não sei. A cidade adormecia, e nuvens, grossas nuvens pretas, espalhavam-se lentamente no céu.

Pela primeira vez senti que algo estranho, novo, ia acontecer. Tive a impressão de que fazia frio, de que o ar se adensava, de que a noite, minha noite bem-amada, pesava sobre meu coração. Agora a avenida estava deserta. Só dois policiais passeavam perto da estação dos fiacres, e na rua apenas iluminada pelos bicos de gás que pareciam moribundos, uma fila de carroças de legumes ia para os Halles. Iam devagar, carregadas de cenouras, nabos e repolhos. Os cocheiros dormiam, invisíveis; os cavalos andavam no mesmo passo, seguindo a carroça da frente, sem barulho, pelo calçamento de madeira. Diante de cada luz da calçada, as cenouras se iluminavam, vermelhas, os nabos se iluminavam, brancos, os repolhos se iluminavam, verdes; e essas carroças passavam uma atrás da outra, vermelhas como o fogo, brancas como a prata, verdes como a esmeralda. Fui atrás delas, depois virei na rua Royale e voltei para os bulevares. Mais ninguém, mais nenhum café iluminado, apenas alguns retardatários que se apressavam. Nunca tinha visto Paris tão morta, tão deserta. Puxei meu relógio, eram duas horas.

Uma força me empurrava, uma necessidade de andar. Portanto, fui até a Bastilha. Lá percebi que nunca tinha visto uma noite tão escura, pois nem sequer distinguia a Colonne de Juillet, cujo Gênio dourado estava perdido no breu impenetrável. Um firmamento de nuvens, cerrado como a imensidão, afogara as estrelas e parecia descer sobre a terra para liquidá-la.

Retornei. Não havia mais ninguém ao meu redor. Porém, na praça Du Château-d'Eau um bêbado quase me deu um encontrão, depois desapareceu. Por algum tempo ouvi seu passo desigual e sonoro. Eu ia andando. Na altura do Faubourg Montmartre passou um fiacre, descendo na direção do Sena. Chamei-o. O cocheiro não respondeu. Perto da rua Drouot, uma mulher zanzava: "Ei, cavalheiro, escute". Apertei o passo para evitar sua mão estendida. Depois, mais nada. Na frente do Vaudeville, um catador de trapos vasculhava a sarjeta. Sua pequena lanterna tremulava bem rente ao chão. Perguntei-lhe: "Que horas são, meu amigo?".

Ele respondeu: "E eu lá sei! Não tenho relógio".

Então, de repente, reparei que os lampiões de gás estavam apagados. Sei que nesta época do ano eles são apagados bem cedo, antes do amanhecer, por economia; mas o dia ainda estava longe, tão longe de raiar!

"Vamos para os Halles", pensei, "pelo menos lá encontrarei vida."

Pus-me a caminho, mas não enxergava nada nem mesmo para me orientar. Ia andando devagar, como se anda num bosque, contando as ruas para reconhecê-las. Defronte do Crédit Lyonnais um cão rosnou. Virei na De Grammont, me perdi; perambulei, depois reconheci a Bolsa pelas grades de ferro que a cercavam. Toda a Paris dormia, com um sono profundo, apavorante. Mas ao longe andava um fiacre, talvez aquele que tinha passado por mim ainda agora. Tentei alcançá-lo, indo na direção do ruído de suas rodas, pelas ruas solitárias e negras, negras, negras como a morte. Perdi-me de novo. Onde estava? Que loucura apagar o gás tão cedo! Nem um passante, nem um retardatário, nem um vagabundo, nem um miado de gato apaixonado. Nada.

Mas onde estavam os policiais? Pensei: "Vou gritar, eles virão". Gritei. Ninguém respondeu. Chamei mais alto. Minha voz se foi, sem eco, fraca, abafada, esmagada pela noite, por aquela noite impenetrável.

Berrei: "Socorro! Socorro! Socorro!". Meu apelo desesperado ficou sem resposta. Que horas eram? Puxei meu relógio, mas não tinha fósforos. Escutei o leve tique-taque do pequeno mecanismo com uma alegria desconhecida e estranha. Ele parecia viver. Eu já não estava tão sozinho. Que mistério! Recomecei a andar como um cego, tateando os muros com minha bengala, e a toda hora levantava os olhos para o céu, esperando que enfim o dia raiasse; mas o espaço estava negro, todo negro, mais profundamente negro que a cidade.

Que horas podiam ser? Parecia que eu caminhava havia um tempo infinito, pois minhas pernas amoleciam debaixo de mim, meu peito arfava, e eu sofria terrivelmente de fome. Resolvi bater no primeiro portão. Puxei o botão de cobre e a campainha retiniu sonora na casa; retiniu estranhamente, como se esse ruído vibrante estivesse sozinho naquela casa.

Esperei, não responderam, não abriram a porta. Toquei de novo; esperei mais — nada. Tive medo! Corri para a residência seguinte, e vinte vezes em seguida fiz a campainha ressoar no corredor escuro onde devia dormir o zelador. Mas ele não acordou — e fui mais longe, puxando com toda a força as argolas ou os botões, batendo com os pés, a bengala e as mãos nas portas obstinadamente fechadas.

E de repente percebi que estava chegando aos Halles. O mercado estava deserto, sem um ruído, sem um movimento, sem um carro, sem um homem, sem um molho de legumes ou um ramo de flores — as barracas estavam vazias, imóveis, abandonadas, mortas! Invadiu-me um pavor — horrível. O que estava acontecendo? Ah, meu Deus! O que estava acontecendo?

Fui embora. Mas a hora? A hora? Quem me diria a hora? Nos campanários ou nos monumentos nenhum relógio batia. Pensei: "Vou abrir o vidro do meu relógio e sentir os ponteiros com meus dedos". Puxei meu relógio... ele já não funcionava... estava parado. Mais nada, mais nada, mais nenhum arrepio na cidade, nenhum clarão, nenhum vestígio de som no ar. Nada! Mais nada! Nem mesmo o ruído longínquo do fiacre andando — mais nada! Eu estava nos *quais*, e subia do rio uma brisa glacial. O Sena ainda corria? Quis saber, encontrei a escada, desci... Eu não ouvia a torrente encapelando sob os arcos da ponte... Mais degraus... depois, areia... lama... depois a água... molhei meu braço... ele corria... frio... frio... frio... quase gelado... quase seco... quase morto.

E senti perfeitamente bem que nunca mais teria força para subir de novo... e que ia morrer ali... eu também, de fome, de cansaço, e de frio.

Tradução de Rosa Freire D'Aguiar

VERNON LEE

Amour dure

(1890)

De Vernon Lee, pseudônimo de Violetta Paget (1856-1935), escritora inglesa radica-
da em Florença, estudiosa da história e da arte italianas, Mario Praz nos deixou um
belo retrato (O pacto com a serpente, Mondadori, 1972, e Voz atrás da cena, Adelphi,
1980). Este conto, em que um estudioso polonês se apaixona por uma terrível dama do
século XVI que vivia nas Marches, faz germinar a lembrança de uma época desapiedada
(ao gosto do Stendhal das Crônicas italianas) por meio do cenário cotidiano da pequena
vida provinciana das nossas "cidades do silêncio". Da magia bizantina dos objetos se
desencadeia uma alucinação visionária. Um século atrás os estrangeiros ainda podiam
ver a Itália como o país onde o passado, guardado na imobilidade, retorna eternamente,
como o ídolo de prata dentro da estátua equestre do duque Roberto.

PARTE I

*U*rbania, *20 de agosto de 1885.* Em todos esses anos eu quis muito vir para a Itália, defrontar-me com o Passado; e era isso a Itália, era isso o Passado? Eu poderia gritar, sim, gritar de decepção, a primeira vez que caminhei pelas ruas de Roma, tendo no bolso um convite para jantar na embaixada da Alemanha, e em meus calcanhares três ou quatro vândalos de Berlim e Munique, que me diziam onde encontrar a melhor cerveja e o melhor chucrute e qual era o tema do último artigo de Grimm ou Mommsen.

É tolice? É mentira? Eu mesmo não sou um produto da moderna civilização setentrional? Minha vinda à Itália não se deve ao moderníssimo vandalismo científico, que me concedeu uma bolsa de estudos no exterior porque escrevi um livro parecido com todos aqueles atrozes compêndios de erudição e crítica de arte? Não estou aqui em Urbania com o compromisso expresso de produzir mais um desses livros no prazo de alguns meses? Imaginas, miserável Spiridion, polonês criado à semelhança de um pedante alemão, doutor em filosofia, professor universitário, autor de um ensaio premiado sobre os déspotas do século xv, imaginas que, com tuas cartas ministeriais e tuas provas tipográficas no bolso de teu professoral paletó preto, podes chegar, em espírito, à presença do Passado?

É isso mesmo, infelizmente! Mas quero esquecer, ao menos de quando em quando; assim como esqueci, hoje à tarde, enquanto os bois brancos puxavam minha carroça, serpenteando lentamente por vales intermináveis, arrastando-se por intermináveis encostas, com a torrente invisível burburinhando lá embaixo e apenas os cumes cinzentos e avermelhados erguendo-se em toda a volta, até esta cidade de Urbania, esquecida da humanidade, torreada e ameada, no alto dos Apeninos. Sigillo, Penna, Fossombrone, Mercatello, Montemurlo — o nome de cada aldeia que o carroceiro apontava trazia-me à mente a lembrança de uma batalha ou de uma grande traição de tempos antigos. E, quando as imensas montanhas esconderam o sol poente e os vales se encheram de sombras e névoas azuladas, restando apenas uma barra de um vermelho sinistro atrás das torres e cúpulas da cidade, e o toque dos sinos da igreja pairou sobre o precipício, quase esperei, a cada curva da estrada, que surgisse um grupo de cavaleiros de elmos rostrados e botas cravejadas, armaduras reluzentes e estandartes tremulando ao crepúsculo. E depois, há menos de duas horas, entrando na cidade, ao anoitecer, percorrendo as ruas desertas, onde só um lampião fumarento bruxuleava cá e lá, diante de um santuário ou de uma banca de frutas, ou um fogo tingia de rubro o negrume de uma ferraria, contemplando as ameias e as torres do palácio... Ah, era isso a Itália, era isso o Passado!

21 de agosto. E é isso o Presente! Quatro cartas de apresentação para entregar e uma hora de polida conversação para suportar com o vice-prefeito, o síndico, o diretor dos Arquivos e o bom homem que meu amigo Max me mandou procurar para arranjar acomodações...

22-27 de agosto. Passei a maior parte do dia nos Arquivos e a maior parte desse tempo entediando-me mortalmente com o diretor, que durante três quartos de hora discorreu sobre os Comentários de Aeneas Sylvius sem parar para tomar fôlego. Contra esse tipo de martírio (quais são as sensações de um ex-cavalo de corrida que se vê obrigado a viajar de fiacre? Se você consegue imaginá-las, são as mesmas de um polonês que se tornou professor universitário prussiano), busco refúgio em longas caminhadas pela cidade. Esta cidade consiste em um punhado de casas altas e escuras, amontoadas num cume alpestre, e em longas ruelas estreitas derramando-se pelas encostas, como os escorregadores que criávamos nas colinas de nossa meninice; e no meio ergue-se o palácio do duque Ottobuono, uma soberba construção de tijolos vermelhos, torreada e ameada, de cujas janelas se avista um mar, uma espécie de remoinho, de melancólicas montanhas cinzentas. E há a população, homens morenos de barba cerrada, que mais parecem bandoleiros, com suas capas forradas de verde e suas azêmolas desgrenhadas; jovens flanando pelas ruas, musculosos, cabisbaixos, semelhantes aos sicários dos afrescos de Signorelli; belos meninos, pequenos Rafael, de olhos idênticos aos olhos dos novilhos; e mulheres enormes, Madonas ou santas Elizabeth, conforme o caso, com seus tamancos bem firmes nos pés, seus jarros de latão na cabeça, subindo e descendo as ladeiras íngremes e escuras. Não falo muito com essa gente; tenho medo de que minhas ilusões se esvaeçam. Numa esquina, em frente ao belo pórtico de Francesco di Giorgio, há um grande cartaz azul e vermelho, representando um anjo que desce do céu para coroar Elias Howe* por suas máquinas de costura; e há os escreventes da vice-prefeitura, que comem onde eu como, conversam entre si, aos gritos, sobre política, Minghetti, Cairoli, Tunis, couraçados

---

* O americano Elias Howe (1819-67) inventou a máquina de costura. (N. T.)

etc., e cantam trechos de *La Fille de Mme. Angot*, que, imagino, foi encenada aqui recentemente.

Não; conversar com os nativos é, evidentemente, uma experiência perigosa. A não ser, talvez, com meu bom senhorio, o Signor Notaro Porri, que é um homem culto e cheira consideravelmente menos rapé (ou limpa o casaco com maior frequência) que o diretor dos Arquivos. Esqueci-me de anotar (e creio que preciso anotar, na vã esperança de que esses papéis, como um raminho murcho de oliveira ou um candeeiro toscano de três mechas em minha mesa, algum dia me ajudem a recordar, naquela odiosa Babilônia que é Berlim, estes dias felizes na Itália) — esqueci-me de registrar que estou hospedado na casa de um antiquário. Minha janela dá para a rua principal, para o ponto em que, entre os toldos e pórticos do mercado, ergue-se a pequena coluna encimada por Mercúrio. Debruçando-me sobre os jarros e tinas desbeiçadas, cheias de alfavaca, cravo e tagetes, consigo avistar um canto da torre do palácio e o vago azul-ultramarino das colinas mais além. A casa, cujos fundos se estendem até a ravina, é uma construção esquisita, irregular, com os cômodos caiados de branco, enfeitados com quadros de Rafael, Francia e Perugino, que meu anfitrião leva para a taberna principal sempre que se espera a chegada de um forasteiro, e repletos de velhas cadeiras entalhadas, sofás Império, baús dourados com ornatos em relevo, armários contendo velhos retalhos de damasco e toalhas de altar bordadas que impregnam o ambiente com um cheiro de incenso e de mofo; e a tudo isso presidem as irmãs solteironas do Signor Porri — Sora Serafina, Sora Lodovica e Sora Adalgisa —, as três Parcas em pessoa, com rocas e gatos pretos.

Sor Asdrubale, como chamam meu senhorio, também é notário. Ele lamenta o fim do governo pontifício,* tendo tido um primo que foi caudatário de um cardeal, e acredita que quem arrumar uma mesa para dois, acender quatro velas feitas com gordura de homens mortos e realizar certos ritos que não especifica muito bem poderá, na véspera de Natal e em noites semelhantes, evocar San Pasquale Baylon, que escreverá os números ganhadores da loteria no fundo enfumaçado de um prato, se o devoto previamente o estapeou em ambas as faces e recitou três ave-marias. A dificuldade consiste em obter a gordura dos homens mortos para fabricar as velas e também em estapear o santo antes que ele suma.

---

* Urbania se situa nas Marches, região que pertenceu aos Estados Pontifícios até 1860, quando foi anexada ao Piemonte. (N. T.)

"Não fosse por isso", diz Sor Asdrubale, "há muito tempo o governo teria tido de abolir a loteria!"

9 de setembro. Essa história de Urbania tem lá seu romantismo, conquanto desprezado (como de hábito) por nossos pedantes. Mesmo antes de vir para cá eu já estava encantado com a estranha figura de mulher que emerge das áridas páginas de Gualterio e do padre De Sanctis sobre a história desse local. Essa mulher é Medea, filha de Galeazzo IV Malatesta, senhor de Carpi, e esposa primeiramente de Pierluigi Orsini, duque de Stimigliano, e depois de Guidalfonso II, duque de Urbania, predecessor do grande duque Roberto II.

A história e o caráter dessa mulher lembram os de Bianca Cappello e, ao mesmo tempo, os de Lucrécia Borgia. Nascida em 1556, ela foi prometida, aos doze anos de idade, a um primo, um Malatesta de Rimini. Tendo essa família decaído muito, rompeu-se o compromisso e, um ano depois, Medea da Carpi ficou noiva de um membro da família Pico, com o qual se casou, por procuração, aos catorze anos. Tal união, contudo, não satisfazia sua própria ambição nem a de seu pai e, assim, foi declarada nula, sob um pretexto qualquer; encorajou-se então a corte do duque de Stimigliano, um grande feudatário úmbrio da família Orsini. Inconformado, o noivo, Giovanfrancesco Pico, recorreu ao papa e chegou a raptar Medea, pela qual estava perdidamente apaixonado, pois se tratava de uma dama lindíssima, jovial e afável, segundo informa uma antiga crônica de autor anônimo. Pico a emboscou quando ela ia, de liteira, para uma vila de Galeazzo IV e levou-a para seu castelo, nas proximidades de Mirandola, onde respeitosamente insistiu no casamento, frisando que tinha o direito de considerá-la sua esposa. A dama, porém, fugiu, descendo até o fosso por uma corda trançada com lençóis, e Giovanfrancesco Pico foi encontrado morto com um punhal cravado no peito pela mão de Madonna Medea da Carpi. Era um belo mancebo de apenas dezoito anos.

Pico liquidado e o casamento com ele declarado nulo pelo papa, Medea da Carpi uniu-se solenemente ao duque de Stimigliano e foi viver nos domínios do novo marido, perto de Roma.

Dois anos depois, Pierluigi Orsini foi apunhalado por um de seus cavalariços em seu castelo de Stimigliano, nas cercanias de Orvieto. As suspeitas recaíram sobre a viúva, que, imediatamente após o crime, ordenou a dois de seus criados que eliminassem o assassino em seus próprios aposentos; mas o cavalariço já ha-

AMOUR DURE   361

via revelado que ela o induzira a matar o duque, prometendo-lhe seu amor. A situação se tornou tão insustentável que Medea da Carpi fugiu para Urbania e se jogou aos pés do duque Guidalfonso II, afirmando que decretara a morte do cavalariço só para vingar sua boa reputação, denegrida por ele, e alegando absoluta inocência em relação à morte do marido. A esplêndida beleza da jovem viúva, que tinha apenas dezenove anos, virou por completo a cabeça do duque de Urbania. Ele demonstrou acreditar em sua inocência, recusou-se a entregá-la aos Orsini, parentes de seu falecido marido, e reservou-lhe magníficos aposentos na ala esquerda do palácio, entre os quais a sala que continha a famosa lareira ornamentada com cupidos de mármore sobre fundo azul. Guidalfonso apaixonou-se loucamente por sua bela hóspede. Até então tímido e caseiro, passou a negligenciar publicamente sua esposa, Maddalena Varano de Camerino, com quem sempre vivera em excelentes termos, apesar de não terem filhos; não só desprezou as advertências de seus conselheiros e de seu suserano, o papa, como tomou providências para repudiar sua mulher, sob o pretexto de má conduta. Incapaz de suportar esse tratamento, a duquesa Maddalena refugiou-se no convento das irmãs descalças de Pesaro, onde definhou, enquanto Medea da Carpi reinava em seu lugar, em Urbania, envolvendo o duque Guidalfonso em brigas com os poderosos Orsini, que ainda a acusavam de ter assassinado Stimigliano, e com os Varano, parentes da injuriada duquesa Maddalena; por fim, no ano de 1576, tendo enviuvado repentinamente e em circunstâncias suspeitas, o duque de Urbania casou-se com Medea da Carpi dois dias após o falecimento de sua infeliz esposa. Esse casamento não produziu nenhum filho; mas tamanha era a paixão do duque Guidalfonso que a nova duquesa o induziu a legar o ducado (tendo, com grande dificuldade, obtido o consentimento do papa) ao menino Bartolommeo, fruto de sua união com Stimigliano, porém não reconhecido como tal pelos Orsini, que o declaravam filho daquele Giovanfrancesco Pico com quem Medea se casara por procuração e ao qual assassinara, dizia, para defender sua honra; e essa investidura do ducado de Urbania a um forasteiro bastardo ocorreu em detrimento dos direitos óbvios do cardeal Roberto, irmão mais novo de Guidalfonso.

Em maio de 1579 o duque Guidalfonso morreu súbita e misteriosamente, tendo Medea interditado todo e qualquer acesso a seus aposentos por temer que, em seu leito de morte, ele se arrependesse e restaurasse os direitos do irmão. A duquesa imediatamente fez com que seu filho, Bartolommeo Orsini, fosse proclamado duque de Urbania e que a reconhecessem como regente; e, com a ajuda de dois ou três jovens inescrupulosos, em especial um certo capitão Oliverotto da Narni, que, segundo se dizia, era seu amante, tomou as rédeas do governo com extraordinário e terrível vigor, colocando um exército em marcha contra os Varano e os Orsini, aos quais derrotou em Sigillo, e exterminando sem dó nem piedade todos os que ousassem questionar a legitimidade da sucessão; durante todo esse tempo o cardeal Roberto, que abandonara as vestes e os votos eclesiásticos, esteve em Roma, na Toscana, em Veneza — e até visitou o imperador e o rei da Espanha, suplicando ajuda para enfrentar a usurpadora. Ao cabo de alguns meses ele voltou seus simpatizantes contra a duquesa-regente; o papa solenemente declarou nula a investidura de Bartolommeo Orsini e promulgou a acessão de Roberto ii, duque de Urbania e conde de Montemurlo; em segredo, o grão-duque da Toscana e os venezianos prometeram colaborar, mas só se Roberto fosse capaz de assegurar seus direitos à viva força. Pouco a pouco uma cidade após outra se bandearam para Roberto, e Medea da Carpi se viu sitiada na cidadela montanhosa de Urbania como um escorpião cercado de chamas. (Essa imagem não é minha, e sim de Raffaello Gualterio, historiógrafo de Roberto ii.) No entanto, ao contrário do escorpião, Medea se recusou a cometer suicídio. É absolutamente prodigioso que, sem dinheiro nem aliados, ela conseguisse conter seus inimigos por tanto tempo; e Gualterio atribui essa proeza àquelas fatais fascinações que levaram Pico e Stimigliano à morte, que transformaram o honesto Guidalfonso em vilão, e que eram de tal ordem que, entre todos os seus amantes, não houve um que preferisse não morrer por ela, mesmo depois de ter sido tratado com ingratidão e suplantado por um rival; uma faculdade que Messer Raffaello Gualterio claramente relaciona à conivência com o inferno.

Por fim o ex-cardeal Roberto venceu e, em novembro de 1579, entrou triunfalmente em Urbania. Moderação e clemência pautaram sua acessão. Não houve execuções, salvo a de Oliverotto da Narni, que se lançou sobre o novo duque, tentou apunhalá-lo quando ele se apeou diante do palácio e morreu pelas mãos dos sequazes de Roberto, gritando com seu último suspiro "Orsini, Orsini! Medea, Medea! Viva o duque Bartolommeo!", embora conste que a duquesa o tratara com ignomínia. O pequeno Bartolommeo foi enviado a Roma, onde ficou sob a tutela dos Orsini; e Medea foi respeitosamente confinada na ala esquerda do palácio.

Dizem que ela insolentemente requereu uma entrevista com o novo duque, que, todavia, balançou a cabeça e, em seu estilo sacerdotal, citou um verso sobre

Ulisses e as sereias; e é extraordinário o fato de que ele sempre se recusou a recebê-la e saiu de seus aposentos às pressas no dia em que Medea se esgueirou até lá. Alguns meses depois se descobriu uma conspiração (obviamente arquitetada por Medea) para assassinar o duque Roberto. No entanto, mesmo padecendo a mais cruel tortura, o jovem Marcantonio Frangipani, de Roma, negou que ela estivesse envolvida na trama; assim, o duque Roberto, que não queria agir com violência, limitou-se a transferir a duquesa de sua vila em Sant'Elmo para o convento das clarissas, na cidade, onde determinou que a guardassem e vigiassem com extremo rigor. Parecia impossível que ela voltasse a conspirar, pois certamente não via ninguém nem podia ser vista por ninguém. Não obstante ela conseguiu enviar uma carta e um retrato seu a um tal Prinzivalle degli Ordelaffi, um rapaz de apenas dezenove anos, que pertencia à nobre família Romagnole e estava noivo de uma das donzelas mais lindas de Urbania. Ele imediatamente rompeu o noivado e, pouco depois, durante a missa de Páscoa, tentou matar o duque Roberto com uma pistola. Dessa vez o duque resolveu reunir provas contra Medea. Prinzivalle degli Ordelaffi passou alguns dias sem receber nenhum alimento, depois sofreu as piores torturas e por fim foi condenado. Quando estava prestes a ser esfolado com tenazes em brasa e esquartejado por quatro cavalos, disseram-lhe que poderia obter a graça da morte imediata se admitisse o envolvimento da duquesa; e o confessor e as freiras do convento, situado na praça da execução, do outro lado da Porta San Romano, insistiram com Medea para que salvasse o infeliz, cujos gritos chegavam a seus ouvidos, declarando-se culpada. A duquesa pediu permissão para ir até a sacada, de onde poderia ver Prinzivalle e ser vista por ele. Então olhou friamente e jogou seu lenço bordado para a pobre criatura lacerada. O jovem pediu ao carrasco que lhe limpasse a boca com o lenço, beijou o delicado tecido e gritou que Medea era inocente. Por fim morreu, após várias horas de tormentos. Com isso até mesmo a paciência do duque Roberto se esgotou. Percebendo que, enquanto Medea vivesse, sua própria vida correria constante perigo, mas, não querendo provocar escândalo (atitude remanescente de sua natureza sacerdotal), determinou que a duquesa fosse estrangulada no convento e, o que é espantoso, apenas mulheres — duas infanticidas cuja pena ele suspendeu — perpetrassem o crime.

"Esse príncipe clemente", escreve dom Arcangelo Zappi em sua biografia do duque, publicada em 1725, "cometeu um único ato de crueldade, o mais odioso, pois, até ser liberado de seus votos pelo papa, estivera nas santas ordens. Consta que, quando decretou a morte da infame Medea da Carpi, temia de tal modo que seus extraordinários encantos seduzissem qualquer homem que não só utilizou mulheres como carrascos, mas também lhe recusou a visita de um padre ou um monge e, assim, obrigou-a a morrer sem confissão e lhe negou o benefício de qualquer penitência que pudesse abrigar-se em seu adamantino coração."

Essa é a história de Medea da Carpi, duquesa de Stimigliano Orsini e depois esposa do duque Guidalfonso II de Urbania. Ela foi executada há 297 anos, em dezembro de 1582, aos vinte e sete anos de idade, tendo, no decorrer de sua vida breve, levado a um fim violento cinco de seus amantes, de Giovanfrancesco Pico a Prinzivalle degli Ordelaffi.

20 de setembro. Intensa iluminação da cidade em homenagem à tomada de Roma, ocorrida quinze anos atrás.* À exceção de Sor Asdrubale, meu senhorio, que torce o nariz para os piemonteses, como os chama, todos aqui são *italianissimi*. Os papas os oprimiram muito desde que Urbania caiu em poder da Santa Sé, em 1645.

28 de setembro. Tenho andado procurando retratos da duquesa Medea. A maioria, imagino, deve ter sido destruída, talvez pelo medo do duque Roberto II de que, mesmo depois de morta, a terrível beldade lhe pregasse uma peça. Consegui encontrar, no entanto, uns três ou quatro — uma miniatura nos Arquivos, que se acredita ser a que ela enviou ao pobre Prinzivalle degli Ordelaffi para virar-lhe a cabeça; um busto de mármore no despejo do palácio; uma composição grande, possivelmente de Baroccio, focalizando Cleópatra aos pés de Augusto. Augusto é a imagem idealizada de Roberto II, com o cabelo curto, o nariz meio torto, a barba aparada e a cicatriz de sempre, porém em trajes romanos. Apesar da indumentária oriental e da peruca negra, Cleópatra me parece representar Medea da Carpi; ela está ajoelhada, desnudando o peito para o vencedor golpear, mas, na verdade, para seduzi-lo, e ele lhe dá as costas, num gesto de asco. Esses retratos não são grande coisa, à exceção da miniatura, uma obra primorosa, que, com as sugestões do busto, permite reconstituir facilmente a beleza dessa criatura terrível. O tipo é o mesmo que gozava de imensa admiração

---

* A anexação dos Estados Pontifícios (e de Roma) pelo poder central, em 1870, completou a unificação da Itália. (N. T.)

no final da Renascença e que, em certa medida, Jean Goujon e os franceses imortalizaram. O rosto é um oval perfeito; a testa, um tanto arredondada demais, com minúsculos e luzidios cachinhos castanho-avermelhados que lembram pelagem de carneiro; o nariz é um pouquinho aquilino demais, e os malares, um pouquinho baixos demais; os olhos, cinzentos, enormes, notáveis, são encimados por sobrancelhas esplendidamente arqueadas e pálpebras algo repuxadas nos cantos; a boca, de um vermelho brilhante e desenho delicado, contrai-se um quase nada, os lábios ligeiramente crispados sobre os dentes. Pálpebras repuxadas e lábios crispados conferem um estranho refinamento e, ao mesmo tempo, um ar de mistério, um poder de sedução um tanto sinistro; parecem tirar, e não dar. A boca, com uma espécie de beicinho infantil, parece capaz de morder ou de sugar como uma sanguessuga. A pele é de uma alvura estonteante, um lírio diáfano, perfeito para uma beldade ruiva; a cabeça, com o cabelo caprichosamente cacheado e trançado junto ao crânio e adornado com pérolas, repousa, como o da Aretusa antiga, num pescoço longo e flexível como o do cisne. Trata-se de uma beleza curiosa, à primeira vista convencional e artificial, voluptuosa e contudo fria; porém, quanto mais a contemplamos, mais ela nos perturba e assombra. Cinge o pescoço da dama uma corrente de ouro com pequenos losangos, igualmente de ouro, dispostos a intervalos e trazendo inscrito o lema ou trocadilho "Amour Dure — Dure Amour" (os motes franceses estavam na moda). O mesmo lema está gravado no busto, que, graças a ele, consegui identificar como um retrato de Medea. Com frequência examino esses retratos trágicos, imaginando como o rosto que levou tantos homens à morte seria quando Medea da Carpi falava, sorria, fascinava suas vítimas e fazia com que a amassem e morressem — "Amour Dure — Dure Amour", reza seu lema — amor que dura, amor cruel — sim, de fato, quando se pensa na fidelidade e no destino de seus amantes.

13 de outubro. Literalmente não tive tempo para escrever uma linha de meu diário em todos esses dias. Tenho passado a manhã inteira nos Arquivos e a tarde em longas caminhadas, saboreando este outono delicioso (há neve apenas nos cumes mais altos). À noite ocupo-me em escrever essa maldita história do palácio de Urbania que o governo exige só para me fazer trabalhar numa coisa inútil. Quanto a minha história, não consegui escrever uma palavra... A propósito, devo registrar uma curiosa circunstância mencionada por um biógrafo anônimo do duque Roberto num manuscrito que encontrei hoje. Quando ordenou que se erigisse no pátio da Corte sua estátua equestre feita por Antonio Tassi, discípulo de Gianbologna, esse príncipe encomendou secretamente, diz o biógrafo anônimo, uma estatueta de prata de seu gênio ou anjo familiar — *"familiaris ejus angelus seu genius, quod a vulgo dicitur idolino"* —, a qual estatueta, ou ídolo, depois de ter sido consagrada pelos astrólogos — *"ab astrologis quibusdam ritibus sacrato"* —, foi posta na cavidade do peito da efígie elaborada por Tassi para que, prossegue o manuscrito, sua alma possa descansar até o dia da Ressurreição geral. Esse trecho é interessante e, a meu ver, meio confuso; como católico, o duque Roberto deveria acreditar que, tão logo se separasse do corpo, sua alma iria para o purgatório, e não que ficaria esperando a Ressurreição geral. Será que havia na Renascença alguma superstição semipagã (estranhíssima, por certo, num homem que tinha sido cardeal), relacionando a alma a um gênio guardião que poderia ser compelido por ritos mágicos (*"ab astrologis sacrato"*, informa o manuscrito do pequeno ídolo) a permanecer preso à terra, para que a alma dormisse no corpo até o Dia do Juízo? Confesso que essa história me desconcerta. Será que esse ídolo existiu algum dia ou existe atualmente no corpo da efígie de bronze criada por Tassi?

20 de outubro. Tenho saído bastante com o filho do vice-prefeito: um rapaz amável, com cara de quem está perdido de amor e com um vago interesse pela história e pela arqueologia de Urbania, da qual é profundamente ignorante. Esse moço, que morou em Siena e em Lucca antes de seu pai ser transferido para cá, usa calças extremamente compridas e tão justas que quase o impedem de dobrar os joelhos, colarinho alto, monóculo e um par de luvas de pelica no peito do casaco, fala de Urbania como Ovídio falaria do Ponto e reclama (quanto pode) do barbarismo dos jovens, dos funcionários que comem em minha taberna e uivam e cantam como loucos e dos nobres que conduzem charrete, exibindo quase a mesma garganta de uma dama num baile. Esse indivíduo com frequência me fala de seus *amori*, passados, presentes e futuros; evidentemente me acha muito esquisito, por não ter nenhum para lhe contar; quando caminhamos pela rua, ele me aponta criadas e costureiras bonitas (ou feias), solta profundos suspiros ou canta em falsete atrás de cada mulher de aparência mais ou menos jovem; e por fim me levou à casa da dona de seu coração, uma grande condessa de buço preto e voz idêntica à de uma peixeira; aqui, garante-me, encontrarei a melhor companhia de Urbania e lindas mulheres — ah, lindas demais, infelizmente! Deparo com três salas imensas, parcialmente mobiliadas, piso de ladrilho sem tapete, lâmpadas de petróleo, quadros medonhos pendurados nas paredes azuis e amarelas e no meio de tudo isso, toda noite, uma dúzia de damas e cavalheiros sentados em círculo, berrando uns para os outros as mesmas novidades de um ano atrás; as damas mais jovens se vestem de amarelo e verde-intenso e se abanam enquanto eu bato os dentes e oficiais de cabelo espetado como porco-espinho lhes murmuram coisas doces por trás de seus leques. E é por essas mulheres que meu amigo espera que eu me apaixone! Inutilmente aguardo o chá ou a ceia, que não servem, e corro para casa, decidido a abandonar o *beau monde* de Urbania.

É bem verdade que não tenho *amori*, embora meu amigo não acredite. Quando vim para a Itália, procurei o amor; desejei muito, como Goethe em Roma, que uma janela se abrisse e uma criatura maravilhosa aparecesse, "Welch mich versengend erquickt".* Talvez isso se deva ao fato de que Goethe era alemão, estava acostumado com as *Fraus* alemãs, e eu, afinal, sou polonês, estou acostumado com algo muito diferente das *Fraus*; de qualquer modo, apesar de todos os meus esforços, em Roma, Florença e Siena, nunca conheci uma mulher que me inspirasse uma louca paixão, nem entre as damas que tagarelam em péssimo francês, nem entre as proletárias, astutas e frias como prestamistas; assim, fico longe das italianas, de sua voz estridente e de seus trajes espalhafatosos. Estou casado com a história, com o Passado, com mulheres como Lucrécia Borgia, Vittoria Accoramboni ou, no momento, Medea da Carpi; algum dia encontrarei, quem sabe, uma grande paixão, uma mulher que me faça bancar o Dom Quixote, como o polonês que sou; uma mulher que me leve a beber em seu sapato e a morrer por seu prazer; mas não aqui! Poucas coisas me chocam tanto quanto a degeneração das italianas. O que foi feito da raça das Faustina, das Marozia, das Bianca Cappello? Onde achar hoje em dia (confesso que estou obcecado por ela) outra Medea da Carpi? Se fosse possível conhecer uma mulher com aquela beleza excepcional, com aquela natureza terrível, ainda que apenas em potencial, acredito que eu a amaria até o Dia do Juízo, como qualquer Oliverotto da Narni, Frangipani ou Prinzivalle.

27 de outubro. Que belos sentimentos para um professor universitário, um homem culto! Eu achava infantis os artistas jovens de Roma, porque pregavam

---

* "Que refresque meu ardor". (N. T.)

peças e gritavam pelas ruas, à noite, ao voltar do Caffè Greco ou da adega da Via Palomella; mas eu, este pobre coitado melancólico, que eles chamavam de Hamlet e de Cavaleiro da Triste Figura, não sou extremamente infantil?

5 de novembro. Não consigo tirar da cabeça essa Medea da Carpi. Em minhas andanças, em minhas manhãs nos Arquivos, em minhas noites solitárias, surpreendo-me pensando nessa mulher. Estou me tornando romancista, em vez de historiador? E no entanto creio que a entendo muito bem; muito melhor do que permitem minhas circunstâncias. Primeiro, precisamos pôr de lado todas as ideias modernas de certo e errado, tão pedantes. Certo e errado não existe num século de violência e traição, especialmente para criaturas como Medea. Vá pregar certo e errado a uma tigresa, meu caro senhor! E, contudo, existe no mundo algo mais nobre que essa criatura imensa, de aço quando salta, de veludo quando caminha, ao esticar o corpo flexível, ao alisar a bela pelagem, ao cravar as garras em sua vítima?

Sim, consigo entender Medea. Imagine uma mulher de superlativa beleza, de imensa coragem e extrema calma, de muitos recursos, de gênio, criada por um principezinho insignificante (seu pai) em Tácito e Salústio e nas histórias dos grandes Malatesta, de Cesare Borgia e que tais! — uma mulher cuja única paixão é conquistar e imperar — imagine-a, prestes a se casar com um homem do poderio do duque de Stimigliano, carregada à força por uma nulidade como Pico, trancafiada em seu castelo de bandido hereditário e tendo de aceitar o amor ardente do pequeno paspalho como uma honra e uma necessidade! A simples ideia de qualquer violência contra tal natureza constitui um ultraje abominável; e, se Pico decide abraçar essa mulher mesmo correndo o risco de encontrar em suas mãos uma afiada lâmina de aço, pois bem, é justo. Jovem biltre — ou, se preferir, jovem herói —, pensar em tratar uma mulher desse porte como se fosse uma aldeã qualquer! Medea esposa seu Orsini. Um casamento, cabe notar, entre um velho soldado cinquentão e uma mocinha de dezesseis anos. Reflita sobre o que isso significa: significa que essa mulher imperiosa logo é tratada como um pertence e forçada a compreender que sua obrigação consiste em dar um herdeiro ao cônjuge, e não conselhos; significa que ela nunca deve perguntar "por que isto ou aquilo?"; que tem de fazer reverência aos conselheiros, aos capitães, às amantes do duque; que, à menor suspeita de rebeldia, está sujeita aos insultos e golpes do marido; à menor suspeita de infidelidade, pode ser estrangulada, condenada a morrer de fome ou jogada num calabouço. Suponha que ela sabe que o duque cismou que ela olhou demais para este ou aquele homem, que um dos tenentes ou uma das mulheres de Stimigliano murmuraram que, afinal, o menino Bartolommeo tanto poderia ser um Pico como um Orsini. Imagine que ela sabe que tem de ferir ou ser ferida. Ora, ela fere ou arranja alguém que fira em seu lugar. A que preço? Uma promessa de amor, de amor a um cavalariço, ao filho de um servo! Ora, o miserável devia estar louco ou bêbado para acreditar que isso seria possível; o simples fato de crer em algo tão monstruoso já o torna digno de morrer. E então ele ousa abrir a boca! É muito pior que Pico. Medea tem de defender sua honra pela segunda vez; se conseguiu apunhalar Pico, ela certamente consegue apunhalar esse indivíduo ou fazer com que o apunhalem.

Acossada pelos parentes do marido, Medea se refugia em Urbania. O duque, como os outros, apaixona-se loucamente por ela e negligencia a esposa; podemos dizer até que parte o coração da esposa. É culpa de Medea? É por sua culpa que as rodas de sua carruagem esmagam toda pedra que aparece pela frente? Claro que não. Você acha que uma mulher como Medea sente a mínima malevolência contra uma pobre e pusilânime duquesa Maddalena? Ora, ela ignora a própria existência dessa infeliz. Imaginá-la cruel é tão grotesco quanto tachá-la de imoral. Seu destino é, mais cedo ou mais tarde, triunfar sobre seus inimigos, transformar a vitória deles quase em derrota; sua faculdade mágica consiste em escravizar todos os homens que cruzam seu caminho; todos que a veem a amam e se tornam seus escravos; e o destino de todos os seus escravos é morrer. Todos os seus amantes, com exceção do duque Guidalfonso, chegam a um fim violento; e não há nada de injusto nisso. Possuir uma mulher como Medea é uma felicidade grande demais para um mortal; haveria de virar-lhe a cabeça, de fazê-lo esquecer até o que devia a ela; nenhum homem que julgue ter algum direito sobre ela pode sobreviver por muito tempo; é uma espécie de sacrilégio. E só a morte, a disposição de pagar tal felicidade com a morte, pode tornar um homem digno de ser seu amante; ele precisa estar disposto a amar e sofrer e morrer. Esse é o significado de seu lema — "Amour Dure — Dure Amour". O amor de Medea da Carpi não pode fenecer, mas o amante pode morrer; é um amor constante e cruel.

11 de novembro. Eu estava certo, muito certo. Encontrei — oh, que alegria! Ofereci ao filho do vice-prefeito um jantar de cinco pratos na Trattoria La Stella d'Italia só para celebrar —, encontrei nos Arquivos, sem o conhecimento do diretor, naturalmente, uma pilha de cartas — cartas do duque Roberto sobre Medea da Carpi, cartas da própria Medea! Sim, a caligrafia de Medea — uma letra redonda, refinada, com algo de grego, como convém a uma princesa culta que lia Platão ademais de Petrarca. As cartas não têm maior importância; são simples rascunhos, cheios de abreviações, de cartas comerciais que seu secretário devia copiar na época em que ela governava o pobre e fraco Guidalfonso. Mas são cartas dela, e quase consigo imaginar que sobre esses papéis que estão se desfazendo paira um perfume de cabelo de mulher.

As poucas cartas do duque Roberto o expõem sob uma nova luz. Ele é um sacerdote astuto e frio, mas covarde. Estremece só de pensar em Medea — *"la pessima Medea"* —, a quem considera pior que sua homônima da Cólquida. Sua longa clemência se deve simplesmente ao medo de usar de violência contra ela. O duque a teme quase como algo sobrenatural; exultaria, se pudesse mandá-la para a fogueira, como a uma bruxa. Depois de escrever cartas e cartas a seu amigo, o cardeal Sanseverino, de Roma, explicando-lhe como se protege de Medea — usa uma cota de malha por baixo do manto; só toma leite de vaca ordenhada em sua presença; oferece a seu cão bocados de sua comida para verificar se não está envenenada; desconfia das velas de cera por causa do cheiro especial; abstém-se de cavalgar porque teme que lhe assustem a montaria para fazê-lo quebrar o pescoço —, depois de tudo isso, e dois anos após o sepultamento de Medea, ele conta a seu correspondente que tem medo de encontrar a alma dela, quando morrer, e se mostra muito satisfeito com o engenhoso artifício (concebido por seu astrólogo e por um certo Fra Gaudenzio, um capuchinho) que lhe permitirá assegurar a paz absoluta de sua alma até que a da perversa Medea esteja por fim "acorrentada no inferno, entre os lagos de piche fervente e o gelo da Caína* descrito pelo bardo imortal" — velho pedante! Eis aqui, pois, a explicação para aquela imagem de prata — *quod vulgo dicitur idolino* — que ele mandou soldar no interior da efígie elaborada por Tasso. Enquanto a imagem de sua alma estiver presa à imagem de seu corpo, ele dormirá, esperando o Dia do Juízo, firmemente convencido de que a alma de Medea receberá então o devido castigo, ao passo que a sua — homem honesto! — voará direto para o Paraíso. E pensar que duas semanas atrás eu via esse homem como herói! Ah, meu bom duque Roberto,

---

* O primeiro giro do nono círculo do inferno, de acordo com o canto XXXII do Inferno, na *Divina comédia*, de Dante. (N. T.)

vou desmascará-lo em minha história; e nenhum *idolino* de prata conseguirá salvá-lo do ridículo!

15 de novembro. Estranho! Aquele idiota do filho do prefeito, que me ouviu falar de Medea da Carpi cem vezes, lembra de repente que, quando era criança, em Urbania, sua babá o ameaçava com uma visita de Madonna Medea, que voava pelo céu montada num bode preto. Minha duquesa Medea transformada em papão para assustar menininhos travessos!

20 de novembro. Tenho andado mostrando a região a um professor bávaro de história medieval. Entre outros lugares, fomos a Rocca Sant'Elmo, visitar a antiga vila dos duques de Urbania, a vila onde Medea ficou enclausurada entre a acessão do duque Roberto e a conspiração de Marcantonio Frangipani, que acarretou sua remoção para o convento situado junto aos muros da cidade. Uma longa cavalgada pelos ermos vales apenínicos, indizivelmente desolados, com sua rala fímbria de carvalhos-anões, cor de ferrugem, ralos trechos de relva crestada pela geada, as últimas poucas folhas amarelas dos choupos, nas margens das torrentes, agitando-se à fria tramontana; os cumes das montanhas estão envoltos numa densa nuvem cinzenta; amanhã, se o vento persistir, veremos muita neve contra o gélido céu azul. Sant'Elmo é um insignificante vilarejo no alto dos Apeninos, onde a vegetação italiana já cede lugar à setentrional. Cavalgamos quilômetros por entre bosques de castanheiros desfolhados, sentindo o cheiro das folhas encharcadas, escutando o rugido da torrente, turva com as chuvas de outono, no fundo do precipício; então, de repente, os bosques de castanheiros desfolhados desaparecem, como em Vallombrosa, e surge um compacto cinturão de abetos negros. Ao deixar os abetos para trás, entramos num descampado, os pastos destruídos pelo frio, os cumes cobertos de neve, de neve recente, logo acima; e no meio, num outeiro, tendo de cada lado um lariço retorcido, a vila ducal de Sant'Elmo, uma construção de pedra negra com um brasão de pedra, janelas providas de grade e dois lances de escada na frente. Agora está alugada ao proprietário dos bosques vizinhos, que a usa para armazenar castanhas, madeira, lenha e carvão proveniente dos fornos das redondezas. Prendemos os cavalos nas argolas de ferro e entramos; uma velha desgrenhada estava sozinha na casa. A vila não passa de um pavilhão de caça, construído em cerca de 1530 por Ottobuono IV, pai dos duques Guidalfonso e Roberto. Alguns cômodos eram decorados com afrescos e painéis de carvalho, mas tudo isso desapareceu. Só restou, em uma das salas, uma grande lareira de mármore, semelhante às do palácio de Urbania, lindamente adornada com entalhes de Cupido sobre fundo azul; em cada lado um gracioso menino nu sustenta um jarro, sendo um de cravos, o outro de rosas. A sala está repleta de feixes de lenha.

Voltamos tarde para casa, estando meu companheiro de péssimo humor por causa de nossa infrutífera expedição. Quando chegamos aos bosques de castanheiros, fomos surpreendidos por uma nevada. O espetáculo dos flocos caindo suavemente, da terra e dos arbustos brancos em toda a volta, fez com que me sentisse em Posen, criança de novo. Cantei e gritei, para horror de meu companheiro. Se Berlim tomar conhecimento disso, será um ponto contra mim. Um historiador de vinte e quatro anos que grita e canta, enquanto outro historiador amaldiçoa a neve e as estradas precárias! Passei a noite acordado, observando as brasas na lareira e pensando em Medea da Carpi enclausurada, no inverno, naquela solidão de Sant'Elmo, entre os abetos que estalavam, a torrente que rugia, a neve que caía por toda parte; a quilômetros e quilômetros de distância de criaturas humanas. Imaginei que vi tudo isso e que eu era Marcantonio Frangipani e chegava para libertá-la — ou seria Prinzivalle degli Ordelaffi? Atribuo tais devaneios à longa cavalgada, à sensação de formigamento provocada pela neve, ou, talvez, ao ponche que meu professor insistiu em tomar depois do jantar.

23 de novembro. Graças a Deus, o professor bávaro finalmente foi embora! Ele quase me deixou louco nesse período que passou aqui. Falando sobre meu trabalho, expus-lhe um dia minhas opiniões a respeito de Medea da Carpi, e ele se dignou a comentar que correspondiam às lendas de sempre, fruto da tendência mitopoética (velho idiota!) da Renascença; que uma pesquisa invalidaria a maior parte delas, assim como invalidara as histórias correntes sobre os Borgia etc.; que, ademais, a mulher descrita por mim era psicológica e fisiologicamente impossível. Quem me dera essa mulher pudesse dizer a mesma coisa de professores como ele e seus colegas!

24 de novembro. Não consigo esconder a alegria de ter me livrado daquele imbecil; eu tinha ganas de estrangulá-lo toda vez que ele falava da Dama de meus pensamentos — pois foi nisso que ela se converteu — *Metea*, como dizia o animal!

30 de novembro. Estou muito abalado com o que acaba de acontecer; começo a temer que aquele velho pedante tivesse razão em dizer que viver sozinho num país estrangeiro não era bom para mim, pois me tornaria mórbido. É ridículo me empolgar tanto com a inesperada descoberta do retrato de uma mulher que morreu há trezentos anos. Considerando o caso de meu tio Ladislas e outras suspeitas de insanidade na família, eu deveria me precaver seriamente contra empolgações tão tolas.

E contudo o incidente foi realmente dramático, extraordinário. Eu poderia jurar que conhecia todos os quadros do palácio e, em especial, aquele retrato Dela. De qualquer modo, hoje de manhã, ao sair dos Arquivos, passei por uma das muitas saletas — cômodos de forma irregular — que preenchem os recessos desse curioso palácio, torreado como um castelo francês. Decerto eu já havia passado por ali, pois a vista que se descortina da janela não me é estranha; só a torre redonda em frente, o cipreste no outro lado da ravina, o campanário mais além, o monte Sant'Agata e a Leonessa, cobertos de neve, delineando-se contra o céu. Deve haver duas saletas iguais, e entrei na saleta errada; ou, talvez, abrira- -se alguma veneziana, puxara-se alguma cortina. Uma linda moldura antiga, presa na parede revestida de marrom e amarelo, chamou-me a atenção. Aproximei- -me e, ao olhar para a moldura, automaticamente olhei também para o espelho que ela adornava. Dei um pulo e quase gritei, acredito (por sorte o professor de Munique está a salvo, longe de Urbania!). Atrás de minha imagem havia outra, uma figura junto ao meu ombro, um rosto junto ao meu; e essa figura e esse rosto eram dela! De Medea da Carpi! Virei-me, tão branco, acho eu, quanto o fantasma que esperava ver. Na parede oposta ao espelho, apenas um ou dois pas- sos atrás de mim, havia um retrato. E que retrato! — Bronzino nunca pintou nada mais grandioso. Contra um fundo azul-escuro destaca-se a figura da duque- sa (pois é Medea, a verdadeira Medea, mil vezes mais real, individual e poderosa que nos outros retratos), sentada numa cadeira de espaldar alto, hirta, como se a sustentasse o rígido brocado das saias e do corpete, mais rígido em função das flores bordadas em prata e das fieiras de pérolas. O vestido, com sua mistura de prata e pérolas, é de um vermelho estranho, fosco, uma cor desagradável de ex- trato de papoula, contra a qual a pele das mãos longas e finas, com unhas que sugerem franja, do longo pescoço esguio e do rosto com a testa descoberta pa- rece branca e dura como alabastro. O rosto é o mesmo dos outros retratos: a mesma testa redonda, com os cachinhos curtos, de um ruivo-dourado, que lembram pelagem de carneiro; as mesmas sobrancelhas lindamente arqueadas, apenas delineadas; as mesmas pálpebras, algo repuxadas sobre os olhos; os mesmos lábios, um tanto crispados sobre a boca; todavia a pureza dos traços, o estonteante esplendor da pele e a intensidade do olhar tornam esse retrato incomensuravelmente superior a todos os outros.

O olhar de Medea, voltado para um ponto além da moldura, é frio e racional; mas seus lábios sorriem. Uma das mãos segura uma rosa de um vermelho aguado; a outra, longa, fina, pontiaguda, brinca com um grosso cordão de seda, ouro e pedras preciosas que pende da cintura; e do pescoço, branco como mármore, parcialmente confinado no rígido corpete vermelho-fosco, pende uma corrente de ouro com o mote inscrito em dois medalhões de esmalte, "AMOUR DURE — DURE AMOUR".

Pensando bem, acho que eu nunca tinha estado naquela saleta; decerto me enganei de porta. No entanto, embora a explicação seja tão simples, horas depois ainda me sinto terrivelmente abalado em todo o meu ser. Se estou ficando tão impressionável, vou ter de tirar folga e passar o Natal em Roma. Sinto-me como se algum perigo me ameaçasse (pode ser uma febre?), e contudo, e contudo, não vejo possibilidade de me afastar.

10 de dezembro. Fiz um esforço e aceitei o convite do filho do vice-prefeito para conhecer a fábrica de azeite instalada numa vila de sua família, perto do litoral. A vila, ou fazenda, é uma propriedade fortificada e torreada, situada numa encosta, entre oliveiras e vimeiros que sugerem labaredas de um laranja vivo. As azeitonas são prensadas num porão medonho, escuro como uma masmorra: à frouxa luz do dia e ao clarão amarelo e esfumaçado da resina que queima nos tachos, veem-se grandes novilhos brancos, girando em torno de uma imensa mó, e vagos vultos, manejando polias e cabos; aos olhos de minha imaginação, parece uma cena da Inquisição. O Cavaliere me brindou com seu melhor vinho e seus melhores biscoitos. Dei longas caminhadas pela praia; deixei Urbania envolta em nuvens de nevasca; no litoral o sol brilhava, intenso; creio que o sol, o mar, a lufa-lufa do pequeno porto do Adriático me fizeram bem. Ao voltar para Urbania, eu era outro homem. Sor Asdrubale, meu senhorio, estava de chinelo, remexendo os baús dourados, os sofás Império, as velhas xícaras e pires e quadros que ninguém vai comprar, e congratulou-me pela melhoria na aparência. "Você trabalha demais", disse; "a juventude precisa de diversão, teatro, passeios, *amori* — há bastante tempo para ser sério, quando se fica careca" — e tirou o ensebado gorro vermelho. Sim, estou melhor! E, graças a isso, retomo o trabalho com prazer. Ainda vou superar aqueles sabichões de Berlim!

14 de dezembro. Acho que nunca me senti tão feliz com meu trabalho. Vejo tudo muito bem — o ardiloso e covarde duque Roberto; a melancólica duquesa Maddalena; o fraco e pomposo duque Guidalfonso, aspirante a cavaleiro; e, sobretudo, a esplêndida figura de Medea. Sinto-me como se fosse o maior historiador de minha geração; e, ao mesmo tempo, como se tivesse doze anos de idade. Ontem nevou pela primeira vez na cidade durante duas horas. Quando parou de nevar, fui até a praça e ensinei a molecada a fazer um boneco de neve; não, uma boneca de neve; e tive o capricho de chamá-la Medea. *"La pessima Medea!"*, um dos meninos gritou. "Aquela que voava montada num bode?" "Não, não", repliquei, "ela era uma dama linda, a duquesa de Urbania, a mulher mais bela que já existiu." Fiz-lhe uma coroa dourada e incitei os garotos a gritarem *"Evviva, Medea!"*. Um deles, porém, falou: "Ela é uma bruxa! Precisa ser queimada!". Com isso todos correram a buscar lenha e estopa e num minuto derreteram a boneca.

15 de dezembro. Como sou bobo! E pensar que tenho vinte e quatro anos e sou versado em literatura! Em minhas longas caminhadas compus, num italiano pavoroso, a letra para uma melodia (não sei como se chama) que no momento todo mundo está cantarolando e assobiando pela rua; comecei invocando *"Medea, mia dea"*, em nome de todos os que a amaram. Ando por aí trauteando entre dentes: "Por que não sou Marcantonio? Ou Prinzivalle? Ou aquele de Narni? Ou o bom duque Alfonso? Para ser amado por ti, *Medea, mia dea"* etc., etc. Um horror! Meu senhorio, acho eu, desconfia que Medea é uma dama que conheci durante minha estada no litoral. Tenho certeza de que Sora Serafina, Sora Lodovica e Sora Adalgisa — as três Parcas ou *Norns*, como eu as chamo — pensam algo semelhante. Hoje à tardinha, ao arrumar meu quarto, Sora Lodovica comentou: "Como o Signorino canta bem!". Mal me dei conta de que estava me esgoelando: *"Vieni, Medea, mia dea"*, enquanto a velha senhora saltitava de um lado para o outro, pondo mais lenha na lareira. Calei-me; que bela reputação vou conquistar!, pensei; e tudo isso vai acabar chegando a Roma e, de lá, a Berlim. Sora Lodovica estava debruçada na janela, recolhendo o lampião que assinala a casa de Sor Asdrubale. Ocupada em aparar a mecha para repor o lampião no lugar, ela falou, com seu jeito bizarro e pudico: "Não devia ter parado de cantar, meu filho" (ela me trata alternadamente de Signor Professore e de termos afetuosos como "*Nino*", "*Viscere mie*" etc.); "não devia ter parado de cantar, pois uma senhora lá na rua parou para ouvi-lo".

Corri até a janela. Uma mulher, envolta num xale preto, estava realmente parada na rua, olhando para cima.

"Eh, eh, o Signor Professore tem admiradoras", disse Sora Lodovica.

"*Medea, mia dea!*", berrei, o mais alto que pude, com um prazer infantil de desconcertar a transeunte curiosa. A mulher se virou para ir embora, acenando para mim com a mão; nesse momento Sora Lodovica recolocou o lampião lá fora. Um feixe de luz cruzou a rua. Senti um frio intenso; o rosto da mulher era o de Medea da Carpi!

Realmente, sou um bobo!

PARTE II

17 de dezembro. Temo que minha estúpida tagarelice e minhas canções idiotas tenham tornado pública minha obsessão por Medea da Carpi. O filho do vice-prefeito — ou o assistente dos Arquivos, ou, talvez, algum convidado da condessa — está tentando me pregar uma peça! Mas tomem cuidado, minhas boas senhoras, meus bons cavalheiros: vou lhes pagar na mesma moeda! Imagine o que senti hoje de manhã ao encontrar em minha mesa um papel dobrado, endereçado a mim numa singular caligrafia que me pareceu estranhamente familiar e que, um momento depois, reconheci como aquela das cartas de Medea da Carpi que descobri nos Arquivos. Levei um terrível choque. Logo me ocorreu que devia se tratar de um presente de alguém que sabia de meu interesse por Medea — uma carta autêntica dessa dama na qual algum cretino havia escrito meu endereço em vez de colocá-la num envelope. Mas estava endereçada a mim, fora escrita para mim e não era uma carta antiga; resumia-se a quatro linhas, que eram as seguintes:

A SPIRIDION. Uma pessoa que sabe de seu interesse por ela estará hoje, às nove da noite, na igreja de San Giovanni Decollato. Procure na nave lateral esquerda uma senhora de manto preto, com uma rosa na mão.

A essa altura eu não tinha dúvida de que era objeto de uma trama, vítima de uma farsa. Virei a carta de um lado e de outro. Estava escrita num papel idêntico ao fabricado no século XVI e numa imitação extraordinariamente precisa da caligrafia de Medea da Carpi. Quem a escrevera? Considerei todas as possibilidades. E cheguei à conclusão de que fora o filho do vice-prefeito, talvez em conluio com sua amada, a condessa. Decerto cortaram a parte em branco de uma velha carta; mas que um deles tivesse criatividade para conceber tal farsa ou capacidade para perpetrar tal falsificação é algo que me deixa absolutamente pasmo. Há nessa gente mais do que eu teria imaginado. Como revidar? Ignorando a carta? Uma atitude nobre, mas sem graça. Não, eu vou; pode ser que alguém esteja lá, e será minha vez de desconcertá-los. Ou, se ninguém estiver lá, como vou exultar com a execução imperfeita de seu plano! Talvez seja uma tolice do Cavaliere Muzio para me levar à presença de uma dama escolhida por ele para acender a chama de meus futuros *amori*. É bem provável. E seria muito idiota, professoral demais, recusar tal convite; deve valer a pena conhecer a dama que consegue forjar cartas do século XVI como esta, pois tenho a certeza de que o lânguido janota Muzio jamais conseguiria. Eu vou! Por Deus! Vou lhes pagar na mesma moeda! Agora são cinco horas — que dias compridos!

18 de dezembro. Será que estou louco? Ou realmente existem fantasmas? A aventura de ontem à noite me perturbou até as profundezas de minha alma.

Fui lá às nove horas, conforme ordenara a carta misteriosa. O frio era cortante, e havia bruma e partículas de gelo no ar; nenhuma loja funcionando, nenhuma janela aberta, nenhuma criatura visível; as ruas estreitas e escuras, íngremes entre as paredes altas e sob as arcadas imponentes, estavam ainda mais escuras com a luz frouxa de um lampião de óleo que, cá e lá, lançava seu reflexo amarelo e trêmulo nas pedras molhadas do calçamento. San Giovanni Decollato é uma igreja pequena, ou melhor, um oratório, que eu sempre tinha visto fechado (muitas igrejas daqui só abrem em dias de grande festa); situa-se atrás do palácio ducal, num aclive abrupto que se bifurca em duas ruelas quase verticais. Passei por esse local cem vezes e só me dei conta da igrejinha por causa do alto-relevo de mármore, acima da porta, que mostra a cabeça grisalha do Batista na bandeja e por causa da jaula de ferro, que fica ali perto, na qual se expunham outrora as cabeças dos criminosos; aparentemente o decapitado, ou, como o chamam aqui, degolado, João Batista é o patrono do machado e do cepo.

Algumas passadas me levaram de minha moradia à San Giovanni Decollato. Confesso que estava alvoroçado; não é por nada que tenho vinte e quatro anos e sou polonês. Ao chegar a uma espécie de patamar, na bifurcação do aclive, constatei, para minha surpresa, que as janelas da igreja, ou oratório, não estavam iluminadas e que a porta estava trancada! Então era essa a grande peça que me pregaram; fazer-me sair numa noite glacial, embaixo de chuva e neve, para ir a uma igreja fechada, que talvez estivesse fechada havia anos! Não sei o que eu poderia ter feito nesse momento de raiva; tive ganas de arrebentar a porta da igreja, ou de ir arrancar da cama o filho do vice-prefeito (pois para mim não havia dúvida de que era ele o autor da brincadeira). Optei pela segunda alternativa; e estava me dirigindo à casa dele, pela ruela à esquerda da igreja, quando parei de repente, ao ouvir o som de um órgão bem perto de mim; um órgão, sim, perfeitamente nítido, e a voz do coro e o murmurinho de uma litania. Então a igreja não estava fechada, afinal! Voltei sobre meu rastro, rumo ao patamar do aclive. Estava tudo escuro e em absoluto silêncio. De repente ouvi, mais uma vez, um sopro tênue de órgão e vozes. Escutei com atenção; era óbvio que vinha da outra ruela, da ruela à direita. Será que havia outra porta ali? Transpus a arcada e desci um pouco, na direção da qual pareciam vir os sons. Mas não havia nenhuma porta, nenhuma luz, só as paredes escuras, as pedras escuras do calçamento molhado, com os pálidos reflexos amarelos dos bruxuleantes lampiões de óleo; e o silêncio absoluto. Parei por um instante, e a cantilena recomeçou; dessa vez tive certeza de que vinha da ruela onde eu estivera. Voltei atrás — nada. Assim fiquei, para trás e para a frente, tomando um rumo que os sons me apontavam, por assim dizer, só para em seguida me apontar o rumo oposto.

Por fim perdi a paciência; e senti um terror arrepiante, do tipo que só um ato violento poderia inspirar. Se os sons misteriosos não provinham da rua à direita, nem da rua à esquerda, só podiam vir da igreja. Meio enlouquecido, subi correndo os dois ou três degraus da entrada e me preparei para fazer um esforço tremendo e abrir a porta. Para meu espanto, porém, ela se abriu com a maior facilidade. Entrei, e o murmurinho da litania cresceu, no instante em que me detive entre a porta externa e a pesada cortina de couro. Levantei a cortina e me esgueirei para o interior da igreja. O altar resplandecia com uma profusão de círios e lampadários; celebrava-se, evidentemente, uma cerimônia noturna relacionada com o Natal. A nave central e as laterais estavam relativamente escuras e meio vazias. Abri caminho pela nave da direita para me aproximar do altar.

Quando minha vista se acostumou com aquela luz inesperada, comecei a olhar em torno, o coração aos saltos. A ideia de que tudo aquilo era uma farsa, de que eu encontraria apenas alguma conhecida de meu amigo Cavaliere, tinha se dissipado: corri os olhos por todos os lados. Os homens estavam envoltos em amplas capas, as mulheres, em mantilhas e mantos. A nave central estava comparativamente escura, e não pude ver nada com muita clareza, mas tive a impressão de que, por baixo das capas e dos mantos, aquela gente vestia trajes extraordinários. O homem à minha frente, reparei, usava meias amarelas; uma mulher, ali perto, tinha um corpete vermelho amarrado nas costas com cordões de ouro. Seriam camponeses de algum lugar distante que tinham vindo para as festividades natalinas, ou os habitantes de Urbania trajavam roupas antigas para celebrar o Natal?

Enquanto me perguntava, meu olhar encontrou de repente o de uma mulher que estava de pé na nave oposta, perto do altar, no clarão intenso das luzes. Ela estava vestida de negro, mas segurava ostensivamente uma rosa vermelha, um luxo inaudito nessa época do ano num lugar como Urbania. Ela evidentemente me viu e, aproximando-se ainda mais da luz, abriu seu pesado manto negro, exibindo um vestido de um vermelho profundo, com bordados em prata e ouro; ela voltou o rosto para mim; o clarão intenso dos lampadários e dos círios o iluminou. Era o rosto de Medea da Carpi! Corri pela nave, empurrando os devotos rudemente para o lado, ou melhor, atravessando corpos impalpáveis, segundo me pareceu. Entretanto a dama se virou e apressadamente se encaminhou para a porta. Segui-a de perto, mas não consegui alcançá-la. Uma vez na cortina, ela se voltou novamente. Estava a alguns passos de mim. Sim, era Medea. Medea em pessoa, sem erro, sem ilusão, sem impostura; o rosto oval, os lábios crispados sobre a boca, as pálpebras repuxadas no canto dos olhos, a esplêndida pele de alabastro! Ela ergueu a cortina e saiu. Segui-a; apenas a cortina me separava dela. Vi a porta de madeira fechar-se às suas costas. Um passo adiante de mim! Escancarei a porta; ela devia estar no degrau, ao alcance de meu braço!

Fiquei parado na frente da igreja. Estava tudo deserto, o calçamento molhado, os reflexos amarelos nas poças de água: um frio repentino se apoderou de mim; não pude continuar. Tentei voltar para dentro da igreja; estava fechada. Corri para casa, o cabelo em pé, as pernas bambas, e durante uma hora permaneci fora de mim. É um delírio? Estou ficando louco? Oh, Deus, Deus! Estou ficando louco?

19 de dezembro. Dia claro e ensolarado; toda a lama e a neve desapareceram da cidade, dos arbustos e das árvores. As montanhas nevadas reluzem contra o céu de um azul intenso. É domingo, e o clima é domingueiro; todos os sinos repicam pela aproximação do Natal. Estão montando uma espécie de feira na praça da colunata, com barracas cheias de peças coloridas de algodão e de lã, xales e lenços vistosos, espelhos, fitas, candeeiros de estanho; o estoque completo do mascate de "Conto de inverno". Os açougues estão enfeitados com guirlandas de folhagens frescas e flores de papel, os presuntos e queijos crivados de bandeirolas e raminhos verdes. Saí para ver a feira de gado, extramuros; uma floresta de chifres se entrelaçando, um oceano de mugidos e pisoteios: centenas de enormes novilhos brancos, com chifres de um metro e pendões vermelhos, apinhados na pequena *piazza d'armi*, sob as muralhas da cidade. Bah! Por que estou escrevendo este lixo? Para que serve? Enquanto me forço a escrever sobre repiques e festividades natalinas e feiras de gado, uma ideia persiste como um sino dentro de mim: Medea, Medea! Será que a vi mesmo, ou estou louco?

Duas horas depois. A igreja de San Giovanni Decollato — informa meu senhorio — não é usada há muito tempo. Teria sido tudo isso uma alucinação, um sonho — talvez um sonho sonhado naquela noite? Saí novamente para ver a igreja. Lá está ela, na bifurcação do aclive abrupto, com a cabeça do Batista no alto-relevo acima da porta. Parece que essa porta realmente não se abre há anos. As teias de aranha nos vitrais sugerem, como diz Sor Asdrubale, que só ratos e aranhas se reúnem aqui. E não obstante — e não obstante, tenho uma lembrança tão nítida, uma consciência tão clara de tudo isso. Havia sobre o altar um retrato da filha de Herodíades dançando; lembro-me de seu turbante branco, com um penacho escarlate, e da túnica azul de Herodes; lembro-me da forma do lampadário central; ele girava devagar, e uma das velas praticamente se dobrara ao meio com o calor e a corrente de ar.

Todas essas coisas eu posso ter visto alhures e retido na memória sem perceber, e elas podem ter emergido num sonho; já ouvi fisiologistas aludirem a isso. Voltarei lá: se a igreja estiver fechada, terá sido um sonho, uma visão, o resultado de uma superexcitação. Devo ir imediatamente para Roma e consultar os médicos, pois tenho medo de estar ficando louco. Se, por outro lado — que nada! não existe *por outro lado* neste caso. Todavia, se existisse — eu realmente teria visto Medea; poderia vê-la de novo; falar com ela. Só de pensar nisso sinto o sangue se agitar em minhas veias, não de medo, mas de... não sei que nome lhe dar. Tal sentimento me aterroriza, porém é delicioso. Idiota! Uma espira minúscula de meu cérebro, a vigésima parte de um fio de cabelo, avariou-se — só isso!

20 de dezembro. Voltei lá; ouvi a música; entrei na igreja; vi Medea! Não posso mais duvidar de meus sentidos. Por que duvidaria? Aqueles pedantes dizem que os mortos estão mortos, que o passado é passado. Para eles, sim; mas, por que para mim? — por que para um homem que ama, que se consome pelo amor de uma mulher? — uma mulher que, na verdade — sim, deixe-me concluir a frase. Por que não haveria fantasmas para quem consegue vê-los? Por que ela não retornaria à terra, se sabe que aqui há um homem que só pensa nela e só a ela deseja?

Alucinação? Ora, eu a vi, da mesma forma como vejo esta folha de papel na qual estou escrevendo; de pé, no clarão intenso do altar. Ora, eu escutei o farfalhar de suas saias, senti o perfume de seu cabelo, ergui a cortina que balançava a seu toque. E novamente a perdi de vista. Mas dessa vez, ao correr para a rua deserta, banhada de luar, encontrei no degrau uma rosa — a rosa que eu tinha visto na mão dela, um momento antes — e toquei-a, aspirei-a; uma rosa, uma rosa verdadeira, viva, vermelho-escura e recém-colhida. Ao voltar para casa, coloquei-a na água, depois de beijá-la não sei quantas vezes. Coloquei-a em cima do armário; decidi não olhar para ela durante vinte e quatro horas, com medo de que não passasse de miragem. Mas preciso vê-la novamente; preciso... Santo Deus! É horrível, horrível; se tivesse encontrado um esqueleto, não teria sido pior! A rosa, que ontem à noite parecia recém-colhida, cheia de cor e de perfume, está marrom, seca — uma coisa guardada durante séculos entre as páginas de um livro — esfarelou-se entre meus dedos. Horrível, horrível! Mas por que horrível? Eu não sabia que estava apaixonado por uma mulher que morreu há trezentos anos? Se eu queria rosas frescas, que abriram ontem, a condessa Fiammetta ou qualquer costureirinha de Urbania teria me dado. E daí que a rosa se esfarelou? Se eu pudesse ter Medea nos braços, como tive a rosa nos dedos, beijar seus lábios como beijei as pétalas da flor, não ficaria satisfeito, se ela também se esfarelasse no instante seguinte, se eu mesmo me esfarelasse?

22 de dezembro, onze horas da noite. Eu a vi mais uma vez! — quase falei com ela. Recebi a promessa de seu amor! Ah, Spiridion!, você estava certo ao pensar que não foi feito para *amori* mundanos. Na hora de costume dirigi-me à San Giovanni Decollato. Uma noite clara de inverno; os sobrados e os campanários se delineavam contra um céu azul-profundo, luminoso, cintilante como aço, com miríades de estrelas; a lua ainda não tinha surgido. Não havia luz nas janelas; mas, com um pequeno esforço, abri a porta e entrei na igreja; o altar, como sempre, estava profusamente iluminado. Ocorreu-me de repente que aquela multidão de homens e mulheres postados por toda parte, aqueles padres salmodiando e deslocando-se junto ao altar estavam mortos — não existiam para ninguém, só para mim. Toquei, como se fosse acidentalmente, a mão de meu vizinho; era fria, tal qual argila molhada. Ele se virou, mas creio que não me viu; tinha o rosto cinzento, os olhos fixos como os de um cego ou de um cadáver. Senti necessidade de correr para fora. Contudo, nesse instante, meu olhar a encontrou, parada como de hábito no degrau do altar, envolta num manto negro, iluminada pelo clarão. Ela se voltou; a luz se derramou em seu rosto, o rosto de feições delicadas, as pálpebras um tanto repuxadas, os lábios um tanto crispados, a pele de alabastro ligeiramente rosada. Nossos olhares se cruzaram.

Abri caminho pela nave em direção ao altar; ela rapidamente rumou para a porta, e a segui. Por uma ou duas vezes ela retardou o passo, e pensei que a alcançaria; porém novamente, quando saí para a rua, menos de um segundo depois de a porta se fechar sobre seu rastro, ela havia desaparecido. Vi uma coisa branca no degrau. Não era uma flor, e sim uma carta. Corri para a igreja, a fim de ler a carta; mas a porta estava trancada, como se havia anos não se abrisse. Não pude ler nada à luz bruxuleante dos lampiões — corri para casa, acendi o candeeiro, tirei a carta do peito. Tenho-a diante de mim. A caligrafia é a dela; a mesma dos Arquivos, a mesma da primeira carta:

A SPIRIDION. Deixa tua coragem igualar-se ao teu amor, e teu amor será recompensado. Na noite que precede o Natal, mune-te de uma machadinha e um serrote; sem hesitar golpeia do lado esquerdo, perto da cintura, o corpo do cavaleiro de bronze que se ergue na Corte. Serra-o, e em seu interior encontrarás a efígie de prata de um gênio alado. Tira-a, despedaça-a e esparge os fragmentos em todas as direções, para que os ventos os levem para longe. Nessa noite, aquela que tu amas virá premiar tua fidelidade.

No lacre amarronzado está o mote

AMOUR DURE — DURE AMOUR

23 de dezembro. Então é verdade! Eu estava destinado a algo maravilhoso neste mundo. Finalmente encontrei o que minha alma tanto buscava. Ambição, amor à arte, amor à Itália, essas coisas que ocuparam meu espírito, e que todavia me mantiveram constantemente insatisfeito, não eram meu verdadeiro destino. Procurei a vida, desejei-a como um viajante no deserto anseia por um poço; mas a vida dos sentidos de outros jovens, a vida do intelecto de outros homens nunca saciaram minha sede. A vida significa para mim o amor de uma mulher morta? Rimos do que resolvemos chamar de superstição do passado, esquecendo que os olhos do futuro poderão ver toda a nossa decantada ciência moderna como mais uma superstição; mas por que o presente deveria estar certo e o passado errado? Os homens que pintaram os quadros e construíram os palácios de trezentos anos atrás certamente eram de fibra tão delicada e razão tão arguta quanto nós, que estampamos chita e fabricamos locomotivas. Penso desse modo porque andei elaborando meu mapa astral com a ajuda de um velho livro pertencente a Sor Asdrubale — e, veja, meu horóscopo praticamente coincide com o de Medea da Carpi, tal como o apresenta um cronista. Isso explica? Não, não; a explicação de tudo está no fato de que amo essa mulher desde que li sobre sua trajetória pela primeira vez, desde que vi seu retrato pela primeira vez, porém escondi meu amor sob o véu do interesse histórico. Interesse histórico... pois sim!

Arranjei a machadinha e o serrote. Comprei o serrote de um carpinteiro pobre, que mora numa aldeia a quilômetros daqui; a princípio ele não entendeu o que eu queria e deve ter me achado louco; talvez eu seja. Mas, se a loucura significa a felicidade, que mal há nisso? A machadinha eu vi no pátio de uma madeireira, onde aparelham as grandes toras dos abetos que crescem nos Apeninos de Sant'Elmo. Não havia ninguém no pátio, e não resisti à tentação; peguei a ferramenta, testei o gume e roubei-a. Foi a primeira vez na vida que roubei alguma coisa; por que não entrei numa loja e comprei uma machadinha? Não sei; creio que não consegui resistir à visão da lâmina reluzente. O que vou fazer é, suponho, um ato de vandalismo; e certamente não tenho o direito de danificar o patrimônio de Urbania. E contudo não quero causar dano à estátua, nem à cidade; se pudesse remendar o bronze, eu o faria de bom grado. Mas tenho de obedecer a Ela; tenho de vingá-la; tenho de me apoderar daquela imagem de prata que Roberto de Montemurlo mandou fazer e consagrar para que sua alma covarde pudesse descansar em paz e não encontrar a alma da criatura que ele mais temia no mundo. Ah, duque Roberto, o senhor a obrigou a morrer sem confissão e guardou a imagem de sua alma na imagem de seu corpo, pensando que, com isso, enquanto ela sofria as torturas do inferno, o senhor descansaria em paz, até que sua alminha purificada pudesse voar direto para o Paraíso; o senhor temia encontrá-la, quando ambos estivessem mortos, e se julgou muito esperto por ter se preparado para qualquer emergência! Não, Alteza Ser   íssima. O senhor também saberá o que é vagar depois da morte e deparar no além com as pessoas que magoamos em vida.

Que dia interminável! Mas à noite vou vê-la novamente.

Onze horas. Não, a igreja estava trancada; o encantamento se rompeu. Até amanhã não a verei. Mas amanhã! Ah, Medea! Algum de teus amantes te amou como eu?

Faltam vinte e quatro horas para o momento de felicidade — o momento pelo qual me parece que esperei a vida inteira. E o que acontecerá depois? Sim, vejo com mais clareza a cada minuto; depois, nada. Todos os que amaram Medea da Carpi, que a amaram e a serviram, morreram: Giovanfrancesco Pico, seu primeiro marido, que ela deixou apunhalado no castelo de onde fugiu; Stimigliano, que morreu envenenado; o cavalariço que lhe ministrou o veneno, eliminado por ordem dela; Oliverotto da Narni, Marcantonio Frangipani e aquele pobre jovem dos Ordelaffi, que nunca sequer viu seu rosto e que recebeu, como único prêmio, o lenço com o qual o carrasco lhe enxugou o suor, quando ele se reduziu a uma massa de membros quebrados e carne dilacerada: todos tiveram de morrer, e eu também morrerei.

O amor dessa mulher é bastante e é fatal — "Amour Dure", como diz seu mote. Também morrerei. E por que não? Seria possível viver para amar outra mulher? Seria possível continuar levando uma vida como esta, depois da felicidade de amanhã? Impossível; os outros morreram, e eu preciso morrer. Sempre achei que não viveria muito; uma vez, na Polônia, uma cigana me disse que tenho na mão a linha cortada que significa morte violenta. Eu poderia ter me acabado num duelo com um colega, ou num acidente de trem. Não, não; minha morte não será desse tipo! Morte — e ela também não está morta? Que estranhas perspectivas não descortina tal pensamento! Então os outros — Pico, o cavalariço, Stimigliano, Oliverotto, Frangipani, Prinzivalle degli Ordelaffi — estarão todos *lá?* Ela amará mais a mim — a mim, por quem é amada trezentos anos depois que baixou à sepultura!

24 de dezembro. Concluí todos os preparativos. Sairei às onze da noite; Sor Asdrubale e suas irmãs estarão dormindo a sono solto. Eu os sondei; seu medo de reumatismo os impede de assistir à Missa do Galo. Por sorte não há nenhuma igreja daqui até a Corte; qualquer movimento acarretado pela noite de Natal ocorrerá bem longe. Os aposentos do vice-prefeito se situam no outro lado do palácio; o espaço restante é ocupado por salas de recepção, arquivos e estábulos e cocheiras vazias. Ademais, serei breve em minha tarefa.

Experimentei o serrote num vaso de bronze maciço que comprei de Sor Asdrubale; oco e carcomido pela ferrugem (até detectei alguns buracos), o bronze da estátua não pode resistir muito, principalmente depois de um golpe com aquela machadinha afiada. Organizei meus papéis, em consideração ao governo que me mandou para cá. Sinto muito privá-lo de sua "História de Urbania". Para passar esse dia interminável e aplacar a febre da impaciência, dei uma longa caminhada. Este é o dia mais frio até agora. O sol não aquece nada, parece que só intensifica a sensação de frio, faz a neve das montanhas reluzir, o céu azul cintilar como aço. As poucas pessoas que estão na rua se agasalharam até o nariz e carregam pequenos braseiros de barro; longos sincelos pendem da fonte com a figura de Mercúrio; imagino bandos de lobos cruzando os campos secos e sitiando a cidade. O frio me deixa maravilhosamente calmo — parece que me devolve a meninice.

Ao subir as ruelas íngremes, o calçamento escorregadio por causa do gelo; ao avistar as montanhas nevadas, recortando-se contra o céu; ao passar pela igreja, com seus degraus juncados de buxo e louro e o cheiro suave de incenso provindo do interior, lembrei-me — não sei por quê — daquelas vésperas de Natal de muito tempo atrás, em Posen e Breslau, quando eu, criança, perambulava pelas ruas largas e espiava pelas janelas das salas onde começavam a acender as velas das árvores e me perguntava se, ao voltar para casa, também poderia entrar numa sala maravilhosa, resplandecente de luzes e nozes douradas e contas de vidro. Lá em minha terra, no Norte, estão pendurando nas árvores as últimas fieiras daquelas contas metálicas azuis e vermelhas, as últimas nozes douradas e prateadas; estão acendendo as velas azuis e vermelhas; a cera está começando a escorrer sobre os belos galhos verdes do abeto; com o coração aos saltos, as crianças estão esperando, atrás da porta, o anúncio de que o Menino Jesus nasceu. E eu? O que estou esperando? Não sei; tudo parece um sonho; é tudo vago e incorpóreo, como se o tempo tivesse parado, nada pudesse acontecer, meus desejos e minhas esperanças estivessem mortas e eu mesmo absorto em não sei que inerte país dos sonhos. Anseio por esta noite? Tenho medo? Haverá esta noite? Sinto alguma coisa, existe alguma coisa ao meu redor? Sento-me e creio ver aquela rua de Posen, a rua larga com as janelas iluminadas pelas luzes do Natal, os galhos verdes do abeto roçando a vidraça.

Véspera de Natal, meia-noite. Consegui. Saí pé ante pé. Sor Asdrubale e suas irmãs dormiam a sono solto. Tive receio de acordá-los, pois minha machadinha caiu quando eu atravessava a sala principal, onde meu senhorio guarda as curiosidades que pretende vender, e bateu numa velha armadura que ele andou consertando. Ouvi-o exclamar, meio dormindo; e apaguei a vela e me escondi na escada. Ele saiu do quarto, vestido em seu roupão, mas, como não viu ninguém, voltou para a cama. "Deve ter sido um gato!", falou. Fechei a porta da frente sem fazer barulho. O céu, que ameaçava chuva desde a tarde, estava luminoso, com lua cheia, porém matizado de vapores cinzentos e amarelados; cá e lá a lua sumia por completo. Nenhuma criatura na rua; as casas altas e desoladas fitando o luar.

Não sei por quê, tomei um caminho mais longo para ir à Corte; ao passar por uma ou duas igrejas, vi, pelo vão da porta, as luzes bruxuleantes da Missa do Galo. Por um momento senti-me tentado a entrar numa delas; mas alguma coisa me segurou. Ouvi trechos do hino de Natal. Percebi que estava começando a esmorecer e tratei de me aviar. No pórtico da San Francesco, escutei passos atrás de mim; pensei que alguém me seguia. Parei para lhe dar passagem. Um homem se aproximou lentamente e, chegando perto de mim, murmurou: "Não vás; sou Giovanfrancesco Pico". Voltei-me; ele havia desaparecido. Um frio repentino me entorpeceu, porém continuei, apressado.

Atrás da catedral, numa ruela estreita, vi um homem apoiado na parede. O luar o iluminava em cheio; tive a impressão de que lhe escorria sangue pelo rosto, contornado por uma barba fina e pontuda. Apertei o passo; mas, ao renteá-lo, ouvi-o sussurrar: "Não lhe obedeças, volta para casa; sou Marcantonio Frangipani". Eu batia os dentes, porém prossegui, açodado, pela ruela estreita, o luar azul nas paredes brancas.

Enfim avistei a Corte: a praça estava inundada de luar, as janelas do palácio pareciam profusamente iluminadas, e a estátua do duque Roberto, de um verde cintilante, parecia avançar para mim em seu cavalo. Mergulhei nas sombras. Tinha de atravessar uma arcada. Um vulto como que saiu da parede e estendeu o braço, barrando-me o caminho. Tentei me desviar. Ele me agarrou pelo braço, e sua mão pesava como um bloco de gelo. "Não passarás!", ele gritou, e, ressurgindo a lua uma vez mais, vi seu rosto, de uma palidez fantasmagórica, parcialmente coberto por um lenço bordado; era quase um menino. "Não passarás!", gritou; "não a terás! Ela é minha, só minha! Sou Prinzivalle degli Ordelaffi." Ele me agarrava com sua mão gelada, mas, com o outro braço, pus-me a brandir a machadinha que levava sob o capote. A machadinha golpeou a parede e retiniu na pedra. Ele se esvaecera.

Aviei-me. Consegui. Cortei o bronze; serrei-o para aumentar a fenda. Peguei a imagem de prata e despedacei-a. Quando acabei de espalhar seus fragmentos, a lua se escondeu de repente; um vento forte soprou, uivando pela praça; creio que a terra tremeu. Joguei a machadinha e o serrote no chão e corri para casa. Sentia-me perseguido por um tropel de centenas de cavaleiros invisíveis.

Agora estou calmo. É meia-noite; mais um instante e ela estará aqui! Paciência, coração! Escuto teu pulsar. Espero que ninguém acuse o pobre Sor Asdrubale. Vou escrever uma carta às autoridades, declarando sua inocência, se alguma coisa acontecer... Uma! O relógio da torre do palácio acaba de bater... "Por meio desta certifico que, se algo me acontecer esta noite, ninguém, a não ser eu, Spiridion Trepka, terá de ser julgado..." Um passo na escada! É ela! É ela! Finalmente, Medea, Medea! Ah! AMOUR DURE — DURE AMOUR!

NOTA: Aqui termina o diário do falecido Spiridion Trepka. Os principais jornais da província de Úmbria informaram ao público que, na manhã de Natal do ano de 1885, encontrou-se a estátua equestre de Roberto II horrivelmente mutilada; e que o professor Spiridion Trepka, de Posen, Império Alemão, foi encontrado morto com uma punhalada que mão desconhecida lhe desferiu na região do coração.

Tradução de Hildegard Feist

AMBROSE BIERCE

Chickamauga

(1891)

Os efeitos macabros são a especialidade do norte-americano Ambrose Bierce (1842--1913) ao representar os horrores da Guerra de Secessão (Histórias de soldados). Este talvez não seja um conto fantástico: é a descrição documental de um campo de batalha após um combate sangrento, mas o estranhamento do olhar que contempla confere às imagens uma transfiguração visionária. A atmosfera fantástica vem do silêncio que circunda tudo o que o conto nos faz ver, se bem que até para o silêncio haja uma explicação.

Numa tarde ensolarada de outono, uma criança se desgarrou de sua casa tosca num pequeno campo e entrou na mata sem ser vista. Estava feliz, com um sentimento novo de liberdade, feliz pela possibilidade de exploração e de aventura; porque a alma dessa criança, nos corpos de seus ancestrais, fora preparada durante milhares de anos para feitos memoráveis de descoberta e de conquista — vitórias em batalhas cujos momentos críticos eram séculos, em que os acampamentos dos vencedores eram cidades talhadas em pedra. Do berço de sua raça ela havia desbravado seu caminho através de dois continentes e, passando por um grande mar, tinha alcançado um terceiro, para ali nascer para a guerra e a dominação como heranças.

A criança era um menino de cerca de seis anos de idade, filho de um agricultor pobre. Na juventude, o pai havia sido soldado, havia lutado contra selvagens nus e seguido a bandeira de seu país até a capital de uma raça civilizada no sul distante. Na vida pacata desse agricultor o fogo guerreiro se manteve vivo; uma vez aceso, ele nunca se extingue. O homem amava livros e figuras militares e o menino tinha compreendido o bastante para fazer uma espada de madeira para si, embora mesmo o olho do pai tivesse dificuldade de entender o que ela significava. Essa arma ele agora portava corajoso, como convinha ao filho de uma raça heroica, e, detendo-se vez ou outra na clareira ensolarada da floresta, adotava, com certo exagero, as posturas de agressão e defesa que a arte de entalhador lhe havia ensinado. Tornado imprudente pela facilidade com que superava inimigos invisíveis que procuravam deter seu avanço, ele cometeu o erro militar bem comum de levar a perseguição a um extremo perigoso, até se ver às margens de um riacho largo porém raso, cujas águas velozes barraram seu progresso desimpedido contra o inimigo em fuga que havia atravessado com uma facilidade ilógica. Mas o vencedor intrépido não seria iludido; o espírito da raça que havia transposto o grande mar ardia invencível no pequeno peito e não seria negado. Encontrando um lugar onde algumas pedras no leito do riacho não ficavam separadas por mais que um passo ou um salto, ele conseguiu cruzar e alcançar de novo a retaguarda do inimigo imaginário, passando todos na espada.

Agora que a batalha fora vencida, a prudência recomendava que ele se retirasse para a sua base de operações. Mas não; como muitos conquistadores poderosos e, como único, o mais poderoso, ele não podia

conter a avidez pela guerra
nem aprender que o Destino desafiado
abandona a mais alta das estrelas.

Avançando a partir da margem do córrego ele de súbito se viu confrontado com um inimigo novo e mais formidável: no caminho que seguia havia, sentado, ereto, com as orelhas de pé e as patas suspensas à frente, um coelho! Com um grito assustado a criança voltou-se e fugiu, sem saber em que direção, chamando pela mãe com gritos desarticulados, chorando, tropeçando, a pele delicada cruelmente rasgada por arbustos espinhosos, o pequeno coração batendo forte aterrorizado — com falta de ar, cegado pelas lágrimas —, perdido na floresta! Depois, por mais de uma hora ele vagou com pés errantes sobre a vegetação rasteira emaranhada, até que por fim, vencido pelo cansaço, ele se deitou num espaço estreito entre duas rochas, a poucas jardas da correnteza e ainda agarrado à espada de brinquedo, não mais uma arma, mas uma companheira, e soluçou até adormecer. Os pássaros nas árvores cantavam alegres sobre a sua cabeça; os esquilos, varrendo os belíssimos rabos, corriam de árvore em árvore, arrancando as cascas, sem consciência do que se perdia com isso, e em algum lugar distante havia um estrondo estranho, abafado, como se as perdizes percutissem celebrando a vitória da natureza sobre um filho dos seus escravocratas imemoriais. E de volta à pequena plantação, onde homens brancos e negros davam uma busca afobada nos campos e sebes alarmados, um coração de mãe se partia pelo filho desaparecido.

Passadas algumas horas, o pequeno adormecido se pôs de pé. Tinha a gelidez da noite nos membros, o medo da escuridão no coração. Mas ele havia descansado e não estava mais chorando. Com um instinto cego que impelia à ação, ele conseguiu transpor a vegetação rasteira que o cercava e chegou a uma clareira — à direita, o riacho, à esquerda, o suave aclive guarnecido de umas poucas árvores; sobre isso tudo, a escuridão crescente do crepúsculo. Uma névoa fina, fantasmagórica, pairava ao longo da água. Ela o assustava e repelia; em vez de cruzar de novo, na direção de onde viera, ele voltou as costas e caminhou para adiante, rumo às trevas que envolviam a mata. De repente, viu à frente um objeto estranho em movimento, que ele tomou por um animal grande — um cão, um porco —, não sabia dizer o que era; talvez fosse um urso. Ele tinha visto figuras de ursos, mas não sabia nada da má reputação deles e tinha um desejo vago de encontrar um. Porém, alguma coisa na forma e no movimento desse objeto — alguma coisa na estranheza da aproximação dele — lhe disse que não era um urso, e a curiosidade foi contida pelo medo. Ele ficou imóvel e, à medida que o objeto continuava vindo, ganhou mais coragem a cada instante porque viu que ele ao menos não exibia as orelhas longas, ameaçadoras do coelho. Possivelmente, sua mente impressionável tinha certa consciência de alguma coisa familiar no andar bamboleante, esquisito. Antes de se aproximar o suficiente para dissipar suas dúvidas, viu que ele era seguido por outro e mais outro. À direita e à esquerda havia muitos mais; todo o descampado que o rodeava estava animado por eles — todos se dirigindo ao riacho.

Eram homens. Rastejavam sobre as mãos e os joelhos. Usavam apenas as mãos, arrastando as pernas. Usavam apenas os joelhos, com os braços pendendo à toa junto deles. Esforçavam-se para se porem de pé. Mas caíam de bruços na tentativa. Não faziam nada com naturalidade, e não tinham nada em comum, a não ser a caminhada passo a passo na mesma direção. Solitários, aos pares, e em pequenos grupos, seguiam vindo da escuridão, alguns vez ou outra parando, enquanto outros passavam por eles arrastando-se devagar, para depois retomarem o movimento. Vinham às dúzias e às centenas; estendiam-se de cada lado até onde se podia divisá-los na escuridão densa, e a mata negra atrás deles parecia inexaurível. O próprio chão parecia se mover na direção do riacho. Ocasionalmente, um dos que paravam não retomava a marcha, ficava imóvel. Estava morto. Alguns, detendo-se, faziam gestos estranhos com as mãos, erguiam os braços e os abaixavam, agarravam a cabeça; estendiam as palmas para o alto como às vezes vemos homens rezando em público.

A criança não percebeu isso tudo; é o que teria sido notado por um observador mais velho; ela não viu muito, a não ser que se tratava de homens, embora se arrastassem como bebês. Sendo homens, eles não eram terríveis, embora se vestissem de modo estranho. Ela andou no meio deles à vontade, indo de um a outro e espiando os rostos com curiosidade infantil. Todos os rostos eram estranhamente brancos, e muitos eram listrados e pontilhados de vermelho. Alguma coisa nisso — alguma coisa também, talvez, nas atitudes e movimentos grotescos — lembrou-a do palhaço pintado que vira no verão passado no circo, e ela riu enquanto os observava. Mas eles continuaram se arrastando, sem parar, esses homens mutilados e sangrentos, sem consciência, como ela, do contraste dramático entre a risada de menino e a solenidade espectral deles. Para ela, um mero espetáculo. Ela tinha visto os negros de seu pai se arrastando sobre as mãos e pés para entretê-lo — havia montado neles para "fazer de conta" que eram cavalos. Ela agora se aproximou por trás de uma dessas figuras rastejantes e, num movimento ágil, montou-a. O homem desabou sobre o peito, recuperou-se, atirou o menino com violência ao chão como o teria feito um potro não domado, e voltou-lhe um rosto em que faltava a mandíbula inferior — entre os dentes de cima até a garganta havia uma grande fenda vermelha orlada de retalhos pendurados de carne e lascas de osso. A proeminência estranha do nariz, a ausência do queixo, os olhos ferozes, davam a esse homem a aparência de uma grande ave de rapina tingida de vermelho na garganta e no peito pelo sangue da caça. O homem se pôs sobre os joelhos, a criança, de pé. O homem brandiu os punhos para a criança; a criança, enfim aterrorizada, correu para uma árvore próxima, deteve--se junto da parte mais afastada dela e avaliou a situação com mais seriedade. E a multidão desajeitada se arrastava lenta e dolorosamente numa pantomima horrenda — avançava colina abaixo como um enxame de grandes besouros negros, sem emitir nenhum som —, num silêncio profundo, absoluto.

Em vez de escurecer, a paisagem fantasmagórica começou a clarear. Por entre o cinturão de árvores para além do riacho brilhava uma luz vermelha estranha, os troncos e ramos das árvores formando um rendilhado negro em contraste com o fundo. Alcançou as figuras rastejantes e lhes deu sombras monstruosas que caricaturavam seus movimentos sobre a grama iluminada. Caiu sobre os rostos, dando à brancura deles um tom rubro, acentuando as manchas com que tantos eram salpicados e maculados. Faiscava nos botões e fragmentos de metal das roupas. Instintivamente, a criança voltou-se para o esplendor crescente e desceu a colina com seus companheiros horrendos. Em poucos momentos ultrapassou a linha de frente da multidão — um feito nada especial, considerando-se suas vantagens. Postou-se na dianteira, a espada de madeira ainda nas mãos, e solene conduziu a marcha, ajustando seu ritmo ao deles e ocasionalmente voltando-se para ver se suas forças não a desgarravam. Com certeza um tal líder nunca antes teve seguidores assim.

Espalhados pelo terreno que agora se estreitava pela invasão dessa marcha terrível para a água havia certos objetos a que, na mente do líder, não se ligavam associações significativas: um lençol ocasional, firmemente enrolado no comprimento, dobrado, com as extremidades unidas por uma corda; aqui uma mochila pesada, e ali um rifle quebrado — coisas que, em suma, são encontradas na retaguarda de tropas em retirada, "rastros" de homens fugindo de seus caçadores. Por todo lugar na proximidade do riacho, que aqui tinha uma margem plana, a terra era pisoteada em lama pelas passadas de homens e cavalos. Um observador de olhar mais experiente teria notado que essas pegadas apontavam para ambas as direções; o terreno havia sido percorrido duas vezes — no avanço e na retirada. Poucas horas antes, esses homens desesperados, feridos, com seus camaradas mais afortunados e agora distantes, haviam penetrado na floresta aos milhares. Os batalhões sucessivos, partindo-se em enxames e refazendo-se em colunas, haviam passado pela criança — quase a tinham pisoteado enquanto dormia. O ruído e o murmúrio da marcha não a acordaram. Quase à distância de uma pedrada de onde ela estivera deitada eles haviam travado uma batalha; mas ela não ouvira o bramido da artilharia, o ribombar do canhão, "o trovejar dos comandantes e os gritos". Ela tinha passado por tudo aquilo adormecida, agarrada à sua pequena espada de madeira, talvez com mais força em solidariedade inconsciente com o ambiente marcial, embora desatenta à grandiosidade da luta como os mortos que haviam morrido para glorificá-la.

O fogo para além do cinturão de árvores, do lado mais distante do riacho, refletido para a terra pelo dossel de sua própria fumaça, cobria toda a paisagem. Transformara a linha sinuosa de neblina num vapor dourado. A água reluzia com riscas vermelhas, e vermelhas também estavam muitas das pedras que emergiam da superfície. Mas isso era sangue; os menos desesperadamente feridos a mancharam na travessia. Sobre elas também a criança cruzou a passos impetuosos; caminhava para o fogo. Parada na outra margem, voltou-se para olhar os companheiros de marcha. A linha de frente chegava ao riacho. Os mais fortes já haviam alcançado a beirada e mergulhavam o rosto na correnteza. Três ou quatro que jaziam imóveis pareciam não ter cabeça. Diante disso, os olhos da criança cresceram espantados; mesmo sua compreensão bem-intencionada não era capaz de aceitar um fenômeno que sugerisse tal vitalidade. Depois de saciar a sede, esses homens não tinham forças para se afastar da água, nem de manter a cabeça acima dela. Afogavam-se. Na retaguarda destes, os espaços abertos da floresta exibiam ao comandante tantas figuras disformes subordinadas às suas ordens horríveis quanto no início; mas nem de longe eram tantas as que se moviam. Ele acenou com o barrete para encorajá-las, e sorridente apontou sua arma na direção da luz que os guiava — um pilar de fogo marcando o estranho êxodo.

Confiante na lealdade de suas forças, o menino agora penetrou no cinturão de árvores, passou por ele com facilidade na luminosidade vermelha, subiu numa cerca, atravessou correndo um campo, voltando-se de quando em quando para flertar com sua sombra responsiva, e assim aproximou-se das ruínas incandescentes de uma habitação. Desolação por todos os lados! Em todo o amplo resplendor não se via ser vivo. Ele não se importou com isso; o espetáculo o agradava, e ele dançou jubiloso imitando as chamas vacilantes. Correu em redor juntando combustível, mas todo objeto que encontrava era pesado demais para ser atirado da distância a que o fogo limitava sua aproximação. Em desespero ele arremessou sua espada — uma rendição às forças superiores da natureza. Sua carreira militar estava terminada.

Mudando de posição, seus olhos caíram sobre algumas dependências que tinham uma aparência familiar, como se ele as tivesse sonhado. Examinava-as surpreso quando de repente a plantação inteira, com a floresta que a cercava, pareceu girar, como sobre um eixo. Seu pequeno mundo deu meia-volta; os pontos cardeais se inverteram.

Por um momento ele ficou estupefato pelo poder da revelação, a seguir correu aos tropeços num semicírculo em torno das ruínas. Ali, visível na luz da conflagração, jazia o corpo morto de uma mulher — o rosto branco voltado para cima, as mãos atiradas fora agarradas a punhados de grama, as roupas desarranjadas, o longo cabelo negro enovelado e cheio de sangue coagulado. A porção maior da fronte estava arrancada, e do orifício recortado projetava-se o cérebro, inundando as têmporas, uma massa espumante de cinza, coroada de cachos de bolhas carmesim — o efeito de um projétil.

A criança moveu suas pequenas mãos, fazendo gestos selvagens, inseguros. Balbuciou uma sequência de gritos desarticulados e indescritíveis — alguma coisa entre o tagarelar de um macaco e o gorgolejo de um peru —, um som surpreendente, desalmado, profano, a língua de um demônio. A criança era surda-muda.

A seguir ela ficou imóvel, com lábios trêmulos, contemplando a destruição.

Tradução de Paulo Schiller

JEAN LORRAIN

Os buracos da máscara

("Les trous du masque", *c.* 1900)

De Jean Lorrain (1855-1906), escritor maldito da Paris fim de século (homossexual e drogado — bebedor de éter — nos tempos em que a ostentação desses costumes era bem mais escandalosa do que hoje), este conto sobre as máscaras e sobre o nada tem uma força incomum de pesadelo, sobretudo porque o narrador consegue contemplar a desaparição de si mesmo.

———————————•———————————

"Você quer ver", meu amigo De Jakels me dissera, "está bem, arranje uma fantasia de dominó e uma máscara, um dominó bem elegante de cetim preto, calce uns escarpins e, desta vez, meias de seda preta, e espere-me em casa na terça-feira. Irei pegá-lo por volta das dez e meia."

Na terça-feira seguinte, envolto nas pregas farfalhantes de uma longa camalha, com a máscara de veludo e barba de cetim presa atrás das orelhas, esperei meu amigo De Jakels na minha garçonnière da rua Taitbout, enquanto esquentava nas brasas da lareira meus pés arrepiados pelo contato irritante da seda; lá de fora, chegavam-me do bulevar, confusamente, o som das cornetas e os gritos desesperados de uma noite de Carnaval.

Pensando bem, era um tanto estranha e até inquietante, a longo prazo, aquela festa solitária de um homem mascarado afundado numa poltrona, no claro-escuro de um térreo atulhado de bibelôs, ensurdecido por tapeçarias, e com espelhos pendurados nas paredes, refletindo a chama alta de uma lamparina de querosene e o bruxulear de duas velas compridas muito brancas, esbeltas, como que funerárias; e De Jakels não chegava. Os gritos dos mascarados espocando ao longe agravavam mais ainda a hostilidade do silêncio, as duas velas queimavam tão retas que acabei tomado por um nervosismo e, de súbito apavorado com aquelas três luzes, levantei-me para ir soprar uma delas.

Nesse momento um dos cortinados da porta se abriu e De Jakels entrou.

De Jakels? Eu não tinha ouvido tocar a campainha nem alguém abrir. Como ele se introduzira no meu apartamento? Desde então pensei muito nisso; mas finalmente De Jakels ali estava, na minha frente. De Jakels? Bem, uma longa fantasia de dominó, uma grande forma escura, velada e mascarada como eu:

"Está pronto?", interrogou sua voz, que não reconheci. "Meu carro está aí, vamos embora."

Eu não tinha ouvido seu carro chegando nem parando defronte das minhas janelas.

Em que pesadelo, em que sombra e em que mistério eu começara a descer?

"É o capuz que está tapando os seus ouvidos, você não está acostumado com a máscara", pensava em voz alta De Jakels, que havia penetrado no meu silêncio: ou seja, naquela noite ele tinha o dom da adivinhação. E, levantando meu dominó, verificava a delicadeza de minhas meias de seda e de meus finos sapatos.

Esse gesto me serenou, era mesmo De Jakels e não outra pessoa que, de dentro daquele dominó, falava comigo; um outro não estaria sabendo da recomendação que De Jakels me fizera uma semana antes.

"Pois bem, vamos embora", a voz ordenava, e, num farfalhar de seda e de cetim sendo amassado, nos embrenhamos no corredor até a porta-cocheira, bastante parecidos, tive a impressão, com dois enormes morcegos, pelo esvoaçar de nossas camalhas subitamente levantadas acima de nossos dominós.

De onde vinha aquele vento forte? Aquele sopro do desconhecido? O clima naquela noite de terça-feira de Carnaval estava ao mesmo tempo tão úmido e tão ameno!

II.

Por onde andávamos agora, encolhidos no escuro daquele fiacre extraordinariamente silencioso, cujas rodas não faziam mais barulho do que os cascos do cavalo pelas ruas calçadas de madeira e pelo macadame das avenidas desertas?

Aonde íamos ao longo daqueles cais e daquelas margens desconhecidas mal iluminadas aqui e ali pela lanterna embaçada de um velho poste? Já havia muito tempo que tínhamos perdido de vista a fantástica silhueta da Notre-Dame delineando-se do outro lado do rio contra um céu de chumbo. Quai Saint-Michel, Quai de la Tournelle, e até mesmo Quai de Bercy, estávamos longe da avenida de l'Opéra, das ruas Drouot, Le Peletier e do centro. Não íamos nem sequer ao Bullier, onde os vícios vergonhosos costumam fazer suas assembleias, e, escapando de trás das máscaras, turbilhonam quase demoníacos e cinicamente às claras nas noites de Terça-Feira Gorda. E meu companheiro mantinha-se calado.

À beira daquele Sena taciturno e pálido, sob o arco de pontes cada vez mais raras, ao longo daqueles cais com grandes árvores mirradas de galhos afastados como os dedos da morte, invadia-me um medo insensato, um medo agravado pelo silêncio inexplicável de De Jakels; cheguei a duvidar de sua presença e a acreditar que estava ao lado de um desconhecido. A mão de meu amigo havia segurado a minha, e, ainda que mole e sem força, agarrava-a num tornilho que esmigalhava meus dedos... Essa mão de força e vontade imobilizava minhas palavras na garganta e sob seu aperto eu sentia se derreter e dissolver qualquer veleidade de revolta; agora rodávamos fora das fortificações, por estradas largas margeadas de cercas e de lúgubres vitrines de vendedores de vinho, biroscas havia muito tempo fechadas, nos arredores da cidade; andávamos à luz da lua que, finalmente, acabava de morder um bando de nuvens e parecia espalhar na ambígua paisagem de subúrbio uma camada crepitante de mercúrio e de sal; nesse momento tive a impressão de que as rodas do fiacre, deixando de ser fantasmas, gritavam entre as pedras do calçamento e o cascalho do caminho.

"É aqui", murmurou a voz de meu companheiro, "chegamos, podemos descer." E quando balbuciei um tímido: "Onde estamos?", "Barreira d'Italie, fora das fortificações, pegamos o caminho mais longo, mas o mais seguro, amanhã voltaremos por outro." Os cavalos pararam e De Jakels me largou para abrir a portinhola e me dar a mão.

III.

Uma ampla sala muito alta, de paredes caiadas, e nas janelas postigos internos hermeticamente fechados; em todo o comprimento da sala, mesas com copinhos de estanho presos por correntes, e, no fundo, três degraus acima, o balcão de zinco abarrotado de licores e garrafas com os rótulos coloridos dos lendários comerciantes de vinho; ali em cima o gás assobiando alto e claro. Em suma, a sala banal, se não mais espaçosa e mais limpa, de uma taverna das barreiras, cujos negócios iriam bem.

"Acima de tudo, nem uma palavra com quem quer que seja, não fale com ninguém e responda menos ainda; eles veriam que você não é dos deles e poderíamos passar por um mau momento. A mim, eles conhecem." E De Jakels me empurrou para a sala.

Algumas pessoas com máscaras ali bebiam, espalhadas. Quando entramos, o dono do estabelecimento se levantou e, pesadamente, arrastando os pés, veio até a nossa frente como para impedir nossa passagem. Sem uma palavra, De Jakels levantou a barra de nossos dois dominós e lhe mostrou nossos pés calçando finos escarpins!

Com certeza era o "abre-te sésamo" daquele estranho estabelecimento; o patrão voltou pesadamente para o seu balcão e percebi, coisa estranha, que também usava máscara, mas uma feita de papelão grosseiro burlescamente iluminada, imitando um rosto humano.

Os dois garçons, dois colossos peludos com as mangas de camisa arregaçadas até seus bíceps de boxeadores, circulavam calados, eles também invisíveis, com a mesma máscara horrorosa.

Os raros fantasiados, que bebiam sentados em volta das mesas, estavam com máscaras de cetim e veludo, com exceção de um enorme couraceiro fardado, espécie de brutamontes de maxilar pesado e bigode fulvo, sentado à mesa perto de dois elegantes dominós de seda malva, e que bebia de rosto descoberto, com os olhos azuis já vagos; nenhuma criatura que ali se encontrava tinha um rosto humano.

Num canto, dois grandalhões com blusas e bonés de veludo, máscaras de cetim preto, intrigavam por sua elegância suspeita; pois suas blusas eram de seda azul-clara e, de suas calças novas em folha, escapuliam dedos finos de mulher, envoltos em seda e dentro de escarpins. E, como que hipnotizado, eu ainda estaria contemplando aquele espetáculo se De Jakels não tivesse me arrastado para o fundo da sala, para uma porta envidraçada fechada por uma cortina vermelha. "Entrada do baile" estava escrito no alto dessa porta, em letras rebuscadas de um aprendiz de pintura; aliás, um vigia municipal montava guarda ali do lado. Era, quando nada, uma garantia, mas, ao passar, esbarrei na mão dele e percebi que era de cera, de cera assim como seu rosto rosa eriçado por bigodes postiços, e tive a horrível certeza de que a única criatura cuja presença iria me sossegar naquele local de mistério era um simples manequim.

IV.

Quantas horas fazia que eu perambulava sozinho no meio das máscaras silenciosas, naquele galpão abobadado como uma igreja? E era de fato uma igreja, uma igreja abandonada e secularizada, aquela vasta sala de janelas ogivais, a maioria delas muradas até o meio, entre suas colunas de arabescos pincelados com um reboco espesso amarelado, no qual se afundavam as flores esculpidas dos capitéis.

Estranho baile, onde não se dançava e onde não havia orquestra. De Jakels tinha desaparecido, eu estava sozinho, abandonado no meio daquela turba desconhecida.

Um lustre velho de ferro batido flamejava forte no alto, pendurado na abóbada, iluminando as lajes empoeiradas, algumas das quais, cheias de inscrições, talvez cobrissem túmulos. Ao fundo, no lugar onde certamente devia ter reinado o altar, havia, penduradas a meia altura na parede, manjedouras e grades, e nos cantos, pilhas de arneses e cabrestos esquecidos; o salão de baile era uma estrebaria.

Aqui e ali grandes espelhos de barbearias emoldurados de papel dourado refletiam um no outro o silencioso passeio das máscaras, bem, quer dizer, já não refletiam, pois agora todos estavam sentados, enfileirados e imóveis dos dois lados da igreja, enterrados até os ombros nas velhas estalas do coro.

Ali ficavam, mudos, sem um gesto, como que recolhidos no mistério debaixo de cogulas compridas de lã prateada, um prateado fosco sem reflexos; pois não havia mais dominós, nem blusas de seda azul, nem Arlequins nem Colombinas, nem fantasias grotescas. Mas todas aquelas máscaras eram parecidas, envoltas no mesmo traje de um verde-desbotado tirante ao amarelo-enxofre, com grandes mangas pretas, e todos encapuzados de verde-escuro, e no capuz de suas cogulas prateadas, os dois buracos para os olhos.

Davam a impressão de faces de leprosos, cor de giz, e suas mãos enluvadas de preto erguiam uma longa haste de lírios pretos com folhas verde-claras, e seus capuzes, como o de Dante, eram coroados de flores-de-lis pretas.

E todas aquelas cogulas se calavam numa imobilidade de fantasmas, e, acima de suas coroas fúnebres, a ogiva das janelas recortando-se claramente contra o céu branco do luar cobria-os como uma mitra de bispo.

Eu sentia minha razão soçobrar no pavor; o sobrenatural me embrulhava! A rigidez, o silêncio de todos aqueles seres mascarados. O que eram? Um minuto de incerteza a mais, seria a loucura! Eu já não aguentava, e, com a mão crispada de angústia, adiantei-me para uma das máscaras e levantei abruptamente sua cogula.

Horror! Não havia nada, nada. Meus olhos apavorados só encontraram o oco do capuz; a túnica e a camalha estavam vazias. Aquele ser que outrora viveu não era mais que sombra e nada.

Alucinado de terror, arranquei a túnica do mascarado que se sentava na estala vizinha, o capuz de veludo verde estava vazio, vazio o capuz das outras máscaras sentadas ao longo das paredes. Todos tinham faces de sombra, todos eram nada.

E o gás queimava mais forte, quase assobiando na sala alta; pelas vidraças quebradas das ogivas o luar cegava; então me invadiu um horror no meio de todos aqueles seres vazios, de aparências vãs, diante de todas aquelas máscaras vazias uma dúvida atroz confrangeu meu coração.

E se eu também fosse parecido com eles, se também tivesse deixado de existir, e se sob a minha máscara não houvesse nada, nada senão o nada! Precipitei-me para um dos espelhos. Uma criatura de sonho ergueu-se diante de mim, encapuzada de verde-escuro, com uma máscara de prata, coroada de flores-de-lis pretas.

E aquela máscara era eu, pois reconheci meu gesto na mão que levantava o capuz e, boquiaberto de pavor, dei um grito imenso, pois não havia nada sob a máscara de tela prateada, nada no oval do capuz, a não ser o buraco de tecido arredondado no espaço vazio. Eu estava morto e eu...

"E você bebeu éter novamente", repreendia em meu ouvido a voz de De Jakels.

"Curiosa ideia para enganar o tédio enquanto me esperava."

Eu estava estirado no meio de meu quarto, meu corpo arrastado para o tapete, a cabeça encostada numa poltrona, e De Jakels, de traje a rigor debaixo de uma túnica de monge, dava ordens febris a meu mordomo horrorizado; em cima da lareira as duas velas acesas, chegando ao fim, estalavam nas arandelas e me acordaram... Já era tempo.

Tradução de Rosa Freire D'Aguiar

ROBERT LOUIS STEVENSON

O demônio da garrafa

("The Bottle Imp", 1893)

A famosa história da garrafa que encerra um gênio que pode realizar todos os dese-jos foi contada por Stevenson aos indígenas de Samoa e como tal ela figura no volume Os entretenimentos das noites da ilha. *Mas Stevenson não havia feito mais que trans-plantar uma velha lenda escocesa para uma genérica ambientação dos mares do Sul. Isso no que se refere à fonte da invenção; quanto à fatura literária, "O demônio da garrafa" é uma obra-prima da arte de narrar. O enredo se desenvolve com precisão matemática, abstrata. Também aqui o sobrenatural é reduzido ao mínimo: a angústia está toda na consciência e se materializa numa simples garrafa, dentro da qual se entrevê apenas uma forma esbranquiçada.*

Nem todos estão de acordo quanto ao autêntico valor de Robert Louis Stevenson (1850-94). Há quem o considere um autor menor, e há os que o veem como um grande entre os grandes. E essa é a minha opinião, tanto pela nitidez límpida e leve do estilo como pelo núcleo moral de todas as suas narrativas. Neste caso, é a moral do limite hu-mano que tem uma rica e modulada representação fantástica.

Nota: Qualquer estudante daquele objeto iletrado, o drama inglês do começo do século, reconhecerá aqui o nome e a ideia de uma peça popularizada pelo formidável B. Smith. A ideia está aqui, mas acredito que consegui algo de novo. E o fato de o conto ter sido pensado para um auditório da Polinésia pode ser a causa de algum estranho interesse para os mais familiarizados. R. L. S.

———————•———————

Como ele ainda está vivo e precisa ter seu nome mantido em segredo, chamarei de Keawe àquele homem que vivia em uma ilha do Havaí; o lugar de seu nascimento não ficava longe de Honaunau, onde os ossos de Keawe, o Grande, estão escondidos em uma caverna. Esse homem era pobre, corajoso e cheio de vida; podia ler e escrever como um mestre-escola; além disso, era marinheiro qualificado, pois velejara por bastante tempo em um vapor das ilhas e fora também timoneiro de uma baleeira na costa de Hamakua. Por fim, resolvera conhecer o grande mundo e rodar pelas cidades estrangeiras, e então subiu em uma embarcação para San Francisco.

É uma cidade bonita, com um belo porto e um sem-número de pessoas ricas, além de, particularmente, uma colina coberta de palacetes. Certo dia Keawe estava caminhando por essa colina, com dinheiro no bolso, observando com muito gosto as mansões de ambos os lados do passeio. "Que casas bonitas!", pensava, "como devem ser felizes as pessoas que moram nelas, já que não precisam se preocupar com o futuro!" Era nisso que pensava quando se aproximou de uma casa um pouco menor que as outras, mas toda reformada e adornada como uma joia; os degraus da entrada brilhavam como prata, das extremidades do jardim desabrochavam grinaldas, e as janelas tinham o brilho de um diamante. Keawe parou para admirar a beleza de tudo que estava vendo. Assim, notou que um homem o observava através de uma janela, que, de tão clara, permitia a Keawe vê-lo como se vê um peixe em um laguinho entre os recifes. O homem era idoso, careca e com a barba escura. Seu rosto estava carregado de preocupação, e ele suspirava amargamente. A verdade é que, enquanto Keawe olhava o homem e o homem olhava Keawe, ambos se invejavam.

De repente o homem sorriu e balançou a cabeça, sinalizando para Keawe entrar, e o encontrou na porta da casa.

"Esta bela casa é minha", disse o homem, suspirando com amargura. "Você não gostaria de ver as dependências?"

Então ele mostrou tudo a Keawe, do porão ao sótão, e não havia absolutamente nada que não fosse perfeito. Keawe ficou impressionado.

"De fato", disse Keawe, "é uma bela casa; se eu vivesse em uma dessas, passaria o dia alegre. Por que, então, o senhor parece tão amargurado?"

"Não há motivo", disse o homem, "para que você não tenha uma casa parecida com essa, ou mais bela, se desejar. Suponho que você tenha algum dinheiro."

"Tenho cinquenta dólares", disse Keawe, "mas uma casa como esta custa muito mais do que isso."

O homem fez um cálculo. "Lamento que você não tenha mais", ele disse, "pois isso pode trazer problemas no futuro; mas faço por cinquenta dólares."

"A casa?", perguntou Keawe.

"Não, não a casa", respondeu o homem, "mas a garrafa. Tenho que lhe dizer que, mesmo parecendo tão rico e privilegiado, toda a minha riqueza, essa própria casa e o jardim, tudo veio de uma garrafa de mais ou menos meio litro. É isso."

Ele abriu um compartimento fechado, e retirou uma garrafa grossa e de gargalo comprido; o vidro era branco como leite, com as cores do arco-íris se alternando. Dentro, alguma coisa se mexia, como se fosse a sombra de uma labareda.

"Esta é a garrafa", disse o homem. "Você não acredita em mim?", ele acrescentou quando Keawe riu. "Então, veja por si mesmo se consegue quebrá-la."

Keawe ergueu a garrafa e atirou-a com toda a força ao chão por diversas vezes. Ela quicava como uma bola de criança e nem sequer rachou.

"Que negócio mais esquisito", disse Keawe. "Tocando-a ou observando-a, ela parece ser de vidro."

"Ela é de vidro", respondeu o homem, sorrindo com mais ânimo que antes, "de um vidro temperado nas chamas do inferno. Um demônio vive aí dentro. Suponho que seja ele essa chama que vemos dançar. O homem que comprar essa garrafa irá mandar no demônio; e terá tudo que desejar — amor, fama, dinheiro, casas como a minha, ou uma cidade como esta — tudo será dele com apenas uma palavra. Napoleão foi dono dessa garrafa, e, por causa dela, tornou-se o rei do mundo; mas acabou vendendo-a e perdeu tudo. O capitão Cook esteve com a garrafa, e usando-a achou o caminho para muitas ilhas; mas também a vendeu, e terminou morto no Havaí. Uma vez vendida, a garrafa perde o poder e a proteção acaba; e, a menos que o homem se contente com aquilo que já tem, a contrariedade recairá sobre ele."

"Ainda assim você fala em vendê-la?", Keawe disse.

"Eu já tenho tudo o que desejo, e estou ficando muito velho", respondeu o homem. "Há apenas uma coisa que o demônio não pode fazer — ele não pode prolongar a vida; não seria justo esconder de você que existe um inconveniente com a garrafa: se um homem morrer antes de vendê-la, vai queimar no inferno por toda a eternidade."

"Pode ter certeza de que isso é um enorme inconveniente e não um pequeno problema", gritou Keawe. "Não quero me intrometer com isso. Eu posso viver sem uma casa, graças a Deus; só há uma coisa que não consigo aguentar: ser condenado."

"Meu caro, você não deve fugir assim das coisas", replicou o homem. "Tudo o que você tem que fazer é usar o poder do demônio com moderação, então passar a garrafa para a frente, como eu estou fazendo com você, e terminar confortavelmente sua vida."

"Olha, tenho duas coisas a dizer", Keawe falou. "O tempo todo o senhor suspira como uma donzela apaixonada; depois, tenta vender a garrafa por um preço muito baixo."

"Já contei a você por que estou suspirando", disse o homem. "Tenho medo de que minha saúde esteja abalada; e como você mesmo disse, morrer e ir para o inferno é uma desgraça para qualquer um. Como vou vendê-la assim tão barato, tenho que lhe explicar que a garrafa tem ainda outra peculiaridade. Há muito tempo, quando o diabo veio pela primeira vez à terra, ela era extremamente cara, e foi vendida pela primeira vez para Preste João por muitos milhões de dólares; mas ela não pode ser vendida pelo mesmo valor, e sim sempre por um preço mais baixo. Se você a vender por mais do que pagou, ela volta novamente como um pombo-correio. Acontece que o preço foi caindo ao longo dos séculos, e a garrafa agora é muito barata. Eu mesmo a comprei por apenas noventa dólares de um de meus melhores vizinhos aqui na colina. Posso vendê-la até por oitenta e nove dólares e noventa e nove centavos. Um centavo a mais e ela volta para mim. Agora, sobre isso existem dois problemas. Primeiro, quando você oferece uma garrafa tão especial por míseros oitenta dólares, as pessoas começam a achar que você está brincando. E segundo — não, não há razão para se preocupar agora —, não preciso falar sobre isso. Apenas se lembre de que ela só pode ser vendida por dinheiro vivo."

"Como eu posso saber que tudo isso é mesmo verdade?", perguntou Keawe.

"Basta você tentar uma vez", respondeu o homem. "Me dê os cinquenta dólares, leve a garrafa, e deseje que seus cinquenta dólares voltem para o seu bolso. Se isso não acontecer, dou minha palavra de honra que desfaço o negócio e lhe restituo o dinheiro."

"Você não está me enrolando?", disse Keawe.

O homem fez um enorme juramento.

"Bom, eu vou arriscar", disse Keawe. "Não tenho nada a perder." Na mesma hora, ele entregou o dinheiro para o homem, que lhe passou a garrafa.

"Demônio da garrafa", disse Keawe, "quero os meus cinquenta dólares de volta." Imediatamente depois de dizer aquelas palavras, seu bolso estava tão cheio quanto antes.

"É mesmo verdade, essa garrafa é extraordinária", exclamou Keawe.

"E agora, bom dia para o senhor, meu caro amigo, e que o demônio esteja convosco", disse o homem.

"Espere aí", disse Keawe. "Não quero mais saber dessa brincadeira. Aqui, pegue sua garrafa de volta."

"Você a comprou por menos do que eu paguei", respondeu o homem, esfregando as mãos. "Ela é sua agora; e, da minha parte, só quero que o senhor vá embora." Com isso ele chamou seu criado chinês, que mostrou a Keawe a porta da casa.

Depois, quando já estava na rua, com a garrafa debaixo do braço, Keawe se pôs a pensar. "Se tudo sobre esta garrafa for verdade, devo ter feito um péssimo negócio. Mas talvez aquele homem só estivesse se divertindo comigo." A primeira coisa que fez foi contar o dinheiro; a quantia estava exata — quarenta e nove dólares americanos e uma moeda chilena. "Parece que é mesmo verdade", disse Keawe. "Agora vou tentar alguma outra coisa."

As ruas naquela parte da cidade eram tão limpas quanto o convés de um navio, e ainda que fosse meio-dia, não havia pedestres. Keawe deixou a garrafa na sarjeta e saiu. Ele olhou duas vezes para trás e viu a garrafa leitosa e bojuda no mesmo lugar em que a deixara. Uma terceira vez olhou para trás, e depois virou a esquina. Ele quase não tinha andado direito quando alguma coisa bateu sobre seu cotovelo, e pimba! Era a garrafa pescoçuda e gorda que estava no bolso de seu casaco de timoneiro.

"Nossa, deve ser mesmo verdade", disse Keawe.

A próxima coisa que ele fez foi comprar um saca-rolhas em uma loja, e depois ir a um lugar ermo no campo. Lá tentou tirar a rolha, mas sempre que a retirava, ela reaparecia na garrafa como se nada tivesse acontecido.

"É um tipo novo de cortiça", disse Keawe, e na mesma hora começou a tremer e a suar com medo daquela garrafa.

Voltando ao porto, ele viu uma loja em que um homem vendia conchas e lanças das ilhas selvagens, velhas imagens pagãs, moedas antigas, quadros da China e do Japão, e toda sorte de coisas que os marinheiros traziam nos baús dos navios. E então ele teve uma ideia: entrou e ofereceu a garrafa por cem dólares. O homem da loja riu na cara dele e ofereceu cinco; mas em seguida percebeu que se tratava de uma garrafa curiosa, cujo vidro não parecia obra humana, tal era a beleza das cores que brilhavam sobre o branco leitoso, e tão estranha era a sombra no seu interior. Então, depois de pechinchar, como era costume entre seus pares, o vendedor deu a Keawe sessenta dólares de prata pela garrafa e colocou-a em uma prateleira perto de sua janela.

"Agora", disse Keawe, "eu vendi por sessenta o que comprei por cinquenta — ou, para dizer a verdade, um pouco menos, porque um de meus dólares era do Chile. Agora, vou poder descobrir a verdade sobre a outra particularidade."

Então ele subiu a bordo do navio, e, quando abriu sua bagagem, lá estava a garrafa, que, aliás, tinha chegado mais rápido do que ele.

No volta, Lopaka, um companheiro de Keawe, estava a bordo.

"Por que", disse Lopaka, "você está arregalando os olhos para a sua bagagem?"

Eles estavam sozinhos na proa do navio. Keawe pediu-lhe segredo e contou tudo.

"É uma história muito estranha", disse Lopaka, "e receio que você vá ter problemas com essa garrafa. Mas há algo muito claro — já que você vai ter problemas mesmo, não vejo mal em tirar algum lucro com o negócio. Pense em algum desejo e faça o pedido. Se funcionar, compro a garrafa de você; pois eu sempre quis ter uma escuna para trabalhar nas ilhas."

"Eu quero outra coisa", disse K. "Desejo uma bela casa e um jardim na costa de Kona, onde nasci. O sol brilhando na porta, flores no jardim, quadros nas paredes, mimos e toalhas finas nas mesas, tudo muito parecido com aquela casa que vi — apenas com um pavimento superior, e com sacadas por todo lado como o palácio do rei. Quero viver num lugar como esse sem preocupações e divertindo meus amigos e minha família."

"Certo", disse Lopaka, "vamos levar a garrafa conosco para o Havaí; e se tudo der certo, como você supõe, vou comprar a garrafa, como eu disse, e pedir uma escuna."

Eles fecharam o acordo, e o navio zarpou para Honolulu, levando Keawe, Lopaka e a garrafa. Logo que desembarcaram na praia, encontraram um amigo que vinha dar os pêsames a Keawe.

"Não sei por que você está me dando os pêsames", disse Keawe.

"Você ainda não deve estar sabendo", disse o amigo, "seu tio — aquele bom senhor — está morto, e seu primo — um belo rapaz — afogou-se no mar."

A tristeza invadiu Keawe, e, chorando e lamentando, ele se esqueceu da garrafa. Mas Lopaka estava pensando consigo mesmo, e logo que a tristeza de Keawe diminuiu, falou: "Seu tio não tem terras no Havaí, na região de Kau?".

"Não", disse Keawe, "não é em Kau, elas ficam lá para os lados da montanha — um pouco ao sul de Hookena."

"Essas terras agora não são suas?", perguntou Lopaka.

"Agora são minhas", disse Keawe, enquanto novamente lamentava por seus parentes.

"Não, não", disse Lopaka, "não se lamente. Penso se tudo não foi obra da garrafa. Eis aí o lugar certo para a sua casa."

"Se for isso mesmo", Keawe exclamou, "é muito ruim tirar vantagem da morte dos meus parentes. Mas talvez você tenha razão, pois foi bem naquele local que imaginei a minha casa."

"Ela, no entanto, ainda não foi sequer construída", disse Lopaka.

"E nem vai ser!", disse Keawe, "pois meu tio tinha algum café e cultivava banana, terei no máximo algo para viver com certo conforto. O resto daquela terra é lava escura."

"Vamos consultar um advogado", disse Lopaka. "Ainda tenho planos na cabeça."

Quando foram a um advogado, descobriram que o tio de Keawe tinha ficado muito rico no final de seus dias, e lhe deixara muito dinheiro.

"Olha aí o dinheiro para a casa!", exclamou Lopaka.

"Se vocês estão pensando em fazer uma casa nova", disse o advogado, "tomem o cartão de um novo arquiteto, sobre quem tenho ouvido falar muito bem."

"Ótimo, ótimo!", exclamou Lopaka. "Aí está tudo o que planejamos. Continuamos a ser obedecidos."

Então eles foram visitar o arquiteto, que tinha diversos projetos sobre a mesa.

"Vocês desejam algo diferente?", perguntou o arquiteto. "De que jeito vocês querem?" E ele estendeu uma planta a Keawe.

Na hora em que Keawe colocou os olhos no desenho, deu um grito de espanto, pois era a reprodução exata do que tinha imaginado.

"Essa casa é para mim", ele pensou. "Mesmo que eu não goste do jeito como estão sendo feitas as coisas, já estou metido nisso e então posso tirar vantagem dessa perversidade."

Então ele explicou para o arquiteto tudo o que queria, e como ele gostaria de ter a casa mobiliada, e sobre os quadros na parede e os adornos nas mesas; e depois pediu o orçamento.

O arquiteto perguntou muita coisa, pegou a caneta, fez um cálculo; e falou exatamente a soma que Keawe tinha herdado.

Lopaka e Keawe se olharam e concordaram com a cabeça.

"É claríssimo", pensou Keawe, "que esta casa é para mim. É um presente do diabo, e eu receio que pouca coisa boa possa vir dele. Tenho certeza de que é melhor não pedir mais nada enquanto eu estiver com esta garrafa. Mas fico com a casa, é o que posso tirar de bom dessa perversidade."

Então ele combinou tudo com o arquiteto, e os dois assinaram os papéis. Keawe e Lopaka voltaram para o navio e navegaram rumo à Austrália; no caminho, concluíram que não deveriam se intrometer em nada, mas deixar o arquiteto e o demônio da garrafa construir e decorar a casa conforme a vontade deles.

A viagem foi boa, Keawe apenas precisou se conter para não fazer outros desejos para a garrafa e então não tomar mais favores do demônio. Os amigos voltaram no prazo combinado. E o arquiteto lhes falou que a casa estava pronta. Keawe e Lopaka compraram uma passagem no *Hall*, e foram direto para Kona ver a casa, e conferir se tudo tinha ficado de acordo com o que Keawe tinha imaginado.

Pois bem, a casa ficava à beira da montanha, à vista dos navios. Acima, a montanha se estendia até as nuvens de chuva; abaixo, a lava negra escorria do precipício onde estavam enterrados os reis de outrora. Um jardim florescia em torno da casa com uma enormidade de espécies diferentes de plantas; e havia um pomar de papaia em uma ponta e um de fruta-pão na outra, e bem na frente, na direção do mar, um mastro fazia uma bandeira tremular. A casa tinha três andares, com cômodos enormes e uma bela sacada em cada um deles. As janelas eram de um vidro transparente como a água e brilhante como o dia. Todo tipo de mobília adornava os cômodos. Nas paredes, quadros estavam pendurados em mobílias douradas — quadros de navios, de homens lutando, das mulheres mais belas, e de lugares exóticos; nenhum lugar no mundo tinha quadros tão belos como os que Keawe pendurara em sua casa. Quanto aos enfeites, eles eram extraordinariamente elegantes: relógios de carrilhão e caixas de música, homenzinhos com a cabeça móvel, livros cheios de desenhos, armas dos quatro cantos do mundo, e os mais refinados quebra-cabeças para entreter o lazer de um homem solitário. E como ninguém habitaria tais aposentos, construídos apenas para o passeio e a admiração, as sacadas eram tão amplas que toda a cidade poderia viver nelas com conforto. Keawe não sabia o que preferia, se a varanda de trás, onde era possível sentir a brisa da terra e olhar os pomares e as flores, ou a sacada da frente, de onde se podia apreciar a maresia e admirar a costa da montanha e ver o *Hall* zarpando uma vez por semana em direção a Hookena e aos desfiladeiros de Pele, ou as escunas margeando a costa cheias de lenha e bananas.

Quando já tinham visto tudo, Keawe e Lopaka sentaram-se na varanda.

"Bom", perguntou Lopaka, "e ficou como você tinha imaginado?"

"Não dá para dizer", Keawe exclamou. "É melhor do que sonhei, e estou absolutamente satisfeito."

"Só há uma coisa a considerar", disse Lopaka, "tudo isto pode ser muito normal, e o demônio da garrafa não ter nenhuma participação. Eu não coloco a minha mão no fogo por nada deste mundo, tenho medo de comprar a garrafa e não ganhar minha escuna. Eu dei minha palavra, eu sei; mas acho que preciso ainda de outra prova."

"Mas jurei que não pediria outros favores", disse Keawe. "Eu já fui longe demais."

"Não estou pensando em favores", respondeu Lopaka. "Eu só quero ver o demônio. Não terei lucro nenhum com isso, e portanto nada tenho para recear, mas, se conseguir vê-lo, terei certeza de toda a história. Permita-me essa ousadia e me deixe ver o demônio. O dinheiro está nas minhas mãos, veja. Depois, comprarei a garrafa."

"Tenho receio só de uma coisa", disse Keawe. "O demônio pode ser feio demais para ser visto, e se você colocar os olhos uma vez sobre ele, talvez perca o interesse pela garrafa."

"Sou um homem de palavra", disse Lopaka. "Vou deixar o dinheiro combinado aqui na nossa frente."

"Muito bem", respondeu Keawe. "Eu estou muito curioso. Então, vamos, senhor Demônio, deixe-me ver você."

Bem na hora em que essas palavras foram pronunciadas, o demônio saiu da garrafa e rapidamente voltou para dentro, ligeiro como uma lagartixa; Keawe e Lopaka ficaram petrificados. A noite já avançara antes que eles tivessem conseguido pronunciar uma palavra; e então Lopaka empurrou o dinheiro na direção de Keawe e pegou a garrafa.

"Sou um homem de palavra", ele disse, "e vou mostrar isso, ou eu não tocaria esta garrafa nem com os pés. Bom, quero minha escuna e algum dinheiro no bolso; depois me livro desse diabo o mais rápido possível. Para falar a verdade, a aparência dele me deprime."

"Lopaka", disse Keawe, "não me leve a mal; eu sei que já escureceu, que as estradas são ruins, que a passagem pelo cemitério é desagradável a esta hora, mas admito que desde que vi aquela pequenina cara, não posso comer, dormir ou orar até que ela esteja longe de mim. Vou dar a você uma lanterna, uma cesta para colocar a garrafa, e algum quadro ou qualquer outro mimo da minha casa que você deseje; mas vá de uma vez, vá dormir em Hookena com Nahinu."

"Keawe", disse Lopaka, "muitos homens levariam isso a mal; principalmente depois de ter sido tão simpático com você. Mantive minha palavra e comprei a garrafa; e, sobre o que dizia, a noite, a escuridão e o caminho pelo cemitério devem ser dez vezes mais perigosos para um homem com tal pecado na consciência e uma garrafa feito esta debaixo do braço. Mas, quanto a mim, estou tão gelado de horror que não tenho coragem de culpá-lo. Bom, eu vou indo; e vou pedir a Deus que você seja feliz na sua casa, e que eu tenha sorte com a minha escuna e que nós dois consigamos no final de tudo ir para o céu apesar do diabo e de sua garrafa."

Então Lopaka saiu em direção à montanha; e Keawe na varanda da frente ouviu o barulho das ferraduras do cavalo, e viu a lanterna brilhando pelo caminho, e ao longo do desfiladeiro de cavernas onde os velhos mortos estavam enterrados; e em todo esse tempo ele tremia, esfregava as mãos, orava pelo amigo, e dava glória a Deus por ele próprio ter escapado daquela encrenca.

Mas o dia seguinte amanheceu tão brilhante, e a nova casa estava tão aconchegante, que ele esqueceu seus medos. Um dia seguia o outro, e Keawe vivia lá em eterna alegria. Seu lugar preferido era a varanda dos fundos; era lá que ele comia e ficava lendo os jornais de Honolulu; mas quando alguém o vinha visitar, iam ver os cômodos e os quadros. A fama da casa se espalhou largamente; era chamada *Ka-Hale Nui* — uma bela casa — em toda a Kona; e algumas vezes Casa Esplendorosa, pois Keawe contratara um criado chinês que passava o dia tirando

414   ROBERT LOUIS STEVENSON

o pó e lustrando; e os vidros, o papel de parede, os elegantes assoalhos e os quadros brilhavam como a aurora ensolarada. Keawe não podia andar pelos cômodos sem cantar, seu coração estava muito alegre; e quando os navios singravam no mar, cumprimentavam-no içando a bandeira no mastro.

O tempo passava, até que um dia Keawe foi visitar um amigo na distante Kailua. Ele não quis perder muito tempo, e na manhã seguinte saiu o mais cedo que podia, cavalgando com ânimo, pois estava impaciente para voltar à sua bela casa; e, além disso, a noite seguinte era aquela em que os mortos de tempos passados vinham para os lados de Kona. Como já fizera negócio com o diabo, não desejava encontrar-se com os mortos. Na região de Honaunau, ao olhar adiante, avistou uma mulher se banhando à beira do mar. Parecia uma bela garota, mas ele não fez caso disso. Então viu sua camisa branca flutuar enquanto ela se vestia, e admirou seu *holoku* vermelho. Quando cruzou com ela, a moça tinha acabado de se arrumar e, saindo do mar, colocara-se ao lado da estrada com seu *holoku* vermelho; achou-a toda perfumada com o banho, seus olhos brilhavam e eram gentis. Keawe quis vê-la melhor e puxou as rédeas.

"Eu achava que conhecia todo mundo neste lugar", disse ele. "Como nunca vi você?"

"Sou Kokua, filha de Kiano", disse a garota, "acabei de voltar de Oahu. Quem é você?"

"Eu já vou falar com você", replicou Keawe, descendo do cavalo, "mas não agora. Tenho algo em mente e se você souber quem sou, talvez não me dê uma resposta verdadeira. Antes de tudo me diga uma coisa: você é casada?"

Diante daquilo, Kokua riu bem alto. "É você que tem que responder", ela disse. "E você, é casado?"

"Com toda a certeza, Kokua, não sou", Keawe respondeu, "e nunca pensei em ser até este momento. Mas a verdade é que me encontrei com você aqui na estrada, vi seus olhos, que são como as estrelas, e meu coração voou para o seu como um pássaro. E então agora, se você não quer nada comigo, diga, e eu vou me colocar no meu devido lugar; mas se você acha que não sou inferior a qualquer outro homem jovem, diga também que volto para ter com seu pai e amanhã vou falar com o juiz de paz."

Kokua não dizia nada, apenas olhava para o mar e ria.

"Kokua", Keawe disse, "se você não diz nada, então entendo que consente; vamos ter com seu pai."

Ela caminhava à frente dele, ainda sem falar; às vezes sorria e o olhava, colocando as alças do chapéu na boca.

Quando chegaram à porta, Kiano saiu na varanda, e cumprimentou Keawe pelo nome. A garota se animou com aquilo, pois a fama da Casa Esplendorosa já tinha chegado aos seus ouvidos e, com certeza, era uma tentação muito grande. Passaram com felicidade a noite juntos; a garota foi audaciosa e atrevida mesmo diante dos pais, e brincou com Keawe, pois era muito espirituosa. No dia seguinte ele teve a palavra de Kiano e encontrou-se sozinho com a garota.

"Kokua", disse ele, "você fez troça de mim durante toda a noite e ainda é tempo de me mandar embora. Não revelei a minha identidade por causa da minha bela casa; eu tinha receio de que você pensasse demais nela e pouco no homem que ama você. Agora que você sabe tudo, se deseja não me ver mais, diga de uma vez."

"Não", disse Kokua, mas agora ela não riu nem perguntou qualquer outra coisa a Keawe.

Keawe a cortejava; as coisas estavam acontecendo muito rapidamente; mas uma flecha voa rápido também, e a bala de uma pistola mais ainda, e ambas acertam o alvo. O pensamento de Keawe era todo para a moça; ela ouvia sua voz na batida das ondas sobre a lava, e por aquele jovem que vira não mais que duas vezes, ela tinha deixado pai e mãe e sua terra natal. E no que toca a Keawe, seu cavalo voava sobre a montanha, e o som das ferraduras, e o som de Keawe cantando para si mesmo por prazer, ecoavam nas cavernas da morte. Quando chegou à Casa Esplendorosa, ainda estava cantando. Sentou-se e comeu em uma sacada, e o criado chinês aproximou-se admirado de seu patrão, para ouvir como ele cantava bem com a boca cheia. O sol desceu ao mar, e a noite veio; Keawe andou pela sacada acendendo os lampiões que brilhavam na montanha, e a voz dele cantando deixou sobressaltados os homens nos navios.

"Aqui estou no melhor lugar do mundo", ele disse para si mesmo. "A vida não pode ser melhor; este é o cume da montanha; nada indica que estou na direção de algo ruim. Pela primeira vez vou iluminar todos os cômodos, lavar-me na minha magnífica banheira com água quente e fria, e dormir sozinho no meu leito nupcial."

Então o criado chinês, que mal deitara, teve que se levantar para acender a fornalha; enquanto descia, além da caldeira, ouvia seu patrão cantando e se divertindo no andar de cima, nos cômodos iluminados. Quando a água começou a esquentar, o criado chinês chamou seu patrão e Keawe foi para o banheiro; o criado ouviu-o cantar também enquanto ele enchia a banheira de mármore; e ouviu-o cantar enquanto tirava a roupa, até que, surpreendentemente, a canção parou. O criado apurou os ouvidos e subiu para perguntar a Keawe se tudo estava bem, Keawe respondeu que sim e mandou-o ir para a cama; no entanto, não houve mais música na Casa Esplendorosa; e durante toda a noite o criado ouviu os pés de seu patrão vagarem pelas varandas sem descanso. Aqui está a verdade: enquanto Keawe se despia para o banho, encontrou sobre sua pele uma mancha parecida com o líquen de uma rocha. Ele parou de cantar pois reconheceu a mancha, e percebeu que havia contraído o mal chinês: a lepra.

Bom, é uma coisa triste para qualquer um contrair essa enfermidade. E seria uma tragédia para todo mundo deixar uma casa tão bonita e tão aconchegante, e abandonar todos os amigos para ir para a costa de Molokai viver entre os desfiladeiros e o quebra-mar. Mas o que dizer de Keawe, que encontrara o amor no dia anterior, noivara naquela manhã, e agora via todas as suas esperanças desfalecerem, em um instante, como se quebra um pedaço de vidro?

Feito um louco, ele sentava à borda da banheira, então pulava e, com um grito, corria para fora, de um lado para o outro, perambulando pelas sacadas.

"Eu deixaria o Havaí, a terra dos meus pais, de boa vontade", Keawe pensava. "Feliz, eu deixaria a minha casa, o melhor lugar do mundo, tão cheia de janelas sobre a montanha. Com toda a coragem eu iria para Molokai, para Kalaupapa no desfiladeiro, viveria junto aos outros infectados e dormiria lá, longe dos meus parentes. Mas o que fiz de errado, que pecado jaz na minha alma que me fez encontrar Kokua saindo linda do mar ao fim do dia? Kokua, a dona da minha alma! Kokua, a luz da minha vida! Nunca vou poder me casar com ela! Nunca vou poder admirá-la! Não vou poder mais acariciá-la com minhas mãos apaixonadas; e é por isso, é por você, querida Kokua, que eu mais lamento!"

Agora, podemos saber o tipo de homem que Keawe era, pois ele poderia ficar na Casa Esplendorosa por anos, e ninguém saberia de sua moléstia; mas nada daquilo o interessava se ele perdesse Kokua. E, do mesmo jeito, ele poderia se casar com Kokua, como muitos espíritos de porco fariam; mas Keawe amava de verdade sua noiva, e não a prejudicaria ou a colocaria em perigo.

Um pouco depois da meia-noite, veio-lhe à mente a garrafa. Ele saiu à varanda dos fundos e relembrou o dia em que vira o demônio de tão perto. O sangue como que se congelou nas veias.

"Aquela garrafa é assustadora", pensou Keawe, "o demônio é assustador, e é assustador arriscar-se a terminar nas chamas do inferno. Mas não tenho outra chance para curar a minha doença e me casar com Kokua. O quê!", pensou, "fui capaz de desafiar o demônio para conseguir uma casa, e não o enfrentaria agora por Kokua?"

Depois, ele relembrou que o *Hall* zarparia dali a caminho de Honolulu. "Devo primeiro embarcar", ele pensou, "e ver Lopaka. O melhor que tenho a fazer agora é achar aquela garrafa que me deu tanto prazer em mandar para longe."

Ele não dormiu um segundo nem conseguiu comer qualquer coisa; escreveu uma carta para Kiano e, aproximadamente à hora em que o vapor estaria chegando, desceu pelo despenhadeiro do cemitério. Chovia; seu cavalo andava com vagar; ele olhava para a boca negra das cavernas, e invejava os mortos que lá dormiam e não enfrentavam adversidade nenhuma; e lembrou-se com surpresa do jeito que tinha galopado no dia anterior e ficou assombrado. Então ele desceu até Hookena, e como de costume toda a gente estava esperando pelo vapor. No depósito da loja, o povo estava sentado e contava as notícias; mas Keawe não tinha a menor vontade de falar. Ele sentou no meio dos outros e ficou olhando a chuva caindo nas casas, as ondas batendo nas rochas, enquanto os suspiros subiam à sua garganta.

"Keawe da Casa Esplendorosa está de mau humor", disse um popular para outro. Na verdade, era isso mesmo e não havia nada de extraordinário.

Então o *Hall* apareceu, e o bote levou-o a bordo. A popa do navio estava tomada de Haoles — brancos — que tinham ido visitar o vulcão, como era hábito de seu povo; o meio estava cheio de Kanakas, e a proa, de búfalos selvagens de Hilo e cavalos de Kau; mas Keawe, triste, ficou afastado de tudo, com esperança de enxergar a casa de Kiano. Finalmente a avistou, sobre a costa nas pedras escuras, à sombra das palmeiras, e na porta estava um *holoku* vermelho, não maior do que uma mosca, e perambulando como um mosquito. "Ah, minha princesa", ele suspirou, "vou arriscar minha alma apenas por você!"

Logo caiu a noite, as cabines se iluminaram, os Haoles sossegaram e foram jogar cartas e beber uísque como sempre; mas Keawe andou pelo deque a noite toda; e todo o dia seguinte, e enquanto singravam pelo Maui ou por Molokai, ele estava ainda vagando para cima e para baixo como um animal selvagem enjaulado.

Ao cair da tarde cruzaram Diamond Head e entraram no píer de Honolulu. Keawe atravessou a multidão e começou a perguntar por Lopaka. Parece que ele se tornara proprietário de uma escuna — não havia outra melhor nas ilhas — e tinha ido em um cruzeiro atrás de aventuras para os lados de Pola-Pola ou Kahiki; então nada se podia esperar de Lopaka. Keawe lembrou-se de um amigo dele, um advogado na cidade (não devo revelar seu nome), e pediu informações. Disseram-lhe que ele havia ficado muito rico, e adquirira uma bela casa em Waikiki; e isso fez Keawe pensar uma certa coisa. Imediatamente chamou uma condução e foi até a casa do advogado.

A casa era novinha, as pequenas árvores do jardim adornavam o passeio, e o advogado, quando apareceu, tinha o ar de um homem muito feliz.

"O que posso fazer para ajudar?", disse o advogado.

"Você é um amigo de Lopaka", respondeu Keawe, "e Lopaka comprou de mim uma certa mercadoria cuja localização talvez você possa me esclarecer."

A face do advogado se ensombreceu. "Não vou fingir que não sei nada, senhor Keawe", disse ele, "ainda que seja esse um péssimo assunto. Não posso garantir, mas acredito que, se for a um certo bairro, talvez consiga alguma informação."

Ele pronunciou o nome de um homem, que, de novo, acho melhor não repetir. E por alguns dias Keawe foi de um lado para o outro, sempre encontrando roupas novas, casas elegantes e homens muito felizes que, no entanto, ficavam com o rosto anuviado quando ele explicava seu propósito.

"Sem dúvida estou no caminho certo", pensou Keawe. "Essas roupas novas e esses coches são presentes do demônio da garrafa, e esses rostos felizes são rostos de homens que tiraram seu lucro e se livraram em segurança da mercadoria desgraçada. Quando vejo rostos pálidos e ouço suspiros, sei que estou perto da garrafa."

Chegou por fim à casa de um *haole* na rua Beritania. Quando Keawe se aproximou da porta, mais ou menos à hora da ceia, deparou-se com os típicos indícios: o jardim recente, a luz elétrica brilhando nas janelas; mas quando o proprietário saiu, uma onda de esperança e medo chacoalhou Keawe; pois ali estava um homem jovem, branco feito um fantasma, cheio de olheiras, o cabelo caindo, e os gestos de um condenado à forca.

"Ela está aqui, com certeza", pensou Keawe, e então com esse homem ele não escondeu o motivo de sua peregrinação. "Vim comprar a garrafa", disse.

Com aquilo, o jovem *haole* da rua Beritania se estatelou na parede.

"A garrafa!", arquejou. "Comprar a garrafa!" Ele parecia estar em estado de choque, e, levando Keawe pelo braço, colocou-o em uma sala e serviu vinho em duas taças.

"Receba meus cumprimentos", disse Keawe, que naqueles dias tinha estado muito na companhia dos Haoles. "Sim", ele acrescentou, "vim comprar a garrafa. Qual é o preço agora?"

Com aquilo o jovem deixou a taça escorregar por seus dedos, e olhou feito um fantasma para Keawe.

"O preço", ele disse, "o preço! Você não sabe o preço?"

"É isso que estou perguntando", respondeu Keawe. "Mas por que você está tão preocupado? Há alguma coisa errada com o preço?"

"O valor caiu muito desde quando você esteve com ela, senhor Keawe", o outro gaguejou.

"Ótimo, ficará mais barato para mim", disse Keawe. "Quanto custou?"

O jovem estava branco feito um lençol. "Dois centavos", ele disse.

"O quê?", disse Keawe, "dois centavos? Por isso então você só pode vendê-la por um. E quem a comprar", as palavras morreram na língua de Keawe, "quem a comprar nunca mais poderia vendê-la, a garrafa e o demônio da garrafa ficariam com ele até a morte, e quando morresse o levariam para as chamas do inferno."

O jovem da rua Beritania ajoelhou aos seus pés. "Pelo amor de Deus, compre a garrafa!", ele gritou. "Você pode levar toda a minha fortuna com a compra. Eu estava louco quando a comprei por aquele preço. Eu tinha desviado dinheiro de uma loja; estava perdido e iria para trás das grades."

"Pobre criatura", disse Keawe, "você arrisca a alma por uma aventura e para evitar a punição e acha que eu poderia hesitar tendo o amor como objetivo. Me dê a garrafa, e o troco que com toda a certeza você já tem preparado. Aqui está uma moeda de cinco centavos."

Keawe não se equivocara; o jovem separara o troco em uma gaveta; a garrafa trocou de mãos, e tão logo ela veio para as suas, Keawe pronunciou o desejo de curar-se. E, é lógico, quando foi para seu quarto e se despiu diante do espelho, viu que sua pele era como a de uma criança. E isso era estranho: logo que observou o milagre, seu espírito se transformou também, e ele esqueceu o mal chinês, e também não se interessava mais por Kokua; Keawe não tinha senão um pensamento, que estaria ligado ao demônio da garrafa para toda a eternidade. Ele não tinha melhor destino que o de queimar eternamente nas chamas do inferno. Na frente dele, via o fogo nos próprios olhos, sua alma ficou pequena, e a escuridão caiu sobre a luz.

Quando Keawe voltou a si, percebeu que havia escurecido e ouviu a orquestra do hotel tocando. Foi para lá, porque estava com medo de ficar sozinho; e entre os rostos felizes, andando para cima e para baixo, ouvindo os ritmos variarem, e vendo Berger tocar; no meio de tudo isso, ele ouvia as chamas crepitando, e via o fogo vermelho queimando. Surpreendentemente a orquestra começou a tocar a "Hikiao--ao", uma canção que ele tinha cantado com Kokua, o que lhe recobrou o ânimo.

"Agora já passou", ele pensou, "e uma vez mais vou usufruir o bem que acompanha o mal."

Encorajou-se a voltar para o Havaí no primeiro vapor. Tão logo conseguiu acertar tudo, estava casado com Kokua, e a levou para os lados da montanha, para a Casa Esplendorosa.

Quando eles estavam juntos, o coração de Keawe ficava sossegado; mas quando estava sozinho, sentia um grande horror, ouvia as chamas crepitarem, e via as fogueiras queimando. A moça tinha realmente se entregado a ele; o coração dela pulava apenas ao vê-lo, sua mão apontava na direção dele; e ela estava tão enfeitada, desde o cabelo até as unhas dos pés, que ninguém podia vê-la sem se alegrar. Tudo a deixava feliz e ela tinha sempre uma palavra gentil. Vivia cantando, e ia de um lado para o outro na Casa Esplendorosa, alegre como os pássaros. E Keawe ficava ouvindo-a com alegria, e então se encolhia e ia de lado chorar e pensar no preço que tinha pagado por ela; então secava os olhos, lavava o rosto, e ia ficar com ela nas varandas, divertindo-se com suas canções e, com o espírito doente, responder aos sorrisos dela.

Então veio o dia em que ela começou a arrastar os pés e suas canções se tornaram mais raras; e agora não era apenas Keawe que chorava, mas ambos, um escondido do outro em lados opostos da Casa Esplendorosa. Keawe estava tão imerso no seu desespero que quase não percebeu a mudança, e se sentia mais feliz porque tinha mais horas para sentar sozinho e lamentar seu destino. Agora não era tão frequentemente condenado a colocar um sorriso forçado no rosto de um coração enfermo. Mas um dia, andando de leve pela casa, ouviu o som de uma criança chorando, e encontrou Kokua no chão da varanda esfregando o rosto e lamentando feito uma desgraçada.

"Você faz bem em chorar nesta casa, Kokua", ele disse, "mas eu deixaria que cortassem a minha cabeça para fazer você feliz."

"Feliz", ela exclamou. "Keawe, quando você vivia sozinho na sua Casa Esplendorosa, não existia outro exemplo na ilha de homem feliz; o riso e a música estavam na sua boca, e seu rosto era tão brilhante quanto a aurora. Então você se casou com a pobre Kokua; e o bom Deus sabe o que é que falta nela — mas desde esse dia você não tem sorrido. Ah!", ela exclamou, "o que eu tenho? Eu achei que fosse atraente, e sabia que o amava. O que eu faço que anuvia o rosto do meu marido?"

"Pobre Kokua", disse Keawe. Ele sentou-se ao lado dela, e quis segurar sua mão; mas ela a puxou. "Pobre Kokua", repetiu. "Minha pobre menina — minha querida. E eu tinha pensado apenas em poupar você! Certo, você precisa saber de tudo. Então, no mínimo, você vai se apiedar do pobre Keawe; e vai entender quanto ele amou você no passado — que ele enfrentou o inferno por você — e quanto ele ainda ama você e é capaz de sorrir quando está contigo."

Com aquilo, ele contou tudo, desde o começo.

"Você fez isso por mim?", ela exclamou. "Eu sou a causa disso?!" Kokua esfregou as mãos e chorou sobre ele.

"Ah, menina!", disse Keawe. "No entanto, quando penso nas chamas do inferno, acho que estou bem-arranjado!"

"Não quero mais ouvir", disse ela. "Nenhum homem pode estar perdido apenas por amar Kokua. Eu garanto a você, Keawe, vou livrá-lo com as minhas mãos, ou perecerei junto. O quê! Você me ama e me dá a sua alma, e agora pensa que eu não morrerei para tê-lo de volta?"

"Ah, meu amor, você poderia morrer centenas de vezes, e que diferença faria?", ele exclamou, "a não ser me deixar sozinho até o momento da minha danação?"

"Você não sabe de nada", disse ela. "Fui educada em uma escola de Honolulu; não sou uma moça qualquer. E estou dizendo que vou ficar com o meu amor. O que você dizia sobre um centavo? O mundo não é só a América. Na Inglaterra há uma moeda chamada *farthing*, que vale mais ou menos meio centavo. Ah!, Deus!", ela exclamou, "mas isso não muda muito, pois o comprador estaria condenado, e nós não acharemos ninguém mais corajoso do que o meu bravo Keawe! Mas então há a França; eles têm uma pequena moeda chamada cêntimo, cinco formam mais ou menos um centavo. Não podíamos ter nada melhor. Vamos, Keawe, vamos até as ilhas francesas; vamos para o Taiti o mais rápido possível. Lá nós temos quatro *centimes*, três, dois, um...; quatro possíveis vendas ainda poderão ser feitas; e nós dois para negociar. Venha, meu Keawe! Beije-me e esqueça tanta preocupação. Kokua defenderá você."

"Presente de Deus!", ele exclamou. "Não posso pensar que Deus vai me punir por desejar algo tão bom! Será como você quiser, então, leve-me para onde você achar melhor: ponho a minha vida e a minha salvação nas suas mãos."

No raiar do dia seguinte, Kokua iniciou os preparativos. Pegou o baú que Keawe usava no tempo de marinheiro; e antes de tudo guardou a garrafa em um canto, então a embrulhou com os melhores panos e a enfeitou com os mais belos adornos à mão. "Bom", ela disse, "precisamos parecer gente rica, ou quem acreditará na garrafa?" Enquanto preparava, ela estava alegre feito um pássaro; apenas quando olhava para Keawe, as lágrimas saltavam de seus olhos, e ela tinha que correr e beijá-lo; quanto a Keawe, um peso tinha saído de suas costas; agora que ele tinha dividido o segredo e esperava resolvê-lo, parecia um novo homem, seus pés pisavam de leve a terra, e sua respiração estava de novo calma e tranquila. Mas ainda assim ele sentia algum terror nos ombros; e às vezes, como o vento apaga uma vela, a esperança se lhe diminuía, e ele via as chamas dançando e o fogo vermelho do inferno.

O casal disse às pessoas que estava indo de férias aos Estados Unidos, o que pareceu estranho, mas não tanto quanto a verdade, se é que alguém pudesse saber dela. Então foram para Honolulu no *Hall*, e de lá no *Umatilla* para San Francisco, com uma multidão de *haoles*, e em San Francisco compraram uma passagem no paquete postal, o *Tropic Bird*, para Papeete, a principal cidade francesa nas ilhas do Sul. Chegaram lá, depois de uma viagem prazerosa, viram a encosta do quebra-mar, e Motuiti com suas palmeiras, uma escuna velejando, e as casas brancas da cidade estendendo-se ao longo da praia entre árvores verdes, logo abaixo das montanhas e nuvens do Taiti, a ilha da sabedoria.

Acharam que o melhor era alugar uma casa, e concluíram que seria uma em frente ao consulado britânico, para que pudessem mostrar como tinham dinheiro. Eles mesmos se faziam notar com carros e cavalos. Tudo isso era muito fácil de fazer, já que tinham a garrafa em seu poder. Kokua era mais atrevida que Keawe, pois, quando precisava, pedia à garrafa vinte ou cem dólares. Desse jeito eles logo foram notados na cidade; e os forasteiros do Havaí, com seus cavalos e coches, com elegantes *holokus* e os ricos colares de Kokua tornaram-se assunto de muita conversa.

Logo aprenderam a língua do Taiti, de resto muito semelhante à que se fala no Havaí, com a diferença de certas letras; e tão logo conseguiram alguma habilidade para falar, começaram a negociar a garrafa. Devemos considerar que esse não era um assunto fácil para começar uma conversa; não é simples persuadir as pessoas de que estamos sendo honestos quando lhes oferecemos por quatro *centimes* um rio de saúde e riquezas intermináveis. Era necessário, além disso, explicar os perigos da garrafa. As pessoas não acreditavam naquilo tudo e riam, ou então pensavam no lado negro, afastando-se daquelas pessoas que tinham um pacto com o diabo. Então, em vez de ter sucesso, os dois começaram a achar que estavam sendo evitados na cidade; as crianças fugiam deles aos berros, uma coisa intolerável para Kokua; católicos benziam-se à sua passagem; e todo mundo começou a fugir deles.

A depressão tomou conta deles. Sentavam-se na sua casa nova, depois de um dia cansativo, e não trocavam uma palavra, ou o silêncio era quebrado por Kokua caindo, surpreendentemente, a soluçar. Às vezes rezavam juntos; às vezes deixavam a garrafa no chão e ficavam a noite toda observando a sombra mexer-se dentro dela. De vez em quando, tinham medo de ir descansar. Até que o sono tomava conta deles, e, se ambos adormecessem, era só para acordar e achar o outro chorando silenciosamente no escuro, ou, talvez, levantar sozinho, pois o outro vagava pela vizinhança com aquela garrafa, andando sobre as bananeiras no pequeno jardim, ou caminhando pela praia à luz da lua.

Certa noite, quando Kokua acordou, Keawe tinha saído. Ela apalpou o lençol e o lugar dele estava frio. O medo a invadiu, e ela se sentou na cama. A persiana filtrava os raios de luz. A sala estava brilhante, e ela podia espiar a garrafa no chão. Lá fora o vento soprava forte, as árvores faziam um barulho alto, e as folhas caídas retiniam na varanda. No meio de tudo isso Kokua percebia outro som; se o de um monstro ou de um homem, ela não podia dizer, mas era triste feito a morte e de cortar o coração. Ela se levantou com cuidado, foi até a porta entreaberta e olhou o quintal iluminado pela luz da lua. Lá, debaixo das bananeiras, Keawe estava caído, com a boca na poeira, gemendo no chão.

O primeiro pensamento de Kokua foi correr para consolá-lo; o segundo a impediu. Keawe sempre se comportara em frente à esposa como um homem corajoso; ela não deveria se intrometer em um momento de fraqueza e vergonha. Pensando nisso, voltou para casa.

"Céus", ela pensou, "quão descuidada eu tenho sido — quão fraca! É ele, não eu, que corre um perigo eterno; foi ele, não eu, que escolheu esse caminho para a alma. Tudo pelo meu bem, e tenho sido tão pequena e tão pouco solidária, que ele agora sente tão próximas as chamas do inferno. Sou tão cega que até agora não percebi qual o meu dever ou o vi e virei as costas para ele? Mas agora, no mínimo, vou agarrar o meu sentimento com as duas mãos; agora vou dizer adeus aos brancos passos do céu e aos meus amigos. Amor por amor, e que o meu seja capaz de igualar-se ao de Keawe! Uma alma vale outra alma, e seja a minha a perecer!"

Ela era uma mulher hábil e logo estava pronta. Pegou o troco — os preciosos *centimes* que sempre carregavam; como aquela moeda é pouco usada, tinham--na arranjado nos escritórios do governo. Quando ela estava perto da via principal, o vento trouxe algumas nuvens que encobriram a lua. A cidade dormia, e ela não sabia para onde ir até que ouviu uma tosse na sombra das árvores.

"Senhor", disse Kokua, "o que você está fazendo aqui fora na friagem noturna?"

O velho quase não podia se expressar por causa da tosse, mas Kokua notou que ele era velho e pobre, um forasteiro na ilha.

"O senhor me faria algo?", disse Kokua. "Um favor de um forasteiro a outro, e de um senhor para uma jovem, você ajudaria uma filha do Havaí?"

"Ah", disse o velho. "Então você é a bruxa das oito ilhas, e quer aprisionar a minha velha alma. Ouvi falar de você, e posso assegurar que a sua maldade nada poderá contra mim."

"Sente-se aqui", disse Kokua, "e me deixe contar uma história." E ela contou-lhe a história de Keawe do começo ao fim.

"E agora", disse ela, "sou sua esposa, por quem ele vendeu a alma. O que eu deveria fazer? Se eu mesma me oferecesse para comprá-la, ele recusaria. Mas se o senhor fosse, ele a venderia rapidamente; eu vou esperá-lo aqui; o senhor irá comprá-la por quatro *centimes* e eu vou recomprá-la por três. E Deus dê forças a uma pobre moça!"

"Se a senhorita tentasse me enganar", disse o velho homem, "acho que Deus a mataria."

"Mataria!", exclamou Kokua. "Tenha certeza de que ele me mataria. Não posso ser tão traiçoeira, Deus não permitiria."

"Me dê os quatro *centimes* e me espere aqui", disse o senhor.

Então, quando Kokua ficou sozinha na rua, seu espírito desfaleceu. O vento assobiava nas árvores, o que lhe parecia o ataque das chamas do inferno; as sombras se estendiam diante dos luminosos das ruas, e para ela aquelas eram as mãos sombrias dos demônios. Se tivesse forças, deveria correr dali, e se tivesse fôlego, gritaria bem alto; mas, na verdade, ela não conseguia fazer nada, e ficou em pé tremendo na avenida, como uma criança aflita.

Então ela viu o velho retornando com a garrafa nas mãos.

"Eu fiz seu desejo", disse ele. "Deixei seu marido dormindo feito um bebê. Esta noite ele vai dormir bem." E lhe estendeu a garrafa.

"Antes que me dê isso", Kokua arquejou, "tire vantagem do diabo e peça para ficar livre da tosse."

"Sou um velho", respondeu o outro, "e muito perto do portão do cemitério para ter coisas com o diabo. Mas o que é isso? Por que você não pega a garrafa? Por que você hesita?"

"Não hesito!", exclamou Kokua. "Apenas estou fraca. Me dê um momento. Minha mão resiste, minha pele resiste a fazer o que tem de ser feito. Só um momento!"

O velho homem olhou Kokua com carinho. "Pobre criança!", disse ele, "você tem medo: sua alma a trai. Certo, me deixe com a garrafa. Eu sou velho, e não vou mais ser feliz neste mundo, e quanto ao outro —"

"Me dê!", Kokua arquejou. "Aqui está o seu dinheiro. Você acha que sou tão ordinária assim? Me dê a garrafa."

"Deus abençoe você, criança", disse o velho.

Kokua segurou a garrafa sobre o seu *holoku*, disse adeus para o senhor, e saiu andando pela avenida, sem saber para onde. Todas as direções para ela agora eram as mesmas e conduziam igualmente ao inferno. Às vezes caminhava, e às vezes corria; às vezes ela gritava na noite, às vezes caía na poeira do passeio e chorava. Tudo o que ela tinha ouvido falar do inferno lhe vinha à cabeça; ela via as chamas crepitarem, sentia o cheiro da fumaça, e sua pele fumegava no carvão.

Perto do amanhecer ela se acalmou e voltou para casa. Estava mesmo como o velho homem tinha dito — Keawe dormia como um bebê. Kokua parou na sua frente e contemplou seu rosto.

"Agora, meu marido", ela disse, "chegou a sua vez de dormir. Quando você acordar poderá cantar e rir. Mas para a pobre Kokua, poxa! — para a pobre Kokua não há mais sono, nem mais música, nem mais alegria, tanto na terra como no céu."

Com aquilo ela deitou-se no seu lado da cama, e sua dor era tão extrema que ela pregou os olhos na mesma hora.

No final da manhã, seu marido levantou e deu-lhe a boa notícia. Ele parecia bobo de alegria, e não prestou atenção no mal-estar de Kokua, ainda que ela não conseguisse disfarçar. As palavras morriam em sua boca e Keawe falava demais. Ela não comia nada, mas quem reparava nisso? Keawe esvaziava o prato. Kokua o ouvia, como se tudo não passasse de um pesadelo; havia momentos em que ela esquecia ou duvidava, e punha as mãos na testa, para saber da própria condenação e ouvir seu marido tagarelar, parecendo um monstro.

Enquanto isso Keawe estava comendo e falando, planejando o momento de seu retorno, e agradecendo-lhe por tê-lo salvado. Ele a acariciava, e a chamava de verdadeira salvadora. Logo Keawe começou a rir do velho, que tinha sido tolo o suficiente para comprar a garrafa.

"Ele parecia um velho digno", Keawe disse. "Mas não se deve julgar pelas aparências. Para que o velhote quereria a garrafa?"

"Meu marido", disse Kokua humildemente, "o propósito dele pode ser bom."

Keawe riu com certo nervosismo.

"Besteira!", exclamou Keawe. "Um velhaco, digo a você; um grande tolo. Era difícil demais vender a garrafa por quatro *centimes*; e por três será impossível. É só pensar nisso que já sinto o cheiro das chamas!", disse ele, dando de ombros. "É verdade que eu mesmo a comprei por um centavo, quando não sabia que havia moedas ainda menores. Fiquei desesperado com os meus males, nunca haverá alguém que se desespere tanto quanto eu, e quem quer que seja que fique com ela terá que lhe fazer companhia até o abismo."

"Oh, meu marido!", disse Kokua. "Não é uma coisa terrível salvar alguém em troca da eterna ruína de outro? Não me parece que eu possa rir. Eu me rebaixaria e ficaria tomada de tristeza. Eu oraria pelo pobre condenado."

Então Keawe, ao perceber que ela dizia algumas verdades, ficou ainda mais nervoso. "Tolices!", exclamou. "Encha-se de melancolia se você quiser. Isso não é coisa para uma boa esposa. Se você pensasse apenas em mim, sentiria vergonha por causa disso."

Nesse instante ele saiu e Kokua ficou sozinha.

Que chance ela tinha de vender a garrafa por dois *centimes*? Nenhuma. E se ela tivesse alguma, aqui estava o seu marido apressando-se para voltar a um país onde não havia nada menor que um centavo. E no momento daquele sacrifício, seu marido a abandonava e censurava.

Ela nem sequer tentaria conseguir alguma coisa no tempo que lhe restava, mas sentou-se em casa, apanhou a garrafa e ficou olhando-a com indisfarçável terror. Depois, cheia de ódio, jogou-a longe.

Mais tarde, Keawe voltou e quis levá-la para passear.

"Meu marido, não estou bem", ela disse. "Estou indisposta. Desculpe-me, não vou conseguir me divertir."

Então Keawe ficou mais irritado do que antes. Com ela, porque achava que estava pensando demais no problema do velho; e com ele mesmo, porque achava que ela estava certa, e sentia vergonha por estar feliz.

"É esse o seu jeito de pensar", exclamou, "são esses os seus sentimentos! Seu marido apenas foi salvo da desgraça eterna em que ele tinha se colocado por amor a você — e você não se sente feliz. Kokua, você não tem um coração leal."

Ele saiu outra vez, furioso, e vagou o dia todo pela cidade. Encontrou amigos, e bebeu com eles; depois, arranjaram uma condução e foram para o campo, e lá beberam mais uma vez. Keawe sempre acabava deprimido, porque se divertia enquanto sua esposa estava triste, e porque ele no fundo sabia que ela estava mais certa do que ele. A consciência disso o fazia beber ainda mais.

Um *haole* brutal veio beber com ele, um que tinha sido marinheiro em uma baleeira — um garimpeiro fugitivo e condenado. Ele tinha a cabeça vazia e a boca cheia; adorava beber e ver os outros bêbados; e pressionava Keawe a beber. Logo, não tinham mais dinheiro.

"Olha aqui!", diz o marinheiro, "você é rico, é o que sempre diz. Você tem uma garrafa ou alguma feitiçaria."

"É", Keawe respondeu, "vou voltar e pegar algum dinheiro com a minha esposa, ela é que cuida disso."

"É uma má ideia, camarada", disse o outro. "Nunca confie dinheiro a uma pequena. Elas são tão instáveis quanto a água; fique de olho."

Aquela frase ficou martelando na mente de Keawe; ele estava confuso, pois tinha bebido muito.

"Eu não ficaria admirado se ela fosse uma falsa, por certo", pensou. "Por que ela ficaria tão deprimida com a minha libertação? Mas vou mostrar-lhe que eu não sou homem para ser enganado. Vou pegá-la de surpresa."

Assim, quando voltaram à cidade, Keawe disse para o marinheiro esperar por ele na esquina, perto da velha cadeia, e seguiu em frente sozinho para a porta da sua casa. A noite tinha caído; havia luz, mas nenhum som; ele contornou a casa, abriu a porta dos fundos delicadamente e olhou para dentro.

Kokua estava no chão, ao lado da lâmpada; atrás dela uma garrafa branca feito leite, longa e larga; quando a via, Kokua esfregava as mãos desesperada.

Keawe ficou parado olhando da entrada por um longo tempo. De início, ficou estacado feito bobo; e então teve medo de que a negociação não tivesse sido feita convenientemente, e a garrafa voltado para ele como tinha acontecido em San Francisco; seus joelhos estavam moles, e os vapores do vinho subiam-lhe à cabeça como um rio pela manhã. E então ele teve um pensamento estranho, que fez seu rosto corar.

"Tenho que descobrir o que aconteceu", pensou ele.

Keawe fechou a porta, contornou discretamente a casa outra vez e voltou silenciosamente como se estivesse chegando naquele momento. E, ora!, quando abriu a porta da frente, não viu garrafa nenhuma. Kokua, sentada em uma cadeira, parecia estar acordando de uma soneca.

"Fiquei o dia inteiro na farra", disse Keawe. "Encontrei uns caras legais, e voltei apenas para pegar dinheiro. Vou continuar bebendo e farreando com eles."

Seu rosto e sua voz estavam muito sérios, mas Kokua parecia muito perturbada para olhar.

"Meu marido, fico feliz que você esteja se divertindo", ela disse com palavras perturbadas.

"Gosto de tudo benfeito", disse Keawe, indo direto à arca pegar algum dinheiro. A garrafa não estava no lugar de sempre.

O baú ondulava no chão como uma grande onda, e um véu de fumaça cobriu a casa, pois ele viu que estava perdido, e não tinha a menor escapatória. "É o que eu temia", ele pensou. "Ela comprou a garrafa."

E então ele teve consciência de tudo e o suor, denso como a chuva e frio feito a água do campo, lavou seu rosto.

"Kokua", disse ele, "falei hoje para você coisas que a machucaram. E depois fui para a farra", e ele riu com timidez. "Eu ficaria muito feliz se você me perdoasse."

Ela lhe abraçou os joelhos e beijou-os com lágrimas nos olhos.

"Oh", ela exclamou, "eu não pedi mais do que uma palavra gentil!"

"Não vamos mais ter pensamentos ruins um do outro", Keawe disse antes de sair.

O dinheiro que Keawe tinha pegado era somente alguns dos *centimes* que eles tinham separado quando chegaram. Era verdade que ele não pretendia beber. Sua esposa tinha dado sua alma por ele, agora ele devia dar a sua por ela; Keawe não conseguia pensar em mais nada.

Na esquina, perto da velha cadeia, o marinheiro estava esperando.

"Minha esposa está com a garrafa", disse Keawe, "e, a menos que você me ajude a recuperá-la, não vamos ter nem mais dinheiro nem mais bebida esta noite."

"Não vai me dizer que o poder da garrafa é verdadeiro?", exclamou o marinheiro.

"Olhe-me contra a luz", disse Keawe. "Pareço estar fazendo piada? É o seguinte", Keawe continuou, "aqui estão dois *centimes*; você deve ir até minha esposa, e oferecer isso pela garrafa, e (se eu não estiver muito errado) ela irá dá-la imediatamente. Traga-a aqui que vou comprá-la de você por um centavo, pois essa é a regra com a garrafa, que tem que ser vendida por uma soma menor. Mas seja lá o que você fizer, não diga a ela que esteve comigo."

"Companheiro, você está brincando?", perguntou o marinheiro.

"Se eu estivesse, mesmo assim nada de mau aconteceria a você", replicou Keawe.

"Está certo, camarada", disse o marinheiro.

"E se você duvida de mim", acrescentou Keawe, "faça um teste. Logo que sair da minha casa, deseje ter o bolso cheio de dinheiro, ou uma garrafa do melhor rum, ou qualquer outra coisa, e você vai ver o poder da garrafa."

"Muito bem, Kanaka", disse o marinheiro. "Vou tentar, mas se você estiver rindo de mim, vou me vingar do seu humor com uma bela porretada."

Então o caçador de baleias subiu a avenida; e Keawe ficou esperando-o. Era mais ou menos no mesmo lugar onde Kokua tinha ficado na noite anterior; mas Keawe estava mais decidido, e nunca falharia em seu propósito; somente a alma dele estava amarga de desespero.

Muito tempo parecia ter passado até ele ouvir uma voz cantando na escuridão da avenida. Ele reconheceu o marinheiro; era estranho que o sujeito já estivesse tão bêbado.

O homem se aproximou cambaleando. Ele tinha a garrafa do demônio no bolso do seu casaco; outra garrafa estava nas suas mãos; e mesmo quando ele se deixou ver, levou esta última à boca e deu um trago.

"Você está com ela", Keawe disse. "Eu a vi."

"Se afaste!", exclamou o marinheiro, pulando para trás. "Mais um passo em minha direção, e eu arrebento sua boca. Você achou que faria gato-sapato de mim, não foi?"

"O que você está querendo dizer?", exclamou Keawe.

"Querendo dizer?", replicou o marinheiro. "Esta é uma garrafa maravilhosa, é isso o que eu penso. Como eu a comprei por dois *centimes* não vou explicar, mas pode ter certeza de que você não vai levá-la por um."

"Você não quer vendê-la?", Keawe gaguejou.

"Não, senhor", exclamou o marinheiro. "Mas vou lhe dar um gole de rum, se você quiser."

"Eu falei a você", disse Keawe, "que o homem que ficar com a garrafa vai para o inferno."

"Vou de qualquer jeito", replicou o marinheiro; "e esta garrafa será minha melhor companhia, amigo!", ele exclamou novamente. "A garrafa é minha agora, e vê se se manda e vai arranjar outra para você."

"Não pode ser verdade", Keawe exclamou. "Para o seu bem, eu rogo que você me devolva a garrafa!"

"Não estou nem aí para o que você fala", respondeu o marinheiro. "Você achou que eu fosse um bobo, agora pode ver que não sou. E isso é tudo. Se não quer um trago, eu quero. À sua saúde e boa noite para você!"

Então ele desapareceu a caminho da cidade e a garrafa foi-se desta história junto com ele.

Keawe voou como o vento para a companhia de Kokua; e a alegria deles naquela noite foi enorme; e maravilhosa, desde então, tem sido a paz que impera na vida deles na Casa Esplendorosa.

Tradução de Ricardo Lísias

HENRY JAMES

Os amigos dos amigos

("The friends of the friends", 1896)

Nas "ghost stories" de Henry James (1843-1916), o sobrenatural é invisível (a presença do mal que está além de qualquer imaginação, como no famoso "A outra volta do parafuso") ou quase (o inapreensível desdobramento de si, em "The jolly corner"). Em todo caso, não é a imagem visual do fantasma que importa, mas o nó das relações humanas a partir do qual o fantasma é invocado — ou que o fantasma contribui para amarrar. Uma história de relações mundanas impalpáveis como em "Os amigos dos amigos" (ou talvez fosse melhor "Amigos de amigos") está cheia de vibrações: cada ser vivo projeta fantasmas, o limite entre pessoas de carne e osso e emanações psíquicas é frágil; o ponto de partida "parapsicológico" se duplica e multiplica. Como muitas vezes ocorre em James, a personagem aparentemente neutra que está por trás da "voz narrante" tem um papel decisivo justamente naquilo que não diz: aqui, tal como em "A outra volta do parafuso", trata-se de uma voz de mulher, que desta vez não esconde sua paixão dominante — o ciúme — nem sua tendência à intriga.

Descubro, como você tinha previsto, muita coisa que é interessante, mas pouca coisa que ajude a responder à delicada questão — a possibilidade de publicação. Os diários dessa mulher são menos sistemáticos do que eu esperava; ela apenas tinha o hábito consagrado de anotar e narrar. Resumia, arquivava; parece poucas vezes ter deixado passar uma boa história sem agarrá-la pelo braço. Refiro-me, é claro, não tanto a coisas que ela ouviu como a coisas que ouviu e sentiu. Escreve algumas vezes sobre ela mesma, algumas vezes sobre outros, algumas vezes sobre combinação de ambos. É nesta última rubrica que ela se torna, o mais das vezes, mais vívida. Mas, você vai entender, não é sempre que ela é mais vívida que ela se torna mais publicável. Para dizer a verdade, ela é assustadoramente indiscreta; ou pelo menos tem todo o material para *me* fazer sentir indiscreto. Veja por exemplo o fragmento que lhe envio, depois de dividi-lo, para sua conveniência, em vários capítulos pequenos. É o conteúdo de um pequeno caderno de folhas não pautadas, que copiei e que tem o mérito de se aproximar bastante de uma coisa pronta, um todo inteligível. Essas páginas datam evidentemente de anos atrás. Li com a mais viva admiração o testemunho que elas dão com tantas circunstâncias, e fiz o meu melhor para aceitar o fato prodigioso que dão a entender. Essas coisas seriam surpreendentes — não seriam? — para qualquer leitor, mas será que você poderia imaginar por um momento que eu me dispusesse a apresentar esse documento aos olhos do mundo, mesmo que ela própria, como se tivesse desejado oferecer ao mundo esse presente, não teria dado a seus amigos nem nomes, nem iniciais? Você tem alguma espécie de pista para a identidade deles? Dou agora a palavra a ela.

I.

Sei perfeitamente, é claro, que desencadeei tudo isso sobre mim mesma; mas isso não torna nada melhor o que aconteceu. Fui a primeira a falar dela para ele — ele nunca tinha nem ouvido falar dela. Mesmo se não tivesse acontecido de eu falar, alguma outra pessoa iria mencioná-la a ele: tentei depois achar consolo nessa reflexão. Mas o consolo das reflexões é tênue: o único consolo que conta na vida é não ter sido uma tola. Essa é uma beatitude da qual eu, sem dúvida, nunca vou gozar. "Ora, você deveria vê-la e falar com ela", é o que eu disse imediatamente. "Vocês são da mesma turma." Eu disse a ele quem ela era e que eles eram da mesma turma porque, se ele tinha passado na juventude por uma estranha aventura, ela passara por coisa semelhante por volta da mesma época. Isso era bem sabido dos amigos dela — um caso que ela era frequentemente chamada a contar. Ela era encantadora, inteligente, bonita, infeliz; mas a situação por que passara era, apesar de tudo, aquilo a que ela devia originalmente a sua reputação.

Aos dezoito anos, estando em algum lugar no estrangeiro, com uma tia, ela tivera uma visão de um de seus pais no momento da morte. A pessoa estava na Inglaterra, a centenas de milhas de distância, e, tanto quanto ela sabia, não estava moribunda, nem tinha morrido. Foi em um dia claro, no museu de alguma grande cidade estrangeira. Tinha ido sozinha, antes de seus acompanhantes, a uma saleta que abrigava alguma obra de arte famosa e estava ocupada naquele momento por duas outras pessoas. Uma delas era um velho guarda; o outro, antes de examiná-lo mais detidamente, ela achou que era um desconhecido, um turista. Ela mal se deu conta de que ele estava sem chapéu e sentado em um banco. No instante em que os olhos dela pousaram nele, no entanto, ela viu com surpresa o próprio pai, que, como se estivesse havia muito tempo esperando por ela, olhou para ela com uma aparência singular de mal-estar, com uma impaciência que era próxima da repreensão. Ela correu para ele, com um grito de surpresa: "Papai, o que *está* acontecendo?", mas isso foi seguido da exibição de uma sensação ainda mais viva, quando, diante do movimento dela, ele simplesmente desapareceu, fazendo com que o guarda e os parentes dela, que estavam logo atrás, a rodeassem com preocupação. Essas pessoas, o guarda, a tia, os primos, eram portanto, de certo modo, testemunhas do fato — pelo menos do fato da impressão que a ela fora causada; e havia o testemunho adicional do médico que estava atendendo algum dos turistas e ao qual o caso foi comunicado em seguida. Ele lhe deu um remédio para histeria, mas disse em particular à tia: "Preste atenção se alguma coisa acontece em casa". Algo *tinha* acontecido — o pobre pai, tendo sofrido um ataque repentino e violento, tinha morrido naquela manhã. A tia, irmã da mãe, recebeu antes do fim do dia um telegrama anunciando o acontecimento e pedindo a ela que preparasse a sobrinha para a notícia. A sobrinha já estava preparada, e se tornou naturalmente indelével a sensação que essa visita havia proporcionado à moça. Todos, como seus amigos, havíamos sido informados disso e tínhamos falado disso discretamente um ao outro. Doze anos tinham se passado e, como mulher que tivera um casamento infeliz e vivia separada do marido, ela se tornara interessante por outras razões; mas, como o nome que ela usava agora era um nome muito comum, e como, além disso, sua separação judicial, do jeito que as coisas estavam indo, dificilmente poderia ser considerada uma distinção, tornou-se usual chamá-la de "aquela, você sabe, que viu o fantasma do pai".

Quanto a ele, o meu querido, tinha visto o fantasma da mãe. Eu nunca tinha ouvido falar disso até aquela ocasião em que nossa aproximação mais íntima, mais agradável, o levou, por mudança do tema da nossa conversa, a mencionar o caso, e a mim, a me inspirar, ao ele fazer isso, o impulso de fazê-lo saber que ele tinha uma rival nesse campo — uma pessoa com a qual ele podia comparar lembranças. Mais tarde, a história dele se tornou, para ele próprio, talvez por causa de eu ficar repetindo-a indevidamente, como que uma conveniente etiqueta mundana; mas não tinha sido, um ano antes, a razão pela qual ele me fora apresentado. Ele tinha outros méritos, do mesmo modo que ela, pobrezinha!, também tinha. Posso dizer honestamente que eu estava bem a par desses méritos desde o início — eu os descobri antes que ele tivesse descoberto os meus. Lembro como me surpreendeu, mesmo na época em que aconteceu, que o sentimento dele em relação a mim tenha sido intensificado por eu ter sido capaz, embora não diretamente através da minha própria experiência, de me equiparar à sua curiosa história. Datava, essa história, como a dela, de uns doze anos antes — um ano em que, em Oxford, ele tinha por alguma razão ficado no dormitório do Long. Tinha ficado pelo rio naquela tarde de agosto. Voltando a seu quarto quando ainda era dia claro, viu sua mãe de pé como se seus olhos estivessem fixos na porta. Ele tinha recebido de manhã uma carta da mãe, vinda do País de Gales, onde ela estava com o seu pai. À vista dele ela deu um sorriso extraordinariamente radiante e lhe estendeu os braços, e então, quando ele se adiantou e alegremente abriu os próprios braços, ela desapareceu do lugar. Ele escreveu para ela naquela noite, contando-lhe o que havia acontecido; a carta tinha sido preservada cuidadosamente. Na manhã seguinte ele soube da morte da mãe. Ficou, por ocasião de nossa conversa, muito surpreendido com o pequeno prodígio que pude lhe contar. Nunca tinha encontrado outro caso. Eles precisavam ser apresentados um ao outro, minha amiga e ele; certamente teriam algo em comum. Eu iria arranjar o encontro, não iria? — se *ela* não se importasse; ele mesmo não se importava de modo nenhum. Eu prometi falar com ela sobre o assunto o mais cedo possível, e em uma semana fiz isso. Ela se "importou" tão pouco quanto ele; estava querendo conhecê-lo. E ainda assim não ocorreu encontro nenhum — pelo menos do modo como normalmente se entende a palavra "encontro".

II.

Essa é bem a metade da minha história — o modo extraordinário como o encontro foi retardado. Isso foi causado por uma série de acidentes; mas os acidentes continuaram acontecendo durante anos e se tornaram, para mim e para outras pessoas, um motivo de piadas com cada uma das partes. Os acidentes foram de início bastante divertidos; depois passaram a se tornar cada vez mais um aborrecimento. O estranho é que as duas partes estavam dispostas a se encontrarem; não foi uma questão de estarem indiferentes, muito menos de estarem indispostos a se verem. Foi tudo um dos caprichos da sorte, ajudado, suponho, por alguma oposição entre os interesses e hábitos deles. Os interesses e hábitos dele estavam centrados em seu trabalho, em suas eternas inspetorias, que lhe deixavam pouco tempo de lazer, com ele constantemente sendo chamado para viajar, o que o levava a desmarcar encontros. Gostava de ficar em sociedade, mas a encontrava em toda parte e a tomava a seu gosto. Eu nunca sabia, a um dado momento, onde ele estava, e havia ocasiões em que por meses a fio eu nunca o via. Ela, de seu lado, era praticamente suburbana: morava em Richmond e nunca "saía". Era uma mulher distinta, mas não da moda, e sentia, como as pessoas diziam, a sua situação. Decididamente orgulhosa e um tanto caprichosa, vivia a vida como tinha planejado. Havia coisas que se podiam fazer com ela, mas não se podia esperar que ela viesse a festas. A gente aparecia lá um tanto mais do que lhe parecia conveniente; uma reunião conveniente para ela consistia de sua prima, de uma chávena de chá e da vista. O chá era bom, mas a visão era familiar, embora não de modo ofensivo, ao contrário da prima — uma solteirona desagradável que tinha feito parte do grupo no museu e com a qual ela morava agora. Essa ligação com uma parenta inferior, que tinha em parte um motivo econômico — ela proclamava que sua acompanhante era uma gerente maravilhosa —, era uma das pequenas maldades que tínhamos de perdoar a ela. Outra maldade era a sua avaliação de o que deveria ser o comportamento apropriado a partir de sua separação do marido. Essa avaliação era extremada — muitas pessoas a diziam até mesmo mórbida. Ela não se aproximava das pessoas; cultivava escrúpulos; ela suspeitava, ou devo talvez dizer, ela se lembrava de menosprezos; ela era uma das poucas mulheres que conheci que a carga da separação tinha tornado mais modesta do que ousada. Querida!, tinha uma certa delicadeza. Marcados de modo especial eram os limites que tinha estabelecido à atenção por parte de homens: sempre pensava que o marido estava esperando para aparecer. Desencorajava, quando não proibia, a visita de pessoas do sexo masculino que não fossem senis; dizia que nunca podia ser menos cuidadosa do que fazia questão de ser.

Quando eu disse a ela, pela primeira vez, que tinha um amigo que o destino havia distinguido do mesmo modo estranho que a ela, deixei-lhe a liberdade de dizer: "Oh, traga-o aqui para eu conhecê-lo!". Eu poderia provavelmente levá-lo e se criaria uma situação perfeitamente inocente, ou, de qualquer modo, comparativamente simples. Mas ela não pronunciou uma frase como essa; apenas disse: "Certamente preciso conhecê-lo; sim, vou procurá-lo!". Isso causou o primeiro adiamento, e, enquanto isso, aconteceram várias coisas. Uma delas foi que, enquanto o tempo passava, ela conquistou, encantadora como era, mais e mais amigas, e o que regularmente acontecia é que essas amigas eram também amigas dele em grau suficiente para mencioná-lo nas conversas. Era estranho que, não pertencendo, como não pertenciam, ao mesmo mundo, ou, segundo esse termo horroroso, ao mesmo segmento, tivesse acontecido que meu espantado par, em tantos casos, se reunisse com as mesmas pessoas e as fizessem se reunir ao estranho coro. Tinha ela amigas que não se conheciam umas às outras, mas inevitavelmente e pontualmente falavam *dele*. Tinha também o tipo de originalidade, o interesse intrínseco, que a levava a ser cuidada por parte de cada uma de nós como uma espécie de tesouro privado, cultivado ciosamente, mais ou menos em segredo, como uma pessoa que não se via em sociedade, que não era para todo mundo — que não era para o vulgo — se aproximar, e com a qual era particularmente difícil e particularmente precioso se encontrar. Nós a víamos separadamente, com horários marcados e condições, e descobrimos que, no geral, contribuía para a harmonia não falarmos umas com as outras sobre os encontros com ela. Alguém sempre recebia um bilhete dela ainda depois que todas. Havia uma mulher algo tola que, durante longo tempo, entre as desprivilegiadas, deveu a três simples visitas a Richmond a reputação de ser íntima de "montes de pessoas reclusas terrivelmente inteligentes".

Todos tinham amigos que parecia uma boa ideia juntar, e todos lembram que as suas melhores ideias não se tornaram seus maiores sucessos; mas duvido que tenha havido alguma ocasião em que o fracasso estava em proporção direta com a quantidade de influência posta em ação. Realmente pode ser que, aqui, a quantidade de influência tenha sido mais notável. Minha dama e meu cavalheiro declararam cada um deles a mim e a outros que aquilo era como se fosse o tema de uma farsa divertida. A razão dada inicialmente tinha com o tempo saído do horizonte e cinquenta razões melhores floresceram sobre ela. Eles eram tão por demais parecidos, tinham as mesmas ideias, truques e gostos, os mesmos preconceitos, superstições e heresias; diziam e às vezes faziam as mesmas coisas; gostavam e desgostavam das mesmas pessoas e lugares, dos mesmos livros, autores e estilos; qualquer um podia ver uma certa identidade mesmo nas suas aparências e nas suas feições. Isso estabeleceu grande parte do dito apropriado de que eles eram, no termo comum, igualmente "boas pessoas" e quase igualmente bonitos. Mas a grande semelhança, que gerava espanto e falação, era a sua rara esquisitice em relação a serem fotografados. Eram as únicas pessoas das quais jamais se ouvira falar que nunca tinham "posado" e que faziam objeção apaixonada a isso. Eles simplesmente não *aceitariam* ser fotografados, por nada que alguém pudesse dizer. Eu tinha me queixado abertamente disso; a ele, em particular, eu desejara, tão somente em vão, ser capaz de mostrar na minha chaminé na sala de visitas, numa moldura da chique rua Bond. Isso tudo era, de qualquer modo, a razão verdadeiramente mais forte de todas pelas quais eles deviam se conhecer — todas as fortes razões reduzidas a nada pela estranha lei que os fazia bater tantas portas na cara um do outro, que os tornava os dois baldes no poço, as duas extremidades da gangorra, os dois partidos no Estado, de modo que, quando um estava em cima, o outro estava embaixo; enquanto um estava fora, o outro estava dentro; nenhum deles com nenhuma possibilidade de entrar numa casa antes que o outro dela tivesse saído, ou dela estivesse saindo, tudo isso sem saber, antes que o outro chegasse. Só chegavam quando se tinha desistido deles, que era também quando partiam. Eram numa só palavra alternados e incompatíveis; deixavam o outro escapar de modo tão inveterado que só podia ser explicado por ter havido alguma combinação. No entanto, tudo isso estava tão longe de ser combinado que tinha acabado — após literalmente vários anos — por desapontá-los e desgostá-los. Não acho que tenham sido realmente mordidos pela curiosidade antes que esta se tivesse tornado completamente vã. Muita coisa foi feita, é claro, para ajudá-los, mas isso só lhes dava corda para se decepcionarem no fim. Para dar exemplos, eu devia ter tomado notas; mas acontece que lembro que nenhum deles pôde jamais jantar na ocasião certa. A ocasião certa para cada um era a ocasião que seria errada para o outro. Na ocasião errada eles eram pontualíssimos, e não houve senão ocasiões erradas. Os próprios elementos da natureza conspiravam contra a efetivação do encontro e a constituição do ser humano os reforçava. Um resfriado, uma dor de cabeça, uma aflição, uma tempestade, um nevoeiro, um terremoto, um cataclismo fatalmente intervinham. Toda a história estava além das possibilidades de uma piada.

No entanto, a história ainda tinha de ser tomada como piada, embora não se pudesse impedir o sentimento de que a piada tinha tornado séria a situação, tinha produzido da parte de cada um deles uma consciência, um embaraço, positivamente um medo do último acidente possível, o único que ainda tinha algum frescor, o acidente que os colocaria frente a frente. O efeito final dos antecedentes tinha sido despertar esse instinto. Eles estavam um tanto envergonhados — talvez até mesmo um pouco um do outro. Tanta preparação, tanta frustração: para o que de bom poderia levar tudo aquilo? Um mero encontro seria mera vulgaridade. Poderia eu vê-los, ao fim de tantos anos, perguntavam muitas vezes, simplesmente — estupidamente, confrontados? Se estavam aborrecidos com a piada, eles podiam ficar ainda mais aborrecidos por alguma outra coisa. Faziam exatamente as mesmas reflexões, e cada um, de algum modo, tinha certeza de ouvir falar das reflexões do outro. Acho na verdade que foi essa desconfiança peculiar que finalmente impôs um controle à situação. Quero dizer que, se tinham falhado nos dois primeiros anos ou coisa assim, porque não podiam evitar que isso acontecesse, no fim mantiveram o hábito porque tinham ficado — como direi? — nervosos. Realmente era necessário um desejo sobrepairando a tudo para dar conta de algo tão absurdo.

III.

Quando, para coroar nossa longa convivência, aceitei o pedido renovado dele de casamento, se disse como piada, eu sei, que eu tinha apresentado como condição a entrega por ele de sua fotografia. Isso era verdade até o ponto em que eu tinha recusado dar a ele a minha fotografia sem que ele me desse a sua. De todo modo eu o tinha afinal, em sua alta distinção, pregado à chaminé, onde, no dia em que ela me visitou para me dar os parabéns, ficou mais próxima de vê-lo do que nunca antes. Ele tinha dado a ela, ao ser fotografado, um exemplo que a convidei a seguir; ele tinha sacrificado sua esquisitice — ela não poderia sacrificar a sua própria? Ela também tinha de me dar um presente de noivado — não me daria a foto que acompanharia a dele? Ela riu e sacudiu a cabeça; dava sacudide-las à cabeça, cujo impulso parecia vir de tão longe quanto a brisa que faz mover uma flor. A foto que acompanharia o retrato de meu futuro marido seria o retra-to de sua futura mulher. Ela tomara posição — não podia abandonar essa posição, do mesmo modo que não podia explicá-la. Era um preconceito, um *entêtement*, um voto — ela iria viver e morrer sem ser fotografada. Agora ela estava sozinha nessa situação: disso era o que ela gostava; a fazia sentir-se muito mais original. Ela se regozijava com a queda de seu ex-correligionário e contemplou longamen-te seu retrato, sobre o qual não fez nenhuma observação que valesse a pena lembrar, embora até o tivesse virado para ver atrás. A respeito de nosso noivado, foi encantadora — cheia de cordialidade e simpatia. "Você o conhece há mais tempo do que eu *não* o conheço", disse, "e isso parece muito tempo." Ela enten-dia agora como ele e eu tínhamos atravessado tantas coisas juntos e quão inevi-tável era que agora nos juntássemos de vez. Sou definitiva a respeito de tudo isso porque o que se seguiu foi tão estranho que é uma espécie de alívio para mim assinalar até que ponto nossas relações eram tão naturais como sempre foram. Fui eu que, num acesso súbito de loucura, alterei e destruí essas relações. Vejo agora que ela não me deu pretexto nenhum e que só achei um pretexto no modo como ela olhava o belo rosto na moldura da rua Bond. Como então eu queria que ela o tivesse olhado? O que eu queria desde o início era levá-la a se importar com ele. Bem, isso era o que eu ainda queria — até o momento em que ela me prometeu que ele iria, nessa ocasião, realmente ajudar-me a romper o tolo en-cantamento que os havia mantido separados. Eu tinha arranjado com ele para fazer a sua parte, se ela fizesse tão triunfalmente a parte dela própria. Eu estava numa situação diferente agora — estava na situação de responder por ele. Eu ia prometer positivamente que às cinco da tarde no sábado seguinte ele estaria na-quele lugar. Ele estava fora da cidade num negócio urgente; mas tinha jurado manter a sua promessa ao pé da letra, de que voltaria expressamente para isso e com tempo de sobra. "Você tem certeza absoluta?", lembro que ela perguntou, com ar grave de meditação: achei que ela tinha ficado um tanto pálida. Estava cansada, estava indisposta; era uma pena que ele fosse vê-la ao fim de tudo num momento tão precário. Se apenas ele *tivesse* podido vê-la cinco anos antes! No entanto, respondi que desta vez eu tinha certeza e deste modo o êxito dependia simplesmente dela. Às cinco em ponto no sábado ela o iria descobrir numa cadeira específica para a qual eu apontei, a cadeira em que ele sentava costumeiramente e na qual — embora isso eu não tenha mencionado — ele estava sentado quando, na semana anterior, ele colocou a questão do nosso futuro no modo que tinha me tornado feliz. Ela olhou para a cadeira em silêncio, da mesma maneira que tinha olhado para a fotografia, enquanto eu repetia pela vigésima vez que era por demais sem sentido que não fosse de algum modo factível apresentar à sua melhor amiga o seu segundo eu. "*Sou* sua melhor amiga?", me perguntou com um sorriso que, por um momento, trouxe de volta sua beleza. Respondi apertando-a ao peito, depois do que ela disse: "Bem, vou estar aqui. Estou com um medo extraordinário, mas você pode contar comigo".

Depois que ela saiu, comecei a imaginar do que é que ela tinha medo, pois tinha dito isso de um modo muito contundente. No dia seguinte, no fim da tarde, recebi três linhas dela: tinha visto, ao chegar em casa, o anúncio da morte de seu marido. Não o via fazia sete anos, mas queria que eu ficasse sabendo, pelo bilhete, antes que eu ouvisse falar disso por outra pessoa. No entanto, por mais estranho e triste que seja dizer isso, a morte do marido fazia tão pouca diferença na vida dela que ela iria manter escrupulosamente o seu compromisso conosco. Fiquei contente por causa dela — achei que faria pelo menos a diferença de que ela iria ficar com mais dinheiro; mas, mesmo com esse desvio de atenção, longe de esquecer que ela tinha dito que estava com medo, eu pensei vislumbrar uma razão para ela estar assim. O medo dela, à medida que a noite foi avançando, se tornou contagioso, e o contágio tomou no meu peito a forma de um pânico súbito. Não era ciúme — era o medo do ciúme. Chamei-me de tola por não ter ficado quieta até que fôssemos marido e mulher. Depois disso eu me sentiria de todo modo segura. Era apenas questão de esperar mais um mês — uma ninharia, certamente, para quem tinha esperado tanto. Tinha sido claro que ela ficara nervosa, e agora que estava livre não ficaria naturalmente menos nervosa. O que era o nervosismo dela, portanto, senão um pressentimento? Ela até agora tinha sido vítima da interferência, mas era bastante possível que daqui por diante ela se tornasse a fonte da interferência. A vítima nesse caso seria minha modesta pessoa. O que tinha sido a interferência senão o dedo da Providência apontando um perigo? O perigo era, é claro, para a pobre de *mim*. Tinha sido mantido inofensivo por uma série de acidentes sem precedentes em sua frequência; mas o reinado do acidente estava agora visivelmente no fim. Eu tinha uma convicção íntima de que ambas as partes iam cumprir a combinação. Eu ficava cada vez mais impressionada com o fato de que eles estavam se aproximando, convergindo. Tínhamos falado sobre quebrar o encanto; bem, ele seria efetivamente quebrado — a não ser, na verdade, que fosse assumir meramente outra forma e fazer seus encontros tomarem proporções tão exageradas como as que tinham tomado os seus desencontros. Isso era algo em que eu não podia pensar e ficar quieta; isso me manteve acordada — à meia-noite eu estava cheia de inquietação. No fim senti que só havia uma manei-ra de exorcizar o fantasma. Se o reinado do acidente estava no fim, eu precisava apenas assumir a sucessão. Sentei e escrevi às pressas um bilhete que o encontra-ria a meio caminho e que, como os criados tinham ido dormir, levei, sem chapéu, em meio à rua vazia de gente e cheia de ventania, para enfiar na caixa de correio mais próxima. Dizia o bilhete que eu não poderia estar em casa à tarde, ao con-trário do que esperara, e que ele precisava adiar sua visita até a hora do jantar. Isso implicava que ele iria me encontrar sozinha.

IV.

Quando, de acordo com o combinado, ela se apresentou às cinco da tarde, eu naturalmente me senti falsa e má. Minha ação tinha sido uma loucura mo-mentânea, mas pelo menos eu tinha de ser coerente. Ela ficou uma hora; ele, é claro, nunca apareceu; e eu apenas podia continuar em minha perfídia. Eu tinha achado melhor deixá-la vir, por mais que isso agora me pareça estranho. Ainda assim ela sentou ali tão visivelmente branca e preocupada, atingida por um sen-tido de tudo o que a morte do marido havia aberto para ela. Senti uma dor qua-se intolerável de piedade e remorso. Se não contei a ela na hora o que eu tinha feito foi porque estava por demais envergonhada. Fingi surpresa — fingi até o fim; protestei que, se alguma vez eu tivera confiança em que o encontro iria se realizar, era daquela vez. Enrubesço enquanto conto minha história — tomo isso como minha penitência. Não houve nada de indigno que eu não dissesse sobre ele; inventei suposições, atenuantes; admiti estupefata, à medida que os ponteiros do relógio andavam, que a sorte deles não tinha mudado. Ela sorriu diante dessa visão da "sorte" deles, mas parecia ansiosa — ela parecia diferente; a única coisa que me manteve firme foi o fato de que, de modo bastante inesperado, ela estava de luto — não luto fechado, mas simples e escrupulosamente de preto. Tinha na boina três pequenas penas pretas. Trazia um pequeno abrigo de astracã. Isso, com a ajuda de alguma aguda reflexão, deu-me um pouco de razão. Ela tinha me escrito que o súbito acontecimento não fazia nenhuma diferença para ela, mas aparentemente fez diferença a ponto de ela vestir luto. Se ela estivesse inclinada a cumprir as formalidades habituais, por que não observara a formalidade de não sair para o chá nos dois primeiros dias de luto ou coisa assim? Havia alguém a quem tanto desejava ver que não podia esperar até que o marido fosse enterrado. Uma demonstração assim de pressa me tornou dura e cruel o suficiente para insistir no meu engano odioso, embora, ao mesmo tempo, à medida que as horas iam se passando, eu tenha suspeitado de que nela havia algo ainda mais profundo do que o desapontamento e que ficava de algum modo menos bem escondido. Quero dizer que havia um estranho alívio por baixo de tudo, a respiração suave e pouco audível que ocorre quando um perigo deixou de ameaçar. O que aconteceu enquanto ela passava a hora inútil comigo foi que, no fim, ela desistiu dele. Ela o deixou ir para sempre. Fez a piada mais graciosa possível a respeito disso, a mais graciosa que eu vi ser feita a respeito de qualquer coisa; mas era, apesar de tudo, uma grande data em sua vida. Falou com amena alegria de todas as outras ocasiões perdidas, o prolongado jogo de esconde-esconde, a esquisitice sem precedentes de uma tal relação. Pois *era*, ou tinha sido, uma relação, não era, não tinha sido? Essa era exatamente a parte absurda do caso. Quando ela se levantou, eu lhe disse que a relação estava mais forte do que nunca, mas que eu não tinha cara, depois do que tinha acontecido, para propor a ela, por enquanto, outra oportunidade. Ficava claro que a única oportunidade válida seria a cerimônia de meu casamento. É claro que ela iria ao meu casamento? Devíamos mesmo ter a esperança de que *ele* iria.

"Se *eu* for, ele não irá!", ela declarou, rindo. Admiti que podia haver alguma coisa nisso. A questão era, portanto, deixar-nos primeiro casar com segurança. "Isso não vai ajudar. Nada vai nos ajudar!", disse ela quando me deu um beijo de despedida. "Nunca, nunca o verei!" Foi com essas palavras que ela me deixou.

Pude suportar o desapontamento dela, como chamei o seu sentimento; mas quando algumas horas depois o recebi no jantar, descobri que eu não podia suportar o desapontamento dele. O modo como minha manobra poderia afetá-lo não estivera particularmente presente à minha mente; mas o resultado da manobra foi a primeira palavra de repreensão que jamais tinha saído da sua boca. Digo "repreensão" porque essa expressão não é absolutamente forte demais para qualificar os termos com os quais ele me transmitiu sua surpresa de que, dentro daquelas circunstâncias extraordinárias, eu não tivesse achado algum meio de não privá-lo daquela ocasião. Eu poderia realmente ter feito as coisas de modo a ou não ser obrigada a sair, ou a fazer com que o encontro deles ocorresse de qualquer maneira. Eles provavelmente ficariam em minha sala de visitas sem mim. Diante disso, perdi o rumo — confessei minha maldade e a miserável razão dela. Eu não tinha adiado a vinda dela, nem tinha saído; ela tinha estado ali e, depois de esperar uma hora por ele, tinha partido acreditando que ele se ausentara por sua própria culpa.

"Ela deve acreditar que sou um animal estúpido!", ele exclamou. "Ela disse de mim... aquilo que tinha direito de dizer?"

"Asseguro a você que ela não disse nada que mostrasse o menor sentimento. Ela olhou para a sua fotografia, a virou mesmo para ver atrás, onde está escrito o seu endereço. Mesmo assim isso não provocou nela nenhuma demonstração. Ela não se importa muito com tudo isso."

"Então por que você tem medo dela?"

"Não era dela que eu tinha medo, era de você."

"Você acha que eu iria me apaixonar por ela? Você nunca aludiu antes a essa possibilidade", continuou ele, enquanto eu ficava em silêncio. "Tão admirável quanto ela seja, tanto quanto você disse, esse não foi o modo como você a descreveu para mim."

"Você quer dizer que, se eu *tivesse* falado nisso, você já teria arranjado as coisas de modo a vê-la? Eu não tinha medo das coisas então", acrescentei. "Eu não tinha a mesma razão."

Ele, diante dessa frase, me beijou, e, quando lembrei que ela havia me beijado uma ou duas horas antes, senti por um instante como se ele estivesse tomando dos meus lábios a pressão real dos lábios dela. A despeito dos beijos, o incidente desencadeara certa frieza, e eu sofri horrivelmente com a ideia de que ele tinha me visto como culpada de uma fraude. Ele enxergara isso apenas através da minha confissão tão franca, mas eu me senti tão infeliz como se tivesse uma mancha em mim para apagar. Não pude suportar o olhar dele em minha direção quando falei da aparente indiferença dela ao fato de ele não ter vindo. Pela primeira vez desde que eu o conhecera ele parecia ter expressado uma dúvida a respeito de minha palavra. Antes que nos despedíssemos, disse a ele que iria contar a verdade a ela, a primeira coisa que eu iria fazer de manhã era partir para Richmond e comunicar a ela que ele não tinha tido culpa nenhuma. Nesse momento ele me beijou de novo. Eu ia expiar meu pecado, eu disse; iria me humilhar na poeira; iria confessar e pedir perdão. Nesse momento ele me beijou mais uma vez.

V.

No trem, no dia seguinte, bateu-me de repente a ideia de que aquela era uma boa proposta para ele, a ponto de ele ter consentido; mas minha decisão era firme o bastante para eu a continuar executando. Subi o extenso morro até onde a vista começa, e então bati à porta dela. Fiquei um tanto encafifada porque suas janelas ainda estavam fechadas, pensando que se, na premência da minha compulsão, eu tinha chegado cedo, no entanto certamente era hora de as pessoas terem se levantado.

"Em casa, senhora? Ela saiu de casa para sempre."

Fiquei extraordinariamente espantada com esse anúncio da idosa empregada.

"Ela foi embora?"

"Ela está morta, senhora, por favor." Então, quando respirei fundo diante da palavra horrível, a empregada disse: "Ela morreu a noite passada".

O grito agudo que saiu de mim soou, mesmo aos meus próprios ouvidos, como uma pesada violação da hora tão matinal. Senti por um momento como se eu a tivesse matado. Desmaiei e vi, através de uma vaga imagem, a mulher estendendo os braços para mim. Não tenho lembrança do que aconteceu em seguida, nem de nada a não ser da pobre e estúpida prima de minha amiga, numa sala escura, depois de um intervalo que suponho foi muito breve, soluçando para mim de um modo sufocado e acusatório. Não posso dizer quanto tempo levou para eu entender, acreditar e então tentar amenizar, com um esforço imenso, a sensação de responsabilidade que, supersticiosamente, insanamente, tinha sido de início quase tudo de que eu estivera consciente. O médico, depois de tudo, tinha sido mais do que sábio e claro: ele estava sabendo de uma fraqueza prolongada e latente do coração, originada provavelmente anos antes, pelas agitações e terrores aos quais o casamento dela a havia feito passar. Ela tivera naqueles dias cenas cruéis com seu marido, sentira medo de morrer. Toda emoção, tudo que fosse da natureza da ansiedade e do suspense, tivera depois disso de ser fortemente reprimido, para o qual, no seu marcante cultivo de uma vida sossegada, ela estava evidentemente bem preparada; mas quem poderia dizer que qualquer pessoa, especialmente uma "verdadeira dama", podia com êxito estar protegida de toda pequena preocupação? Ela recebera um ou dois dias antes a notícia da morte do marido; pois havia choques de todos os tipos, não apenas aqueles da tristeza e da surpresa. No que diz respeito a isso, ela nunca tinha sonhado com uma liberação tão súbita; tinha parecido, estranhamente, como se ele fosse viver tanto tempo quanto ela. Então, à noite, na cidade, ela tivera manifestamente outra preocupação; algo deve ter acontecido lá que parecia indispensável esclarecer o que tinha sido. Tinha voltado muito tarde — foi depois das onze da noite, e, ao ser encontrada no saguão por sua prima, que estava extremamente ansiosa, dissera que estava cansada e precisava descansar um momento antes de subir as escadas. Elas tinham passado juntas para a sala de jantar, sua acompanhante tendo proposto uma taça de vinho, e ido ao armário para providenciá-la. Isso levou apenas um momento e, quando minha informante voltou, nossa pobre amiga não tivera tempo de sentar-se. De repente, com um pequeno gemido que mal foi audível, ela caíra sobre o sofá. Estava morta. Que "pequena preocupação" desconhecida a teria atingido? Que choque, podia-se especular, *teria* ela sofrido na cidade? Mencionei imediatamente o único choque que eu podia imaginar — o fato de que ela não tinha conseguido encontrar em minha casa, para a qual por convite expressamente feito para isso ela tinha vindo às cinco da tarde, o cavalheiro com o qual eu estava para casar, que tinha sido acidentalmente retido longe de casa e o qual ela não conhecera de modo nenhum. Isso, obviamente, era pouca coisa, mas algo mais poderia fatalmente ter acontecido; nada nas ruas de Londres era mais possível do que um acidente, especialmente um acidente naquelas desesperadas charretes de aluguel. O que ela tinha feito, aonde teria ido após ter deixado minha casa? Eu dera por certo que ela tinha ido diretamente para sua própria casa. Ambas depois lembramos que, em suas excursões à cidade, ela algumas vezes, por conveniência, para se refazer, passava uma ou duas horas no Gentlewomen, o sossegado clube de damas, e prometi que seria de minha incumbência fazer naquele estabelecimento uma investigação exaustiva. Então entramos na escura e temível câmara em que ela estava deitada, presa na morte, e onde, pedindo depois de pouco tempo para ser deixada sozinha com ela, permaneci por meia hora. A morte a tornara, a tinha mantido bonita; mas senti acima de tudo, enquanto estava ajoelhada junto à sua cama, que a morte a tornara, a tinha mantido calada. Tinha trancado o segredo de algo que eu estava preocupada em saber.

No meu retorno de Richmond, e após ter cumprido outra tarefa, eu me dirigi aos aposentos dele. Era a primeira vez, mas eu frequentemente desejara conhecê-los. Como a casa continha vinte apartamentos, a escada era livre ao público; nela encontrei seu criado, que voltou comigo e me fez entrar. Ao som de minha entrada, ele apareceu à porta de uma sala interna e, no instante em que ficamos a sós, eu lhe dei minha informação: "Ela morreu!".

"Morreu?"

Estava tremendamente chocado e observei que não tivera necessidade de perguntar a quem, nesse modo abrupto, eu me referia.

"Morreu na noite passada — logo depois de sair da minha casa."

Ele me olhou com uma expressão das mais estranhas, seus olhos procurando os meus como se estivessem vislumbrando uma cilada. "A noite passada — depois de sair da sua casa?" Repetiu minhas palavras estupefato. Então foi a minha vez de ficar estupefata quando ele disse: "Impossível! Eu a vi".

"Você a 'viu'?"

"Neste lugar — onde você está."

Isso me fez lembrar, depois de um instante, como para me ajudar a aceitar o que ele tinha dito, o grande milagre do "aviso" da juventude dele. "Na hora da morte — entendo: tão lindamente quanto você viu sua mãe."

"Ah!, *não* como vi minha mãe — não daquele modo, não daquele modo!" Estava profundamente tocado por minha notícia — muito mais tocado, percebi, do que teria sido no dia anterior; isso me deu uma sensação vívida de que, como então eu dissera a mim mesma, havia realmente uma relação entre eles e ele estivera de verdade frente a frente com ela. Uma ideia assim, por sua reafirmação de seu extraordinário privilégio, o teria apresentado de súbito como dolorosamente anormal, não fosse ele ter insistido com tanta veemência na diferença. "Eu a vi viva — eu a vi e falei com ela — eu a vi como vejo você agora!"

É notável que, por um momento, embora apenas por um momento, senti alívio diante do fato mais pessoal, como se queira, mas também do fato mais natural entre dois fatos estranhos. Em seguida, quando me dei conta dessa imagem de ela ter vindo vê-lo após me deixar, e de exatamente isso dar conta do tempo que ela tinha levado para chegar a sua própria casa, perguntei com uma sombra de dureza, da qual eu estava consciente:

"Por que diabo ela veio?"

Ele tivera um minuto para pensar — para se recuperar e para avaliar os efeitos; então, se foi ainda com olhos excitados que ele falou, mostrou um rubor consciente e fez uma tentativa inconsequente de amenizar com um sorriso a gravidade de suas palavras.

"Veio apenas me ver. Veio — depois do que aconteceu na sua casa — de modo que nós *pudéssemos*, afinal, nos encontrar de vez. O impulso me pareceu delicado, e esse foi o modo como o aceitei."

Olhei em torno da sala em que ela tinha estado — em que ela tinha estado e eu nunca tinha estado.

"E o modo como você o aceitou foi o modo como ela expressou o impulso?"

"Ela apenas expressou o seu impulso ficando aí e me deixando olhar para ela. Isso foi o suficiente!", ele exclamou, com um riso estranho.

Fiquei imaginando mais e mais. "Você quer dizer que ela não falou nada para você?"

"Não disse nada. Apenas me olhou enquanto eu olhava para ela."

"E você também não falou?"

Ele me deu de novo seu doloroso sorriso. "Pensei em *você*. A situação era de todos os modos muito delicada. Usei o mais cuidadoso tato. Mas ela viu que tinha me agradado." Ele até repetiu seu riso dissonante.

"Evidentemente que ela agradou a você!" Então pensei por um momento. "Quanto tempo ela ficou?"

"Como posso dizer? Pareceram vinte minutos, mas provavelmente foi muito menos."

"Vinte minutos de silêncio!" Comecei a ter minha opinião definida e agora, de fato, me agarrei a essa opinião. "Você sabe que está me contando uma história positivamente monstruosa?"

Ele ficou de pé, dando as costas para o fogo; nesse momento, com um ar de quem pede clemência, veio em minha direção. "Apelo para que você, querida, aceite bondosamente o que aconteceu."

Eu podia aceitar bondosamente, e sublinhei isso, mas de algum modo, quando ele abriu os seus braços um tanto desajeitadamente, não pude deixá-lo me levar para junto dele. Então caiu entre nós, por um tempo considerável, o desconforto de um grande silêncio.

VI.

Ele depois interrompeu o silêncio dizendo: "Não há absolutamente dúvida nenhuma sobre a morte dela?".

"Infelizmente nenhuma. Há pouco deixei de estar de joelhos ao lado da cama onde a deitaram."

Ele olhou fixamente para o chão; então ergueu os olhos para mim:

"Qual é a aparência dela?"

"Ela parece — estar em paz."

Ele se virou para o lado de novo, enquanto eu o observava; mas depois de um momento ele começou: "A que horas, então —?".

"Deve ter sido perto da meia-noite. Ela desmaiou quando chegou em casa — de uma afecção do coração que sabia ter e da qual seu médico sabia que ela sofria, mas de que, pacientemente, corajosamente, ela nunca me falou."

Ele ouviu com atenção e, por um instante, foi incapaz de falar. No fim rompeu o silêncio com uma entonação cuja confiança quase infantil, cuja simplicidade realmente sublime, soa em meus ouvidos enquanto escrevo: "Não é que ela era *maravilhosa*?". Mesmo naquele momento fui capaz de fazer justiça a isso, o suficiente para afirmar, em resposta, que eu sempre tinha dito isso a ele; mas no instante seguinte, como após falar ele tivesse vislumbrado o que poderia ter me feito sentir, continuou rapidamente: "Você diz que, se ela não chegou em casa até a meia-noite —".

Imediatamente eu vi o que ele queria dizer. "Houve tempo bastante para você a ver? Como isso", perguntei, "se você não saiu da minha casa até tarde da noite? Não lembro a hora certa — estava preocupada. Mas você sabe que, embora tenha dito que tinha muitas coisas para fazer, você ficou algum tempo após o jantar. Ela, por seu lado, ficou a noite inteira no Gentlewomen. Acabo de chegar de lá — confirmei. Tomou chá lá; ficou muito, muito tempo."

"O que ela estava fazendo nesse tempo todo?"

Vi que ele estava ansioso para desafiar a cada passo meu relato sobre o assunto; e quanto mais ele mostrava isso, mais eu me achava disposta a insistir nesse relato, a preferir com aparente maldade uma explicação que só aprofundava a estranheza e o mistério, mas a qual, dos dois fatos prodigiosos entre os quais se tinha de escolher, meu ciúme renascido achava mais fácil aceitar. Ele ficou lá argumentando, com uma candura que agora me parece linda, em favor de ter, a despeito da derrota suprema, conhecido a mulher viva, enquanto eu, com uma paixão que hoje me causa admiração, embora ainda brilhem algumas brasas entre as cinzas dessa paixão, podia apenas responder que, por meio de um estranho dom partilhado por ela com a mãe dele e do lado dela do mesmo modo hereditário, o milagre da juventude dele tinha sido renovado para ele, assim como o milagre vivido por ela tinha se repetido. E estivera presente diante dele — sim, e por um impulso tão encantador quanto ele quisesse; mas oh!, ela não estivera presente corporalmente. Era uma simples questão das evidências. Eu tivera, assegurei a ele, um testemunho definitivo sobre o que ela tinha feito — na maior parte do tempo — no pequeno clube. O lugar estava quase vazio, mas as atendentes a notaram. Ela se sentara, imóvel, numa poltrona funda ao lado do fogo no salão; tinha inclinado a cabeça, fechado os olhos, parecendo adormecer suavemente.

"Sim. Mas até que horas?"

"Aí", fui obrigada a responder, "as atendentes falham um pouco. A porteira em particular é, infelizmente, uma tola, embora seja supostamente uma dama. Ela esteve evidentemente nesse período da noite, sem uma substituta e contra os regulamentos, ausente por pouco tempo do guichê de onde é serviço dela observar as entradas e saídas. Ela está confusa, pois claramente prevarica no serviço; de modo que não posso positivamente, a partir da observação dela, dizer a você uma hora certa. Mas foi notado, lá pelas dez e meia da noite, que nossa pobre amiga não estava mais no clube."

"Ela veio direto para cá; e daqui ela foi direto para o trem."

"Ela não poderia ter corrido tanto", declarei. "Isso era uma coisa que particularmente ela nunca fez."

"Não havia nenhuma necessidade de correr tanto, minha querida — ela tinha bastante tempo. A sua memória está falhando quando diz que eu saí tarde da sua casa. Deixei-a, de fato, bem mais cedo que o usual. Sinto muito que minha presença tenha lhe parecido longa, pois eu estava de volta aqui às dez da noite."

"Para enfiar os chinelos", eu disse em seguida, "e dormir na sua poltrona. Você dormiu até de manhã — você a viu num sonho!" Ele me olhou em silêncio e com olhos sombrios — olhos que me indicavam que ele tinha que reprimir alguma irritação. Depois, continuei: "Você recebeu uma visita, numa hora incomum, de uma dama — *soit*: nada no mundo é mais provável. Mas há damas e damas. Como, em nome de Deus, se ela não foi anunciada e permaneceu em silêncio, e você por seu lado nunca tinha visto o menor retrato dela — como você pode identificar a pessoa sobre a qual estamos falando?"

"Não a ouvi descrita até a saciedade? Vou descrevê-la para você em todos os aspectos."

"Não faça isso!", exclamei com uma rapidez que o fez rir de novo. Ruborizei com isso. "O seu criado a anunciou?"

"Não estava aqui — nunca está quando é preciso. Uma das características desse casarão é que, a partir da porta da rua, os vários andares são acessíveis praticamente sem vigilância. Meu criado faz amor com uma jovem empregada nos quartos acima destes, e teve muito tempo para isso na noite passada. Quando sai para esse negócio, deixa minha porta externa, na escadaria, aberta o suficiente para que possa voltar sem fazer barulho. A porta requer então apenas um empurrão. Ela a empurrou — isso simplesmente exigiu um pouco de coragem."

"Um pouco? Exigiu toneladas! E exigiu todo tipo de cálculos impossíveis."

"Bem, ela teve as toneladas de coragem — ela fez os cálculos. Note, não nego nem por um momento", ele acrescentou, "que foi muito, muito maravilhoso!"

Alguma coisa no tom de voz dele me impediu por um tempo de confiar suficientemente em mim mesma para falar. No fim, eu disse: "Como é que ela sabia onde você morava?".

"Lembrando o endereço na etiquetinha que o pessoal da loja, tranquilamente, deixou colada na moldura que mandei fazer para minha fotografia."

"E como ela estava vestida?"

"De luto, minha querida. Não luto pesado, mas um preto simples e escrupuloso. Tinha na boina três pequenas penas pretas. Trazia um pequeno abrigo de astracã. Tem perto do olho esquerdo", ele continuou, "uma pequena cicatriz vertical —"

Interrompi-o. "A marca de uma carícia de seu marido." Então acrescentei: "Quão perto você deve ter estado dela!". Ele não respondeu, e achei que ruborizou; observando isso, fiz menção imediata de ir embora. "Bem, adeus."

"Você não vai ficar um pouco?" Ele veio em minha direção, de novo ternamente, e dessa vez eu o aceitei. "A visita dela teve a sua beleza", ele murmurou enquanto me abraçava, "mas a sua tem uma beleza maior."

Deixei-o me beijar, mas lembrei, como eu tinha lembrado no dia anterior, que o último beijo que ela tinha dado, como eu supunha, neste mundo, tinha sido para os lábios que ele tocava.

"Sou a vida, você vê", respondi. "O que você viu na noite passada foi a morte."

"Foi a vida — foi a vida!"

Ele falou com uma espécie de teimosia amena, e eu me soltei dos braços dele. Ficamos olhando duramente um para o outro.

"Você descreve a cena — se é que você a descreve — em termos que são incompreensíveis. Ela estava na sala antes que você soubesse disso?"

"Eu estava escrevendo cartas e ergui os olhos — naquela mesa sob a lâmpada eu estava realmente absorto escrevendo as cartas — e ela estava de pé diante de mim."

"Então o que você fez?"

"Levantei subitamente e ela, com um sorriso, pôs o dedo, como se estivesse advertindo, mas com uma espécie de dignidade delicada, sobre os lábios. Eu sabia que isso queria dizer silêncio, mas o estranho foi que pareceu explicar imediatamente e justificar a presença dela. Nós de todo modo ficamos um tempo que, como eu disse a você, não posso calcular. Foi exatamente como nós estamos em frente um do outro agora."

"Simplesmente olhando um para o outro?"

Ele protestou com impaciência: "Ah!, *você e eu* não estamos nos olhando!".

"Sim, mas estamos falando."

"Bem, *ela e eu* estávamos nos olhando — de certa maneira." Ele se perdeu na memória do que acontecera. "Foi, assim, amigável." Eu tinha na ponta da língua a pergunta se isso era suficiente como explicação, mas observei, em vez disso, que o que eles tinham realmente feito era se contemplar em mútua admiração. Então perguntei se ele a reconhecera imediatamente. "Não imediatamente", respondeu, "pois é claro que eu não a esperava; mas me veio à ideia de quem ela era bem antes que ela fosse embora — que só poderia ser ela."

Pensei um pouco. "E como no fim ela foi embora?"

"Do mesmo modo que chegou. A porta estava aberta atrás dela e ela saiu."

"Foi depressa ou lentamente?"

"Um tanto rapidamente. Mas, olhando para ela", acrescentou, com um sorriso, "eu a deixei ir, pois entendi perfeitamente que eu devia aceitar as coisas como ela queria."

Percebi ter deixado escapar um suspiro prolongado e vago. "Bem, você precisa aceitar as coisas agora como *eu* quero — você precisa *me* deixar ir embora."

Diante disso, ele se aproximou de novo de mim, me detendo e me persuadindo, declarando todo galante que eu era outra questão. Eu teria dado qualquer coisa para ser capaz de perguntar se ele a tinha tocado, mas as palavras se recusaram a se formar: eu sabia muito bem quão horrorosas e vulgares iriam soar. Eu disse alguma outra coisa — esqueço exatamente o quê; era algo fragilmente tortuoso e com a intenção de fazê-lo me dizer se ele a havia tocado sem realmente eu perguntar isso. Mas ele não me contou, como se, a partir de um vislumbre da adequação do ato de me aliviar e de me consolar, o sentido da declaração de alguns minutos antes — a garantia de que ela era realmente delicada, como eu sempre tinha insistido — mas que eu era a amiga "real" dele e pertencia a ele para sempre. Isso me levou a reafirmar, no espírito da minha fala anterior, que eu tinha pelo menos o mérito de estar viva; o que, por sua vez, provocou nele o repente de contradição que eu temia. "Oh, *ela* estava viva! Estava, estava!"

"Estava morta! Estava morta!", asseverei, com uma energia, uma determinação de que assim deveria *ser*, que me parecem agora quase grotescas. Mas o som da palavra, assim que ressoou em volta, me encheu subitamente de horror, e toda a emoção natural que o seu significado poderia ter evocado em outras condições se reuniu e arrebentou como uma inundação. Eu me dei conta de que aqui estava uma grande emoção preenchida e quanto eu a tinha amado e confiado nela. Tive uma visão, ao mesmo tempo, da beleza solitária do fim dela. "Ela se foi — está perdida para nós para sempre." Desatei em soluços.

"É assim exatamente que eu me sinto", ele exclamou, falando com extrema bondade e me apertando ao seu encontro para me confortar. "Ela se foi; está perdida para nós para sempre: então o que isso importa agora?" Inclinou-se em minha direção, e, quando seu rosto tocou o meu, eu não sabia direito se seu rosto estava molhado com as minhas lágrimas ou com as dele próprio.

VII.

Era minha teoria, minha convicção, e se tornou, como posso dizer, minha atitude, que eles não tinham nunca se "encontrado"; e foi justamente com base nisso que eu disse a mim mesma que seria generoso pedir a ele que ficasse ao meu lado junto ao túmulo dela. Ele fez isso com muita modéstia e ternura, e eu presumi, embora ele claramente não se importasse com esse perigo, que a solenidade da ocasião, com a ampla presença de pessoas que tinham conhecido a ambos e conheciam a piada sobre seus desencontros, iria privar suficientemente a sua presença de quaisquer associações levianas. Sobre a questão de o que tinha acontecido na noite de sua morte pouco mais foi falado entre nós; eu tinha sido tomada por um horror à questão das provas. Isso parecia, em qualquer hipótese, grosseria e bisbilhotagem. Ele, de seu lado, não tinha nada a fornecer, nada, pelo menos, senão uma afirmação de seu porteiro — segundo ele próprio uma personagem distraída e intermitente — que entre dez horas da noite e a meia-noite não menos de três damas de preto tinham entrado e saído do lugar. Isso se mostrou demasiado; nenhum de nós tinha nenhuma explicação para três. Ele sabia que eu considerava ter dado conta de todos os fragmentos do tempo dela, e deixamos o assunto como resolvido; nos abstivemos de mais discussão. O que *eu* sabia, porém, era que ele tinha se abstido disso para me agradar, mais do que por ter cedido às minhas razões. Ele não cedeu — foi apenas indulgente; agarrou-se à sua interpretação, porque a preferia. Ele a preferia, era minha opinião, porque a sua interpretação falava mais à sua vaidade. Isso, se eu estivesse na mesma situação, não teria efeito sobre mim, embora eu tivesse tanta vaidade quanto ele; mas essas são coisas do humor individual, de modo que nenhuma pessoa pode julgar por outra. Eu deveria ter suposto que era mais gratificante isso ser o tema de uma daquelas ocorrências inexplicáveis que são relatadas em livros eletrizantes e discutidas em reuniões de eruditos; eu não podia conceber, da parte de um ser recém-mergulhado no infinito e ainda vibrando com emoção humana, nada mais belo e puro, mais alto e nobre do que um tal impulso de reparação, de advertência ou mesmo de curiosidade. *Isso* era bonito, se alguém pensasse, e eu teria, no lugar dele, pensado isso, que era uma honra para ele mesmo ter sido assim distinguido. Era público que ele já havia, que ele já havia muito tempo antes sido distinguido, e o que era isso em si mesmo senão quase uma prova? Cada uma das estranhas visitas contribuía para estabelecer a outra. Ele tinha um sentimento diferente; mas tinha também, me apresso a acrescentar, um desejo inequívoco de não tornar isso uma questão ou, como dizem, um motivo de briga. Eu podia acreditar no que quisesse — mais ainda porque toda a história era de algum modo um mistério produzido por mim. Era um acontecimento da minha história, um enigma da minha consciência, não da dele; portanto ele aceitaria qualquer versão a respeito disso que me parecesse conveniente. Ambos, em todo caso, tínhamos outras coisas com que lidar; estávamos ocupados com os preparativos para o nosso casamento.

Os meus preparativos eram, com certeza, urgentes, mas descobri, à medida que os dias se passavam, que acreditar no que eu "queria" era acreditar naquilo de que eu estava intimamente mais e mais convencida. Descobri também que eu não gostava tanto dessa hipótese quanto parecia, ou que o prazer, de todo modo, estava longe de ser a causa da minha convicção. Minha obsessão, tal como posso na verdade chamá-la, e tal como comecei a perceber, se recusava a ser posta de lado, ao contrário do que eu tinha esperado, por minha ideia da importância dos deveres que tinha pela frente. Se eu tinha muitas coisas para fazer, tinha mais coisas ainda em que pensar, e chegou o momento em que minhas ocupações foram gravemente ameaçadas por meus pensamentos. Vejo tudo isso agora, sinto isso, revivo isso. É terrivelmente vazio de alegria, está cheio na verdade de uma superabundância de amargura; e assim mesmo preciso fazer justiça a mim mesma — eu não podia ser diferente do que fui. As mesmas impressões estranhas, se eu as tivesse de sentir de novo, produziriam a mesma angústia profunda, as mesmas dúvidas agudas, as mesmas certezas mais agudas. Oh, é sempre tudo mais fácil de lembrar do que de escrever, mas mesmo que eu pudesse retraçar o assunto hora a hora, mesmo que eu pudesse achar termos para o inexprimível, a feiura e a dor ainda rapidamente deteriam minha mão. Deixem-me então anotar bem simples e brevemente que, uma semana antes do dia do nosso casamento, três semanas após a morte dela, eu me tornei plenamente consciente de que eu tinha algo muito sério para encarar e que, se eu devia me dar a esse esforço, eu precisava fazê-lo naquele lugar e antes que passasse uma hora. Meu ciúme inextinguível — essa era a máscara de Medusa. Não tinha morrido com sua morte; tinha sobrevivido lividamente, e era alimentado por suspeitas nefandas. Elas *seriam* nefandas hoje, isto é, se eu não tivesse sentido necessidade aguda de expressá-las naquela ocasião. Essa necessidade se apossou de mim — para me salvar, ao que parecia, do destino. Quando afinal essa necessidade se apossou de mim, eu vi — na urgência do caso, nas poucas horas que faltavam e no intervalo que se reduzia — somente uma questão, a de absoluta urgência e franqueza. Eu podia pelo menos não fazer a ele a afronta de atrasar mais um dia; eu podia pelo menos tratar minha dificuldade como delicada demais para um subterfúgio. Portanto, com bastante calma, mas de todo jeito abrupta e terrivelmente, eu mencionei a questão a ele, de que precisávamos reconsiderar nossa situação e reconhecer que ela tinha mudado completamente.

Ele me olhou corajosamente: "Como, mudou?".

"Outra pessoa está entre nós."

Ele hesitou um momento. "Não vou fingir que não sei a quem você se refere." Ele sorriu com piedade da minha loucura, mas queria ser bondoso. "Uma mulher morta e enterrada!"

"Ela está enterrada, mas não está morta. Está morta para o mundo — está morta para mim. Mas não está morta para *você*."

"Você está se apegando ao passado das visões diferentes que temos da aparição dela naquela noite?"

"Não", respondi, "não estou me apegando a nada do passado. Não tenho necessidade disso. Tenho mais do que o suficiente no que está diante de mim."

"E, por favor, querida, o que é?"

"Você está completamente mudado."

"Por aquele absurdo?", ele riu.

"Não tanto por aquele absurdo, mas por outros absurdos que se seguiram."

"E quais absurdos seriam esses?"

Tínhamos ficado olhando um para o outro bastante firmemente, com olhos que não piscavam; mas os seus olhos tinham uma luz tênue e estranha, e minha certeza triunfou diante de sua perceptível palidez. "Você realmente pretende", perguntei, "fingir que não sabe quais são esses absurdos?"

"Minha filha", respondeu, "você me descreve de uma maneira muito esquemática!"

Fiquei meditando um momento. "Se pode ficar bem embaraçado para não terminar direito o retrato! Mas, desse ponto de vista — e desde o início —, o que foi mais embaraçoso do que a sua idiossincrasia?"

Ele foi extremamente vago. "Minha idiossincrasia?"

"O seu poder notório, seu poder peculiar."

Ele deu pesadamente de ombros, com impaciência, com um grunhido de desdém excessivo. "Oh, meu poder peculiar!"

"A sua acessibilidade a formas de vida", continuei, friamente, "seu controle sobre impressões, aparições, contatos proibidos — para nosso bem ou mal — para o resto de nós. Isso foi originalmente uma parte do interesse profundo que você me inspirou — uma das razões pelas quais eu estava encantada. Eu tinha realmente orgulho de conhecer você. Era uma distinção magnífica; é ainda uma distinção magnífica. Mas é claro que eu não tinha naquela época nenhuma previsão sobre a maneira que essa sua acessibilidade a formas de vida iria funcionar agora; e mesmo que tivesse sido esse o caso, eu não saberia nada do modo extraordinário como a ação disso iria me afetar."

"Ao que, em nome de Deus", ele perguntou, apelando, "você, de modo tão fantástico, está aludindo?" Então, enquanto permaneci em silêncio, procurando um tom para meu ataque, ele continuou: "Como diabo isso *funciona*? E como diabo você é afetada?".

"Ela não encontrou você durante cinco anos", eu disse, "mas agora ela sempre encontra você. Você está fingindo!"

"Fingindo?" Ele começou a passar de pálido para enrubescido.

"Você a vê — você a vê; você a vê toda noite!" Ele soltou uma grande gargalhada, mas não era genuína. "Ela aparece para você como apareceu naquela noite", afirmei. "Tendo experimentado isso, ela descobriu que gostava!" Pude, com a ajuda de Deus, falar sem paixão cega ou violência comum, mas essas foram as palavras exatas — e me pareceram então muito longe de "esquemáticas" — que pronunciei. Ele se virou em meio ao riso, batendo palmas para minha loucura, mas num instante me encarou de novo com uma mudança de expressão que me espantou. "Você ousa negar", perguntei, "que você a vê habitualmente?"

Ele adotou a linha da indulgência, de caminhar rumo a mim e de bondosamente tentar melhorar o meu humor. De todo modo, para meu espanto, ele disse, de súbito: "Bem, querida, e qual é o problema se a vejo?".

"É seu direito natural; pertence à sua constituição e à sua sorte maravilhosa, se bem que talvez não tão invejável. Mas você vai facilmente entender que isso nos separa. Eu libero você incondicionalmente."

"Me libera?"

"Você precisa escolher entre ela e mim."

Ele me encarou duramente. "Entendo." Então se afastou um tanto, como que assimilando o que eu dissera e pensando como podia tratar isso da melhor maneira possível. No fim ele se virou de novo para mim. "Como diabo você sabe uma coisa tão absolutamente íntima?"

"Você quer dizer que eu não poderia saber porque você tentou tão firmemente escondê-la de mim? Isso *é* absolutamente íntimo, e pode acreditar que nunca o trairei. Você fez o seu melhor, cumpriu o seu papel, você se comportou, pobre querido!, leal e admiravelmente. Portanto eu o observei em silêncio, cumprindo também o meu papel; notei toda parada súbita da sua voz, toda ausência dos seus olhos, todo esforço em sua mão indiferente: esperei até estar absolutamente segura e miseravelmente infeliz. Como você *pode* esconder isso, quando você está tão abjetamente apaixonado por ela, quando você está doente quase até a morte com a alegria que ela lhe dá?" Impedi o rápido protesto dele com um gesto meu mais rápido. "Você a ama como *nunca* amou e, paixão por paixão, ela devolve com inteira reciprocidade! Ela manda em você, ela guarda você, ela o tem por inteiro! Uma mulher, num caso como o meu, adivinha, sente e vê; ela não é uma idiota que tem de ser credulamente informada. Você se aproxima de mim mecanicamente, por obrigação, com os restos de sua ternura e o que resta de sua vida. Posso renunciar a você, mas não posso partilhá-lo com outra; o melhor de você é dela; eu sei que é e livremente dou você a ela para sempre!"

Ele argumentou com bravura, mas a coisa não podia ser remendada; repetiu sua negativa, retratou sua admissão de que a via, ridicularizou minha acusação — permiti livremente a ele a indefensável extravagância de tudo isso. Não fingi por nenhum momento que estávamos falando de coisas comuns; não fingi por nenhum momento que ele e ela eram pessoas comuns. Veja, se eles *fossem* pessoas comuns, como eu poderia ter me preocupado com eles? Eles gozaram de uma rara extensão do ser e me apanharam em seu voo; só que eu não podia respirar nesse ar e rapidamente pedi para descer. Tudo nos fatos era monstruoso, e, mais do que tudo, era monstruosa a minha percepção desses fatos; a única coisa natural e verdadeira era eu ter de agir segundo essa percepção. Senti depois que eu tinha falado assim que minha certeza era completa; nada estava faltando além da visão do efeito que minhas palavras produziam sobre ele. Ele disfarçou realmente o efeito numa nuvem de trivialidade, um distanciamento do problema que o fez ganhar tempo e encobriu o seu recuo. Pôs em dúvida minha sinceridade, minha sanidade mental, minha humanidade, e isso, naturalmente, agravou o nosso afastamento e confirmou nosso rompimento. Fez tudo, em poucas palavras, menos me convencer de que eu estava errada ou de que ele estava infeliz; nos separamos e eu o deixei à sua comunhão inconcebível.

Ele nunca se casou, e eu também não. Quando, seis anos depois, na solidão e no silêncio, ouvi falar de sua morte, eu a saudei como uma contribuição direta para a minha teoria. Foi uma morte súbita, nunca se soube direito a causa, cercada por circunstâncias nas quais — pois, oh, eu as detalhei todas! — li claramente uma intenção, a marca da sua própria mão oculta. Foi o resultado de uma prolongada necessidade, de um desejo insaciável. Para dizer em termos exatos, foi uma resposta a um chamado irresistível.

Tradução de Renato Pompeu

RUDYARD KIPLING

Os construtores de pontes

("The bridge-builders", 1898)

Nos contos indianos de Rudyard Kipling (1865-1936), o fantástico nasce do contraste entre dois mundos: as culturas da Índia, com toda a riqueza de suas tradições religiosas, filosóficas, de modo de vida, e a moral inglesa que está convencida de construir na Índia uma nova civilização, que sente a responsabilidade dessa tarefa e a angústia da incompreensão, seja da parte dos indianos quanto de muitos dos seus compatriotas. Para o anglo-indiano Kipling, ambos os mundos são objeto de um profundo conhecimento e de uma profunda paixão.

Emblemático entre todos é este conto que parte da crônica de uma empreitada tecnológica, a construção de uma ponte sobre o Ganges (o volume em que está incluído se intitula O trabalho cotidiano), que esbarra nas forças da natureza e na religião inspirada nessas forças, chegando a uma evocação visionária dos deuses do hinduísmo. O diálogo que vemos entre os deuses é um debate ideológico sobre uma possível integração entre as duas culturas — no sentido de que a indiana, bem mais antiga, poderia perfeitamente englobar a inglesa.

O mínimo que Findlayson esperava receber do Departamento de Obras Públicas era um CIE; na verdade, sonhava com um CSI;* seus amigos, aliás, garantiam que ele merecia mais do que isso. Tinha passado três anos aguentando frio e calor, frustrações, desconforto, perigos e moléstias, com um senso de responsabilidade quase pesado demais para os seus ombros; e durante todo esse tempo sob o seu comando, a grande ponte Kashi foi se estendendo dia a dia sobre o Ganges. Agora, se tudo corresse bem, em menos de três meses Sua Excelência, o vice-rei, a inauguraria com pompa e circunstância, um arcebispo haveria de abençoá-la, o primeiro comboio de soldados passaria por ela, e não faltariam discursos.

O engenheiro-chefe Findlayson sentou-se em seu vagonete, numa via auxiliar ao longo de um dos contrafortes principais — os enormes revestimentos de pedra que, em ambas as margens do rio, lampejavam de norte a sul numa extensão de cinco quilômetros —, e se pôs a pensar no fim. Incluídas as rampas de acesso, a obra teria quase três quilômetros de comprimento: uma ponte com vigas em treliça, assentada em travejamento Findlayson e sustentada por vinte e sete pilares. Cada um deles tinha sete metros de diâmetro, era forrado de pedra vermelha de Agra e penetrava vinte e quatro metros da areia instável do leito do Ganges. Sobre eles, corria uma linha férrea de mais de quatro metros de largura; e acima desta, uma estrada de cinco metros de largura, flanqueada por calçadas para pedestres. Nas extremidades, erguiam-se torres de tijolo com ameias e troneiras, sendo que a rampa da estrada chegava até os seus flancos. Nos extremos de terra crua, formigavam centenas de burricos que, carregando sacos de material, iam subindo os terrenos profundamente escavados para os aterros; e o ar quente da tarde vibrava com o ruído dos cascos, das pauladas dos arreeiros e o zunir e o rolar da terra. O rio estava muito baixo e, na areia branca e ofuscante entre os três pilares centrais, erguiam-se robustas armações de dormentes cruzados, cheias de barro por dentro e cobertas de barro por fora, para sustentar as últimas vigas que estavam sendo içadas e rebitadas. Na escassa água profunda que a seca poupara, uma grua ia de um lado para o outro, soltando bruscamente as barras de ferro, bufando e retrocedendo e grunhindo qual um elefante em uma madeireira. Centenas de operários se aglomeravam junto às treliças laterais e ao telhado metálico da ferrovia, trepados em invisíveis andaimes sob o ventre

---

* CIE: Cruz do Império Indiano; CSI: Cruz da Estrela da Índia. Condecorações que o Império Britânico concedia aos funcionários lotados na Índia. (N. T.)

de vigas, e se apinhavam ao redor das gargantas dos pilares e cavalgavam à beira dos pontaletes das passarelas; à luz ardente do sol, seus braseiros e as faíscas que respondiam a cada martelada se empalideciam amarelados. A leste, a oeste, ao norte e ao sul as locomotivas estrugiam e rangiam ao longo dos contrafortes, puxando vagões repletos de pedras marrons e brancas, que iam se chocando entre si, até que se abriam os anteparos laterais e, com um rugir e um retumbar, lançavam-se mais algumas toneladas de material para conter o rio.

O engenheiro-chefe Findlayson girou o corpo no vagonete e contemplou a paisagem que ele havia alterado em um raio de dez quilômetros. Voltou-se para a turbulenta aldeia de cinco mil operários; correu os olhos rio acima e rio abaixo, olhou para as saliências e a areia em perspectiva, para o outro lado do rio até os pilares mais distantes, que já desapareciam na névoa, e, mais acima, para as torres de vigia — só ele sabia como eram sólidas — e, com um suspiro de satisfação, viu que isso era bom. Lá estava a sua ponte, à luz do sol, aguardando só mais algumas semanas de trabalho nas vigas dos três pilares centrais — a sua ponte, feia e rude como o pecado original, mas suficientemente *pukka* — perene — para perdurar até muito depois que se extinguisse toda lembrança do construtor, inclusive do esplêndido vigamento Findlayson. Estava praticamente pronta.

Hitchcock, seu auxiliar, chegou a meio-galope, montando um pequeno pônei *kabuli* com um tufo de pelo na ponta do rabo — o qual, graças à sua experiência enorme, era capaz de atravessar uma pinguela trotando — e fez um gesto afirmativo para o chefe.

"Falta pouco", sorriu.

"Era justamente nisso que eu estava pensando. Um trabalho e tanto para dois homens, não?"

"Para... um e meio. Puxa vida, eu não passava de um frangote quando cheguei!"

Hitchcock se sentia velhíssimo com as muitas experiências acumuladas nos últimos três anos, que lhe haviam ensinado o que era estar no comando e ter responsabilidade.

"Você *estava* mais para um potro que para um frangote", disse Findlayson. "Vai ser duro enfrentar o trabalho burocrático quando o serviço aqui terminar."

"Eu vou detestar!", afirmou o rapaz. Acompanhou o olhar de Findlayson antes de prosseguir. "Isto aqui não ficou ótimo?"

"Acho que seremos promovidos: nós dois", murmurou Findlayson com seus botões. "Você é bom demais para ser trocado por outro. Era um frangote, agora é um auxiliar e tanto. Se este trabalho me render algum crédito, vai ser meu assistente pessoal. E em Simla!"

De fato, a maior carga de trabalho recaíra totalmente sobre Findlayson e seu auxiliar, o jovem que ele havia escolhido justamente por ser cru e inexperiente, para moldá-lo segundo as suas necessidades. Lá havia cerca de meia centena de empreiteiros — soldadores e serralheiros, todos europeus, fornecidos pelas oficinas ferroviárias, e mais uns vinte subordinados brancos e mestiços encarregados de comandar as equipes de operários, embora também sendo comandados; porém ninguém sabia melhor do que aqueles dois, ligados por laços de confiança mútua, que não se podia confiar nos subalternos. Tinham enfrentado muitas crises repentinas — os deslizamentos de terra, a quebra do equipamento, as avarias nas gruas e a fúria do rio —, mas não houve pressão capaz de dar destaque a um só membro da equipe que merecesse a homenagem de Findlayson e Hitchcock por haver trabalhado tão incansavelmente quanto eles próprios. Findlayson recordou tudo desde o princípio: os meses e meses de trabalho de prancheta, tudo jogado fora quando, no último momento, o governo da Índia resolveu alargar a ponte em meio metro, por certo convencido de que ela era feita de papel recortado, arruinando quase meio alqueire de projetos — e Hitchcock, ainda pouco afeito às decepções, mergulhou a cabeça nos braços e chorou; os exasperantes atrasos na assinatura dos contratos na Inglaterra; a tediosa correspondência que acenava com grandes comissões caso eles fizessem uma — uma única — consignação, por questionável que fosse; a guerra que se seguiu à recusa; o boicote cauteloso e educado que se seguiu à guerra, até que o jovem Hitchcock, tendo acumulado dois meses de férias e tomado emprestados mais dez dias de Findlayson, gastou as modestas economias de um ano em uma viagem precipitada a Londres, e lá, como ele contou e como demonstraram as consignações posteriores, infundiu o temor a Deus em um homem tão poderoso que, segundo ele mesmo proclamava, não temia senão ao Parlamento, até que Hitchcock o afrontou à sua própria mesa e o ensinou a recear a ponte Kashi e a qualquer um que falasse em nome dela. Depois foi a cólera que, na calada da noite, chegou à aldeia da obra da ponte; e, passada a cólera, veio o flagelo da varíola. A febre não lhes dava trégua. Hitchcock foi nomeado magistrado de terceira classe, com poder de açoite para melhor governar a comunidade, e Findlayson observou a moderação com que ele o exercia, tratando de aprender o que valia a pena relevar e o que convinha punir. Foi um longo, longuíssimo, delírio eivado de tormentas, súbitas enchentes, a morte em todas as suas formas e variantes, o ódio violento à burocracia que quase enlouquecia uma mente consciente de que devia estar ocupada com outras coisas; seca, problemas sanitários e financeiros; nascimentos, matrimônios, enterros e sublevações em uma aldeia de vinte castas inimigas; conflitos, queixas, persuasão, e o irremediável desespero do homem que ia se deitar agradecido porque seu rifle ainda estava desmontado no estojo. Por trás de tudo isso, delineava-se o negro perfil da ponte Kashi — tábua após tábua, viga após viga, arcada após arcada —, e cada um de seus pilares lembrava Hitchcock, o pau para toda a obra que, do começo ao fim, ficara indefectivelmente ao lado do chefe.

De modo que a ponte era obra de dois homens — a menos que se levasse em conta Peroo, como decerto queria o próprio Peroo. Era um marinheiro indiano, um *kharva* de Bulsar que, além de conhecer todos os portos entre Rockhampton e Londres, havia chegado à categoria de *serang* nos barcos da British India, mas, farto das inspeções de rotina e de ser obrigado a sempre vestir roupa limpa, largou o emprego e foi para o interior, onde um sujeito como ele nunca ficava desempregado. Com muita prática em guindastes e deslocamento de grandes pesos, podia ganhar o que pedisse; mas, como era o costume que determinava o salário dos capatazes, ainda faltavam muitas moedas de prata para que Peroo chegasse ao seu verdadeiro valor. Nem as correntezas nem as mais vertiginosas alturas o intimidavam; e, sendo um ex-*serang*, ele sabia impor autoridade. Nenhuma peça de ferro era demasiado grande ou estava num lugar demasiado inacessível para que Peroo não conseguisse idealizar um cordame capaz de içá-la — uma invenção desconjuntada, ataviada com uma quantidade escandalosa de palavrório, mas perfeitamente adequada à tarefa. Foi ele que salvou o pilar número sete da destruição quando o novo cabo de aço se enroscou no olho da grua e uma enorme barra de ferro escorregou nas amarras, inclinando-se perigosamente para o lado. Os operários nativos entraram em pânico e se puseram a berrar; uma viga caiu em cima de Hitchcock, quebrando-lhe o braço, mas ele improvisou uma tipoia com o casaco, desmaiou, voltou a si e passou quatro horas dirigindo os trabalhos, até que Peroo informasse lá do alto da grua "Está tudo bem", e a barra fosse levada ao lugar certo. Não havia ninguém como Peroo, *serang*, para deslocar, amarrar e sujeitar, para controlar os motores auxiliares ou erguer habilmente uma locomotiva que caíra em uma vala; para se despir e mergulhar, se necessário, a fim de averiguar como os blocos de concreto que rodeavam os pilares estavam reagindo aos embates de Mãe Gunga, ou para se aventurar rio acima numa noite de monção e examinar o estado dos contrafortes. Costumava interromper sem o menor pudor as reuniões de Findlayson e Hitchcock, até que o seu inglês fantástico ou a sua ainda mais fantástica "língua franca", um misto de português e malaio, se esgotasse, obrigando-o a pegar uma corda e mostrar os nós que lhe pareciam recomendáveis. Controlava a sua própria turma de operadores de grua — misteriosos parentes de Kutch Mandvi recrutados todo mês e exaustivamente testados. Nenhuma consideração de ordem familiar ou tribal o levava a conservar um corpo mole ou uma cabeça oca em sua brigada. "A honra desta ponte é a minha honra", costumava dizer aos que estavam prestes a ser demitidos. "Que me importa a sua honra? Vá trabalhar em um vapor, para coisa melhor você não presta."

O pequeno aglomerado de barracos em que ele e sua equipe moravam rodeava a desconjuntada casa de um capelão da Marinha — um sacerdote que, mesmo sem nunca ter posto os pés na Água Negra, fora eleito guia espiritual de duas gerações de marujos, todos arredios às missões dos portos ou aos credos religiosos com que as agências assediavam os marinheiros à margem do Tâmisa. O sacerdote dos indianos não tinha nada a ver com a casta deles; aliás, não tinha nada a ver com nada. Alimentava-se das oferendas de sua igreja, dormia, fumava e tornava a dormir, "porque", dizia Peroo, que o arrastara mil e quinhentos quilômetros terra adentro, "ele é um homem muito santo. Nunca se importa com o que comemos, contanto que não seja carne de vaca, e isso é bom, porque nós, os *kharvas*, adoramos Shiva em terra, mas no mar, a bordo dos barcos da Kumpani, obedecemos rigorosamente às ordens do Burra Malum (o comandante) e, nesta ponte, acatamos o que diz Findlayson Sahib".

Nesse dia, Findlayson Sahib tinha ordenado a remoção dos andaimes da torre de vigia da margem direita, e Peroo e seus companheiros estavam soltando e descendo as estacas de bambu e as tábuas com a mesma pressa com que descarregavam um navio de cabotagem.

Do vagonete, Findlayson ouvia o apito de prata do *serang* e o ranger e o estralar das polias. Vestido com o macacão azul de seu emprego anterior, Peroo estava no alto da última fiada de tijolos da torre, e, quando Findlayson lhe fez sinal para que tomasse cuidado, pois sua vida não era de se jogar fora, segurou a última estaca e, cobrindo os olhos com a mão, ao modo dos marinheiros, respondeu com um grito prolongado de vigia de castelo de proa: *"Ham dekhta ha"* ("Eu estou vigiando"). Findlayson riu e depois suspirou. Fazia anos que não via um vapor e andava com saudade de casa. Quando o vagonete passou abaixo da torre, Peroo desceu por uma corda, feito um macaco, e gritou:

"Agora ela está bonita, Sahib. A nossa ponte está quase pronta. O que o senhor acha que Mãe Gunga vai dizer quando o primeiro trem passar?"

"Por enquanto não disse muita coisa. Não foi Mãe Gunga que nos atrasou."

"Ela sempre tem a sua hora; nem por isso deixou de haver atraso. O Sahib se esqueceu da enchente do outono passado, quando as chatas afundaram sem aviso prévio ou avisando só com meio dia de antecedência?"

"Sim, mas agora só uma grande enchente pode nos afetar. Os contrafortes da margem ocidental estão aguentando bem."

"Mãe Gunga come em grandes quantidades. Nunca falta um lugar que precise ser revestido com mais pedra. É o que eu sempre digo ao *Chota** Sahib", riu-se o indiano, aludindo a Hitchcock.

"Não faz mal, Peroo. Um ano mais, e você vai poder construir outra ponte à sua maneira."

O outro abriu um sorriso.

"Mas a minha não vai ser assim, com tanta pedra afundada debaixo da água, como o *Quetta* afundou. Eu gosto de ponte pên-pên-pênsil, que voa de uma margem à outra, num passo largo, feito uma pinguela. Esta, não há água que a derrube. Mas quando é que o lorde Sahib** vem inaugurar a ponte?"

"Daqui a três meses, quando não estiver fazendo tanto calor."

"Ho! Ho! Ele é como *Burra* Malum. Fica dormindo lá embaixo enquanto a gente dá duro. Depois sobe ao castelo de proa, passa o dedo e diz: 'Isto não está limpo!'. Maldito *jiboonwallah!*"

"Mas, Peroo, o lorde Sahib nunca me chamou de maldito *jiboonwallah*."

"Não, Sahib, mas ele também não sobe ao convés enquanto o trabalho não estiver pronto. Até mesmo o *Burra* Malum do *Nerbudda* chegou a dizer uma vez, em Tuticorin..."

"Ora! Dê o fora daqui! Eu tenho muito que fazer."

"Eu também!", disse Peroo sem se alterar. "Posso pegar o barco a remo e ir dar uma olhada nos contrafortes?"

---

* *Chota*: pequeno, em oposição a *Burra*, grande. (N. T.)

** O vice-rei. (N. T.)

"Para quê? Para segurá-los com as mãos? Eu acho que eles são firmes o suficiente."

"Não, Sahib. É o seguinte: no mar, na Água Negra, há espaço para que nos joguem de um lado para o outro à vontade. Aqui não, não há espaço para nada. Olhe, nós prendemos o rio em uma doca e o obrigamos a correr entre dois muros de pedra."

Findlayson achou graça no "nós".

"Nós pusemos rédea e cabresto nele. Ele não é como o mar, que pode se jogar em uma praia branca. É Mãe Gunga... acorrentada." Falou com voz um pouco mais baixa.

"Peroo, você já correu mundo muito mais do que eu. Diga a verdade. Até que ponto você acredita em Mãe Gunga, no fundo do coração?"

"É como diz o nosso sacerdote. Londres é Londres, Sahib. Sydney é Sydney, e Port Darwin é Port Darwin. E Mãe Gunga é Mãe Gunga, e quando eu retorno às suas margens, sei disso e a adoro. Em Londres eu *poojah** o grande templo à beira do rio por causa do Deus que o habita... Sim, eu vou com a barca, mas sem os coxins."

Findlayson montou seu cavalo e foi a trote para o bangalô que dividia com o auxiliar. Fazia três anos que aquilo lhe servia de lar. Sob o rude telhado de sapé, ele torrara com o calor, suara com as chuvas e tiritara de febre; perto da porta, o caiado da parede estava coberto de fórmulas e desenhos toscos, e o rastro puído na esteira da varanda marcava o lugar onde ele caminhava a sós. A jornada de trabalho de engenheiro não se limitava a oito horas, e foi de botas e esporas que ele jantou com Hitchcock: já fumando charuto, os dois ouviram o rumor da aldeia quando as brigadas subiram o rio e as luzes começaram a cintilar.

"Peroo pegou a sua barca emprestada para vistoriar os contrafortes. Levou dois sobrinhos e ia todo refestelado na popa, feito um almirante", disse Hitchcock.

"É bom. Ele anda preocupado com alguma coisa. Pode-se dizer que os dez anos de trabalho nos barcos da British India acabaram com o que restava de religião dentro dele."

Hitchcock conteve o riso:

"É verdade. Outro dia eu o ouvi dizendo coisas muito ateias àquele guru barrigudo que eles têm. Peroo negava a utilidade da oração e queria que o guru

---

* Refere-se à veneração. (N. T.)

fosse com ele para o mar e enfrentasse uma tormenta para ver se conseguia deter a monção com rezas."

"Mesmo assim, ele fugiria espavorido se você mandasse o guru embora daqui. Acaba de me contar que rezava na catedral de São Paulo quando estava em Londres."

"Ele me disse que, na primeira vez em que entrou na casa de máquinas de um vapor, quando era menino, chegou a orar diante do cilindro de baixa pressão."

"Até que vale a pena rezar para esse tipo de coisa. Agora ele deve estar às voltas com os seus próprios deuses, querendo saber o que Mãe Gunga acha da ponte que construíram sobre ela. Quem está aí?"

Uma sombra obscureceu o vão da porta; entregaram um telegrama a Hitchcock.

"A esta altura, ela já deve estar acostumada. Não é nada. Apenas um *tar*. Deve ser a resposta de Ralli sobre os novos arrebites... Meu Deus!"

Hitchcock se levantou de um salto.

"Que houve?", perguntou o engenheiro, pegando o papel. "Então é isso que Mãe Gunga acha, hein?", disse ao mesmo tempo que lia. "Tenha a calma, rapaz. Trabalho é o que não vai faltar. Vejamos. Muir informou há meia hora: '*Enchente em Ramgunga. Estado de alerta*'. Bom, isso nos dá... uma, duas... nove horas e meia até que a enchente chegue a Melipur Ghaut; com sete, são dezesseis horas e meia até Latodi... ou seja, umas quinze horas para que caia em cima de nós."

"Maldito seja esse bueiro alimentado pelas colinas de Ramgunga! Findlayson, isso vai acontecer dois meses antes do previsto, e a margem esquerda está repleta de material. Dois meses antes do tempo!"

"É assim mesmo. Eu conheço os rios da Índia há apenas vinte e cinco anos e não tenho a pretensão de compreendê-los. Lá vem mais um *tar*", e Findlayson abriu o telegrama. "Agora é Cockran, do canal do Ganges: '*Chuva forte por aqui. Problemas*'. Podia ter poupado a última palavra. Bom, eu não quero saber de mais nada. As brigadas vão ter de trabalhar a noite inteira, limpando o leito do rio. Você vai para a margem oriental e se encontra comigo no meio. Leve tudo que flutuar para baixo da ponte: já devemos estar com muitos barcos descendo o rio à deriva para deixar que as chatas carregadas de pedra se choquem com os pilares. Há alguma coisa de que a gente precise cuidar na margem oriental?"

"Um pontão, um pontão grande com uma grua. A outra grua está no pontão reparado, com os arrebites da rodovia dos pilares vinte e vinte e três, duas vias de construção e um ramal de giro. As pilastras vão ter de se virar sozinhas", respondeu Hitchcock.

"Certo. Recolha tudo que puder. Vamos dar mais quinze minutos às brigadas para que acabem de jantar."

Perto da varanda havia um gongo enorme que só se utilizava em caso de enchente ou de incêndio na aldeia. Hitchcock mandou buscar um cavalo descansado e já tinha partido rumo ao lado da ponte de que estava encarregado quando Findlayson pegou a baqueta enchumaçada e, batendo no gongo com força, fez o metal vibrar.

Bem antes que cessasse o último repique, todos os gongos da aldeia haviam aderido ao sinal de alarme. A eles se somaram o rouco gemido das buzinas dos pequenos templos e o rufar dos tambores e tantãs; no alojamento dos europeus, onde moravam os serralheiros, a corneta de McCartney, uma arma estratégica nos domingos e feriados, se pôs a tocar desesperadamente o bota-sela. Uma a uma, as locomotivas que voltavam laboriosamente ao longo dos contrafortes, após a jornada de trabalho, reagiram apitando até que outros apitos respondessem na margem oposta. Então o gongo principal tocou três vezes, assinalando que se tratava de enchente, não de incêndio; buzinas, tambores e apitos reproduziram o aviso, e o acampamento estremeceu com o baque dos pés descalços correndo na terra fofa. Em qualquer caso, a ordem era correr para o posto de trabalho e aguardar instruções. As brigadas se precipitaram no crepúsculo; os homens parando para amarrar as tangas ou prender as sandálias. Os capatazes das equipes gritavam com os subordinados ao mesmo tempo que corriam ou se detinham momentaneamente nos galpões de ferramentas, a fim de se munirem de barras de ferro e enxadas; as locomotivas se arrastavam nos trilhos, as rodas sumidas em meio à multidão; até que a parda torrente desapareceu na escuridão da beira do rio, precipitou-se entre as pilastras, formigou junto às treliças, aglomerou-se ao redor das gruas e se deteve: cada homem em seu lugar.

Então as batidas nervosas do gongo espalharam a ordem de tudo recolher e tudo levar para além da marca mais alta do nível da água, e centenas de lampiões se acenderam junto às sombrias malhas de ferro, enquanto os montadores iniciavam o trabalho noturno, correndo contra a iminente inundação. As vigas dos três pilares centrais — escoradas nos dormentes cruzados — ainda não estavam prontas. Precisavam de todos os arrebites que nelas pudessem ser cravados, pois, caso as pontas não fossem fixadas, a enchente por certo arrastaria os esteios, e a estrutura de ferro cairia sobre os capitéis de pedra. Enfiou-se uma centena de pés de cabra sob os dormentes da via provisória, que chegava até os estribos inacabados. Os operários foram-na levantando trecho por trecho, carregaram-na nos vagões, e as locomotivas exaustas a arrastaram, encosta acima, para longe do nível da enchente. Os barracões de ferramentas, erguidos na areia, se dissolveram em face do ataque de exércitos vociferantes, e, com eles, desapareceram as provisões do governo, as robustas caixas de rebites, os alicates, as serras, as peças de reposição das máquinas de rebitar, as bombas e as correias de reserva. A grua maior seria a última a ser deslocada, pois lhe cabia içar todo o material pesado até a estrutura principal da ponte. Os blocos de concreto que estavam nas chatas foram jogados nos trechos de água mais profunda a fim de proteger os pilares, e mesmo os barcos vazios foram zingados rio abaixo e posicionados debaixo da ponte. Ali o apito de Peroo tocava com mais força, porque, ao ouvir o primeiro toque do grande gongo, ele regressara com a barca em alta velocidade e, agora, assim como a sua gente, estava nu da cintura para cima, trabalhando pela honra e pela estima, que valiam mais do que a vida.

"Eu sabia que ela ia falar", gritou. "*Eu* sabia, mas ainda bem que o telégrafo nos avisou. Oh, filhos de paternidade insondável, oh, criaturas de infâmia indizível! Acaso nós estamos aqui só para manter as aparências?"

Levava meio metro de cabo de aço desfiado nas pontas, mas esse meio metro fazia milagres enquanto Peroo ia saltando de barco em barco, a gritar na linguagem do mar.

O que mais preocupava Findlayson eram as chatas. McCartney e suas brigadas estavam fixando as pontas das três arcadas duvidosas, mas, se a enchente fosse alta, umas poucas embarcações à deriva bastariam para pôr as vigas em perigo, e nos canais secos com o calor havia uma verdadeira frota.

"Leve-as para trás da torre de vigia", gritou para Peroo. "Lá deve haver água parada; coloque-as debaixo da ponte."

"*Accha!* (Está bem.) *Eu* sei; nós as estamos amarrando com cabos de aço", foi a resposta. "Ei! Escute só: o *Chota* Sahib está dando duro!"

Do outro lado do rio chegava o apitar quase contínuo das locomotivas, acompanhado do rumor das pedras. No último minuto, Hitchcock resolveu descarregar mais uma centena de vagões de pedra de Tarakee para reforçar os contrafortes e os paredões.

"A ponte desafiou Mãe Gunga", disse Peroo com uma gargalhada. "Mas quando *ela* falar, eu sei quem há de gritar mais alto."

A legião de homens nus passou horas trabalhando aos berros sob as luzes. Era uma noite quente e sem luar; terminou obscurecida por nuvens e por um súbito aguaceiro que assustou Findlayson.

"Ela está se movendo!", gritou Peroo pouco antes do amanhecer. "Mãe Gunga despertou! Escute!"

Mergulhou a mão na água, e a correnteza remoinhou em torno dela. Uma onda pequena arremeteu com uma batida seca contra um dos pilares.

"Seis horas antes do que devia", disse Findlayson, enrugando a testa com raiva. "Agora não se pode fazer mais nada. É melhor tirar o pessoal do leito do rio."

O gongo grande tornou a soar e, pela segunda vez, ouviram-se o ruído apressado dos pés descalços na terra e o ranger do ferro; o rumor das ferramentas cessou. No silêncio, os homens detectaram o seco bocejo da água a se arrastar na areia sedenta.

Um após outro, aos gritos, os capatazes notificaram Findlayson, que se postara junto à torre de vigia, de que seu trecho do leito do rio tinha sido evacuado, e, quando a última voz se calou, Findlayson atravessou rapidamente a ponte até o lugar onde as pranchas de ferro da via permanente davam lugar à passarela provisória sobre os três pilares centrais. Lá se encontrou com Hitchcock.

"Tudo em ordem do lado de lá?", perguntou.

Suas palavras ressoaram na caixa de treliças.

"Sim, e o canal oriental já está se enchendo. Os nossos cálculos estavam totalmente errados. A que horas essa coisa vai chegar?"

"É impossível saber. Ela está enchendo depressa demais. Olhe!"

Findlayson apontou para os pranchões sob seus pés, onde a areia tórrida e manchada por meses de trabalho começava a crepitar e a bulir.

"Quais são as ordens?", quis saber Hitchcock.

"Fazer a chamada... contar as provisões... acocorar-se... e rezar pela ponte. É tudo que me ocorre. Boa noite. Não arrisque a vida tentando fisgar alguma coisa que tenha sido levada pela correnteza."

"Ora, eu vou ser tão prudente quanto você! 'Noite. Céus, como está enchendo! Agora vem chuva de verdade!"

Findlayson voltou à sua margem, empurrando diante de si os últimos montadores de McCartney. Apesar da chuva fria do amanhecer, as turmas haviam se espalhado ao longo dos contrafortes, à espera da enchente. Só Peroo reunira seus homens atrás da base da torre de vigia, onde as chatas repletas estavam amarradas pela proa e pela popa com cabos de aço, cordas e correntes.

Um gemido estridente percorreu a fileira de trabalhadores, transformando-se em um bramido meio de pavor, meio de assombro: a superfície do rio se branqueava de margem a margem entre os paredões de pedra, e os contrafortes mais distantes iam desaparecendo, tragados pela espuma. Mãe Gunga tinha chegado rapidamente à altura das margens, e seu arauto era uma muralha de água cor de chocolate. Ouviu-se um som agudo em meio ao frêmito da água: o protesto das arcadas a desabarem sobre os blocos à medida que as armações de dormentes cruzados iam sendo arrebatadas de sob seu ventre. As chatas carregadas de pedra gemeram e se chocaram entre si no redemoinho que cirandava entre os contrafortes, e seus toscos mastros subiam cada vez mais no horizonte turvo.

"Antes de prendê-la entre essas paredes, nós já sabíamos do que ela era capaz! Agora que está assim, prensada, sabe Deus o que não há de fazer!", exclamou Peroo, olhando para o furioso remoinho que cercava a torre de vigia. "Eh! Lute, lute muito, porque é assim que a mulher se acaba!"

Porém Mãe Gunga não lutou como ele queria. Depois da primeira arremetida correnteza abaixo, não se ergueram novas muralhas de água: o rio se pôs a subir de corpo inteiro, qual uma serpente a beber em pleno verão, penetrando e arranhando os diques, amontoando-se atrás dos pilares, tanto que Findlayson começou a recalcular a resistência de sua obra.

Quando amanheceu, a aldeia ficou assombrada.

"Ontem à noite", disseram os homens, entreolhando-se, "era um vilarejo no leito do rio! Olhem agora!"

E eles olharam e tornaram a se espantar com a água profundíssima, a água que corria, veloz, lambendo a garganta dos pilares. A margem oposta estava encoberta pelo véu da chuva, no qual a ponte mergulhava e desaparecia; rio acima, só os remoinhos e as golfadas indicavam o lugar dos pilares; e, correnteza abaixo, o rio aprisionado, agora livre de qualquer peia, estendia-se como um mar até o horizonte. Então passaram rapidamente, arrastados pela correnteza, cadáveres de homens e de bois, por vezes acompanhados de pedaços de telhado de sapé que se desfaziam assim que esbarravam em um pilar.

"Uma grande enchente", disse Peroo.

Findlayson fez que sim. Era uma grande enchente, exatamente como ele não queria que fosse. Sua ponte resistiria ao que a acometia naquele momento, mas não muito mais do que isso; e se, numa probabilidade em mil, houvesse algum defeito nos paredões, Mãe Gunga levaria a sua honra para o mar com o resto dos escombros. O pior era não poder fazer nada, a não ser esperar calado; e Findlayson esperou calado, envolto no impermeável, até que o capuz ficasse emplastrado em sua cabeça e a lama lhe cobrisse as botas até os tornozelos. Não se importou com o transcorrer do tempo, porque o rio marcava as horas centímetro por centímetro, metro por metro, ao longo do contraforte; e, entorpecido, faminto, ouviu o rangido das chatas forçando as amarras, o clamor sufocado da água entre os pilares, os mil ruídos que compõem a voz de uma inundação. Houve um momento em que um criado encharcado lhe serviu comida, mas ele não conseguiu comer; e, em outra ocasião, teve a impressão de ouvir o apito distante de uma locomotiva do outro lado do rio e sorriu. A ruína da ponte faria um grande estrago em seu auxiliar, mas Hitchcock ainda era moço, estava com sua grande obra por fazer. Para ele, no entanto, o desabamento significava tudo — tudo que tornava a vida digna de ser vivida. Que diriam os seus colegas de profissão...? Lembrou-se do que ele mesmo tinha dito, quase com pena, quando a usina de tratamento de água de Lockhart ruiu, desfazendo-se em uma montanha de tijolos e lama, e o próprio espírito de Lockhart se quebrou dentro dele, e ele morreu. Recordou o que ele mesmo dissera quando do grande maremoto que arrasou a ponte de Sumao e, sobretudo, evocou a vergonha estampada no rosto do pobre Hartopp três semanas depois. Sua ponte era duas vezes maior que a de Hartopp e tinha o vigamento Findlayson, além da nova sapata reforçada Findlayson. Não havia desculpa no seu caso. Talvez o governo a aceitasse, mas seus colegas o julgariam pela ponte em si, conforme resistisse ou desabasse. Ele a revisou mentalmente, prancha por prancha, olhal por olhal, tijolo por tijolo, pilar por pilar, recordando, comparando, avaliando e recalculando em busca de um erro; e, às vezes, nas longas horas de peleja, entre as fórmulas que bailavam e revoluteavam diante de seus olhos, um temor glacial lhe oprimia o coração. Na sua opinião, a soma era indiscutível, mas quem conhecia a aritmética de Mãe Gunga? Era possível que, enquanto ele tudo equilibrava na tabuada, o rio estivesse solapando o envasamento de qualquer um dos pilares de doze metros que sustentavam sua reputação. O criado tornou a se acercar com mais comida, porém Findlayson estava com a boca seca, não conseguiu senão beber e voltar aos seus decimais. E o rio continuava subindo. Peroo, com seu casaco de oleado, acocorou-se ao pé do chefe e se pôs a examinar ora seu rosto, ora a superfície do rio, mas sem dizer palavra. Por fim, levantou-se e, chapinhando na lama, foi para o acampamento, se bem que, precavido que era, deixasse um ajudante vigiando os barcos.

Não tardou a voltar, empurrando com muita irreverência o sacerdote de sua fé — um velho gordo, de barba branca, que o vento açoitava com a mesma força com que agitava a roupa molhada que lhe cobria os ombros. Nunca se vira um guru tão deplorável.

"De que servem as oferendas, as lamparinas e os cereais", gritou Peroo, "se a única coisa que podes fazer é ficar sentado na lama e esperar? Passaste muito tempo confabulando com os deuses quando eles estavam satisfeitos e bem-dispostos. Agora estão zangados. Fala com eles!"

"Que pode um homem contra a ira dos deuses?", lamentou o religioso, encolhendo-se ante a fúria do vento. "Deixa-me ir ao templo, eu vou orar."

"Filho de uma porca! Reza *aqui mesmo*! Então nós não recebemos nada em troca do peixe seco, do caril e das cebolas? Clama em voz alta! Dize a Mãe Gunga que nós já padecemos demais. Roga-lhe que se acalme esta noite. Eu não sei rezar, mas trabalhei nos barcos da Kumpani, e quando os homens não obedeciam às minhas ordens eu...", Peroo concluiu a frase açoitando o ar com o cabo de aço esfiapado nas pontas, e o sacerdote, livrando-se do discípulo, fugiu para o vilarejo. "Porco balofo! Depois de tudo que fizemos por ele! Assim que a enchente baixar, eu vou arranjar outro guru! Finlinson Sahib, já está anoitecendo, e o senhor não come nada desde ontem. Tenha juízo, Sahib. Ninguém aguenta velar e pensar tanto assim de estômago vazio. Vá se deitar, Sahib, o rio fará o que ele tiver de fazer."

"A ponte é minha, eu não posso abandoná-la."

"E por acaso pretende segurá-la com as mãos?", riu-se Peroo. "Eu estava preocupado com os meus barcos e calabres *antes* que a enchente chegasse. Agora nós estamos nas mãos dos deuses. O Sahib não vai mesmo comer nem se deitar? Então tome isto. É ao mesmo tempo carne e um bom trago, acaba com o cansaço e também com a febre que a chuva traz. Hoje eu não comi outra coisa." Tirou da cinta empapada de chuva uma pequena tabaqueira de lata e a jogou na mão de Findlayson. "Não, não tenha medo. É apenas ópio. Ópio puro de Malwa!"

Findlayson pegou duas ou três bolinhas marrons e, quase sem se dar conta do que estava fazendo, engoliu-as. Aquilo pelo menos serviria para protegê-lo da febre — a febre que vinha do barro e já o estava penetrando; além disso, na épo-

OS CONSTRUTORES DE PONTES 475

ca da neblina sufocante do outono, tinha visto o que Peroo era capaz de fazer com uma dose daquela latinha.

O indiano balançou a cabeça, seus olhos brilharam.

"Daqui a pouco... daqui a muito pouco, o Sahib vai ver que voltou a pensar com clareza. Eu também vou tomar..."

Serviu-se da preciosa caixinha, cobriu a cabeça com o oleado e se acocorou para observar os barcos. Estava muito escuro para enxergar além do primeiro pilar, e a noite parecia ter dado novo ímpeto ao rio. Findlayson estava com o queixo cravado no peito, cavilando. Tinha uma dúvida acerca de um dos pilares — o sétimo —, uma dúvida ainda longe de ser resolvida. As cifras não se configuravam diante dos seus olhos, a não ser uma a uma e com um intervalo enorme entre elas. Seu ouvido captava um som agradável e melodioso, como a nota mais grave do contrabaixo — um som encantador, ao qual ele tinha a impressão de haver passado muitas horas preso. Mas eis que surge Peroo diante dele, gritando que os cabos haviam se rompido e que as chatas estavam soltas. Findlayson viu a frota se dispersando, abrindo-se como um leque em meio ao prolongado rangido dos cabos repuxados.

"Uma árvore bateu nelas. Vamos perdê-las todas", gritou o indiano. "O cabo principal se partiu. O que o Sahib vai fazer?"

Um plano sumamente complexo lampejou na mente de Findlayson. Ele viu as cordas se estendendo de um barco a outro, em linhas retas e ângulos retos — cada qual uma risca de fogo branco. Uma delas, porém, era a corda mestra. Ele a via claramente. Se conseguisse puxá-la, era absoluta e matematicamente certo que a frota em debandada voltaria a se juntar no remanso atrás da torre. Mas lhe custava entender — por que Peroo o havia agarrado tão desesperadamente pela cintura quando ele se precipitou rumo à margem? Precisava livrar-se do indiano, lenta e delicadamente, pois era necessário salvar os barcos e, além disso, mostrar como era fácil resolver aquele problema aparentemente tão difícil. E então — mas isso não teve grande importância — um cabo de aço correu em sua mão, queimando-a, a barranca da margem sumiu e todos os fatores do problema se dispersaram lentamente. Ele se viu sentado na escuridão chuvosa — a bordo de um barco que girava feito um pião, e Peroo estava de pé diante dele.

"Eu esqueci", disse lentamente o indiano, "que, para quem está em jejum e não tem o costume de tomá-lo, o ópio é pior do que o vinho. Quem morre no seio de Gunga vai ter com os deuses. Mas eu não tenho a menor vontade de me apresentar a seres tão grandiosos. O Sahib sabe nadar?"

"Para quê? Ele sabe voar... voar com a velocidade do vento", foi a grave resposta.

"Ele enlouqueceu!", murmurou Peroo. "E me empurrou para o lado como se eu fosse um saco de estrume. Bom, não vai ver a sua própria morte. O barco não aguenta uma hora aqui, mesmo que não bata em nada. Não é bom encarar a morte com os olhos tão límpidos."

Tornou a se servir do conteúdo da tabaqueira, acocorou-se na proa da embarcação, que jogava e cambaleava sem rumo, e ficou olhando fixamente para a névoa e para o nada à sua frente. Uma cálida sonolência se assenhoreou de Findlayson, o engenheiro-chefe, cujo dever era a sua ponte. As pesadas gotas da chuva o atingiam com mil agulhadas que o faziam estremecer, e o peso de todos os tempos, desde a criação do tempo, caiu-lhe nas pálpebras. Ele pensou e sentiu que estava absolutamente seguro, pois a água era de tal modo sólida que um homem nela podia ficar de pé, e, imóvel, com as pernas bem abertas para não perder o equilíbrio — isso era importantíssimo —, acabaria chegando cômoda e rapidamente à margem. Mas lhe ocorreu um plano bem melhor. Bastava um pouco de força de vontade para que a alma lançasse o corpo em terra, assim como o vento leva uma folha de papel; para que ela o impelisse pelo ar como um cometa. E se — o barco girava vertiginosamente — o vento alto colhesse por baixo o seu corpo liberto? Ele subiria feito um cometa, para cair de cabeça nos areais distantes, ou passaria toda a eternidade girando descontroladamente? Findlayson tratou de se segurar na falca, pois tinha a impressão de que estava prestes a alçar voo, sem tempo de traçar todos os seus planos. O efeito do ópio era mais forte no homem branco do que no negro. Peroo estava comodamente indiferente aos acidentes.

"Não vai aguentar", resmungou, "já está se desfazendo em pedaços. Se pelo menos fosse um barco a remo, nós conseguiríamos sair daqui; mas esta caixa esburacada não tem serventia nenhuma. Finlinson Sahib, ele está fazendo água."

"*Accha!* Eu vou embora. Venha também."

Em seu delírio, Findlayson já tinha escapado do barco e estava no ar, voando em círculos, à procura de um terreno firme onde pousar os pés. Seu corpo — era deveras lamentável a impotência que sentia — estava na popa, com a água a lhe bater nos joelhos.

"Que ridículo!", disse consigo lá das alturas do seu refúgio. "Este... é Findlayson... o chefe da ponte Kashi. A pobre coitada também vai se afogar.

Afogar-se estando tão perto da margem. Eu já... eu já estou em terra. Por que ela não vem comigo?"

Para seu grande desgosto, sentiu a alma retornar ao corpo, e aquele corpo estava descendo e se afogando na água profunda. A dor dessa união foi atroz, mas também necessária, pois era preciso lutar pelo corpo. Ele teve consciência de agarrar com desespero a areia molhada e de dar uns passos prodigiosamente largos, como os que se dão em sonhos, para não perder pé na água revolta, até que finalmente se desvencilhou dos braços do rio e, ofegante, deixou-se cair na terra úmida.

"Não vai ser desta vez", Peroo lhe disse ao ouvido. "Os deuses nos protegeram." Moveu os pés com cautela, fazendo estalar os tocos ressecados. "Nós estamos em uma ilha onde devem ter colhido anileiras no ano passado. Não há ninguém aqui, mas tome muito cuidado, Sahib; a enchente deve ter trazido consigo todas as cobras num raio de quinze quilômetros. Aí vem o relâmpago, no encalço do vento. Agora nós vamos enxergar; mas pise com cuidado."

Findlayson estava longe, muito longe, do medo às cobras; na verdade, estava longe de qualquer emoção humana. Tendo enxugado os olhos, viu com muita nitidez e passou a avançar, pelo menos assim lhe pareceu, com passos que abarcavam o mundo. Em um lugar remoto da noite dos tempos, havia construído uma ponte — uma ponte que atravessava infinitas extensões de mares resplandecentes; mas o Dilúvio a tinha varrido, deixando sob o céu apenas aquela ilha para Findlayson e seu companheiro, os únicos sobreviventes da raça humana.

Um relampejar incessante, bifurcado e azul iluminou tudo quanto se podia ver naquele pequeno pedaço de terra cercado pela inundação — um aglomerado de espinheiros, um bambual a oscilar e estralar, um *peepul* cinzento e nodoso que assombreava um santuário hindu, em cuja cúpula tremulava uma esfarrapada bandeira vermelha. O asceta que nele tinha a residência de verão o abandonara muito tempo antes, e a intempérie rachara a imagem manchada de vermelho de seu deus. Com pernas pesadas e pesadas pálpebras, os dois homens tropeçaram nas cinzas de uma fogueira cercada de tijolos e se sentaram ao abrigo da ramagem, enquanto a chuva e o rio ribombavam em uníssono.

Os tocos de anileira crepitaram e um cheiro de gado se espalhou no ar quando um enorme touro brâmane se aproximou da árvore. Os relâmpagos revelaram a marca do tridente de Shiva em seu flanco, a insolência da cabeça e do cachaço, os olhos luminosos como os de um cervo, a testa coroada com uma guirlanda de úmidos malmequeres e a barbela sedosa que quase roçava o chão. No mato atrás dele, ouviu-se o barulho de outros animais que vinham da linha da inundação, um barulho de passos pesados e resfolegantes.

"Há mais alguém aqui", disse Findlayson, a cabeça apoiada no tronco, os olhos semicerrados, totalmente à vontade.

"Com certeza", respondeu Peroo em voz baixa, "e não é qualquer um."

"Quem é então? Eu não estou vendo ninguém."

"São os deuses. Quem mais haveria de ser? Olhe!"

"Ah, sim! Os deuses, é claro... os deuses."

Findlayson sorriu e deixou a cabeça cair no peito. Peroo tinha toda a razão. Depois do Dilúvio, quem mais estaria vivo na Terra, a não ser os deuses que a criaram... os deuses aos quais a aldeia orava à noite... os deuses que estavam na boca de todos os homens e dirigiam todos os seus atos? O transe o impedia de erguer a cabeça ou mover um dedo, e Peroo, com ar ausente, sorria para os relâmpagos.

O touro se deteve junto ao santuário, o focinho tocando a terra úmida. Empoleirado em um galho, um papagaio verde espenicava as asas molhadas e palrava enquanto o círculo sob a árvore ia se povoando de inquietas sombras animais. Um antílope negro postou-se ao lado do touro — um macho que talvez Findlayson tivesse visto em sonhos em sua agora tão remota vida terrena. Um antílope de régia cabeça, lombo de ébano, ventre de prata, chifres retos e brilhantes. Junto dele, com a cabeça baixa, um par de olhos verdes sob as sobrancelhas cerradas, renteando o mato com a cauda, havia uma pantera de bochechas e ventre fartos.

O touro se deitou junto ao santuário; um macaco cinzento e monstruoso saltou na escuridão e, tal como um ser humano, sentou-se perto da imagem tombada; no pelo de sua nuca e de seus ombros, a chuva espalhava gotas que se assemelhavam a joias.

Outras sombras se locomoveram atrás do círculo, entre elas, a de um bêbado a agitar um longo cajado e uma garrafa. Então se ouviu um bramido à altura do chão:

"A enchente começou a recuar; a água vem baixando de hora em hora, e a ponte deles continua de pé!"

"A minha ponte", disse Findlayson consigo mesmo. "Agora há de ser uma obra muito antiga. Que têm os deuses a ver com ela?"

Moveu os olhos na escuridão, acompanhando o rugido. Uma fêmea de crocodilo de focinho chato, o gavial do Ganges que habita os vaus, rastejou entre os animais, varejando furiosamente a cauda de um lado para o outro.

"Eles a erigiram robusta demais para mim. Não consegui arrancar senão algumas tábuas durante toda a noite. Os muros resistem! As torres resistem. Aprisionaram a minha enchente, e o meu rio já não é livre. Seres celestiais, livrai-me deste julgo! Dai-me água límpida entre as duas margens! Sou eu, Mãe Gunga, que vos fala. A justiça dos deuses! Eu invoco a justiça dos deuses!"

"Eu não disse?", cochichou Peroo. "É um verdadeiro *punchayet** dos deuses. Agora sabemos que o mundo inteiro morreu, só sobramos o Sahib e eu."

O papagaio tornou a chalrar e a bater asas, e a pantera, inclinando as orelhas até colá-las no crânio, bramiu com ferocidade.

Na escuridão, uma tromba enorme e umas presas reluzentes oscilaram de um lado para o outro, e um surdo barrido quebrou o silêncio que se seguira ao bramido.

"Cá estamos", disse uma voz grave, "os seres celestiais. Um só e muitos. Shiva, meu pai, está aqui com Indra. Kali já falou. Hanuman também ouve."

"Kashi está sem seu *kotwal* esta noite", gritou o homem da garrafa, jogando o cajado no chão, enquanto o latido dos cães ressoava na ilha. "Dai-lhe a justiça dos deuses."

"Nada fizestes quando poluíram as minhas águas", bradou o enorme crocodilo. "Não esboçastes um gesto quando o meu rio se viu preso entre os muros. Eu já não conto nem mesmo com a minha força, ela me falhou... a força de Mãe Gunga falhou... ante as torres de vigia. Que fazer? Eu fiz o que pude. Acabai já com isso, entes celestiais!"

"Eu levei a morte, espalhei a doença das pústulas nos barracos dos operários, e, mesmo assim, eles não capitularam", um asno de focinho rajado, pelagem desgastada, coxo, os cascos bifurcados e cobertos de chagas, avançou claudicando. "Minhas ventas exalaram a morte, mas eles não retrocederam."

Peroo tentou se mover, mas estava paralisado pelo ópio.

"Bah!", disse, cuspindo. "É Sitala em pessoa: Mata... a varíola. O Sahib não tem um lenço com que cobrir o rosto?"

"Não adiantou!", disse o crocodilo. "Eles passaram um mês entregando-me cadáveres, e eu os joguei nas minhas dunas, mas o trabalho prosseguiu. São uns demônios, filhos de demônios! Deixaram Mãe Gunga à mercê da zombaria de suas carruagens de fogo. Que a justiça dos deuses se abata sobre os construtores de pontes!"

---

* *Punchayet*: conselho. (N. T.)

Sem parar de ruminar, o touro respondeu lentamente.

"Mãe, se a justiça dos deuses se abatesse sobre todos os que zombam do sagrado, seriam muitos os altares apagados na terra."

"Mas isso é muito mais do que zombaria", interferiu a pantera, brandindo as garras. "Tu sabes, Shiva, e vós também sabeis, deuses, que eles profanaram Gunga. A justiça dos deuses deve se abater sobre o destruidor. Que Indra julgue."

O antílope falou sem se mover.

"Há quanto tempo perdura esse mal?"

"Há três anos, segundo a contagem dos homens", respondeu o gavial, comprimindo-se na terra.

"Acaso Mãe Gunga há de morrer dentro de um ano para estar tão ansiosa por vingança? Ontem o mar profundo se achava no mesmo lugar em que hoje se acha, e amanhã, quando os deuses medirem aquilo que os homens denominam tempo, tornará a cobri-la. Quem garante que essa ponte seguirá de pé amanhã?", disse o antílope.

Fez-se um longo silêncio e, com o fim da tempestade, a lua brilhou entre as árvores encharcadas.

"Julgai, então", disse o rio com azedume. "Eu proclamei a minha vergonha. A inundação está recuando. Já não posso fazer nada."

"Quanto a mim", era a voz do grande macaco sentado no santuário, "gosto muito de ver essa gente trabalhando, pois ela me lembra que também construí uma ponte enorme na infância do mundo."

"Também dizem", rosnou a pantera, "que essa gente é o que resta das tuas legiões, Hanuman, e, por isso, tu a ajudaste..."

"Eles labutaram como labutaram os meus exércitos em Lanka e creem que seu labor é perene. Indra está num plano demasiadamente superior, mas tu, Shiva, sabes que os carros de fogo pisoteiam as tuas terras."

"Sim, eu sei", disse o touro, "os deuses deles os instruíram para tanto."

Um riso percorreu o círculo.

"Os deuses deles! Que sabem esses deuses? Nasceram ontem, e os que os criaram ainda não esfriaram na sepultura", riu-se o crocodilo. "Amanhã esses deuses perecerão."

"Ô!", fez Peroo. "Mãe Gunga tem toda a razão. Foi o que eu disse ao padre Sahib que pregava no Mombasa, e ele mandou o Burra Malum me pôr a ferros pela insolência."

"Com certeza eles fazem essas coisas para agradar aos seus próprios deuses", disse o touro.

"Nem tanto", contrapôs o elefante. "É para o bem dos meus *majajuns*, dos gordos prestamistas que me adoram no Ano-Novo, desenhando a minha imagem no alto das páginas de seus livros de escrituração. Eu olho por cima de seus ombros, à luz dos candeeiros, e vejo que os nomes, nos livros, são de pessoas e lugares distantes, pois todas as cidades estão unidas pelas carruagens de fogo, e o dinheiro vai e vem rapidamente, e os livros engordam como eu. E eu, que sou o Ganesh da Boa Sorte, bendigo a minha gente."

"Eles mudaram a face da Terra... que é a minha terra. Destruíram e erigiram novas cidades em minhas ribeiras", afirmou o gavial.

"Isso não passa de um pouco de pó deslocado. Deixa o pó cavar o pó se isso lhe agrada", declarou o elefante.

"E depois?", indagou a pantera. "Depois eles verão que Mãe Gunga não é capaz de vingar nenhum insulto, e primeiro se afastarão dela, depois de cada um de nós. No fim, Ganesh, não restarão senão altares vazios."

O bêbado se levantou e, cambaleando, deixou escapar um veemente soluço.

"Kali está mentindo. Minha irmã está mentindo. Também o meu cajado é o *kotwal* de Kashi, que leva em consideração os meus peregrinos. Na hora de venerar Bhairon, e sempre é hora, os carros de fogo passam um por um, cada qual transportando mil peregrinos. Eles já não vêm a pé, mas sobre rodas, e a minha honra aumenta."

"Gunga, no Pryag, eu vi o teu leito enegrecido de peregrinos", disse o macaco, inclinando-se, "e, se não fossem as carruagens de fogo, eles teriam chegado mais devagar e em menor quantidade. Não esqueças."

"Eles sempre vêm a mim", prosseguiu Bhairon com voz grave. "Dia e noite, a gente simples me envia as suas orações nos campos e nos caminhos. Quem se parece com Bhairon, hoje? Que história é essa de mudar de religião? Acaso é em vão que o meu cajado é o *kotwal* de Kashi ? Ele fez os cálculos e concluiu que nunca houve tantos altares como hoje e que o carro de fogo o serve muito bem. Bhairon sou eu, Bhairon do povo humilde..."

"Acalma-te!", mugiu o touro. "A adoração nas escolas é minha, e nelas fala-se e pergunta-se, com tanta sabedoria, se eu sou um só ou muitos, o meu povo aprecia essas coisas, e vós sabeis quem eu sou. Kali, esposa minha, tu também sabes."

"Sim, eu sei", disse a pantera, baixando a cabeça.

"Maior que a própria Gunga, eu sou. Porque vós sabeis quem fez com que os homens a proclamassem, entre todos os rios, a Gunga sagrada. Quem morre nessas águas (vós sabeis o que dizem os homens) vem a nós sem castigo, e Gunga sabe que o carro de fogo lhe traz centenas de pessoas ávidas por finar assim; e Kali sabe que os peregrinos a celebram nas festas mais importantes nos carros de fogo. Quem em Poree obteve, sob a imagem de lá, milhares de vítimas em um só dia e uma só noite e, atando a enfermidade às rodas das carruagens de fogo, a fez correr de um extremo a outro da Terra? Quem, senão Kali? Antes dos carros de fogo, o trabalho era árduo. Os carros de fogo te são muito úteis, Mãe do Extermínio. Mas falo por meus próprios altares, eu, que não sou o Bhairon do povo humilde, e sim Shiva. Os homens vão e vêm, fabricando palavras e contando histórias de deuses estranhos, e eu os escuto. As crenças se sucedem na minha gente e nas escolas, e eu não me zango; porque, uma vez ditas as palavras, a nova fábula se acaba, e, enfim, a Shiva retornam os homens."

"Verdade. Isso é verdade", murmurou Hanuman. "Retornam a Shiva e aos outros, Mãe. Eu tenho andado secretamente pelos templos do Norte, onde adoram a um deus e ao seu profeta; e em breve não restará senão a minha imagem nos santuários."

"Bem sei!", disse o antílope, virando lentamente a cabeça. "Sou eu esse deus, e também o seu profeta."

"Assim é, pai", concordou Hanuman. "E quando vou para o Sul, eu que, segundo o reconhecimento dos homens, sou o mais antigo dos deuses, basta-me tocar os santuários da nova fé para que eles se ponham a esculpir, com doze braços, a mulher que todos conhecemos e que eles chamam Maria."

"Bem sei, irmão", disse a pantera. "Eu sou essa mulher."

"Assim é, irmã; e eu vou para o Oeste nos carros de fogo, e me apresento de diversas formas aos construtores de pontes, e, por minha causa, eles mudam de fé e se tornam sábios. Ho! ho! Sou eu o verdadeiro construtor de pontes, de pontes que ligam isto àquilo, e, no fim, cada uma delas os conduz seguramente até nós. Alegra-te, Gunga. Nem esses homens nem os que virão depois deles zombam de ti."

"Então eu estou sozinha, seres celestiais? Devo abrandar o meu caudal para não lhes derrubar os muros? Acaso Indra há de secar as minhas fontes nas colinas, fazendo com que eu me arraste humildemente? Devo sepultar-me na areia para não os ofender?"

OS CONSTRUTORES DE PONTES   483

"E tudo por causa de uma pequena barra de ferro com uma carruagem de fogo em cima! A verdade é que Mãe Gunga continua sendo jovem!", disse Ganesh, o elefante. "Uma criança não seria capaz de tanta tolice. Que o pó cave o pó antes de tornar ao pó. Só sei que a minha gente enriquece e me venera. Shiva disse que os homens das escolas não o esquecem; Bhairon está satisfeito com o seu povo humilde; e Hanuman ri."

"Claro que eu rio", disse o macaco. "Os meus altares são poucos em comparação com os de Ganesh ou os de Bhairon, mas os carros de fogo me trazem novos devotos de além da água escura, os homens que creem que seu deus é o trabalho. Eu corro à frente deles, gesticulando, e eles seguem Hanuman."

"Dá-lhes, pois, o trabalho que tanto desejam", disse o rio. "Que eles atravessem uma barra de ferro sobre o meu caudal e lancem a água por sobre a ponte. Outrora eras forte em Lanka, Hanuman. Agacha-te e ergue o meu leito."

"Quem a vida dá, a vida pode ceifar." O macaco arranhou a lama com o comprido indicador. "No entanto, quem há de se beneficiar com tal matança? Muitos perecerão."

Chegou da margem do rio o fragmento de uma canção de amor, tal como a cantam os mancebos quando estão pastoreando o gado ao calor do meio-dia no fim da primavera. O papagaio gritou alegremente, andando no galho e inclinando a cabeça, enquanto a música ganhava volume, e eis que, em um trecho iluminado pelo luar, surgiu o jovem pastor, o favorito dos gopis, o ídolo dos sonhos das virgens e das mães que aguardam o nascimento dos filhos: Krishna, o bem-amado. Ele se curvou para prender a longa cabeleira molhada, e o louro bateu asas e foi pousar em seu ombro.

"Bailando e cantando, cantando e bailando", soluçou Bhairon. "Por isso chegas tarde ao conselho, irmão."

"E daí?", riu-se Krishna, inclinando a cabeça para trás. "Pouco podeis fazer sem mim ou sem o Karma aqui." Acariciou a plumagem do louro e tornou a rir. "Que fazeis aí, todos a falar ao mesmo tempo? Eu ouvi Mãe Gunga rugir na escuridão. Por isso deixei o casebre em que me achava tão bem e vim correndo. Que fizestes para que Karma esteja tão molhado e tão calado? E que faz Mãe Gunga aqui? Estarão os céus de tal modo carregados que tendes de chapinhar na lama feito bichos? Que fazem eles, Karma?"

"Gunga clama por vingança contra os construtores de pontes, e Kali está com ela. Agora rogam a Hanuman que afunde a ponte em nome de sua honra", gritou o louro. "Eu fiquei aguardando porque sabia que virias, oh, meu senhor!"

"E os seres celestiais nada dizem? Gunga e a Mãe dos Suplícios vos persuadiram? Ninguém tomou a defesa da minha gente?"

"Não", respondeu Ganesh, movendo as patas com desconforto. "Eu disse que era apenas o pó a brincar. Para que esmagá-lo?"

"Pois eu gostava de vê-los trabalhar... gostava muito", disse Hanuman.

"Que tenho eu a ver com a ira de Gunga?", protestou o touro.

"Eu sou Bhairon do povo humilde, e este meu bastão é o *kotwal* de todo o Kashi. Falo em nome do povo humilde."

"Tu?"

Os olhos do jovem deus brilharam.

"Não sou eu o deus primeiro em suas bocas hoje em dia?", retrucou Bhairon sem se alterar. "Pelo bem do povo humilde, eu disse... muitas coisas sábias de que não me lembro... mas este meu bastão..."

Krishna se voltou com impaciência e, vendo o crocodilo aos seus pés, ajoelhou-se e lhe cingiu o frio pescoço com o braço.

"Mãe", disse com doçura, "volta para o teu leito. Este assunto não te diz respeito. Que mal o barro vivente há de fazer à tua honra? Tu fazes os seus campos renascerem ano após ano; graças ao teu caudal, eles se tornam fortes. No fim, todos retornam a ti. Que necessidade tens de matá-los agora? Tem piedade, Mãe, é por pouco tempo."

"Bom, se for por pouco tempo...", começou a dizer o lerdo animal.

"Acaso eles são deuses?", prosseguiu Krishna, rindo e fitando os olhos opacos do rio. "Estás certa de que é por pouco tempo. Os seres celestiais já te ouviram e logo te farão justiça. Regressa ao teu leito, Mãe. Tuas águas estão repletas de homens e de gado, tuas margens se espraiaram, e as aldeias se dissolvem por tua causa."

"Mas a ponte... a ponte continua em pé."

Quando Krishna se levantou, o crocodilo lhe deu as costas e, grunhindo, internou-se no mato.

"Acabou-se", disse a pantera com maldade. "Já não há a justiça dos seres celestiais. Envergonhastes e zombastes de Gunga, que não pediu senão um punhado de vidas."

"Da *minha* gente, que lá na aldeia jaz sob os telhados de sapé... das meninas e dos meninos que cantam na escuridão... do bebê que amanhã há de nascer...

daquele que hoje foi concebido", disse Krishna. "E, quando tudo findar, que proveito tereis? Amanhã voltarão ao trabalho. Se derrubardes a ponte de ponta a ponta, eles tornarão a erguê-la. Ouvi! Bhairon está bêbado como sempre. Hanuman escarnece dos fiéis, inventando novas charadas."

"Não, são as mesmas de sempre", riu-se o macaco.

"Shiva dá ouvidos às conversas das escolas e aos sonhos dos homens santos; Ganesh não pensa senão em seus pançudos comerciantes; mas eu... eu vivo com essa gente sem pedir oferendas e, entretanto, sou honrado com elas."

"E és muito meigo com essa gente", observou a pantera.

"Ela me pertence. As velhas sonham comigo e se reviram no leito; as donzelas me fitam e me escutam quando vão encher os cântaros nos rios. Eu acompanho os jovens que esperam o entardecer do lado de fora e me volto e chamo os de barba cã. Sabeis, seres celestiais, que eu sou o único de nós que caminha permanentemente na Terra, e não hei de encontrar prazer no nosso céu enquanto aqui brotarem folhas verdes, ou enquanto duas vozes sussurrarem nas plantações ao anoitecer. Sábios sois, mas já vivestes muito e vos esquecestes do começo. Eu não me esqueci. Dizeis que os carros de fogo abastecem os vossos santuários? Que os carros de fogo trazem milhares de peregrinos, ao passo que antigamente não chegavam senão dez? É certo. Assim é."

"Mas amanhã eles estarão mortos, irmão", replicou Ganesh.

"Paz !", disse o touro ao ver Hanuman inclinar-se novamente. "E amanhã, bem-amado, como será amanhã?"

"Apenas isso. Um novo rumor corre de boca em boca no povo humilde... um boato que nem o homem nem Deus podem captar... um boato perverso, um pequenino rumor que percorre indolentemente o povo e diz... e ninguém sabe de onde partiu... que eles estão fartos de vós, seres celestiais."

Os deuses riram em coro.

"E daí, bem-amado?"

"E, para dissimular esse cansaço, eles, a minha gente, vos trarão, a ti, Shiva, e a ti, Ganesh, inicialmente prendas cada vez maiores e uma adoração cada vez mais ruidosa. Todavia, e já se espalha o boato, não tardarão a dar contribuições menores aos vossos gordos sacerdotes. E logo esquecerão os vossos altares, mas tão vagarosamente que nenhum homem será capaz de dizer como começou esse olvido."

"Eu sabia... sabia! Também eu disse isso, mas não me destes ouvidos", rugiu a pantera. "Devíamos tê-los matado... devíamos tê-los trucidado!"

"Agora é tarde. Devíeis tê-los exterminado no princípio, quando os homens do outro lado da água ainda não haviam ensinado nada ao nosso povo. Agora a minha gente vê o seu trabalho e se afasta pensando. Já não pensa nos seres celestiais. Pensa na carruagem de fogo e nas outras coisas que fazem os construtores de pontes, e quando os vossos sacerdotes estendem a mão, pedindo esmola, pouco lhes dá, e de má vontade. É o começo, não passam de dois, três, cinco ou dez homens... porque eu, que ando com a minha gente, sei o que se passa em seu coração."

"E o fim, escarnecedor dos deuses? Qual há de ser o fim?", perguntou Ganesh.

"O fim será como foi o princípio, oh, indolente filho de Shiva! Morrerão nos altares a chama e nas línguas a oração até que volteis a ser deuses menores, deuses silvestres, nomes que os caçadores de ratos e cães sussurram nas moitas e entre as tocas, fetiches, ídolos de tronco de árvore e de místicos de aldeia, como éreis no princípio. Esse é o fim, Ganesh, para ti e para Bhairon, o Bhairon do povo humilde."

"Tal coisa ainda há de tardar", grunhiu Bhairon. "À parte isso, é mentira."

"Muitas mulheres beijaram Krishna. E lhe contaram semelhantes histórias para consolar os próprios corações quando seus cabelos branqueassem, e ele a repete", murmurou o touro.

"Os deuses deles chegaram, e nós os alteramos! Eu tomei a mulher e lhe dei doze braços. Assim desfiguraremos todos os seus deuses", disse Hanuman.

"Seus deuses! Não se trata de deuses deles, um ou três, homem ou mulher. Trata-se das pessoas. São *elas* que mudam, não os deuses dos construtores de pontes", argumentou Krishna.

"Seja. Eu fiz um homem adorar o carro de fogo quando ele ainda respirava a fumaça e não sabia que cultuava a mim", insistiu Hanuman, o macaco. "Eles não farão senão alterar ligeiramente o nome de seus deuses. Eu comandarei os construtores de pontes como outrora: Shiva será adorado nas escolas pelos que duvidam e desprezam os semelhantes; Ganesh terá seus *mahajuns*; e Bhairon, os arreeiros, os peregrinos e os vendedores de brinquedos. Bem-amado, eles não farão mais do que alterar os nomes, e isso nós já vimos acontecer mil vezes."

"É certo que não farão mais do que alterar os nomes", repetiu Ganesh; mas havia um mal-estar entre os deuses.

"Não se limitarão a mudar os nomes. Só a mim eles não podem matar enquanto a donzela e o homem se unirem e a primavera suceder à chuva do inverno. Celestiais, não foi em vão que andei pela Terra. A minha gente ainda não sabe que sabe; mas eu, que vivo com ela, leio-lhes o coração. Grandes reis, já está em marcha o começo do fim. As carruagens de fogo gritam o nome de novos deuses, que *não* são os velhos com nomes novos. Bebei agora e comei com fartura! Mergulhai o rosto no incenso dos altares antes que se eles esfriem! Colhei os donativos e ouvi os címbalos e os tambores, seres celestiais, enquanto ainda há flores e canções! Pelo modo de os homens contarem o tempo, o fim está distante; mas tal como o contamos nós, que tudo sabemos, é hoje. Falei e disse."

O jovem deus se calou, e seus iguais ficaram muito tempo entreolhando-se em silêncio.

"Nunca ouvi nada parecido", cochichou Peroo ao ouvido do companheiro. "E, no entanto, quando estava lubrificando as engrenagens da casa de máquinas do Goorkha, cheguei a me perguntar se os nossos sacerdotes eram tão sábios assim... tão sábios. O dia está raiando, Sahib. Eles partirão com o amanhecer."

Uma luz amarelada se espalhou no céu, e a cor do rio foi se alterando à medida que a escuridão se afastava.

De repente, o elefante barriu alto, como se o tivessem espicaçado.

"Que Indra julgue. Pai de todos, fala! Que opinião tens sobre tudo quanto ouvimos aqui? Krishna mentiu, deveras? Ou..."

"Vós o conheceis", disse o antílope, levantando-se, "conheceis o enigma dos deuses. Os céus e o inferno e a Terra desaparecerão quando Brahma deixar de sonhar. Tranquilizai-vos, pois Brahma segue sonhando. Os sonhos vão e vêm, e a natureza dos sonhos muda, mas são sempre os sonhos de Brahma. Há muito que Krishna anda pela Terra, e hoje eu o amo ainda mais pela história que nos contou. Os deuses mudam, bem-amado. Todos mudam, menos um!"

"Sim, todos, menos aquele que põe o amor no coração dos homens", disse Krishna, apertando o cinto. "Em breve sabereis se estou mentindo."

"A verdade, como dizes, é que em breve saberemos. Torna aos teus casebres, bem-amado, e diverte-te com as coisas jovens, porque Brahma continua sonhando. Ide, filhos meus! Brahma sonha... e, enquanto ele não despertar, os deuses não morrerão."

"Aonde eles foram?", perguntou o assustado indiano, tremendo um pouco de frio.

"Só Deus sabe!", respondeu Findlayson.

Agora a luz do dia banhava o rio e a ilha, e, sob o *peepul*, não havia marcas de patas nem de garras na terra úmida. Só o louro palrava entre os ramos, provocando uma chuva de gotas com o revolutear das asas.

"Levante! Nós estamos ficando duros de frio! O efeito do ópio passou? Já consegue andar, Sahib?"

Findlayson se ergueu com dificuldade e sacudiu o corpo. Estava tonto e com dor de cabeça, mas o efeito do ópio havia passado e, enquanto molhava a testa numa poça, o engenheiro-chefe da ponte Kashi se perguntou como tinha ido parar naquela ilha, que fazer para voltar e, sobretudo, como estaria a sua obra.

"Peroo, eu não me lembro de nada. Estava debaixo da torre de vigia, olhando o rio, e de repente a enchente nos arrastou?"

"Não. Os barcos se soltaram, Sahib (se o Sahib se esquecera do ópio, não era Peroo que ia lembrá-lo); eu tive a impressão, se bem que estava escuro, de que uma corda bateu no Sahib, jogando-o dentro de um barco. Considerando que nós dois e Hitchcock Sahib construímos a ponte, eu também subi no barco que veio, por assim dizer, galopando e deu de fuça com esta ilha e, espatifando-se, lançou-nos em terra. Eu gritei muito quando o barco se soltou, e Hitchcock decerto virá nos socorrer. E, quanto à ponte, foram tantos os que morreram durante a construção que ela não pode ruir."

À tormenta, seguiu-se um sol forte, que espalhou no ar um cheiro de terra úmida, e, nessa luz tão clara, homem nenhum seria capaz de pensar nos sonhos das trevas. Findlayson ficou olhando para o rio, para o resplendor da água em movimento, até que lhe ardessem os olhos. Não se via um só vestígio de margem no Ganges, muito menos a silhueta de uma ponte.

"Nós fomos arrastados para muito longe. Não sei como não nos afogamos uma centena de vezes."

"Isso é o que menos me espanta, pois ninguém morre antes da hora. Eu já estive em Sydney, em Londres, e em vinte outros grandes portos, mas", Peroo fitou o santuário molhado e desbotado à sombra do *peepul*, "não há quem tenha visto o que presenciamos aqui.

"O quê?"

"O Sahib esqueceu? Ou só nós, os negros, enxergamos os deuses?"

"Eu estava com febre", Findlayson, inquieto, continuava olhando para o rio. "Tive a impressão de que a ilha estava infestada de bichos e de homens conversando, mas não me lembro bem. Acho que agora um barco se aguentaria nestas águas."

"Oh! Então é verdade. 'Quando Brahma deixa de sonhar, os deuses morrem.' Agora entendo o que ele queria dizer. Certa vez um guru me disse isso, mas eu não compreendi na ocasião. Agora sou um sábio."

"Quê?", perguntou Findlayson por cima do ombro.

Peroo continuava resmungando consigo.

"Faz seis... sete monções, eu estava de vigia no castelo de proa do *Rewah*, o maior barco da Kumpani, e houve um grande *tufan*. A água verde e negra nos assolava e, mesmo eu estando agarrado às cordas salva-vidas, as ondas já estavam me afogando. Então pensei nos deuses, nos que vimos esta noite." Olhou com curiosidade para Findlayson, mas o branco continuava com os olhos fitos na correnteza. "Sim, estou falando naqueles que nós vimos esta noite; e roguei-lhes que me protegessem. E, enquanto eu orava, sem abandonar o posto de vigia, veio uma onda enorme que me atirou de encontro à argola de sustentação da grande e negra âncora da proa, e o *Rewah* foi subindo, subindo, adernando à esquerda, e eu, de ponta-cabeça, segurei a argola e olhei para as profundezas. Então, cara a cara com a morte, pensei: 'Se eu cair, estou morto, para mim não haverá mais *Rewah* nem lugar na galé, onde cozinham o arroz, nem Bombaim, nem Calcutá, nem mesmo Londres. Como posso ter certeza', eu disse, 'de que existem os deuses aos quais oro?'. Bastou pensar nisso, e o *Rewah* despencou feito um martelo do alto da montanha, e o mar inteiro entrou, arrastando-me pelo castelo de proa, e eu colidi com o motor auxiliar, que me abriu uma ferida feia nas costas, mas não morri e vi os deuses. Eles são bons para os homens vivos, mas para os mortos... Eles mesmos o disseram. Portanto, quando eu chegar à aldeia, darei uma sova no guru, que anda por aí a falar de enigmas, quando não existem enigmas. Quando Brahma cessa de sonhar, os deuses vão embora."

"Olhe o rio. Esta luz me cega. Há fumaça lá adiante?"

Peroo cobriu a vista com a mão.

"É um homem sábio e diligente. Hitchcock Sahib não se arriscaria em um barco a remo. Pediu emprestada a lancha a vapor do Rao Sahib e vem nos resgatar. Eu vivo dizendo que precisamos de uma lancha a vapor para as obras da ponte."

O território do Rao de Baraon ficava a dezoito quilômetros da ponte. Findlayson e Hitchcock haviam passado boa parte de seu tempo livre jogando bilhar e caçando antílopes pretos com o jovem. Durante cinco ou seis anos, ele fora educado por um tutor inglês com pendores desportivos e agora esbanjava, regiamente, a renda acumulada pelo governo da Índia durante a sua menoridade. Sua lancha a vapor, com balaustradas folheadas a prata, toldos de seda listrada e conveses de mogno, era um brinquedo novo que Findlayson considerava um estorvo sempre que o Rao vinha vistoriar a construção da ponte.

"Que sorte!", murmurou Findlayson, que, ainda temeroso, não cessava de pensar na ponte.

A suntuosa chaminé azul e branca veio descendo velozmente a correnteza. Os dois avistaram Hitchcock na proa, com um binóculo e o rosto muito pálido. Então Peroo gritou, e a lancha manobrou rumo à parte mais baixa da ilha. O Rao Sahib, com uma roupa de caçador de tweed e um turbante de sete cores, saudou-os com a mão real, e Hitchcock gritou. Mas não teve tempo de fazer perguntas, pois Findlayson já o estava inquirindo sobre a ponte.

"Tudo em paz! Puxa, eu já tinha perdido a esperança de voltar a vê-lo, Findlayson, você está a sete *koss* rio abaixo. Não, nenhuma pedra saiu do lugar, mas, e você, como está? Eu pedi a lancha emprestada ao Rao Sahib, que teve a gentileza de me acompanhar. Venha, suba a bordo."

"Ah, Finlinson, você está muito bem, hein? Foi uma calamidade sem precedentes a de ontem à noite, não acha? O meu palácio real também virou uma peneira, haverá pouco que colher nos campos da região. Encarregue-se da manobra, Hitchcock. Eu... eu não entendo de vapores. Você está molhado? Está com frio, Finlinson? Eu trouxe um pouco de comida, e você pode tomar um bom trago."

"Fico imensamente agradecido, Rao Sahib. Acho que você me salvou a vida. Como foi que Hitchcock..."

"Ora! Ele ficou de cabelo em pé. Chegou a cavalo, no meio da noite, e me arrancou dos braços de Morfeu. A verdade é que eu também estava muito preocupado, Finlinson, por isso vim. O meu grande sacerdote deve estar furioso. Depressa, Mister Hitchcock. Eu tenho de estar no grande templo do Estado aos quinze para a uma, onde me esperam para consagrar um novo ídolo. Não fosse isso, eu os convidaria a passar o dia comigo. Como são chatas essas cerimônias religiosas, não, Finlinson?"

Peroo, a quem a tripulação conhecia muito bem, tinha se apossado do timão e conduzia habilmente a lancha rio acima. Mas, enquanto pilotava, ia desferindo açoites, mentalmente, com o meio metro de cabo de aço de pontas desfiadas. E o lombo fustigado era o do seu guru.

Tradução de Luiz A. de Araújo

HERBERT GEORGE WELLS

Em terra de cego

("The country of the blind", 1899)

H. G. Wells (1866-1946) é o mais extraordinário inventor de histórias daquela extraordinária época da literatura mundial que floresceu na virada entre os dois séculos. A inventividade e a exatidão de sua imaginação (que inclusive fizeram dele um dos pais da ficção científica) eram servidas por uma escritura transparente e corredia, nutrida de uma moral aguda, firme e clara. Muitos dos seus contos poderiam figurar com destaque numa antologia dedicada ao fantástico invisível, mental, que germina das imagens da vida cotidiana. Mas não me pareceu justo renunciar a um conto que é um dos mais "espetaculares" escritos por ele, seguramente uma de suas obras-primas.

"Em terra de cego" é um grande apólogo moral e político, digno de ser comparado a Swift, uma meditação sobre a diversidade cultural e sobre o caráter relativo de qualquer pretensão à superioridade.

Nos Andes equatoriais, um vilarejo indígena ficou isolado do resto do mundo durante algumas gerações. Todos são cegos. As crianças nascem cegas, e os últimos velhos que haviam gozado da visão estão mortos; todos já perderam a memória do que significa ver; as casas são sem janelas, sem cores, sem luz. Do mundo de fora chega um homem; todos o acham um inválido, incapaz de fazer o que eles fazem, que diz coisas sem sentido. O homem pensa em se tornar o rei dos nativos, como diz o provérbio do caolho em terra de cego. Mas o provérbio erra: em terra de cego, quem não vê é mais forte do que quem vê...

A trezentas milhas ou mais do Chimborazo, e a cem milhas das neves do Cotopaxi, nas regiões mais selvagens dos Andes equatoriais, ali fica esse misterioso vale entre as montanhas, separado do mundo dos seres humanos, a Terra dos Cegos. Há muitos anos esse vale estava tão aberto ao mundo, de modo que os seres humanos podiam ali chegar afinal, através de medonhos desfiladeiros e por sobre um passo gelado, dentro de suas pradarias amenas; e lá realmente chegaram seres humanos, uma família ou pouco mais de mestiços peruanos, fugindo da cobiça e da tirania de um malvado governante espanhol. Então houve a estupenda erupção do Mindobamba, quando a noite durou dezessete dias em Quito, a água ficou fervendo em Yaguachi e todos os peixes mortos chegavam flutuando até mesmo a Guaiaquil; por toda parte, ao longo das encostas do Pacífico, houve deslizamentos de terra, rápidos degelos e inundações súbitas, e todo um lado da velha crista do Arauca se desprendeu e veio abaixo em meio a um ruído como trovões, e a erupção separou para sempre a Terra dos Cegos dos passos exploradores dos seres humanos. Mas aconteceu de um desses colonizadores iniciais estar do lado de cá dos desfiladeiros quando o mundo tremeu tão terrivelmente, e por força ele teve de esquecer sua mulher e filho, todos os amigos e posses que tinha deixado lá em cima, e teve de começar de novo no mundo mais abaixo. Ele começou de novo, mas a cegueira o afetou, e ele morreu dos castigos nas minas; mas a história que contou fez nascer uma lenda que paira ao longo de todas as cordilheiras dos Andes até hoje.

Ele falou da sua razão para se aventurar naquele lugar protegido, em que ele tinha sido inicialmente levado amarrado a uma lhama, junto a uma vasta carga de instrumentos, quando era criança. O vale, disse ele, tinha tudo que o coração humano podia desejar — água doce, pastos, clima ameno, encostas de rico solo marrom com manchas de um arbusto que dava um fruto excelente, e de um lado grandes florestas pendentes de pinheiros que seguravam as avalanches. Longe, bem longe, de três lados, imensas cavernas de rocha verde-acinzentada eram revestidas de paredes de gelo; mas a geleira não vinha na direção dos habitantes, porém fluía para longe através das encostas mais afastadas, e só de vez em quando grandes massas de gelo caíam do lado do vale. Nesse vale nem chovia, nem nevava, mas as fontes abundantes proporcionavam uma rica pastagem verde, que a irrigação espalhava por todo o espaço do vale. Os colonizadores haviam feito um bom trabalho naquele lugar. Seus animais viviam bem e se multiplicaram, e havia uma só coisa que toldava a sua felicidade. E no entanto, bastava para toldá-la sobremaneira. Uma estranha doença os atingiu, fazendo que não só todas as crianças nascidas ali — e, na verdade, várias crianças mais velhas também — fossem atacadas pela cegueira. Foi para buscar algum encantamento ou antídoto contra essa praga da cegueira que ele tinha, com grande esforço, perigo e dificuldade, voltado atrás pelo desfiladeiro. Naqueles dias, nesses casos, os seres humanos não pensavam em germes e infecções, mas em pecados; e parece para ele que a razão dessa aflição devia residir na negligência desses imigrantes sem sacerdotes, que deixaram de erguer um templo assim que entraram no vale. Ele queria que um templo — bonito, barato, efetivo — fosse erguido no vale; queria relíquias e coisas assim, e todos aqueles poderosos símbolos da fé, objetos abençoados, medalhas misteriosas e rezas. Na sua bolsa tinha uma barra de prata cuja origem ele não se dispunha a revelar; insistia, com algo da insistência do mentiroso inábil, em que não havia prata nenhuma no vale. Eles tinham todos juntado seu dinheiro e ornamentos, disse ele, para comprar a ajuda divina contra seu mal, já que lá em cima tinham pouca necessidade desse tesouro. Imagino esse jovem montanhês de olhos fracos, queimado de sol, magro e ansioso, febril, segurando febrilmente a aba do chapéu, um homem totalmente desacostumado aos modos do mundo mais embaixo, contando essa história a algum sacerdote de olhos agudos, atencioso, antes da grande convulsão; posso vê-lo depois tentar voltar com remédios pios e infalíveis contra aquela perturbação, e a decepção infinita com que ele deve ter se defrontado com a imensidão despencada onde antes havia o desfiladeiro. Mas o resto de sua história de azares está perdido para mim, exceto que sei de sua infeliz morte após vários anos. Pobre homem perdido daquela região remota! O curso d'água que antes formava o desfiladeiro agora sai estrepitosamente da boca de uma caverna rochosa, e a lenda desencadeada por sua história infeliz e mal contada se desenvolveu numa história sobre uma raça de seres humanos cegos vivendo em algum lugar "para lá das montanhas", a qual ainda se pode ouvir hoje.

E em meio à pequena população daquele vale agora isolado e esquecido, a doença seguiu seu curso. Os velhos se tornaram tateantes e parcialmente cegos, os jovens viam apenas enevoadamente, e as crianças que nasceram deles nunca enxergaram nada. Mas a vida era muito fácil naquela bacia rodeada de neve, sem espinheiros ou eglantinas, sem insetos nocivos nem outro animal, exceto a raça mansa de lhamas que eles tinham carregado e levado e que subiram os leitos dos rios estreitados nos desfiladeiros sobre os quais tinham chegado. Os que viam tinham se tornado parcialmente cegos tão gradativamente que mal notaram sua perda de visão. Eles guiaram os jovens sem visão aqui e ali, até que estes conhecessem maravilhosamente bem todo o vale, e quando, no fim, a visão morreu entre eles, a raça sobreviveu. Tiveram até tempo para se adaptarem ao controle do fogo, que acendiam cuidadosamente em fogões de pedra. Eram um tipo simples de gente no começo, analfabetos, só ligeiramente tocados pela civilização espanhola, mas com algo da tradição das artes do velho Peru e de sua filosofia perdida. As gerações se seguiram. Esqueceram muitas coisas; descobriram outras. Sua tradição do mundo mais amplo de que tinham vindo adquiriu um acento incerto. Em todas as coisas, salvo na visão, eles eram fortes e hábeis, e depois o acaso do nascimento e da herança fazia nascer entre eles alguém que tinha uma mente original e que podia falar e persuadi-los, e logo depois surgia outro. Esses dois morreram, deixando seu legado, e a pequena comunidade cresceu em número e em conhecimento, e enfrentou e resolveu problemas sociais e econômicos que surgiram. As gerações se seguiram umas às outras. Chegou uma hora em que nasceu uma criança que estava a quinze gerações daquele ancestral que saíra do vale com uma barra de prata para buscar a ajuda de Deus, e que nunca voltara. Por volta dessa época aconteceu que um homem veio do mundo externo para essa comunidade. E esta é a história desse homem.

Era um montanhês da região perto de Quito, um homem que descera até o mar e tinha visto o mundo, um leitor de livros numa maneira original, um homem de inteligência aguda e empreendedor, e fora contratado por uma equipe de ingleses que tinha vindo ao Equador para escalar montanhas, para substituir um de seus três guias suíços que ficara doente. Escalaram aqui, escalaram acolá, e então veio a tentativa no Parascotopetl, o Matterhorn dos Andes, em que esse homem se perdeu para o mundo externo. A história do acidente foi escrita uma dezena de vezes. A narrativa de Pointer é a melhor. Ele conta como a pequena equipe lutou para subir o caminho difícil e quase vertical até o sopé do último e maior precipício, e como construíram um abrigo noturno em meio à neve numa pequena reentrância da rocha, com um toque de poder dramático real, como depois descobriram que Núñez tinha ido embora. Gritaram, e não houve resposta; gritaram e assobiaram e, pelo restante daquela noite, não dormiram mais.

Quando amanheceu, viram os traços de sua queda. Parece impossível que esta tenha podido ocorrer sem que nenhum som tivesse sido emitido. Escorregara para leste, rumo ao lado desconhecido da montanha; muito abaixo tinha se chocado com uma aguda protuberância de gelo, e continuado a cair em meio a uma avalancha de neve. Sua pista ia direta à beira de um precipício medonho, e, para lá disso, tudo estava escondido. Muito, muito lá embaixo, e enevoadas pela distância, eles podiam ver as árvores subindo de um vale estreito, fechado — a perdida Terra dos Cegos. Mas não puderam saber que era a Terra dos Cegos, nem distingui-la de modo nenhum de qualquer outro trecho estreito de vale lá em cima. Nervosos com esse desastre, abandonaram sua tentativa à tarde, e Pointer foi convocado para a guerra antes que pudesse empreender uma nova escalada. Até hoje o Parascotopetl se ergue numa crista inconquistada, e o abrigo de Pointer está se arruinando entre as neves, sem que ninguém tenha voltado a visitá-lo.

E o homem que caiu sobreviveu.

No fim da encosta ele caiu mil pés, e caiu no meio de uma nuvem de gelo sobre uma encosta de neve ainda mais escarpada do que a de cima. Descendo, ele girou, bateu o corpo e ficou insensível, mas sem um único osso quebrado. E no fim veio a dar em encostas mais suaves, e finalmente parou de rolar e ficou imóvel, enterrado em meio a um monte macio das massas brancas que o tinham acompanhado e salvado. Voltou a si com uma tênue ideia de que estava doente, de cama; então percebeu sua posição com a inteligência de um montanhista, e se livrou da neve, e, depois de um descanso, andou até que viu as estrelas. Descansou deitado sobre o peito por um tempo, imaginando onde estava e o que lhe tinha acontecido. Examinou seus membros e descobriu que vários botões tinham desaparecido, e que o casaco estava em volta de sua cabeça. A faca tinha sumido do bolso e o chapéu tinha se perdido, embora ele o tivesse amarrado sob o queixo. Lembrou que estivera procurando pedras soltas para erguer seu trecho da parede do abrigo quando escorregara. Sua machadinha de gelo tinha desaparecido.

Chegou à conclusão de que devia ter caído, e olhou para cima para ver, exagerada pela luz fantasmagórica da lua nascente, a tremenda queda que tinha sofrido. Por um momento, permaneceu olhando vaziamente para aquela vasta parede de rocha pálida que culminava lá em cima, surgindo de momento a momento de uma maré rasante de escuridão. A beleza fantasmagórica, misteriosa, o manteve parado por um tempo, e então ele foi tomado de um paroxismo de riso soluçante...

Depois de um grande intervalo, ele se tornou consciente de que estava perto da beira mais baixa da neve. Abaixo, sob o que era agora uma encosta enluarada e praticável, ele viu a aparição escura e interrompida de grama entre as rochas. Lutou para se levantar, com todas as articulações e membros doloridos, livrou-se com dificuldade da neve solta amontoada em torno dele, rumou para baixo até que chegou à grama e ali caiu, mais do que deitou, ao lado de uma pedra, bebeu profundamente do cantil em seu bolso interno e, instantaneamente, caiu no sono...

Foi acordado pelo cantar dos pássaros nas árvores bem lá embaixo. Achou-se num pequeno monte ao pé de um vasto precipício, e percebeu que estava com ranhuras causadas pela descida que ele e a neve tinham sofrido. Acima, em frente dele, outra parede de rocha se erguia contra o céu. O desfiladeiro entre esses precipícios ia para o leste e para o oeste e estava cheio da luz do sol matinal, que iluminava rumo ao oeste a massa de montanha caída que tinha fechado o desfiladeiro em descida. Rumo abaixo parecia haver um precipício igualmente agudo, mas, atrás da neve no canal da geleira, achou uma espécie de canaleta gotejante com água de neve, pela qual um homem desesperado podia aventurar-se. Descobriu que isso era mais fácil do que parecia, e chegou afinal a outro monte desolado, e então depois de uma escalada na rocha sem nenhuma dificuldade particular, a uma aguda encosta de árvores. Aprumou-se e voltou o rosto para cima do desfiladeiro, pois viu que este se abria lá em cima para prados verdes, entre os quais ele vislumbrou bastante distintamente um grupo de cabanas de pedra de construção não familiar. Às vezes o seu progresso era como escalar ao longo da face de uma parede, e depois de um tempo o sol nascente parou de brilhar sobre o desfiladeiro, as vozes dos pássaros morreram ao longe, e o ar se tornou frio e escuro em torno dele. Mas o vale distante, com suas casas, era por isso mesmo cada vez mais brilhante. Chegou depois ao talude, e entre as rochas notou — pois era um homem observador — uma samambaia não familiar que parecia sair das reentrâncias com mãos intensamente verdes. Pegou uma ou duas folhas, mastigou a espiga da nervura e a achou comestível.

Por volta do meio-dia saiu afinal da garganta do desfiladeiro para o planalto e a luz do sol. Estava cansado e com os membros rígidos; sentou à sombra de uma rocha, encheu seu cantil com água de uma fonte e bebeu, e ficou descansando um tempo antes de seguir rumo às casas.

Elas pareceram muito estranhas para seus olhos e, na verdade, todo o aspecto daquele vale se tornou, à medida que o olhava, mais estranho e menos familiar. A maior parte de sua superfície era de luxuriante prado verde, manchado por muitas flores bonitas, irrigado com cuidado extraordinário; e exibindo indicações de colheita sistemática peça por peça. Bem alto e cercando o vale havia um muro, e o que parecia ser um canal circular, do qual vinham os filetes d'água que alimentavam as plantas da pradaria, e nas encostas mais altas, acima do canal, rebanhos de lhamas comiam o ralo pasto. Cercados, aparentemente abrigos ou manjedouras para as lhamas, se erguiam contra o muro fronteiriço aqui e ali. As correntes de irrigação corriam até se juntarem num canal principal rumo ao centro do vale, abaixo, e esse canal era cercado de cada lado por um muro à altura do peito. Isso dava uma estranha qualidade urbana a esse lugar recluso, qualidade grandemente realçada pelo fato de que vários caminhos, pavimentados com pedras brancas e pretas, e cada um com uma curiosa pequena curva em cada esquina, iam para lá e para cá de modo ordenado. As casas da aldeia central eram bem diferentes da aglomeração casual e amontoada das aldeias montanhesas que ele conhecia; as casas ficavam numa fileira contínua de cada lado de uma rua central surpreendentemente limpa; aqui e ali, sua fachada multicolorida era perfurada por uma porta, e nem uma única janela quebrava sua frontaria harmoniosa. Eram multicoloridas com extraordinária irregularidade, manchadas com um tipo de cimento que era às vezes cinza, às vezes pardo, às vezes cor de ardósia ou marrom-escuro; e foi a visão desse colorido selvagem que trouxe primeiro a palavra "cego" aos pensamentos do explorador. "O bom homem que fez isso", pensou, "deve ter sido tão cego quanto um morcego."

Ele desceu um trecho agudo, e assim chegou ao muro e ao canal que corriam em torno do vale, perto de onde o último despejava seu excesso nas profundezas do desfiladeiro num fio fino e ondulante de cascata. Agora ele podia ver alguns homens e mulheres descansando em montes empilhados de grama, como se estivessem gozando de uma sesta, na parte mais remota do prado, e perto da aldeia algumas crianças deitadas, e então, mais perto, três homens carregando baldes em armações presas aos ombros, ao longo de um pequeno caminho que levava do muro circundante rumo às casas. Esses três homens vestiam trajes de lã de lhama e tinham botas e cintos de couro e usavam chapéus de lã com aba traseira e protetores de ouvidos. Seguiam um ao outro como se fosse uma fila, andando devagar e bocejando enquanto andavam, como se fossem homens que tivessem ficado acordados a noite inteira. Havia algo tão reconfortante de prosperidade e respeitabilidade em seu comportamento que, depois de hesitar um momento, Núñez se ergueu para a frente tão visivelmente quanto possível, por cima da rocha, e deu um grande grito que ecoou em torno do vale.

Os três homens pararam e moveram as cabeças como se estivessem olhando em torno deles. Viraram o rosto para lá e para cá, e Núñez gesticulou largamente. Mas eles não pareceram vê-lo, apesar de todos os seus gestos, e, depois de um tempo, dirigindo-se para as montanhas longínquas à direita, eles gritaram como em resposta. Núñez berrou de novo, e enquanto gesticulava de novo sem resultado, a palavra "cego" surgiu bem clara em seus pensamentos. "Esses loucos devem ser cegos", disse.

Quando, no fim, depois de muita gritaria e ira, Núñez atravessou o curso d'água por sobre uma pequena ponte, passou por um portão no muro e se aproximou deles, teve certeza de que eles eram cegos. Estava convencido de que essa era a Terra dos Cegos da qual falavam as lendas. A convicção havia se apossado dele, assim como um sentido de grande e na verdade invejável aventura. Os três estavam parados um ao lado do outro, não olhando para ele, mas dirigindo os ouvidos para ele, avaliando-o por seus passos não familiares. Eles se mantinham bem perto um do outro, como homens um tanto amedrontados, e ele podia ver suas pálpebras fechadas e afundadas, como se os próprios globos oculares ali embaixo tivessem afundado. Havia uma expressão próxima do pavor em seus rostos.

"Um homem", disse um deles, em espanhol mal reconhecível, "é um homem — um homem ou um espírito — descendo das rochas."

Mas Núñez avançou com os passos confiantes de um jovem que está começando a vida. Todas as antigas histórias do vale perdido e da Terra dos Cegos voltaram à sua mente, e em meio a seus pensamentos passava esse velho provérbio, como se fosse um refrão:

"Em terra de cego, quem tem um olho é rei."

"Em terra de cego, quem tem um olho é rei."

E muito cortesmente os cumprimentou. Falou a eles utilizando os olhos.

"De onde ele vem, irmão Pedro?", perguntou um deles.

"Desceu das rochas."

"Venho do alto das montanhas", disse Núñez, "fora deste lugar aqui — onde os homens podem ver. De perto de Bogotá, onde há cem mil pessoas e não se vê o fim da cidade."

"Não se vê?", murmurou Pedro. "Não se vê?"

"Ele vem", disse o segundo cego, "de para lá das rochas."

O tecido de seus casacos, viu Núñez, era modelado curiosamente, cada um com um tipo diferente de costura.

Eles o assustaram com um movimento simultâneo rumo ao seu encontro, cada um com uma mão estendida. Ele recuou diante do avanço desses dedos abertos.

"Venha cá", disse o terceiro cego, seguindo o movimento de Núñez e o agarrando.

E eles seguraram Núñez e o apalparam, não dizendo nenhuma palavra mais enquanto não terminaram.

"Cuidado", disse ele, sentindo um dedo no olho, e descobriu que eles achavam esse órgão uma coisa esquisita nele, com suas pálpebras piscantes. Eles repetiram o apalpamento.

"Uma criatura estranha, Correa", disse o de nome Pedro. "Sinta a dureza de seus cabelos. Como o pelo de uma lhama."

"Ele é áspero como as rochas que o pariram", disse Correa, investigando o queixo não barbeado de Núñez e sua mão ligeiramente úmida. "Talvez se torne menos áspero." Núñez lutou um pouco enquanto era examinado, mas eles o seguraram firmemente.

"Cuidado", disse de novo.

"Ele fala", disse o terceiro homem. "Certamente é um homem."

"Ugh!", disse Pedro, ao experimentar a aspereza do casaco de Núñez.

"E você veio para o mundo?", perguntou Pedro.

"*Saí* do mundo. Por montanhas e geleiras; logo ali acima, a meio caminho do sol. Saí do grande, do enorme mundo que desce, em doze dias de jornada, rumo ao mar."

Eles pareciam lhe prestar pouca atenção. "Nossos pais nos disseram que os homens podem ser feitos pelas forças da natureza", disse Correa. "É o calor das coisas e a umidade, e a podridão — podridão."

"Vamos levá-lo aos anciãos", disse Pedro.

"Grite antes", disse Correa, "para que as crianças não tenham medo. Esta é uma ocasião importante."

Então eles gritaram, e Pedro foi na frente e tomou Núñez pela mão, para levá-lo às casas.

Núñez afastou a mão. "Posso ver", disse.

"Ver?", disse Correa.

"Ver", disse Núñez, voltando-se para ele, e tropeçou no balde de Pedro.

"Os sentidos dele ainda são imperfeitos", disse o terceiro cego. "Tropeça e fala palavras sem sentido. Levem-no pela mão."

"Como vocês quiserem", disse Núñez, e foi conduzido pela mão, rindo.

Parecia que eles não sabiam de nada sobre a visão.

Bem, com o tempo ele os ensinaria.

Ouviu pessoas gritando, e viu algumas figuras se reunindo no caminho do meio da aldeia.

Achou que aquilo o enervou e impacientou mais do que tinha esperado, aquele primeiro encontro com a população da Terra dos Cegos. O lugar parecia maior, à medida que se aproximava dele, e as cores manchadas mais esquisitas, e uma multidão de crianças, homens e mulheres (as mulheres e as garotas, notou com agrado, tinham algumas delas rostos bastante bonitos, apesar de seus olhos estarem fechados e afundados) chegou junto dele, segurando-o, tocando-o com mãos suaves e sensíveis, cheirando-o e ouvindo cada palavra que ele dizia. Algumas das garotas e das crianças, entretanto, se mantinham longe, como se tivessem medo, e realmente sua voz parecia mais áspera e rude em relação aos tons deles, mais suaves. Eles o cercaram. Seus três guias se mantiveram perto dele, com um ar de propriedade, e diziam e repetiam: "Um homem selvagem que veio das rochas".

"De Bogotá", disse Núñez. "De Bogotá. Para lá das cristas das montanhas."

"Um homem selvagem — falando palavras selvagens", disse Pedro. "Vocês ouviram isso — *Bogotá*? Sua mente ainda não está formada. Ele tem apenas os começos da fala."

Um garotinho acariciou a mão de Núñez. "Bogotá", disse, debochando.

"Ai! Uma cidade, comparada à sua aldeia. Venho do grande mundo — onde os homens têm olhos e veem."

"O nome dele é Bogotá", disseram.

"Tropeçou", disse Correa, "tropeçou duas vezes enquanto chegávamos aqui."

"Levem-no para os anciãos."

E eles o empurraram subitamente porta adentro, numa sala tão escura quanto piche, a não ser no outro extremo, onde brilhava fracamente uma pequena fogueira. A multidão fechou o caminho atrás dele e bloqueou quase completamente a luz do dia e, antes que ele pudesse se deter, tinha caído de cabeça aos pés de um homem sentado. Seu braço, estendido, bateu no rosto de alguém enquanto caía; ele sentiu o macio toque na face e ouviu um grito de raiva, e por um momento lutou contra várias mãos que o agarraram. Era uma luta desigual. Ele se deu conta da situação e ficou quieto.

"Caí", disse. "Não pude ver nesta escuridão profunda."

Houve uma pausa, como se as pessoas não vistas em torno dele tentassem entender suas palavras. Então a voz de Correa disse: "Ele acaba de ser criado. Tropeça quando anda e mistura palavras que não querem dizer nada quando fala".

Outros também disseram coisas que ele mal ouviu ou entendeu imperfeitamente.

"Posso me levantar?", perguntou, numa pausa do vozerio. "Não vou lutar com vocês de novo."

Eles se consultaram entre si e o deixaram levantar-se.

A voz de um homem mais velho começou a interrogá-lo, e Núñez se viu tentando explicar o grande mundo do qual ele tinha caído, e o céu, as montanhas, a visão e outras tantas maravilhas, àqueles anciãos sentados no escuro na Terra dos Cegos. E eles não acreditavam em nada e não entendiam nada do que ele lhes dizia, fato bem fora das expectativas de Núñez. Há catorze gerações essas pessoas eram cegas e separadas do mundo da visão; os nomes de todas as coisas referentes à visão tinham desaparecido e mudado; a história do mundo lá fora tinha desaparecido e mudado para uma história infantil; e eles tinham deixado de se preocupar com qualquer coisa para lá das encostas rochosas de seu muro circundante. Cegos de gênio tinham surgido entre eles e questionado os restos de crença e tradição que o povo trazia consigo de seus dias de visão, e haviam posto de lado todas essas coisas como fantasias ociosas e as substituído com explicações novas e mais críveis. Muita coisa de sua imaginação tinha murchado junto com seus olhos; e eles criaram para si mesmos novas imaginações com seus ouvidos e dedos cada vez mais sensíveis. Lentamente Núñez se deu conta disso; que sua expectativa de admiração e reverência em relação à sua origem e seus dons não iria frutificar; e que depois que sua precária tentativa de lhes explicar a visão tinha sido posta de lado como a versão confusa de um ser recém-criado descrevendo as maravilhas de suas sensações incoerentes, ele se conformou, um tanto espantado, em ouvir a instrução deles. E o mais velho dos cegos explicou a ele a vida, a filosofia e a religião, como o mundo (querendo dizer seu vale) tinha sido inicialmente um vazio oco nas rochas, e então surgiram, primeiro, coisas inanimadas sem o dom do tato, e depois as lhamas e umas poucas outras criaturas que tinham pouco sentido das coisas, e então os seres humanos, e enfim os anjos, que se podiam ouvir cantando e se agitando, mas os quais ninguém podia tocar, história que muito espantou Núñez, até que ele pensou nos pássaros.

O ancião continuou contando a Núñez como o tempo tinha sido dividido entre o quente e o frio, que são os equivalentes dos cegos ao dia e à noite, e como era bom dormir no quente e trabalhar no frio, de modo que agora, não fosse por sua chegada, toda a cidade dos cegos estaria dormindo. Ele disse que Núñez devia ter sido criado especialmente para aprender e servir a sabedoria que eles tinham adquirido e que, apesar de toda a sua incoerência mental e todo o seu comportamento estabanado ele precisava ter coragem, e fazer o melhor para aprender, e diante disso toda a multidão na porta assentiu de modo encorajador. Ele disse que a noite — pois os cegos chamam noite a seu dia — estava agora muito avançada, de modo que todos deviam ir para casa dormir. Perguntou a Núñez se este sabia dormir e Núñez disse que sabia, mas que antes de dormir ele queria comer.

Trouxeram-lhe comida — leite de lhama numa cuia, e pão duro salgado — e o levaram a um lugar solitário de modo que eles não o ouvissem comer, e depois ele deveria dormir até que o frio da noite na montanha os acordasse para começar seu dia de novo. Mas Núñez não dormiu de jeito nenhum.

Em vez disso, ele sentou no lugar em que o deixaram, descansando os membros e fazendo girar e girar na mente as circunstâncias inesperadas de sua chegada.

De vez em quando ele ria, às vezes divertido, às vezes indignado.

"Mente não formada!", disse. "Ainda não formou os sentidos! Mal sabem que estão insultando o seu rei e mestre enviado do céu. Vejo que preciso trazê-los à razão. Deixem-me pensar — deixem-me pensar."

Ainda estava pensando quando o sol se pôs.

Núñez tinha um olho para todas as coisas bonitas, e lhe pareceu que o fulgor brilhante sobre os campos nevados e as geleiras em torno do vale eram a coisa mais bela que ele jamais tinha visto. Seus olhos foram daquela glória inacessível para a aldeia e para os campos irrigados, que afundavam rapidamente no lusco--fusco, e de repente uma onda de emoção o tomou, e ele deu graças a Deus, do fundo do coração, por ter sido dado a ele o dom da visão.

Ouviu uma voz chamando por ele a partir da aldeia: "Olá, aí, Bogotá! Venha cá!".

Com isso ele interrompeu o sorriso. Ele iria mostrar a essa gente, de uma vez por todas, o que a visão pode fazer por um ser humano. Iriam procurá-lo, mas não o achariam.

"Não se mova, Bogotá", disse a voz.

Ele riu sem fazer barulho e deu dois passos sorrateiros para fora do caminho.

"Não pise na grama, Bogotá; isso é proibido."

Núñez não tinha ouvido o ruído que ele próprio fizera. Parou, espantado.

O dono da voz veio correndo ao caminho pintalgado em direção de Núñez. Este voltou para o caminho. "Aqui estou", disse.

"Por que você não veio quando o chamei?", disse o cego. "Você precisa ser levado como uma criança? Não pode ouvir o caminho enquanto anda?"

Núñez riu. "Posso vê-lo", disse.

"Não existe a palavra *ver*", disse o cego, após uma pausa. "Pare com essa loucura e siga o som de meus pés."

Núñez o seguiu, um tanto aborrecido.

"Minha vez vai chegar", disse.

"Você vai aprender", respondeu o cego. "Há muita coisa para aprender no mundo."

"Nunca lhe disseram 'Em terra de cego, quem tem um olho é rei'?"

"O que é cego?", perguntou o cego, despreocupadamente, por cima do ombro.

Quatro dias se passaram, e o quinto dia encontrou o Rei dos Cegos ainda incógnito, como um estranho desajeitado e inútil entre seus súditos.

Núñez descobriu que era muito mais difícil se proclamar rei do que tinha suposto, e, no intervalo, enquanto meditava em seu golpe de Estado, ele fez o que lhe diziam e aprendeu as maneiras e costumes da Terra dos Cegos. Achou que trabalhar e andar durante a noite era uma coisa particularmente exaustiva, e decidiu que essa era a primeira coisa que iria mudar.

Essa gente levava uma vida simples, laboriosa, com todos os elementos de virtude e felicidade como essas coisas podem ser entendidas pelos seres humanos. Trabalhavam, mas não de modo opressivo; tinham comida e roupa suficientes para suas necessidades; tinham dias e estações de descanso; tocavam música e dançavam muito, havia amor entre eles, e crianças pequenas.

Era maravilhoso ver a confiança e a precisão com que eles caminhavam em seu mundo bem ordenado. Tudo tinha sido feito para se adequar às suas necessidades; cada um dos caminhos que se irradiavam na área do vale tinha um ângulo constante em relação aos outros, e cada um deles era distinguido por uma cunha especial sobre sua curva; tinham sido limpos e arrumados, havia muito tempo, todos os obstáculos e irregularidades do caminho ou da pradaria; todos os seus métodos e procedimentos se originavam naturalmente de suas necessidades específicas. Seus sentidos tinham se tornado maravilhosamente agudos; podiam ouvir e avaliar o menor gesto de um ser humano a uma dezena de passos — podiam ouvir até a batida de seu coração. A entonação havia muito tinha substituído as expressões do rosto, e os toques pelo tato tinham substituído os gestos indicativos; seu trabalho com enxada, pá e ancinho era tão fácil e confiante como a jardinagem pode ser. Seu sentido do olfato era extraordinariamente agudo; podiam distinguir diferenças individuais tão rapidamente quanto um cachorro, e eles faziam o manejo das lhamas, que viviam entre as rochas lá em cima e vinham ao muro buscar comida e abrigo, com facilidade e confiança. Foi somente quando, no fim, Núñez procurou se afirmar perante eles, que descobriu quão fáceis e confiantes eram os movimentos deles.

Ele se rebelou somente depois de tentar persuadi-los.

Tentou no início, em várias ocasiões, explicar-lhes a visão. "Escutem-me", disse. "Há coisas em mim que vocês não entendem."

Umas vezes um ou dois deles o atendiam; sentavam com os rostos abaixados e os ouvidos voltados inteligentemente na direção de Núñez, e ele fez o melhor que pôde para lhes explicar o que era ver. Entre seus ouvintes havia uma garota, com pálpebras menos vermelhas e afundadas do que os outros, de modo que quase se podia imaginar que ela estava escondendo os olhos, e a qual ele esperava especialmente convencer. Ele falou das belezas da visão, de olhar as montanhas, do céu e do nascer do sol, e eles o ouviam com incredulidade divertida que, depois, se tornou condenatória. Disseram-lhe que não havia montanhas de modo nenhum, mas que o fim das rochas onde as lhamas pastavam era na verdade o fim do mundo, dali partia um teto cavernoso do universo, de onde vinham o orvalho e as avalanches; e quando ele se manteve firme na afirmação de que o mundo não tinha fim nem teto, ao contrário do que eles supunham, eles disseram que seus pensamentos eram pecaminosos. Até o ponto em que ele podia descrever o céu, as nuvens e as estrelas para eles, tudo isso lhes parecia um vácuo monstruoso, um terrível vazio no lugar do teto liso sobre as coisas no qual acreditavam — era um artigo de fé entre eles que o teto da caverna era plenamente liso ao toque. Núñez percebeu que de algum modo ele os chocava, desistiu de vez desse assunto, e tentou mostrar-lhes o valor prático da visão. Uma manhã viu Pedro no caminho chamado Dezessete, vindo para as casas centrais, mas ainda longe demais para a audição ou o olfato, e lhes contou isso. "Em pouco tempo", previu, "Pedro estará aqui." Um velho notou que Pedro não tinha nada para fazer no caminho Dezessete e então, como que para confirmar isso, Pedro, quando chegou mais perto, virou e caminhou transversalmente para o caminho Dez, e então caminhou com passos ágeis rumo ao muro externo. Eles ridicularizaram Núñez quando Pedro não chegou, e depois, quando Núñez fez perguntas a Pedro para esclarecer o assunto, Pedro negou e o enfrentou, e daí em diante se tornou hostil a Núñez.

Então ele os induziu a deixá-lo subir bem longe pelas encostas da pradaria, rumo ao muro, com um companheiro que concordasse, e para ele prometeu descrever tudo que acontecia entre as casas. Ele notou certas idas e vindas, mas as coisas que realmente pareciam ter significado para aquela gente aconteciam dentro ou atrás das casas sem janelas — as únicas coisas de que tomavam nota para testá-lo — e dessas coisas ele não podia ver ou dizer nada, e foi após o fracasso dessa tentativa, e da ridicularização que eles não conseguiram reprimir, que ele recorreu à força. Pensou em segurar uma pá e de repente derrubar um ou dois ao chão, e assim em combate leal mostrar a vantagem dos olhos. Chegou, até, com essa resolução, a segurar sua pá, e então descobriu algo de novo a seu respeito, que era impossível para ele agredir um cego a sangue-frio.

Hesitou e descobriu que todos haviam percebido que ele agarrara a pá. Eles ficaram em alerta, com suas cabeças de lado, e ouvidos inclinados rumo a ele, para detectar o que ele iria fazer em seguida.

"Abaixe essa pá", disse um deles, e ele sentiu uma espécie de horror indizível. Tendeu a obedecer.

Então empurrou um dos cegos contra a parede de uma casa, e fugiu para fora da aldeia.

Foi por sobre uma de suas pradarias, deixando um rastro de grama esmagada por seus pés, e depois sentou ao lado de um dos caminhos deles. Sentiu algo da expectativa que acomete todos os homens no começo de uma luta, mas uma perplexidade maior. Começou a perceber que não se pode nem lutar com ânimo contra criaturas que estão numa situação mental diferente da sua. Ao longe, viu um grupo de homens carregando pás e cacetes, saindo da rua de casas, e avançando em filas que se espalhavam pelos vários caminhos na direção dele. Avançavam devagar, falando frequentemente um ao outro, e sempre e sempre toda a fileira parava, cheirava o ar e escutava.

Na primeira vez em que fizeram isso, Núñez riu. Mas depois já não riu.

Um deles percebeu a trilha de Núñez na grama do prado, e veio inclinando-se e sentindo o caminho ao longo da trilha.

Durante cinco minutos Núñez observou o lento espalhamento da fileira de cegos, e então sua vaga disposição de fazer alguma coisa se tornou frenética. Levantou-se, deu um ou dois passos em direção ao muro circular, virou-se e voltou um pouco atrás. Ali estavam todos eles parados, formando uma meia-lua, silenciosos e procurando escutar.

Ele também ficou parado, agarrando firmemente sua pá com as duas mãos. Devia atacá-los?

A pulsação nos seus ouvidos corria ao ritmo de "Em terra de cego, quem tem um olho é rei!".

Devia atacá-los?

Olhou para trás rumo ao muro alto e inescalável — inescalável por causa de seu cimento liso, mas também perfurado com muitas portinholas, e olhou para a linha que se aproximava de seus perseguidores. Atrás desses, agora vinham outros da rua das casas.

Devia atacá-los?

"Bogotá!", um deles chamou. "Bogotá, onde está você?"

Ele agarrou sua pá ainda mais firmemente e avançou pela pradaria rumo ao lugar das habitações, e diretamente, enquanto andava, eles convergiram em torno dele. "Vou golpeá-los se me tocarem", jurou. "Por Deus, vou fazer isso. Vou golpeá-los." Berrou: "Olhem aqui, vou fazer o que quiser neste vale. Vocês estão ouvindo? Vou fazer o que quero e ir aonde quero".

Eles estavam rapidamente se movendo rumo a ele, tateando, mas se movendo rapidamente. Era como brincar de cabra-cega, com todo mundo cego menos um. "Peguem-no!", gritou um deles. Núñez se viu no arco de uma curva solta de perseguidores. Sentiu subitamente que precisava entrar resolutamente em ação.

"Vocês não entendem", gritou numa voz que pretendia ser imperiosa e resoluta, e que foi fraca. "Vocês são cegos, e eu posso ver. Deixem-me em paz!"

"Bogotá! Largue essa pá, e saia da grama!"

Essa última ordem, grotesca com sua familiaridade civilizada, produziu um acesso de raiva.

"Vou machucá-los", disse Núñez, soluçando de emoção. "Por Deus, vou machucá-los. Deixem-me em paz!"

Começou a correr, sem saber claramente para onde correr. Correu para longe do cego mais próximo, pois era um horror golpeá-lo. Parou, então fez uma tentativa para escapar das fileiras deles que o cercavam. Rumou para onde havia um grande vazio, e os homens de cada lado, com uma rápida percepção da aproximação de seus passos, juntaram-se uns aos outros, preenchendo o vazio. Núñez pulou para a frente, e então viu que iria ser capturado e golpeou alguém com a pá. Núñez sentiu o macio choque de mão e braço, e o homem estava caído com um grito de dor, e Núñez tinha conseguido passar!

Tinha conseguido passar! E então estava de novo perto da rua das casas, e cegos, girando pás e estacas, estavam correndo com uma espécie de rapidez calculada para lá e para cá.

Núñez ouviu passos atrás dele ainda a tempo, e descobriu um homem alto correndo para a frente e procurando, pelos sons, golpear Núñez. Este perdeu a paciência, atirou a pá que caiu a uma jarda do seu antagonista, virou-se e fugiu, berrando alto enquanto fintava outro.

Estava tomado pelo pânico. Correu furiosamente para lá e para cá, fintando com a pá quando não havia nenhuma necessidade de fintar, e, em sua ansiedade para enxergar de todos os lados de uma vez só, acabou tropeçando. Por um momento ficou caído e eles ouviram sua queda. Longe, no muro circular, uma portinhola parecia o Paraíso, e ele correu selvagemente rumo a ela. Nem olhou seus perseguidores até que chegou à portinhola, tropeçou em meio à ponte, engatinhou um pouco pelas rochas, para a surpresa e desgosto de uma jovem lhama que saiu pulando de sua visão, e deitou resfolegando, sem ar.

E assim acabou o seu golpe de Estado.

Ficou fora do muro do vale dos cegos duas noites e dois dias, sem comida ou abrigo, e meditou sobre o inesperado. Durante essas meditações ele repetia muito frequentemente, e sempre com um tom cada vez mais profundo de derrisão, o provérbio que explodira: "Em terra de cego, quem tem um olho é rei". Pensou sobretudo em maneiras de lutar e conquistar esse povo, e se tornou claro para ele que não havia uma maneira factível. Não tinha armas, e agora seria difícil obtê-las.

A doença da civilização o tomara mesmo em Bogotá, e ele não podia achar meios em si mesmo de descer a ponto de assassinar um cego. É claro que, se fizesse isso, poderia ditar os termos sob ameaça de assassiná-los a todos. Mas, mais cedo ou mais tarde, precisava dormir!...

Também tentou achar comida entre os pinheiros, sentir conforto sob ramos de pinhas enquanto o sereno caía à noite, e — com menos confiança — capturar uma lhama por artimanha para tentar matá-la — talvez batendo nela com uma pedra — e assim, talvez, comer um pouco dela. Mas a lhama duvidou dele e o encarou com desconfiados olhos castanhos, e cuspiu quando ele chegou perto. Ele teve medo e acessos de tremores no segundo dia. Finalmente rastejou de volta para o muro da Terra dos Cegos e tentou entrar num acordo. Rastejou ao longo do curso d'água, gritando, até que dois cegos vieram ao portão e falaram com ele.

"Eu enlouqueci", disse. "Mas eu tinha acabado de ser criado."

Eles disseram que isso era melhor.

Ele lhes contou que estava mais sábio agora, e se arrependia de tudo que tinha feito.

Então chorou sem querer, pois estava agora muito fraco e doente, e eles tomaram isso como um bom sinal.

Perguntaram se ele ainda pensava que podia *"ver"*.

"Não", disse. "Isso era loucura. A palavra não quer dizer nada — menos do que nada!"

Perguntaram a ele o que havia acima.

"Cerca de cem vezes a altura de um homem há um teto sobre o mundo — de rocha — e liso, muito liso...." Irrompeu de novo em lágrimas histéricas. "Antes que vocês me perguntem mais coisas, me deem comida ou vou morrer."

Ficou esperando duros castigos, mas esse povo cego era capaz de tolerância. Encararam sua rebelião como mais uma prova da idiotia e inferioridade gerais dele, e, depois que o chicotearam, o indicaram para fazer o trabalho mais simples e mais pesado que tinham para alguém fazer, e ele, não vendo outro modo de vida, fez submisso o que lhe disseram para fazer.

Ficou doente uns dias, e eles cuidaram dele bondosamente. Isso fez se intensificar sua submissão. Mas eles insistiram em que ele permanecesse no escuro, e essa era uma grande miséria. E filósofos cegos vinham e falavam a ele da pecaminosa leviandade de sua mente, e o repreenderam de tal maneira por suas dúvidas sobre a tampa de rocha que cobria sua panela cósmica que ele quase duvidou se na verdade não era vítima de alucinações ao não ver a tampa lá em cima.

Então Núñez se tornou um cidadão da Terra dos Cegos, e esse povo deixou de ser um povo generalizado; eles se tornaram individualidades familiares para ele, enquanto o mundo além das montanhas se tornou cada vez mais remoto e irreal. Havia Yacob, seu patrão, homem bondoso quando não estava aborrecido; havia Pedro, sobrinho de Yacob, e havia Medina-saroté, a filha caçula de Yacob. Ela era pouco estimada no mundo dos cegos, porque tinha um rosto anguloso e não aquela maciez satisfatória, vítrea, que é o ideal, para o cego, da beleza feminina; mas Núñez achou-a linda desde o início, e depois a coisa mais linda neste mundo. As pálpebras fechadas dela não eram vermelhas e afundadas como era comum no vale, mas parecia que podiam se abrir de novo a qualquer momento, e ela tinha longos cílios, o que levava os outros a julgarem seu rosto gravemente desfigurado. E sua voz era forte, e não satisfazia a audição aguda dos jovens do vale. Assim, não tinha amante.

Chegou a hora em que Núñez pensou que, se pudesse conquistá-la, ele poderia resignar-se a viver no vale pelo restante de seus dias.

Ele a observava; buscava oportunidades de lhe prestar pequenos serviços, e depois percebeu que ela o observava. Uma vez, numa reunião num dia de descanso, eles sentaram lado a lado à tênue luz das estrelas, e a música era doce a seus ouvidos. A mão dele pousou sobre a dela e ele ousou apertá-la. E então, ternamente, ela fez pressão de volta. E um dia, quando tomavam sua refeição no escuro, ele sentiu a mão dela procurando suavemente por ele e, como por acaso, o fogo crepitou e ele viu a ternura do rosto dela.

Ele tentou falar com ela.

Foi procurá-la um dia quando ela estava sentada ao luar fiando. A lua a tornava uma coisa de prata e de mistério. Ele sentou aos pés dela e disse que a amava, e disse quão linda ela parecia para ele. Tinha a voz de um amante, falava com uma terna reverência que chegava perto da adoração, e ela nunca tinha sido antes tocada pela adoração. Ela não deu a ele nenhuma resposta definida, mas ficou claro que suas palavras lhe agradavam.

Depois disso ele falava com ela sempre que tinha oportunidade. O vale se tornou o mundo para ele, e o mundo para além das montanhas, em que os homens viviam à luz do sol, parecia não mais do que um conto de fadas que ele iria um dia sussurrar aos ouvidos dela. Com muito cuidado, experimentando de várias formas, ele timidamente falou a ela da visão.

A visão parecia a ela a mais poética das fantasias, e ela ouvia a descrição dele das estrelas e das montanhas e da própria beleza dela iluminada de branco como se fosse uma indulgência pecaminosa. Ela não acreditava, podia entender apenas parte do que ele dizia, mas estava misteriosamente encantada e pareceu a ele que ela entendia tudo.

O amor dele perdeu a adoração imobilizadora inicial e cresceu em coragem. Depois ele decidiu pedi-la em casamento a Yacob e aos anciãos, mas ela ficou com medo e foi retardando as coisas. E foi uma de suas irmãs mais velhas a primeira a contar a Yacob que Medina-saroté e Núñez estavam apaixonados um pelo outro.

Houve desde o início oposição muito grande ao casamento de Núñez e Medina-saroté; não tanto porque a valorizavam, mas porque tinham Núñez como um ser à parte, um idiota, incompetente, uma coisa abaixo do nível permissível para um ser humano. As irmãs dela se opuseram brutalmente ao casamento, como se este fosse deixá-las a todas mal-afamadas; e o velho Yacob, embora tivesse formado uma espécie de afeição por esse servo desajeitado e obediente, sacudiu a cabeça e disse que não podia ser. Os homens jovens ficaram todos irritados com a ideia de corromper a raça, e um foi tão longe na sua indignação a ponto de xingar e agredir Núñez. Este reagiu à agressão. Então, pela primeira vez, descobriu uma vantagem em poder ver, mesmo ao lusco-fusco, e depois que essa luta terminou, ninguém mais se dispôs a levantar a mão contra ele. Mas ainda achavam impossível o casamento.

O velho Yacob tinha uma certa ternura por sua filha pequena, e ficou abalado ao tê-la chorando em seu ombro.

"Você percebe, querida, ele é um idiota. Sofre de alucinações; não pode fazer nada direito."

"Sei disso", chorou Medina-saroté. "Mas ele está melhor do que já foi. Está se tornando melhor. E ele é forte, querido papai, e bom — mais forte e mais bondoso do que qualquer outro homem no mundo. E me ama, e, papai, eu o amo."

O velho Yacob ficou muito preocupado ao descobrir que ela estava inconsolável e, além disso — o que o deixava ainda mais preocupado —, ele gostava de Núñez por muitas razões. Então compareceu à câmara do conselho com os outros anciãos, observou o rumo da conversa, e disse, no momento adequado:

"Ele está melhor do que já foi. Muito provavelmente um dia vamos julgá-lo tão bom quanto nós próprios".

Então um dos anciãos, depois de pensar profundamente, teve uma ideia. Ele era o grande médico entre aquelas pessoas, seu curandeiro, tinha uma mente muito filosófica e inventiva, e a ideia de curar Núñez de suas peculiaridades o atraía. Um dia, quando Yacob estava presente, ele voltou ao tópico de Núñez.

"Examinei Bogotá", disse, "e o caso está mais claro para mim. Penso que muito provavelmente ele pode ser curado."

"Isso é o que sempre esperei", disse o velho Yacob.

"O cérebro dele é que é afetado", disse o médico cego.

Os anciãos fizeram um murmúrio de assentimento.

"Agora, *o que* o afeta?"

"Ah!", disse o velho Yacob.

"*Isto*", disse o médico, respondendo à sua própria pergunta. "Essas estranhas coisas que chamamos os olhos, e que existem para fazer uma depressão macia e agradável no rosto, são doentes, no caso de Bogotá, de uma maneira tal que afeta seu cérebro. São excessivamente estendidas, ele tem cílios e suas pálpebras se movem, e consequentemente seu cérebro está num estado de constante irritação e distração."

"Sim?", disse o velho Yacob. "Sim?"

"E acho que posso dizer com razoável certeza que, para curá-lo completamente, tudo que precisamos fazer é uma cirurgia bem fácil — ou seja, extrair esses corpo irritantes."

"E então ele ficará são?"

"E então ele ficará perfeitamente são e será um cidadão bem respeitável."

"Graças aos céus pela ciência!", disse o velho Yacob, e correu para contar a Núñez suas felizes esperanças.

Mas o modo como Núñez recebeu a boa-nova surpreendeu Yacob como sendo frio e decepcionante.

"Poderia se pensar", disse Yacob, "pelo tom que você fala, que você não se incomoda com minha filha."

Foi Medina-saroté quem convenceu Núñez a enfrentar os cirurgiões cegos.

"*Você* não quer que eu", disse ele, "perca meu dom da visão?"

Ela sacudiu a cabeça.

"Meu mundo é a visão."

Ela baixou a cabeça.

"Há as coisas belas, as pequenas coisas belas — as flores, os liquens entre as rochas, a leveza e a maciez numa pele, o céu longínquo com o passar das nuvens, os pores de sol e as estrelas. E tem *você*. Para ver apenas você já é bom ter a visão, para ver seu rosto doce, sereno, seus lábios bondosos, suas queridas e belas mãos entrecruzadas... São esses olhos meus que você conquistou, esses olhos que me mantêm ligado a você, são esses olhos que esses idiotas querem tirar. Em vez disso, preciso tocar você, ouvir você, e não devo ver você nunca mais. Preciso ficar sob esse teto de rocha, pedra e escuridão, esse horrível teto sob o qual a sua imaginação definha... Não, você não me obrigaria a fazer isso?"

Uma dúvida desagradável tinha surgido dentro dele. Parou e deixou no ar a pergunta.

"Eu desejo", disse ela, "às vezes —" Ela parou de falar.

"Sim", disse ele, um pouco apreensivo.

"Desejo às vezes — que você não fale assim."

"Assim, como?"

"Sei que é bonito — é a sua imaginação. Eu amo a sua imaginação, mas *agora* —"

Ele esfriou. "*Agora?*", disse, com voz débil.

Ela sentou e ficou quieta e calada.

"Você quer dizer — você acha — que eu ficaria melhor, melhor talvez —"

Ele estava percebendo as coisas bastante rapidamente. Sentiu raiva, de verdade, raiva, diante do duro curso do destino, mas também simpatia pela falta de compreensão dela — uma simpatia próxima da piedade.

"*Querida*", disse, e ele podia agora ver, pela palidez dela, quão intensamente o espírito dela pressionava contra as coisas que ela não podia dizer. Ele a rodeou com os braços, beijou-lhe a orelha, e eles permaneceram sentados um tempo em silêncio.

"E se eu consentisse nisso?", disse ele afinal, numa voz muito suave.

Ela o apertou em seus braços, chorando muito. "Oh, se você consentisse", soluçou, "se você apenas consentisse!"

Durante a semana anterior à operação que deveria erguê-lo da servidão e da inferioridade para o nível de um cidadão cego, Núñez não dormiu nem um pouco, e durante todas as horas quentes de sol, enquanto os demais ressonavam felizes, ele ficava sentado meditando ou andava sem rumo, tentando levar sua mente a suportar o dilema. Tinha dado a resposta, tinha dado o consentimento, e ainda assim não tinha certeza. E no fim, o horário de trabalho tinha acabado, o sol nasceu em esplendor por sobre as cristas douradas, e o último dia de visão começou para ele. Teve uns minutos com Medina-saroté antes que ela partisse para dormir.

"Amanhã", disse ele, "não verei mais."

"Oh, querido do meu coração!", ela respondeu, e apertou as mãos dele com toda a força.

"Machucarão você só um pouco", ela disse; "e você vai passar por essa dor — você vai passar por isso, querido amor, por *mim*... Querido, se o coração e a vida de uma mulher podem fazer isso, vou recompensar você. Queridíssimo, queridíssimo, você, com sua voz terna, vou recompensá-lo."

Ele ficou inundado de piedade por ele mesmo e por ela.

Segurou-a nos braços, e apertou os lábios contra os dela, e olhou o doce rosto dela pela última vez. "Adeus!", sussurrou diante dessa querida visão, "adeus!"

E então, em silêncio, ele a deixou.

Ela pôde ouvir os lentos passos dele à saída, e algo no ritmo dos passos a levou a um choro apaixonado.

Ele tinha decidido firmemente ir a um lugar solitário, onde a pradaria era bonita, com narcisos brancos, e ali ficar até que chegasse a hora de seu sacrifício, mas enquanto andava ergueu os olhos e viu a manhã, a manhã como um anjo em armadura dourada, descendo pelos picos...

Pareceu-lhe que, diante desse esplendor, ele, e esse mundo cego no vale, e seu amor, e tudo, não eram mais do que um poço de pecado. Não virou para o lado que tinha pretendido, mas seguiu em frente, e passou pelo muro circular e saiu para as rochas, e seus olhos estavam sempre vendo o gelo e a neve iluminados pelo sol.

Viu sua beleza infinita, e sua imaginação cresceu a partir do gelo e da neve para as coisas lá longe, às quais agora iria renunciar para sempre.

Pensou naquele mundo grande e livre de onde tinha partido, o mundo que era o seu próprio mundo, e teve uma visão das encostas além dali, da distância atrás da distância, com Bogotá, lugar de beleza de multidão vibrante, glória durante o dia, mistério luminoso à noite, lugar de palácios, fontes, estátuas e casas brancas, belas a meia distância. Pensou como, em um dia ou pouco mais, poderia descer, atravessando passos, chegando cada vez mais perto de suas ruas e ruelas movimentadas. Pensou na viagem pelo rio, dia após dia, da grande Bogotá para o mundo ainda mais vasto lá fora, por entre vilas e aldeias, floresta e lugares desertos, o rio correndo dia após dia, até que suas margens se afastavam e os grandes vapores surgiam brilhantes, e tinha chegado ao mar — o mar sem limites, com suas mil ilhas, seus milhares de ilhas, e seus navios vistos vagamente ao longo em suas incessantes jornadas em torno daquele mundo maior. E lá, não limitado pelas montanhas, se via o céu — o céu não como um disco como se via aqui, mas como um arco de azul imenso, uma profundeza das profundezas em que as estrelas em rotação estavam flutuando... Seus olhos examinaram a grande cortina de montanhas investigando-as ansiosamente.

Por exemplo, se alguém andasse assim, subindo aquele desfiladeiro e rumo àquela canaleta lá, então alguém poderia subir alto entre aqueles pinheiros-anões que corriam em volta numa espécie de proteção e se erguiam ainda mais alto quando a proteção passava acima da garganta. E então? Aquele talude poderia ser superado. Então talvez pudesse ser achada uma via de escalada que o levasse ao alto do precipício que vinha depois da neve, e se essa canaleta falhasse, então outra mais a leste poderia servir melhor. E então? Então estaria sobre a neve iluminada cor de âmbar ali, e estaria a meio caminho rumo à crista daqueles belos lugares desolados.

Ele olhou para trás, para a aldeia, e então se virou e a observou de modo abrangente.

Pensou em Medina-saroté, e ela tinha se tornado pequena e remota.

Virou-se de novo para a parede da montanha, pela qual rumo abaixo o dia claro tinha chegado para ele.

Então, muito circunspecto, começou a escalar.

Quando chegou o pôr do sol, ele não estava mais escalando, mas estava longe e muito alto. Tinha estado mais acima, mas ainda estava num lugar muito alto. As roupas estavam rasgadas, os membros estavam manchados de sangue, estava machucado em muitos lugares, mas ele se sentia como se estivesse à vontade e havia um sorriso em seu rosto.

De seu lugar de repouso o vale parecia como se estivesse num poço e quase a uma milha de distância. Já estava difícil de enxergar, com a névoa e a sombra, embora os picos de montanhas em torno dele fossem objetos de luz e fogo. Os picos de montanhas em torno dele eram objetos de luz e fogo, e os pequenos detalhes das rochas próximas estavam inundados de beleza sutil — um veio de mineral verde furando o cinza, a luminosidade de cristais aqui e ali, um pequeno líquen laranja de delicada beleza bem perto de seu rosto. Havia sombras muito misteriosas na garganta, o azul se aprofundando para o púrpura, e o púrpura para uma escuridão luminosa, e lá em cima estava a ilimitada vastidão do céu. Mas ele não mais prestava atenção nessas coisas; ficou bastante quieto por ali, sorrindo como se estivesse satisfeito simplesmente por ter fugido do vale dos cegos, no qual tinha pensado ser rei. O brilho do pôr do sol passou, a noite chegou, e ele ainda estava quieto, deitado, em paz e contente sob as estrelas frias e claras.

Tradução de Renato Pompeu

1ª EDIÇÃO [2004] 9 reimpressões

ESTA OBRA FOI COMPOSTA EM DANTE POR ACOMTE E IMPRESSA PELA
GEOGRÁFICA EM OFSETE SOBRE PAPEL PÓLEN SOFT DA SUZANO S.A.
PARA A EDITORA SCHWARCZ EM FEVEREIRO DE 2020

A marca FSC® é a garantia de que a madeira utilizada na fabricação do papel deste livro provém de florestas que foram gerenciadas de maneira ambientalmente correta, socialmente justa e economicamente viável, além de outras fontes de origem controlada.